LA FLOR DE JA

-EL ENVIAD

La Flor de Jade

LA SERIE ÉPICA

Jesús B. Vilches

-1-

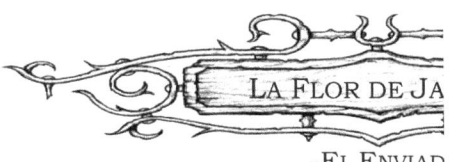

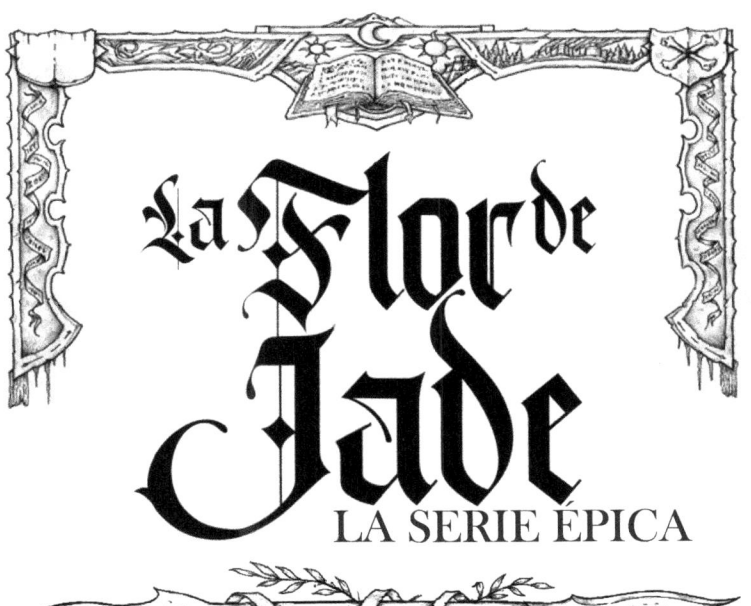

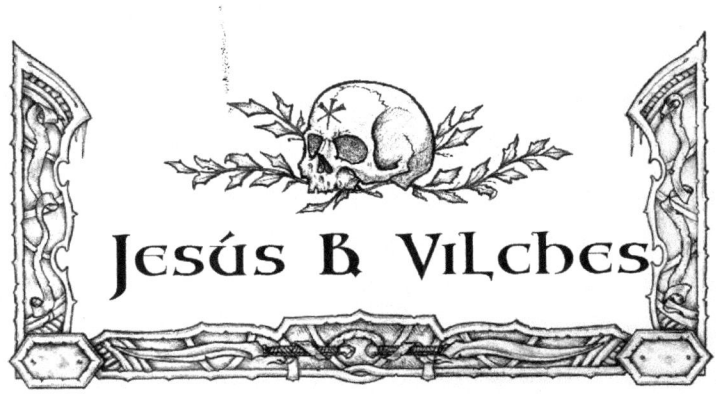

Ed. Especial de Colección
JESÚS B. VILCHES

LA FLOR DE JADE
VOLUMEN I
EL ENVIADO

Jesús B. Vilches

Ilustración de cubierta
CHARRO

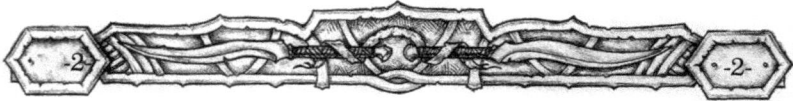

-El Enviado-

Ed. Especial
—English reworked—
2024

11ª ed. ESPAÑOL

DISEÑO DE PORTADA E ILUSTRACIÓN: NEKRO
Derechos de autor de la ilustración de portada © 2017 Nekro
Lápices interiores: Antonio Exposito
DISEÑO DE PORTADA: NEKRO
Diseño interior: Vilches Indie Books
APOYO HISTÓRICO AL DISEÑO Y EDICIÓN DE LIBROS ELECTRÓNICOS: César García

Correctores históricos Beta: Maria Brodie-Rendon & Stephen Brodie-Rendon, Mariana Calle, Pedro Camacho, Céline Durrieu, Martha Mihalich, Luke H. K. Forney, Paul Tovar, Victoria Hites, Jessica M. Fletcher, Eva Gullón & Estela Lupidii

Patrocinador Directivo: Rafael Toro Sluzhenko
Apoyo histórico de Patreon: Pedro Camacho Camacho; Yirko Hidalgo Moncada; María Duret; Corina Bowen; Victor J. Fuentes; Patry Roldán; Griselda Rodríguez; Manuel Árbol; Alberto Betancourt; Tony Madrid Valenzuela

EDICIÓN E-BOOK E IMPLEMENTACIÓN EN PAPEL: Estela "Invicta" Lupidii
APOYO A LA PUBLICACIÓN, PUBLICIDAD Y REDES: Estela "Invicta" Lupidii

Todos los derechos reservados.

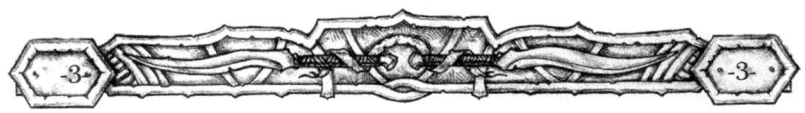

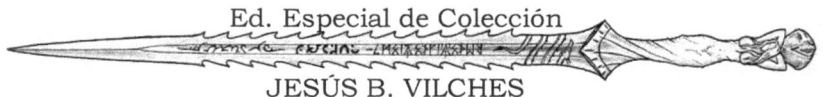

Ed. Especial de Colección
JESÚS B. VILCHES

Reservados todos los derechos. Sin perjuicio de los derechos de autor reservados anteriormente, ninguna parte de esta publicación puede ser reproducida, almacenada o introducida en un sistema de recuperación de datos, ni transmitida de ninguna forma ni por ningún medio (electrónico, mecánico, fotocopia, grabación u otros) sin el permiso previo por escrito del propietario de los derechos de autor y del editor de este libro mencionado anteriormente.

Ed. Especial English Reforged *(2024)*
Copyright
© 2024 Jesús B. Vilches

http://www.vilchesindiebooks.com

-El Enviado-

Table of Contents

UNA BREVE NOTA (sobre la Edición)	**7**
DEBE SER UN SUEÑO	13
¡DESPIERTA!	25
REALIDAD DESENCADENADA	47
UNA ALIANZA INESPERADA	69
PRIMERA SANGRE	105
EXTRAÑOS EN TIERRA EXTRAÑA	121
EL DIABLO CONOCIDO	137
EN LAS RAÍCES DE LA HISTORIA	153
LAS BRUMAS DEL SAGRADO	161
EL VELO DE LA INEVITABLE	189
LOS PRIMEROS LAZOS	213
BAJO LA LUZ DE LA LUNA	227
LAS SEMILLAS DE LA MEMORIA	259
ALMA & ESPADA	291
INESPERADO	333
TÉ AMARGO Y VERSOS CRIPTICOS	339
EL INSECTO Y LA FLOR	357

Ed. Especial de Colección
JESÚS B. VILCHES

TIEMPOS ADVERSOS	**373**
RABIA EN LAS VENAS	**403**
ALIADOS IMPROBABLES	**429**
EL TEMPLADO ESPÍRITU	**469**
UN NUEVO HOGAR	**493**
LICORES PROHIBIDOS	**507**
COMO UN SECRETO A VOCES	**525**
UNA OFERTA IRRECHAZABLE	**539**
CON MIS PROPIOS OJOS	**569**
FELINOS	**585**
SUSURROS... RECUERDOS	**605**
NUBES DE TORMENTA	**633**
EL ÁRBOL DEL DOLOR	**653**
LOS VALLES DE AGUA	**667**
ACEROS INDÓMITOS	691
EL GUARDIÁN DEL CONOCIMIENTO	**755**
CABOS POR ATAR	**809**

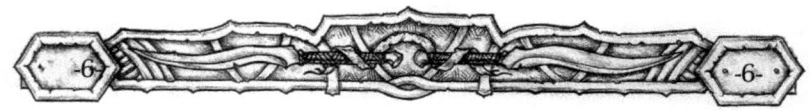

-El Enviado-

UNA BREVE NOTA (sobre la Edición)

El proyecto de adaptación y traducción al Inglés de la Saga no era ningún secreto para mis lectores. A inicios de 2024 yo mismo avanzaba en redes que el proceso estaba muy avanzado y que probablemente en algún punto de ese año lograríamos la meta de tener el primer volumen en el mercado. Todos ellos eran conscientes de que no se trataba de una simple traducción y que el resultado final iba a ser ligeramente diferente al material publicado en español. Esto respondía a dos grandes motivos de peso:

El primero, a mi empeño personal de no fomentar una traducción al uso, respetando la formulación original siempre que fuera posible. Mi objetivo era adaptar todo lo que fuese necesario en el texto para que lo que se conservara de él fuese el impacto de las palabras y para ello a veces había que cambiar esas palabras, su orden, estructura gramática… para que el lector de habla inglesa las encontrara lo más "nativas" posibles. Y este punto llevaba al segundo.

Si ya era necesario embarcarse en esa tarea que afectaría de lleno al cuerpo narrativo… ¿por qué no dar un paso más? ¿por qué no extender esa labor y pulir, redondear algunos aspectos narrativos, actualizar el texto al nivel narrativo actual de su autor y solventar algunos defectos del pasado más inexperto? ¿Acaso los nuevos lectores no merecían la mejor versión posible de la historia, ahora que la historia iba a necesitar de ese proceso de reestructuración? Así que junto a todo eso decidí ir aún más lejos y reformular algunas escenas, añadir o restar diálogos, descripciones que en su momento me parecieron magníficas pero que realmente no aportaban mucho a la historia; resolver en definitiva algunas deudas y elevar el texto, como ya digo, a su mejor versión posible, sin que ello planteare una reescritura total.

En ese proceso, la saga cambia de nombre en inglés (por motivos de adecuación comercial), el nombre de cada volumen también, su estructura interna recibe un pulido acortando capítulos, renombrando nuevos, que se sumaba a todo lo dicho. Muy satisfecho con el resultado, empecé a sentirme en deuda con mi público tradicional, con mis lectores en español y en particular con toda la legión de veteranos lectores que lleva en la saga desde su primera aparición en digital a finales de 2011. Esto se vio alimentado por

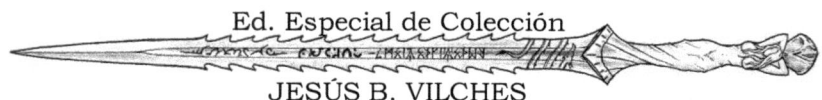

JESÚS B. VILCHES

un aluvión de correos en privado de esos mismos lectores que me indicaban que les gustaría conocer esos cambios. Tales cambios no afectaban en absoluto al conjunto de la trama, no alteraban ni un ápice la historia final, solo añadían color y riqueza.

En el peor de los casos eliminaban algunos sobrantes que los amantes de las descripciones largas quizá pudieran echar de menos. Valoré entonces hacer una edición separada para aquellos lectores que lo desearan, pero pronto se desveló como una mala idea que solo podía confundir a muchos y ser rápidamente interpretada como un intento de monetizar de forma descarada un producto.

De esta manera, la decisión ha sido convertirla en una nueva edición oficial sobre la base de la edición X° Aniversario, a la cual sustituirá. Esto la convierte en la edición n°11.

Como muchos sabéis que siempre he tenido una mentalidad abierta en mi percepción y concepción de esta saga, entendiéndola como algo mucho más vivo que como naturalmente se entiende un libro. Estas 11 ediciones han servido para corregir errores ortotipográficos ¡qué duda cabe! que, en el caso de los autores independientes suelen ser más habituales ya que tenemos peores herramientas para detectarlos… pero no se han quedado ahí. Cada edición ha añadido algo nuevo o eliminado algo sobrante, como un videojuego actualizado con parches (se eliminan bugs pero también se potencian los colores, se pulen los gráficos, o se añade alguna línea de diálogo nueva en un Npc, o se reajusta una mecánica…) en fin, mejorar la experiencia no solo corrigiendo sino ofreciendo la mejor versión posible en ese momento.

Esta última edición pretende aportar las mejoras implementadas en la versión inglesa y transforma algo más el texto de lo habitual, pero sigue sin alterar absolutamente nada de lo esencial en esta historia. Algo más de riqueza, nuevos detalles, menos arena para una saga que sé que goza de múltiples relecturas entre mis lectores. Así que solo ofrezco una excusa más para ello.

VILCHES
Autor

La Flor de Jade I

-El Enviado-

La Flor de Jade

Vol 1

EL Enviado

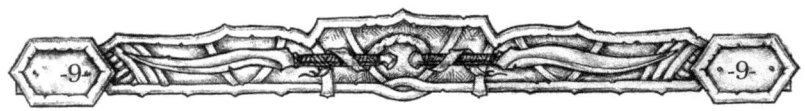

Ed. Especial de Colección

JESÚS B. VILCHES

−El Enviado−

El Encuentro[1]

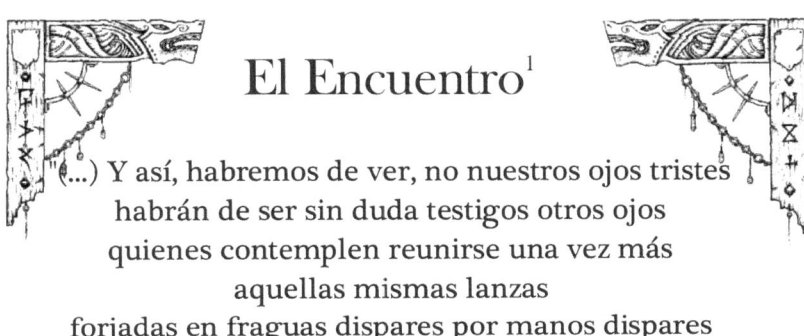

«(...) Y así, habremos de ver, no nuestros ojos tristes
habrán de ser sin duda testigos otros ojos
quienes contemplen reunirse una vez más
aquellas mismas lanzas
forjadas en fraguas dispares por manos dispares
que tiempo ha juntas ya se vistiesen de sangre.
¡Aquellos cuyos ojos no quieran ver, no verán!
y temo que los ciegos serán innumerables.
¡Los que se nieguen a creer, no creerán!
y muchos, han de ser los incrédulos
para mi desgracia y regocijo de la Sombra
Y así será, a pesar de las nieves del Invierno
Más allá del confín del Tiempo y del Espacio,
desde bosques desconocidos, se han de unir
junto con los designios[2] *de los Dioses*
en la encrucijada de los mundos
allende mil caminos
se hacen uno (...)»

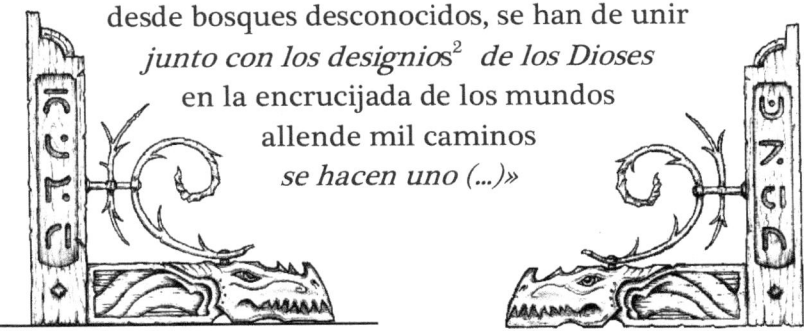

[1] Según la traducción de Heliocario, el Turdo, se trata de un fragmento del 1er Enigma de Arckannoreth.

[2] Tal como se formuló originalmente, podría traducirse como "los designados". En realidad, este versículo siempre se ha entendido como *Los Elegidos (designados) de los Dioses*, pero puede significar simplemente *La Elección (la Voluntad, los designados) de los Dioses*. Por razones que no revelaré aquí, he sugerido la traducción menos convencional.

JESÚS B. VILCHES

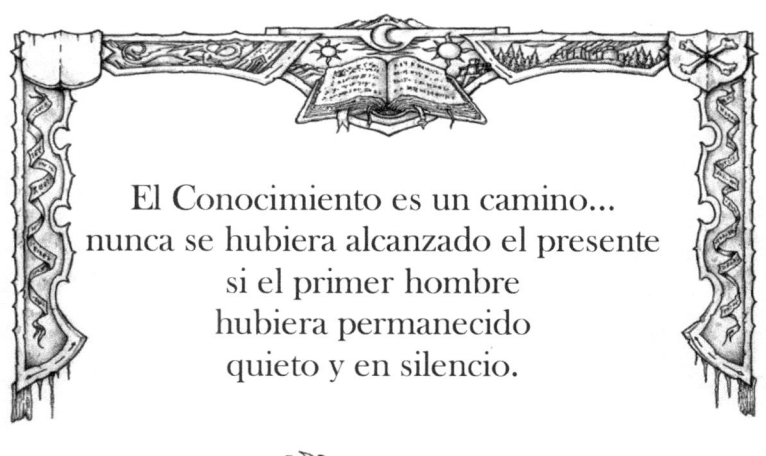

El Conocimiento es un camino...
nunca se hubiera alcanzado el presente
si el primer hombre
hubiera permanecido
quieto y en silencio.

PRIMER CONSEJO DE LOS ÄRTHRAS,

Libros Sagrados de los Monjes de Avatar
Dios de la Sabiduría

-El Enviado-

DEBE SER
UN SUEÑO

En algún lugar
1.371 C. I. -Calendario Imperial-
2.372 D. E. -Después de la Escisión (elfa)

Quizá nunca supieron cómo llegaron hasta allí...

Cómo dejaron atrás pasado, familias, amigos, identidad. Un mundo que parecía tan real. Una existencia que parecía única, encadenada a un destino prefijado de antemano y del que nunca escaparían. Quizá, nunca supieron, en realidad, cómo todo

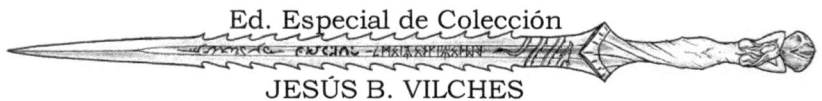

aquello simplemente se esfumó. Sin otra explicación, sin otra lógica.

Por más que lo pienso creo que nunca hallamos respuesta a esa pregunta tan sencilla: «¿Qué nos trajo allí?» «¿Qué nos arrancó de nuestra rutina, tan bien medida, tan ajustada a nuestra verdad y nos lanzó a aquel mundo hostil, salvaje y extrañamente bello a un tiempo?»

Preguntarse el «por qué» resultaba más sencillo.

Quizá, después de todo, las leyendas fuesen ciertas y, simplemente, acabásemos allí porque así había de ser. Porque existen fuerzas en el universo mucho más poderosas, demasiado complejas para nuestros análisis; que se ajustan por sí mismas y se definen a través de nuestros actos, pero que no podemos controlar.

Quizá, simplemente, debíamos de estar allí.

Hoy no puedo verlo de otra manera. Nuestra historia tuvo ese incierto comienzo. Esa misma duda que oprime a quien se lanza al camino en solitario y decide emprender la marcha, sin guía, sin ruta, sin meta.

¿Cómo llegamos a ese primer punto? ¿Cómo alcanzamos el primer peldaño de una escalera que nos conduciría a una ascensión interminable hasta nosotros mismos?

Solo dudas, solo conjeturas.

Pero, creedme cuando os diga que hoy sé que probablemente fui yo quien los trajo a todos. Y que aún queda un largo camino por recorrer antes de que esa respuesta tenga algún sentido para vosotros…

-El Enviado-

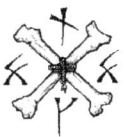

Silencio. Oscuridad. Sombras.

—¿Claudia? ¿Eres tú?

—¿Alex?

Una figura oscurecida se acercó lentamente hacia ella, apenas visible en la penumbra. Claudia la miró con gesto inexpresivo, ajena al mundo que la rodeaba.

—¿Claudia? ¿De verdad eres tú? ¿Qué haces en mi sueño?

—¿En tu sueño...?

Claudia miró lentamente a su alrededor. Le costaba procesar lo que estaba ocurriendo. Se volvió para mirar al joven y esa mirada se llenó de desconcierto. Aquella respuesta no la había convencido en absoluto.

Alex, en cambio, no mostraba ningún signo de inquietud. De hecho, parecía bastante tranquilo. Llevaba puesta su gabardina de cuero negro y una corta bufanda blanca atada al cuello. Era el mismo atuendo que había llevado horas antes.

—Quieres decir que... esto... ¿es... tu sueño? —Ella seguía sin verlo claro.

—¿Qué otra cosa puede ser?

Esta vez fue Alex quien miró a su alrededor. Se

encontraban en una cueva enorme, de las que suelen aparecer en las revistas de aventuras. Era húmeda y estaba llena de formaciones calcáreas por las que discurrían hilos de agua. Muchas de estas acumulaciones parecían columnas que soportaran una estructura más pesada, demasiado distante del suelo, quizá, como para ser vista desde donde estaban. El rítmico repiqueteo de gotas de agua sobre los charcos era el único sonido que rompía el silencio y lo envolvía todo. Unos pocos haces de luz atravesaban la oscuridad como lanzas afiladas. Traspasaban la piedra colándose, tal vez, por fisuras y grietas en la distante techumbre. Proporcionaban un suave resplandor que rasgaba el manto de oscuridad, pero no daban ni siquiera una idea aproximada de las verdaderas dimensiones del lugar.

Claudia se envolvió en su propio abrazo, tratando de mantener el calor. En sus huesos podía sentir la opresiva humedad de aquella enorme gruta.

—Esto no parece... ningún sueño, Alex.

El joven sonrió ante la ingenuidad de su amiga.

—Anoche nos pasamos con la cerveza, me temo —recordó él. —Llegamos a casa bastante pedos. Hansi tuvo que ayudarme a llegar a la cama. Caí como un leño.

Pero Claudia no percibía lo mismo. Todo parecía demasiado real para ser un sueño. Aquel frío húmedo... esa sensación de vacío, de soledad ártica.

Recordaba, es cierto, haberse pasado con las copas aquella noche. Aun así, en aquel momento se sentía bastante lúcida. Se miró por enésima vez. También vestía la misma ropa de aquella tarde, después del concierto: su camisa blanca

-El Enviado-

favorita, la falda vaquera corta que tanto le gustaba y un par de medias gruesas hasta casi las rodillas. Calzaba las botas de las que Alex tanto se burlaba. Estaba segura de habérselas quitado antes de acostarse.

—No pasa nada, Dia. Cuando te lo cuente mañana, seguro que nos echamos unas risas. En realidad, tú no estás aquí.

Ella lo miró una vez más.

—Te juro que estoy aquí, Alex y esto no parece un sueño. —dijo, sonando muy seria.

Posó la palma de la mano sobre una de aquellas ásperas piedras. Pudo sentir la fría capa de agua y limo que se condensaba en su superficie. Se quedó absorta, mirando fijamente su mano empapada en el líquido cristalino.

—Nunca nada me había parecido tan real... y está empezando a asustarme.

La confianza en la voz de la chica desconcertó a Alex haciéndole dudar de pronto. Su mente también luchaba por creer una situación que realmente no tenía el menor sentido para él. Y su certeza comenzaba a desvanecerse ante la reticencia a creerla de su amiga. Entonces... si aquello no era un sueño... ¿qué era? ¿Qué otra cosa podía ser aparte de un sueño? Estaba soñando, por supuesto. Su sentido común se negaba a ceder.

—Cariño, ahora me estás asustando tú a mí.

Alex estaba bastante seguro de que tanto aquel entorno aislado como la conversación con su amiga eran solo productos de su mente. Seguramente los litros de cerveza que habían bebido después del concierto eran los culpables. Eso era todo.

Por la mañana se despertaría con una resaca monumental y todo iría bien.

—Chicos... Me temo que hacéis bien en asustaros —se escuchó tras ellos una voz con fuerte acento escandinavo.

Atónitos, ambos se dieron la vuelta. Desde detrás de una de las columnas calcáreas, apareció un varón alto y con la cabeza rapada. Lucía grandes bigotes de herradura rubios en su rostro cuadrado y una camiseta de tirantes ajustada dejaba ver unos músculos que sólo podían ser fruto de muchas horas de gimnasio.

—¡Hansi, ¡tú también estás aquí!

—Hace tiempo que estoy aquí, Alex. —confesó mientras salía de las sombras y se acercaba a la pareja. —El suficiente tiempo para saber que esto no es ningún sueño.

Alex miró a ambos con escepticismo.

—¡Vamos, chicos! ¿Os estáis escuchando? ¿Qué estáis diciendo? Nada de esto es real. No puede serlo. Ahora mismo estoy en casa, igual que vosotros. Estoy en mi habitación, en mi cama. ¡Seguro que estoy roncando como un oso! ¡Tú me pusiste ahí, Hansi! Por el amor de Dios, qué demonios...

Alex no vio venir la reacción de Claudia. Cuando se volvió hacia ella, la chica le cruzó la cara de una fuerte bofetada. La fuerza del golpe le hizo caer de rodillas mientras se llevaba una mano a la mejilla dolorida. Esto sorprendió a todos, incluida la propia Claudia. No era su intención pegarle tan fuerte.

—¡¡¡Lo siento Alex!!! Lo siento, de verdad —se excusó de inmediato.

—¡Por el amor de Dios, Dia! —Dijo él, tambaleándose

-El Enviado-

por la contundencia del inesperado golpe. —¿A qué coño ha venido eso? ¡¿Qué demonios te pasa?!

Hansi le ayudó erguirse de nuevo.

—¿Estás bien? —Le preguntó.

—Sí, estoy bien, estoy bien —le aseguró Alex. —Es que no sé qué coño he hecho para merecer un bofetada así.

—Lo siento Alex, de verdad que lo siento. Fue lo primero que me vino a la mente.

—¿Y qué cojones pretendías conseguir abofeteándome, Claudia?

—¿Te has despertado? Una bofetada así debería despertarte.

Alex se giró instintivamente hacia Hansi, que le miraba con expresión preocupada.

—No, mierda. Claro que no me he despertado. Con suerte sigo... consciente.

Un súbito calor ascendió desde la columna vertebral de Alex hasta su nuca. Un calor opresivo y claustrofóbico que lo enmudeció en el acto. La mejilla le palpitaba dolorosamente. Podía sentir su sangre bombeando intensamente en el lado de la cara donde le habían golpeado.

Una oleada de miedo se apoderó de él.

—Pensabas que estabas dormido, Alex. No te culpo. Yo también lo creí al principio —admitió su enorme amigo al ver la expresión de asombro de Alex. —Y lo he intentado todo, tío. Me he pellizcado, me he golpeado, me he obligado a despertar...

y sigo aquí, socio. Igual que tú. Igual que ella.

—¡¡¡Lo sabía, joder!!! Lo sabía... —Claudia se vio de repente sumida en un estado de profunda ansiedad. Se llevó las manos a la cabeza mientras procesaba el increíble escenario. Comenzó a caminar como un gato enjaulado. —¡Oh, Dios, oh Dios! Esto no puede estar pasando. ¡Esto no puede estar ocurriendo de verdad, joder!

Alex continuaba en estado de shock; apenas parpadeaba. Se había quedado helado, con la mano en el pómulo. Ya no le importaba el dolor; lo único que le inquietaba era esa voz en su cabeza que le decía: "Esto es real, Alex. Esto es real". Claudia miró a su alrededor, desesperada. De repente, la siniestra gruta le pareció tan pequeña como una caja de cerillas. Se giró hacia Hansi, buscando una respuesta que nadie parecía ser capaz de proporcionar.

—¿Dónde demonios estamos? ¿Qué clase de lugar es este, Hansi? ¿Cómo... demonios hemos venido a parar aquí? ¡Oh, Dios ¿qué está pasando?!

Era una batería de preguntas sin respuesta cercana.

—No sé mucho más que tú, Cielo —confesó Hansi descorazonado. —Recuerdo que dejé a Alex en su habitación y encendí la televisión un rato. No logro recordar haber pasado mucho tiempo aguantando esos estúpidos anuncios comerciales que dan a esa hora. No conseguí ni llegar a mi cama. Debí de quedarme dormido en el sofá. Ni siquiera estoy seguro de haber apagado la tele.

—¡Así que tú también estabas dormido! —exclamó ella, encontrando una vaga similitud en sus experiencias. —Yo... recuerdo haberme ido a la cama. Alex estaba dormido. Y tú

-El Enviado-

también. ¿Quizás...?

Hansi sacudió la cabeza en obvia negativa. Sabía adónde quería llegar su amiga con todo aquello.

—¡Pero sigue sin tener sentido, Hansi!

—¿Crees que tiene sentido para mí? No sé qué es este lugar ni cómo he llegado hasta aquí... desde el sofá del salón. De lo que estoy seguro es de que esto no es una alucinación, créeme.

—¿Por qué estás tan seguro?

Hansi guardó silencio unos segundos. Probablemente porque lo que estaba a punto de decir sonaba muy poco verosímil, incluso para él.

—Porque no estamos solos aquí —admitió finalmente.

Esta afirmación sacó a Alex de su estado de inacción y le obligó a escuchar a su amigo.

—Venid por aquí, os lo enseñaré.

Casi a ciegas, deambularon durante algún tiempo por un laberinto de estacas de piedra hasta que el fornido muchacho hizo un ademán a sus amigos para que se escondieran detrás de una de las muchas masas calcificadas de la gruta. También les hizo un gesto claro para que guardasen silencio. Claudia y Alex estaban tan desconcertados que siguieron su consejo sin vacilar. Hansi estiró el cuello para mirar por encima de su escondite y luego se volvió hacia sus amigos. Con un cabeceo, les indicó que echaran un vistazo.

Un chico de unos veinte años estaba sentado a unos pasos de ellos, parcialmente oculto por las sombras de la cueva, abrazándose las rodillas. Tenía una expresión perdida en el rostro. Movía los labios, como si hablara consigo mismo, mientras se mecía de un lado a otro de forma compulsiva. Vestía ropa deportiva de marca y llevaba un corte de pelo muy pronunciado y agresivo. Del cuello le colgaban varias cadenas de oro.

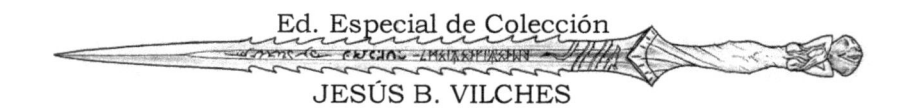

—¿Quién es este tipo? —Susurró Claudia. Estaban a una distancia prudencial, pero no quería arriesgarse a que la oyeran.

—Si te lo dijera, no me creerías —respondió el gigante.

—¿Le conoces? —Preguntó Alex.

—Bueno, en realidad no —confesó Hansi. —Vino al pub esta noche, justo antes del concierto. Yo no estaba en la puerta, claro, pero Dimitri sí. Había llegado tu amigo de la tienda de cómics, así que me acerqué a saludarle. Y este tipo apareció con algunos colegas. Estaban muy colocados, tío, pasadísimos de rosca, chaval. Se veía de lejos que iban de droga hasta las cejas. Querían entrar al concierto sin entrada y Dima les dijo educadamente que volvieran en otro momento, cuando estuvieran más sobrios y dispuestos a pagar. Intentaron liarla haciéndose los gallitos y tuvimos que echarlos de allí. Por suerte, la cosa no pasó a mayores... Los bíceps de Dimitri son del tamaño de una bola de demolición. Ninguno de ellos quiso tentar a la suerte y acabar con la mandíbula rota. A pesar de todo armaron un buen escándalo. Todo ladridos, ya sabes. ¿No lo hablamos después?

Alexis recordaba vagamente la conversación cuando todos salieron a tomar una cerveza después del espectáculo.

—Sí, ahora que lo dices. Lo recuerdo vagamente.

LA FLOR DE JADE I

-EL ENVIADO-

Alex miró al tipo que seguía allí, acurrucado y balanceándose como en estado de shock.

—Pero… ¿qué hace este tío aquí?

—¿Cómo voy a saberlo? —Hansi se encogió de hombros. —¡Pero, mírale! Yo diría que ya se ha dado cuenta de que esto no es ningún sueño, ¿no crees?

Claudia se sintió tan superada, intentando procesar lo que estaba ocurriendo, que tuvo que apoyarse en la piedra. Los chicos se dejaron caer sobre la superficie húmeda y rugosa de la roca tras la que se escondían. Sus rostros abatidos lo decían todo: nada tenía el menor sentido.

—¡Tienes razón! —Murmuró Alex. —Tienes toda la razón. ¿Quién diablos podría saberlo? —Se esforzó el muchacho por ordenar sus pensamientos y decir algo coherente.

—Excepto que… hay más —aseguró Hansi.

—¿Hay más? —Claudia sonaba como si ya no pudiera asimilar más información.

—Ya os he dicho que llevo aquí un rato solo. He tenido ocasión de explorar la mayor parte de esta cueva. Seguidme.

Caminaron hasta otro extremo del vasto subterráneo, y allí Hansi volvió a detenerse. Luego señaló con el dedo. Apenas era visible. Parecía un cuerpo, pero era difícil distinguir su forma exacta entre las siluetas y contornos del suelo oscuro y áspero.

—¿Está… muerto? —Se preguntó Alexis, temiendo la respuesta que pudiera venir a continuación.

—No he querido acercarme más de este punto —

admitió Hansi.

—Quizá solo esté dormido... o inconsciente. —Realmente Claudia deseaba que fuese así.

El cuerpo de un chico joven, de unos quince años, yacía boca abajo sobre la dura y afilada superficie de la cueva. Parecía inmóvil, inerte. Sin vida, tal vez, como Alex temía.

—Acerquémonos —sugirió Claudia. Sus amigos la miraron vacilantes. Ella les dirigió una mirada acusadora. —Tenemos que hacer algo, ¿no? No podemos dejarlo ahí.

Tenía toda la razón. No eran los únicos que habían acabado en aquel lugar y obtener las respuestas que tan desesperadamente necesitaban significaba interactuar con aquellos desconocidos. El grupo se acercó lentamente al cuerpo, temiendo despertar al durmiente, si es que lo estaba. Ninguno de ellos sabía qué esperar de aquella situación. Lentamente, el chico se movió y giró la cara, revelando su identidad.

—Oye, ¿no se parece a...? —Comenzó a decir Claudia.

—Sí. Es uno de los chicos que vino con tu amigo de la tienda de cómics ¿no es cierto, Alex?

—¡Joder que sí! Se quedó con nosotros bastante después del concierto.

Parecía que el chaval finalmente despertaba...

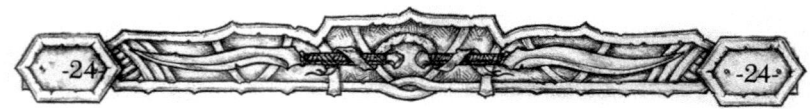

-El Enviado-

¡DESPIERTA!

Voces en mi cabeza…

Sentía el cuerpo dolorido, como si hubiera dormido sobre una cama de clavos. La molestia, sin duda, fue la causante de mi abrupto despertar del mundo de la inconsciencia. Entonces, abrí los ojos y parpadeé. El corazón me dio un vuelco.

¡Mi habitación había desaparecido!

No había hecho más que incorporarme sobre aquella superficie dura y espinosa cuando vi a tres desconocidos que me observaban fijamente, con una mezcla de espanto y sorpresa en sus rostros. Mi primera reacción fue levantarme de un salto y alejarme de ellos a rastras, como si fueran fantasmas que buscasen mi alma.

—¡Tranquilo, chico, tranquilo! —Dijo el más voluminoso de ellos. Su lenguaje corporal, no obstante, me invitaba a mantener la calma, pero eso no era algo que fuera a ocurrir en un futuro inmediato.

—¿Dónde estoy? ¿Qué está pasando? ¡¿Quién eres?!

Estaba demasiado aturdido para asimilar nada. La cabeza me daba vueltas. La oscuridad del lugar me ponía los pelos de punta y podía sentir su fría humedad calándome hasta los huesos.

—¿No... nos reconoces? —Preguntó la chica. —Estuvimos juntos. Hace sólo... unas horas... supongo.

No parecía realmente convencida de ello. Yo podía sentir mi corazón latiendo a toda velocidad. Nada tenía sentido, así que traté de centrar mi mente y hacer memoria.

Ella era una chica de estatura menuda. Tenía el pelo negro y brillante, con un bonito corte Bob justo por encima del cuello. Su piel era pálida y sus rasgos, delicados, casi de niña. Era muy guapa. El tipo fornido parecía extranjero, sin duda. Su acento le delataba. Tenía un gran bigote rubio, casi albino, que le enmarcaba ambos lados de la boca hasta la barbilla. Tenía rasgos duros y la cabeza bien afeitada. Su aspecto era realmente intimidatorio. El tercer individuo tenía rostro imberbe, casi femenino, y una larga cabellera castaña de un inusual color crema. Vestía de negro. Todos ellos estaban en sobre la veintena. Y tenían razón, mucha razón. Yo los conocía. Había estado con ellos, quizá, hacía solo unas horas, como ella

LA FLOR DE JADE I

-EL ENVIADO-

aseguraba.

—Tú eres... —Con razón tardé en reaccionar.

—Somos *Insomnium* —reveló la chica. —Nyode, Asahel y Hansi. O bueno, como tú ya nos conoces: Claudia, Alexis y Hansi.

Mi cerebro empezó a procesar todo aquello. Mis recuerdos no tardaron mucho en regresar con claridad.

—¡Anoche tocasteis en el Valhalla! —Recordé. —Estuve en vuestro concierto.

Noté que Claudia me sonreía en respuesta.

—Así es, chaval, —añadió Alex. —Tenemos amigos en común. Niko, de la tienda de Cómics. Fuimos a tomar algo después del concierto.

—Lo recuerdo. No pude quedarme mucho con vosotros, me temo —admití, llevándome la mano a la frente. La cabeza me estaba matando. —¿Cómo...? ¿Dónde estoy?"

Miré a mi alrededor, observando aquel lugar frío, oscuro y desconocido. Me invadió una sensación inquietante.

—Esa es la pregunta del millón —oí decir a uno de ellos.

La enorme cueva parecía habernos engullido. Yo seguía demasiado confuso aún para entender lo que estaba pasando.

—¿Cómo... cómo he llegado hasta aquí?

Hansi se acercó y extendió su brazo para ayudarme a levantarme. Aquellos bíceps podían alzar un caballo. Mi ligera constitución probablemente no fue ningún problema para él.

—A decir verdad, muchacho —dijo mientras me tendía

la mano, —pensamos que quizá tú podrías ayudarnos a responder a esa pregunta.

Intercambiábamos nuestras vivencias y todo seguía sin tener sentido. Lo cierto es que yo aún estaba demasiado aturdido para pensar con claridad.

—Entonces... ¿eso es todo lo que recuerdas? —Alex sonaba decepcionado por mi versión de los hechos.

—No tengo mucho más que añadir —le aseguré. —Recuerdo que me marché pronto. Me lo estaba pasando genial, pero había prometido en casa no llegar tarde. Cuando volví, cené algo y me acosté. Eso fue todo... hasta ahora.

Volví a mirar a mi alrededor. Cuanto más lo pensaba, menos coherencia le encontraba a todo. Y no era la única persona en pensar así.

—Él también está vestido con la misma ropa que llevó al concierto. Dudo que haya dormido así —comentó Claudia. Me miré y vi que tenía razón. Me sentí aliviado de no llevar mi viejo pijama.

—Pero ¿acaso importa? —Pregunté.

—Todavía no lo sabemos —admitió Alex, ligeramente desanimado. —Estamos buscando algo que nos conecte a todos. Algo que explique por qué todos hemos acabado en esta situación, en este lugar —añadió, señalando a su alrededor.

—Todos llevamos la misma ropa de la tarde, y estuvimos todos juntos después del concierto —recapituló Claudia.

—El otro tío, no —interrumpió Alex, rompiendo su lógica.

-El Enviado-

—¿Qué otro tío? —pregunté.

Fue la chica quien respondió a mi pregunta.

—Hay otro tipo. Creo que igual también lo conoces, por lo que he oído.

Hansi por fin me aclaró las cosas.

—¿Recuerdas cuando salí a saludar, en la puerta? ¿Los tipos que querían entrar y buscar problemas?

¿Cómo no me iba a acordar? Pensé que acabaríamos todos en medio de una pelea a puñetazos.

—Bueno, pues uno de esos tíos está aquí. Aún no hemos hablado con él. En el estado en que está, no creo que sepa de nosotros.

—¿En el estado en que está?

No me agradaba en absoluto la idea de estar atrapado en un lugar como aquel con uno de esos tíos. Si bien, la presencia de Hansi daba cierta confianza. Infundía respeto y sensación de seguridad.

—Ya que sacamos el tema, deberíamos hablar con él.

—¿Estás seguro de eso, Hansi?

Hansi se frotó la barbilla tratando de encontrar una alternativa.

—Sea quien sea, también está metido en este lío —concluyó.

Claudia miró a su alrededor. A pesar de su tamaño, la cueva parecía empequeñecerla.

—Me siento un poco agobiada aquí dentro —admitió mientras volvía a frotarse los brazos en busca de calor. La humedad del aire era cada vez más desagradable. Tendríamos que encontrar una manera de calentarnos pronto, de alguna manera. —Dijiste que habías visto gran parte de la cueva —le preguntó a Hansi. —¿Tiene alguna salida?

Hansi miró preocupado a su compañero.

—Eso es lo peor de todo —admitió su corpulento camarada. —No hay salida. Al menos ninguna que yo tenga a la vista.

Claudia enterró la cara entre las manos.

—Esto es una pesadilla. Una muy jodida.

—¿Llegaste a explorar toda la cueva? —insistió Alex.

—En absoluto —aseguró el gigante. De algún modo, eso tranquilizó al guitarrista. —Intenté evitar acercarme demasiado a ese tipo. Quizá... a ese lado de la cueva haya una salida.

Alex se levantó con determinación.

—Pase lo que pase, parece que nuestros caminos están destinados a cruzarse. Se acabó la espera. Vamos a hablar con él ahora.

A nadie le complacía la idea de volver con aquel tipo, pero Alex tenía razón. Hablar con él, o al menos pasar a su lado, parecía inevitable. Solo que nadie estaba seguro de cómo reaccionaría ante nuestra presencia.

Seguía allí, en el mismo lugar, en la misma posición que antes, con la misma expresión perdida en el rostro que habían

-El Enviado-

descrito. Parecía alguien que luchaba por procesar lo que estaba pasando. Desconcertado, confundido... probablemente intentando despertar de lo que parecía una pesadilla alucinatoria. Así nos sentíamos también nosotros, en realidad.

—Yo me acercaré —sugirió Hansi. —Estoy acostumbrado a tratar con gente como él, aunque no puedo garantizar que vaya a salir bien.

Esta frase parecía querer predecir el futuro.

Hansi trató de advertir al tipo de su presencia antes de acercarse a él, pero estaba tan fuera de sí que no pareció percatarse del pelado gigante hasta que solo estuvo a escasos dos pasos de distancia. Cuando lo hizo, se puso en pie de un salto y retrocedió como si nunca antes hubiera visto a otro ser humano.

—Tranquilo, tranquilo, hombre. No pasa nada. Me quedaré aquí —le aseguró Hansi, permaneciendo donde estaba. Levantó las manos cuando el tipo le gritó que se alejara. Estaba muy alterado, y la proximidad de un tipo corpulento e intimidatorio como Hansi sólo parecía confundirlo aún más. En lugar de tener un efecto tranquilizador, encontrarse en presencia de otra persona disparó su paranoia. Y la cosa se puso peor cuando creyó ver a alguien más en la penumbra de la cueva.

—¡Eh, eh, eh! ¿Quién más está ahí?

Hansi nos hizo señas para que saliéramos de nuestro escondite.

—Tranquilo, muchacho. Son mis amigos, no hay ningún problema —trataba de tranquilizarlo, pero no pareció servir de mucho. —Pronto los verás y te darás cuenta de que no tienes nada que temer de ninguno de nosotros.

—¡¡¡Que te quedes ahí, tío!!! —El tipo gritó fuera de sí cuando Hansi dio un paso más hacia delante. De forma inesperada, echó la mano hacia atrás y sacó una pequeña navaja de muelle, que abrió de golpe. Empezó a agitarla frente a nosotros. —¡¡¡Juro que te pincho si te mueves!!! ¡¡¡Ni un puto paso, me oís!!! ¿Quién coño sois? ¿Qué coño queréis de mí?

La visión de esa hoja punzante nos provocó un nudo en la garganta. Todos nos congelamos. Hansi se tensó de inmediato.

—Está bien, está bien. Tranquilo, socio. —Sus ojos estaban fijos en la hoja en las manos nerviosas de aquel tipo.

—Escucha, chaval. Estamos aquí igual que tú y sabemos tan poco como tú. No tienes nada que temer de nosotros, ¿vale? Así que guarda esa mierda. No te hace falta para nada.

—¡¡¡Mis cojones!!! —gritó, dando unos pasos hacia adelante para intimidar, y luego retrocediendo rápidamente. —¡Si alguien se me acerca, lo rajo, joder! ¿Está claro? Clarito, ¿no?

—Lo que tú digas, tío.

Con una rápida mirada, Hansi nos advirtió que no intentáramos interceder en aquella tensa situación.

—¿Cómo te llamas, colega? Sólo queremos ayudar. Yo soy Hansi, ella es...

—A mí qué coño me importa, tío —interrumpió en tono exasperado.

—¡Esto es... esto es una puta mierda, tronco! Es la hostia, pero mal ¿vale? ¡Así que no me jodas la vida, capullo!

La Flor de Jade I

-El Enviado-

Esto no mola; no mola una mierda ¿te enteras?

Nos dimos cuenta de que aquel tipo había empezado a hablar consigo mismo.

—¿Qué coño pasa, viejo? ¿Qué cojones me pasa? ¡¿Qué puta mierda me has dado, Johnny?! —Gritó, mirando hacia los techos ocultos de la cueva. Su voz volvió, en una oleada de ecos que parecían burlarse de él. —¡Esto es culpa tuya, cabronazo! Cuando me baje la noya, te juro que te mato, joder. Este es el puto viaje más chungo de to' mi puta vida. Te mato, Johnny. Te juro que te mato por esta puta mierda.

Sus palabras, distorsionadas, resonaron en la oscuridad.

Lo miramos en su furia, sin saber qué hacer o cómo terminaría todo. Entonces, se desplomó en el suelo. Se llevó las manos a la cara y empezó a gemir y a maldecir un poco más. Sólo Hansi se atrevió a responderle.

—No sé qué demonios te has metido, colega —asumió cuando los gemidos empezaron a remitir. —Pero te aseguro que no tiene nada que ver con lo que te está pasando. No es un colocón ni un mal viaje ni nada de eso, créeme—. El tipo se giró lentamente para escuchar al gigante.

—Yo soy real. Y estos chavales también. Y todo lo que te rodea es tan real como tú. Será mejor que lo vayas aceptando.

El tipo le miró con atención, pero ya no había agresividad, sólo un aire de derrota. Tan sólo confusión en sus ojos.

—Pero ¿qué dices, tío? —Su tono ahora era casi suplicante. —Estaba de fiesta, hermano. ¡Estoy de fiesta ahora mismo, colega! Una gran juerga, de eso estoy hablando, tío. Sólo

fui al baño, tron. Al baño, ¿lo pillas? A sentarme en el trono un momento; ¿'abes? Que me estaba dando la noya pero fuerte, por la mierda que ese puto maricón nos ha dado ¡joder! Y esta cagada de viaje le va a costar la vida a ese hijoputa pastillero, por mis muertos, bro.

Hansi le sostuvo la mirada unos instantes. Si no estaba alucinando, las pupilas de aquel tipo decían otra cosa. Era inútil intentar convencerle de nada en ese estado.

—Lo que tú digas, amigo —acabó asumiendo. —Quédate aquí y aguántalo. Daremos una vuelta buscando una salida. Ven a buscarnos cuando te sientas mejor, ¿vale?

El tipo asintió, pero dudábamos que hubiera escuchado realmente lo que Hansi le había dicho.

El vikingo nos hizo un gesto enérgico para que avanzáramos y pasáramos por delante de aquel tipo lo antes posible. Obedecimos, temiendo que tuviera otro arrebato violento en cualquier momento. Pero no ocurrió nada. Uno a uno pasamos a su lado. Él nos miraba con expresión perturbada, como si fuéramos producto de su imaginación. El último en pasar fue el propio Hansi, que no le quitaba ojo a la mano que sostenía el cuchillo. Preocupados, todos queríamos poner distancia entre nosotros y aquel tipo. Mientras nos adentrábamos en la aparentemente interminable y brumosa cueva, sólo Claudia se volvió para mirar al paranoico muchacho.

—¿Le dejamos ahí? —Preguntó, volviéndose hacia nosotros.

—Es mejor que se calme primero —admitió Alex. —Tiene un cuchillo, cielo. No quiero estar cerca de él cuando vuelva a perder los estribos.

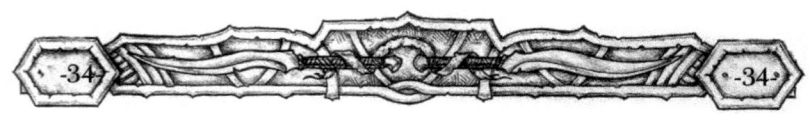

La Flor de Jade I

-El Enviado-

—Alex tiene razón, Dia —intentó tranquilizarla su otro compañero de banda. —Ese tipo es inestable ahora mismo. No voy a animarle a que venga con nosotros en este estado. Es mejor que se quede atrás. Ahora mismo no nos ayuda mucho. Ni siquiera estoy seguro de que vaya a ser de mucha ayuda cuando esté sobrio.

Personalmente, me sentía más cómodo cuanto más nos alejábamos de aquel sujeto.

La tenue luz de nuestro desapacible entorno nos daba la sensación de estar caminando siempre por el mismo lugar. Cada estalagmita se parecía de forma inquietante a la anterior y a la siguiente. Las formas calcáreas se eternizaban en una atmósfera pesada y húmeda que lo envolvía todo. No parecía tener vida. Sólo alguna gota cristalina que caía desde lo alto de la cueva rompía el denso silencio. Estábamos a punto de rendirnos cuando uno de nosotros levantó la voz.

—¡Por aquí, chicos! —Fue Claudia quien rompió el silencio del grupo. —Creo que he encontrado la pared.

A los pocos segundos la alcanzamos. La luz era muy escasa en esa parte de la cueva. Alex buscó en los bolsillos de su gabardina y sacó un mechero zippo. Tras varios intentos fallidos, emitió un resplandor anaranjado, suficiente para hacernos una idea de dónde habíamos acabado. El áspero muro de piedra estaba plagado de malformaciones calcáreas, como bultos de piel de reptil, y se alzaba decenas de metros de altura. La irregular elevación de la roca se levantaba hasta donde alcanzaba la vista.

—No podemos ir más lejos. —añadió la chica con seguridad. —Hemos llegado al final de la cueva, al menos en esta dirección.

—Al menos ya es algo —aseguró Alex. —Ahora sabemos que esta maldita cueva termina en alguna parte.

—Permanezcamos cerca de la pared y sigámosla hasta el final, —Propuso Hansi —La sección que lleve a la salida tiene que empezar en alguna parte.

Nos pusimos en marcha de nuevo. Gracias al resplandor del mechero de Alex, pudimos seguir el camino a lo largo del muro de roca húmeda. Ahora contábamos con un tramo de pared que nos proporcionaba un punto de referencia estable. Nuestros pasos se aceleraron a medida que avanzábamos a lo largo del muro. Pronto se confirmaron las sospechas de Hansi.

—Parece que este tramo asciende ligeramente"

Nos detuvimos al inicio de lo que parecía un sinuoso corredor, que serpenteaba a través de las oscuras y sombrías profundidades de la tierra. Como Hansi había observado, daba la impresión de tener una ligera elevación. Quizá llevara a la superficie. Una débil corriente de aire besó nuestros rostros con una caricia fresca y suave.

—Tal vez conduzca al exterior —apuntó Alex.

—O quizá el aire solo se cuele por una grieta de la roca —añadió su fornido compañero, menos optimista.

—Bueno, sólo hay una forma de averiguarlo —propuso Claudia, la primera en avanzar. Los demás la seguimos con cautela. Pronto, el túnel se volvió muy empinado y nos vimos obligados a apoyarnos en las paredes para ayudarnos a subir.

—Tened cuidado. El suelo está muy resbaladizo —nos advertía Hansi, extendiendo su fuerte brazo en ayuda.

La Flor de Jade I

-El Enviado-

No pude evitar ser plenamente consciente de que aquel tipo enorme que tenía delante no era otro que Odín, el batería de *Insomnium*. También era el portero del Valhalla, el pub donde tocaban habitualmente en la ciudad. Parecía increíble. Allí estaba yo, con ellos. *Insomnium* era un joven grupo de metal local y eran bastante conocidos por entonces. Su carrera no era muy extensa en el tiempo y su repertorio seguía incluyendo muchas versiones de otras bandas más famosas. Sin embargo, sus propias canciones sonaban bastante bien y muchos auguraban un futuro brillante a la banda, a pesar de su reciente crisis.

Su bajista, Narael -su verdadero nombre era Nathan-, había abandonado el grupo en fechas recientes. Se rumoreaba que había roto con Nyode. Al parecer, esto había dividido a la banda. Tras ese hecho estaba que Golgotha, una banda de death-metal mucho más reconocida, le había pedido que se uniera a ellos.

Nyode -Claudia era su verdadero nombre, como ya supongo que habrá quedado evidente- era la vocalista. No sólo lucía espléndida en el escenario, sino que además tenía una voz increíble. Asahel -Alex en la vida real- era productor y multi-instrumentista. Se encargaba de tocar la guitarra solista en los directos. Se rumoreaba que *Insomnium* estuvo a punto de abandonar la escena tras la marcha de Narael. Así que cuando se anunciaron que iban a dar un concierto para amigos en Valhalla, tuve que ir. Tengo un conocido que presumía de conocer a Asahel porque solía ir a su tienda de cómics. Me dio una entrada y prometió presentarme a la banda después del concierto. Y no me arrepiento. Fue un gran concierto.

A pesar de tener un bajista temporal, tocaron mejor que nunca. Creo que querían acallar los rumores. Para mí, la guinda del pastel de aquella noche fue el tiempo que pasé entre bastidores. Me habría conformado con un saludo rápido, alguna charla para aliviar la incomodidad del momento y poco más. Eran como celebridades para mí. Pero Asahel... Alex insistió en tener un detalle y acabamos tomando algo en el propio pub después del concierto. Lo pasamos francamente bien.

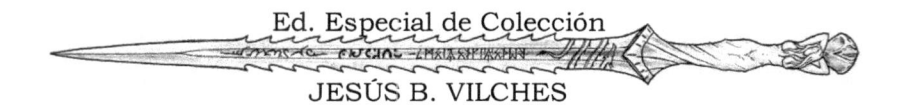

Recuerdo que pensé en lo genial que sería conocerlos mejor. Todo el mundo quiere ser amigo de un grupo de rock, no estoy siendo nada original con ello. A pesar de estar en sus comienzos, ya contaban con una base de seguidores fieles, entre los que me encontraba yo, por supuesto. Como me daba vergüenza que me tomaran por un groupie histérico, apenas intervine cuando quedamos. Dejé a mi amigo llevar el peso de la conversación y me dejé llevar. Por suerte, ellos resultaron ser muy cercanos y amables conmigo. No obstante, en mi cabeza fantaseaba con la idea de que podría ser el comienzo de una interesante amistad.

Odié tener que despedirme de ellos tan pronto después de conocerlos. Sobre todo, cuando la velada parecía no haber hecho más que empezar para todos los demás. Desde mi punto de vista adolescente, sin duda los idolatraba. En mi mente, anhelaba nuevas oportunidades para conocerlos y establecer una conexión más profunda. Esa utopía adolescente dominaba mis pensamientos mientras volvía a casa. Me iba a la cama deseando formar parte de su mundo y sumarme a su fascinante círculo de amigos.

Y entonces...

Me desperté en medio de una cueva ignota con la única compañía de los miembros de *Insomnium*. Impresionante. No es que fuera exactamente mi deseo, pero, joder, se acercaba

La Flor de Jade I

-El Enviado-

bastante.

El pasillo se retorcía y giraba a medida que ascendía por el interior de la cueva rocosa. El viaje parecía interminable, sin más luz que la de un obstinado mechero que apenas iluminaba nuestros pasos. Nuestro cauteloso avance resultaba claramente mortificante.

—Todos nos conocimos en algún momento de la tarde —continuaba Claudia, rumiando el tema.

—No; el drogata ese, no. —le recordó Alex mientras la ayudaba a superar un obstáculo en el camino.

—Bueno, él estuvo allí. Hansi lo vio y tú también, ¿verdad? Me señaló buscando mi confirmación. Asentí con firmeza. —Tiene que haber algo que nos conecte a todos.

Pero Alex no estaba de acuerdo.

—Nosotros también estuvimos con mucha otra gente, Dia[3]. —matizaba Alex, luchando por darle sentido a todo aquello. —¿Por qué él y no Dimitri... o cualquiera de las otras personas que se unieron a nosotros para tomar cervezas? —Añadió, mirándome. —Ellos también estuvieron con nosotros anoche. ¿Por qué no cualquier otra persona del público que vino al concierto? Además, todos nos encontrábamos en lugares distintos y en diferentes circunstancias cuando nos ocurrió lo que quiera que nos haya sucedido. Todo esto no tiene el menor sentido, Dia. No sé si merece la pena darle más vueltas.

—Pero... —insistió ella, —tiene que haber una

---

[3] Como ya habréis podido comprobar, en ocasiones, Hansi y Alex se referían a su compañera en la intimidad con ese cariñoso diminutivo de su nombre.

conexión.

—Chicos... —La potente voz del batería interrumpió la conversación. —Hay luz al final del túnel.

Todos nos giramos a la vez para mirarle.

Sus palabras no suponían ninguna metáfora. Parecía haber un punto de luz al final del estrecho pasadizo. Intercambiamos miradas emocionadas. Quizás esa luz nos proporcionara la salvación del caótico mundo de sombras e incertidumbre en el que nos encontrábamos dentro de la cueva.

—¡Estupendo! —dijo ella. —¡Podría ser la salida!

—¿A qué esperamos?

Con renovado entusiasmo, nos apresuramos a seguir adelante, olvidando la conversación que acabábamos de mantener. Tal vez, el final del misterio estuviera tan sólo a unos pasos. El pasillo, que se había vuelto espantosamente estrecho, empezó a ensancharse a medida que nos acercábamos a la fuente de luz. A cada paso crecía y se ensanchaba como un ojo lleno de asombro. Pronto nos dimos cuenta de que se trataba de la boca de la cueva.

—¡Es la salida, es la salida! —exclamó Claudia entusiasmada.

La amplia entrada de la cueva permitía entrar la luz del día. Se derramaba por los alrededores con un tono ocre apagado. El lugar parecía mucho más grande de lo que habíamos imaginado. El calor del aire era abrumador. Instintivamente, aminoramos el paso, celebrando casi inconscientemente nuestra prematura victoria, disfrutando de antemano de una merecida recompensa. Nuestros ánimos se

LA FLOR DE JADE I
-EL ENVIADO-

calmaron y la sensación de claustrofobia que nos había atormentado empezó a disiparse mientras caminábamos hacia la libertad. Sin embargo, del insistente "¿cómo salimos de aquí?" pasamos con rapidez al "¿dónde estamos?"

—¿Dónde demonios estamos?

Puede parecer obvio, pero creo que lo que Claudia quería preguntar era en qué lugar del mundo podía existir un lugar así. Estaba claro que nos había ocurrido algo inexplicable. Nadie iba a sacar a cinco jóvenes de sus camas y dejarlos en una caverna perdida de la mano de Dios sólo por diversión, aunque esa retorcida idea haya sido explotada hasta la saciedad en películas de terror. No podéis imaginar cuántas hipótesis descabelladas se nos pasaron por la cabeza en aquel momento. El pensamiento más coherente era creer en algún tipo de fenómeno inexplicable. Oímos hablar de fenómenos extraños todo el tiempo. Que sí, que son cultura popular y todo eso... gente que pasea tranquilamente por su ciudad y de repente se encuentra caminando por la Muralla China. Pero en una situación como la nuestra, ¿por qué no podría habernos pasado a nosotros? Como explicación, era la única que podía encajar, a pesar de todo. No obstante, la realidad se abatía sobre nosotros con todo su peso. La incertidumbre de no saber dónde estábamos ni cómo habíamos llegado hasta allí nos sumía en un estado de miedo agonizante.

Pero la respuesta estaba ahí, justo delante de nosotros. Brillaba con fuerza en el cielo rojizo de la tarde. Jubilosa, casi desafiante, sobre nuestras cabezas. Una respuesta que no nos daba la información que necesitábamos. No nos decía cómo habíamos llegado a esa situación. Ni siquiera nos daba la menor clave sobre dónde estábamos. Pero no importaba, porque dejaba empíricamente claro, sin ninguna sombra de duda, dónde no estábamos.

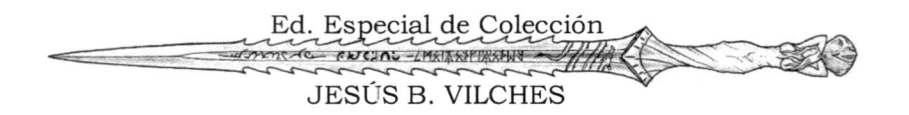

He ahí nuestra respuesta.

Ahí estaba la luz que lo revelaba todo. Atrás quedaban las sombras que nublaron nuestros pensamientos en la caverna. Y quizá fuera cierto el dicho de que la ignorancia es una bendición.

—Oh, Dios... Dios. No puede ser verdad—. Esa expresión resumía todo perfectamente.

Todos mirábamos al cielo por encima del horizonte. Los ojos quedaron fijos en la puesta de sol. Nadie dijo una palabra, pero todos lo vimos. Era imposible pasarlo por alto. Seguimos caminando, pero nada guiaba ya nuestros pasos. Caminábamos arrastrados por la inercia, atraídos, casi hechizados, por aquella majestuosa visión en el horizonte.

—Esto debe ser un sueño.

Pero... habíamos llegado demasiado lejos para aferrarnos ya a esa teoría. Demasiado tarde, me temo, para despertar.

La enorme boca de la cueva nos dejó salir a un yermo mundo exterior. La grandiosa vista ante nosotros resultaba escalofriante. Un vasto valle de piedra, tan rojo como las arenas de Marte, se extendía bajo nuestros pies y hasta donde alcanzaba la vista. El paisaje era desolador. Tal vez fuera la desnudez estéril de la vista, la indescifrable belleza del desierto, lo que lo hacía tan sobrecogedor. Desde allí, desde las alturas de una escarpada grieta donde se abría la boca de la cueva, el paisaje resultaba increíble. Pero no era este impresionante panorama lo que nos había sumido en un estado de silencio absoluto. La respuesta

LA FLOR DE JADE I
-EL ENVIADO-

estaba más arriba. En el cielo.

Nunca pensé que diría esto, pero frente a nosotros, en el horizonte, dos impresionantes estrellas gemelas nos ofrecían su luz en aquella tarde inesperada.

Un sol blanco y otro rojo a su lado.

Un enorme gigante incandescente brillaba orgulloso ante nuestros atónitos ojos. Un poco más alto, junto a esta enorme bola, se divisaba otra estrella. Era mucho más pequeña, pero de un rojo ígneo tan intenso que resultaba sobrecogedor. Orbitaba muy cerca del gigante amarillo.

Nos quedamos clavados en el sitio. Congelados. Testigos absortos de un espectáculo tan extraordinario como increíble.

Creo firmemente que no hay pluma ni habilidad literaria con el ingenio o el talento necesarios para describir cabalmente lo que pasa por la mente de uno en momentos como éste. Sencillamente, hay instantes, sensaciones y sentimientos que van más allá de las palabras. No importa cómo se describan, nadie puede evocar los pensamientos que desfilaron por nuestras cabezas en ese momento.

Estaba allí y era real: un segundo sol.

No existe un segundo sol. Tu mente se esfuerza por racionalizarlo, pero tus ojos te dicen lo contrario. En este estado de estupor, no éramos conscientes de que había otra persona detrás de nosotros. Entró en escena con una expresión de perplejidad similar a la nuestra. Era aquel tipo. Había seguido nuestros pasos, supongo, o quizá el rastro incandescente de nuestro mechero. Llegó aturdido, como el resto de nosotros. Sus ojos no estaban preparados para ese choque con la realidad, y lo surrealista que nos parecía a todos.

La chica se llevó rápidamente las manos al pecho. Le costaba respirar. Retrocedió unos pasos, jadeando para que el aire llenara sus pulmones. Su reacción desesperada nos alertó de inmediato.

—Claudia, ¿qué te pasa? ¿Estás bien?

Cuando Alex intentó acercarse a ella, la chica se alejó de él con un movimiento brusco. Dio unos grandes pasos hacia atrás, con una mano en el pecho y la otra en la frente. Durante un par de segundos, temimos lo peor. De repente, se volvió y nos miró a todos con sus ojos profundos y oscuros. Su rostro lo decía todo. No era sólo miedo. Había entendido sin fisuras la realidad de nuestra situación. El abismo le había mirado directamente a los ojos.

—¡Por el amor de Dios! ¿Dónde...? ¿Dónde estamos? ¡¿Dónde estamos?! Que alguien diga algo.

Sus palabras cayeron sobre nosotros como una losa de granito. Nuestro mundo se vino literalmente abajo. Miré el enorme sol rojo, el horizonte desolado; sentí el frío del viento por primera vez. Estábamos solos... aislados y perdidos... en un lugar imposible con un segundo sol en el cielo.

—Calmémonos, ¿vale?! —Alex intentó sobreponerse a la situación, hacerse valer y sonar racional. —Tiene que haber una explicación fundada para todo esto. Una explicación lógica.

—¿En serio? ¿Una explicación lógica, Alex? —preguntó Hansi. Alex quedó paralizado, incapaz de ofrecer una respuesta. No había ninguna. No había ninguna explicación lógica.

—¡La puta! ¿Qué demonios...? —El otro tipo se cayó

LA FLOR DE JADE I

-El Enviado-

literalmente de culo. Fue entonces cuando nos fijamos en él. Quedó sentado, con los ojos, como los nuestros, anclados en aquel espectáculo fascinante, por perturbador que fuera.

—Si sigo drogado... cuando le cuente a mis colegas este alucine... no me van a creer, bro. No me van a creer, en absoluto.

Ed. Especial de Colección

JESÚS B. VILCHES

LA FLOR DE JADE I

-El Enviado-

La Flor de Jade

REALIDAD
DESENCADENADA

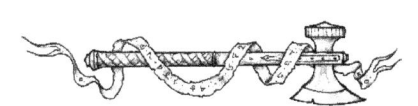

No sé cuánto tiempo estuvimos allí...

En silencio, devastados, en la soledad de aquel lugar muerto. Tal vez horas, a juzgar por la posición de esas estrellas en el horizonte. Nos dispersamos al azar, luchando a solas contra nuestros propios demonios. Lo hacíamos en silencio, en una intimidad cautelosa. Nadie quería molestar a los demás en este necesario momento de introspección. Era un viaje personal que cada cual debía hacer por sí mismo. Pero unas horas no bastarían para dar sentido a la legión de pensamientos y sensaciones que chocaban en nuestras cabezas. Se nos pedía que racionalizáramos algo que no tenía lógica alguna. Estábamos librando una batalla perdida.

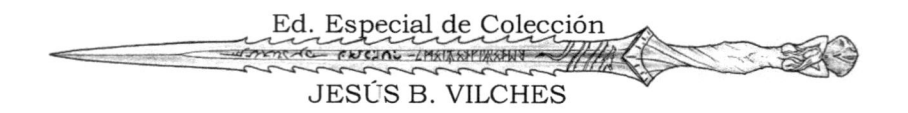

No había lógica ni propósito.

En algún momento me acerqué a Nyode. Todavía me resultaba extraño pensar en ella como *Claudia*. Estaba callada, mirando a aquellos soles moribundos que desafiaban toda razón. Tenerla tan cerca, a escasos centímetros, me hacía sentir un poco de pudor. No podía evitar sentirme atraído por ella, a pesar de nuestra diferencia de edad. Ciertamente, yo era el más joven de todos. Hansi casi me doblaba la edad y Claudia, como Alex, era al menos diez años mayores que yo. Pero quizás era su cuerpo menudo y su belleza adolescente lo que me hacía sentir cercano a ella. Haciendo acopio de todo mi valor, rompí el hielo con una pregunta.

—¿Tienes miedo?

Mi interrogante quedó flotando en el aire, rodeado de un halo de silencio. Respiré hondo antes de atreverme a mirarla. Temía incomodarla rompiendo su intimidad.

—Tengo miedo —confesó.

—Yo también—. Tomé aquella reciprocidad como un velado permiso y me senté a su lado. —Pero me siento afortunado de estar con vosotros... con todos vosotros.

Siempre había sido especialmente tímido con las chicas. A mis ojos, ella era alguien cuyo atractivo y presencia me ponían nervioso. Creo que pronto se dio cuenta de aquella debilidad

LA FLOR DE JADE I

-EL ENVIADO-

hacia ella.

Pero lo cierto es que le había mentido.

Tal vez se lo dije solo para mostrar empatía por sus sentimientos. Porque sentí que era la respuesta que ella quería oír. En realidad, estaba muy tranquilo. Creo que no era completamente consciente de la gravedad de la situación. Mi juventud, mi falta de experiencia, tal vez, no me permitían verlo como algo grave. En el fondo, siempre había deseado que me ocurriera algo así. ¿Qué adolescente no querría un poco de aventura para romper su rutina? De hecho, compartir esa aventura con aquellos músicos a los que tanto admiraba era mejor que cualquier otra cosa que pudiera haber soñado. No podía negar que su compañía me resultaba excitante y tranquilizadora por muchas razones.

Aquel tipo de aspecto sospechoso se acercó a nosotros interrumpiendo mi intento de aproximación. Creo que sólo trataba de ser amable... a su modo.

—Quizá no empezamos con buen pie. Mis colegas me llaman Falo[4]" —dijo con orgullo. Finalmente, Claudia apartó los ojos del lienzo celeste y se volvió hacia él con el ceño fruncido.

—Falo... ¿En serio? —La chica no tuvo fuerzas para pedirle que le explicara el dudoso origen de aquel nombre. Falo se lo contó igual.

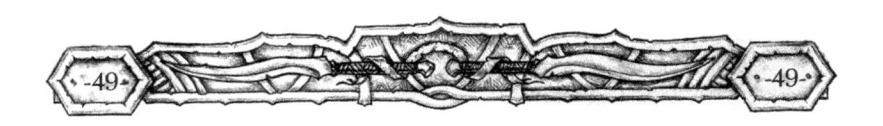

---

[4] En la *Adaptación Inglesa* Falo cambia de nombre. Para poder respetar el juego de palabras contenido en su nombre original se le llama Dick o Dickie, apócope de Richard. Hemos creído innecesario mantenerlo en esta versión más allá de esta nota por razones obvias.

—Falo, tía, ¿'abes⁵? Falo. De Rafa, Falete... —Parecía disfrutar con el juego de palabras.

—Sí, lo entiendo. Te llamaré Rafa, ¿Te importa? —Sugirió con cierto desdén. El chico se encogió de hombros.

—Como quieras.

—Soy Claudia.

Falo se quedó mirando al fornido batería que ahora estaba de pie junto a Alex, cerca de la enorme boca de la cueva.

—Tu amigo, el que habla raro y se parece a Popeye. Creo que lo he visto en alguna parte, ¿'abes? Sólo que no recuerdo dónde.

Claudia parpadeó y se volvió hacia aquel tipo. Suspiró. Se sintió aliviada de que él no recordara exactamente de qué conocía a Hansi.

—No habla raro. Es noruego. Y tampoco creo que le guste que le llames 'Popeye'. Se llama Hansi, pero puedes llamarle Odín. Mucha gente le llama así.

Claudia terminó con una breve presentación de los demás y me alegró comprobar que se acordaba de mi nombre.

—Antes... en la cueva... Creo que... bueno, me pasé la Hostia con vosotros. Fui borde mal. Yo... no estaba en mi mejor momento ¿'abes? Pero ya se me ha pasado un poco el movidón.

—No te preocupes, ya no importa —aseguró ella, y volvió sus ojos al horizonte.

---

⁵ Como nota peculiar también le añadimos una coletilla callejera: "y'know" que sí hemos querido mantener en esta edición.

La Flor de Jade I

-El Enviado-

—Este lugar parece muerto —aseguró Hansi con una mueca mientras sus ojos barrían las amplias y devastadas llanuras del valle bajo nuestros pies. El viento cubría nuestra piel de arena seca, levantada de las profundidades del valle. Era cortante y frío.

Alex se mantuvo en silencio mirando el horizonte mientras su amigo se aproximaba. El viento movía el vistoso abrigo largo de cuero y el pelo color crema de Alex. Le daba un aspecto un tanto heroico.

—¿Qué te preocupa, Alex? —preguntó el batería con voz cansada. El joven no se volvió para contestar. Sus ojos estaban fijos en el horizonte.

—Lo mismo que a todos los demás, supongo. ¿Qué ha pasado y como vamos a salir de aquí?

—Eso es precisamente lo que venía a contarte, Alex—. La frase obligó al guitarrista a mirar a su amigo. —Se acerca la noche, tío. Va a oscurecer pronto. No tenemos agua, ni comida y la temperatura ha empezado a bajar. Estamos en problemas.

Alex miró fijamente a su robusto compañero.

—Estamos de mierda hasta el cuello, Hansi.

—Pues deberíamos pensar en seguir adelante, ¿no crees? No tiene sentido quedarse aquí. Nadie nos está buscando, eso seguro. Nadie vendrá por nosotros.

Durante los siguientes minutos discutimos si debíamos quedarnos en el refugio de la cueva o merecía la pena descender hacia el valle. No estábamos de humor para heroicidades, todo sea dicho. Descender desde nuestra posición hasta lo más profundo del valle parecía una empresa que iba a costar un tiempo y una energía preciosos. Por otra parte, aquella tierra estéril no parecía ofrecernos más que un largo e inútil vagabundeo. Quedarse en el refugio de la cueva podría ser la mejor opción, al menos por el momento. Pero eso no resolvería nuestro mayor problema. Nadie vendría a buscarnos, como bien aseguraba Hansi. Si queríamos salir, tendríamos que hacerlo por nuestros propios medios y correr algunos riesgos.

—Deberíamos quedarnos, Hansi. Al menos pasar la noche aquí. Parece un lugar seguro —argumentaba Alex. —No creo que sea la mejor idea vagar por un desierto de noche.

—Aún nos quedan dos o tres horas de luz —alegó Hansi. —¡Y hay dos soles, tío! Puede que incluso nos quede algo más de tiempo. Pronto tendremos hambre y sed. Quedarnos sólo retrasará lo inevitable. Sin un fuego que nos mantenga calientes y algo que comer, no importa dónde pasemos la noche. Debemos hacer algo para sobrevivir. Buscar ayuda.

—¿Ayuda de quién? —preguntaba de forma retórica Alex, haciendo un gesto para enfatizar sus palabras. —¿Has visto bien este lugar? Es un maldito desierto, socio.

—Eso no me importa —intervino la chica, cruzándose de brazos. Miró a través del desfiladero, hacia el valle. —No pienso quedarme aquí sin hacer nada. Si hay alguien ahí abajo, tendremos que encontrarlo nosotros mismos. No creo que nadie vaya a aparecer por aquí sin más.

—Pero este lugar parece seguro.

—¿Seguro? ¿Seguro para qué, Alex? ¿Para morir de

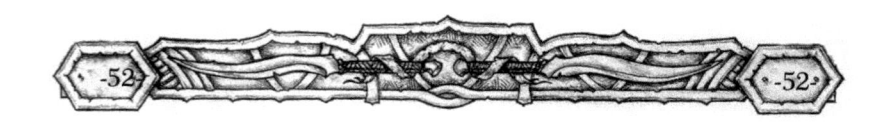

LA FLOR DE JADE I

-EL ENVIADO-

hambre a salvo? —Comentó el fornido músico. —Tenemos que movernos... y cuanto antes, para poder aprovechar lo que queda de luz.

Claudia miró detrás de ella, lejos del borde del acantilado, y se dio cuenta de que faltaba alguien.

—Espera... ¿dónde está el drogata ese?

Su pregunta interrumpió bruscamente la conversación. Todas las cabezas se giraron para buscar al tipo. No había ni rastro de él.

—Sí... ¿dónde se ha metido? —Preguntó Alex, sorprendido por su repentina desaparición. —¿Cómo dijo que se llamaba? ¿Carapolla[6]? Son todos iguales. ¿Dónde habrá ido ahora a meterse ese imbécil?

—Es lo que nos faltaba —Se quejó Hansi con un pesado suspiro. —Que conste que, si ese cretino decide seguir su propio camino, no tendré nada que objetar.

La explanada en la que nos encontrábamos estaba desierta. Recordé haber visto a Falo caminando cerca del borde, mirando a su alrededor como si buscara algo.

—Espero que no se haya alejado y caído por la cornisa.

La ironía de Alex lo dibujaba tan preocupado por la desaparición de aquel tío como Hansi.

—Por mí como si se ha tirado de cabeza —admitió Hansi. —Joder. Tengo la sensación de que este tipo sólo nos va

---

[6] En la Adaptación, Alex recurre al juego de palabras del nombre de Falo (Dick/Richard) y lo llama "Dickhead".

a traer problemas.

Era obvio que no podía haber vuelto a entrar en la cueva sin pasar por delante de nuestras narices, así que nos aventuramos más afuera para ver si podíamos localizarlo entre todos. Ni unas horas con nosotros y ya necesitaba un policía al lado. Igual Hansi no se equivocaba con su primera impresión.

Había un saliente que se extendía unos pasos a ambos lados de la cueva. Nos separamos, pero no fue necesario. Falo emergió por uno de los lados. Parecía animado. Antes de que nadie pudiera preguntarle adónde había ido, nos facilitó una información que cambiaría nuestros planes iniciales.

—Eh, tíos. ¡Por aquí! Hay humo ahí abajo.

—¿Humo? ¿Qué clase de humo?

—Humo, joder, humo.

El humo parecía provenir una especie de fogata, o tal vez una casa o cabaña, abajo, en el valle, fuera de la vista desde donde estábamos ubicados. Formaba una fina columna que se elevaba desde algún punto cercano en el valle. Falo nos había conducido a una zona de la cornisa desde donde podíamos ver más de la vasta y árida tierra circundante. Extendió el dedo, marcando el lugar de su oportuno descubrimiento.

—Ahí hay un camino. Eso creo. No lo he mirado.

Hansi miró en esa dirección.

Un saliente parecía descender a través de las crestas pedregosas de la formación rocosa. Volvió la vista hacia el humo.

—Venga de donde venga ese humo, alguien debe

La Flor de Jade I
-El Enviado-

haberlo encendido—. Todos entendimos la lógica que lo movía a decir aquello. —Deberíamos echar un vistazo.

—Estoy de acuerdo —añadió la chica.

—¡Eh, eh, eh! No sabemos quién o qué puede haber ahí abajo —recordó Alex. —No tenemos ni idea de qué tipo de gente podría vivir en un lugar como éste. Hay dos soles, tíos. Hacemos dos sombras en el suelo, ¿es que todo el mundo lo ha olvidado?"

¿Qué coño ganamos quedándonos aquí, hermano? —preguntó Falo. —Me importa una mierda lo que hagáis vosotros, pero yo me largo de aquí, bro. De todas formas, tampoco os conozco a ninguno, así que… ¿qué coño me importa quién cojones viva ahí abajo? Puede que me den algo de comida, ¿'abes? Me va con eso —remató con firmeza.

—Tiene razón, Alex —aceptó Claudia a su pesar. —Deberíamos ver quién anda ahí abajo. Quizá puedan ayudarnos.

—¿Soy el único que piensa que esto podría ser peligroso? —Alex prácticamente rogaba al grupo que tuviera cuidado.

—Al menos es un avance, Alex. Hace dos minutos pensábamos que estábamos solos en este lugar. Ahora podría haber otras personas en las cercanías. Y no es que este valle parezca muy concurrido. Aprovechemos la oportunidad. No perdemos nada comprobando el origen de ese fuego. Si no te parece bien, siempre podemos volver y pasar la noche aquí, si eso te hace sentir mejor.

Alex aceptó a regañadientes.

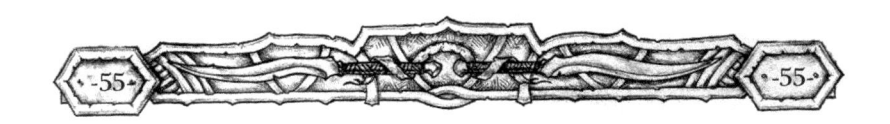

Falo tomó la delantera. El primer sol desapareció bajo las inmensas fauces de la línea del horizonte, dejando sólo la luz ocre del segundo sol como última resistencia contra las sombras. Atravesamos y descendimos los acantilados a un ritmo mucho más lento de lo que habíamos previsto. La luz de aquella estrella roja confería al lugar una cualidad extraña, casi mística, alienígena de algún modo. Nos cubría con un mórbido tono broncíneo. Nos daba a todos un aspecto extraño.

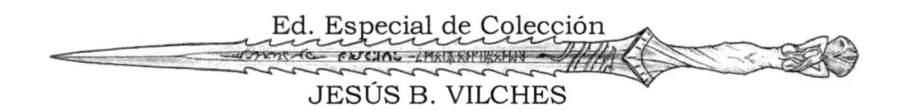

El paisaje seguía siendo fascinante. Nuestro paso se ralentizaba conforme avanzábamos. De vez en cuando, el camino bajo nuestros pies desembocaba en un hoyo demasiado profundo para cruzarlo, o en el borde de un acantilado que conducía a un abismo. Constantemente nos veíamos obligados a reconsiderar nuestros pasos. La luz del atardecer menguaba rápidamente, más rápido que nuestro descenso. Con una pendiente tan pronunciada, parecía poco probable que pudiéramos regresar por el mismo camino empleado para bajar.

—Espero que este paseo nos lleve a alguna parte —suspiró Alex, volviendo la vista a nuestro alto y ahora lejano punto de partida. —Nos llevará mucho más tiempo volver a la cueva desde abajo. Estará muy oscuro y seguiremos en medio del camino.

Hansi sabía que su amigo tenía razón, y rezó por haber tomado la decisión correcta. Finalmente, tras mucho esfuerzo, manos tendidas para ayudar a los demás y varios cambios en nuestra ruta, descendimos lo suficiente para descubrir el origen de la columna de humo. Falo iba en cabeza, demostrando una notable habilidad para sortear los obstáculos que se interponían en nuestro camino. Fue el primero en llegar a terreno llano. Se detuvo y nos esperó mientras echaba un primer vistazo.

—¡Hay gente, joder! Allí mismo. Parece una gran hoguera —señaló entusiasmado cuando llegamos hasta él. —

La Flor de Jade I
-El Enviado-

Quizá estén preparando algo de comer —añadió con una sonrisa.

Aún estábamos demasiado lejos para ver con claridad. El fuego ardía en un claro del valle. Quienquiera que estuviera allí estaba protegido por una pared natural de formación rocosa. Podíamos intuir con esfuerzo algunas figuras alrededor de lo que parecía un campamento improvisado, con aquella gran hoguera en el centro. Tal vez fuera una parada en un viaje más largo.

—Parece una especie de campamento, ¿qué te parece?"

—¿Viajeros? —señaló alguien.

—Es muy posible. No me imagino a nadie viviendo aquí —dijo Hansi, esforzándose por distinguir las siluetas. —¿Son caballos? Justo allí.

No podíamos estar seguros, pero las formas a las que se refería Hansi en el extremo del campamento parecían monturas. Por alguna extraña razón, la presencia de caballos allí resultaba bastante anacrónica, la verdad.

—Y eso parece un carromato, esa cosa grande y cuadrada de ahí.

Claudia probablemente tenía razón sobre cierta forma que se encontraba a unos pasos de lo que habíamos identificado como los caballos. Pudimos contar entre quince y veinte individuos deambulando por el improvisado lugar.

—Deberíamos acercarnos más para ver quiénes son realmente —sugirió la chica, incapaz de distinguir ninguna forma.

Fue entonces cuando nuestra conversación se volvió tensa. Todos nos miramos nerviosos. La decisión que estábamos a punto de tomar no era ni mucho menos trivial.

—Si damos media vuelta ahora, quizá podamos llegar a la cueva antes de que oscurezca del todo —aseguró el gigante, probablemente como concesión a los deseos de Alex.

—¿Y perder esta oportunidad? —replicó Claudia de inmediato. —Tuvimos suerte de encontrar a alguien más en este lugar. Mira a tu alrededor. Estamos en medio de la nada. Es obvio que esta gente está de paso. Si no aprovechamos esta oportunidad, ¿cuánto tiempo pasará hasta que encontremos a alguien más?

—Si nos quedamos más tiempo, Dia, no podremos volver. Al menos, no de manera segura —advertía el guitarrista. —No digo más.

—Nah, a la mierda la puta cueva, socio —Falo se unió a la discusión. —Yo no voy a volver allí, ¿'abes? Quiero salir de este puto agujero. Tal vez esos tíos de ahí me puedan ayudar. La piba tiene razón.

—No soy ninguna *piba*, gilipollas —replicó ella bruscamente. —Tengo nombre, ¿sabes? ¿SABES?" —Repitió para dejar claro su punto de vista, enfatizando minuciosamente la palabra, aludiendo al repetitivo y tedioso latiguillo de Falo. Este la miró, extrañado por su abrupta reacción.

—Vale, tía, tranquila.

—Estoy bastante tranquila, colega.

—Sí, mazo —se mofó, ¿Entonces por qué me estás jodiendo?

La Flor de Jade I
-El Enviado-

—Ya te gustaría a ti, capullo —respondió ella, molesta.

—¡Eh! ¡Es que no hay quien entienda a las tías, joder! Te estaba dando la razón.

—¡Ya está bien! —intervino Hansi para zanjar el asunto. —Esto es lo que hay. Si vamos allí y no nos gusta lo que vemos, estamos jodidos. Que quede claro. Si volvemos...

—Entonces todo este esfuerzo habrá sido en vano —concluyó Claudia desafiante. Hansi no justificaba la interrupción, pero le dio la razón a su compañera de banda con un gesto claro. Alex parecía quedarse solo de nuevo. Me miró, pero no quise llevar la contraria al grupo.

—Voto por que vayamos a ver.

Parecía lo más sensato. Además, me moría por saber quién podría estar allí, encendiendo un fuego después de atravesar un desierto a caballo.

—Vale. Entonces, está decidido. Nos acercaremos con mucho cuidado de no ser vistos. —La afirmación de Hansi iba claramente dirigida a Falo y su habilidad para saltar como un gamo.

Había una última pendiente en nuestro camino.

El resto del camino fue bastante sencillo. Pronto nos dimos cuenta de que nos habíamos acercado mucho más de lo que pretendíamos. Agazapados, aprovechamos las sombras crecientes y los bordes de las rocas para cubrirnos. Nos metimos en las grietas de algunas peñas cercanas. Falo se detuvo para mirar más de cerca y regresó con una expresión de alarma en la cara, como si hubiera visto un fantasma.

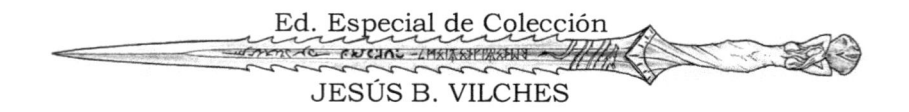

—¿Qué ha pasado? ¿Qué has visto?

Pero no dijo nada.

Casi mecánicamente, todos nos asomamos por encima de las afiladas crestas de roca y descubrimos lo que había silenciado a Falo. No tardamos en compartir su reacción.

—¡La leche! —exclamó Alex.

Lo hizo con una voz tan aflautada que todos nos retiramos de inmediato a la seguridad de nuestros escondites. Tras un intercambio de miradas de espanto, volvimos a echar un vistazo más de cerca, con la esperanza de que lo que acabáramos de ver solo fuera un truco de la mente. Pero no lo era.

Eran tan reales como todo lo que nos había ocurrido hasta el momento. Los seres que habían acampado eran criaturas humanoides, grandes y pesadas. Sus robustos cuerpos estaban cubiertos de trozos de metal y pieles de animales.

A primera vista, sus rasgos faciales resultan grotescamente toscos: frentes planas y simiescas, ojos pequeños sobre narices grandes y anchas. Bajo ellas, unos labios gruesos enmarcaban unas bocas anchas y sobredimensionadas. Dentro de esas bocas, unos dientes monstruosos. Los colmillos inferiores sobresalían varios centímetros de los labios. Sus torsos eran anchos, lastrados por la armadura. Sus piernas eran robustas y amplias. En conjunto, su aspecto resultaba amenazador. Parecían ocupados, moviéndose de un lado a otro.

Pero lo que nos llenaba de pánico eran sus armas. De sus correajes colgaban hachas de metal y enormes espadas. Algunos cargaban arcos a la espalda. Era el tipo de armamento que sólo

LA FLOR DE JADE I
-EL ENVIADO-

se podía ver en un museo de historia medieval.

Justo a nuestro lado oímos un ruido sordo.

Era Hansi, que había dejado caer al suelo. Su expresión decía más de lo que yo pudiera expresar con palabras. Sus ojos miraban al vacío. Hacía un imperceptible gesto negativo con la cabeza. Uno a uno, todos nos volvimos hacia él.

—¿Qué está pasando? —Preguntó Hansi a nadie en particular. —¿Qué demonios está pasando?

Lentamente abandonamos nuestros lugares y nos sentamos a su lado. Todos compartimos la misma mirada perdida que Falo tenía al principio.

—¿Qué son? —Preguntó Alex en clara retórica.

—¿Qué clase de lugar es este? —Continuó la chica, también con los ojos fijos en nada en particular.

—No deberíamos haber abandonado esa cueva.

Pero...

Mientras todos se mostraban más y más confusos con cada nuevo suceso, yo ataba todos mis cabos sueltos. Estas bestias no me eran desconocidas, al contrario. Es cierto, por supuesto, que tardé unos instantes en darme cuenta de que, efectivamente, eran lo que yo suponía que eran. Pero es que nunca había visto una de ellas en la vida real. Y no lo había hecho por un pequeño detalle sin importancia: ¡no existían en la vida real!

Los orígenes de tales criaturas podrían rastrearse a través de las fábulas de medio mundo, apareciendo en las leyendas de innumerables culturas a lo largo del tiempo. Eran los ogros de la mitología celta y de la antigua Grecia, los trolls de los bosques escandinavos o los Oni japoneses. Siempre han existido en el folclore de las comunidades a lo largo de la historia, sólo que con nombres diferentes y ligeras diferencias de aspecto.

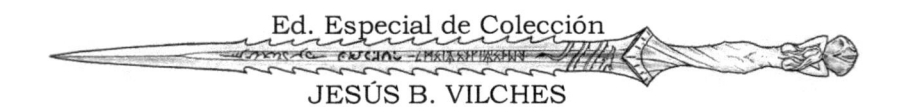

La literatura moderna había metido muchos de sus rasgos distintivos en una coctelera, les había dado una buena sacudida y les había dado a todos un nombre universal. Y ahí estaban, delante nuestra. A sólo unos pasos. Tan reales y vivos como cualquiera de nosotros.

—Orcos —dije, sin saber si los demás me escuchaban.

—¡¿Qué?!

Todo el grupo me miró como si hubiera perdido la cabeza.

—Son orcos.

El tono relajado de mi voz debió confundirlos.

—¿Sabes... lo que son? —Preguntaron con un toque de ingenuidad.

¿Los reconocía? Por supuesto que sí. Los orcos eran famosos por ser... torpes, brutos y mera carne de cañón en los juegos de rol que yo había disfrutado durante mucho tiempo. Aunque, pensándolo bien... de cerca (y en carne y hueso), no parecían nada fáciles de enfrentar. Especialmente por un grupo de músicos y dos adolescentes.

¡Y había más de una docena de ellos!

Al margen de esto... todavía había algunas cosas que no tenían sentido para mí. Me llevaría un tiempo entenderlo todo en su conjunto. Pero las primeras piezas del rompecabezas

LA FLOR DE JADE I
-El Enviado-

empezaban a encajar. Por otra parte, la idea de tener delante a criaturas tan formidables era emocionante en cierto extraño sentido (muy en conflicto con el instinto de supervivencia, debo admitir). Era como retroceder en el tiempo y ver cómo se construían las pirámides o el esplendor de la antigua Roma. Yo era alguien que había utilizado mi imaginación para recrear y moverme entre estos seres de ficción. Ahora me encontraba cara a cara con ellos. Experimentaba de primera mano el miedo que infunden con su sola presencia. Tenía que admitir que había algo peligrosamente excitante en todo aquello, como estar cerca de un león salvaje.

—¡Vamos, chicos, no me digáis que no sabéis lo que es un orco!

Falo se volvió hacia mí con cara de incredulidad.

—¡No me jodas, nene! ¿Tengo pinta de saber yo lo que es un orco de esos, chaval?

—No me lo puedo creer —confesé sorprendido. ¡Todo el mundo sabe lo que es un orco! —Hansi me hizo un gesto para que bajara el tono de voz. Lo hice de inmediato. —Sólo necesitas abrir un libro de fantasía, o... —dije casi en un susurro. El gesto de Claudia me hizo callar. Su asentimiento resignado me hizo entender que sabía de lo que estaba hablando. Los demás la miraron sorprendidos.

—Sé lo que son, vale, ¡pero esto es ridículo! ¿Orcos? Los orcos no existen. Es... una completa locura. ¿Qué clase de lugar es este, entonces?

—Uno del que me quiero largar —admitió Falo.

—Tiene razón. No deberíamos estar aquí—. Hansi se

levantó de nuevo, vigilando el campamento. —Si no salimos de aquí, nos encontrarán tarde o temprano.

—¿Y qué vamos a hacer? —Preguntó Alex inquieto.

—Intentemos volver a la cueva. Seguro que allí se nos ocurre algo.

—Pero está oscureciendo —dijo Alex, observando cómo el pequeño sol rojo del horizonte iniciaba su lenta retirada.

—Creo que es mejor alternativa que cualquier otra cosa en este momento —agregó Hansi.

—¡Intenté avisarte, joder! Esto no es...

—Ahora no, Alex. Cualquier legítimo reproche... después.

Volvimos sobre nuestros pasos con cuidado, manteniéndonos agachados, con los cuerpos casi pegados al sendero arenoso. Apenas nos atrevíamos a respirar o a levantar la cabeza más de un palmo del suelo. Superamos los primeros obstáculos antes de que Hansi, que iba en cabeza, se diera la vuelta con cara de preocupación.

—¡Mierda, mierda, mierda! Allí hay una de esas cosas. Está muy cerca. Parece que está vigilando.

Todos nos detuvimos al instante.

—Joder. Sólo nos faltaba esto.

—¿Qué tan cerca está? —Claudia susurró.

—A diez o doce pasos. Nos verá si avanzamos en esta dirección.

La Flor de Jade I

-El Enviado-

El gigante observó de nuevo para asegurarse. Uno de los orcos había subido a una elevación cercana y estaba claramente de guardia. Era una bestia corpulenta que sólo Hansi parecía superar en tamaño. Lo más preocupante es que no resultaba tan claro si era igual de corpulento que la criatura. A corta distancia, el cuerpo fuerte y acorazado del orco era impresionante. En el silencio, el rechinar de sus placas metálicas traicionaba el menor movimiento. Estábamos lo bastante cerca como para oír su pesada respiración. Lo peor de todo es que parecía muy probable que la criatura nos descubriera en cuanto decidiéramos movernos.

—No hay otro camino —confirmó Claudia, mirando el terreno a nuestras espaldas. —Cualquier otro recorrido sólo nos acercaría aún más al campamento. O esperamos a que se mueva o vamos en una dirección completamente distinta.

—Déjame pensar. Tal vez no se quede ahí mucho tiempo.

Nadie más que yo notó la reacción de Falo ante este giro de los acontecimientos. Se había puesto muy nervioso y movía la cabeza compulsivamente, como si estuviera evaluando sus propias opciones. No tuve tiempo de avisar a nadie porque nos sorprendió a todos levantándose de un salto y echando a correr. No pareció importarle que el vigilante orco pudiera verle. De poco sirvieron todos nuestros esfuerzos por detenerlo. Antes de que nos diéramos cuenta, estaba trepando las rocas por encima de nuestras cabezas.

El resultado fue rápido e inevitable. La voz gutural del guardia dio inmediatamente la alarma.

—¡Mierda, mierda, mierda! ¡Nos han visto! —Gritó

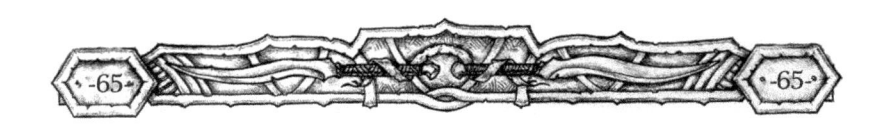

Hansi. —¡Corred, deprisa! ¡¡¡Tenemos que salir de aquí!!!

—Maldito hijo de... ¡Ese cabrón nos ha utilizado de cebo!

La urgencia de la situación nos hizo salir desordenadamente de nuestros escondites. Corrimos frenéticamente en todas direcciones. Era como si todo el campamento supiera de nuestra presencia. Pronto oímos sonidos que nos helaron la sangre. Silbidos... zumbidos que parecían venir de lejos, del campamento: proyectiles que surcaban el aire.

Algo pasó volando junto a nosotros, chocó contra las rocas y rebotó muy cerca del cuerpo de Hansi. Cuando reconoció lo que casi le había alcanzado, se apoderó de él un miedo indescriptible.

"¡Flechas! ¡Nos están disparando flechas! ¡Agachaos! Agachaos, rápido.

Una acalorada desesperación surgió en nosotros y un miedo apremiante nos movió las piernas. Aquellos silbidos nos perseguían, acercándose amenazadoramente. La descarga de adrenalina nos impulsaba.

—¡¡¡Están demasiado cerca!!!

—Vamos, deprisa. No miréis atrás —instaba Hansi, extendiendo sus enormes manos para ayudar a los demás. Sobre nuestras cabezas podía ver a los orcos que se nos venían encima. Sus bíceps ayudaron a levantar al primero de nosotros por encima de las rocas.

Falo seguía a la vista, pero muy por delante. Casi galopaba sobre las rocas, en una desesperada carrera en

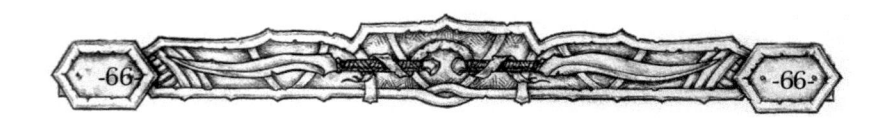

La Flor de Jade I
-El Enviado-

solitario. Estaba claro que no le importaba el destino de ninguno de nosotros.

—¡Seguid avanzando! —aconsejó el noruego cuando el último de nosotros superó el obstáculo. A los orcos tampoco se les daba mal sortear las rocas.

Sus voces, poco más que gruñidos a nuestros oídos, empezaron a llenar el silencio que ahora echábamos de menos. Sus formas se distinguían a pocos metros. Era un grupo numeroso, y parecían haber salido de la nada.

Mi cabeza había dejado de pensar.

Debía de ser puro instinto por nuestra parte seguir a Alex, que se movía a ciegas. Trepando, saltando, lastimándose las manos hasta hacerlas sangrar. Pero pronto, en el caos, nos perdimos de vista los unos de los otros.

No sé cuándo me sentí solo, como si a mis compañeros se los hubiera tragado la tierra. Sólo existía la presencia de aquellas bestias hostiles sobre mí, en forma de ola de hierro y hedor. Apenas había alcanzado la cima de una roca cuando algo me golpeó de repente. Sentí que me arrastraba. Caí y me golpeé contra las rocas. Mi mundo se volvió oscuro. Todo estaba fuera de mi control. Tenía la amarga certeza de que mis perseguidores estaban demasiado cerca. Cerré los ojos y esperé el final.

No recuerdo el momento exacto en que perdí el conocimiento...

Ed. Especial de Colección
JESÚS B. VILCHES

> «Yo soy mi compañero»
>
> Dicho Popular[7]

[7] Tanto los elfos como los enanos comparten este viejo dicho popular. Pero mientras que para los elfos significa "No confíes en nadie más que en ti mismo", para los enanos equivale a: "Ten cuidado a quién llamas amigo, porque la naturaleza de esa persona y sus acciones dirán tanto de ti como las tuyas propias".

LA FLOR DE JADE I
-EL ENVIADO-

La Flor de Jade

UNA ALIANZA
INESPERADA

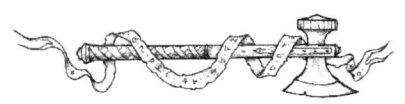

Todo lo que recuerdo son mis huesos golpeando contra el suelo, una vez más

Algo me agarró de la ropa y me lanzó por los aires. Mi cuerpo se estrelló finalmente contra el áspero suelo del desierto. En mi cabeza sólo había caos y confusión. Mis sentidos regresaron de golpe. Abrí los ojos con dolor. Apenas tuve tiempo de frotármelos. La chica estaba a mi lado, apenas consciente, con el rostro congelado por el terror. Fue entonces cuando dejaron caer el cuerpo de Alex encima de nosotros. Todo sucedía muy deprisa. Sentí un enjambre de manos grandes y fuertes presionando mi cabeza contra la grava. Me oprimían todo el cuerpo. Voces angustiadas y lamentos llenaban mis oídos... pero mi mente seguía perdida en aquella tormenta. Podía oír a Claudia y Alex, pero no podía verlos. Las manos registraban mi ropa y mi cuerpo. Ignoro qué esperaban encontrar. Un olor acre lo cubría todo, penetrando en mis fosas nasales como un extraño que se cuela en una fiesta.

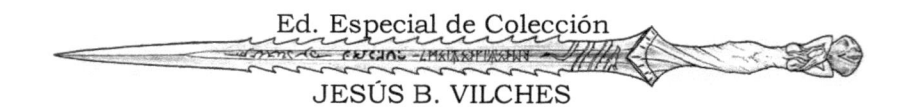

Todo mi cuerpo temblaba de miedo.

Desde mi obligada y forzada posición, vi cómo traían a Hansi. Tres orcos arrastraban su enorme y pesado cuerpo. De todos nosotros, habría sido el único lo bastante fuerte como para plantar cara a nuestros captores, pero apenas les ofreció resistencia. El tamaño medio de aquellas bestias superaba con creces el nuestro. Su corpulencia, sus gruñidos, la propia arquitectura de sus cuerpos... Todo era suficiente para paralizarnos de miedo.

Y sus caras...

Aquellos rostros de rasgos porcinos, aquellas mandíbulas monstruosas y dientes grotescos, habían convertido nuestra realidad en una auténtica pesadilla.

Eran orcos. Orcos de verdad, aunque fuera increíble admitirlo en voz alta.

Escuché cómo el cuerpo del vikingo caía sobre la arena rojiza, levantando una nube de polvo. Inmediatamente después, nos obligaron a ponernos boca arriba. Sus botas nos pisaron el pecho, inmovilizándonos contra el suelo. Mis ojos pudieron por fin comprender lo que ocurría.

La Flor de Jade I
-El Enviado-

Las bestias nos apuntaban con sus lanzas. Tenían grandes cuchillos, hachas y enormes espadas, decoradas con pieles y plumas, que empuñaban en sus brazos sin la menor vacilación. Estaba seguro de que íbamos a morir allí mismo, en aquel lugar y en aquel momento. Era lo único que tenía en la mente.

Antes de que pudiera pensar en otra cosa, los orcos nos levantaron del suelo. Más manos, más golpes. Un puño me golpeó el vientre, haciéndome tragar mi propio aliento. Casi me deja inconsciente otra vez. Esos brazos parecían cadenas. También nos sujetaban por el cabello. Era imposible moverse, no había escapatoria. Nuestras patadas eran tan inofensivas como las de un niño que quiere pelear contra un adulto.

Nos olisqueaban como animales curiosos y murmuraban un torrente ininteligible de gruñidos. En el caos de imágenes y sensaciones que corrían por mi mente, escuché a Alex llamar a Claudia con desesperación. Nos separaban de nuevo.

Ella gritaba aterrorizada.

—¡¡¡No, no, no, no!!! ¿A dónde se la llevan? ¡¿Dónde se la llevan?!

Intenté girarme todo lo que pude, y de refilón vi a un grupo de tres o cuatro de aquellas criaturas llevándose a la chica. Ella había entrado en pánico. Cerca de allí, Alex forcejeaba desesperadamente contra sus captores, sólo para ser golpeado en la cara por una de aquellas pesadas armas. Fue un golpe brutal que casi le deja inconsciente.

De repente, un gruñido más fuerte provino tras el muro de cuerpos que nos retenía. Era otro orco. Tal vez un poco más grande y más viejo, aunque no mucho más alto. Vestía una armadura menos tosca y más ligera. Era obvio que el recién llegado lideraba aquel grupo. De repente, apartó a empujones algunos de sus hombres para echarnos un buen vistazo. Su rostro inexpresivo nos inspeccionó con una mirada impasible y gélida que hizo subir la temperatura en nuestro pecho. Esta cosa sostenía en sus manos el hacha de combate más grande que yo hubiera visto jamás. De hecho, nunca había visto nada igual fuera de una pantalla de cine. Mi corazón latía tan fuerte que estaba seguro de que aquellas criaturas podían escucharlo.

Todos teníamos los mismos pensamientos: "Esto no puede estar pasando" "Esto no puede ser real".

Pero lo era.

El corpulento orco se dirigió al resto con voz ronca y gutural. Intercambiaron algunas palabras malhumoradas y duras que yo estaba seguro de que estaban centradas en nosotros.

No me equivocaba.

Los orcos que sujetaban a Alex lo arrastraron hasta el orco de mayor rango. Pronto, todos le acompañábamos. Con los brazos y las piernas tensos hasta el límite de la rotura, nos postraron ante su líder, sujetándonos por el pelo y obligándonos a mirarle directamente a la cara.

" ¡Oh, Dios!"

El orco observó el cuerpo magullado que yacía ante él, como si se hubiera olvidado de que el resto de nosotros existiéramos. Alex sintió como un escalofrío le recorría la espina dorsal. Parecía haber hecho algo para que aquella cosa se centrara sólo en él.

Justo entonces, nuevos orcos entraban en escena.

La Flor de Jade I

-El Enviado-

Uno llevaba el cuerpo medio inconsciente de Falo. Obviamente no había conseguido llegar mucho más lejos que nosotros. Dejaron caer su cuerpo a unos pasos del guitarrista. En este encuentro con la gravedad, Falo gimió y pareció recobrar algo de conciencia. No había mucho más que pudiera hacer. El jefe orco dio otra orden. Nos ataron las muñecas con pesados grilletes y nos arrastraron de vuelta a las sombras de la noche. Ninguno de nosotros podía entender lo que estaba ocurriendo.

Un carromato se intuía a través de la oscuridad. ¡Era ese carro! El que Claudia había creído entrever. Se recortaba contra la luz de una luna de aspecto ominoso. Era más ancho de lo que aparentaba desde lejos, pero básicamente se trataba de una jaula con ruedas. La oscuridad era muy intensa allí, lejos del radio de luz que emitían las antorchas y la hoguera.

Nos metieron dentro. Uno de los orcos cerró la jaula, dejándonos solos en la oscuridad, tras los barrotes de hierro de nuestra celda.

Estábamos vivos, al menos por el momento.

Claudia sollozaba, envuelta en los brazos de Alex. Sus lamentos resonaban en la noche, alimentando nuestra consternación. Expresaban exactamente cómo nos sentíamos todos. En aquella jaula, la realidad nos golpeó con toda su crudeza nuevamente. Estábamos indefensos, en un lugar que no parecía real, que no se parecía en nada nuestro hogar y al que no pertenecíamos. Perdidos, golpeados y atrapados como animales rabiosos por criaturas salvajes que creíamos de ficción. En aquel escenario, tener un pensamiento coherente era un lujo que no podíamos permitirnos.

Apoyé la espalda contra los barrotes de hierro helado que nos separaban de este mundo extraño y observé la escena a mi alrededor con el corazón encogido. Miré a Alex. Parecía indefenso. Tenía la cara ensangrentada mientras se mordía los labios para contener sus propias lágrimas. Observaba a Falo con resentimiento, pero no tenía intención de malgastar saliva en culparle. Su desprecio era evidente.

Hansi apretaba su mandíbula cuadrada y fulminaba a Falo también con su mirada. Falo nos había dado la espalda, evitando nuestra mirada. Parecía culpable, pero no se disculpó. La tensión era palpable entre los barrotes de la celda.

Mis ojos se desviaron hacia la luna cuando se dejó ver en el firmamento. Tan extraña, tan maligna. Su luz iluminaba las siluetas de mis compañeros, definiendo débilmente las líneas borrosas de nuestros cuerpos.

Hansi interrumpió su lucha silenciosa contra Falo.

Sacudió la cabeza, y una mueca de dolor en el rostro de Alex le movió a realizar un gesto. A pesar de la incomodidad de las ataduras, el fornido muchacho consiguió rodear el hombro de Alex con su firme brazo y apretarlo. Quería reconocer así su acto de valentía de hacía unos instantes. Quizá este gesto por sí solo pudiera decir lo que las palabras no podían. Luego apartó la mirada hacia los barrotes que nos retenían. Por un momento admiré y envidié la amistad entre los tres miembros de la banda.

Somos demasiado propensos a llamar amigo a alguien. Quizá demasiado a menudo. Creo que fue a través de esta desagradable experiencia como empecé a comprender que la verdadera amistad es en realidad un privilegio. Requiere un esfuerzo, un compromiso por ambas partes que no siempre

La Flor de Jade I

-El Enviado-

todo el mundo está dispuesto a asumir. La amistad es altruismo; implica arriesgarse voluntariamente por el otro. Sin eso, sólo hay una ficción de amistad, una bonita etiqueta que ponerse a uno mismo, quizá buenos sentimientos hacia los demás, pero nada realmente profundo. La reacción de Alex ante el peligro de Claudia podría haberle costado fácilmente la vida. Cosas así no se piensan ni se fingen, sobre todo cuando hay tanto que perder. Falo huyó mientras Alex luchaba contra las bestias para evitar que dañaran a su amiga. Luchó una batalla perdida por él y por todos nosotros. La herida sangrante de su cara era la prueba irrefutable de cuánto le importábamos. Pensad en ello.

En cuanto a mí... Me mantuve al margen.

Ocupábamos la zona más cercana a la puerta. La parte más profunda de la jaula estaba envuelta en una oscuridad tan siniestra como densa. No podíamos ver a los orcos, pero oíamos sus gruñidos en la oscuridad casi impenetrable de la noche. Casualmente estaba mirando esos oscuros rincones del vagón, sin prestar mucha atención, cuando el sonido del metal contra la madera me puso los pelos de punta.

Miré a mis compañeros.

Todos lo habíamos oído. Poco a poco, uno a uno, despejamos nuestras mentes y nos centramos en esa sección oscura de la jaula. Incluso Claudia, que parecía haber quedado dormida en el regazo de Alex, se incorporó. Volvimos a escuchar un traqueteo de cadenas. No cabía duda. Era el mismo sonido que hacíamos nosotros cuando los gruesos eslabones de nuestros grilletes golpeaban la superficie de madera del vagón.

Y eso sólo podía significar una cosa.

¡Había algo o alguien más en aquella jaula!

JESÚS B. VILCHES

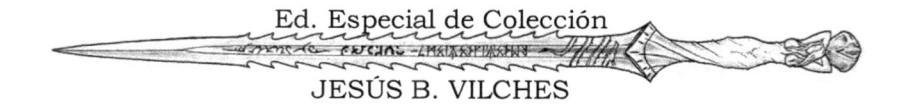

No estábamos solos.

El sonido se hizo más cercano, y con él dos pequeñas bolas azules brillantes que revelaron la posición de unos ojos.

¡Ojos brillantes!

Un escalofrío recorrió mi espina dorsal al que siguió un ansia incontrolable por salir de allí. Un miedo indescriptible. Falo fue el primero en reaccionar. Como un loco, corrió hacia los barrotes, gritando que le permitieran salir. Al ver su reacción, me uní a él. Los músicos no tardaron en darse cuenta del peligro que corríamos. Me recuerdo intentando doblar los gruesos barrotes de hierro con mis propias manos de pura desesperación. Todo esfuerzo fue en vano. Ninguno podía imaginar con qué clase de fiera nos habían encarcelado aquellos orcos, qué animal podría compartir aquel pequeño espacio con nosotros. Lo único que sé es que la mera idea de ser devorado vivo bastaba para hacerme desmayar.

Y sin embargo...

Una voz masculina consiguió escapar de nuestros gritos y abrirse paso hasta nuestros oídos, obligando a nuestros cerebros a prestarle atención. No era la voz de Hansi. Tampoco era la voz de Alex, cuya sangre ya no fluía tan abundantemente por su maltrecha nariz. Ni, por supuesto, la de Falo. Venía de aquel rincón oscuro del vagón, oculto por las sombras. Una voz suave y cálida que reclamaba nuestra atención, hablando en un idioma que no entendíamos.

Nos volvimos hacia ella, aún sin saber muy bien qué estaba pasando, justo a tiempo para ser testigos de cómo unos ojos brillantes y azules cruzaban el límite de la oscuridad para ser rozados suavemente por la leve luz que llegaba del exterior.

La Flor de Jade I

-El Enviado-

Tuvimos que parpadear varias veces para estar seguros de lo que veíamos.

No se trataba de una bestia de dientes feroces y apetito voraz. Al contrario, lo que podíamos ver era humano... o eso parecía. Un hombre joven bastante desaliñado, con las manos también encadenadas. El pelo, claro y rebelde, le caía sobre la cara en un riachuelo desordenado de longitud considerable. Le ocultaba muchos de sus rasgos, que ya eran difíciles de apreciar en las sombras. Vestía ropas rasgadas y sucias. Hablaba en voz baja con un acento que nos sonaba germánico antiguo, único e incomprensible. Por otro lado, su lenguaje corporal nos advertía de que no debíamos temerle. Levantó sus manos presas, como las nuestras. Tal vez sólo quería dejar claro que era una víctima más de nuestra misma desgracia.

Cuando nos tranquilizamos, nos hizo una pregunta que repitió con insistencia. Estábamos hipnotizados y completamente descolocados. Había algo inquietante en aquel joven: sus ojos. Esos ojos azules brillantes que resplandecían como una estrella en el vasto lienzo de oscuridad. Brillaban. Parecía increíble, pero realmente brillaban. Sus iris brillaban en ausencia de luz. Creo que todos estábamos demasiado absortos para prestar atención a su incomprensible lenguaje. ¡Qué sensación tan insólita ver a un hombre con los ojos brillantes! No existen ojos así. Al menos no en una persona.

¿O debería haber dicho... en un ser humano?

Volvió a formular su pregunta ante nuestro silencio.

Nos miraba con intensidad, esperando una respuesta que tardábamos demasiado en proporcionar. Su gesto mostraba clara confusión al no ser comprendido. Giró el torso hacia donde había venido, como queriendo dirigir su incomprensión a las sombras que le habían cobijado hasta ese momento.

—Lo... Lo siento, tío. No... no te entendemos. —Alexis se adelantó, haciendo que el joven volviera la cara de súbito hacia nosotros. Por su expresión facial, juraría que nunca había oído una palabra en nuestro idioma. De nuevo, su voz suave y armoniosa intentó decirnos algo.

—No hablamos tu idioma, ¿entiendes? Nosotros... no sabemos lo que dices —repitió Alex, intentando hacerse entender con gestos.

—¿En qué idioma está hablando? ¡Maldita sea! No consigo distinguir qué es.

—No es un idioma que yo conozca, te lo aseguro —susurró Hansi. —Desde luego no es noruego. No suena ni a finlandés ni a sueco... y juraría que tampoco es alemán —aseguró con impotencia.

—Yo diría que parece una lengua eslava o centroeuropea, añadió Claudia en un susurro mientras se limpiaba los restos de lágrimas de los ojos. Hansi lo intentó en alemán.

"Sprechen Sie Deutsch? Sind Sie Deutsch... Polnisch... Dänisch?[8]"

Al no encontrar una réplica inmediata, el gigante nórdico formuló las mismas preguntas en su propio idioma, pero siguió sin recibir respuesta.

—No es nórdico ni alemán —confirmó. —Tampoco

---

[8] Trad: ¿Hablas alemán? ¿Eres alemán?... ¿Polaco? ¿Danés?

LA FLOR DE JADE I

-EL ENVIADO-

creo que sea ruso, polaco o danés. ¿Rumano? ¿Húngaro, tal vez?"

Empezábamos a quedarnos sin idiomas.

Desconcertado por su incapacidad para comunicarse con nosotros, el muchacho de ojos azules se volvió por segunda vez hacia las sombras del extremo del vagón. Esta vez hizo algo más que un gesto. Le habló a la penumbra.

Y para nuestra sorpresa, ¡encontró respuesta!

¡Había alguien más con él!

Escuchamos con claridad esta nueva voz que sonaba mucho más grave y masculina que la suya, pero que no parecía responderle en el mismo idioma que él empleaba. Como si hubiéramos dejado de ser interesantes, ambos mantuvieron una breve conversación en este nuevo idioma, musical y cadencioso. Hablaron durante un corto espacio de tiempo antes de que sus brillantes ojos azules regresaran a nosotros. Nos observó un instante y luego cerró los ojos. Levantó los brazos y comenzó a murmurar lo que parecían palabras en una melodía áspera.

De entre su pelo, una pequeña luz brilló a través de la maraña de mechones dorados, revelando el lugar donde debería estar el lóbulo de su oreja. La luz creció y no pudimos apartar la mirada de ella.

Entonces… sentimos algo extraño.

Era como si un halo invisible surgiera del pecho y se extendiera como las ondas de un lago. Crecía por todo mi cuerpo y más allá de él. A esta sensación le acompañaba un calor extraño, onírico, como el que nos invade en sueños cuando se lucha contra una pesadilla, como un roce helado que te produce escalofríos.

El resplandor de su oreja fue desvaneciéndose, y con él las sensaciones de mi cuerpo. Supe que todos habíamos sentido los mismos efectos cuando miré a los otros y encontré en ellos mis mismas expresiones en el rostro de mis compañeros. Tras este breve acontecimiento, todo se calmó. Me di cuenta entonces de la rigidez de mis músculos y de la terrible presión a la que habían estado expuestos. Era como si me hubieran quitado un gran peso de encima. Pronto experimentamos las consecuencias inmediatas de lo ocurrido.

—¿De qué rincón olvidado del mundo habéis venido que ni siquiera sabéis hablar la lengua común? —Preguntó el joven rubio con una inusual suavidad en la voz.

Nos quedamos mudos.

No sólo hablaba nuestro idioma, sino que no había el menor rastro de acento. Se expresaba con una perfección exquisita. Es difícil describir lo que sentí en ese momento. Era un efecto mental, eso estaba claro. Aquel tipo no hablaba en realidad nuestro idioma y esa certeza era algo que entraba en conflicto con la parte racional del cerebro. Entendíamos cada palabra que decía. Le escuchábamos hablar nuestro idioma con tan exquisita corrección que casi no parecía real. De hecho, no lo era. Sabíamos muy bien que en realidad él seguía expresándose en el mismo idioma que momentos antes nos resultaba incomprensible. Era como una ilusión. Todo ocurría dentro de nuestras cabezas.

Ahora le entendíamos, eso era todo. Así de simple y fácil... y sin embargo tan complejo de asimilar.

—Yo... yo... no... comprendo... nada —balbuceó Alexis,

LA FLOR DE JADE I

-EL ENVIADO-

completamente desorientado.

—Te aseguro que no eres el único —añadió el gigante Hansi, en un estado similar.

Aquellas palabras nos hicieron volvernos de inmediato hacia el batería. El efecto había sido muy extraño. Todos teníamos una sensación inexplicable. Falo tenía la boca tan abierta que podría haberse tragado al extraño muchacho. Claudia nos observaba asombrada mientras todos intercambiábamos confusas miradas.

El motivo de esas miradas no era sólo que pudiéramos entender a aquel misterioso muchacho, sino porque su efecto había implicado también un cambio en nosotros mismos. Ahora nos escuchábamos entre nosotros con un acento neutro al hablar. Hansi había perdido por completo la musicalidad característica de su acento nórdico.

¡Repítelo, Hansi! Di algo otra vez; lo que sea —pidió Alex con asombro, ignorando la pregunta del desconocido. Esta reacción sorprendió a Hansi.

—Y… ¿qué quieres que diga? —preguntó sorprendido el noruego. Alex soltó una carcajada de puro asombro.

—¡Tu acento! ¡Ha desaparecido, Hansi! —Claudia parecía fascinada. El desconocido nos miraba sonriente.

—¿Yo he perdido el acento? —Hansi no podía creer a sus amigos. —Pues vais a flipar porque vosotros dos estáis hablando en noruego.

—Magia arcana élfica, Anterior a la Escisión —interrumpió el desconocido. —Las Mil Lenguas, lo llamaban. Los emisarios élficos la usaban a menudo en la antigüedad. —

Su explicación captó nuestra atención. —Es magia poderosa …y útil. Durará unos meses, aunque no sé si lograremos vivir tanto tiempo. Nos permitirá entendernos en este momento, sin importar el idioma que hablemos. Es uno de los mejores hechizos de mi repertorio.

—¡Magia! —Repetí para mis adentros. Una emoción repentina se apoderó de mi mente. —¡Es magia! ¡Magia real!

Estaba convencido de que era un hechizo, un conjuro. Siempre había imaginado que se sentirían así. Los ojos del grupo no tardaron en volver a cruzarse.

—¿Magia? —repitió Claudia, completamente confundida. —No entiendo nada. ¿cómo es… posible…?

—¡Dioses renegados! ¡Que Sogna me lleve si yo entiendo algo! —confesó el joven harapiento. La voz del otro recluso se dejó escuchar de nuevo. Esta vez tenía sentido para nosotros.

—Esos estúpidos orcos no distinguirían un cerdo de su propia madre, pero es extraño que le perdonaran las piernas a tu gigantesco amigo. Tienen tendencia a cortar los tendones de cualquiera que sea más grande que ellos.

Hansi tragó saliva ante la noticia.

Como fuegos fatuos de la noche, dos brillantes orbes verdes atravesaron el traicionero velo negro de la oscuridad. No pudimos evitar sentirnos fascinados una vez más por este maravilloso regalo de la naturaleza: ojos iridiscentes atravesando las sombras.

Una mancha vaga, informe y en movimiento empezó a tomar una forma imprecisa. Delataba el contorno borroso de un cuerpo, también humano en apariencia. Un rayo plateado de

La Flor de Jade I

-El Enviado-

la luna reveló un rostro que parecía haber sido castigado del mismo modo que el de su compañero más joven. Compartían el mismo pelo sucio y revuelto, los dientes manchados y la ropa hecha jirones. Pero los rasgos de este último eran mucho más pronunciados. Su piel tenía un bronceado natural. Se diferenciaba de los tonos rosados y pálidos del joven rubio. Una cascada de pelo negro como el ala de un cuervo caía lánguida, desapareciendo y fundiéndose en el sombrío abrazo de la noche. También lucía las crecidas hebras de una barba incipiente, de varios días.

Sin embargo, había algo inexplicable y misterioso en su mirada. Algo que no se encontraba en los ojos del otro joven. Tal vez fuera el verde intenso de sus pupilas, ese color seductor y misterioso a un mismo tiempo...

—Habéis sido extremadamente afortunados, humanos.

Las primeras palabras que salieron de su garganta tras descubrirse su rostro tenían ese tono profundo y sonoro que antes había inundado la sala sin dueño. Enfatizó la última palabra. Hansi fue el primero en darse cuenta, o al menos el más rápido en reaccionar.

—¿Humanos? —Exclamó en claro interrogante.

Aquel miró a Hansi, lentamente, con cierta teatralidad. Fijó sus iris verdes en el rostro del músico.

—¿Acaso no lo sois?

Otra persona robó las palabras que se habían formado en la mente de Hansi.

—¡Claro que sí! ¿vosotros no? —fue una pregunta retórica.

A Alex le parecía estúpida la referencia del nuevo desconocido. Sin embargo, los ojos brillantes de aquel se posaron esta vez en él. Se detuvo un momento, como estudiándolo. Con un gesto libre de cualquier emoción, una sonrisa ácida comenzó a trazar la línea de sus labios. Bajó la mirada y soltó una suave carcajada antes de levantar la vista. La mueca irónica se delineaba aún en su boca. Respondió con su voz cadenciosa.

—Vaya, creo que te han dado más fuerte de lo que crees, muchacho.

Alex, recordando su accidente, se llevó impelido la mano a la nariz. El dolor volvió como la nieve invernal. "Mierda, debe de estar rota", pensó, pero la conversación había continuado unos segundos sin él.

—¿Quién eres? —Me había atrevido a preguntar.

—¿Quién quiere saberlo?

Aquella actitud inquisitorial me retuvo unos segundos. Aquellos ojos diabólicamente brillantes intimidaban al mirarlos de frente. Apenas logré articular mi nombre. El desconocido de cabello negro suspiró profundamente antes de responderme.

—Allwënn es mi nombre. Él es Gharin —añadió, señalando a su rubio compañero. —Supongo que el resto vosotros también tendréis nombre.

Mis compañeros se sintieron inmediatamente aludidos.

—Yo soy... Hansi, pero todo el mundo me conoce como Odín —se presentó el primero de los músicos.

—Hansi, pues —asintió el de ojos brillantes.

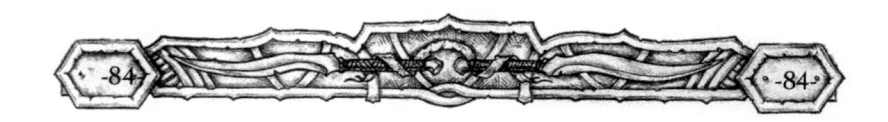

LA FLOR DE JADE I
-EL ENVIADO-

—Yo soy Alex —dijo el segundo.

Cuando ambos fijaron sus ojos brillantes en la chica, ésta se sintió algo avasallada por sus miradas.

—Mi nombre es Clau... Claudia.

Se hizo de nuevo el silencio. Sin quererlo, todos miramos fijamente a Falo.

—¡Eh, eh, eh, eh! ¿Qué demonios es esto, un maldito interrogatorio? —Exclamó, molesto por el aluvión de miradas. A Alex le sorprendió su antipática reacción sin el menor motivo.

—Tranquilo, hombre. Sólo quieren saber tu nombre.

—¿Y quiénes son estos tíos para preguntármelo? —Falo miró desafiante a nuestros misteriosos compañeros de celda.

—Oye amigo, ¿no crees que ya nos has metido en suficientes problemas por hoy? —Intervino Hansi en tono seco.

—Vete a la mierda, calvo —replicó Falo, intuyendo las críticas veladas a su comportamiento. —Esto es un "Sálvese quien pueda".

Allwënn siguió mirando al mal educado adolescente con gesto sobrio y seco.

—¿Por qué te importa tanto, hermano? —Falo le devolvió la mirada con arrogancia.

El hombre de largo cabello negro se tomó su tiempo para responder, sin abandonar en ningún momento la intensidad de su mirada. Falo no era el único que empezó a preocuparse por ello.

—No lo hago, en absoluto. Siento haberte hecho creer

que realmente me importaba saber tu nombre o quién demonios seas. —Hubo un momento de silencio. Aquellos ojos penetrantes no vacilaron. Falo sabía que esa mirada era una clara advertencia. —Y una cosa más, muchacho: no soy tu hermano, ni consentiré que me llames como tal. Si vuelves a hablarme en ese tono, te haré tragar tu propia lengua. ¿Te ha quedado lo bastante claro?

La tensión del momento fue aliviada por un elemento ajeno a ella. Una penetrante ráfaga de viento trajo claros sonidos de actividad orca.

—¿Qué están haciendo? —preguntó Alex mientras se acercaba a los barrotes. No podía verse nada desde donde se encontraba situada la carreta-prisión. Sólo se oían gruñidos y golpes.

—Están acabando de acampar —respondió Gharin. —Se atiborrarán y luego dormirán como troncos durante unas horas. Nos pondremos en camino al amanecer, supongo.

—Llevan dos días sin cazar —señaló Allwënn, apoyando su espalda en los barrotes y cerrando los ojos. —Las provisiones se empiezan a agotar. Espero que no se les ocurra empezar con nosotros.

—¡¡Allwënn!! reprendió Gharin, llamándole la atención por la espantosa alusión.

—¡Dios santo, ¿pueden hacer eso?!

Claudia parecía asustada, y no era la única.

Con su larga melena negra ocultando gran parte de su rostro, el aludido ni siquiera abrió los ojos. Se limitó a sonreír, divertido por su broma macabra.

LA FLOR DE JADE I

-EL ENVIADO-

—¿Pueden? —repitió Claudia su pregunta.

—Bueno... Esperemos que no lleguen a necesitar hacerlo.

La falta de claridad en las palabras de Gharin hizo que Claudia arrugara la cara.

La ambigüedad de la respuesta no auguraba el mejor de los escenarios para ninguno de nosotros. Durante unos segundos nadie dijo nada y todo se perdió en el silencio de la noche.

Alex sintió la presión de unos dedos golpeando con insistencia su espalda, cerca del hombro. Al girarse, vio que Hansi le hacía señas para que se aproximara a él. Se acercó lo suficiente como para poner la oreja a escasos centímetros de la boca de su amigo. Aquel susurró.

—Quizá ellos puedan ayudarnos.

—¿Te refieres a…? ¿ellos? —Alex intentó confirmar la sugerencia de su amigo.

—¿Ves a alguien más con nosotros?

Como reflejo, sus ojos recorrieron a los desconocidos ocupantes de la celda rodante. Allwënn parecía dormitar, con la espalda apoyada en los barrotes y los brazos cruzados sobre el pecho. Gharin yacía en el lado opuesto. También tenía la espalda apoyada en el frío metal. Pero sus brillantes ojos celestes seguían estudiándonos con interés.

—¿Tenemos otra opción? ¿Qué podemos perder?

Hansi hizo un gesto al resto de nosotros para que nos uniéramos a él. Dejamos a Falo a un lado. Su actitud poco receptiva no nos servía de nada. Había dejado claro que le importábamos muy poco al delatarnos ante los orcos. Con su última muestra de chulería, había demostrado también que sólo obstaculizaría cualquier intento de relación que pudiéramos entablar con los otros dos presos. Se estaba aislando él solo, y tal vez fuera lo mejor.

Cuando todos estuvimos dispuestos a escuchar, Hansi empezó a hablar en voz baja.

—Deberíamos contarles a estos tipos cómo hemos llegado hasta aquí. Quizá puedan ayudarnos.

—Están tan atrapados aquí como nosotros —argumentó Alex, levantando sus propios grilletes. ¿de qué va a servir? No veo cómo podrían ayudarnos.

—Al menos podrían darnos alguna información. Para empezar, decirnos dónde demonios estamos. Eso ya sería decir algo —apuntó Hansi. Claudia apartó la vista de nuestras figuras y observó a los dos prisioneros. Allwënn no se había movido. Gharin seguía concentrado en nosotros como un ave de presa.

—Dudo mucho que nos crean —aseguró Alex cortante.

—¿Y por qué estás tan seguro? —Preguntó Claudia. Alex miró a su amiga, ahora sumida en las sombras de la luna.

—Porque es obvio que no lo harán —se reafirmó. Volviéndose hacia el resto de nosotros, advirtió nuestras expresiones de incertidumbre. —Pensadlo, chicos. Imaginaos que volvéis a casa y le contáis a todo el mundo que habéis estado en un lugar con un segundo sol, bestias de aspecto aterrador y

La Flor de Jade I
-El Enviado-

tipos con ojos brillantes. ¿Creéis que alguien os tomaría en serio? Probablemente pensarían que estáis locos o drogados, ¿no? Francamente, no creo que nuestra historia vaya a resultarles más creíble a esos dos.

—En algún momento tendremos que contárselo a alguien, si esperamos ayuda. —dije tras unos segundos de silencio. Hansi me miró y luego a Alex.

—El chaval tiene razón. Tarde o temprano tendremos que decírselo a alguien, ¿no crees? Porque no creo que salgamos de esta sin ayuda.

El poderoso batería esperó la aprobación de Alex, como quien espera la luz verde de un superior.

—Vale, de acuerdo —suspiró el guitarrista, añadiendo inmediatamente una condición. —Pero lo hacemos a mi manera.

—Todo tuyo.

Alex se aclaró la garganta antes de dirigirse la pareja de compañeros de celda. Su nerviosismo resultaba evidente. En su mente repasaba mil maneras de romper el hielo e iniciar una conversación coherente. Ninguna parecía apropiada.

Se acercó a Gharin, el rubio de pelo rizado. Parecía más accesible para Alex que su somnoliento amigo. Lo observamos expectantes. Falo nos miraba con indiferencia, como si estuviéramos malgastando nuestra energía. Cuando Alex encontró las palabras y el valor para preguntar, comprobó que nada salía de su boca.

—Y... y... ¿cómo habéis acabado vosotros aquí? —Preguntó finalmente.

Gharin apartó la mirada un momento. Luego regresó a Alex con sus brillantes iris. Desde la otra esquina se oyó la risa ahogada de Allwënn. Cualquiera diría que la pregunta de Alex había desencadenado algún tipo de recuerdo irónico.

—Digamos que... un golpe de mala fortuna. No hace falta mucho para que te encierren hoy en día, muchacho —confesó Gharin, —Pero lo que a mí me sorprende es cómo os habéis dejado atrapar vosotros, tal y como están las cosas.

—¿Nosotros...? ¡Buena pregunta... Nosotros no somos de aquí. No sabemos qué es este lugar... —Alex pensó que lo más difícil ya había pasado. El joven de ojos azules giró la cara hacia los barrotes y miró hacia fuera. El desolado valle rojizo era ahora un prado de sombras.

—Esto es el Páramo.

—Por algo se empieza —pensó Alex.

—Una extensión desolada y sin vida. Venimos de Alas Trianum, a orillas del Dar. Supongo que cruzaremos los Yermos para llegar a Ker-Hörrston —Gharin devolvió la mirada a Alex. —No sé si habrán construido fortificaciones en estas tierras yermas. Si es así, tal vez nos dirijan hacia allí en su lugar. ¿vosotros os escondíais aquí?

No. Gharin no había entendido la verdadera intención de la pregunta del músico.

—Lo que quiero decir cuando digo que no somos de este lugar es... que no lo somos. Somos de... ¡Maldita sea! Llegamos aquí por error y...

La Flor de Jade I

-El Enviado-

Los ojos de Allwënn se abrieron de golpe, pero eso fue todo lo que hizo. No movió un músculo de su cuerpo para dirigirse al joven que hablaba con Gharin.

—Todo lo que está ocurriendo es un gran y maldito error, muchacho. Pero eso poco importa a quienes conducen este carro.

Alex, al igual que el resto de nosotros, incluido Gharin, miró de nuevo al sucio joven de larga melena negra. Sus ojos verdes volvían a estar escondidos bajo los párpados. Pero esta vez era a él a quien Alex se dirigió.

—No, no. No me refiero a eso. Insisto en que no pertenecemos a este lugar. Aparecimos sin saber por qué.

Allwënn entreabrió los ojos de nuevo.

—¿Aparecimos?

—¡Eso es! Aparecimos, literalmente. ¿Comprendes? Aparecer, desaparecer... Pues bien, hemos aparecido aquí. No sabemos por qué. Y sólo queremos volver.

¡Por fin! Había confesado. Lo había dicho.

—Volver... genial. ¿Volver a dónde? —Preguntó desganado el de ojos verdes.

—A casa. A nuestro mundo.

Alex se sintió ridículo diciendo aquello, y su tono dubitativo lo delató. Esta vez Allwënn se incorporó, con una expresión escéptica en el rostro.

—A vuestro... mundo—. Allwënn frunció el ceño, como si pensara que le estaban tomando el pelo. —Revisa tu dieta, muchacho. Demasiados hongos, me temo.

Gharin también parecía perplejo.

—No... No quiero que pienses que estamos locos ni nada por el estilo. Es sólo que... necesitamos ayuda.

—Sí. Mucha ayuda, y urgente, por lo que parece—. Los iris verdes de Allwënn volvieron a inundar la habitación con una mirada intensa y penetrante. Con su voz profunda y modulada, preguntó muy despacio. "¿De dónde demonios habéis salido vosotros?"

—¡Eso es lo que intento contaros, maldita sea!"

Allwënn miraba a Gharin con tanta intensidad como para fundir el color de sus ojos. Mucho antes de que Alex terminara de contar nuestro viaje, el recelo ya se había instalado en sus rostros. Al menos, le permitieron terminar la historia. Luego, hubo un momento de silencio. Un momento en el que todos esperábamos las primeras palabras de cualquiera de ellos.

—Bueno... Ya conocéis todo lo demás. —concluyó Alex.

Volvieron a cruzarse miradas. Esta vez se trató de una mirada de confirmación. Primero se oyó la elegante voz del joven de pelo dorado.

—Bueno... entendemos que debéis estar muy asustados en estos momentos. Sabemos que vuestra situación no ha sido fácil. El viaje ha debido ser duro... luego la captura... Debéis estar agotados."

—¿Agotados? —Alexis se sintió ligeramente ofendido.

—Yo recomendaría un poco de descanso —sugirió rápidamente Allwënn.

—¿Descansar? ¡Maldita sea! ¡Os dije que no nos creerían! —gritó Alex enfadado, golpeando con furia los barrotes metálicos que tenía a su lado.

—Tenéis que creernos —suplicó Claudia, moviéndose desde su posición hasta situarse a escasa distancia de los dos hombres. —Sois las únicas personas con las que hemos podido hablar desde que llegamos aquí. Tenéis que ayudarnos.

Allwënn, a quien ella había acabado mirando, entornó los ojos hacia la muchacha.

—Lo siento, Alteza, pero estoy en el mismo agujero que vos —dijo, mostrando las ataduras que sujetaban sus manos. Alex la observó. Los ojos de su amiga delataban una extraña mezcla de ira y decepción.

—No te molestes, Día, no creyeron ni una palabra de lo que dije, tal y como avisé.

La chica se alejó de ellos como impulsada por una fuerza invisible. Los miró fijamente, esperando encontrar en sus rostros algún brillo delator que por fin le diera la razón a Alex. No tardaron mucho en hacerlo.

—Confiaba en que seríais más comprensivos —murmuró mientras volvía los ojos al suelo.

—¡Ya basta! ¡Basta de chiquilladas! —vociferó Allwënn con severidad, levantando los brazos atados hacia su rostro. —

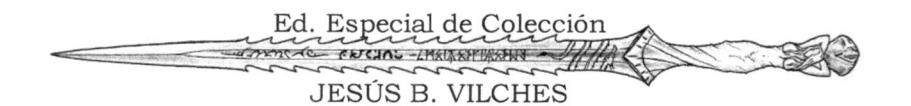

Vuestra historia no tiene el menor sentido. Prefiero creer en un cuento de hadas, puedes estar segura. Prefiero pensar que ha sido un delirio después de un día agotador que imaginar semejante tontería viniendo de una mente cuerda y equilibrada. A mí no me parecéis locos, aunque ése podría ser un calificativo aceptable después de lo que acabo de oír. Tal vez un grupo de personas enajenadas por el calor y el cansancio. Esa es mi conclusión. Lo tomas o lo dejas. Deberías agradecer que os dejase concluir semejante cuento de taberna.

Giró la cabeza en señal de rechazo, obligando a toda la longitud de su cabello a agitarse antes de volver a la posición de tumbado. Un gesto que pretendía zanjar el asunto.

—Entonces... no podemos esperar ninguna ayuda de vosotros, ¿verdad? —se resignó Alex con amargura, habiendo asumido su papel de portavoz. Allwënn torció el cuello para mirarlo. Como se había convertido en su costumbre, esperó unos instantes clavándole la mirada antes de responder.

—Yo no he dicho eso, muchacho —replicó, muy despacio. —Sólo he dicho que no me creo tu historia. Sácame de aquí y te ayudaré en todo lo que pueda. Te doy mi palabra.

La noche transcurría lenta pero implacable, y a medida que las horas se sumaban, también lo hacía el cansancio. Allwënn escuchó un débil sonido metálico que rasgó el fino tul de su inconsciencia. No podíamos llevar mucho tiempo durmiendo.

La Flor de Jade I

-El Enviado-

Era un ligero tintineo de hierro, sordo, rítmico, que martilleaba en sus tímpanos. En la oscuridad, sus ojos verdes brillaron como estrellas en el cielo. Miró a su alrededor, sin apenas moverse. Comprobó que todos dormíamos. La noche estaba extrañamente quieta y silenciosa. No se percibía ninguna actividad de los orcos. Frente a él, dentro de la jaula que nos mantenía prisioneros, se perfilaba una silueta cerca de la puerta. Estaba sentada golpeando los gruesos barrotes de hierro con un objeto metálico que brillaba bajo la tenue luz de la luna y los ecos incandescentes de la hoguera.

Como la mayoría de las noches, Falo no podía dormir. Habían ocurrido demasiadas cosas que no podía comprender ni, como era su costumbre, controlar. Había crecido en el mismo lugar que nosotros, pero no en las mismas calles. Sólo había visto la otra cara de la moneda. La cara que te dice "sálvate" o "pega primero o te pegarán". Hoy, todo el armazón de su mundo se había derrumbado. El tipo duro, un superviviente nato de la jungla de cemento, había sentido un miedo terrible. Pánico real. El terror más intenso de su vida. Había visto el rostro de la muerte reflejado en los oscuros colmillos de aquellas bestias y en la desproporcionada hoja afilada de un hacha.

Por otra parte, ninguno de nosotros le mostraba el respeto y la consideración que supuestamente le debíamos. Estaba acostumbrado a recibir muestras de sumisión de los demás; a mandar, a hacer que los demás cumplieran sus demandas, a intimidar. Hoy, sin embargo, se había encontrado reprendido por la mayoría e ignorado por todos. No estaba acostumbrado a recibir ese trato. No estaba acostumbrado a que le pasaran por alto. Y no le gustaba. No le gustaba nada de lo que estaba ocurriendo. Sobre todo, porque, como el resto de nosotros, él tampoco lo entendía.

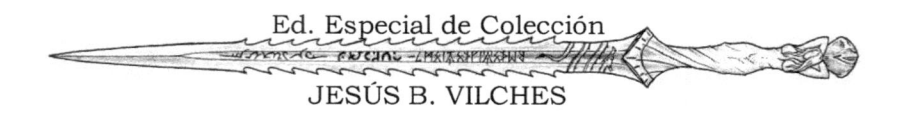

Y se encontraba solo. Por primera vez en mucho tiempo estaba completamente solo, lejos de su manada.

Dejó la navaja abierta en el suelo, deteniendo por un momento el golpeteo de los barrotes. Intentó alcanzar el paquete de cigarrillos que aún guardaba enterrado en uno de sus bolsillos.

No tuvo ocasión.

Por el rabillo del ojo vio una sombra fugaz. Como la de un depredador que salta desde la oscuridad. Ni siquiera hubo tiempo para cubrirse de la embestida. Un terrible empujón le envió de espaldas al suelo. Su cabeza golpeó el entarimado de la jaula y dejó escapar un gemido. Un enorme peso le presionaba. Algo se había abalanzado sobre él, sin apenas darle un instante de advertencia. Un fuerte antebrazo le rodeaba el cuello, impidiéndole articular palabra o respirar aire fresco. Una mano sujetaba uno de sus brazos a la madera del carro como si fuera una tenaza, dejando su otro brazo colgar inofensivamente de los eslabones que lo unían al primero. El cosquilleo que rozaba sus facciones, arrugadas por el esfuerzo, le obligó a levantar la vista. Una larguísima cabellera negra enmarcaba un rostro ceñudo de diabólicos ojos verdes. Su captor era Allwënn. Su mirada felina lo atravesaba tan cruelmente como la hoja de un cuchillo atraviesa a su víctima. Intentó librarse, pero pronto se dio cuenta de que su oponente no sólo le superaba ampliamente en fuerza, sino que tampoco era la primera vez que luchaba de esa manera. Parecía conocer sus reacciones antes incluso de que se le pasaran por la cabeza.

La Flor de Jade I

-El Enviado-

—Tenías un arma.

La voz del atacante cortó como el filo de un cristal. Tan gélida como el aliento del propio invierno.

—¡Tenías un arma! —Repitió violentamente, golpeando la cabeza de Falo contra el suelo.

El prisionero comenzó a forcejear con más fiereza. En uno de sus arrebatos, golpeó con el pie el cuerpo de Alexis, que dormía en las proximidades. Sobresaltado, el joven agredido se despertó de un brinco. El ruido de la lucha no tardó en espabilar al resto de los prisioneros. Gharin ya estaba consciente y cerca de su compañero antes de que nadie estuviera seguro de cómo había pasado. Allwënn aflojó la presa cuando sintió que estaba en compañía de su camarada.

Falo se arrastró como pudo fuera del alcance de Allwënn. Éste lo soltó, perdiendo pronto todo interés en el humano y concentrándose en el cuchillo que había perdido en la breve refriega.

El atacado fue tosiendo y tambaleándose hasta el extremo más alejado y oscuro del carromato. Allí se puso de pie.

—Allwënn, Allwënn, ¿qué pasa? ¿Qué demonios ha pasado? ¡¿Estás bien?!

Con una mano en el hombro, Gharin ayudó al de ojos verdes a ponerse de pie. Inmediatamente aquel le mostró a su amigo y a todos los que estaban despiertos en ese momento los mortíferos centímetros metálicos del puñal de Falo.

—Un cuchillo —advirtió a todos. Observamos incrédulos. Casi tuvimos que intentar reconstruir la escena. Todavía estábamos demasiado confusos para que nada tuviera algún sentido para nosotros. —No sé cómo diablos se las ha arreglado para conservar un cuchillo —se preguntó Allwënn, haciendo gestos amplios e incomprensivos.

—Un cuchillo —repitió Gharin. —Así que el muy desgraciado tenía un cuchillo.

—Llevamos horas durmiendo y el maldito crío tenía un afilado y puntiagudo filo de acero encima, ¿te lo puedes creer, Gharin?

Para nuestra sorpresa, las palabras de Allwënn no fueron tan reprobatorias como uno podría esperar en una situación así. No había ira en su semblante. Al contrario, su expresión era una media sonrisa. Tenía esa indefinible sonrisa bobalicona, resultado de la confusión y la sorpresa que siguen a una buena noticia inesperada.

A Falo no se le veía; sólo se le intuía a través de la densa cortina de sombras que dominaba aquella parte distante del vagón hasta donde se había arrastrado. Pero nos llegaba su respiración, fuerte y agitada. No sabíamos si era de asfixia o de rabia.

—El tipo es un bocazas, pero no creo que pretendiera usarla contra nosotros —advirtió Hansi, intuyendo el significado de los comentarios de aquellos dos hombres. La reacción de Falo no se hizo esperar.

—¿Qué pasa, calvo mamón? No tuviste las agallas de venir a buscarla tú mismo. Tuviste que encontrar un par de capullos que te ayudaran.

Falo levantaba la voz. Resultaba evidente que aquel provocador nato aún estaba muy susceptible. Con su ego

La Flor de Jade I

-El Enviado-

herido, era sólo cuestión de tiempo adivinar que la situación pudiera estallar con la siguiente persona que le dirigiera la palabra. Falo sólo buscaba una excusa para descargar su frustración. La sala era estrecha. El ambiente estaba muy tenso y había armas de por medio.

Sin embargo, ni su agresor ni su amigo parecían interesados en absoluto en la creciente intensidad del arrebato de aquel bravucón. Es más, Gharin levantó la vista de la hoja punzante. Sus ojos turquesa se clavaron directamente en los de Falo. Parecía poder verle sin dificultad a través de la impenetrable maraña de oscuridad.

—¡Eh, chico! Tus bravatas no asustan a nadie. Así que cállate o vas a arruinarlo todo.

Gharin devolvió su atención de inmediato a lo que le estaba diciendo Allwënn, sin esperar la más que probable reacción del irritado adolescente.

—¿Crees que funcionará? —Preguntó Allwënn a su amigo mientras examinaba el arma.

—Seguro —le confirmó Gharin con evidente convicción. —Me has visto hacer cosas más difíciles. La punta es un poco ancha, pero servirá.

—¡Eh, vosotros dos! Sois muy machos y eso. Sois bien duros atacando a alguien por la espalda, ¿verdad?

Falo comenzó a acercarse a la pareja con determinación. Sus gestos revelaban que buscaba pelea. Una pelea seria. Concentrados en el hallazgo, Allwënn y Gharin parecían haberse olvidado de él y de sus amenazas. Los demás no tuvimos tiempo de intervenir. El insolente joven se acercó a ellos con los brazos apoyados en jarras sobre su cintura y mordiéndose los labios como si pretendiera controlarse.

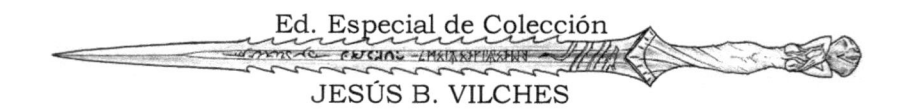

—¿Con quién creéis que estáis hablando, condenados hijos de puta? No tenéis ni puta idea de quién soy yo y ya va siendo hora de que lo sepáis —Gritó, bajando amenazadoramente la cabeza para chillarles casi en los oídos.

Comprendimos que aquello iba a acabar mal cuando presenciamos la forma en que los dos desconocidos se miraron ante la evidente provocación. Gharin clavó su mirada en la de su compañero, como estudiando la lectura de sus pupilas. Como advirtiéndole a Allwënn con su propia mirada que no valía la pena el esfuerzo de responder a la provocación. El gesto de Allwënn, su respiración, delataban que se estaba cruzado una línea peligrosa. La tensión se apoderó de la cargada atmósfera. Por unos instantes pareció que todo iba a estallar. Entonces, otro gesto sutil del prisionero rubio relajó al de pelo largo. Falo lo interpretó como un claro signo de debilidad: se acobardaban, luego quiso afianzar su posición.

—¡Me estoy aguantando, pedazo de mierdas! ¿Te crees que me puedes vacilar? —La expresión de su rostro era de odio visceral, quizá algo sobreactuado. —¡Ni de coña, cabrones! Me cago en vosotros dos. ¡Podéis apostar el culo a que sí! —Y esta vez empujó al de cabellos negros, que había vuelto a inspeccionar la afilada hoja. Ante el roce, Allwënn se levantó por segunda vez, secundado por su compañero. Entonces presenciamos una situación difícil de describir a la vaga luz de unas pocas palabras.

La mirada de Allwënn quedó anclada en su objetivo en una mirada tan severa que haría temblar a cualquiera. Tan firme que uno podría haber pensado que no existía nada más allá de

La Flor de Jade I

-El Enviado-

ella. El rostro de aquel prisionero era la expresión viva de la piedra. Puede sonar extraño, pero cualquier atisbo de naturalidad se había borrado de sus facciones con una brusquedad inaudita.

Sus ojos eran dos piedras gélidas.

No había el menor atisbo de emoción en aquellos rostros. Allwënn estaba a escasos centímetros del envalentonado adolescente, trabados en un feroz duelo de miradas. Gharin parecía expectante, sin perder detalle de las reacciones de su amigo. Parecía más nervioso por los movimientos de Allwënn que por los de su rival. Había tanta concentración en el gesto de Gharin que uno dudaba de que fuera espontáneo.

De los tres, Falo seguía siendo el más alto, apenas tanto como Gharin, pero algo más corpulento que él. Medía casi una cabeza más que su oponente inmediato. Pero allí, frente a frente, se apreciaba cómo Allwënn tenía un diámetro de torso que sólo Hansi podría haber superado. Allwënn se crecía, literalmente, con aquella mirada impávida. En ese momento supe que los poderes estaban sumamente desequilibrados.

Allwënn bajó la mirada e hizo ademán de sentarse. Gharin no movió un músculo, pero Falo volvió a interpretar aquel gesto como clara señal de victoria en su duelo. Había tensado la situación, buscando ver hasta dónde llegaban realmente aquellos dos si se les pinchaba. Tal vez debería haberlo dejado ahí, pero su arrogancia pudo con él.

—¡¡¡Que me mires, puto enano!!!" —le gritó a su duro oponente, estirando los brazos, probablemente con la intención de girarlo a la fuerza y obligarlo a mirarle…

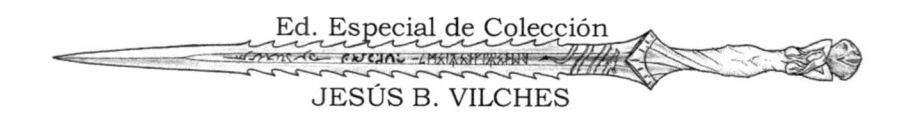

Sólo que esas manos nunca llegaron a alcanzar el cuerpo de Allwënn. Tan pronto como el agredido sintió un amago de amenaza sobre él, reaccionó. Y aquella reacción nos dejó sin aliento.

Los movimientos fueron casi felinos.

Todo sucedió tan rápido que no hubo tiempo de intervenir de ninguna manera. Siempre he pensado que, si hubiera parpadeado en ese momento, seguramente jamás habría visto lo que vi. Sin embargo, aquellas expresiones eran tan inhumanas, aquellos movimientos fueron tan precisos, tan certeros que se me quedarían grabados en la mente como si hubieran durado toda una vida.

Con una velocidad y precisión más propias de un depredador, los poderosos brazos de Allwënn cazaron al pobre Falo y lo derribaron antes de que fuera consciente de que la balanza había cambiado de dirección. Sin embargo, no fue Allwënn quien cayó sobre Falo, sino Gharin. Se interpuso en medio y, con un brazo firme delante de ambos, impidió que su compañero rematara al caído, que era exactamente lo que el puño en alto de Allwënn daba a entender que pretendía.

Nunca había visto nada igual.

Falo había vuelto a morder el áspero suelo de madera, sin saber de dónde le había venido la furia del ataque. Todo lo que sabía era que un parpadeo atrás estaba en pie, y ahora no podía encontrar una parte de su cuerpo que no estuviera firmemente sujeta por una presión al suelo.

Los ojos del derrotado bajaron la mirada todo lo que daba de sí. Pronto captó un reflejo brillante bajo su mandíbula. Y entendió enseguida la situación. Su propio cuchillo

La Flor de Jade I

-El Enviado-

amenazaba su cuello.

—No vuelvas a intentarlo, muchacho. No vuelvas a intentarlo durante el resto de tu vida, porque puede que la próxima vez no esté aquí para asegurarme de que sigas respirando.

La voz de Gharin le taladró los oídos como el flujo de sangre a través de una herida abierta. No podía verlo, el golpe le había nublado la vista, pero su voz sonaba como si tuviera al joven dentro de su cabeza.

—¿Qué vas a hacer ahora, matarme? —Quiso saber Falo, no sin cierto melodrama en su tono de voz. —¿Con mi propia navaja?

—Yo no, en eso tienes suerte. Pero no le des motivos a mi amigo, o podremos sacarte de esta jaula sin abrir la puerta. ¿Entiendes? Si eres lo bastante listo, chico, sabrás lo cerca que has estado esta noche de no ser más que una mancha de sangre en la madera—. Y añadió —Si te lo sigues preguntando, lo que este insignificante mondadientes tuyo puede hacer por nosotros no es acabar con tu irritante existencia, aunque insistas en mostrar poca consideración por tu vida, hijo. Sino abrir las cadenas y darnos la libertad.

Ed. Especial de Colección

JESÚS B. VILCHES

LA FLOR DE JADE I

-EL ENVIADO-

La Flor de Jade

PRIMERA
SANGRE

Son al menos diez, quizá una docena

Comentaba Allwënn mientras se frotaba las muñecas, que momentos antes habían estado prisioneras del metal oxidado de los grilletes. Gharin tanteaba ahora con el cuchillo de Falo en la cerradura de la puerta de la jaula.

—Tenemos que acabar con la mitad de ellos antes de que

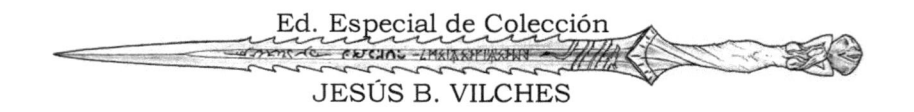

el resto reaccione, o podríamos tener serios problemas.

La cerradura dio una sacudida y la puerta de la jaula se soltó del cerrojo que la mantenía en su sitio. Gharin se giró con una sonrisa triunfal. Con un leve crujido, la puerta metálica se abrió, permitiéndonos disfrutar del paisaje sin la constante interrupción de los barrotes.

Libertad, ¡qué gran palabra! Qué hermoso concepto es para quienes se han visto privados de ella, aunque sólo sea por unas horas. Sentí el impulso irresistible de abandonar aquella jaula hedionda e inmunda. La estimulante visión de su puerta abierta me hizo sentir aún más claustrofobia, ya que el espacio entre los barrotes parecía encogerse.

Pero...

Justo antes de probar suerte con la puerta, la afilada punta del cuchillo había pasado cinco minutos hurgando en los grilletes que sujetaban sus manos prisioneras, fallando varios intentos antes de vencer al primero de los grilletes. Con una sonrisa de satisfacción, Gharin nos había mirado con esa mirada vanidosa que se le pone a todo el mundo cuando se supera un reto. Rápidamente, pero con cuidado de no hacer ruido, se soltó las ataduras y extendió los brazos en toda su longitud, dibujando en su rostro una sonrisa de placer. Algo similar ocurrió cuando liberó a Allwënn. Se había empleado mucho menos tiempo aún en superar la seguridad de la puerta de la jaula, como acabábamos de ver.

Pero nadie vino a soltarnos.

—Eh, ¿y nosotros? —exclamó Alexis sorprendido al darse cuenta de que se iban a marchar sin siquiera quitarnos las cadenas. Allwënn se volvió y nos hizo un gesto para que

La Flor de Jade I

-El Enviado-

guardáramos silencio.

—Lo que viene ahora no va a ser divertido, muchacho —susurró. —Será mejor que os quedéis donde estáis. De hecho, y esto te incumbe a ti—, agregó con brusquedad, señalando a Falo—, sólo vamos a tener esta oportunidad. Así que, si alguno de vosotros hace alguna tontería y despierta a los orcos antes de tiempo, rezad a vuestros dioses para que ninguno de nosotros dos sobreviva. Si los orcos no lo matan, yo mismo disfrutaré sacándole las tripas con mis propias manos, ¿ha quedado claro?

Antes de que nadie pudiera responder, Gharin añadió algo más a las amenazadoras palabras de su amigo.

—Si algo sale mal, fingid que seguís dormidos. Con un poco de suerte, nos ejecutarían a nosotros dos.

¿Ejecutar? Dios mío, ¿por qué la amenaza de muerte seguía siendo el concepto más repetido desde que llegáramos a aquel lugar?

—Volveremos —aseguró Gharin mientras su compañero desaparecía bajo las ruedas de madera del carro.

—¿Cómo sé que lo harás? —preguntó Claudia, acercándose al joven rubio.

Él la miró y luego a los demás. Estábamos rotos, destrozados, sin otra opción aparte de lo que ellos pudieran ofrecernos. Sus ojos azules volvieron a la muchacha, pero esta vez estaban llenos de una amarga añoranza, rescatada de viejas experiencias, de heridas cerradas mal curadas, reabiertas por el destino.

—Porque te doy mi palabra —prometió. Apenas se dio

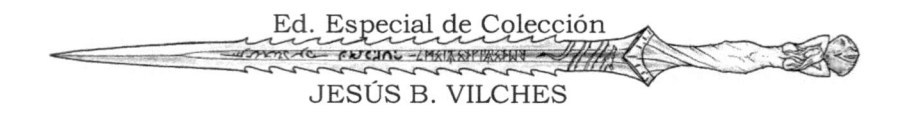

la vuelta, una voz de desprecio emergió de las sombras.

—Estos dos dan su palabra con demasiada facilidad —murmuraba Falo, rumiando aún su humillación. —Esta la segunda vez que oigo la misma mierda. Me gustaría saber cuánto vale realmente esa palabra.

Gharin se volvió hacia la turbia oscuridad que envolvía a Falo. Ninguno de nosotros podía distinguir su forma, pero las azules pupilas espectrales de aquel parecían reconocerlo, como si la luz del día aún reinara en el cielo. Al menos ésa fue la impresión de Falo.

—¡Vamos, Gharin!

El apremio susurrado de Allwënn obligó a su amigo a apartar la mirada de los ojos de Falo. El segundo de los insólitos jóvenes también desapareció tras la línea de acero de la puerta, como si se lo hubiera tragado la tierra misma.

—Esperemos que cumplan su palabra —suspiró Hansi cuando la puerta volvió a cerrarse, dejándonos solos.

—Lo harán —dijo Claudia con seguridad. —Lo he visto en sus ojos.

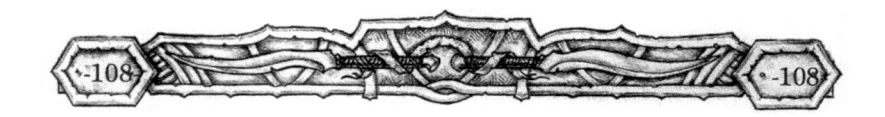

Un par de iris brillantes escrutaron las sombras reinantes, agazapados entre las robustas ruedas de madera que sostenían el carro. La hoguera era ahora un esqueleto informe de ramas secas, humeantes y carbonizadas. Pero el anillo de luz de varias antorchas colocadas a su alrededor seguía irradiando brillo suficiente para ahuyentar a cualquier posible bestia salvaje. Los cuerpos de los orcos yacían inmóviles, gruñendo y roncando en sueños, con sus armas y armaduras a su lado.

—Al final parece que han decidido quedarse a pasar la noche —comentó Gharin.

—Es más que probable —respondió su compañero, con los ojos fijos en uno de los orcos que montaban guardia sobre un montículo de piedra. —Vamos a por los caballos. Creo que ése de ahí está dormido.

Sin esperar respuesta, Allwënn se lanzó a través de la noche y cruzó el terreno polvoriento en dirección a los animales. Gharin, no muy complacido, miró reticente al centinela, pero no le quedó más remedio que seguir a su compañero. En aquellos segundos de duda lo había perdido de vista.

El rubio acababa de llegar junto a los caballos, aparentemente sin que nadie se diera cuenta. El olor de los animales era muy intenso allí. Las estrellas se perdían a miles de kilómetros en la cúpula negra del cielo.

—Allwënn, Allwënn —llamó en un susurro. Comenzó a moverse entre los animales, sintiendo que empezaban a inquietarse y a bufar ante su presencia. —Tranquilo, tranquilo muchacho, cálmate —decía a los caballos mientras les acariciaba el lomo, con los sentidos siempre alerta, buscando a su socio. Una mano le agarró por detrás, tapándole la boca. Un miedo incontrolable se apoderó de él, aunque pronto reconoció a su atacante.

—Shhhhhh. Soy yo —le confesó una voz susurrante y familiar. Pronto el agarre se aflojó y Gharin quedó libre. —Ahora, mira... —Allwënn extendió la mano, con el índice apuntando hacia las sombras. —Uno... dos... y tres. —Hasta tres guardias identificó en distintos puntos de la zona, todos inmóviles en sus puestos. —¿Puedes verlos? —Gharin asintió en señal de confirmación. —Ahora ven, he encontrado nuestros caballos.

—¿Los has visto?

—Negativo.

Alex continuaba escudriñando la zona con la mirada. Todos lo hacíamos. Sólo Falo permanecía aislado y ausente, ajeno a nuestras preocupaciones. Él parecía tener muy claro lo que iba a ocurrir. Lo raro es que no hubiera tratado de fugarse por sus propios medios. Quizá tomó más en serio de lo que pensamos la amenaza de Allwënn.

—No sé a dónde han ido —respondió Alex a Hansi, que había formulado la pregunta, sin levantar la vista de las oscuras profundidades que escrutaba.

—Quizá sigan bajo el vagón —pensó Claudia en voz alta mientras se acercaba a la pared de barrotes donde estaban sus amigos. El vikingo volvió los ojos hacia ella.

—Si han salido, lo han hecho como una exhalación —comentó el vikingo. El rostro de la muchacha se hundió. La amarga advertencia de Falo también se hacía más intensa a medida que pasaban los minutos sin que nada rompiera el angustioso silencio.

—¿Ves algo?

La Flor de Jade I

-El Enviado-

—No —respondí.

Una mano lívida acarició la superficie tallada de un arco. Volvió a experimentar ese contacto especial e íntimo que le era tan familiar desde hacía tanto tiempo. Seguía allí, en el mismo lugar donde lo había depositado. Los orcos ni siquiera se habían molestado en moverlo. Con cuidado, lo desenganchó de la funda que había confeccionado para transportarlo en su silla de montar. Alcanzó el carcaj que descansaba a su lado y se lo anudó al muslo. Sus dedos seleccionaron una flecha. Un pequeño astil de madera emplumada y mortífera. Contempló su punta de aleación letal. Había sido diseñada para él por el propio Allwënn. Mucho más mortífera que las tradicionales, más aerodinámica. Esos gramos de acero, esa forma afilada, pronto morderían la carne del enemigo. Entonces, colocó la flecha sobre la madera viva de su arco.

Introdujo los dedos entre la cuerda y el plumín del culatín. Respiró hondo para conectarse con el espíritu latente que dormía en aquella madera recurvada. Tensó la cuerda. El tendón crujió al estirarse hasta que la punta mortal acarició el tallado de la madera. Apuntó el proyectil a punto hacia el risco, eligiendo la primera víctima a la que señaló con el dedo fatídico de la punta de la flecha.

—¿Estás listo?

La voz de Allwënn emergió a través de los cuerpos de los caballos unos segundos antes que su rostro. Gharin relajó su arma antes de mirarle y asentir con la cabeza.

JESÚS B. VILCHES

Allwënn volvió a desaparecer entre los animales. El semental que tenía delante era un musculoso ejemplar de pelaje blanco y crines inmaculadas. Largas, como las lenguas de los grandes glaciares del Ycter. Cerca de su lomo dormía la hoja afilada de una espada, enfundada en cuero y piel. Lentamente, una a una, estudió las runas que adornaban la ornamentada superficie del cuero que la mantenía oculta, recordando pasajes de tiempos pasados. Extrañamente, hoy habían vuelto a él, aunque estuviera fingiendo no saberlo. Sólo una palabra salió de sus labios mientras su mano derecha agarraba la adornada empuñadura del mortífero acero de la espada. Tiró de ella, rompiendo el letargo inerte. Mostró su cuerpo desnudo a los malévolos ojos de la luna que le observaban en silencio.

Sólo una palabra acudió a su mente.

Solo una palabra.

Y era el nombre de una mujer.

—¿Estás seguro? ¿Estás seguro de que no ves nada?

—Muy seguro.

Hansi puso los ojos en blanco al comprobar que Alex empezaba a ponerse nervioso. Nada, ni un sonido, ni un destello, ni un movimiento. Nada. Parecía habérselos tragado la tierra.

—¡Se han ido, Pouff! Han desaparecido.

Alex apartó la mirada. Volvió los ojos hacia las sombras

La Flor de Jade I
-El Enviado-

del exterior, tratando de descartar la idea de que nos habían engañado.

—Ya os dije que se largarían —resurgió la inconfundible voz de Falo. Esto acabó por irritar al joven músico.

—¡Cállate! ¿quieres? —le espetó el músico. —¡Ya tenemos bastantes problemas sin tu ayuda!

Falo sonrió con suficiencia, pero no hizo más comentarios.

—Volverán, volverán —se repetía el chico de pelo crema. Era más un intento de convencerse a sí mismo que de inspirarnos confianza. Hansi desplazó la mirada de la oscuridad del exterior a la del interior de la jaula. Al hacerlo, vio que los barrotes de la puerta se mecían ligeramente con el viento. Eso le hizo albergar una idea que tal vez había sido dejada de lado por la amenaza de Allwënn.

—¿Y si intentamos salir por nuestra cuenta? —planteó, obligando a la mayoría a dirigir su atención hacia él. —Dejaron la puerta abierta.

Hubo un silencio incómodo. Todos los ojos estaban puestos en la puerta a medio abrir. Por primera vez, la posibilidad de nuestra propia huida se hizo tangible.

—Podría ser peligroso. Ya oíste lo que dijo ese tipo. Parecía hablar en serio.

Claudia mantuvo la profunda oscuridad de sus iris fijos en la noche y en todas las formas que se volvían vagas bajo su manto. Buscaba ese movimiento inadvertido. Ese sonido solitario que revelara a los enigmáticos hombres de pupilas llameantes. Al contrario de lo que Alexis quería hacernos creer,

Claudia no sólo estaba segura de que volverían. Sabía, como se sabe que un día dejaremos este mundo, que seguían ahí, cerca, y que tarde o temprano se dejarían ver. Así que no prestó mucha atención a la conversación que se desarrollaba a su espalda, donde los demás ya buscábamos una vía de escape alternativa. Sus ojos buscaban insistentemente, rastreando las oscuras simientes de la noche. Entonces, como el rastro etéreo de un fantasma, un brillo extraño y fugaz parpadeó en su retina, seguido de un movimiento difuso.

Los ojos de la muchacha se abrieron de par en par y la alegría invadió su cuerpo.

—¡¡¡Ahí están!!! —exclamó, alzando considerablemente la voz. Falo se incorporó sorprendido, como si hubiera sido imposible que alguien pronunciara aquellas palabras. —¡siguen aquí! —Repitió en un susurro, tratando de enmendar el error, invitándonos enérgicamente a acercarnos con el brazo.

Nos giramos sorprendidos y detuvimos nuestra conversación a medio camino. Nos apretamos contra los barrotes, cerca de la joven. Ella aún no había levantado la vista de donde la tenía clavada.

—¿Dónde? —Preguntó Alex, que, como el resto, no había notado nada fuera de lo normal ahí fuera. Claudia señaló con el dedo extendido un punto de la noche entre las sombras.

—Allí, entre los caballos y esa línea de rocas.

Nuestros ojos se desviaron impotentes hacia aquel lugar sin que nadie advirtiera nada destacable entre la oscuridad. Las siluetas desvaídas de los caballos, acariciadas por la luz palpitante del círculo de antorchas, apenas se distinguían. Menos aún las piedras, ahora apenas visibles en la claridad del

LA FLOR DE JADE I

-EL ENVIADO-

campamento.

—¿Estás segura? No veo nada.

—Estoy segura.

—Podría haber sido un reflejo.

—Los vi, estoy segura.

La noche no trajo nada nuevo. Desde la alta peña donde estaba apostado, no había nada que inquietase al resto del campamento. Los animales no se acercarían a la luz, pero nunca se podía estar seguro. Siempre es mejor montar guardia.

La uña larga y curvada de su pulgar seguía escarbando sin descanso entre sus piezas dentales, buscando el persistente trozo de comida que había quedado atrapado entre aquellos desmesurados y amarillentos colmillos. Dejando la lanza a su lado, cogió un grueso cuchillo de hoja oxidada con el que se apresuró a raspar. Todo parecía tranquilo. Aquella calma le aburría. Le aburría hasta la saciedad. Tanto que le obligó a abrir la mandíbula para bostezar. Cuando abrió los ojos, lo único que pudo ver fue una forma borrosa frente a él antes de que, tras un siseo que cortaba el aire, una hoja de acero enviara su cabeza a las profundidades de la oscuridad.

—¡¿Qué ha sido eso?!

Con un movimiento brusco, otro orco se liberó de las tenaces garras del sueño que se habían apoderado de él durante aquella pesada guardia. Su cuerpo se balanceó bruscamente al fallarle el apoyo de su lanza.

¡Un ruido! ¿Podrían ser Luhards[9]?

Todo en su cabeza trató de ponerse en orden lo más rápidamente posible. Instintivamente, agarró el asta de su lanza y echó un rápido vistazo a su alrededor. En la primera pasada no notó nada extraño. Sólo en la segunda se dio cuenta, alarmado, de que faltaban sus dos compañeros, aquellos que deberían estar montando guardia con él. Se incorporó decidido con la lanza preparada. La noche era tranquila, pero no resultaba habitual que los centinelas abandonaran sus puestos. Entonces... un sonido mortal se abalanzó sobre él como el ataque de una serpiente, erizándole el vello. Sólo tuvo tiempo de girarse en la misma dirección que el sonido, para encontrarlo de frente. Un golpe terrible le alcanzó la tráquea. Le siguió un dolor inhumano y una sensación de asfixia. La vista se le nubló por momentos y sintió que sus músculos perdían el control. Con las manos se agarró la garganta, de la que sobresalía un delgado astil de madera. Un líquido espeso y caliente se deslizó entre sus dedos. Era su propia sangre. La misma sangre que saboreaban los afilados centímetros de acero que habían atravesado su carne y sobresalían por detrás de su cuello. La bandera de plumas grises que ondeaba ante sus ojos fue la última imagen que vio antes de que su cuerpo cayera a plomo desde arriba. Su caída produjo un ruido sordo, como de metal pesado.

Una hoja de acero empapada en sangre brilló al golpear un rayo de luna... Unos ojos verdes inundados de rabia

---

[9] Una especie de cánidos de grandes mandíbulas que acechan en grupo por la noche en el pedregal del Páramo. Nuestras hienas podrían ser una amenaza similar.

La Flor de Jade I
-El Enviado-

contemplaron el campamento dormido y ausente. Aquella imagen traía reminiscencias de días sangrientos. Días olvidados en los que él era el monstruo salido del infierno.

Gharin le dio la señal.

La pesadilla estaba a punto de comenzar.

—¡Se han detenido! ¡¡¡Por fin!!! Parece que han parado.

Todos los sonidos de lucha, golpes y alaridos se desvanecieron, disipándose en el viento. Desde nuestro punto de vista, no podíamos divisar nada, pero fuimos testigos de la cruel sinfonía de aullidos de la muerte. Aquellos interminables minutos nos habían regalado el más horrible concierto de gritos y lamentos imaginable. Aquellas bestias chillaban como cerdos en manos del carnicero. Sus gritos desgarradores aún resonaban en nuestras mentes. La experiencia fue aterradora. Todos estábamos horrorizados, sobrecogidos.

Alex se volvió hacia nosotros. Tenía la cara enrojecida por la tensión. Su corazón latía con fuerza.

—Ya no oigo... chillar a esas criaturas —dijo esperanzado. —¿Significa eso... que están... todas...?

—¡Dios mío... los han matado a todos!

—Mejor a ellos que a nosotros —dijo Falo.

No tardamos en divisar una figura que emergía de entre

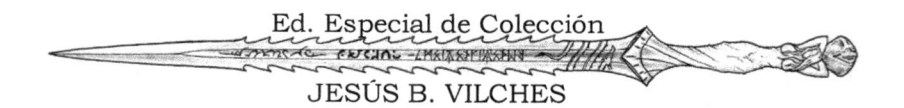

las brumas de la noche. Unos inconfundibles mechones dorados nos advirtieron que se trataba de Gharin. Llevaba consigo los caballos. Sujetaba sus bridas y tiraba de ellos. Debíamos de estar absortos observándolo, pues ninguno de nosotros advirtió que Allwënn había aparecido a nuestras espaldas.

—Ya pasó todo. Disculpad el alboroto —anunció con un tono de voz cálido, sobresaltándonos al no ser esperado por nadie. Falo casi se muere de la impresión.

El rostro de Allwënn estaba cubierto de sangre. Sangre espesa y negruzca que despedía un olor acre. Se frotó los ojos y vimos que el espeso líquido vital le había empapado los brazos hasta los codos. También había grandes salpicaduras en su ancho torso. Se nos pusieron los pelos de punta al imaginar la brutal carnicería que había resultado de la pelea. Su rostro no parecía muy afectado por lo que a todas luces acababa de hacer. De hecho, parecía sorprendentemente sereno. Esperó a que Gharin acercara los caballos, con el aire abatido de quien regresa de un duro día de trabajo. Ignoró deliberadamente el aluvión de preguntas que le hacíamos desde el interior de la celda. Pidió a su compañero que atara los caballos a la parte trasera del carro y añadió algunos comentarios más, cuyo alcance no pudimos comprender. Luego se volvió hacia nosotros y nos conminó a dormir.

—Sacaremos esta chatarra mohosa de los Yermos —aseguró refiriéndose a la carreta.

Antes de que pudiéramos pronunciar palabra, se giró y desapareció de nuestra vista. Aunque sus rasgos reconocibles pronto volvieron a ser visibles a través de los barrotes que nos mantenían cautivos.

La Flor de Jade I

-El Enviado-

—Esto es para vosotros.

De su mano ensangrentada salió una masa metálica que golpeó los barrotes, se deslizó a través de ellos y se retorció ante nosotros. Todos los ojos se clavaron por un momento en el metal oxidado. Era un gran anillo de hierro del que colgaban varias llaves enormes y pesadas.

—Estas son las llaves de vuestros grilletes.

Levantamos la vista y él seguía allí, con los ojos brillantes tras los barrotes. Sus ojos esmeralda se posaron por un momento en Falo, con desprecio en su mirada. Casi de inmediato se volvieron hacia nosotros.

—En caso de que decidas hacer vuestros propios planes.

Ed. Especial de Colección
JESÚS B. VILCHES

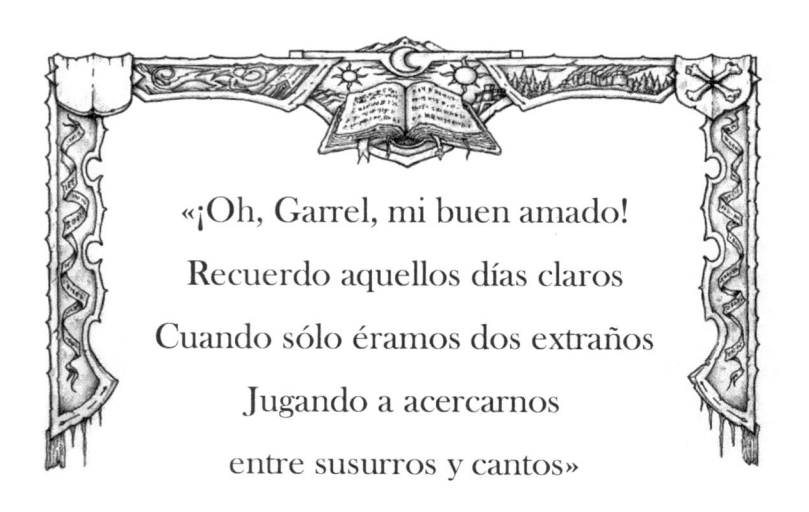

«¡Oh, Garrel, mi buen amado!

Recuerdo aquellos días claros

Cuando sólo éramos dos extraños

Jugando a acercarnos

entre susurros y cantos»

GALMDOR DE TYRICE
Los Cánticos de La Orhyspide

LA FLOR DE JADE I

-El Enviado-

La Flor de Jade

EXTRAÑOS EN
TIERRA EXTRAÑA

La luz del sol acariciaba cálidamente el interior de la jaula

Los soles se elevaban derramando su resplandor. Claudia sintió que el cálido tacto activaba cada célula de su cuerpo, devolviéndola dolorosamente a la vida. Poco a poco, el dolor de la incomodidad acabó venciendo al sueño y sus párpados acabaron abriéndose; sólo para volver a cerrarse ante el repentino torrente de luz que cegaba sus ojos. Cuando por fin sus pupilas se adaptaron a la luminosidad, la joven pudo ver un paisaje muy distinto al que habían dejado atrás.

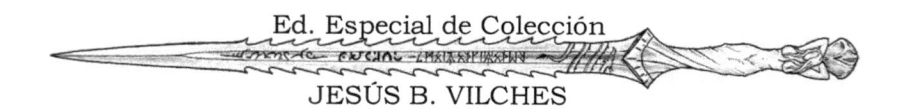

Por desgracia, no había sido ningún sueño.

Claudia habría esperado despertarse en su mullida cama y que todo lo vivido aquel día fatídico no fuese sino el producto febril de un sueño agitado o de una borrachera mal calculada. Pero no había sido así. Seguían allí, en aquella jaula, en aquel mundo extraño. Y los moratones que tenían por todo el cuerpo eran la prueba irrefutable de aquella dolorosa verdad.

Ya no estábamos en marcha.

El vagón se encontraba ahora en un paisaje verde y frondoso. Era un bosque de árboles robustos y verdor exquisito. Los soles inundaban el hermoso lugar con fuerza, abriéndose paso entre los huecos de los troncos en haces de luz. El lugar parecía tener una belleza especial, quizá por el contraste con el entorno árido y desértico de los Páramos.

Aquel lugar estaba lleno de vida.

El calor de la mañana parecía tener un efecto directo en las criaturas que lo habitaban. El gorjeo frenético de los pájaros se oía sin necesidad de afinar el oído. El claro estaba lleno de flores fragantes, cuyo aroma se mezclaba con el de la madera y la resina para crear un delicioso olor a matorral. Una brisa matinal agitaba las hojas verdes de los árboles, componiendo una grácil melodía.

La muchacha se había sentado, admirando la hermosura del paraje. No estaba ni mucho menos descansada. Le dolían los músculos como si se hubiera pasado media vida en aquella incómoda postura. Sentía el cuerpo apalizado. Normal: habían recibido una paliza. Otra nueva muestra de que todo aquello seguía siendo real. Sin embargo, a pesar de todo, se sentía como si hubiera dormido durante varios días y sus noches, aunque en un sueño agitado, como en un largo letargo.

En realidad, así había sido.

Entre los deliciosos aromas que flotaban en el aire, uno en particular llamó su atención: el inconfundible olor a carne sobre brasas. Su estómago empezó a rugir en cuanto reconoció el aroma. Bajó del carro. Miró a su alrededor con los ojos entrecerrados y pronto divisó los remanentes de un par de hogueras.

En una de ellas estaba su fornido amigo, ya despierto y de espaldas a ella. Un largo espetón de metal se suspendía sobre las ascuas con varios trozos grandes de carne trinchados en él.

"Ñam, ñam, ñam"

Hansi se dio la vuelta como si ya supiera que ella estaba allí. Claudia sonrió y no tardó en bostezar de nuevo. Tenía el pelo oscuro revuelto y los ojos aún entreabiertos por la fuerza de la luz.

Junto a las brasas había un cuenco con moras, bayas y frutas pequeñas de aspecto reluciente. Cerca, unas láminas de corteza que parecían rebanadas de pan de salvado acompañaban a varias jarras de líquido.

—Vaya, todo esto tiene una pinta deliciosa —exclamó ella.

Una de las jarras contenía un líquido lechoso de punzante aroma, otra parecía zumo de frutas de exquisito y ácido sabor. El último era un extraño néctar pegajoso. Hansi no pudo resistir la tentación ni la curiosidad de probarlos todos y confesó lo difícil que resultaba quitarse de los dedos este último brebaje.

—No te preguntaré si has descansado —reconoció él. —Tu aspecto habla por sí solo. Y le hizo un gesto para que compartiera sitio a su lado. Ella se arrodilló junto a los restos del fuego, doblando coquetamente su falda al acomodarse.

—Alguien se ha tomado muchas molestias para preparar un desayuno así. Te lo agradecería, pero sé que tus dotes en la cocina sólo alcanzan para untar mantequilla de cacahuete en una rebanada de pan. ¿Llevas mucho tiempo despierto?

—Llevo un rato —aseguró Hansi. —He echado un vistazo y... creo que volvemos a estar solos.

—¿Se han ido? —Preguntó ella con cara de inquietud, aunque se disipó rápido al aceptar el gran trozo de asado que le ofrecían. Tenía hambre, así que no tardó en darle un buen mordisco a la carne. Sus ojos se abrieron de par en par al experimentar la textura y sabor de la pieza. La comida había sido aromatizada con una extraña pero apropiada mezcla de plantas aromáticas, especias y tal vez vino. No es que su olfato le permitiera saborear los ingredientes, sino que Hansi no tardó en confesar que casi se había bebido el cuenco de barro en el que se habían preparado las especias.

—¡Está buenísimo! —exclamó ella con la boca rebosante de comida. —¿Qué es?

Hansi se encogió de hombros.

—No tengo ni idea, pero es un animal grande, como un

LA FLOR DE JADE I

-EL ENVIADO-

gamo. Hay una segunda hoguera —confirmó, señalando con el brazo extendido en esa dirección. La muchacha giró la cabeza, pero no pudo ubicarla con exactitud. —Lo han despedazado allí. Las entrañas, los huesos y la cabeza siguen ahí. Yo no me acercaría. No es una escena agradable.

Claudia arrugó la cara, pero el noruego continuó.

—Han cubierto unas brasas con madera húmeda y ramas verdes. Desprenden un aroma intenso. Yo diría que el resto de la carne está dentro. Supongo que la están ahumando o secando... o algo así.

Mientras comía, Claudia levantó la vista hacia el resto del campamento. El piar de los pájaros y el intenso aroma de las flores aún llenaban unos sentidos poco acostumbrados a tales encantos. Una docena de caballos permanecían inmóviles cerca del carromato, con las bridas atadas a varios troncos de árbol. Las sillas de montar y los petates aún seguían en su sitio. Los ojos de Claudia buscaron en todas direcciones a los dos jóvenes, pero no encontraron a ninguno.

—¿Dónde crees que estarán? —preguntó dubitativa.

—No te inquietes por ellos, Dia —se apresuró a tranquilizarla Hansi. —Creo que volverán. Sus caballos siguen ahí y me ha parecido ver muchas de sus cosas desperdigadas por la zona.

Eso pareció reconfortar a la joven por el momento. No mucho después apareció Alexis, aún más desaliñado que Claudia.

—¡Dios santo, Alex! ¡cómo tienes esa nariz! —Señaló Hansi al descubrir el enorme moratón que el joven tenía en la cara.

—¡Ya, socio, no me lo recuerdes! —replicó él. —Duele sólo de pensar en ella.

—Uf —la chica torció la cara al verlo. —¿Y duele mucho?

—Como si tuviera ahí dentro una cuadrilla de enanitos con un clavo gigante y estuvieran dándole martillazos, una y otra vez; una y otra vez—. El cómico gesto de Alex bastó para hacer sonreír a sus amigos. —Bueno, ¿y qué pasa con todo esto? Los chicos del catering han sido generosos esta vez.

—Eso es, amigo mío, por fin podremos olvidarnos de tus sándwiches de crema agria —siguió bromeando Claudia mientras le hacía sitio. —Aprovecha la oportunidad mientras dure.

—La señorita se ha levantado de buen humor —se alegró el joven guitarrista. —Seguimos atrapados aquí, pero al menos nos han hecho la comida. Hemos mejorado un poco.

Este comentario proyectó una sombra de pesar sobre los rostros de sus amigos. Después de un instante de silencio incómodo, finalmente decidieron probar la fruta, la bebida y aquella especie de pan.

La leche estaba deliciosa, aunque estaba claro que no era leche, al menos no de vaca. El néctar, quizás demasiado dulce, algo empalagoso. El pan... bueno, el pan sabía extraño. Más tarde descubriríamos que en realidad no era comestible y que lo molían con los dedos para avivar las brasas. Así se paga el precio de la ignorancia. Para Claudia, lo mejor fueron las bayas.

—¿Y dónde están nuestros indómitos salvadores? —

La Flor de Jade I

-El Enviado-

Preguntó el joven recién llegado al no poder verlos.

—No deben de andar muy lejos —confesó Hansi mientras cortaba un trozo de asado para Alexis. Sus arneses siguen por ahí fuera. No han podido irse sin ellos. —aseguró, mientras le ofrecía a su amigo una generosa ración de carne.

—¡Buenos días! —les saludé. Por la expresión de sus caras cuando me devolvieron el saludo, supuse que no debía de tener mucho mejor aspecto que ellos.

Claudia sonrió mientras insistía en que probara la fruta, como un niño pequeño que tira ansiosamente de sus padres para que le sigan. De hecho, apenas tenía la sensación de haberme despertado del todo cuando, sin saber cómo todo aquello llegó a mis manos, me encontré con el cuenco de fruta de la chica, el vaso de extraña leche que me daba Alexis y la porción de asado que Hansi me ofrecía estirando su mano. Me senté en el suelo con ellos y empecé a comer.

Durante los primeros momentos hablamos de trivialidades e hicimos algunas bromas a costa de Falo, ahora que el calor del bosque parecía haber borrado lo peor de nuestro primer encuentro. Aunque… no hacía falta ser un observador agudo para darse cuenta de que debajo de aquella trivial conversación matutina, que se esforzaba por parecer natural, seguían estando los verdaderos conflictos. Era como si, ignorándolas, aquellas preguntas incómodas simplemente hubieran desaparecido y no hubiera necesidad de enfrentarse a ellas. Seguíamos allí, en aquel lugar irreconocible, como extraños en tierra extraña, y ése era realmente el centro del problema.

Nada de un sueño, como creo que todos esperábamos.

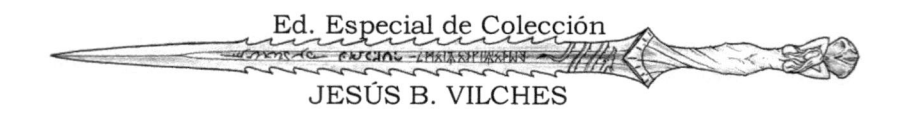

Tampoco hubo ningún comentario sobre las terribles secuelas de nuestra huida y todos los dramáticos e inexplicables sucesos que nos estaban ocurriendo.

Claudia terminó de comer antes que los demás.

Mientras el resto de los rezagados seguíamos despachando aquel generoso desayuno con hambre de lobo, ella comenzó a mirar alrededor del campamento y sus alrededores.

—¿Adónde va? —Preguntó Alex con seriedad al notar que Claudia se adentraba demasiado en el bosque.

Hansi miró a su amigo, que permanecía con la vista perdida en el lugar donde había desaparecido la silueta de su amiga. Sacudió la cabeza para restarle importancia. Alex miró fijamente a Hansi, y luego volvió los ojos hacia el bosque, buscando la figura ahora ausente de la joven. Me miró a mí, y finalmente sus ojos volvieron a Hansi.

—¿Soy el único que piensa que no es buena idea que ande sola por ahí? —Esperó unos instantes por cortesía, por si alguno de nosotros añadía algo. Ante nuestro silencio, añadió: —No es por ella; ninguno de nosotros debería hacerlo. Separarse del resto y andar solo no me parece muy sensato. No sabemos qué demonios hay ahí fuera. Esto no es un campamento de verano, chicos. Ya hemos visto qué clase de bestias hay por ahí.

Hubo un silencio intenso y cómplice durante unos instantes.

—Alguien debería no perderla de vista al menos.

La Flor de Jade I

-El Enviado-

Aquella zona boscosa no era lo bastante densa como para volverla intransitable, aunque había mucha vegetación cubriendo el suelo del bosque. Claudia seguía un sendero natural que discurría entre árboles y arbustos. Algunas de aquellas plantas eran pequeñas como setas, mientras que la mayoría de los árboles se elevaban hasta parecer rozar el cielo. La tibieza del sol y la brisa fresca propiciaban lo que se presentaba como un agradable paseo por el bosque; por cualquier bosque. Su radiante verdor se llenaba de una miríada de colores, como si la naturaleza intentara seducir a Claudia con una hermosa danza de cortejo. Caminaba contenta, rozando con la mano flores de colores llamativos y cuyas formas extrañas las hacía irreconocibles. De vez en cuando, sus pasos asustaban a algún pájaro, que abandonaba inmediatamente su escondite y alzaba el vuelo, exhibiendo también su colorido plumaje.

Tal vez fuera una temeridad aventurarse sola. Como Alex había advertido, no había garantías de que el bosque fuera seguro. Sin embargo, no cabía duda de que la belleza y la serenidad de aquel lugar tenían un efecto sedante y apaciguador en ella. No había mucha diferencia con el recuerdo de los bosques de casa, donde poco o nada preocuparía a un caminante curioso. Pero estoy seguro de que también se debía a que nuestro subconsciente se negaba obstinadamente a aceptar lo que nos había ocurrido. Insistía en pretender olvidar nuestra precaria situación simplemente ignorándola.

Tras unos minutos deambulando entre los árboles, Claudia se encontró entrando en un nuevo claro del bosque.

Ahora que el cielo ya no estaba oculto por el denso dosel de hojas y ramas, tuvo que protegerse los ojos de los dos brillantes puntos de luz que dominaban su campo de visión. Esa seguiría siendo una visión cautivadora a la que muchos tardaríamos tiempo en acostumbrarnos: Aquellos dos soles altivos en el cielo que nos hacían proyectar una doble sombra. Era la única imagen que no podíamos ignorar y que nos devolvía de forma insistente a nuestra verdadera realidad. Algunos de nosotros, como el que escribe, nunca acabamos de acostumbrarnos a ello del todo. Claudia permaneció un momento en silencio, con la mirada perdida en aquel lienzo azul celeste sobre ella, en el que resplandecían aquellos dos soles. Era tan surrealista como lo es contemplar un cuadro en una galería de arte. Fue en esos instantes de silencio cuando se percató del sonido de una corriente de agua cercana.

Yo aún continuaba comiendo cuando el batería se me acercó y preguntó de mala gana por el último de nosotros.

—Creo que sigue dormido —confesé. —Si no se despierta pronto sólo podrá oler las sobras.

Obviamente estaba exagerando. Había suficiente ciervo, o lo que fuera nuestro almuerzo, para alimentarnos durante varios días. Sólo estaba haciendo una broma, pero Hansi no parecía estar de humor para ello.

—Me importa una mierda si no se despierta nunca.

La afirmación me pareció severa, aun tratándose del insoportable muchacho. Cuando Hansi me miró, creo que

La Flor de Jade I
-El Enviado-

reconoció la involuntaria expresión de desaprobación en mi rostro.

—No voy a hacer ninguna concesión a ese malnacido. Su actitud casi nos cuesta la vida. Quizá debería tener una charla de hombre a hombre con él. Si va a quedarse con nosotros, hay una línea roja en la que no voy a vacilar.

El campamento improvisado era una mina de oro de objetos fascinantes. Había utensilios de cocina, todos tallados a mano en madera, y alforjas de cuero claramente hechas a medida. Nos llamó la atención el número de objetos hechos a mano, que podrían haber salido de un museo de historia medieval. Aunque sin duda lo que centró nuestra curiosidad e interés fue el grupo de caballos y las armas.

Visto de cerca, el caballo es un animal de aspecto noble. Desprende potencia y está lleno de brío incluso cuando está en reposo. Su altura es mucho mayor de lo que cualquiera que no esté acostumbrado a su presencia podría imaginar. Desprenden ese característico olor a animal que, los que hemos nacido y vivimos en ciudades prácticamente hemos olvidado, pero que en el fondo nos remite de forma inconsciente a nuestras raíces ancestrales. Sus resoplidos arrogantes y su porte noble confieren al caballo un aire de majestuosidad que nunca deja de impresionar, sobre todo cuando, y especialmente, cuando se tiene uno delante.

La mayoría de los caballos pertenecían al grupo de los orcos, pues el punzante rastro de ellos aún impregnaba sus pelajes. Pero pudimos distinguir enseguida cuáles pertenecían a aquella pareja de ojos brillantes a los que debíamos estar allí, respirando, fuera de aquella jaula.

Uno de ellos era un magnífico semental de pelaje blanco inmaculado. Su melena caía desde las alturas de su cabeza en una larguísima onda plateada. La silla de montar, más bien peculiar, cubría parte de los musculosos cuartos traseros del animal con diversas bolsas, compartimentos y fundas de espada, todas vacías de armas.

El otro corcel, tenía un tono de pelaje crema cercano al color de cabellos de Alexis. Su crin, sin embargo, era casi tan clara como la del semental blanco, luciendo así un hermoso contraste con su pelaje, de un color madera más oscuro. Un diamante del mismo color albino de las crines coronaba su frente. En su silla había unos zurrones de cuero y un enorme escudo redondo en forma de diana.

Alex se había acercado a mi posición para contemplar conmigo el escudo que colgaba de la montura color crema. Fue entonces cuando oímos que Hansi nos llamaba. Oímos su voz gruesa antes de ver su rostro emerger de entre los caballos. Pronto estuvo lo bastante próximo como para mostrarnos lo que sostenía en las manos.

—Estas son algunas de las armas de esas bestias que nos atacaron —anunció mientras levantaba la afilada hoja de un alfanje de dos manos y el voluminoso filo de un hacha de batalla. Eran impresionantes.

Alex intentó levantar una de ellas.

—Pesa... la hostia —se quejó Alexis, luchando por sostener el peso de la espada. Eran armas sencillas en su forma. Ásperas y toscas. De aspecto salvaje.

—Desde luego esto no sirve para talar árboles, ya me entiendes —aseguró Hansi, con los ojos fijos en la monstruosa

LA FLOR DE JADE I

-EL ENVIADO-

hacha. Alex clavó la punta de la cimitarra en el suelo y se volvió hacia nosotros con un suspiro...

—¡Mira esto!

Alex se agachó junto a las gruesas raíces de un árbol. Un magnífico arco compuesto, de casi metro y medio de longitud, descansaba contra el tronco del árbol. Era realmente una pieza de arte única, decorada con hermosas tallas ornamentales, tan ricas como detalladas. Nunca había visto nada igual.

—Es increíble —susurró para sí, contemplando la extravagante belleza del arma. Hansi se agachó y extrajo una de las muchas flechas del carcaj. El arco tenía una extraña aura mística que perturbaba un poco a los jóvenes. Parecía ejercer una fuerza inexplicable que disuadía de tocar la madera elegantemente curvada y los adornos tallados que lo embellecían. Quizá solo fuese la sensación colectiva de culpa al trastear las propiedades de otros sin su permiso. Los ojos se les abrieron de par en par cuando la flecha vio a la luz de los soles.

—¡Qué pasada! —exclamó Alex.

—¡Menuda flecha!

La punta de metal que coronaba el astil no tenía la forma de una flecha convencional. Era mucho más larga y fina que una punta de flecha normal. Finos surcos y elegantes acanaladuras que recorrían la afilada punta, acentuando su naturaleza aerodinámica y mortal. Había marcas y símbolos intrincados grabados en la punta de metal duro y brillante. Tal vez fuesen palabras escritas en un lenguaje extraño, imposible para nosotros de descifrar. O tal vez mera decoración ornamental sin ningún significado en absoluto. Sin embargo, una cosa estaba clara. La sublime manufactura invertida en el fino objeto que sostenían estaba claramente diseñada para hacerlo tan mortífero como elegante. Hansi miró a Alex, que frunció el ceño con preocupación.

—Esta cosa está claramente diseñada para matar, Hansi —le dijo. El noruego apartó los ojos de la punta de la flecha para mirar a su amigo. —Y algo me dice que no sólo cazan ciervos, amigo mío. Me pregunto qué clase de hombres son. Quiero decir, ellos también cayeron prisioneros. Me pregunto... ¿de qué son capaces? —Alex continuó con su hilo argumental. —Masacraron a esas bestias sin el menor remordimiento... y eran bastantes.

—No los lloro, Alex. —confesó Hansi sin remordimientos. —No me cabe duda de que habríamos sufrido el mismo destino, o peor, en manos de esas criaturas si no nos hubieran rescatado. Mejor ellos que nosotros, supongo. Pero tienes mucha razón. Estos dos parecen muy acostumbrados a matar. Y eso no deja de intranquilizarme.

Hansi hizo una pausa para reflexionar antes de continuar.

—Y lo que me preocupa aún más es en qué clase de mundo hemos acabado; donde la vida es tan barata y la muerte llega con tanta facilidad.

De repente, un pensamiento inquietante entró en la mente del fornido batería, haciendo que dejara de hablar. Alex supuso de inmediato que Hansi estaba pensando en Claudia. Tal vez el noruego hubiera interiorizado la verdadera dimensión su advertencia acerca de ella y su paseo en solitario. Quizá ahora fuera un buen momento para ir en su busca.

—No te preocupes, Hansi. Iré a por Dia enseguida. Este

asunto es algo que deberíamos discutir todos juntos y no deberíamos demorarlo más.

—¿Qué hacemos con Falo? ¿lo despertamos? —pregunté dubitativo. Alex y Hansi se miraron. Estaba claro que preferían dejarlo fuera de la discusión. Pero se resignaron a aceptar que estuviera presente.

—No estoy seguro de que merezca opinar, pero al menos debería estar en la reunión.

Dejamos que Alex se alejara del campamento en busca de Claudia. Nosotros nos dirigimos al vagón donde Falo seguía durmiendo.

Ed. Especial de Colección

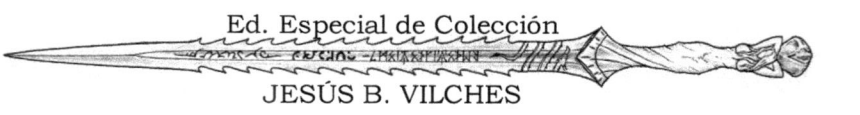

JESÚS B. VILCHES

LA FLOR DE JADE I

-El Enviado-

La Flor de Jade

EL DIABLO
CONOCIDO

Necesitamos hablar de algo importante

En *Insomnium*, cada miembro tenía su papel. Claudia era la cantante principal y la cara pública del grupo. Era el corazón icónico y el alma de la banda, a quien todos conocían y querían. La presencia física y el carácter firme de Hansi proporcionaban una sensación de seguridad a todos los que le rodeaban. Era la roca que daba confianza a todos y, a la vez, mantenía los pies en el suelo. Pero era Alex el verdadero líder. Era el letrista y compositor principal, así que tenía la pasión y la chispa que hacían que las cosas sucedieran. Por eso, era quien tomaba las decisiones y arbitraba las disputas. Los demás siempre buscaban la opinión y la aprobación de Alex en todo lo que hacían juntos. Y esta ocasión no fue una excepción. No tardó en dar su opinión sobre la situación que se nos planteaba.

—Bueno, ya no estamos en Kansas, chicos —dijo. Y fue muy desconcertante pensar que todos éramos como pequeñas *Dorothies* allí, pero sin camino de baldosas amarillas por ningún lado. —Este lugar es muy diferente a lo que estamos acostumbrados—. El guitarrista continuó. —La gente va armada y no parece tener reparos en acabar con vidas ajenas. Y eso me recuerda que no sabemos nada de estos dos tipos. Apenas sabemos nada de este lugar. Ni siquiera sabemos si tiene un maldito nombre.

Alex tenía razón.

No sabíamos nada de aquel lugar. Ni siquiera teníamos información básica sobre su geografía o de sus habitantes. Aunque suene descabellado decirlo, estábamos perdidos en un mundo extraño lleno de criaturas fantásticas y gente que no debería existir más allá de la fantasía y la ficción. Era un mundo brutal donde la matanza y la violencia parecían moneda corriente. Sentíamos la amenaza constante de la muerte cerniéndose sobre nosotros; nuestras vidas podían pender de un hilo en cualquier momento. Aunque parezca una obviedad, si queríamos salir de aquel lugar, primero teníamos que aceptar plenamente la idea de que estábamos en él. Y eso no era tan fácil de aceptar, todo sea dicho. Sin embargo, Claudia parecía haber llegado a una conclusión racional.

La Flor de Jade I
-El Enviado-

—Tal y como yo lo veo, chicos; estemos o no en *Kansas*, considero que no hay más alternativa que seguir con ellos y esperar que puedan guiarnos hasta alguien que pueda ayudarnos... o al menos creernos.

—¿De verdad confías en ellos, Dia? —le preguntó Alex. —¿Por qué estás tan segura?

—Pura lógica, Alex. —respondió ella. —Aquí no conocemos a nadie, así que no tenemos motivos para confiar en nadie. ¿Qué nos dice si alguien es digno de confianza? ¿dónde podemos ver indicios para poder confiar? En sus acciones, supongo. Ya nos ayudaron antes. Lo de anoche fue una experiencia horrible, Alex. Lo sé, pero nos sacaron de allí. Quedó claro que nos necesitaban para escapar, salvo por la navaja de ese idiota. Podrían haber escapado solo ellos, o peor, podrían habernos matado a nosotros también y haber evitado testigos de su fuga. Pero no lo hicieron. En vez de eso, nos trajeron aquí. Incluso nos prepararon comida. Esos son para mí indicativos claros para confiar en ellos.

—Acabaron en una jaula por algún motivo, también —replicó Falo, apoyado en un árbol cercano desde el que seguía con despreocupación la conversación.

Hansi se volvió hacia él con el ceño fruncido.

—Nosotros también acabamos en esa jaula, gilipollas. Y no habíamos hecho nada. Sólo pasábamos por allí. —dijo con desprecio. —Si tienes algo interesante que añadir, ven y cuéntanoslo. Si no, cierra la puta boca... que ya tienes mucho que callar.

Falo hizo un gesto obsceno y se dio la vuelta, como si todo lo que estábamos discutiendo fuera una pérdida de tiempo para él. Hansi se volvió hacia nosotros y sacudió la cabeza, claramente cansado de la actitud conflictiva de aquel individuo.

—Lo inquietante es que parecen muy acostumbrados a matar —dijo Hansi, queriendo reconducir de nuevo la conversación. —Lo que les hicieron a esas... bestias.

—Orcos —apunté.

—Sí, orcos —dijo, agradeciéndome la aclaración con una inclinación de cabeza y una sonrisa. —Ellos solos acabaron con una docena de esos orcos. Dudo seriamente que yo hubiera conseguido reducir a uno solo de ellos, aunque fuera desarmado. ¿Alguien recuerda la cara de...? ¿cómo era... Allwënn, tras aquello? No se le movió un pelo. Esos tipos sabían lo que estaban haciendo, y lo hicieron sin dudarlo un instante. Créeme, hay que ser despiadado para matar con tanta sangre fría. Si vamos con ellos... es asumir la compañía de dos asesinos. Es dejar nuestras vidas en manos de dos asesinos muy experimentados."

—Y yo, además tendría cuidado con vuestra pequeña monada. —añadió Falo desde la distancia en clara llamada de atención.

—¿Te refieres a? ¿Claudia? ¿por qué? ¿Qué insinúas? —preguntó Alex dudando de estar entendiendo el comentario. Ella nos miró a todos con el ceño fruncido. No alcanzaba a ver de lo que Falo estaba hablando.

—A ver, no es mi tipo, pero está buena. Y esos tíos podrían... ya sabes... —Empujó las caderas hacia delante y hacia atrás en claro gesto para aclarar su punto de vista. No se privó de simular un par de azotes para hacer más colorida su mímica. Una sonrisa de complicidad se dibujó en su rostro. —Ya sabes

La Flor de Jade I
-El Enviado-

lo que quiero decir.

—Pero qué puto asco de tío —exclamó Claudia al verse reflejada en la grotesca imitación.

—Eh, nena. Sólo me estoy preocupando por ti. —Y volvió a sonreír fingiendo indignación por la reacción de ella.

—Para tu información, capullo, no todos los hombres piensan con la entrepierna, sólo porque tú si lo hagas —aclaró ella.

Pero lo cierto es que ni Alex ni Hansi pensaban que los comentarios de Falo fueran infundados. Sin duda, podría haber sido menos explícito, pero no por ello tenía menos razón. Claudia podía atraer una atención que nadie deseaba, principalmente ella, pensaban. Si esos dos tipos podían hacer pedazos a un grupo de orcos armados, poco les impedía hacer lo que quisieran con Claudia. Ella leyó enseguida las expresiones en sus rostros.

—¿Pero vosotros dos sois retrasados o la gilipollez se contagia al lado de este imbécil? —Preguntó indignada. —¿Realmente creéis que estaríamos aquí si esos dos tipos hubieran querido deshacerse de nosotros? ¿Creéis de verdad que si hubieran querido algo conmigo no lo habrían intentado ya? ¡¡Hombres!! Sois todos iguales. Es irritante ese tipo de actitud. Todos termináis diciendo las mismas tonterías tarde o temprano. ¿Por qué dudáis de ellos? ¿Qué nos puede pasar? Lo peor que nos puede pasar, chicos, pensadlo: ¿Que se cansen de nosotros y decidan cortarnos el cuello? ¡Por favor! ¿Seguro que nos irá mucho mejor vagando solos por ahí? —Los demás nos miramos mientras ella hablaba y gesticulaba abiertamente. —Esos dos son todo lo que tenemos. Son lo único que nos mantiene con vida en este lugar. ¡Pero vosotros queréis poneros paternalistas! Oh, ¡cuidado! Que no toquen a la niña. Muchas gracias por la preocupación, chicos de verdad. En serio, lo agradezco. Mi cuerpo es un templo sagrado que necesita protección y esas mierdas ¡¡Idiotas!! ¡Tenemos que agarrarnos a ellos como lapas y no soltarlos nunca! Son nuestra única oportunidad de sobrevivir a corto plazo. Son nuestra única opción. Y francamente, yo misma me abriría de piernas con gusto si eso nos garantizara su compañía o una salida rápida de aquí. ¡¿Entendéis?! ¡¿En qué demonios estáis pensando?!"

Un movimiento detrás de nosotros interrumpió la conversación. Esperamos con cautelosa expectación a que algo se abriera paso entre los árboles hacia nosotros, haciendo crujir las ramas y las hojas al ser apartadas del camino. Todos supusimos que serían los dos enigmáticos desconocidos que habían sido objeto de nuestro debate.

Y así fue.

Lo que no podíamos creer es que fueran los dos mismos individuos que habíamos encontrado en aquella jaula. La primera vez que los vimos vestían harapos, estaban sucios y apestaban hasta los huesos. Ahora ambos estaban aseados e inmaculadamente vestidos. Era un espectáculo digno de ver.

—¿Son... ellos? —Se cuestionó Hansi con incredulidad. —¿realmente ellos?

—¡Madre mía! Lo que puede conseguir un baño.

Claudia sonrió con los ojos muy abiertos del asombro. Alex la observó sorprendido. Ella fue consciente de su mirada, pero fingió no darse cuenta. Hasta ese momento, no habíamos tenido ocasión de observarlos de cerca y en detalle.

LA FLOR DE JADE I

-EL ENVIADO-

Gharin era el más alto y delgado de los dos, con un cuerpo atlético y bien tonificado. Allwënn, en cambio, tenía una poderosa constitución musculosa. Era obvio que ambos eran hombres atractivos. Muy atractivos. Bastaba con ver la expresión atónita en el rostro de Claudia para confirmarlo.

Gharin parecía el más joven de los dos. Poseía una tez juvenil, una piel pálida, de aspecto suave y rasgos finamente cincelados. Allwënn tenía la piel más bronceada, lo que acentuaba sus pómulos prominentes y bien definidos. Aún conservaba la incipiente barba que cubría una barbilla y mandíbula bien marcada. Poseía un impresionante físico masculino, que parecía encontrar el equilibrio perfecto entre fuerza muscular, agilidad y belleza estética. Parecía mayor que Gharin, aunque ambos tenían una complexión relativamente joven. El rostro de Allwënn mostraba los evidentes signos de experiencia y madurez que dan los años, confiriéndole un enigmático atractivo físico y un viril magnetismo animal. Esas eran las principales diferencias físicas entre ambos que se apreciaban a simple vista.

Debo admitir que en aquel momento no fui capaz de captar muchos más detalles. Sin embargo, en observaciones posteriores, pude ver que había muchas similitudes entre aquellos dos hombres, a pesar de mi juicio inicial. Y esto me hizo darme cuenta de que ambos debían de compartir un aspecto común que no supe identificar en aquella primera impresión. Quizás, juntos, representaban dos versiones de un hombre ideal. El pelo de Gharin era rubio. Enérgicos rizos le caían por la mitad de la espalda en un corte triangular, más largo en el centro que en los extremos. El cabello de Allwënn era como un río de pura oscuridad que se despeñaba en cascada hasta más allá de su cintura. Era tan negro como una noche sin luna, ligeramente ondulado y adornado con trenzas, perlas y baratijas.

Su pelo sería la envidia de cualquier mujer.

¡Y ahí es donde radicaba claramente el parecido entre nuestros dos rescatadores!

Sus cabellos eran demasiado hermosos para un hombre -incluso para una mujer, me atrevería a decir-, con una suavidad, delicadeza y brillo extraordinarios. Además, ambos tenían ligeros rasgos femeninos, mucho más evidentes en Gharin, que les hacían parecer más jóvenes que los hombres que eran. Y no se puede olvidar, por supuesto, sus hipnóticos ojos verdes en uno y azules en el otro, que brillaban intensamente en la oscuridad. Ambos tenían en común una belleza extraordinaria y un magnetismo que era raro encontrar en cualquier hombre cotidiano.

Había algo más en aquellos dos desconocidos que merecía unas líneas. Sus gestos y movimientos elegantes eran únicos y distintos a los de cualquier hombre que hubiera conocido en nuestro mundo. Sólo por la forma en que caminaban, se podía apreciar la gracia y la fluidez con la que se desenvolvían. Su porte grácil y sus movimientos elegantes eran evidentes incluso en las actividades y tareas más mundanas que llevaban a cabo. Eran como gatos. Sí, ésa sería la forma más adecuada de describirlos. Sus movimientos ágiles y su postura noble poseían una naturaleza claramente felina que hacía que todos los demás a su alrededor parecieran torpes y desgarbados.

—Parece que nuestros ilustres invitados ya se han levantado —dijo Gharin con una sonrisa, mientras se detenía

LA FLOR DE JADE I

-El Enviado-

junto al fuego humeante y los restos del desafortunado animal que nos había proporcionado el almuerzo. —¡Y por la gracia de Pétalo, tenían hambre!

Allwënn miró de reojo los restos de carne y pasó junto a nosotros.

Lo observamos con curiosidad.

Aparte de la belleza impecable e inmaculada de su aspecto, tan alejado de la inmundicia que lo había cubierto hacía sólo unas horas, había algo más que nos impresionaba:

Su actual vestuario.

Allwënn llevaba botas altas de cuero noble, que le llegaban varios centímetros por encima de las rodillas, a las que había atado grebas de metal que le protegían las espinillas, alcanzando también a cubrir hasta las rodillas. Los antebrazos estaban protegidos por placas metálicas atadas al cuero. Mientras tanto, su pecho y abdomen se arropaban bajo una cota de malla, que también ocultaba la parte superior de sus muslos a modo de faldón blindado. Por encima de todo ello lucía una estrecha sobrevesta; una especie de tela bordada que le llegaba hasta el suelo pero que solo cubría la parte central de su cuerpo. No obstante, lo que más llamó nuestra atención fue el arma que colgaba de su grueso cinturón de cuero. Era una enorme espada bastarda de hoja recta que podía blandirse con una o dos manos. La empuñadura de la espada estaba engalanada con una gran labor de talla en madreperla.

El impresionante atuendo que Allwënn lucía se parecía mucho para nosotros a un sofisticado cosplay medieval. No pudimos evitar mirarlo con atención. A pesar de que él parecía un poco incómodo ante nuestras miradas atónitas, no respondió y se guardó cualquier comentario para sí mismo. Comparado con Alex, estaba claro que Allwënn no era un hombre muy alto. Sin embargo, al verlo cara a cara ante el guitarrista, la superioridad física de Allwënn se hacía evidente para todos. Nos miró con una expresión grave en el rostro durante unos segundos antes de dedicarnos sus primeras palabras.

—Bien... —dijo. —Confío en que os hayáis recuperado y estéis listos para cabalgar.

Luego nos apartó con suavidad y se dirigió hacia su corcel de inmaculada estampa blanca. Comenzó a sujetar un morral a la silla de montar.

—Podéis quedaros con los caballos de los orcos. El olor acabará por desaparecer con el tiempo. También podéis quedaros con todas sus armas. Gharin y yo no las necesitamos.

En ese momento, Gharin pasó por delante de nosotros. Era varios centímetros más alto que Alex. Yo diría que al menos un palmo. Sus ropas eran más livianas que las de su compañero, pero no menos llamativas. Vestía una camisa blanca finamente decorada, de mangas anchas y escote pronunciado, bajo una coraza de cuero de la que colgaba una abundante colección de amuletos y colgantes. Sus antebrazos estaban cubiertos por brazaletes de cuero duro. De su cinturón pendía una espada de menor tamaño y peso que la de su amigo. Cuando llegó junto a Allwënn, se inclinó para recoger su arco y se ató el carcaj de flechas al muslo.

—Dejamos el resto de la comida secándose en el ahumadero. —Informó Gharin, señalando con el dedo hacia el lugar. —Deberías tener provisiones para varios días. Para cuando se agoten ya habréis tenido la oportunidad de cazar con

La Flor de Jade I

-El Enviado-

las lanzas de los orcos.

¡¿Cazar?! ¡¿Con lanzas?! ¿Nosotros? Pensé. ¡Oh, vamos a morir de hambre!

Observamos con cierta impotencia sin decir nada cómo aquellos hombres enjaezaban los caballos y levantaban el campamento ante nuestra atónita mirada. Estaba claro que pretendían marcharse; marcharse sin nosotros. Solo que ninguno de nosotros tuvo el valor de protestar.

Dejamos que Allwënn montara su caballo. No habíamos tomado aún ninguna decisión al respecto de su compañía antes de que reaparecieran, pero la última intervención de Claudia había suscitado serias dudas. Ella nos hacía señas con insistencia, animando a uno de nosotros a que los detuviera. Así que cuando Gharin puso la bota en el estribo, Alex encontró el impulso para hablar.

—¿Vais... vais a... marcharos? ¿Nos dejaréis aquí solos? —Alex sujetó suavemente a Gharin por la camisa, impidiéndole montar en el caballo.

—¡Claro! ¿Cuál es el problema? —respondió Gharin, soltándose sin esfuerzo de la sujeción de Alex y alcanzando la silla del caballo. —Tenéis más de lo que necesitáis.

—Pero... ¿qué va a ser de nosotros? —La ansiedad era clara en la voz del guitarrista.

—Eh, chico —le reprochó Allwënn desde su silla. —Os dejamos caballos, comida y armas. ¿Qué más queréis? ¿La bendición de los dioses?

—Pero... seguimos sin saber qué lugar es éste. Estamos perdidos aquí.

—Con franqueza, muchacho: Ese no es nuestro problema —atajó el jinete. —Habéis recibido más atenciones por nuestra parte de las que dicta la amabilidad. Nuestra deuda está saldada.

—En vuestra situación, no os interesa acercaros mucho a los caminos —añadió Gharin aproximando su caballo al de su compañero. —Este bosque queda lo bastante apartado de las rutas. Tomaos un tiempo para reponer fuerzas antes de dejaros ver por otro lugar. Descansad, alimentaos bien y luego planificad un rumbo con cuidado. Manteneos lejos de cualquier signo de actividad; de lo contrario, acabaréis en otra jaula de orcos antes de daros cuenta. O mucho peor

—Sinceramente, yo os recomendaría volver al agujero en el que hayáis estado escondidos hasta ahora. —apostilló Allwënn. —Volved a casa, muchachos. Sea lo que sea lo que os hizo salir, seguro que es mejor que lo que hay aquí fuera. Si los orcos os cazaron en el Páramo, no hay rincón seguro para vosotros.

Alex estalló.

—Pero si es eso exactamente lo que pretendemos. ¡Volver a casa! Pero seguimos sin saber cómo. Nuestro hogar no está aquí. Ninguna ruta nos va a llevar hasta él. No habéis querido creer nuestra historia, ¿recordáis? —le recalcó Alex.

—Por Yelm, chico, ¿aún seguís con eso? —Allwënn lo miró con irritación, mientras su compañero tiraba de las riendas y ponía en movimiento a su caballo. —Sois gente divertida, pero la broma ya ha durado demasiado.

—Pero no es ninguna broma. Y si lo es, es de muy mal gusto, especialmente para nosotros— se resignó Alex.

LA FLOR DE JADE I
-EL ENVIADO-

—¿Qué me estás pidiendo entonces, muchacho? ¿cabalgar con nosotros? —Allwënn parecía un tanto confuso. —Sois un peligro de muerte para cualquiera que ande muy cerca. Y en lo personal, preferiría no regresar a una celda, ni acabar ensartado en una estaca, especialmente por delitos que no sean míos. ¿Mi consejo? No salgáis de este bosque. Encontrad un lugar apartado cerca de un cauce de agua y abundancia de presas. Construid un refugio discreto en el que poder esconderos y rezad por pasar el resto de vuestros días cazando y pescando sin que nadie os moleste. Asomar la cabeza fuera de aquí solo os llevará a un patíbulo. Aceptad mi consejo como pago por vuestra ayuda. Vamos, Gharin. —añadió volviéndose a su compañero.

Ambos pusieron sus caballos en marcha y comenzaron a alejarse con lentitud. Era obvio que no pensaba perder más tiempo intentando razonar con nosotros. Para ellos éramos una causa perdida y ya consideraban haber hecho todo lo posible por devolver el favor.

Nos abandonaban...

Claudia se quedó pensativa unos instantes, mirando a los dos jinetes mientras se alejaban lentamente al paso de los caballos.

—Ahora sería un buen momento para abrir esas piernas, princesa —propuso Falo sonriente, con una nota de sarcasmo en la voz.

Claudia se volvió hacia él con gesto enfadado. Luego, se giró hacia los dos jinetes que se alejaban inexorablemente. Los llamó, suplicando que regresaran. Pero ellos no dieron muestras de haberla escuchado y prosiguieron su camino. Entonces, sin pensárselo dos veces, se inclinó hacia el suelo y agarró la primera piedra que encontró a mano. La arrojó con fuerza a los dos jinetes y rebotó inofensivamente en la ancha espalda acorazada de Allwënn. Éste gruñó por el impacto, más por sorpresa que por dolor. Luego dio vuelta sobre su montura, y cuando comprendió lo que había pasado, hizo girar bruscamente su caballo hacia nosotros. Allwënn arremetió con una breve y rápida galopada, deteniendo su montura justo delante de donde nosotros nos encontrábamos. El caballo levantó sus cuartos delanteros sobre nosotros y resopló con agresividad. Nos agachamos e hicimos a un lado en una reacción sin pensar. Daba la impresión de querer aplastarnos con sus cascos. El rostro de Allwënn estaba contraído de furia cuando miró fijamente a Claudia. Al contrario que el resto de nosotros, ella había mantenido su aplomo y seguía desafiante frente a él, a pesar del miedo evidente en sus ojos. Extrañamente, esto pareció apaciguar al jinete. Se calmó y obligó a su montura a bajar las patas al suelo.

—Te hemos dicho la verdad —aseguró con voz desafiante, pero temblorosa. —Y no tienes que creernos si no quieres. No te pido que nos creas. Te pido ayuda. La ayuda que prometiste si te la pedíamos. "Sácame de aquí, dijiste. Y te ayudaré en todo lo que pueda. ¿te acuerdas?" No habrías salido de esa jaula sin nosotros. Sin... el cuchillo que tomaste prestado.

El rostro de Allwënn se torció en una mueca de incrédula fascinación.

—Hay que tener valor para defender eso —afirmó tajante el jinete de pelo largo. ¿No os hemos ayudado bastante? ¿Quién mató a los orcos? ¿Quién sacó el carro del Páramo y os puso a salvo? ¿Quién cazó y secó la comida, recogió la fruta, encendió el fuego? ¡Por los dioses olvidados! ¡Nosotros lo hicimos! ¡Ni siquiera los Patriarcas reciben un trato semejante de un extraño en el camino! ¡Nuestra deuda está pagada en su totalidad, jovencita!"

—Lo que tú digas —respondió ella con frialdad, sin ceder a la desesperación. —Pero eso solo ha sido posible 'después' de salir de la jaula. Y saliste sólo gracias a la navaja de este idiota—. Señaló a Falo, que frunció el ceño disgustado por la mención. —Así que técnicamente, fuimos nosotros los que te salvamos.

—¿Técnicamente? No puedo creer que esté escuchando esto —repitió Allwënn, tratando de no sonreír ante la ironía de la ridícula situación. Gharin también trataba de disimular la sonrisa que de pronto se dibujaba en su rostro. —Eres más taimada que un farsante de Aros.

—Por favor, déjanos ir contigo —suplicó. —Tienes razón, habéis sido muy generosos con nosotros, pero sabes que moriremos aquí si nos dejáis. Lo sabes. Permitidnos ir con vosotros, al menos hasta que encontremos a alguien que pueda ayudarnos... o que quiera creernos.

—Eso no será fácil, jovencita —replicó Allwënn. —Ni siquiera un niño de pecho sería tan ingenuo como para creer semejante disparate.

—Sé que no vas a dejarnos aquí, Allwënn —afirmó ella entonces con inusitada seguridad, mirándolo directamente a los ojos.

—¿Cómo estás tan segura, niña?

Claudia clavó sus ojos profundamente en los de él.

Atrapado por su inquebrantable y penetrante mirada, Allwënn la escuchó hablarle con una voz que no sonaba como la suya. Pronunció palabras que él había oído de boca de otra persona hacía mucho tiempo. Esas palabras le trajeron trágicos recuerdos y remordimientos del pasado.

Palabras que no podía olvidar o ignorar.

—Porque es tu naturaleza, Allwënn. No puedes luchar contra ella. Sabes que necesitamos tu ayuda y tú prometiste ayudarnos "en todo lo que estuviera en tu mano". Esto lo está. Valoras tu palabra, cumplirás lo que has prometido. No vas a dejarnos morir aquí. No ahora, no tú. Tus ojos me dicen que nunca has roto una promesa de ayuda.

A pesar del silencio momentáneo de Allwënn, Gharin lo conocía bien. Él sabía exactamente cómo iba a terminar todo aquello.

LA FLOR DE JADE I
-El Enviado-

La Flor de Jade

EN LAS RAÍCES DE
LA HISTORIA

Nadie sabía con exactitud dónde se levantaba aquella excavación

El árido Arrostänn es insondable en su vacío. Y aquel lugar en particular no era sino una insignificante mancha más en aquel asolado océano de arena infinita. Un lugar que no sería fácil de encontrar incluso si se conocía su ubicación exacta. Aquellos jinetes lo habían conseguido, pero sabían que su éxito había dependido del favor de grandes aliados.

Ellos estaban allí...

Los Aatanii: los doce Vástagos de Maldoroth, el Príncipe Desollado. Son la vanguardia de los Laäv-Aattanii, los Jinetes de Sangre, que son incontables en número. Este es su dominio. Habiendo regresado al mundo, este lugar infernal les pertenecía, con todos sus peligros.

Khänsel miró a su alrededor. Era un oasis de actividad en medio de una tierra muerta. Sus ojos buscaron a las siniestras figuras. Ninguno de ellos revelaba su presencia, pero él sabía que sus halos oscuros habitaban en algún lugar, contrarrestando las innumerables amenazas que habitaban aquella jungla de arena.

Delante de él, innumerables obreros pululaban como hormigas sobre un bosque de andamios construidos sobre la arena ardiente. Obreros sin alma, acosados por un puñado de orcos cuyos látigos no servían de nada contra esas espaldas muertas que trabajaban sin cesar. En el centro mismo de aquel hervidero, se alzaba una extraña forma. Era una cresta retorcida de piedra oscura. Como una afilada punta de lanza, se elevaba varios metros desde el abrazo de la arena, abrasada por la mirada de los gemelos, tiránica, sobre el suelo. En esta herida abierta al desierto, no parecía haber tiempo para el descanso. Miró hacia atrás, hacia la caravana a la que se había unido en un puerto libre de la escarpada costa, ahora a decenas de millas de distancia.

Una multitud de carromatos cargados de provisiones se extendía tras él como una serpiente arrastrándose por la arena.

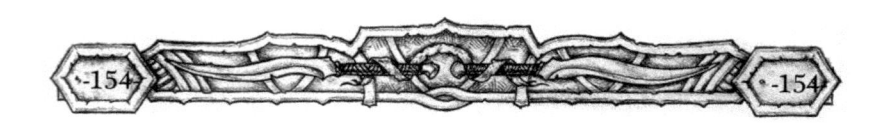

La Flor de Jade I

-El Enviado-

Con ellos llegaba una nueva masa de trabajadores que se tambaleaban. No eran más que cadáveres en descomposición que habían sido arrebatados de sus tumbas, o quizás más exactamente, a los que nunca se les había permitido ocupar ninguna. Dejó que los mercaderes se ocuparan de los capataces y desmontó sin más demora. Su misión allí era mucho más importante que la simple entrega de mercancías. Vadeando la maraña de trabajadores y carretillas que excavaban la arena, llegó hasta uno de los orcos que parecían estar al mando de aquella excavación. Quitándose la capa que le había protegido del viento abrasador durante su viaje, le preguntó por un nombre.

"¿Maese Sorom?"

El orco señaló a un grupo de figuras en una elevación del terreno. El gesto bastó para complacer al mensajero que dejó al capataz con sus órdenes y su trabajo. Apenas necesitaba que le indicasen cuál de ellos era el hombre que buscaba. Sorom sobresalía por encima de cuantos le acompañaban. Con paso cansado comenzó a caminar hacia él.

Su melena de león estaba cubierta por un turbante sucio que le protegía de la mirada abrasadora del cielo. El leónida destacaba entre los demás, incluso sin pretenderlo. Con paso fatigado, comenzó a caminar hacia él.

Antes de llegar a su altura, el impresionante félido ya lo había divisado.

—¡Ah, las provisiones. Por fin han llegado! —dijo, doblando el mapa en el que había estado trabajando con sus oficiales y volviéndose hacia el hombre que se le acercaba. —Los esperaba desde hace semanas.

—Me temo que mi presencia aquí no tiene nada que ver con sus suministros, maese Sorom—, fue su carta de presentación. El leónida frunció el ceño desde su privilegiada estatura. —Ibros Khänsel, agente de la Sociedad de Ylos. Estoy aquí a petición expresa del archiduque Velguer.

Sorom se quedó mirando la insignia en la túnica del emisario.

—Hubo un tiempo, Ibros Khänsel, en que llevar estos emblemas le habría costado la vida, —dijo, señalando las runas y los símbolos que adornaban sus vestimentas. Aquél bajó la mirada hacia sus ropas.

—Afortunadamente para todos nosotros, maestro Sorom, esa época ya forma parte de la historia.

—Oh, sí... afortunadamente para muchos, —añadió el leónida con evidente ironía.

A pesar de la inesperada visita, el félido comenzó a alejarse con la intención de atender otros asuntos. El agente de Ylos se vio obligado a seguir su paso enérgico.

—¿Y qué pretende Velguer enviándome a uno de los lacayos de su Sociedad, espiarme o asesinarme?

—No estoy aquí para nada de eso, Maese, —añadió, admirando el sarcasmo del codiciado arqueólogo. —Soy un simple emisario.

Sorom hizo una pausa, que Ibros agradeció. Seguir los pasos del gigante no era tarea sencilla.

—¿Sabes, Ibros Khänsel, lo que hemos encontrado aquí? —preguntó secamente, barriendo con su formidable brazo las vistas de la colosal excavación. —¿Sabes lo que se

LA FLOR DE JADE I
-El Enviado-

esconde bajo este océano de arena ardiente?

El emisario se detuvo un momento a contemplar la caótica escena y la extraña piedra puntiaguda que se retorcía decenas de metros por encima de la arena.

—No tengo la menor idea, Maese, —confesó con sinceridad. —Mi rango en la Sociedad no es tan alto como usted imagina.

—Por supuesto que no, —añadió el leónida. —Para su información, Agente, bajo este océano de arena muerta duerme un poder tal que haría temblar los cimientos de todo lo conocido. Un secreto tan bien escondido que se han necesitado cien generaciones para encontrarlo. Como comprenderá, Ibros Khänsel, soy un hombre muy ocupado. Así que, si tiene algún mensaje para mí, por favor, sea breve y permítame continuar con mi trabajo.

Comprendiendo la urgencia del leónida, el enviado se apresuró a buscar en su bolsillo el mensaje que había guardado celosamente para aquel peculiar arqueólogo.

—Mis disculpas, maese, —le dijo, entregándole una carta con el emblema personal de la Luna del Abismo. —Si sois tan amable de acompañarme a la caravana... hay algo más que el archiduque Velguer desea que tengáis.

Sorom miró con cautela el lacre sellado, preguntándose qué nueva tontería vendría esta vez de tierra firme. Con un gesto renuente, indicó a su acompañante que estaba dispuesto a seguirle hasta el tren de caravanas. Por el camino, Sorom no dudó en dar algunas órdenes a sus capataces y comprobar que el trabajo se realizaba según sus instrucciones.

La zona de caravanas bullía de actividad, con suministros que se descargaban y se trasladaban. Pasaron junto a la columna de nuevos trabajadores forzados, encadenados por el cuello. El leónida se detuvo un momento, estudiando la estela de cuerpos que arrastraban los pies. Mil pensamientos cruzaron su mente, pero los acalló todos. Por fin, se detuvieron ante uno de los muchos vagones que invadían la zona.

—Por favor, señor. Primero, la carta.

Sorom no sabía lo que quería decir. Sólo su gesto le convenció de que realmente esperaba que abriera y leyera el documento entregado. Lo hizo con cierta desgana. La filigrana caligráfica se extendió ante él. Como siempre, comenzaba con un largo y vacío protocolo. Estaba cansado de tanta formalidad. Pero las noticias captaron inmediatamente su atención.

"El Cónclave ha reconocido los signos del Despertar", rezaba una de las líneas, "Vuestra presencia en el continente vuelve a ser esencial. Debéis buscar al Enviado, si es que realmente existe. Se os garantizarán todos los beneficios y privilegios habituales. Vuestras prerrogativas permanecerán intactas. Como es nuestra costumbre, adelantamos una parte de vuestros honorarios."

El mensajero se había tomado la libertad de abrir el carromato mientras Sorom seguía absorto en la lectura del mensaje. Cuando el félido levantó los ojos de la página, encontró un carro con varios cofres de gran tamaño en su interior. Damas de oro llenaban sus vientres.

—Tengo órdenes de escoltarle de vuelta al continente, Maestro.

Sorom dobló con cuidado el pergamino y lo introdujo

en su túnica. Miró de reojo la excavación y el trasiego que se apreciaba en ella. Después, su mirada volvió a las gruesas y brillantes monedas de oro.

Incluso agradecería alejarse de aquel calor insoportable durante un tiempo.

JESÚS B. VILCHES

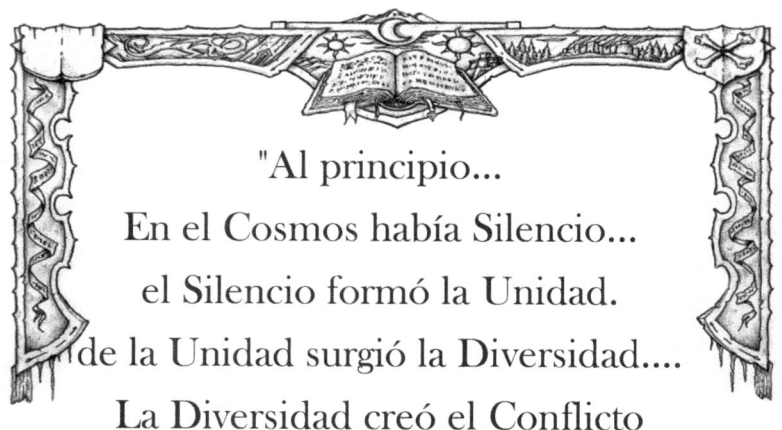

"Al principio...
En el Cosmos había Silencio...
el Silencio formó la Unidad.
de la Unidad surgió la Diversidad....
La Diversidad creó el Conflicto
Y de él nació el Movimiento
Y del Movimiento, la Vida".

COSMOGONIAS CLERIANNAS
Volúmen I

LA FLOR DE JADE I

-El Enviado-

La Flor de Jade

LAS BRUMAS DEL
SAGRADO

-EL KARAVANSSÄR-
PICOS DEL SAGRADO
-1.346 I.c.-
22 años antes del presente

Las crestas de los acantilados eran heridas abiertas en la roca.

El lugar parecía haber sido desgarrado por las garras de alguna bestia colosal. Los picos de aquellas escarpadas cordilleras seguían elevándose miles de metros hacia el cielo. El viento rugía con una furia sobrenatural, levantando mareas de nieve.

JESÚS B. VILCHES

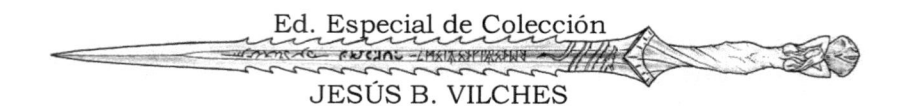

Un océano de nieve que oscurecía la vista delante de ellos como un espeso manto de niebla. Los jinetes avanzaban a paso lento, encorvados y protegidos por varias capas de piel para resguardarse del frío inhumano. En la vanguardia, una gran fuerza de bárbaros del norte avanzaba a pie en formación de batalla. Sus escudos se alzaban hacia delante, formando un grueso muro de metal. Era como si esperaran una carga de caballería en cualquier momento.

'Rha vestía las distintivas túnicas de un monje dedicado a la diosa Kallah, aunque no podían verse bajo las pieles de oso que llevaba para protegerse de las inclemencias del tiempo. Bordados de emblemas ocultos lo distinguían como Reverendo, el rango más alto del grupo de monjes que cabalgaban a su lado. Todos ellos eran sirvientes de su templo. Entre ellos y el grupo de mercenarios que habían contratado, cabalgaba una criatura de aspecto inquietante. Su nombre era Sorom, el líder de este ejército contratado. A 'Rha se le revolvía el estómago al pensar que sus superiores en el Culto le habían dado al Leónida el mando de esta expedición. Ojalá supiera por qué el Cónclave malgastaba su dinero en pagar a semejante bestia para que hiciera un trabajo tan delicado. 'Rha pensaba sin pudor que la fama del Leónida era inmerecida. Aquella ardua escalada pondría a prueba la reputación de la bestia.

—¡Sorom! —Llamó desde la distancia. El Leónida giró sobre su bestial montura. Su dorada melena de león estaba cubierta de escarcha. Su orgullo le impulsaba a mostrarla sin la protección de la capucha de piel gruesa de su larga capa. —¿No crees que vamos demasiado lento?

El Leónida estaba cansado de las quejas constantes de aquel monje amargado. Le habría gustado responder de la

-EL ENVIADO-

misma manera, pero un sonido ya familiar le hizo agacharse instintivamente. Una vez más, un silbido inconfundible anunció la llegada de otra flecha.

La compañía de bárbaros levantó sus escudos en un acto reflejo, pero no pudieron evitar que la invisible amenaza impactara en la carne. Otro de aquellos salvajes norteños acabó retorciéndose sobre el manto de nieve, ahora teñido de rojo por la sangre. Sus compañeros apenas se molestaron en mirarle mientras agonizaba. Las filas de hombres marcharon implacablemente a su lado, sin apartar la mirada del camino que tenían por delante. El muro de escudos avanzaba sin detenerse. Pasado el peligro, Sorom levantó la cabeza y reanudó su conversación con el monje.

—¿Más rápido, 'Rha? —Le espetó con amargura. —¿Con este tiempo y con un arco Sylvänn sobre nuestras cabezas? Ruega a tu diosa que mis hombres no decidan amotinarse. O estas flechas tendrán menos gargantas para elegir.

'Rha miró al bárbaro, la víctima más reciente de su invisible acosador, que yacía abandonada en el desierto de nieve. Siguió su cadáver con la mirada hasta que desapareció en la niebla a sus espaldas.

—En efecto, Sorom. Tus hombres están demostrando ser inestimables —gritó con evidente ironía. —Tened por seguro que no nos perderemos en estas cumbres. Solo tenemos que seguir el rastro de los muertos que vamos dejando atrás.

El comentario acabó por enfurecer al Leónida. Con un enérgico tirón de la brida, obligó a su corcel-diablo a girarse hacia el monje. Cuando lo alcanzó, lo miró fijamente a los ojos.

—No tienes ni idea de a lo que nos enfrentamos, viejo.

¡Ni idea!

—Eso es asunto tuyo, Sorom. Por eso estás aquí. Yo sólo me aseguro de que el dinero que la Orden gasta en ti se invierta bien.

—Entonces muérdete tu lengua venenosa y déjame trabajar.

Visiblemente irritado, el mercenario volvió a su posición habitual en las filas. Se dirigió a sus hombres.

—¿Quién tiene a la niña?

`Rha no pudo evitar sentirse satisfecho. Sentía un placer malicioso cuando conseguía sacar de sus casillas a la bestia. Hasta ahora, ése parecía ser el único placer de tan mortificante viaje.

Ariom apoyó la espalda contra el áspero muro de piedra que servía de parapeto contra la furia del viento. La cuerda de su arco seguía vibrando con un zumbido imperceptible, como la de un instrumento musical. La nota de muerte perduró un poco más, antes de desvanecerse en el silencio. Äriel llegó a su posición sólo unos segundos después y se agachó a su lado.

—Siguen avanzando. Nos estamos quedando sin pasos de montaña desde donde emboscarlos. —dijo ella.

—Antes nos quedaremos sin flechas. Son demasiados y

-El Enviado-

no se detendrán.

El elfo echó mano a su carcaj, que sólo contenía un puñado de flechas. Apenas le quedaba una docena. Sus ojos volvieron a la mujer.

—El viento sopla en contra. Es muy difícil disparar con precisión con este tiempo. Estarán sobre nosotros antes de que haya usado mi última flecha.

Ariom era un Sylvänn[10] elfo de raza pura, no contaminado por la sangre de otros linajes. Era el orgullo de su pueblo, hijo del clan Alssârhy de los bosques de Iss'Älshaäar. Ella vestía como sacerdotisa. No era una vestimenta ordinaria. Sus ropajes estaban adornados con pliegues y accesorios de fascinante e intrincado diseño delatores de telares élficos. Ninguna otra raza en el mundo es capaz de crear prendas con una mezcla tan exquisita de gracia y proporción.

Tampoco era una sacerdotisa corriente.

Las intrincadas runas y marcas cosidas a la tela de su capa, así como la imagen bordada de un dragón en la espalda, lo dejaban claro. Estas marcas confirmaban que era la sierva de un culto extraño y misterioso, tan poderoso como mítico. Era una de esas organizaciones sagradas y secretas que inspiran tanto miedo como respeto.

—¡Malditos sean los dioses, hermana! Rexor no debería habernos abandonado.

—Los Dioses no son responsables de nuestras

---

[10] Los Sylvänn son la raza de elfos más común y conocida. Se ajustan a la imagen popular y a la mayoría de los estereotipos que los humanos tienen de ellos.

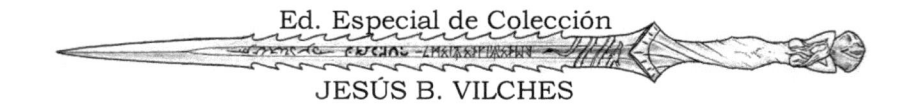

decisiones, Asymm'Shar. Ni las de Rexor, ni las mías.

Ariom miró un momento a la Virgen de Hergos que tenía a su lado. Sus ojos malva brillaban con intensidad emocional, contrastando con el dorado pálido de su piel. Su cabello negro estaba salpicado de copos de nieve, que Ariom se tomó la libertad de apartar con una suave caricia. Sintió que sus ojos se posaban en la tierna mirada de la elfa. Ella le estrechó suavemente la mano con una sutil sonrisa en los labios. No había palabras suficientes para describir su belleza.

—Sé que estás aquí para cuidarme, Ariom. —dijo con ternura, retirando suavemente la mano de él de su pelo. —Y que has hecho todo lo que estaba en tu mano para protegernos.

Las palabras aliviaron por un momento la culpa del arquero. Su suave voz podía domar a las bestias más salvajes. De lo contrario, sería realmente extraño que estuviera al lado de ese mestizo salvaje al que había convertido en padre de su hija. Sólo los dioses sabían dónde estaría él mientras ellos estaban allí, tratando de impedir que aquella hueste de salvajes alcanzara las cumbres del Sagrado.

—¡Asymm'Shar! —gritó una voz ronca en la distancia. Parecía un rugido profundo que resonaba en las montañas de los alrededores. La voz los sacudió de su inacción y se miraron sorprendidos.

—Es Sorom —reconoció ella. Nunca olvidaría esa voz.

—Debe ser una trampa. —advirtió Ariom con cautela. —No está en una posición tan debilitada como para necesitar negociar.

—Sorom no es malvado. Sólo es un oportunista.

La Flor de Jade I

-El Enviado-

Ariom señaló su desacuerdo con un movimiento de cabeza.

—Nunca entenderé por qué te empeñas en ver el lado bueno de todo el mundo —asumió Ariom con cierta resignación. "Ese félido... después de lo que te hizo.

—¡Asymm'Shar! —Escucharon la voz de Sorom rugir de nuevo.

—¡Te he oído, maldito bastardo! —gritó Ariom, aunque su voz no era tan potente como la de su adversario.

—Dile a ese viejo fósil de Rexor que quiero proponerle un trato.

El elfo volvió la cabeza hacia el refugio de piedra donde esperaba su bella compañera. Los ojos púrpuras de Äriel, ardientes como el fuego, contemplaron por un momento al explorador elfo.

—Cree que Rexor sigue con nosotros —dijo Ariom. —Quiere pactar con él. No me fio, Äriel. Y tú tampoco deberías confiar en él".

—No debemos revelar la ausencia de Rexor todavía. —advirtió ella. —Necesita tiempo para asegurar los sellos del Sagrado. Démosle ese tiempo. Ya hemos visto que las flechas no detendrán a Sorom o a sus hombres. Quizá lo hagan las palabras.

Ariom levantó su rostro anguloso por encima de la cresta natural que le protegía del frío y recibió de nuevo una ráfaga helada de viento.

—Detén a tus perros, Sorom. Sólo entonces te

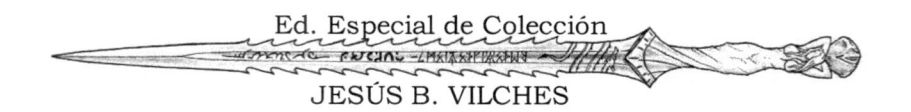

escucharemos —gritó en voz alta. Su llamada fue recibida con silencio, sólo roto por el sonido del viento que soplaba a través de los huecos entre las rocas que los rodeaban.

Sorom dio la orden de detener el avance.

Los hombres se formaron en la nieve, recelosos de la amenaza invisible que podía desencadenar un ataque mortal en cualquier momento. Eran perros de guerra, acostumbrados a obedecer a un amo. La mayoría eran bárbaros, pertenecientes a los clanes septentrionales del Ycter: Volgos, Aurios y Thorvos del norte helado. Eran mercenarios e incursores, considerados de baja categoría incluso entre los suyos. Eran robustos y baratos de contratar.

Soportaban el duro clima de aquellos parajes norteños con feroz entereza y estaban dispuestos a dejarse asar a fuego lento por un puñado de Ares de plata. No tenían ningún reparo en hacer sangrar a otros para obtener beneficio. No mostrarían piedad ni misericordia a quienes se interpusieran en su camino. Sin embargo, en esta ocasión, eran sus cuerpos los que ensuciaban el paisaje circundante. Yacían esparcidos a lo largo del estrecho sendero, abatidos por la precisión de las mortíferas flechas de Ariom. Habían aprendido a temer y respetar la amenaza invisible que suponía el arquero oculto.

—Deja de perder el tiempo, Sorom —instó 'Rha con acritud. Sorom se volvió hacia él, cansado de las constantes quejas del monje.

—¿Aún no lo entiendes, viejo? ¡Estamos acorralados!

—¿Acorralados Sorom? ¿Por un único elfo? Estás poniendo a prueba mi paciencia. Con dos docenas de tus bastardos norteños con nosotros y estamos atrapados aquí

La Flor de Jade I

-El Enviado-

como ratas en un agujero. Te pagamos para que nos condujeras al Sagrado, no para que hablaras con viejos y elfos. Ordena a tus salvajes que les den caza, antes de que sus flechas acaben con todos nosotros uno a uno. ¡Y apresurémonos hasta el Templo!

El leónida lo miró con ferocidad. Las manos de los soldados del Culto que custodiaban al Reverendo se deslizaron lentamente hacia sus armas. Nadie sabía lo que podía ocurrir si Sorom entraba en un estado de furia incontrolada. Y 'Rha parecía hacer todo lo posible por provocarlo.

Aquel félido medía más del doble que el bárbaro más corpulento que le acompañaba. Sin duda, Sorom sería un rival difícil de superar en combate, aunque oficialmente estuviera allí en calidad de erudito. Pero no eran sus generosas proporciones lo que más inquietaba a estos simples soldados. Era su aspecto inusual.

Pocos pueden afirmar haber visto de cerca a uno de estos guerreros leónidas, ni siquiera como ilustración en un libro. Pocos conocen siquiera la palabra que describe a tan singular raza, y menos aún saben que un félido es algo más que un corpulento cuerpo coronado por una extraordinaria cabeza felina. Saber que esta imponente y feroz criatura podría no necesitar las armas que portaba para desmembrar al clérigo, le hacía aún más digno de respeto y temor.

—No me gusta que me digan cómo ganarme el sueldo.

La voz de Sorom había adquirido un tono agresivo.

—¡Entonces haz aquello para lo que has sido contratado! —ladró enérgicamente el monje, balanceándose en la silla de montar.

Sorom ya no pudo contener su ira por más tiempo.

—¡Maldita escoria templaria! ¡Gusano podrido y nauseabundo! —Se enfureció, sin mirar siquiera a los más arrojados de sus escoltas, que inmediatamente sacaron sus armas ante su tono amenazador. —No tienes ni idea de quién nos acosa, ¿verdad? Has pasado demasiado tiempo recluido entre los podridos muros de esos santuarios impíos que tu Culto levanta, prodigando perfidias a tu ramera divina. ¡Eres estúpido, humano, además de imprudente! Estos no son ancianos ni elfos cualquiera, ¡maldito seas! ¡Es el Shar'Akkôlom[11] en persona quien está ahí fuera! Él es quien nos apunta con su arco. Y es al Guardián del Conocimiento al que tan gratuitamente llamas anciano. ¿Pero qué puedo esperar? Ni tú ni la escoria servil que te rodea son lo suficientemente inteligentes como para darse cuenta de que nadie está a salvo a menos de cien pasos de un arco Sylvänn. Ni de una Virgen Dragón con un báculo en su mano. Y te aseguro, maldito perro faldero de Kallah, que en este lugar que estamos profanando, ellos ni siquiera son el peor de nuestros males.

—¡Cómo te atreves, animal despreciable!

—¡Silencio, bastardo! —rugió Sorom. —Te guste o no, sigo al mando de esta expedición. Y se hará lo que yo ordene—. El terrible tamaño de sus mandíbulas y sus afilados dientes de marfil helaban la sangre del guerrero más valiente. —Si mis métodos no le satisfacen, Monseñor, le ruego que informe a sus superiores. Los mismos que consideraron indispensable mi presencia en esta misión. Quizá ellos puedan darle las

---

[11] Es el sobrenombre de Asymm Ariom. Del Sÿr-Vallaqiano: Cazador de Reptiles (Dragones). Tambien Asymm'Shar (Asymm, el Cazador).

explicaciones oportunas. Y quizá aproveche la ocasión para expresar mi opinión sobre su "contribución" a esta empresa.

El clérigo se mordió el labio y se tragó su orgullo. El leónida tendría las de ganar si continuaba por ese camino.

Desde su posición ventajosa, Sorom observó los picos que se alzaban sobre él. Vislumbró el antiguo Templo de Sagrado, recortado contra las espinosas rocas que lo rodeaban. Parecía desafiar al tiempo y a la leyenda en su escarpada ubicación.

—El santuario no está lejos —anunció Sorom con aparente calma. —Si tú y su puñado de lacayos deseáis vivir lo suficiente, cállate y haz lo que se te ordena. Ten por seguro que vamos a necesitar más hombres de los que puedas imaginar, 'Rha.

El siniestro monje estaba inflamado de rabia, pero conocía muy bien su desventaja. Odiaba a este glorificado buscador de artefactos con una pasión inquebrantable, pero necesitaba los conocimientos arcanos que sólo el leónida podía proporcionarle. Por mucho que lo deseara, 'Rha no podía ignorar las habilidades y conocimientos por los que Sorom gozaba de gran prestigio a ojos de los dirigentes del Culto. Por supuesto, tampoco podía prescindir de la banda de brutales mercenarios norteños que había traído consigo; aunque sintiera que se estaban malgastando en manos del arrogante leónida.

A pesar de las críticas vertidas contra aquel buscador de artefactos, el Culto valoraba los servicios únicos prestados por el félido. Y después de esta expedición, lo valorarían aún más, por mucho que eso pudiera hacer hervir la sangre del Reverendo. Por lo tanto, debía que tener cuidado. Tal vez habría otra oportunidad para la revancha. Quizá cuando todo hubiera terminado. Cuando el Sagrado estuviera en posesión de los Lictores y Criptores arcanos de su diosa. Cuando el Cáliz hubiera cumplido su propósito, atando al Némesis Exterminador desde las profundidades del Abismo para convocar a sus legiones. Eso anunciaría el comienzo de una nueva era, que por fin dejaría de ser un sueño profético e inalcanzable. Quizá entonces este descreído irrespetuoso, este despreciable felino desenterrador de antiguallas, sería por fin castigado como se merecía.

—Acabemos con esto. ¡Tráeme a la niña! —Exigió el leónida. El monje esperó con gesto de impaciencia.

De las manos de uno de los robustos norteños, Sorom recibió un pequeño fardo de pieles envueltas que acunó en su amplio abrazo. Por un momento, un leve atisbo de ternura apareció en su noble rostro de león cubierto de motas de hielo y nieve. Dentro de aquel pequeño fajo de pieles dormitaba una niña, como una joya de valor incalculable, ajena e inocente a todo lo que estaba ocurriendo. No era más que un diminuto bebé de piel pálida y orejas puntiagudas. Su rostro angelical mostraba la imagen de paz y calma que parece habitar en todo durmiente. Debió de ser eso lo que arrancó un momento de compasión de las habituales facciones animales del leónida. Pero el momento de debilidad pasó tan rápido como había aparecido.

Sorom levantó el frágil cuerpecito en el aire y lo sostuvo frente a su cabeza de león. Expuso el bebé al frío viento y a los ojos élficos que lo observaban tras las rocas cubiertas de niebla.

—Te ofrezco un trato, Rexor. Ríndete y te devolveré a la hija de la hechicera —anunció. Aunque sus ojos no veían a

La Flor de Jade I

-El Enviado-

nadie, sabía que le observaban. —Acepta... o el bebé morirá.

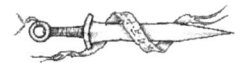

—Ariel. Tiene a tu hija. —exclamó Ariom, volviendo su rostro angustiado hacia la sacerdotisa elfa. Los ojos de ésta se abrieron de par en par alarmados por la inesperada noticia. Saltando de su escondite, se colocó al lado del arquero y observó la escena que se desarrollaba a sólo unos cientos de pasos delante de ellos. El félido sostenía el pequeño fardo contra su pecho. Lo reconoció al instante.

—¡Todopoderoso Hergos! ¡Es Äriënn!

—Äriel... —se apresuró a intervenir el arquero. —¿Y si es una trampa? No sabemos con certeza si lo que hay bajo esas pieles es realmente tu hija.

—Es ella, Asymm'Shar. Créeme. Puedo sentirlo.

Ariom sabía por experiencia que la intuición de su bella compañera pocas veces se equivocaba. Su certeza de que se trataba de su hija bastaba para convencerle de que era un hecho irrefutable.

—Si no hay otra opción... Acabaré con él a tu señal.

—Esa no es una buena idea, Ariom. Sé que Sorom no quiere hacerle daño. Sólo quiere sacar ventaja de la situación —argumentó La Virgen Dorai con una inesperada calma en sus palabras. —Pero si él cae, no puedo estar segura de que los clérigos de Kallah sean tan benevolentes.

—Comprendo. —suspiró el elfo. —Se acabaron las

contemplaciones. Ha llegado el momento de dar la cara. Prepárate, hermana.

—¡Rexor, mira lo que tu cobardía me está obligando a hacer! —Gritó el félido a través de la cortina de nieve. Rha aún dudaba de la utilidad de todo ese teatro. —No quiero hacerle daño, Rexor. Pero no puedo permitir que vuelvas a interponerte en mi camino. Tus acciones te harán cómplice de una desgracia que yo no deseo. ¡Vamos! Da la cara de una vez.

Sorom escrutó con la mirada la brumosa escena ártica que tenía ante sí, pero no había señales de movimiento.

Todos sus hombres estaban nerviosos.

Estaban en medio de la nada, asolados por el frío y acosados por un enemigo invisible. Habían descubierto con amargura que aquellas flechas eran capaces de colarse entre los diminutos resquicios de la muralla de escudos. Sus rostros agrestes y barbudos, cubiertos de cicatrices y pinturas de guerra, no se atrevían a asomarse más allá desde la inútil protección de sus defensas. Se miraban unos a otros con miedo, su pesada respiración exhalaba nubes de vaho de sus pulmones. Esperaban que el fantasma que les escupía flechas eligiera otro blanco en su lugar.

Sorom estaba a punto de jugar su última carta.

Sólo el gemido del viento rasgando las grietas de las montañas rompió el tenso y hosco silencio. Tal vez ni siquiera la amenaza de herir al bebé fuera suficiente para hacer salir a su

LA FLOR DE JADE I

-EL ENVIADO-

rival.

Pero entonces... el fantasma mostró su rostro.

Los demás guerreros no se hubieran percatado de la figura que surgía de las rocas si uno de los Thorvos no les hubiera alertado. Señaló con el dedo a través de la niebla y gritó una palabra en la áspera lengua de las montañas.

'Rha observó cómo el grupo de bárbaros se agitaba como uno solo hombre. Estaban impacientes por entrar en acción. Miró a su escolta y les indicó que prepararan sus arcos. Los soldados del Culto comenzaron a obedecer. Sorom se percató de los movimientos furtivos a sus espaldas, que claramente pretendían pasar desapercibidos. Pronto comprendió las intenciones de aquella panda de monjes insolentes. Sin mover un músculo de su cara, habló a 'Rha en voz baja y susurrando.

—Si alguno de tus hombres actúa sin mi permiso, Monseñor, haré que mis thorvos lo destripen y vos correréis la misma suerte. Me puedo permitir la reducción en mis honorarios si ninguno de vosotros regresa con vida. Y, créanme, Monseñor. Es un precio que estoy dispuesto a pagar.

'Rha maldijo en silencio al félido que parecía tener ojos en la nuca. De mala gana, ordenó a sus hombres que devolvieran las flechas a sus carcajs.

A través de la espesa cortina de niebla helada, surgió una figura que caminaba lentamente hacia el grupo de monjes y guerreros. Lo hacía con calma, como si no le preocuparan los hombres que se apostaban frente a ella. Empuñaba un largo bastón, cuyo extremo ornamentado brillaba entre los miles de copos de nieve que el feroz viento de las cumbres azotaba a su alrededor. Sorom supo de inmediato que no era Rexor. No había ninguna duda.

El contorno de la sombra se hacía más detallado y claro a medida que se acercaba a ellos. Hasta que, por fin, reveló su verdadera naturaleza. Äriel vestía las exóticas túnicas dorai de las Vírgenes de Hergos, el Padre de la Magia, el Dios Dragón. Su esbelta y delicada figura se contoneaba con gracia al ritmo perfecto de sus pasos mientras se deslizaba sobre la nieve. Conforme se acercaba con cautela al grupo de hombres, extendió su bastón amenazadoramente hacia ellos. Los largos cabellos oscuros de ébano de la hermosa elfa eran visibles desde los lados de la coroza blanca que remataba su capa de armiño. Le cubría la cabeza, ocultando sus rasgos finamente esculpidos de las miradas de los curiosos. A cierta distancia del grupo, la hechicera se detuvo.

Al ver que su enemigo se alzaba desafiante frente a ellos, los bárbaros blandieron sus armas y se prepararon para cargar, Ante la agitación de sus hombres, Sorom se giró y les rugió en su áspera lengua norteña. Los bárbaros se contuvieron a regañadientes, frenados por la orden de su amo. Se les oía refunfuñar, pero no avanzaron más.

Sorom volvió a mirar a la elfa.

Por la expresión concentrada de su rostro, pudo ver que esperaba ser atacada en cualquier momento. Sorom trató de mantener la calma. Sabía muy bien que no debía subestimar a aquella mujer de aspecto frágil que tenía ante sí.

—Äriel... —pronunció su nombre con su voz profunda y poderosa. —Es un placer inesperado encontrarte en estas tierras devastadas... pero, no es a ti a quien busco, me temo.

La Flor de Jade I

-El Enviado-

Ella sostuvo la mirada del león.

Incluso 'Rha desconfiaba ahora de aquella hembra sublime y segura que se atrevía a enfrentarse sola a toda una horda de salvajes.

—Regresa a mi hija, Sorom. Yo acepto tu oferta —dijo con una firmeza en su voz que hizo olvidar su habitual tono amable. —Si le haces daño, morirás aquí y ahora.

Sorom se tomó muy en serio la advertencia, pero estaba decidido a no ceder en esta negociación. Tratando de aparentar indiferencia, desenvolvió el fardo que sostenía y permitió que su madre viera los delicados rasgos de su pequeño bebé. Entre las pieles y mantas que la envolvían yacía una preciosa niña de suave pelo blanco. Parecía sana y despierta. Sus torpes manitas intentaban agarrar el aire frente a ella, felizmente inconscientes de la peligrosa situación en la que se encontraba. Tuvo el efecto que el mercenario había esperado. La determinación de Äriel pareció quebrarse al ver a su hija. Intentó parecer serena, pero apenas podía ocultar su angustia.

—Tiene tus ojos, sin duda. Se parece a ti —aseguró el gigante félido, refiriéndose a los rasgos finos y delicados del bebé. La expresión amable del rostro de Sorom se disipó rápidamente en una mueca de determinación mientras sacaba un enorme cuchillo de su cinturón y lo extendía frente a la inocente criatura. —Sería una pena que esta niña se llevara marcas de este día, ¿no crees, hermana? —rugió a la bella elfa, subiendo la temperatura de la confrontación. Ella se estremeció en un signo de debilidad.

—¡No le hagas daño, Sorom, te lo ruego! —La amenaza había funcionado. El mercenario seguía en una posición de poder. —Por favor, no le hagas daño. Te conozco. No eres un asesino.

—Entonces no me obligues a serlo, Äriel—. Sorom miró a su alrededor como buscando a alguien más. —Ahora, dile al Shar'Akkôlom que se muestre también—. La hechicera dudó un momento. —Sé que tiene una flecha con mi nombre en alguna parte. Haz que salga. ¡¡¡Ahora!!! —La hoja del cuchillo se acercó peligrosamente a la cara de la niña. Äriel suplicó que se detuviera. Sorom consiguió mantener una expresión de determinación implacable en su rostro. Incluso 'Rha empezaba a apreciar los métodos de aquel infiel bastardo leónida.

—Tú ganas, Sorom. —Se escuchó una voz masculina a través de las cortinas de nieve. Todas las cabezas se volvieron en la dirección de la que procedía. Una figura siniestra apareció en la distancia. El cuerpo delgado y esbelto de Ariom no tardó en dibujarse a la luz.

Avanzaba con un porte orgulloso y seguro, y sus hombros se balanceaban rítmicamente de un lado a otro mientras caminaba. El porte arrogante de un elfo, sin duda. El distintivo color verde de su armadura de escamas de dragón podía vislumbrarse bajo los pliegues de las voluminosas pieles que lo cubrían. A la espalda llevaba una colección de lanzas en un carcaj suelto. Las anchas puntas de acero se extendían por encima de su hombro, como el mástil de un galeón naufragado. Detrás de ellas descansaba un magnífico escudo de torre de forma cuadrada. Éstas eran las armas del Cazador. Aquellas con las que había forjado su leyenda. Pero no eran las lanzas las que infundían temor en los corazones de los veteranos merodeadores.

Sostenía su mortífero arco entre los dedos, con una

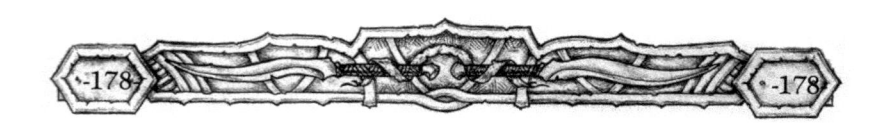

La Flor de Jade I

-El Enviado-

flecha apoyada en la curvada madera, adornada con ornamentadas e intrincadas tallas. La base emplumada de la flecha estaba sujeta a la cuerda del arco, y su punta mortífera se dirigía inofensivamente hacia el suelo cubierto de nieve. Pero nadie dudaba de que podía ser tensada y lanzada en cualquier momento con una precisión mortal.

—He aquí la flecha con tu nombre, bastardo insolente —confesó mientras se detenía frente a la hueste de bárbaros.

Los thorvos miraron el arco con odio inusitado. Habían pasado largas horas intentando eludir las puntas de flecha asesinas que habían acosado su avance. Cada flecha que faltaba en aquel carcaj representaba a un compatriota perdido.

—Bien. Así está mejor. Encantador reencuentro de viejos conocidos. —El Félido sonrió satisfecho ante la llegada del lancero. —Ahora sólo falta que aparezca nuestro maestro de ceremonias, querida hermana. Dile a Rexor que se muestre también, ¿o seguirás dejando que ese viejo juegue con la vida de tu hija?

—Rexor no está con nosotros. —Se apresuró a revelar el arquero. Sorom se volvió hacia él con burlona condescendencia.

—¿Me tomas por estúpido, Cazador? Sé muy bien que Rexor os acompaña.

—Es cierto, Sorom. Rexor no nos acompaña. Nos separamos. Sólo Ariom y yo conseguimos llegar hasta aquí.

La noticia pareció coger desprevenido al félido, que no supo cómo reaccionar. Se sintió algo inquieto y se detuvo un momento a sopesar la situación. De ser cierto, estaba perdiendo un tiempo precioso, mientras que el Guardián del Conocimiento podría ir un paso por delante de ellos. Eso le irritó. Había caído en una trampa como un idiota.

—¡Si es así, hermana, hemos terminado con esta conversación!

Sin tiempo para la reacción, a una velocidad imposible de precisar, Ariom tensó su arco y apuntó la flecha hacia Sorom. El leónida no tuvo tiempo de reaccionar y se encontró a merced del cazador elfo.

—Ni un paso, Sorom. Ni se te ocurra moverte—. Los bárbaros cercanos blandieron sus armas y se prepararon para defender a su señor. Sorom permaneció congelado en su sitio. —Hazlo y atravesaré tu cabeza de bestia sin pestañear.

—¡¡Ariom, detente!! —suplicó la elfa, intentando mediar entre el arco de Ariom y Sorom.

—A mi manera, hermana.

Las pupilas cenicientas del Shar'Akkôlom se clavaron en su objetivo.

—¿Vas a dispararme, Ariom? ¿Lo harás? ¿Con la niña en mis brazos?

Todos los combatientes estaban ansiosos y esperaban el momento de actuar. La adrenalina corría a galones por sus venas. Sus músculos se tensaron y se prepararon para entrar en acción.

"¿Es una apuesta, Sorom? ¿Quieres apostar? Apuesto a que estarás muerto antes de caer de ese monstruo que cabalgas. ¿Qué me dices?"

La Flor de Jade I

-El Enviado-

Rha aprovechó para hacer un furtivo gesto con la mano a sus hombres armados. Entendieron la intención del sacerdote y lentamente volvieron a empuñar sus arcos.

—Libera a mi hija, Sorom —imploró la hechicera. —Seré tu prisionera y el Shar'Akkôlom volverá por donde ha venido. Te doy mi palabra.

—Devuelve la niña a su madre, Sorom, y quizá vivas para chantajear a alguien más.

Sorom dudó.

Tal vez...

Por un momento, pareció que la situación había quedado en un tenso equilibrio. Que tal vez podía llegarse a un acuerdo.

Pero la adrenalina seguía llenando el ambiente. Sólo hacía falta una chispa para encender aquella balsa de aceite a punto de rebosar. Una chispa que volviera a convertir la situación en un polvorín. Y esa chispa iba a encenderse de una manera que nadie esperaba.

¡¡¡Anhk'Ahra!!! Anhk'Ahraaaaaaaaaaa!!!!

Un grito de terror llenó el aire, como un aullido que hiela la sangre.

Uno de los gigantescos Volgos miró al cielo, señalando con el dedo en el aire. La expresión del rostro tatuado del salvaje era inconfundible. Los Thorvos miraron al horizonte por encima de los picos nevados, con los ojos muy abiertos por el terror. La peor de sus pesadillas estaba a punto de hacerse realidad.

"¡Que los dioses nos protejan!" Pensó Ariom, para quien

el aquel nombre tenía un dueño muy concreto. Instintivamente, apartó la mirada un momento. Cuando volvió la vista, la escena antes sí se había sumido en el caos: los hombres aterrorizados rompían filas y huían en todas direcciones. Ariom trató de mantener la puntería fija en Sorom, pero el movimiento imprevisible de los hombres a su alrededor lo impedía. No consiguió fijar su objetivo. La monstruosa montura del leónida se encabritó alterada por la reacción de los hombres que la rodeaban.

Ariom intentó serenarse y concentrar su puntería.

De repente...

Un silbido pasó a poca distancia de su cuello. Estaba demasiado cerca para ignorarlo. El arquero cambió su punto de disparo e identificó la amenaza. Uno de los jinetes del Culto acababa de usar su arco. Otros dos más le atacaron con flechas.

Instintivamente, se dejó caer al suelo. Los proyectiles pasaron volando junto a su cuerpo y se clavaron en el suelo tras él. Afortunadamente, aquellos soldados no tenían su pericia con el arco. Rodó sobre la nieve húmeda y disparó su flecha. El proyectil alcanzó a uno de los soldados del Culto bajo el casco y le atravesó la garganta, haciéndole caer del caballo. Quedó inmóvil sobre la nieve. Antes de que Ariom se diera cuenta, un puñado de bárbaros caían sobre él.

—Deprisa, 'Rha. Vámonos de aquí. Tenemos que irnos ahora si valoras tu miserable vida —gritó el félido por encima del estruendo de los hombres que huían despavoridos.

—¿Qué está pasando?

El monje parecía desconcertado, al igual que los

soldados del Culto que le servían.

—Realmente no quieres saberlo, viejo. Tú —señaló a uno de los bárbaros que había logrado mantener la compostura. Sorom le lanzó a la niña y el norteño la atrapó al vuelo. ¡Cuida a este bebé con tu vida!

Con las manos libres, el leónida agarró la brida de su monstruosa montura y la espoleó al galope.

—No esperaré a nadie, 'Rha.

El Corcel-Diablo cargó hacia delante, aplastando y pisoteando todo, y a todos, a su paso. Rha y los demás monjes no perdieron el tiempo y siguieron el ejemplo del félido.

Äriel se lanzó instintivamente en persecución del bárbaro que huía con su pequeña. Pronto se perdió en la marea de hombres que corrían en todas direcciones.

Ariom no tenía intención de luchar contra aquellos salvajes del Ycter. Tenía otras prioridades. Esquivó hábilmente los ataques de los combatientes enemigos e intentó abrirse paso entre ellos. Al mismo tiempo, agarró una de sus largas lanzas y ensartó con ella a uno de sus asaltantes. Extrajo los diez centímetros de acero que habían atravesado la piel y la protección del gigantesco guerrero que se interponía en su camino. La punta salió de la herida bañada en sangre. Con un rápido movimiento, el cazador elfo esquivó al coloso mientras se desplomaba pesadamente sobre el suelo cubierto de nieve. Y continuó esquivando y zigzagueando entre la masa de hombres.

Por un breve instante, apartó la vista de sus oponentes y miró hacia el cielo lleno de nieve. Una siniestra silueta alada de dimensiones monstruosas apareció sobre él. Quizá aún quedaba tiempo. No mucho, pero quizá suficiente.

Ariom consiguió abrirse paso entre la masa de guerreros desorganizados que pronto abandonaron la persecución de aquel elfo escurridizo y se concentraron en huir. Ariom levantó la lanza y se preparó para lanzarla, calculando instintivamente el ángulo óptimo de su trayectoria. Los jinetes del Culto giraron sus caballos y se alejaron de él al galope. Pero ellos no eran su objetivo. Iba tras la bestia que cabalgaba delante de ellos. Se alejaba a gran velocidad. Sería un tiro difícil.

Pero el nombre de Ariom era leyenda...

El enorme proyectil cortó el aire, moviéndose inexorablemente con velocidad y potencia hacia su objetivo. Nadie lo vio venir. La lanza aceleró mientras el viento parecía agarrarla y guiarla en su camino. Su mortífera punta de acero buscaba un corazón que atravesar por la espalda.

Sin embargo, sólo rozó la capa del félido, que ondeaba al viento, antes de clavarse inofensivamente en el suelo nevado. Sorom miró hacia atrás al sentir cómo se rasgaba su capa y vio lo cerca que había estado de la muerte. Su formidable montura estaba a la cabeza de los jinetes del Culto que huían desesperados. Los ojos de Sorom entrecerraron los suyos a través de la nieve que caía y descubrieron la figura del cazador elfo de pie, muy por detrás de él, ahora fuera de su alcance. El rostro de Ariom era una máscara de rabia. Había perdido su mejor oportunidad. Y Sorom seguía vivo.

El cazador abandonó su persecución del leónida. Agarró otra lanza y trató de encontrar al guerrero que sostenía al bebé. Se dio la vuelta y corrió tras la masa de bárbaros que huían.

Äriel se encontró entre los guerreros presas del pánico,

La Flor de Jade I

-El Enviado-

angustiada por haber perdido de vista a su hija. Se detuvo un momento para observar la caótica escena que la rodeaba.

Casi no lo vio venir.

Se lanzó contra ella, blandiendo salvajemente su enorme hacha de guerra, intentando partirla en dos. Ella se giró justo a tiempo y logró parar el golpe con su bastón de dragón. El bárbaro apenas podía creerlo cuando vio que su formidable espada se rompía en pedazos al impactar con el bastón de la hechicera. Su rostro tatuado contemplaba incrédulo el muñón roto del arma que tenía en la mano. La hechicera reaccionó con la velocidad del rayo. De un solo golpe, la palma abierta de la mujer golpeó el pecho del musculoso guerrero. El bárbaro salió despedido a gran velocidad y se estrelló contra un árbol que tenía detrás.

Sintió que la levantaban de sus pies, interrumpiendo su poderoso encantamiento. Sintió una ráfaga de aire a su alrededor y luego una gran ola de calor. Algo con una envergadura colosal apareció de la nada, levantando un torbellino a su paso. Apenas fue consciente de volar por los aires, antes de aterrizar con fuerza sobre la nieve. Se oyó un rugido atronador, como si procediera de las profundidades de las propias montañas. Y un temblor.

La tierra herida...

Las montañas parecieron gemir cuando toneladas de carne y escamas irrumpieron entre la horda de hombres asustados como la quilla de un barco que se estrella contra una ola. Sus garras eran como arpones de ébano pulido y brillante. Se clavaron profundamente en el suelo, mientras una enorme forma viviente se posaba. A su alrededor, los bárbaros gritaron de terror e intentaron huir del coloso que había caído del cielo.

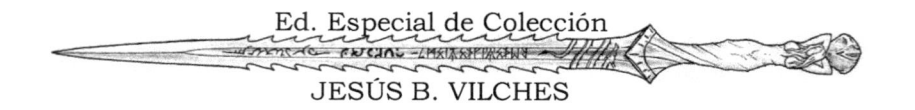

Y allí estaba él, el Señor de estos picos.

Todos lo sabían. Había venido a reclamar su territorio.

No cabía duda. Era realmente digno de la leyenda que había inspirado. Era Anhk'Ahra, Señor de los Ennartû, Dragón de Dragones.

Medía fácilmente más de treinta metros desde la punta de su cola hasta el punto más alto de su cabeza coronada de espinas. Sus fauces de dragón eran enormes y su cráneo estaba tachonado de cuernos largos como lanzas. La enorme bestia alcanzaba una altura de casi nueve metros.

El temible dragón negro rezumaba poder por todos sus poros. Sus escamas crujían al menor movimiento. Se movían y doblaban como las placas de la mejor armadura. Sus músculos, como piedra capaz de movimiento, se crispaban y flexionaban mientras su enorme y esbelto cuerpo cambiaba de posición con increíble agilidad.

No perdió tiempo en mirar a las pequeñas criaturas que se dispersaban a su alrededor presas del pánico. Su cuello de serpiente se abalanzó sobre la más cercana. Su desafortunada víctima ni siquiera tuvo oportunidad de reaccionar antes de que las fauces se abrieran y el largo cuello crestado del dragón saltara hacia su presa. El bárbaro sintió que se apoderaba de él un miedo terrible. Pero sólo duró un segundo. Fue lo último que vio antes de que las mandíbulas y los afilados dientes se cerraran en torno a su frágil cuerpo. Sintió su espeso aliento metálico y una ola de humedad agobiante cerrarse a su alrededor. No tuvo ocasión de gritar. Ni siquiera sintió dolor.

LA FLOR DE JADE I

-EL ENVIADO-

Se oyó un estruendo atronador cuando las patas del antiguo dragón aplastaron la tierra bajo ellos. Äriel sólo estaba ligeramente aturdida. Parpadeó y sus ojos se aclararon lo suficiente como para ver la carnicería que se desarrollaba ante ella. Anhk'Ahra estaba despedazando a los hombres que huían, devorándolos como un lobo hambriento atrapado en un gallinero. Sus garras desgarraban la carne y sus dientes desmembraban a los que no conseguían huir a tiempo. Un terrible pensamiento pasó por la mente de Äriel. ¡Ariënn! ¡Ese bárbaro aún podría estar aquí!

La sacerdotisa se sintió abrumada por una terrible sensación de terror. Rezó para que el hombre del norte estuviera a salvo. Pero estaba demasiado cerca del ojo de la tormenta. Giró sobre sí misma, sintiendo que estaba en grave peligro. Sin darse cuenta, un torrente de magma surgió de la boca del dragón hacia ella. Äriel levantó los brazos desesperada. Un muro de hielo se alzó frente a sí, bloqueando la mortífera corriente de fuego. A duras penas escapó del alcance de las llamas, que impactaron contra el muro mágico y lo fundieron en hielo acuoso. Esta nueva presa intrigante y sus asombrosas habilidades habían captado la atención del viejo dragón. Pronto se olvidó de las otras pequeñas criaturas que le rodeaban y que huían desesperadamente para salvar sus vidas.

Ed. Especial de Colección

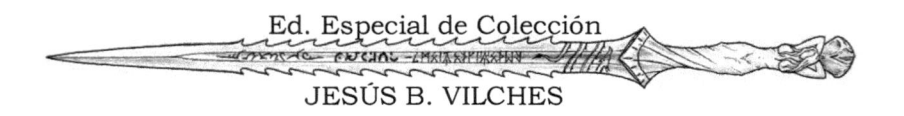

JESÚS B. VILCHES

LA FLOR DE JADE I

-El Enviado-

La Flor de Jade

EL VELO DE LA
INEVITABLE

PICOS SAGRADOS 1.346 I. C.

22 años antes del presente

Ariom perseguía a uno de aquellos norteños...

El preciado paquete del bárbaro le había salvado de ser atravesado por una de las lanzas o flechas de Ariom. Tenía ventaja sobre su perseguidor, pero nunca podría igualar la velocidad y agilidad del elfo. El mercenario sabía que tarde o temprano le atraparían. Así que se refugió en una arboleda cercana.

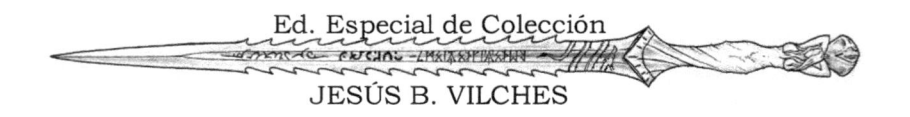

Gran error.

Nadie escapa de un elfo en las sombras de un bosque.

La cobertura de los árboles calmó por un momento al perseguido. Era alto y corpulento. En otras circunstancias habría sido una ventaja obvia. Pero huyendo de un elfo, era un serio obstáculo. Los pulmones le ardían como brasas en el pecho y su armadura de piel resultaba una pesada carga. Siguió corriendo durante un buen rato, hasta que se convenció de que había perdido a su perseguidor. Jadeante, comenzó a aminorar el paso. Pronto sus piernas no pudieron moverse más y se hundió de rodillas en la nieve profunda que cubría el suelo del bosque.

Todo estaba casi en silencio.

Ni siquiera podía oír a sus compatriotas en la distancia. Se sintió lo bastante seguro como para apartar al bebé de su pecho. El bebé lloraba desconsoladamente. Hasta ahora, era consciente de que le había ayudado a escapar, pero sus gritos amenazaban ahora con revelar su escondite. Puede que hubiera despistado al elfo por el momento, pero desde luego no era sordo.

Tenía que acallar esos lloros.

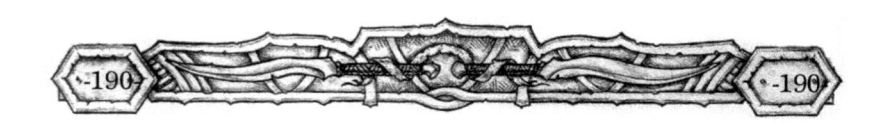

El guerrero dejó el fardo de pieles en el suelo. Por un momento, no supo qué hacer. ¿Debía dejarlo allí y desaparecer? ¿O debía silenciar al niño de alguna manera? Había gastado demasiada energía y fuerza para llegar tan lejos. Apenas podía dar un paso más. Tendría que actuar con rapidez para salvarse. Se llevó la mano al cinturón y sacó el pesado martillo de guerra que colgaba de él.

Entonces algo emergió de la maleza.

Era como si formara parte del propio bosque. Nunca lo vio venir. Para cuando fue consciente de su presencia, ya tenía una lanza clavada en el pecho. Al otro lado del asta de madera, un elfo le miraba directamente a los ojos y retorcía la punta dentro de sus entrañas, desgarrándolo desde dentro.

El gigante rugió de dolor, su garganta cedió con el esfuerzo. Pero seguía en pie y tenía la fuerza suficiente para levantar su martillo. Ariom arrancó la punta de la lanza y se la clavó de nuevo en el abdomen cubierto de piel. El bárbaro aulló con un dolor atroz, su voz resonó por todo el bosque. Sin vacilar, Ariom clavó su lanza por tercera vez, insertando la hoja hasta el asta de madera, atravesando el cuello del bárbaro. Sólo un débil gorgoteo escapó de su garganta rota. El gigante puso los ojos en blanco. Sus rodillas cedieron y cayó al suelo. Ariom respiró hondo mientras observaba al bárbaro exhalar su último aliento. Sólo entonces se atrevió a girarse y agacharse junto al bebé que seguía llorando desconsolado. Un rápido examen reveló que Äriënn sólo estaba asustada. No había rastro de herida en ella.

"Está bien, pequeña. Pronto volverás a estar con tu madre".

Entonces Ariom recordó algo. Algo terrible. Algo que no debería haber pasado por alto. Cuando un terrible rugido atronó el bosque, no tuvo duda de a quién pertenecía.

La abrasadora tormenta de fuego apenas había cesado.

Apenas se disiparon los humos y vapores del aliento del dragón, la oscura silueta lanzó otro terrible ataque. Esta vez provenía de los espolones de sus enormes garras. Äriel apenas tuvo tiempo de activar el escudo mágico proyectado por su bastón. La barrera invisible no pudo evitar que fuera arrojada de nuevo hacia atrás. Pero la magia impidió que la bestia la desgarrara con sus garras de marfil. Äriel rodó fuera de control por el impacto resultante. El Señor de los Ennartû no dio tregua ni mostró piedad. Lanzó otro golpe brutal contra la hechicera.

Pero...

Un frío acero dentado atravesó la armadura negra que cubría el cuerpo de la bestia. Un dolor agonizante hizo que el largo cuello de la bestia se doblara hacia atrás, obligando a su dueño a retorcerse y rugir de dolor.

La herida desgarró su carne.

Por primera vez en siglos, su espesa sangre comenzó a brotar de una herida abierta. Esto neutralizó su ataque y obligó al Rey de Reyes a apartarse de la hechicera. Anhk'Ahra giró con furia hacia su nuevo agresor. Allí vio a un insignificante hombrecillo de pie, desafiante, frente a él. En su armadura llevaba adornos que parecían provocar deliberadamente la ira del dragón.

La Flor de Jade I

-El Enviado-

La capa de lana que el lancero llevaba sobre el abrigo estaba sujeta a su espalda por dos hombreras de aspecto llamativo. Pero no eran de metal ni de cuero. Se fabricaron con las mandíbulas superiores y los cuernos infantiles de dos crías de dragón. Eran lo bastante pequeños para servir a su propósito. La piel esmeralda de cuero aún cubría los dos pequeños trofeos, aunque su color se hubiera desteñido un poco con el tiempo.

—¡Ariel! Tu hija. La dejé en la arboleda.

Estaba desconcertada. Apenas se había recuperado del último ataque, cuando Ariom aparecía como de la nada para decirle que su hija estaba a salvo. Hasta ese momento, había temido que su pequeña yaciera ya en el vientre de aquella bestia. Apenas pudo reaccionar. La avalancha de información resultó demasiado abrumadora.

—¡Vamos, hermana! No sé cuánto tiempo más podré contener a esta bestia.

Ariom se colocó apresuradamente el casco crestado sobre su cabeza, ocultando sus delicados rasgos élficos tras la máscara de su visor. Sus ojos brillantes quedaron ocultos tras el velo de acero de la ornamentada máscara metálica, observando con aplomo heroico cómo la bestia avanzaba hacia él. No había ninguna posibilidad de sobrevivir a la embestida de una criatura con semejante tamaño y poder. Pero el cazador se preparó para recibir el ataque, como si la criatura que cargaba contra él fuera un enemigo más. El suelo crujió bajo las enormes zarpas del dragón, como si los antiguos picos que lo rodeaban fueran a desmoronarse bajo el violento impacto de tan poderosas pisadas. Ariom embrazó el escudo con firmeza. Afortunadamente, era ligero de sostener, a pesar de su tamaño.

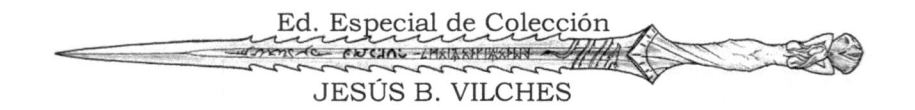

Agarró la lanza y...

La sacerdotisa dorai huyó del lugar, sin mirar atrás para presenciar el destino del cazador. El Señor de los Dragones Ennartû ya había comenzado su carga, y ella tuvo suerte de evitar ser aplastada por sus enormes garras. Con dolor en el corazón, dejó solo a Ariom y trató de llegar a la arboleda lo antes posible. Tal vez, con suerte, podría volver a tiempo para unirse a él en esta batalla suicida.

Las garras de la bestia golpearon la nieve con fuerza. El ensordecedor sonido del impacto fue tan poderoso que el cazador imaginó que las propias montañas se habían derrumbado sobre él. Aquellas enormes garras rasgaron el suelo, penetrando en la corteza terrestre y creando enormes tajos en la tierra. Habría sido mucho peor si el golpe hubiera alcanzado al cazador elfo. Pero logró esquivar la embestida con increíble agilidad. Unos centímetros eran la diferencia entre la vida y una muerte espantosa. Ariom conocía sus propias fortalezas y debilidades. Era consciente de sus capacidades marciales, que le habían granjeado una merecida reputación en su peculiar oficio. Confiaba en tener alguna oportunidad contra esta bestia. De hecho, era un espécimen magnífico. Un verdadero dragón emperador. Digno de la monstruosa leyenda que llevaba sobre sus hombros. Su instinto le gritaba que se mantuviera a una distancia segura. Que se mantuviera fuera del alcance de las garras de la enorme bestia. Sin embargo, sabía por experiencia que su única oportunidad de sobrevivir era acercarse lo más posible.

La Flor de Jade I

-El Enviado-

Y lo más cerca que podía estar era bajo su vientre.

Con unas dimensiones tan desproporcionadas, Anhk'Ahra podría alcanzarle antes de que pudiera siquiera pensar en su siguiente movimiento. Su única salida era convertir su aparente desventaja en una ventaja. Usando su menor tamaño contra su temible oponente, Ariom saltó hacia delante entre las zarpas e intentó colocarse bajo la bestia alada.

Su agilidad impidió que las garras de la bestia lo desgarraran, pero no fue suficiente para bloquear por completo el impacto del enorme golpe que iba dirigido contra él. La ráfaga de aire generada por la embestida le levantó aún más del suelo, lanzándole a un vuelo descontrolado. Aterrizó sobre la nieve blanda y fría, consiguiendo amortiguar el impacto con su escudo. Apenas tuvo tiempo de darse la vuelta.

Por un momento, el elfo sólo vio oscuridad sobre él. El cielo estaba oscurecido por un impenetrable caparazón de obsidiana viva y escamas de brillante ébano. En ese momento, un pensamiento fugaz entró en la cabeza de Ariom, apartando momentáneamente todos los demás. Era una idea descabellada. Tan disparatada como desafiar a un huracán en un bote de remos. Un terrible chillido resonó en las afiladas cumbres blancas, ahogando el sonido del viento. Las fauces del dragón esbozaron una mueca maliciosa, mientras la formidable bestia se alzaba sobre sus robustas patas traseras y miraba con desprecio al empequeñecido elfo bajo ellas.

La adrenalina corría a toda velocidad por las venas del cazador. Un sexto sentido le advirtió del peligro inminente. Notó que una diminuta chispa se encendía en las oscuras pupilas del reptil, advirtiéndole de sus intenciones mortales. Los músculos del cuello del dragón se crisparon y abrió la boca de par en par. Las enormes espinas de marfil de sus fauces cedieron ante la cascada de magma que brotó de las entrañas de la poderosa criatura. La tierra tembló cuando la corriente de fuego líquido la atravesó, haciendo que se convulsionara en agonía como si fuera carne viva.

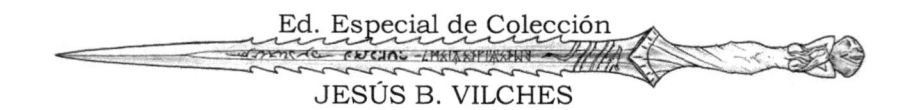

Ariom se había puesto en pie y ya corría tan rápido como sus piernas daban de si. El terrible chorro de llamas se estrelló tras él, consumiendo todo lo que era combustible a su paso. A pesar de su superioridad de reflejos y de su vuelo a pie, seguía sintiendo el inmenso calor que se generaba el magma a sus espaldas. Las altas temperaturas le envolvieron como una invisible mortaja asfixiante. El aire a su alrededor se hizo irrespirable. Una opresiva nube de aire sobrecalentado y vapor de agua le perseguía a una velocidad que ni siquiera el corredor más veloz podía igualar. La mezcla de humos se espesó frente a su rostro. Pero logró salir de su alcance inmediato.

Había esquivado el fuego... aunque el dragón aún lo perseguía.

El Shar'Akkôlom no miró atrás. Se concentró en esprintar lo más rápido posible para alejarse de su perseguidor. Su corazón latía con violencia en su pecho en su esfuerzo por escapar. Sus ojos se abrieron alarmados mientras la sombra gigante aplastaba árboles en su carrera por atraparlo. Ariom rezó a los dioses para llegar a la pared rocosa antes de que los afilados dientes del gran rey pusieran fin a este sangriento juego.

Los ojos de Ariom buscaron desesperadamente un lugar donde pudiera escapar de las fauces y garras del poderoso dragón que lo seguía. Una grieta o un hueco en las rocas que le diera un momento de respiro; y una breve oportunidad para

LA FLOR DE JADE I
-EL ENVIADO-

preparar su siguiente movimiento. La pared estaba muy cerca. El dragón coronado, también.

Sus pasos retumbaban tras él, ¡como si el cielo se derrumbara a sus pies! Demasiado cerca. Demasiado cerca...

¡Aquí!

Moviéndose a gran velocidad, el ágil elfo contorsionó su cuerpo con increíble flexibilidad y consiguió colarse por un hueco entre las rocas. Se encajó en una estrecha grieta de la montaña, como si fuera la última pieza de un rompecabezas gigante. Cerró los ojos y se preparó para la embestida. Un instante después, las enormes garras de la bestia golpearon la roca, haciendo que todo a su alrededor temblara y se resquebrajara con una sacudida salvaje.

Ariom no esperó para hacer su siguiente movimiento.

Aprovechando el polvo y la nieve levantados por el furioso ataque, el elfo salió vertiginosamente de su escondite. Los ojos de águila del experimentado cazador Sylvänn escudriñaron rápidamente la zona a su alrededor para identificar una posible ruta de escape. Divisó una abertura a una pequeña oquedad, quizá una cueva, a poca distancia de la pared rocosa. Posiblemente sólo era una estrecha grieta en la roca, en cuyo caso, seguramente sería su tumba. Pero no había más opción que arriesgarse. Enfrentarse al dragón en campo abierto sólo provocaría su inevitable muerte. Deshaciéndose de su escudo, el cazador de dragones volvió sobre sus pasos y comenzó a trepar hábilmente por las rocas.

"¿Por dónde?" Su cerebro trabajaba a gran velocidad para trazar el mejor camino a seguir. Sus brazos y piernas se movían con una destreza insuperable de una roca a otra, impulsados por una determinación y una resolución sin igual. No esperaba vivir lo suficiente para alcanzar su objetivo. Sin embargo, sus dedos ensangrentados no tardaron en asirse al saliente que conducía a la entrada de la cueva. Como un gato, se levantó de un salto y miró a su oponente. Encontró la cabeza ornamentada de Anhk'Ahra a medio metro de distancia. Rápidamente saltó hacia atrás, hacia la boca de la cueva, esquivando por los pelos los afilados colmillos que le atacaban.

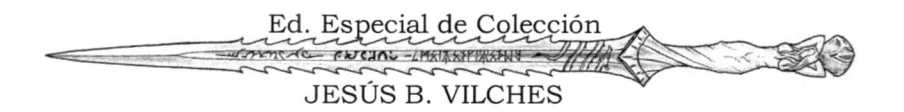

El soberano Ennartû no había tomado en serio al elfo, hasta aquel momento. Hasta el instante en el que su presa parecía escapársele de las manos. Ariom no esperó más. Apartó los ojos de la mirada fulminante del dragón y se adentró en las sombrías profundidades de la cueva. Fue un recorrido corto, apenas cuarenta o cincuenta pasos en total. Después de ese tramo, el pasillo se estrechaba hasta lo que parecía un callejón sin salida. Su vía de escape estaba bloqueada. El miedo se apoderó de él. Luchó por respirar, dándose cuenta de que estaba atrapado en aquel pequeño espacio claustrofóbico. La cueva parecía reducirse a una pequeña cáscara de nuez ante sus ojos. Las paredes se estrechaban opresivamente y parecían cerrarse sobre él. Ariom se secó el sudor que le goteaba de los ojos y la frente.

La entrada al oscuro túnel estaba bloqueada por la visión de la colosal corona negra del dragón. Su enorme cabeza bloqueaba la única luz que podía entrar desde el exterior. Hinchando el pecho, Anhk'Ahra tomó aire, dispuesto a desatar otro torrente de fuego sobre su presa atrapada. Ariom tragó saliva. Todo acabaría en un momento. Un tremendo rugido precedió a la corriente de magma que desataría la furia del dragón, saliendo como la lengua de una serpiente para envolver el frágil cuerpo de Ariom.

La Flor de Jade I

-El Enviado-

Sin embargo...

En un momento de lucidez, quizá como reacción a la muerte inminente, las brillantes pupilas del lancero se volvieron hacia el bajo techo de la cueva. Había una gran grieta en él. Una grieta que parecía conducir a un estrecho pasadizo en forma de chimenea.

Con nuevas esperanzas, apeló a sus músculos cansados para hacer un último esfuerzo. Un poderoso salto le llevó al hueco del techo. La piedra afilada le mordió la carne de las manos mientras subía al pasadizo de arriba. Sintió lágrimas de dolor correr por sus mejillas.

Dolor agudo. Dolor punzante, ardiente...

¡Ardiente!

No podía perder el control, o conocería otro significado de esa misma palabra. Tensó los brazos y levantó su cuerpo exhausto hacia arriba, lejos de la mortífera ola de fuego que inundaba la cueva. El vapor hirviente se elevó por el hueco del techo, ahora bajo sus pies. Miró hacia el horno donde había estado momentos antes.

Dejó escapar un enorme suspiro de alivio.

Estaba en una galería abierta. Sintió una fuerte corriente de aire fresco. En lo alto también había luz. Los pensamientos inundaron su mente. ¡Vivo! Alabado a Elio, El Patriarca. Sólo esperaba que Äriel hubiera encontrado a su pequeña. Si seguía llorando como la dejó, no tardaría en encontrarla.

JESÚS B. VILCHES

Llegó al bosque completamente sin aliento, con las piernas doloridas y magulladas. No podía localizar a su hija. Äriel comenzó a llamarla. Era consciente que su pequeña no respondería, pero no pudo contenerse. Todo el lugar parecía igual en todas direcciones. Un viento helado soplaba cruelmente por el bosque, haciéndola sentir sola y desamparada. Vagaba sin rumbo entre los árboles, sin saber dónde mirar. La visión de su pequeña abandonado al pie de un árbol la llenaba de desesperación.

Cada tronco de árbol era igual al anterior.

Cada piedra.

Había crecido en los desiertos de Yabbarkka. Los bosques la desorientaban.

¡Un momento!

Se detuvo en seco y trató de serenarse. Tenía plena capacidad para encontrar a su hija. Sólo necesitaba calmarse un poco más. Relajar su mente. Dejar fluir su empatía natural.

En cuanto lo hizo, el frío aire invernal transportó hasta ella el sonido del llanto de un bebé. Pero iba acompañado de otro ruido extraño que no pudo distinguir. ¿Quizás era...?

Äriel sintió una oleada de ansiedad navegando por sus venas, impulsándola a correr. Esprintó en lo que parecía una dirección aleatoria. Pero no era el caso. Tras unos minutos corriendo entre los árboles, vio el capazo de pieles de su hija sobre una suave alfombra de nieve al borde de unas gruesas raíces.

¡Mi niña!

El corazón le latía desbocado. Su hija estaba allí, lo sabía,

La Flor de Jade I

-El Enviado-

incluso antes de alcanzar el haz de pieles que la protegía. Ni siquiera se fijó en el cadáver del gigante del norte empalado por la lanza de Ariom. Todo lo que quería hacer era sostener en sus brazos a la pequeña que seguía llorando desconsoladamente. Lloraba, como lo había estado haciendo hasta entonces. ¡Bendito llanto! Su corazón se llenó de alegría.

—Eso es. Está bien, pequeña. Mamá está aquí.

Sus brazos rodearon el cálido cuerpecito. En cuanto la niña reconoció la voz de su madre, dejó de llorar al instante.

—Nunca te dejaré de nuevo, Äriënn. No pienso volver a abandonarte. Lo juro, por el Poderoso Hergos. Sin embargo, pronto se dio cuenta de que tendría que romper muy pronto esa promesa.

Un nuevo rugido rompería el silencio de las cumbres, recordándole que aún nadie estaba a salvo en aquellas cumbres. Anhk'Ahra seguía allí. Ariom podría estar en grave peligro. Tenía que actuar con rapidez.

Fue entonces cuando se preguntó si su hija aún conservaría el collar que prendió a su cuello.

Finalmente, las manos firmes de Ariom alcanzaron el punto más alto del estrecho pasadizo de piedra excavado en la roca. Lograron levantar su cuerpo exhausto fuera de la caverna. Miró entonces hacia las laderas occidentales, donde acababa de escapar de las garras del dragón. Estaba en lo alto de un acantilado, dominando los bosques cubiertos de niebla: la geografía típica de la región donde comenzaba el ascenso al Sagrado. No parecía haber indicios del monarca de los Dragones.

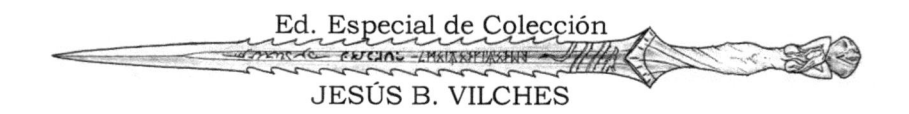

Una avalancha de pensamientos llenó su mente....

¿Qué hacer ahora? ¿Cuál debería ser el siguiente paso? ¿Habría conseguido Äriel encontrar a su pequeña? ¿Sería mejor esperar a Rexor o deberían pensar en buscarlo? Tenían que advertirle de que Sorom y sus aliados estaban tan cerca. Si Ariom se daba prisa, incluso podría llegar al Sagrado antes que los invasores. Habían perdido a la mayor parte de su ejército mercenario. Ahora los superaban en número, si es que los defensores conseguían reunirse a tiempo para defender las puertas del templo.

El lancero elfo se sentó en las húmedas rocas para recuperar el aliento, con la mente atormentada por la duda y la indecisión. Pero pronto fue sacado de su sombría introspección por un sonido que le heló hasta los huesos. El sonido de dos poderosas alas batiendo el aire. Esas alas sólo podían pertenecer a una criatura.

No podía creerlo. Anhk'Ahra seguía allí.

Al darse la vuelta, sólo pudo ver cómo una enorme forma oscura descendía rápidamente sobre él. Eso bastó para confirmar sus temores. Sus rápidos reflejos entraron en acción, permitiéndole esquivar las afiladas garras que se dirigían hacia él. Se clavaron en el suelo donde había estado sentado momentos antes, dejando una marca permanente en la roca.

Ariom corrió por su vida, con la sangre bombeada a litros por sus venas. El corazón le latía con fuerza. Todo a su alrededor se volvió borroso y vago. Mientras tanto, el rugido

LA FLOR DE JADE I

-El Enviado-

triunfante del dragón llenaba el aire.

Oyó un siseo detrás de él. La bestia alada ya no lo seguía, pero Ariom sabía que se encontraba dentro del alcance de su reino de fuego. Y eso fue exactamente a lo que respondía el siniestro siseo a sus espaldas: una nueva erupción de magma del dragón.

El cazador había perdido su escudo en su encuentro anterior. No podía depender de su protección mágica para resistir el feroz torrente de llamas. Sólo le quedaban su ingenio y agilidad para mantenerse con vida. Saltó a un lado cuando la mortífera corriente de metal fundido se precipitó hacia él.

Se giró y sacó una lanza de su carcaj. Se puso en cuclillas, con el arma preparada y una rodilla enterrada en la nieve. El Emperador de los Dragones agitó amenazadoramente su coronada cabeza frente a él, como un toro que se prepara para embestir. Un nuevo y más potente rugido resonó desde el vientre de la gigantesca criatura.

"Es sólo un dragón". Se decía el lancero. "Tal vez un poco más grande. Unas tres veces más grande".

Ariom respiró hondo.

¿Qué otro camino le quedaba? Si tenía que morir en ese mismo momento entre las garras de ese prodigio de la naturaleza, que así fuera. Pero no sería derrotado sin luchar. Se puso en pie de un salto y se lanzó hacia la bestia. Acumuló fuerza y velocidad mientras corría. Impulsado por un coraje ciego y una determinación inquebrantable, cargó contra la montaña de ébano tachonada de espinas que era su enemigo.

El dragón esperó pacientemente, casi con desprecio.

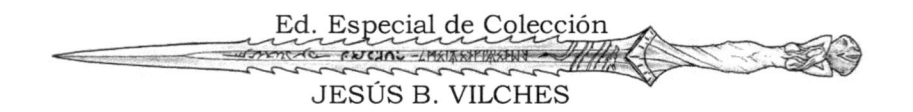

Ariom sujetaba su lanza con firmeza. Al mismo tiempo, recitaba los versos de un conjuro que cargaría su arma con poder mágico. Sin el conocimiento de esa magia arcana, su inusual profesión probablemente nunca habría tenido ocasión de existir.

Anhk'Ahra arremetió ferozmente con sus garras contra el elfo. Con nervios de acero, Asymm Shar' esperó hasta el último momento, antes de girar para evitar el ataque. Luego echó el brazo hacia atrás, por detrás del hombro, flexionando todos los músculos del cuerpo, y arrojó la lanza encantada contra el vientre del reptil. Cuando el asta salió de su mano, Ariom supo con certeza que atravesaría la carne de su enemigo.

Durante lo que pareció una eternidad, la brillante lanza voló hacia el cuerpo del gigantesco dragón negro. Finalmente, partió las placas de sus escamas blindadas, perforando la carne y enterrándose en lo más profundo. El cuerpo de Anhk'Ahra se flexionó hacia dentro, como si le hubieran dado una patada en el estómago. Su rostro inexpresivo pareció crisparse de dolor y sorpresa. Ariom se desplomó exhausto sobre la nieve. Se dio cuenta de que ni siquiera aquel poderoso golpe bastaría para acabar con un enemigo tan formidable. El Señor de estas cumbres no daría tregua.

Este juego había llegado a su fin.

El príncipe Ennartû batió sus gigantescas alas, levantando océanos de nieve en polvo a su alrededor. Como un milagro, alzó su pesado cuerpo en el aire. Ariom se incorporó con dificultad. Estaba cansado, pero al mismo tiempo se sentía extrañamente reconfortado. Había luchado con arrojo contra un enemigo insuperable. Había herido a la gran bestia. Eso era más de lo que podía esperar cualquier oponente, incluso uno de

LA FLOR DE JADE I

-EL ENVIADO-

su propia especie. Ariom estaba orgulloso de sí mismo. Orgulloso de que abandonaría este mundo habiendo derramado dos veces la sangre de Anhk'Ahra, Dragón de Dragones. Sería un final glorioso.

Hubo un momento quizá en los que quiso creer en una posibilidad de victoria. Tal vez en esa fracción de segundo de autocomplacencia justo después de haber consumado el magnífico lanzamiento. Tal vez en ese momento fugaz, después de herir al poderoso príncipe. Pero la verdad era que nunca tuvo ninguna oportunidad. El gran dragón era demasiado poderoso... demasiado rápido.

Con un repentino movimiento del extremo espinado de su cola, el gran dragón asestó al lancero un feroz latigazo en el costado. Ariom lanzó un aullido de dolor y sorpresa al sentir que el suelo desaparecía bajo sus pies. Sus huesos crujieron cuando su frágil cuerpo recibió el impacto del ataque. Sintió un terrible dolor punzante, como una descarga eléctrica, y luego una desagradable sensación de ardor. Lo último que pasó por su mente fue la visión borrosa de unas rocas hacia las que se precipitaba a una velocidad increíble. Luego, un dolor insoportable en la cara.

—¡Detente, Anhk'Ahra, Rey de Reyes! No avancéis más.

La enorme bestia vaciló, desconcertada por la inesperada interrupción. Giró su magnífica cabeza en todas direcciones, buscando el origen de la voz. Una voz enérgica que era inconfundiblemente femenina.

—Vÿr'Arym'Äriel, Virgen Dorai, Jinete del Viento, te lo ordena.

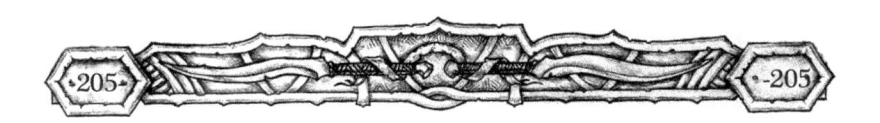

El orador seguía siendo invisible para él. Su voz solemne resonó en las majestuosas cumbres del Sagrado.

—Lo ordena mi rango, bajo el cual estás. Lo sanciona el Código Último de los Hermanos Doré y el poder que me otorga sobre ti, por el privilegio de Hergos el Inmortal, tu Máximo Señor.

La magnífica bestia parecía desconcertada. Porque allí, en su coto de caza, nadie le superaba en rango ni tenía derecho a mandar nada. Ni siquiera los propios dioses tenían poder sobre él en ese lugar. Estas cumbres eran su trono. Incluso los soles gemelos estaban sometidos en sus dominios.

Hubo un momento de tenso silencio. Era como si las rocas y los vientos de aquellas alturas indómitas estuvieran esperando a que el rey de los Ennartû diera su respuesta.

Tal vez por instinto, el enorme reptil levantó la vista. Sobre los acantilados, iluminada por el resplandor rojizo del cielo crepuscular, una guerrera le desafiaba. Llevaba una magnífica armadura de escamas plateadas y cabalgaba a lomos de una especie poco común de dragón. Desde luego, no parecía un Ennartû. Era un híbrido inusual, sin duda de naturaleza mágica. Sus escamas brillaban como la plata pura, pero su tamaño era mucho menor. No podía rivalizar con el Príncipe de los Dragones en corpulencia, estatura o poder. Pero lo que más preocupaba a Anhk'Ahra era la magnífica lanza de caballería que portaba el jinete.

—Retiraos, Príncipe... y no habrá más sangre —advirtió la jinete del viento. —En tus manos está acabar con este asunto ahora y sin duelos, Anhk'Ahra. No digáis que no os he dado esta oportunidad. No tienes poder sobre mí. La mirada de

LA FLOR DE JADE I

-El Enviado-

Hergos me ampara.

El coloso resopló con desdén. Desplegó sus poderosas alas, cada una como las velas de un galeón imperial. Se levantó del suelo y se lanzó contra la elfa acorazada. La orgullosa guerrera amazona espoleó a su noble corcel, ordenando a su montura *Elanori* que avanzara. Se elevó grácilmente en el aire, moviéndose rápida y ligera con el viento.

Para cualquiera que hubiera podido presenciar esta batalla entre las nubes, habría sido como un barco solitario que embiste a una flota de galeones de guerra. Anhk'Ahra era una marea negra imparable que parecía envolver a su elegante adversario.

El choque amenazaba con hacer añicos los cielos...

Apenas podía abrir un ojo.

Agonizaba. Un dolor indescriptible le desgarraba el cuerpo. Era como si cien estacas le hubieran atravesado la carne por todos los miembros y en todas las direcciones posibles. Alguien le abrazó con ternura, arrancándole gemidos de protesta. Una figura vestida con una brillante armadura se levantó la ornamentada visera del magnífico yelmo que cubría su cabeza. La imagen de una hermosa elfa le contemplaba. Lentamente reconoció quién se arrodillaba a su lado. Al principio, imaginó que debía de ser la visión de una Sagrada

Custodia que le daba la bienvenida al jardín eterno de sus creencias, al fin libre del dolor mundano.

Pero no fue así.

—¡Ä... riel...! Lo s... siento. Pensé, yo... pensé... que tú...

Todavía con su reluciente armadura, se llevó el dedo a los labios, indicándole que no malgastara fuerzas en hablar. Como de costumbre, él no obedeció.

—¿Qué pasó con la... pequeña...? ¿con tu... pequeña?"

—Ella está bien. Ella está bien. Ahora descansa.

Volvió a insistir con ternura. Se quitó el casco y dejó que su larga melena negra cayera en cascada sobre la armadura. Sus ojos violetas eran tan cálidos y amables como de costumbre.

—Conservaba... el medallón.

Casi instintivamente, Äriel llevó su mano revestida de metal al medallón que ahora servía de hebilla a su capa. Había permanecido oculto entre las ropas y mantas de la niña hasta ese momento.

—Lo conservaba, como puedes ver.

—Te ves... tan hermosa. —Añadió en elfo en un renuncio con una sonrisa melancólica iluminando su rostro ensangrentado. —Me han dado.... una buena paliza, ¿verdad?.

—Tu cuerpo, Ariom. Está destrozado.

Ariom intentó llevarse la mano a la cara, pero no podía mover el brazo. Sentía un terrible dolor punzante en el antebrazo, como si le hubieran atravesado con una lanza. Tenía la cara entumecida y sólo veía por un ojo. No podía abrir el otro

La Flor de Jade I
-El Enviado-

y notaba cómo la sangre le corría por la mejilla dentro del casco. Le bajaba por el cuello hasta el pecho. Tenía la boca paralizada por un lado y le costaba hablar.

—Mi... mi cara. ¿Qué... le ha pasado a... mi cara...? Yo... no puedo... ver... Casi no tengo... sensibilidad... Noto... mucha sangre.

—Tu cuerpo es un amasijo de huesos rotos, Asymm'Shar. Es posible que tus órganos internos hayan sufrido daños severos. Tus heridas son muy graves. —Le dijo la joven mientras se preparaba para intentar una cura mágica. —Por favor, intenta descansar. Haré lo que esté en mi mano.

"Mi cara... Ariel... ¿Qué... le ha pasado... a mi cara?"

Estaba a las puertas de la muerte. Sin la ayuda de la magia no sobreviviría ni una hora. Puede que ni siquiera ésta fuera suficiente. Heridas como aquellas requerirían de toda su experiencia y energía. Aun así, lo mejor sería rezar y prepararse para lo peor, y quizá para lo inevitable. Pero, típico de elfo, Ariom sólo parecía preocuparse por su cara.

—Tienes heridas muy profundas en la espalda. Has perdido mucha sangre.

Se dio cuenta de que ella intentaba desviar su atención.

—Yo... te lo ruego. Por favor, mi cara... —Le imploró con voz trémula.

Se hizo un profundo silencio.

Äriel sospechaba que aquel testarudo elfo gastaría toda su energía suplicándole si no era franca con él.

—El yelmo, Ariom, tu yelmo. Se ha incrustado en tu

cara. Te ha salvado de una muerte instantánea, pero te ha destrozado el rostro. Lo siento".

La desesperación del elfo resultó evidente, incluso con la limitada expresión que le permitían sus profundas heridas.

—¿Puedes... hacer algo?

—Dejará marcas. Profundas... permanentes. Si sobrevives...

—Poderoso Elio. —Volvió a hundirse en el abatimiento. —Déjame. Déjame, hermana. Déjame ahora. No pierdas... tu tiempo. Estoy acabado. Encuentra... a Rexor. Rexor... te necesita.

—No más que tú, te lo aseguro —respondió la elfa, no queriendo admitir la verdad tras las palabras del elfo herido.

—Por favor... te lo suplico, vete... ahora.

Palabras e imágenes recorrieron la mente de Äriel. Intentó imaginarse a Rexor conteniendo al enemigo a las puertas del templo. Impidiéndoles alcanzar el Cáliz del Sagrado. ¿Por qué lo buscaría con tanto empeño el Culto? Rexor probablemente sospechaba la respuesta, pero no había querido compartir sus oscuros presentimientos con ella ni con el moribundo cazador.

Miró a Ariom con gran pesar en su corazón. Sin duda moriría aquí si ella lo abandonaba. ¿Estaría dispuesta a condenar el destino del mundo por una sola vida? Aún así...

—Primero tú. Me salvaste la vida. Primero tú.

—Demasiado sentimental. Así no es... nuestra raza.

Su afirmación, dicha con gran intención, la transportó a

otro lugar, a otro hombre. El recuerdo le hizo sonreír, con una pizca de triste nostalgia.

—Cállate de una vez.

Sólo habían pasado unas horas desde que Ariom había caído inconsciente. Vigilaba la cama del durmiente como una amante entregada. Se había recuperado un poco de sus heridas y su estado se había estabilizado. Respiraba con dificultad, pero al menos respiraba. Y eso era más de lo que ella podría haber esperado hacía solo unas horas.

Ya se había quitado su armadura mágica de combate. Incluso su deslumbrante *Elanori* había vuelto al confinamiento de la joya que ahora colgaba inocentemente de su cuello. Miró a su pequeña. Ella también dormía, ajena a todo lo que había sucedido aquella fatídica tarde. Pensó en el padre del bebé, tan lejos de ellas dos. Si él hubiera estado allí...

Levantó sus ojos violeta hacia el cielo nocturno, buscando entre los millones de estrellas la constelación que daba nombre a su dios: Hergos, la Espina del Cosmos, la Esencia de la Magia, a quien dedicó una plegaria.

Entonces se vio abrumada por una visión angustiosa.

Vio dos puertas gigantescas, muchas veces del tamaño de un hombre. Eran gruesas y sólidas, como las que fortifican un castillo. Estaban bellamente decoradas, como los vestidos que llevan las novias. Brillaban en azul y oro, con herrajes esmaltados y bisagras de gran tamaño. Pero algo le advertía que la visión de aquellas masivas puertas no significaba nada bueno. Eran los portones que protegían el Templo del Sagrado. "Las Infranqueables".

De repente, como si se movieran a cámara lenta, las colosales puertas del templo empezaron a abrirse. Esto no debía ocurrir. Nadie debería ser capaz de romper ese sello. Rexor debió fracasar en su intento. Ahora el Sagrado estaba indefenso. Entonces, se produjo un estruendo gigantesco cuando las puertas volvieron a cerrarse con un gemido agónico. Y supo que la oscuridad había penetrado en aquel recinto sagrado. La visión se vio interrumpida por un tsunami de sensaciones intensas y sombrías que se estrellaron contra su subconsciente.

Una profana premonición azotaría su cuerpo y una profunda pena, una tristeza abrumadora, se apoderó de su alma. Le siguió un miedo irresistible. Un miedo que anticipaba y presagiaba una amenaza; una catástrofe antesala de gran una tragedia y una pérdida incalculable. Sus ojos se posaron en el lancero malherido. Su rostro vendado, ya limpio de sangre, expresaba una extraña mezcla de paz y amargura.

Entonces la asaltó una certeza absoluta. Ante lo que se avecinaba, tal vez hubiera sido menos doloroso verle morir.

LA FLOR DE JADE I

-El Enviado-

La Flor de Jade

LOS PRIMEROS
LAZOS

¡Maldita sea! ¡Deja de rebuznar como una mula! ¡¡Dioses, estoy tratando de ayudarte!!

"Eso tiene mala pinta". le había advertido Allwënn unos momentos antes. "Deberías dejarnos hacer algo al respecto". Alex sabía que tenía razón. El dolor de su nariz rota le estaba matando. Apenas podía pensar en otra cosa. Entre la hinchazón y los moratones, la cara del joven músico lucía irreconocible.

"¿Por qué no?" Se dijo a sí mismo. "¿Qué tengo que perder?" No es que Alex fuera a encontrar a nadie más por allí que pudiera atender sus heridas. Así que aceptó.

De repente, Allwënn se le lanzaría a la cara, agarrándole la nariz con firmeza, como si quisiera arrancársela de cuajo. Al menos, aquella sería su impresión.

"¡¡¡Aaaarrgg, Uaaaah, Aaaaaah!!!"

El muchacho pataleaba y gritaba como si lo estuvieran despellejando vivo. Aunque la realidad se acercaba más a una comedia cómica...

Allwënn se apartó, dando un momento de respiro al cuerpo que se retorcía bajo él.

—¡Por toda la sangre que he derramado, muchacho! ¿Cómo crees que voy a arreglarte la nariz si sigues retorciéndote como una hembra lasciva?".

Alex se incorporó y se llevó ambas manos a la cara.

—¡¿Quieres... matarme?! —Protestó mientras se masajeaba la dolorida nariz, desconcertado por los brutales métodos curativos de Allwënn. —¿Así pretendes arreglarme la nariz? ¿Apretándola hasta que los huesos se suelden?"

—Si no te movieras tanto, no te dolería. ¡Por los dioses, que me arranquen las orejas si este tipo no es de cristal!.

—Vale, ¿eso es lo que piensas? ¿En serio? Bueno, ¡quizá alguien debería hacerlo! —sugirió el joven guitarrista. —¡Arráncate las orejas! Así sabrás cuánto duele.

—Vamos, muchacho. Te puedo asegurar que he pasado por cosas mucho peores y no he gritado como un crío. De eso puedes estar seguro. No tienes empaque, muchacho. —Le dijo Allwënn con cierta indiferencia, de vuelta junto a su caballo.

—Oh, claro, debe ser eso. Debe ser que no tengo empaque, sea lo que sea eso —aseguró gesticulando teatralmente con los brazos. Obviamente buscaba algo de empatía en el resto de nosotros. —Me aprieta la nariz rota como una uva, y resulta que no tengo empaque.

—Gritas como una parturienta —aseguró Allwënn, disponiéndose a montar en su caballo y continuar de nuevo el viaje, desistiendo de su ayuda.

Entonces intervino Gharin, tratando de calmar un poco la situación.

—Vamos, Allwënn. El chico está dolorido. Es comprensible, ¿no? —Dijo en tono conciliador. Se volvió hacia el músico y le hizo una sugerencia. —¿Qué tal si me dejas intentarlo a mí? Allwënn, a veces tiene poco tacto.

Gharin utilizó todo su encanto para convencer al joven herido de que sus métodos serían diferentes a los de su compañero. En el fondo, Alex quería convencerse. Si alguien podía aliviar su insoportable dolor, estaba dispuesto a dejar que lo hicieran. Pero con Allwënn, el remedio parecía peor que la enfermedad. No hizo falta mucho para que Alex cediera y dejara que el rubio acompañante lo intentara.

Gharin pasó los primeros instantes utilizando el relajante sonido de su melodiosa voz para sumir a Alex en un estado de relajación. Aunque el momento de tranquilidad duró poco. Pronto una fuerte presión en la frente sacó a Alex de su placentero letargo.

¡Lo tengo, Allwënn! —Gritó Gharin, casi perforando los tímpanos del guitarrista.

"¡Sucio traidor!" pensó Alex.

Sus párpados se abrieron alarmados. Una mano le agarró la sien, inmovilizándole la cabeza contra el suelo. La larga cabellera de Allwënn no tardó en aparecer en su campo de visión. Alex no dudó en empezar a patalear y gritar de nuevo mientras intentaba liberarse. La presión era enorme y suficiente para inmovilizarlo. Pronto, sintió en su nariz de nuevo el agarre de Allwënn.

—Dame más leña.

Alex se despertó de su recuerdo parpadeando y comprobó como Gharin transportaba algunos bloques de leña en los brazos. Una buena hoguera ardía pletórica rodeada por un anillo de grandes piedras planas. El sonido de la leña crepitando en las llamas añadía una nota tranquilizadora y agradable a la quietud de la noche, sólo rota por el ocasional reclamo de algún ave nocturna. O por el aullido de los animales cercanos.

—No se acercarán mientras el fuego esté encendido.

Allwënn intentó tranquilizarnos con estas palabras después de que otro aullido se escuchara a lo lejos, poniéndonos nerviosos. Dormir bajo las estrellas en un bosque lleno de lobos, y quién sabe qué otras criaturas, no era una experiencia común para ninguno de nosotros.

Instintivamente, Alex se llevó la mano a la nariz, que ahora tenía tan buen aspecto como siempre. Era como si nunca

LA FLOR DE JADE I
-EL ENVIADO-

se la hubiera roto, a diferencia del sangriento moratón de hacía unas horas. El proceso de curación sólo había durado unos minutos, aunque a Alex le hubiera parecido una eternidad. La herida no era más que un recuerdo que se desvanecía, eclipsado por la manera casi milagrosa en que había sido curada. Con los ojos fijos en el fuego, Alex se perdió en la luz de las vacilantes llamas. Su mente empezó a divagar, cuestionando viejas suposiciones que, hace sólo unos días, consideraba hechos irrefutables. Empezó a comprender que las leyes de la naturaleza en ese lugar, fueran cuales fueran, parecían muy diferentes de las que regían nuestra existencia anterior. Nada ni nadie en este extraño mundo iba a esperar a que nos acostumbrásemos a ellas. Aquí podía ocurrir cualquier cosa, en el peor o en el mejor momento. Y la palabra "cualquier cosa", como se demostraba, abría un abanico inesperado de posibilidades.

Después de ver con asombro cómo se curaba la nariz rota de Alex, ya no tuve ninguna duda. Estos dos tipos eran capaces de hacer magia. No había otra forma de explicarlo. Ignoraba si esto era innato a todos los habitantes de ese mundo, o si era una habilidad especial de nuestros dos compañeros de viaje. En cualquier caso, me resultó más complejo de lo que mis lectores puedan pensar aceptar esta curiosa situación. Me temo que nuestro cerebro no es especialmente bueno aceptando hechos que no coinciden con nuestra manera de entender el mundo. Y ahora me doy cuenta, como entonces, de que todo esto suena a completa fantasía. Pero no parecía haber otra explicación. Había demasiadas pruebas. Los hechizos mágicos eran tan reales aquí, aunque parezca extraño decirlo, como los dos soles que impulsaban la vida en este mundo. Tan reales como el fuego que nos calentaba en la oscuridad de aquella noche maldita, o el aire que respiro ahora.

Era real, muy real, tan real....

Y los dioses saben que preferíamos que todo fuera un sueño.

—¿Crees que esto es normal, Día? —Claudia apartó la mirada del fuego y se volvió hacia Hansi, quien mostraba un buen moratón entre los muslos. —Tengo como veinte así, sólo en las piernas. Nunca imaginé que montar a caballo pudiera ser tan... doloroso. Si me hubieran azotado, no me sentiría mucho peor, te lo aseguro. Todavía puedo sentir la vibración en mi cabeza.

Ella sonrió ante el comentario.

Hansi se refería a la vibración que siente el cuerpo al montar al trote o al paso vivo. Al cabo de un rato, todo el cuerpo se sacude de la cabeza a los pies. Se nota sobre todo en la región lumbar, que sufre mucho. Pero pronto se extiende a la nuca, tal como Hansi había descrito. Todos los órganos del cuerpo parecen estremecerse por dentro. Los jinetes inexpertos tienden a presionar las piernas, sobre todo la cara interna de los muslos, contra el sillín de montar para contrarrestar la sensación de inestabilidad. La tensión resultante provoca dolorosas contusiones. Esas magulladuras eran los signos propios del jinete inexperto.

El viaje nos había destrozado. La visión de nuestros cuerpos derrengados lo ponía en evidencia. Todos gemíamos como heridos en un campo de batalla. Fueron necesarias muchas horas de práctica para que nuestros cuerpos se acostumbraran a montar a caballo. Y eso no ocurrió aquel primer día, cuando nuestros vírgenes traseros fueron puestos a

La Flor de Jade I
-El Enviado-

prueba por primera vez sobre una silla de montar real. Incluso Claudia, que ya había montado antes, estaba adolorida. Ella se había acostumbrado a montar un par de horas a la semana los dóciles caballos del club hípico del que su padre era socio preferente. Pero esto era algo totalmente distinto.

Ese pensamiento pasó por la mente de Claudia al recordar el largo día de cabalgata. Entonces, algo la obligó a mirar de nuevo las facciones exquisitamente cinceladas del joven Gharin. Le maravillaron sus elegantes movimientos y sus gestos pensativos, y cómo sus rizos dorados descansaban con delicadeza casi femenina sobre sus orejas. Por un momento las miró fascinada. Sus orejas tenían un aspecto inusual e inesperado. Entonces su mente volvió de inmediato a sus miembros doloridos; y recordó de nuevo lo difícil que era montar y controlar a esos caballos testarudos...

"Hey, hey, bonito, ¿a dónde vas? ¡No, no, por ahí, no! ¡Sooo! ¡Sooo! Sé un buen chico y vuelve al camino, ¿eh? No, no... ¡Soo! ¡Estúpido caballo, Sooo! ¡Detente!

Gharin miró hacia atrás desde su montura.

El caballo de Claudia había vuelto a alejarse en dirección contraria, desoyendo las súplicas de la joven que lo montaba. Suspiró resignado y sacudió la cabeza. Al ver que el corcel se adentraba en el denso follaje del bosque, espoleó al suyo para acercarse a Allwënn, que encabezaba el grupo.

—Maldición, ¿otra vez? —Murmuró molesto. —Lo tengo

merecido—.Y con un potente movimiento de las riendas, se acercó a la joven, que seguía intentando controlar a la bestia.

Empezaban a desesperarse. Nuestros nuevos compañeros de viaje, quiero decir. Cuando no era el caballo de Claudia el que se alejaba, era el de Falo el que se negaba a moverse, o el mío, que parecía confundir izquierda y derecha en los momentos más inoportunos. Ninguno de ellos parecía entender por qué cabalgábamos tan mal.

La verdad es que los constantes retrasos y paradas alteraban tanto y tan a menudo el ritmo del paseo que hasta los propios caballos perdieron la paciencia. Además de las constantes quejas de Falo por la monotonía del trayecto, alguna que otra broma desenfadada sobre la parada de autobús más cercana solía escaparse desde el grupo. Nuestros dos compañeros respondían con cejas levantadas y ceños fruncidos de resignación. Reaccionaban a ellas con el porte de quienes tienen que aguantar a un grupo de escolares irritantes. Pero lo cierto es que, incluso entonces, la idea misma de automóviles de cualquier tipo de vehículo a motor nos parecía ya un recuerdo lejano, o incluso un sueño. Del mismo modo, todo lo que había conformado nuestra realidad anterior hasta hacía sólo dos tardes parecía desvanecerse poco a poco.

Allwënn agarró de pronto la brida de la díscola montura, sobresaltando a Claudia con su repentina aparición.

—¡Loados sean los dioses! No es tan difícil. —exclamó tras un sonoro suspiro de desesperación.

—¡Lo sé! —aseguró ella disculpándose, mientras Allwënn usaba las riendas para corregir la dirección de marcha del caballo. —¡Normalmente soy buena en esto! Pero este caballo no escucha las órdenes. No sé qué le pasa ni qué hago mal. Creo que...

LA FLOR DE JADE I

-EL ENVIADO-

Sintiéndose avergonzada por la situación, Claudia guardó silencio. Allwënn no prestó mucha atención a su reacción. Se sentía frustrado por las constantes demoras.

—Recuérdame que la próxima vez me muerda la lengua antes de atarme a otra estúpida promesa —soltó irritado.

Cuando el joven volvió a mirar a Claudia, se dio cuenta de que ella le observaba con los ojos muy abiertos y una expresión de inesperada sorpresa. Había algo extraño en aquella mirada, algo que le incomodó un poco. Entonces se dio cuenta de que lo que fuera que ella veía en él era la razón de su abrupto silencio. Quiso decirle algo al respecto, pero decidió dejarlo pasar. Encogiéndose de hombros, volvió a girar su caballo hacia la parte delantera del grupo.

Durante unos breves instantes, Claudia continuó mirando al vacío donde el apuesto jinete había permanecido un segundo antes. Allwënn no podía imaginar lo que la joven descubrió cuando, en su desesperación, se llevó las manos a la frente, apartando momentáneamente su larga cabellera de un lado de la cabeza.

No era otra cosa que sus orejas, momentáneamente al descubierto de su frondosa melena, las que habían llamado poderosamente la atención de Claudia. Supongo que Allwënn nunca habría adivinado que ése era el motivo de su sorprendida reacción. Pero así era, porque nunca antes había visto orejas como las de él. Las puntas no eran redondeadas como otras orejas, sino que sobresalían varios centímetros, como las velas desplegadas de un velero.

Las orejas de Allwënn eran puntiagudas.

—Sus orejas...

Todavía parecía sorprendida cuando Alex le preguntó si estaba bien.

—¿Sus orejas? La respuesta de la chica nos dejaba atónitos.
—¿Qué quieres decir?

Claudia seguía con la mirada perdida, los labios ligeramente abiertos como si quisiera decir algo. De repente, levantó la vista y clavó en mí sus ojos profundos. Entonces murmuró algo, como si tratara de convencerse a sí misma y a mí de una verdad inimaginable.

—Son elfos.

"Elfos..." Se dijo a sí misma bajo el resplandor de la hoguera mientras observaba al rubio Gharin alimentar las crepitantes llamas. "Elfos. Elfos de verdad".

Claudia suspiró lo bastante fuerte como para que Hansi la escuchara. Ya se había dado cuenta de que su amiga no dejaba de mirar a los desconocidos con expresión de asombro y fascinación. El fornido músico sonrió, pero no dijo nada. La dejó con sus pensamientos privados.

Eran realmente guapos, como decían todas las historias de elfos, y que abundaban en la prodigiosa belleza de sus rasgos. Aunque sólo fuera por el placer de sus ojos, merecían una larga, lenta y cuidadosa observación. Elfos. Qué nombre tan enigmático para unas criaturas tan enigmáticas.

—Kallah brilla intensamente esta noche —dijo Allwënn.

La Flor de Jade I

-El Enviado-

Su voz masculina rompió la quietud de la madrugada, sólo perturbada por el sonido de la leña crepitando en el fuego. Después de comer algo de la comida ahumada bajo el cielo estrellado, el grupo se había sumido poco a poco en un profundo silencio. En esos momentos, cuando el sonido del viento se deslizaba inquietante entre las ramas de los árboles, cuando todo a nuestro alrededor era sólo un borrón de vagas siluetas en la oscuridad, y el aire se llenaba del humo de la madera quemada; el alma buscaba liberarse de los confines del cuerpo y vagar entre recuerdos y pensamientos. La noche y el fuego siempre han tenido ese poder hipnótico sobre la mente.

Quizá, cuando nos dejamos llevar por este sentimiento, todos viajamos con el pensamiento a diferentes lugares y momentos pasados de nuestra vida. O nos atrevemos a soñar con lo que está por venir. En la mente de Gharin, sus pensamientos también volaron hacia atrás.

Hacía sólo un par de noches...

Gharin desvió la mirada hacia las sombras que se extendían por la pradera desierta a sus espaldas. Sus ojos brillantes e inconfundiblemente élficos atravesaron la oscuridad, distinguiendo claramente los cuerpos de los humanos que dormían, meciéndose suavemente al ritmo del movimiento del carro. Volvió la cabeza hacia el frente, donde la luna de Kallah reinaba en la noche, iluminando la yerma llanura que tenían ante ellos. A su lado, a poco más de un paso, Allwënn cabalgaba con los ojos fijos en el camino que tenían por delante, envuelto en un inquietante velo de oscuridad. Gharin se encontró absorto por un momento en el sonido de los cascos de los caballos al golpear el suelo y en el tacto fresco del aire nocturno. Entonces decidió compartir con su compañero algo que llevaba tiempo preocupándole.

—Son extraños, ¿verdad?

Su cuerpo se balanceaba con el movimiento de su montura, Allwënn se volvió para mirar a Gharin.

—¿Ellos? —Su compañero volvió lentamente la mirada hacia el vagón, observando las figuras dormidas durante unos breves instantes. —Sí. Más de lo que me hubiera gustado.

—Son humanos, Allwënn, —dijo seriamente el joven elfo. —Y eso significa...

—Problemas, —dijo el otro con voz firme. —Muchos problemas.

Allwënn podía ser testarudo. Mil matices y circunstancias habían conspirado para que así fuera. Nadie podía decir que Allwënn no estuviera preparado para cualquier eventualidad. Pero Gharin, que lo conocía tan bien, también sabía que su ferocidad tenía puntos de extrema debilidad. Y esa noche estaba tocando uno de ellos.

—Sí, problemas, de acuerdo. Pero después de lo que dijeron, también hay muchas preguntas sin respuesta. —Gharin susurraba para no despertar a su carga dormida. —Son los primeros humanos sanos que hemos visto en seis años. ¿De dónde vienen?

—Eso no es de mi incumbencia, Gharin. De hecho, no

es asunto nuestro. Los dioses lo sabrán. —respondió Allwënn rotundamente. —Con una sentencia de muerte sobre su raza, por lo que sé, podrían haberse escondido en las mismas entrañas del Abismo. No me sorprenderían tanto las cosas que dijeron, si ese fuera el caso.

—¡Yelm! ¿Entonces por qué salir?

La pregunta era casi retórica. Allwënn se encogió de hombros.

—No está entre mis intereses entender las motivaciones de un puñado de humanos adolescentes, Gharin. Y tú tampoco deberías perder tu tiempo en eso.

—Allwënn, hay algo extraño en ellos, puedo sentirlo. ¿Y te has fijado en sus ropas? Las cosas que llevan están... extrañamente confeccionadas, ¿Habías visto eses tipo de vestiduras antes?

—No digas tonterías, Gharin —replicó Allwënn. —A estas alturas, lo he visto todo.

—¿Desde antes del Decreto? ¿Y sobre gente que se supone oculta o muerta veinte años? ¿En serio, Allwënn?

Allwënn lo miró, pero permaneció en silencio.

—¿Y qué me dices del idioma? ¡Alabados Patriarcas! ¿En qué idioma hablaban? No era un dialecto humano que yo conozca... ¡¡Ni siquiera hablaban Común!! Todo el mundo conoce el común. Se lo he oído hablar a las criaturas más primitivas. Admítelo. Nada de esto es normal—. Allwënn se volvió hacia Gharin y lo miró con escepticismo —Sigues sin creerte su historia, ¿verdad? —Preguntó dubitativo.

JESÚS B. VILCHES

—¿Me lo preguntas en serio, amigo mío? —Gharin asintió afirmativamente a la pregunta de su compañero. —Original, no lo dudo que sea. ¿Pero creíble?

—Lo cierto... es que... esa historia... No es original, Allwënn —aseguró Gharin con un suspiro. —A primera vista, no tendría nada que reprocharte, pero... esta historia... Allwënn... precisamente esa...

Allwënn lo miró en silencio. Parecía haberse anticipado a las palabras de Gharin, esperando a que las pronunciara.

—Yo... no puedo ser el único en encontrar una extraña coincidencia con... —Gharin no acabó aquella frase.

—De ninguna manera —Allwënn le cortó bruscamente. El brusco gesto silenció instantáneamente a Gharin. —Sé lo que vas a decir, y no. De ninguna manera. No tiene nada que ver con esto. Eso fue cosa de la Seda.

—Pero ella...

—No, Gharin. Basta —suspiró antes de volverse hacia su compañero. —Nadie querría estar en el lugar de esos chicos. Sólo los dioses saben qué tormentos han debido soportar para inventar semejantes historias en sus cabezas—. Allwënn guardó silencio un momento, y luego se volvió hacia Gharin con una mirada fría. —Sea quien sea esa gente, espero que podamos deshacernos de ellos a la menor oportunidad. O me temo que solo nos van a causar problemas.

Gharin recordaba vívidamente que una vez dijo exactamente lo mismo de "ella".

LA FLOR DE JADE I
-El Enviado-

La Flor de Jade

BAJO LA LUZ DE LA LUNA

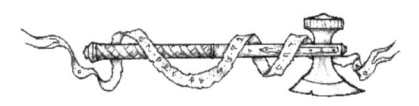

Las imágenes del recuerdo se desvanecen lentamente

Los recuerdos vuelven a ser recuerdos, y el parpadeo de la hoguera en la noche reapareció ante sus ojos.

La mirada de Gharin nos recorrió a todos. Seguíamos siendo un enigma para él. Había que despejar muchas incógnitas sobre nosotros. Todavía había cierta distancia en la relación entre nosotros y los dos elfos. Allwënn no parecía muy interesado en nuestra naturaleza. Era demasiado arrogante para interesarse por nosotros, demasiado orgulloso... o tal vez nos evitaba por alguna razón. Tal vez se protegía de recuerdos dolorosos que quizá sólo su amigo conocía. Pero en cuanto a Gharin, su curiosidad hacía sentirse atraído poderosamente hacia nosotros, aunque intentara mantenerla oculta.

Otro aullido salvaje azotó el campamento de un lado a otro. Esta vez sonó mucho más cerca que el anterior, haciendo que todos nos levantáramos de nuestro profundo letargo con una sacudida.

—No se acercarán más —Allwënn se esforzaba por tranquilizarnos con su actitud firme y serena. Tales seguridades no impedían que sintiéramos ese miedo incómodo a la oscuridad y al peligro que se esconde en ella, pero al menos lo mantenían a raya.

Yo estaba demasiado sumido en mis pensamientos para darme cuenta de que Claudia había abandonado su lugar junto al fuego. Se levantó y se sentó junto a Alex. Enseguida adoptó lo que su amigo llamaba "su mirada suplicante". Y sabía exactamente lo que pretendía con ella.

—Oh, no Dia. Por favor, no. —dijo en cuanto ella abrió la boca.

—¿Por qué no? —la voz de la joven tenía un tono de súplica juguetón. Alex hizo un gesto a su alrededor.

—No creo que sea el momento.

—¿Algún otro momento lo será? —se encogió de hombros ella —Por favor. Cantemos algo. Nos hará sentir mejor. Nos ayudará a olvidar los malos momentos y a recordar

La Flor de Jade I

-El Enviado-

los buenos.

Alex se frotó la frente, sintiéndose un poco incómodo, pero era incapaz de rechazarla cuando se ponía sentimental con él.

—No tenemos guitarra.

—No necesitamos una.

—Oh, Dios, de acuerdo entonces. Te haré la segunda voz, pero sólo eso. Por favor, Claudia, algo fácil, ¿eh?

—La mujer fantasma y el cazador —sugirió ella. —¿Te parece bien?

Alex aceptó. Ella le sonrió satisfecha.

Se sentó y se aclaró la garganta. Su voz se elevó en la fría noche. Lentamente, en voz baja, casi en un susurro.

Allwënn, que la había estado observando sin mucha atención, abrió los ojos mucho más de lo habitual y se incorporó.

Recuerdo haberla mirado, momentáneamente perdido para el mundo, mientras ella entonaba los versos de su melancólica balada. No soy capaz de rescatar las palabras con exactitud, pero recuerdo que eran profundamente tristes.

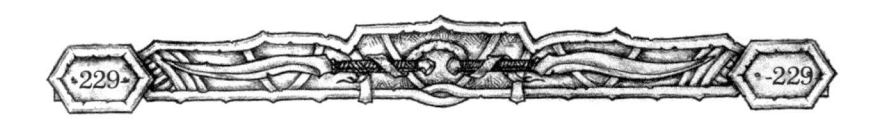

Con el tiempo, todos alrededor de la hoguera quedaron hechizados por su suave voz, hipnotizados por la visión angelical de aquella hermosa joven que tenían delante. Otra voz se unió a la canción. Alex, arrancando una sonrisa de los labios de Claudia, decidió finalmente acompañarla. Con una voz que parecía demasiado suave y cálida para ser la de un hombre, cantó al unísono con su delicada compañera. Y cantando juntos mano a mano, dieron vida a la hermosa y nocturna letra de la canción, regalando un momento mágico a nuestros oídos. Aunque la balada pedía lágrimas, pronto los dos músicos nos arrancaron una sonrisa. El impacto emocional del momento era contagioso. Claudia no sólo había conseguido disipar sus propios miedos. Su melodiosa voz nos había ayudado por unos momentos a unirnos como un solo individuo y a olvidar casi todo lo que ocurría a nuestro alrededor durante esos instantes mágicos. Incluso Falo, que se esforzaba por parecer indiferente, no podía dejar de mirarla. Era imposible no hacerlo. Claudia nunca había estado tan cautivadora.

La joven tenía un aura capaz de hipnotizar a las mismísimas fieras que aullaban a nuestro alrededor. Recordé una conversación anterior con Alex, en la que afirmaba que la verdadera Claudia estaba allí frente a nosotros. "Ella se transforma literalmente en el escenario". Me aseguró. "Realmente lo hace".

Ahora entendía muchas cosas. No era tan extraño diferenciar entre la Nyode del escenario, tan vibrante y segura de sí misma; y la tímida y apocada Claudia que nos acompañaba en este extraño viaje. Cuando por fin su voz dejó de llenar el aire, todo el grupo estalló en aplausos y piropos, que ella aceptó con una sonrisa radiante. La preciosa y cautivadora musa se había desvanecido, volviendo a ser la veinteañera tímida y ruborizada que solía ser.

El hechizo había desaparecido.

Allwënn no aplaudió con el mismo fervor que los demás. Más reservado, se limitó a inclinar ligeramente la cabeza y sonreírle. Era el tipo de sonrisa que se dibuja en los labios cuando el alma de uno ha sido capturada por otro. Pero en ese

La Flor de Jade I

-El Enviado-

fugaz instante en que sus miradas se encontraron y se fundieron durante unos segundos, vi que algo más parpadeaba en sus ojos. Ese *algo más* imprevisible e inexplicable. Ese *algo más* que era como un destello de luz, como una estrella escondida en el horizonte rojo del atardecer.

Y en ese momento sentí envidia del valiente elfo y de todo lo que le rodeaba.

Lejos de nosotros, Allwënn seguía mirando atentamente a Claudia que, abrumada por nuestros elogios y cumplidos, no pudo dedicarle más que una fugaz sonrisa.

El silencio se había apoderado del campamento. Era noche cerrada.

Nada más que el gorjeo de los pájaros nocturnos rompía el silencio del bosque. Allwënn aprovechó que todos dormíamos para abandonar su lugar junto a la fogata. Había pasado el resto de la velada ensimismado en sus pensamientos, con la mirada perdida en recuerdos del pasado, tal vez un pasado lejano. Se dirigió hacia donde había depositado su temible espada, que descansaba en su vaina, y desapareció entre las sombras del bosque.

Claudia fingía dormir.

Con los ojos entreabiertos, espiaba las nebulosas imágenes de los elfos que tanto la fascinaban. Y así, como una niña traviesa que espera engañar a un adulto, observó furtivamente la forma atractiva y enigmática de Allwënn desaparecer en la noche. La curiosidad se apoderó de ella. ¿Por qué iba solo al bosque a esas horas de la noche? Aunque era una idea descabellada, el deseo de seguirle se convirtió en una obsesión en su mente; aunque no estaba segura de la verdadera razón, del motivo más profundo para querer hacerlo.

Claudia esperó mientras Gharin se preparaba para hacer la primera guardia de la noche. Luego, muy despacio, la joven se deshizo de las mantas y, agachándose, consiguió alejarse de puntillas unos pasos del fuego. Gharin, más preocupado por organizar sus pertenencias, parecía no darse cuenta. Cuando creyó que se había perdido de vista, Claudia se irguió para enfrentarse a la fría oscuridad de la noche y se adentró en el abrazo del bosque.

La luna de Kallah se ocultaba a veces tras las nubes que barrían el cielo nocturno, pero seguía emitiendo una luz potente y clara. Bastaba para ver por dónde caminar e iluminar el suelo circundante. El resplandeciente orbe se elevó lentamente en el cielo nocturno, silueteado contra las altas copas de los árboles. Todo iba bien al principio, hasta que el resplandor del campamento se perdió tras ella. Había caminado más lejos de lo que había imaginado, intentando adivinar, por dónde habría ido el elfo. Pronto la luz que venía del cielo dejó de ser suficiente. Las sombras se hacían cada vez más presentes a su alrededor. Entonces el bosque, como un ser vivo en movimiento, comenzó a inquietarla. Los mil sonidos de la noche empezaron a invadirla y a inquietar su ánimo. El eco de sus pasos parecía ensordecedor en el silencio de la noche. Sentía que la sangre le corría a toda velocidad por las venas. Comenzó a sentir miedo. Adentrarse sola en el bosque en mitad de la noche nunca fue una buena idea. ¿Por qué lo había hecho? Parecía haber un poderoso deseo en su interior que influía inconscientemente en

La Flor de Jade I

-El Enviado-

sus decisiones. Era casi imposible ignorarlo, aunque se estuviera poniendo en peligro. Sin embargo, la parte racional de su mente empezaba a resistirse. Sintió que un escalofrío la recorría.

No había señales de Allwënn. Ni rastro de la hoguera. Sólo oscuridad. Las ramas se mecían con el viento. Las nudosas raíces de los árboles parecían moverse a su lado, deslizándose entre los arbustos como una criatura viva. El miedo es una emoción poderosa y obsesiva. Te hace ver cosas que nunca estuvieron ahí. Oír sonidos más extraños de lo normal. Claudia sintió como si los árboles tuvieran vida propia, como si sus ramas quisieran atraparla con sus torcidos dedos de madera. El viento parecía una entidad inteligente y demoníaca, que intentaba asustarla con ruidos fantasmales mientras silbaba entre los árboles. Miraba a su alrededor a cada paso, temiendo que algo se escondiera entre los arbustos.

Intentó calmarse. Pero el miedo que sentía era incontrolable y empezó a jugar con su mente. "¿Y si, en este extraño mundo, los árboles pudieran caminar o los demonios se parecieran al viento?".

Su corazón empezó a latir a toda velocidad.

Un momento de lucidez entró en su mente. ¿Qué hago aquí? ¿Por qué demonios estoy haciendo esto?

El intercambio de miradas con Allwënn al final de su actuación... la había golpeado muy adentro. No podía quitárselo de encima. Había algo en él más allá de lo natural, más allá de su comprensión. Como si algo secreto se hubiera despertado en su interior. No se parecía a nada que hubiera sentido antes por nadie. Era incomparable a todo lo que hubiera experimentado antes. Allwënn era un hombre atractivo y magnético, sin duda.

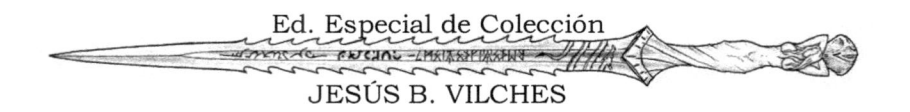

Pero no era realmente su tipo. Sin embargo, el recuerdo de su antiguo novio y el vacío de su ruptura parecían carecer de valor en comparación con las emociones que el elfo de pelo oscuro le comenzaba a infundir. Aunque había algo más. Algo más que una simple atracción por un desconocido misterioso y atractivo. Eso por sí solo no podía justificar dónde estaba ahora, ni la forma temeraria en que estaba actuando.

Pero ya era demasiado tarde.

Estaba a punto de dar media vuelta cuando oyó el crujido de una rama cercana. Un pájaro asustado levantó el vuelo, atravesando el follaje en un esfuerzo por escapar de cualquier posible agresor. El sonido del batir de las alas y el chasquido de las ramas liberó la tensión contenida en su interior, provocando que soltara un grito incontrolado. Su corazón latía desbocado en su pecho. Antes de que pudiera recuperarse, oyó el aullido de algún tipo de bestia salvaje. Parecía mucho más cerca de lo que le hubiera gustado. ¡Los lobos! ¡Se había olvidado de los lobos! Si es que solo eran lobos ¿Cómo pudo olvidar algo así? Se le pusieron los pelos de punta. El pánico se apoderó de ella.

El sonido de algo que corría hacia ella a gran velocidad llegó entonces a sus oídos.

Algo parecía abrirse camino hacia ella a través de la maleza. No sabía exactamente dónde estaba, pero sin duda se dirigía hacia ella. El instinto básico de supervivencia la impulsó a volver sobre sus pasos. Se dio la vuelta e instintivamente volvió por donde había venido, sin prestar atención a dónde iba. Al principio caminó a paso ligero, intentando mantener la compostura. Pero pronto sus piernas se aceleraron tanto que todo a su alrededor se convirtió en un borrón de imágenes

LA FLOR DE JADE I

-EL ENVIADO-

confusas. Sintiéndose perseguida, Claudia no tardó en perder el control de sus emociones y sentidos. Empezó a entrar en pánico y pronto se encontró corriendo a toda velocidad. No tenía ni idea de hacia dónde se dirigía ni de dónde estaba el campamento. Árboles, niebla y sombras se mezclaban mientras huía aterrorizada por el bosque. Pronto se dio cuenta de que algo la perseguía, cada vez más cerca. En su huida desesperada, espoleada por un miedo extremo, sólo pudo vislumbrar la figura oscura que se precipitaba hacia ella a gran velocidad. Gritó cuando saltó sobre ella y la derribó al suelo del bosque. Como si el cielo se le hubiera caído encima, rodó por el suelo con todo el peso de su atacante encima. El impacto fue duro, pero su cerebro tuvo poco tiempo para pensar en ello. Depredador y presa rodaron juntos durante unos metros, chocando con piedras, raíces y ramas hasta que al fin se detuvieron. Ella había aterrizado boca abajo en el suelo, atrapada por el cuerpo aquello que la había asaltado. Estaba fuera de sí. Lo único que podía hacer era gritar y patalear desesperada, convencida de que en cualquier momento sentiría los afilados colmillos de una bestia desgarrándole la garganta. Entonces unas manos fuertes la apresaron y la pusieron boca arriba. Sus muñecas estaban clavadas en el suelo con una fuerza mucho mayor de la que podía combatir.

Un olor... un olor íntimo y reconocible llenó sus fosas nasales.

—¡No te muevas! Estate quieta —dijo una voz familiar. ¡Cálmate!

La parte racional de su mente había reconocido quién era el cazador, pero su cuerpo seguía en estado de pánico y tardaría en sosegarse. Siguió luchando.

—¡Maldita sea, escúchame! Cálmate de una vez —gritó su agresor con frustración, sacudiéndola bruscamente por los brazos. La sacudida y la energía de aquella voz lograron que Claudia volviera en sí. Abrió los ojos de golpe y vio una silueta ensombrecida que la miraba fijamente a través de sus brillantes ojos verdes.

Conocía perfectamente quién era su antagonista antes de verlo. Lo había sentido en lo más profundo de sí misma. Pero su cuerpo seguía negándose a aceptar que estaba a salvo. Y abrir los ojos para encontrar esos ojos verdes brillantes justo delante de su cara no tuvo un efecto calmante en ella.

—¡¡¡Soy yo!!! ¡¡¡Allwënn!!! —Gritó su atacante. —No voy a hacerte daño.

El elfo estaba encima de ella, inmovilizándole los brazos contra el suelo e impidiéndole moverse. Su pelo negro caía a ambos lados de la cabeza, enmarcándole la cara. Claudia sintió el cuerpo de aquel apuesto varón sobre el suyo, percibiendo la vibración y la tensión de sus fuertes y tensos músculos contra su suave piel. Ambas respiraciones parecieron fundirse y sus corazones sincronizarse. Podía sentir el corazón acelerado de ella, como si quisiera salir de su cuerpo y entrar en suyo.

Tuvo la extraña sensación de que había conducido a Allwënn exactamente a donde ella quería que estuviera. Por absurdo que pareciera, ése era precisamente el resultado que buscaba su subconsciente. Racionalmente no tenía sentido, y conscientemente nunca habría planeado algo tan retorcido. Pero en el fondo, tenía la extraña certeza de haber logrado su objetivo. Aun así, la incómoda situación la inquietaba. Permanecieron juntos durante un breve momento que pareció eterno.

La Flor de Jade I

-El Enviado-

—¿Qué hacías sola en el bosque? —La pregunta de Allwënn la sacó de sus pensamientos. Apartó la mirada de él en un gesto de orgullo.

Aquí estaba ella. Sintió la incomprensible certeza de que esta incómoda situación era exactamente lo que su subconsciente había querido que ocurriera. Al obsesionarla con la idea de encontrar al intrigante elfo, lo había traído hasta aquí. Sin embargo, al mismo tiempo, todo aquello la avergonzaba. La puso en una situación potencialmente humillante en la que estaba claramente expuesta e indefensa. Y no había otra forma digna de salir indemne que aceptar los hechos y correr con ellos. ¿Qué podía decir en su defensa? "Salí para encontrarte. Algo dentro de mí me obligó a hacer algo estúpido para llamar tu atención. Para decirte que estoy aquí. Que existo. ¡Para que te fijes en mí! ¿No me ves? ¿No me reconoces? ¿No ves que soy yo?". Parecer estúpida era mucho mejor que explicar la extraña verdad detrás de su comportamiento. Especialmente cuando ella misma era incapaz de darle un sentido más profundo a lo que acababa de hacer.

—Sólo estaba... dando un paseo —respondió, tratando de actuar normal y restarle importancia a la situación.

—Un paseo... —Allwënn pensó que la mujer lo estaba tratando de idiota. Con un fuerte tirón, la levantó del suelo y la obligó a ponerse de pie. —¿Sólo un paseo? ¡Maldita seas! Corrías como una histérica. Ni siquiera... ni siquiera vas armada. Aunque, por la forma en que cabalgas, dudo que seas capaz de blandir una espada. ¿Tienes idea de lo que hay ahí fuera? —Señaló con el dedo hacia las oscuras profundidades del bosque. —No, claro que no. Entonces, dime, ¿a dónde ibas realmente?

Claudia se quedó sin capacidad de respuesta. No había forma de salir de esta confrontación. Allwënn la miró con irritación. Sus ojos verdes brillaban inquietantes en la penumbra del bosque. Lo único que pudo hacer fue devolverle el golpe.

—¿Y a dónde ibas, tú?

—Eso no es asunto tuyo —respondió el elfo.

—Yo podría decirte lo mismo.

—¡Oh, vamos, muchacha! Te triplico la edad y voy armado. No dudes de que puedo cuidar de mí mismo.

—Yo también puedo cuidarme sola, te lo aseguro.

—Oh, claro que puedes. No lo dudo. Salta a la vista. —El sarcasmo de Allwënn la enfureció.

Probablemente no pensó realmente en lo que iba a hacer a continuación. Al menos no cuidadosamente. Allwënn tampoco había esperado semejante reacción de la joven. Antes de que la expresión de sarcasmo de Allwënn se disipara, fue reemplazada por una mirada de sorpresa cuando sintió una bofetada punzante de la mano de Claudia en la cara. El rostro del elfo se contorsionó de dolor mientras se llevaba la mano a la mejilla dolorida. La rabia llenó por un instante las ascuas esmeralda de sus ojos.

—Y si yo fuera un oso, ¿te defenderías de mí a bofetadas también?

Claudia seguía llena de ira. No veía en la respuesta de Allwënn más que otra muestra de sarcasmo destinada a humillarla. Su mano intentó regresar a aquel rostro insolente.

Esta vez no dio en el blanco.

La Flor de Jade I

-El Enviado-

La hábil mano del elfo desvió rápidamente el golpe antes de que llegara a su cara. Y lo hizo con tal indiferencia que cualquiera podría haber pensado que intentaba espantar una mosca. Claudia retrocedió dando tumbos. Lo intentó una tercera vez, con mucha más fuerza que antes. Esta vez Allwënn atrapó su mano en la muñeca. Ella trató de liberarse. Pero el brazo del guerrero parecía una rama de roble. Era como intentar doblar un brazo de piedra. Nunca antes se había encontrado con un hombre así, excepto quizá cuando peleaba de broma contra Hansi.

La joven se sintió levantada en el aire y sujeta por un agarre de acero, hasta que se desplomó en los brazos de aquel fornido varón. Ella siguió luchando. Uno solo de los brazos de Allwënn bastaba para envolver sus dos extremidades como un cinturón de músculo. Intentó en vano liberarse de aquel apretado abrazo. Sus furiosos ataques sólo conseguían clavar la red metálica de la cota de malla del elfo en la suave piel de su espalda. El brazo libre de Allwënn apareció armado con un ancho cuchillo. Una hoja pequeña comparada con la enorme espada que solía llevar, pero no por ello menos temible. Brilló a la luz de la luna sólo un segundo antes de que su afilado filo rozara el delicado cuello.

Podía sentir la tensión y la fuerza desmesurada en los músculos del elfo. Se dio cuenta de que no podría moverse hasta que él decidiera soltarla. También pudo sentir la rabia que lo llenaba. En un destello de lucidez, se dio cuenta de que estaba a merced de un violento desconocido que tenía un gran cuchillo apretado contra su cuello en plena noche en mitad de la nada. Nada le detendría si decidía degollarla allí mismo. Por un momento sintió miedo. El miedo que había provocado al meterse en una situación que no podía controlar, y que ahora se le estaba yendo de las manos... Y entonces percibió de nuevo ese olor. Ese olor intenso y poderoso que parecía codificar un mensaje solo para ella. Un mensaje que algo en su interior trataba desesperadamente de hacerle entender. Era su olor corporal, como si el código genético de este elfo se hubiera transformado en una mezcla de olores intensos con un claro significado. Un aroma que sólo podía apreciarse cuando se tocaban, piel con piel. Un aroma que le decía: Nunca te haré daño.

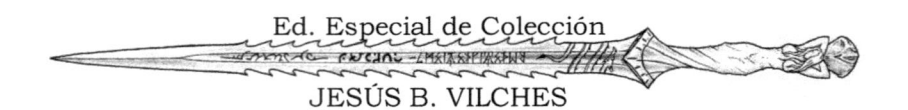

Él, por su parte, escuchaba los furiosos latidos de su corazón, vibrando a través del delicado armazón de la joven que sostenía entre sus robustos brazos. La miró. Los ojos brillantes de Allwënn contemplaron a la muchacha completamente derrotada y reconocieron ese *algo* especial que le costaba definir o nombrar. El mismo *algo* que le hacía cumplir su palabra a la persona que ahora tenía en sus manos. El mismo *algo* que le impedía abandonarla a su suerte. El mismo *algo* que parecía cernirse sobre ella, trayéndole destellos de visiones y recuerdos del pasado, que con la misma rapidez se disipaban.

Ella, por su parte, estaba incomprensiblemente hechizada por el irresistible magnetismo de su atacante. En su interior, se sentía en una encrucijada cruel y absurda. Había algo familiar en esos ojos... en esa mirada. Sus sentimientos por él eran ahora profundamente conflictivos. Le resultaba extrañamente hiriente cómo Allwënn había empleado su fuerza física y su sarcasmo contra ella. Atrapada en su estrecho abrazo y a un palmo de su boca, no podía decidir si escupirle a la cara o besarlo.

Ambos estaban encerrados en una mirada interminable

La Flor de Jade I

-El Enviado-

cuando un crujido de ramas en el follaje cercano los sobresaltó. Allwënn reaccionó rápidamente, soltando a la joven y desenvainando su colosal espada en un rápido movimiento. La hoja brilló intensamente a la luz de la luna. Una figura de cabellos dorados emergió de entre los árboles, sosteniendo su espada en posición defensiva. Sus ojos barrieron la escena, mirando desde su amigo a la joven, y luego de vuelta a Allwënn otra vez. Frunció el ceño con desconfianza.

—¿Qué... demonios está pasando aquí? —Dijo, sin bajar la guardia. —Oí gritar a la chica.

Allwënn le indicó que bajara su arma.

—Llegas un poco tarde, Gharin, ¿no crees?

—¿Qué demonios hace ella aquí? —Preguntó el elfo rubio mientras enfundaba su acero.

—Eso es lo que me gustaría saber a mí —Le reprochó el de pelo oscuro. —¿Es esta tu forma de vigilar, Gharin? Es un milagro que sigamos vivos.

Gharin decidió no responder mientras se acercaba a la pareja. Sabía que Allwënn tenía razón, y que él era indirectamente responsable de la presencia de la joven allí.

—¡Llévatela! —ordenó Allwënn a su amigo. —Y si te vuelve a dar problemas, átala al tronco de un árbol... y tápale la boca.

Le odio.

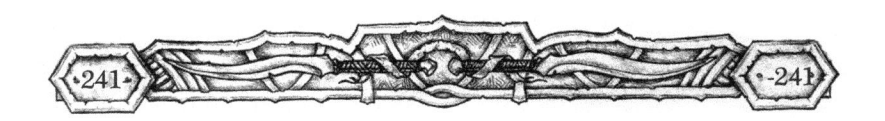

Claudia estaba sentada junto a la hoguera, todavía enfadada y disgustada. Se sentía mal por lo que había pasado, pero las palabras y la actitud de aquel elfo la habían hecho sentirse aún peor. ¿Cómo podía ser tan...? ¿Tan...?

"Le odio". Se repitió a sí misma, sólo para estar segura.

Oyó pasos tras ella y, antes de que pudiera volverse, sintió el suave tacto de una mullida manta de grueso pelaje sobre la piel. Gharin se la echó suavemente sobre los hombros y ella se puso cómoda con la capa que acababa de recibir, dándole las gracias con un gentil cabeceo. El rubio elfo tomó asiento en el tronco de un árbol cercano. Llevaba una pequeña bolsa de cuero y su carcaj de flechas. Dejó el carcaj y el arco a un lado. Dejó su espada en el suelo junto a él y se dispuso a trabajar en un trozo de madera que sacó de la bolsa.

"Es un idiota".

Claudia se había perdido en sus pensamientos y no se dio cuenta de que los había verbalizado en voz alta. Una voz detrás de ella le hizo saber que el mensaje había sido recibido.

—Estoy segura de que sé de quién estás hablando. Bienvenida a *El Camino con Allwënn*.

Claudia se volvió para mirar a Gharin y se dio cuenta de que no había levantado la vista de su tarea. Tenía tal confusión en sus pensamientos que sintió la necesidad de aclarar las cosas con alguien.

—Sí. ¡Ese amigo tuyo es todo un personaje! Nunca he visto un tipo con tan poco tacto. ¡Es el perfecto imbécil! Grosero, arrogante..."

—Y terco como una mula, ¿verdad? —Continuó el

La Flor de Jade I
-El Enviado-

joven ante el asombro de Claudia.

—Sí. ¡Exacto! —Confirmó, un poco confusa.

—Y gruñe como si siempre tuviera un puñado de espinos clavados en el culo.

A Claudia le hizo gracia la imagen mental y consiguió aliviar la tensión.

—Además de eso... también es intolerante. Testarudo como un toro y rabioso como un macho en celo. He cabalgado a su lado más años de los que puedo contar. No hay nada que puedas decirme sobre él que yo no sepa.

—¿Y por qué sigues aguantándole?

Gharin miró a la chica con un brillo en los ojos.

—Porque... porque todos estos años... —dijo en tono conciliador, —también me han demostrado que es el corazón más noble y leal que encontrarás en tu camino. Es un maldito suicida que parece burlarse de la muerte, eso seguro. Pero también el guerrero más feroz que jamás haya pisado esta tierra. La espada más hábil y valiente de todos los tiempos. Sí, ese es Allwënn. Todo un personaje. Rudo, áspero, a veces cruel... pero sublime a su manera. Es el precio que debe pagar por su mezcla de sangre.

"¿Sangre mestiza?" Pensó, y no pudo resistir la tentación de coger su manta y acercarse al apuesto elfo.

Lo cierto era que había tenido pocas conversaciones con ellos de verdadera profundidad. Así que, el hecho de que Gharin se mostrase tan hablador merecía la pena aprovecharlo.

—Bueno, la verdad no puede ocultarse. Salta claramente

a la vista —aseguraba el apuesto joven como si afirmara lo obvio. —Es fácil ver que por nuestras venas no corre la pureza de sangre que los elfos exigen a su linaje. Mi madre era elfa, pero ni ella ni el resto del clan revelaron nunca la identidad de mi padre. Todo lo que sé de él es que era... de los tuyos. Un humano.

Claudia escuchó atentamente al elfo.

Continuó.

—Sin embargo, Allwënn conoció a su padre y llegó a tener un vínculo muy profundo con él. No era un humano, como es el caso más común con los mestizos. Para desesperación de los Patriarcas del Clan, el vástago que crecía en el vientre de una de sus hijas era... de linaje enano.

Gharin levantó la vista y se encontró con los ojos oscuros de la muchacha. Vio algo en ellos que le hizo enmudecer por un momento. Fue una mirada fugaz, como un destello en su memoria. Ya había visto antes una mirada así. Hacía mucho tiempo, ya estuvo en una situación similar en la que sus palabras provocaron una reacción idéntica. ¿Cómo podía ser tan similar? Pero...

Apartó el pensamiento y continuó.

—Lo peor no era que el niño por nacer llevara la sangre del enemigo en sus venas. Lo que realmente irritaba a los Patriarcas del clan era que Sammara, madre de Allwënn, hermana menor de Ysill'Vallëdhor, Príncipe del Fin del Mundo

LA FLOR DE JADE I

-EL ENVIADO-

y Brazo de Escuadra de las Plumas Arcanas[12] amara de verdad al padre de su vástago.

Poco a poco, Claudia empezó a comprender el significado profundo de lo que Gharin le contaba. Empezó a darse cuenta de lo verdaderamente asombroso de esta historia. Si lo que salía de la boca del joven elfo era cierto, Allwënn era un mestizo de origen inaudito, mezcla de elfos y enanos.

Las diferencias entre ambas razas no le eran desconocidas. Su conocida rivalidad, a menudo combinada con el desprecio mutuo, es un rasgo habitual de nuestro propio folclore y literatura. En cualquier caso, era bastante lógico que tales conceptos se mantuvieran constantes entre los dos mundos. Reflejaba el hecho de que ambas razas tenían características incompatibles, causantes del profundo sentimiento de antagonismo que sentían la una por la otra. Claudia no sabía si era esa evidente contradicción en su naturaleza lo que la hacía odiar con rabia el carácter rudo del mestizo o si, por el contrario, era precisamente esto lo que la hacía sentirse inexplicablemente atraída por él. En cuanto a mí, en aquel momento tenía poca idea de la naturaleza de nuestros dos compañeros de viaje; porque la diferencia entre un elfo puro y un semielfo, tan obvia a los ojos de los primeros, es casi imperceptible para el resto de nosotros. Debo admitir que, si

---

[12] Las Plumas Arcanas son un cuerpo especial de arqueras de élite de los Bosques Boreales. El Brazo de Escuadra es un rango militar perteneciente a la Orden de Aera, la Guardabosques. Esta orden, cuyos acólitos son todos soldados femeninos, forma habitualmente, junto con los Lanceros Vyridianos -antiguos Custodios Boreales-, el grueso del cuerpo de élite del Ejército de Escarcha del Principado Invernal en el Jardín del Fin del Mundo. Se trata de un alto rango militar, similar -si no ligeramente superior- al de Capitán de Compañía en la Cadena de Mando Imperial.

bien no tenía sospechas sobre Gharin, la musculosa contextura de Allwënn me había llevado a dudar de su pureza de sangre. Sin embargo, lo último que habría pensado era que sería el linaje enano el que definiría su singular fisiología.

Gharin hizo una pausa antes de continuar.

—Dentro de Allwënn hay un conflicto interior, una lucha antagónica entre dos mundos irreconciliables. En apariencia, es completamente elfo, pero su corazón y su alma tienen el coraje y el temperamento de los enanos. Es un enano que vive en un cuerpo élfico, y un elfo que piensa y siente como un enano. Debo admitir que ni siquiera él sabe dónde empieza una cosa y acaba la otra.

—Hablas de él como lo haría un amante —aseguró ella, sorprendida por la naturaleza tierna e íntima de la descripción que Gharin hacía de su amigo. Él curvó los labios en una amplia sonrisa y no pudo evitar una leve mueca ante el comentario.

—Quizá sea porque en el fondo hay algo de amor en todo este asunto—. Gharin volvió a hacer una pausa, con esa sonrisa persistente en los labios. Era muy consciente de la sugerencia que acababa de insinuar. —De todos modos, quizá hablo así de él porque hay pocos recuerdos en mi vida en los que ese mestizo de sangre caliente no aparezca de un modo u otro.

—¿Tanto tiempo hace que os conocéis?".

—Tanto tiempo, sí —confirmó. —Apuesto a que conocía a ese bastardo iracundo incluso antes de que nacieran tus padres. Somos del mismo clan. El clan Sannsharii, de los altos bosques de Armin. Y desde el día de mi destierro, no nos hemos separado. Bueno... aunque ahora, desde la Rebelión de

La Flor de Jade I

-El Enviado-

los Templos y la guerra, ya nada es como antes.

Claudia se quedó pensativa, reflexionando sobre lo que había dicho unas frases antes. Mirándolos a la cara, nadie creería que ninguno de los dos tenía más de treinta años, y sin embargo....

De repente, una idea cruzó por su mente.

Los elfos son longevos.

¿Qué otra explicación podría haber? Aunque lo que me dispongo a contar no llegó a mi conocimiento hasta mucho más adelante, puedo confirmar que un elfo tiene una esperanza de vida de unos dos siglos y medio. Aun así, no es raro que los ancianos logren alcanzar el tercer siglo. Los bebés elfos crecen al mismo ritmo que los recién nacidos humanos hasta aproximadamente los diez años de edad. A partir de esta fecha, el proceso de envejecimiento y el metabolismo de los niños elfos comienzan a ralentizarse hasta progresivamente hasta la edad de unos treinta años. Ese número y esa fecha simboliza la mayoría de edad de un elfo y, por tanto, se les considera adultos. Para entonces, su fisonomía ya se asemeja a la de un adolescente humano. Más allá de este momento, el proceso de envejecimiento de su cuerpo suele equilibrarse a razón de diez años por cada treinta de vida humana. Por lo tanto, lo que a nuestros ojos parece como apuesto elfo, podría superar sin problemas el siglo de edad. O, como en el caso de nuestros amigos, estos apuestos jóvenes haber pasado con creces la cincuentena.

Claudia le preguntó vacilante la edad, tratando de no mostrar su sorpresa cuando Gharin le confesó que había vivido noventa y un años.

—Allwënn es catorce años más joven que yo. Pero supongo que no te diste cuenta. No te culpo. Nadie suele hacerlo.

Claudia no podía creer lo que oía.

—Cuéntame más sobre vosotros dos. ¿Cómo os conocisteis? ¿Cómo era vuestra relación? Me gustaría saberlo. ¿Mencionaste un... destierro?".

Gharin respondió con entusiasmo.

—Yo no fui el primer mestizo del clan... —Comenzó a narrar bajo la atenta mirada de Claudia. —Los elfos son muy protectores con los suyos. Aunque reconocen que la mitad de la sangre de un mestizo es extranjera y, por tanto, despreciable, también son conscientes de que la otra mitad es élfica. Y por ello se sienten obligados a protegerla. El clan tiene el deber de mantener a cualquier hijo de nadie, que es como realmente nos ven, hasta que alcance la mayoría de edad. Entonces nos destierran del Jardín. Él y yo siempre fuimos muy diferentes de los otros elfos de nuestra edad. Él mucho más que yo. Aprendimos a crecer juntos y a necesitarnos el uno al otro. Me fascinaba su fuerza, su carisma, su energía inagotable y la pasión que ponía en todo lo que hacía. A él le atraía de mí la capacidad para escuchar y el hecho de que siempre siguiera sus trastadas, por locas, peligrosas o estúpidas que parecieran. Mi buen humor, se podría decir. Pero lo realmente digno de mención era la facilidad con que nos metíamos en líos. Cada vez que recuerdo aquellos días, siempre estaba planeando alguna que otra travesura. Y me veo a mí mismo como el infeliz que secundaba todo lo que salía de su cabeza. Nos apoyábamos mutuamente, creo. Así afrontábamos la adversidad. Crecimos juntos y, un día, nos convertimos en hombres.

La Flor de Jade I

-El Enviado-

"La verdadera prueba llegó el día antes de mi Destierro. No sólo tendría que abandonar el bosque donde nací para siempre, sino que todo lo que me había importado hasta entonces también me sería arrebatado. Me alejaban de mi hogar, de mi hermana, de mis lazos más sagrados... y lo más importante, me separaría de él. Sabía que ese día llegaría, pero siempre quise verlo como algo lejano, algo que pasaría sin tocarme. Creo que aquella mañana fue el momento en que empecé a conocerle de verdad. A ver sin limitaciones lo que se escondía en él".

Aún era muy temprano. El suelo cercano al arroyo estaba cubierto por un manto de niebla que ocultaba a la vista el verdor del bosque. Los pájaros aún no habían despertado y había una inquietante quietud en el aire. Nada perturbaba la tranquilidad del bosque. Sólo los cascos de la blanca montura de Allwënn cruzando la gélida corriente del río perforaban el silencio con un sonoro chapoteo. Aún no lucía las profundas marcas que brinda la experiencia; esos rasgos curtidos que un día aportarían tanto carisma y misterio a su mirada. Y su rostro aún no mostraba la sombra de una barba afeitada.

Su rostro era aún el de un niño.

Su cuerpo aún no mostraba sus fuertes y poderosos músculos, ni su espada legendaria colgaba de su cinturón. Sin embargo, su cabello negro como el cuervo ya era largo y abundante, y ya tenía tendencia por adornarlo. En sus ojos había esa chispa enigmática que anunciaba la forja de un alma indomable.

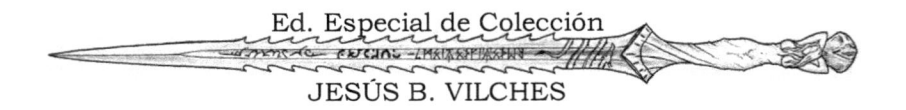

"¡Gharin! Gharin!!!"

Sus gritos resonaron con fuerza en este tranquilo lugar, resonando en un millar de voces mientras rebotaban entre la inmensa cantidad de árboles y se alejaban en ecos en la distancia. Sobresaltados, los pájaros cercanos levantaron el vuelo. Caballo y jinete mostraban signos de inquietud. El animal daba vueltas alrededor del mismo lugar, pisando la corriente fría del río que fluía suavemente sobre el musgo y los peñascos cubiertos de niebla. Volutas de vapor escapaban de la cristalina superficie y se unían a la capa de niebla que cubría el bosque. Volvió a gritar, pero sólo recibió silencio como respuesta mientras los ecos de su voz volvían a desvanecerse. Sin embargo, el joven mestizo enano estaba seguro de que su compañero estaba allí. El caballo no dejaba de girar a un lado y a otro, lo que le facilitaba la tarea de escudriñar la zona a su alrededor.

—¡Gharin, maldita sea! ¡Respóndeme! Sé que estás ahí.

Una flecha pasó zumbando junto a su rostro, sólo para incrustar su punta mortífera en la robusta madera de un árbol que había extendido sus raíces a lo largo de la orilla. Allwënn sacudió la brida de su inmaculado corcel para volverse en la dirección de donde había venido el proyectil. Sus ojos ya estaban cargados de una ferocidad que ya entonces inflamaba sus pupilas. De entre la densa masa de árboles y la espesa niebla surgió la forma esbelta y grácil de Gharin. En sus manos llevaba el arco. Un carcaj de flechas colgaba de su cinturón. Por entonces ya era más alto que su amigo. Y en esos días su cuerpo se veía más crecido y maduro que el de su joven compañero. Sus rizos dorados eran un poco más cortos. Sin embargo, en su rostro sus ojos aún reflejaban la inocencia de una criatura

La Flor de Jade I

-El Enviado-

ignorante de lo que había más allá del muro de árboles que marcaba la frontera entre el reino de los elfos y el resto del mundo, adonde sería exiliado a partir de aquel día.

—Te habría matado de haber querido —Aseguró arrogantemente mientras se aproximaba.

—Te equivocas de bando, Gharin. Mi padre dice que quien no distingue a sus amigos de sus enemigos tiene los pasos contados.

Gharin se detuvo a la orilla del río, frente al frío fluir del agua.

—¿Quién te ha dicho que estoy aquí? ¿Y qué haces con el caballo cargado?

Gharin se sorprendió de verlo tan temprano en este lugar aislado, pero aún más de que hubiera equipado y cargado completamente su caballo con alforjas y equipo de viaje.

—Imaginé que estarías lloriqueando aquí como un crío asustado. —Le contestó.

—¡No estoy llorando! —le aseguró Gharin en voz alta a su amigo. —Pero no imaginas por lo que estoy pasando.

El joven se sintió abatido. Una ola de tristeza le inundaba, como si el mundo entero pesara sobre sus espaldas. Y entonces un profundo aire de seriedad se impuso a su habitual buen humor.

—Mañana será el gran día —le dijo Gharin a su joven amigo. —Mañana, con las primeras luces, igual que ahora. Cuando los rayos de Yelm asomen por el horizonte y atraviesen la barrera verde de estos mismos árboles, habré cumplido otro año, y de su mano recibiré mi mayoría de edad. Entonces, los Sannsharii me reunirán ante el Templo de Elio, y los Patriarcas proclamarán al Clan que ya no tienen responsabilidades sobre mí. Que yo, Gharin, hijo de elfos y humanos, hijo de nadie, ya no pertenezco al Clan y que debo abandonar estas tierras antes del segundo crepúsculo. Dirán que ya no soy un Sannsharai. Que no soy digno de estar entre ellos; que no soy digno de sus bosques, ni de sus cultos, ni de sus leyes, ni de sus ritos o sus mujeres. Que todo lo que constituía mi única realidad ya no me pertenece. Mañana, Allwënn... —confesó con tristeza, mirando a su amigo. —Me marcharé de aquí, dejando atrás todos mis recuerdos. Y nunca más volveré a pisar estos caminos que con tantos versos han inspirado mi lira. Nunca más volveré a poner los ojos en esas jóvenes que tantas veces me han hecho suspirar. No volveré a verlas, amigo mío, ni a ti, ni a mi hermana...

Los labios del chico lucharon por controlarse. No se sabe si pretendían llorar de tristeza o gritar de rabia.

—¡Por todos los dioses, Allwënn! Mañana no seré diferente de lo que e soy hoy, o hace años. Y seguiré necesitando ahora lo que necesitaba entonces. ¡No somos diferentes, Allwënn! Sangramos como elfos. Pensamos como elfos. Sentimos como un elfo. ¡¡Por Alda, somos elfos!! ¡La mitad de nuestra sangre es sangre élfica! No he sido otra cosa y no sabré ser otra cosa. Me he entretejido con sus bosques, con sus gentes. Tengo su lengua, su poesía, su música. Tenemos sus cuerpos. Pero mañana no habrá nada. Todo habrá terminado.

—Mañana, no Gharin. Nos vamos hoy. Ahora —sentenció Allwënn con una rotundidad sobrecogedora. —He traído tus cosas.

—¿Hoy? ¿Ahora? —Preguntó el joven frunciendo el

LA FLOR DE JADE I

-EL ENVIADO-

ceño, pensando que se trataba de una broma. —¿Y qué quieres decir con que 'nos' vamos, Allwënn?

Allwënn tiró de las riendas para calmar a su caballo que había vuelto a inquietarse.

—Exactamente lo que acabas de oír —Dijo con tal autoridad que incluso hizo callar a Gharin. —Me voy contigo.

—¿Estás loco? ¡Todavía eres un crío! Se supone que yo soy el que tiene la mayoría de edad. ¿Qué es lo que quieres? ¿Meterme en problemas? Por Elio, Allwënn, ¿qué estás tratando de probar? ¿Por qué haces todo esto?

La naturaleza ardiente de su sangre enana se reflejaba en sus palabras. Ningún otro elfo habría hablado como él.

—Mañana será su gran día, Gharin. Todos los que te dan la espalda con desprecio sonreirán por fin mañana, porque podrán decirte a la cara que tu sangre no es como la suya o la de sus hijos. No te dejes engañar, Gharin. Sólo acéptalo. No eres un elfo de sangre pura, y nunca lo serás. Y siempre habrá alguien que te lo recuerde. Crees que eres elfo. Sientes que lo eres, pero no lo eres. Y así es como justificarán que te echen mañana. No importa lo que tú o yo digamos, o lo que pienses o sientas. A ninguno de ellos le importa. Tienen sus leyes y las utilizarán gustosamente para decretar tu destierro. Mañana serás tú, amigo mío, y yo me quedaré contando los días hasta que yo también me vea obligado a partir. Que no llegará mañana, Gharin, ni al amanecer, ni en una o dos temporadas. Pero llegará. Entonces sus dientes volverán a brillar cuando sonrían ampliamente al pronunciar mi nombre ante el Templo de Elio. Y volverán a sentirse victoriosos cuando me vean cruzar la frontera. Nunca olvides que la mitad de tu sangre es Vaharii[13] mientras que la mitad de la mía es enemiga. ¡No les daré ese placer! No esperaré a que las leyes decidan el día en que debo abandonar este bosque. No dejaré que su sarcasmo y sus solemnes palabras dicten que ya no soy bienvenido para aquellos que son la mitad de mi raza. Tal vez sólo sea un niño, como dicen todos. Tal vez pasen algunos años antes de que las leyes consideren que puedo valerme por mí mismo. No necesito que sus leyes me digan nada. Al Foso de Sogna[14] con sus leyes y quienes las aplican en nombre de su falsa justicia. A Sogna, con todos los que piensan que somos como la progenie de Doro.[15] ¿Quién los necesita? Mi padre me dijo una vez que mi corazón era la única voz que valía la pena escuchar, y la única ley que valía la pena obedecer. Me dijo que podría vencer al

---

[13] Lit. trad. vulgar. Sinónimo de no-elfo o extranjero. Suele utilizarse para referirse a los humanos de forma despectiva.

[14] El Foso o el Pozo es un trasunto de nuestro Infierno, con algunas peculiaridades. Según la Tradición, en la mítica Guerra de los Dioses, los dioses vencedores encerraron en un foso a todas las criaturas creadas por sus adversarios y colocaron allí a Sogna, la Carcelera, el Domadora de Demonios, para asegurarse de que ninguno escapara. En el imaginario creado por la Tradición, El Pozo es el lugar donde se guarda bajo llave todo lo detestable, todo lo inmundo. Es normal que te "manden al Foso" o "con Sogna" cuando una discusión se te va de las manos. Sogna es una semidiosa incomprendida por la mayoría. Asociada a la Fosa, muchos la consideran una deidad oscura. No tiene un culto oficial y suele ser venerada por grupos de dudosa reputación, como ladrones, verdugos, carceleros y gladiadores. Es habitual que muchas profesiones que se ocupan de la muerte de otros la veneren y le "envíen las almas" de sus víctimas. Sin embargo, Sogna es considerada una deidad luminosa menor, ni siquiera neutral, ya que protege al mundo de la invasión de las amenazas y criaturas que alberga El Pozo. Una versión muy antigua apunta a la teoría de que Sogna fue originalmente la Decimotercera Vhärs de Misal, el Dios Custodio de los elfos. Y el único Vhärs con atribución femenina.

[15] Doro. Dios de la obscenidad y la lujuria, casa de la infiltración, panteón del caos, orden oscuro. Para los elfos, quizá más que para otras razas, simboliza la degradación en su máxima expresión. Todo en él es vil y despreciable.

LA FLOR DE JADE I
-EL ENVIADO-

mundo exterior si podía vencerme a mí mismo. Por eso nos iremos juntos. Porque no tengo miedo de lo que hay ahí fuera, más allá del borde del bosque, Gharin. No puede ser peor que lo que yo llevo dentro.

—Ese día comprendí que él nunca sería como yo. Nunca se había sentido como un elfo y nunca lo haría. Había tanto de elfo en él como en mí, pero ese temperamento, ese carácter seguro y avasallador; tempestuoso como una galerna, sólo podía provenir de los enanos. La mezcla de sangre enemiga. La mezcla de dos egos poderosos: el orgullo de los elfos y el coraje de los enanos. La elegancia y la rudeza, el fuego y el hielo. Todo eso dio origen a Allwënn, y no puede entenderse otra explicación. Mi corazón nunca latiría al mismo ritmo que el suyo. Si yo siento dudas sobre mi identidad, su dialéctica es terrible y constante. Hay otros como yo, pero ninguno que camine entre los dos Mundos[16] como él.

—¿Me preguntas porqué sigo cabalgando con él a pesar de sus iras y arrebatos? Es fácil entenderlo, Claudia. Cuanto el mundo me abandonó, cuando todo lo que me rodaba, sostenía y daba sentido a mi vida me fue arrebatado, él vino a buscarme para venir al exilio conmigo…

El tiempo parecía haberse detenido durante el relato de Gharin. Kallah caminaba implacable por el negro dosel del cielo

---

[16] Se hace referencia explícita al significado del nombre de Allwënn: El que camina por los dos mundos, o ambos mundos; mundo élfico y mundo enano.

tachonado de estrellas. Los ojos de Claudia se fijaron en la impenetrable densidad del bosque, donde el misterioso guerrero de larga cabellera de ébano deambulaba entre sus sombras. Tal vez se había precipitado al juzgarle. No lo sabía con certeza. Estaba muy confusa. Lo único que podía asegurar era que, desde que lo había conocido en aquel vagón, su corazón palpitaba cada vez que sentía su presencia cerca. O simplemente cuando oía su nombre o recordaba su imagen. Y eso no era propio de ella. Nunca había sido propio de ella. Aún así, estaba profundamente conmovida por el relato de Gharin y el descomunal gesto de aquel mestizo con su amigo. Desvió la mirada para que nadie viera cómo se secaba las lágrimas.

—No le juzgues con demasiada dureza, aunque a veces se lo merezca —Con eso, el elfo consiguió recuperar la atención de la joven. Ella se volvió a mirarla con expresión vacía, como si su mente se hubiera ido muy lejos. Gharin se percató de que había un abismo entre ellos que le resultaba inquietante. —Ya has visto su carácter. Si aceptó tu compañía y la de tus amigos, fue sólo porque tú se lo pediste.

—Bueno, no fue un sí rotundo —le recordó. Gharin sonrió.

—Pero sé lo que Allwënn vio en tus ojos. Y por qué no pudo negarse a ayudarte.

La joven le miró entonces un poco confusa.

¿Qué quieres decir?

—Extrañamente, le recuerdas... nos recuerdas a una persona.

Claudia se quedó de piedra ante esa inesperada información.

La Flor de Jade I

-El Enviado-

—¿Yo? ¿A quién puedo recordarle yo?

Gharin se detuvo un momento antes de responder, como si dudara de estar haciendo lo correcto. Tal vez había hablado demasiado y demasiado pronto. Allwënn no lo perdonaría si ese fuera el caso. Tras unos segundos de silencio, el elfo decidió ser sincero con ella.

—A la mujer que Allwënn grabó en la empuñadura de su espada—. Gharin miró al cielo que cubría el bosque con su negro cinturón de estrellas. Algo le hizo suspirar. —Con quién esta noche ha ido a encontrarse...

Ed. Especial de Colección
JESÚS B. VILCHES

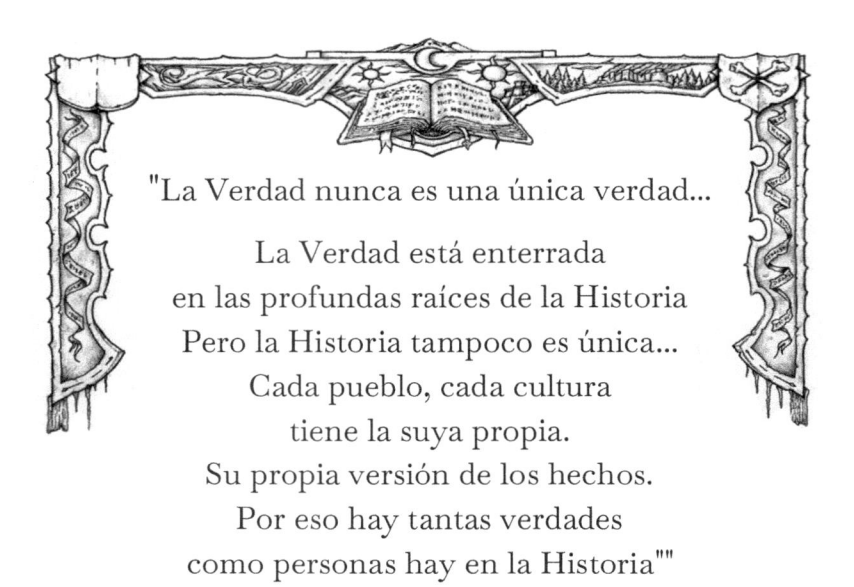

"La Verdad nunca es una única verdad...

La Verdad está enterrada
en las profundas raíces de la Historia
Pero la Historia tampoco es única...
Cada pueblo, cada cultura
tiene la suya propia.
Su propia versión de los hechos.
Por eso hay tantas verdades
como personas hay en la Historia""

ENGHUSS OF DÄSSERDAL

LA FLOR DE JADE I
-El Enviado-

La Flor de Jade

LAS SEMILLAS DE
LA MEMORIA
-Brumas del Sagrado-
2ª Parte

¡Ciudad Imperio a Sotavento!

Bramó el vigía desde la cofa encaramado a lo alto del palo mayor. Siguiendo algún tipo de costumbre marinera, la tripulación celebró la noticia con vítores espontáneos y levantando los remos en un saludo ritual. Fueron breves, pero entusiastas. Era como si hubieran llegado a puerto después de navegar durante meses por la traicionera infinitud del océano, en lugar de hacer un viaje rutinario por las tranquilas aguas de un río. Sorom no podía entender qué motivaba a los marineros a saludar cada nuevo destino con tan alegre entusiasmo.

Se apoyó en la robusta barandilla de madera de estribor del navío y contempló las almenas de granito que coronaban los muros de la ciudad. Sobre ellas se alzaban las formas de los edificios más renombrados de la ciudad, cuya altura y tamaño dominaban el horizonte. Los más reconocibles eran las innumerables torres de la fortaleza imperial: el glorioso y afamado castillo de Belhedor, antigua residencia del Emperador.

Regresaba a esta ciudad tras casi veinte años en Arrostänn. Después de una guerra. Después de una gran devastación. Trayendo en sus manos un objeto de poder que muchos consideraban apenas un mito del folklore.

Navegaba ahora por el mismo tramo del río Torinm, igual que lo había hecho dos décadas antes. Parecía que había pasado toda una vida. Hoy estaba aquí para comenzar su búsqueda del Enviado. La vez anterior, regresaba de las entrañas de KäraVanssär, el Pico del Dragón, con ese despreciable monje, 'Rha. La misión fue diferente entonces. Pero estaba seguro que había aquel éxito el que había animado al Culto a emplearle de nuevo.

Ante la conmovedora visión de la Ciudad Inmortal, donde todo había comenzado, no pudo evitar que recuerdos del pasado se agolparan en su mente. Recordó la imagen de 'Rha de

La Flor de Jade I
-El Enviado-

pie en la parte más adelantada de la proa, mirando hacia el horizonte...

JESÚS B. VILCHES

22 años antes del presente...

No era difícil adivinar qué mantenía a aquel siervo de la Luna tan callado y quieto. Perdido en sus pensamientos, permanecía inmóvil con la mirada fija en las murallas almenadas de la Ciudad Imperio. Incluso una mente poco observadora se habría dado cuenta pronto de que sus ojos miraban más allá de las inexpugnables murallas de la vasta metrópolis, intentando visualizar los edificios interiores que se alzaban tras ellas. Tal vez estuviera mirando a Belhedor: la gran fortaleza imperial. Pero era mucho más probable que sus envejecidos ojos estuvieran fijos en el Templo Pontificio de Kallah. Hacia allí se dirigían, el destino de su viaje.

Las negras cimas del santuario se vislumbraban tras la línea de almenas, clavándose en el aire como lanzas cubiertas de sangre fresca. Ese era el Templo Máximo, y en su interior había un trono. En él se sentaba un hombre que era el equivalente entre los suyos al mismísimo Emperador. Era Lord Ossrik, Sumo Pontífice de la Orden del Ojo de Kallah, con quien habían concertado una audiencia. Tal vez fuera él quien había sumido al decrépito monje en un silencio contemplativo.

Y con razón. Ossrik no era precisamente un alma piadosa.

—Es su primera vez, ¿verdad, monseñor? —comentó Sorom al anciano monje, poniéndose a su lado y echando un vistazo a la creciente silueta de la ciudad a la que se acercaban. 'Rha lo miró con una mueca irónica y no contestó. Su roja túnica de monje ondeaba con la fresca brisa, alborotando su ondulado cabello blanco. —No necesitas responderme, 'Rha. Hay cosas que puedo ver, aunque tu lengua las silencie. Nunca has estado en su presencia, ¿verdad? Y le temes. Le temes con un terror

La Flor de Jade I

-El Enviado-

sobrehumano. Él es tu... jefe, ¿no? —Dijo, a falta de una palabra más adecuada.

El monje le dirigió otra dura mirada amarga, que hizo sonreír al félido. Le divertía enormemente ver a aquel viejo monje ojeroso intentar fingir una indiferencia estoica, cuando estaba claramente atenazado por un miedo incontrolable.

—Su... Señor Ossrik... —Sorom continuó con una sonrisa. —Parece afable y un hombre de palabra, lo cual es poco frecuente hoy en día. Le apasiona la antigüedad y sabe mucho sobre los objetos del pasado. Por fin, un hombre culto con buen gusto, y no la panda de fanáticos con los que normalmente me veo obligado a tratar.

A 'Rha le resultaba irreverente y no menos irritante que Sorom hablara de forma tan despreocupada e irrespetuosa del Sumo Pontífice. La bestia no tenía ni idea de lo que decía, ni de quién lo decía.

Sin embargo, 'Rha quiso pronto desviar la conversación del tono que estaba adquiriendo. No ganaba nada discutiendo con aquel félido, que se esforzaría por provocarlo a la menor oportunidad. Solo buscaba amargarle por el resto de su viaje.

—El Cáliz, Sorom. ¿Es seguro? —preguntó. El ostentoso hombre-león volvió a sonreír sarcásticamente, con un brillo malvado en sus felinas pupilas.

—Ese no es mi problema, Monseigneur, es el suyo. Me contrataron para encontrarlo. Es usted quien debe velar por que llegue sano y salvo. Mi parte, sin duda la más difícil, ha sido un éxito rotundo. Vuestro Gran Señor se enfadaría mucho si algo le ocurriera al Sagrado. ¿No es así? Te empalaría en una estaca ardiendo y dejaría tu cadáver a secar para los cuervos, supongo.

—¡Cállate de una vez, bestia insolente! Ahórrame tu sarcasmo. No debe ocurrirle nada al Sagrado. Pero si algo le sucediera, te aseguro que nadie podrá demostrar que alguna vez salió de su recinto sagrado.

—Por favor... —respondió el félido sin sentirse intimidado. Sabía que había herido al monje donde más le escocía.

—¿Dónde está la carga? —preguntó 'Rha a continuación, refiriéndose a la reliquia robada.

—Supongo que en la bodega con el resto del botín, por supuesto.

—¡En la bodega! —Gritó, tan enfadado que incluso Sorom le hizo un gesto al monje para que bajara el tono de voz. —Espero que al menos esté custodiado.

—Oh, no. ¿Debería? —fingió el hombre-león con preocupación sobreactuada. —Imaginaba que llamaría menos la atención si nadie lo custodiaba. Supuse que la idea era vuestra, Monseñor.

El monje enrojeció de ira.

—¡Cerdo insensato e imprudente! ¡Maldito bruto estúpido! Tu temeridad nos costará caro a ambos, idiota. El Pontífice Ossrik no es un hombre que precisamente piadoso. Sin duda te decapitará y ordenará que cuelguen tu cabeza de animal de su trono si le das la menor oportunidad.

El encolerizado monje se apresuró a marcharse, gesticulando y maldiciendo mientras llamaba a sus hombres.

—Oh, no lo hará, 'Rha —susurraba Sorom para sí mismo mientras observaba la precipitada partida del sacerdote.

LA FLOR DE JADE I
-El Enviado-

—A mi me necesitan. Pero no vales nada para ellos. Cualquiera puede hacer tu parte, viejo. Pero yo... Soy imprescindible.

Las vastas murallas blancas de la Ciudad Imperio parecían alcanzar el cielo. Los marineros no salían de su asombro cuando la fragata de guerra atravesó sus pétreas entrañas, bajo los enormes arcos de piedra blanca que daban acceso a la ciudad por el río. El caudal del Torinm cortaba por la mitad la vasta ciudad amurallada. Las entradas que permitían el paso del río formaban enormes túneles en forma de arco en las murallas. En aquellos momentos, solo perturbaba el silencio sepulcral. Un silencio solemne de profundo respeto. Cruzaban el umbral del corazón del Imperio. El mascarón de proa del barco alcanzó el otro lado y, como por milagro, la luz de los soles gemelos iluminó los rostros. Todo volvió a la normalidad. El siempre frenético interior de la capital las dio la bienvenida a la siniestra nave y a su carga secreta.

Un instante después, estaban en atracando en el mayor puerto construido por el hombre.

Eran los mayores puertos fluviales de todo el mundo conocido. Un centenar o más de barcos y navíos de todos los tamaños, formas y funciones se dedicaban a sus negocios en la congestionada zona portuaria. Había barcos mercantes rurkos, corbetas siryanas, kysues y naves senatoriales élficas. Junto a ellos, chabbas de los Yulos, Galinas y Tybannas, barcos pesqueros, barcazas de lujo y flameras de muy diversos orígenes y estandartes abarrotaban el limitado espacio. Era un caótico crisol de lenguas, escudos, blasones, mercancías, razas y colores. Pues, al fin y al cabo, era la Capital Inmortal. Ése era el carácter definitorio de la gran Ciudad Imperio: una confluencia de la mezcla más diversa de gentes y culturas del mundo conocido, donde la diversidad y la confluencia no sólo era inevitable, sino indispensable.

Altas y amenazadoras torres de vigilancia protegían los muelles junto a buques de la Armada Imperial. Lanceros y alabarderos de la Cruz Estigia[17] estaban de guardia para garantizar la seguridad y la fluidez de las operaciones en torno a la concurrida zona portuaria.

La enorme riqueza generada por los puertos fluviales había fomentado el crecimiento de todo un distrito urbano, patrullado por brillantes corazas, espadas y lanzas de las siempre vigilantes órdenes imperiales y la Guardia de la Ciudad. Numerosas posadas y tabernas atendían a los viajeros cansados y sedientos. Herreros, toneleros, herboristas, curanderos y carpinteros ofrecían sus servicios allí. Había intérpretes, cambistas y pequeñas capillas. Un poco más lejos había casas de juego, burdeles, antros de lucha y otros establecimientos de dudosa reputación. No faltaban arrendadores de carros, caballos y mulas. Un gran mercado cerca del puerto permitía a los mercaderes intercambiar sus mercancías en primera instancia. Había gran interés por todas las artesanías exóticas procedentes de tierras o culturas lejanas. Otros mercados más pequeños abastecían a los numerosos barcos pesqueros que utilizaban el puerto como base. No era raro ver miles de carteles y anuncios clavados en vallas publicitarias con las ofertas y

---

[17] Una de las muchas órdenes del Escudo Imperial. Roderik Gilber Allen, antiguo Señor de la Marca de Ulderburg, nos legó un excelente volumen en el que analizaba la historia, orígenes, escudos, personajes relevantes y deberes de todas las órdenes imperiales hasta su época en su libro *De los linajes del Imperio y sus escudos de armas*.

peticiones más extrañas, incluida la contratación de mercenarios o marineros. El bullicio y la actividad eran constantes, tan caóticos como controlados y tan salvajes como civilizados. Abrumaba a cualquiera que lo viera por primera vez.

Un siniestro carruaje negro con emblemas e insignias distintivas esperaba al comité y a su preciada carga, listo para llevarlos al Templo Pontificio de la Diosa Kallah. Las ruedas temblaban y los ejes crujían, mientras era arrastrado por las calles empedrada por dos fogosos sementales.

—¿Lo tienen? ¿Lo han conseguido? —Preguntó el ocupante del carruaje, desde detrás de la cortina... En un gesto teatral, Sorom fingió querer sacar la reliquia.

—No. Aquí no. —se apresuró a ordenar el ocupante. —Entrad primero. Aquí hay demasiados ojos indiscretos.

El comité subió al carruaje, ocultándose tras las oscuras cortinas que velaban los ventanales. El conductor agitó las riendas y los sementales se pusieron en marcha con un resoplido. La gente de los alrededores se apartaba del carruaje con prisa y miedo supersticioso. Hacían señales de protección con las manos o apartaban la mirada a su paso. Después de avanzar por entre las grandes avenidas y concurridas calles del centro de la capital, la imponente silueta del santuario se desplegó ante ellos en todo su esplendor.

Sus imponentes crestas negras se extendían hacia el cielo como una colosal empalizada, como si se dirigieran a los dioses en un alarde de arrogante desafío. Estas formas siniestras, incluso a la luz resplandeciente de los soles gemelos, aterrorizaban a todos los que las contemplaban. Inspiraban el mismo miedo supersticioso y vulgar que tanto irritaba al félido.

Y, a pesar de ello, un sentimiento de pavor inexplicable se dejaba sentir en las cercanías. Un terrible escalofrío recorrió el cuerpo de Sorom. Un miedo inquietante se apoderó de él, como si estuviera siendo observado por la propia Diosa, en cuyo nombre se había construido semejante monstruosidad.

El cochero detuvo a los caballos al llegar a su destino. La comitiva bajó del carro y se encontró ante la puerta principal. Con inquietud en el corazón, Sorom entró en los dominios de la diosa de la noche.

Las grandes puertas dobles de la sala principal se abrieron lentamente. El telón se descorría, permitiendo a los visitantes admirar una amplia y alta cámara abierta ante ellos. Filas de hombres vestidos con armaduras de placas formaban un pasillo recto a través de una multitud de funcionarios de la corte, monjes y sirvientes del templo, obligando a sus ojos a centrarse en un punto concreto en la distancia: el trono, elevado sobre un pequeño podio con escalones que conducían hasta él. La silla del trono tenía un respaldo alargado que se elevaba como un estandarte en el aire, alcanzando varias veces la altura de un hombre. Estaba rebosante de adornos y decoraciones.

En ella estaba sentado Ossrik, con expresión impasible. Iba ataviado con todas las galas e insignias que lo distinguían como principal figura de la Orden. Estaba rodeado de cortesanos, sirvientes y otros miembros de su séquito. Detrás de él, vestidos con túnicas rojas como la sangre, estaban los que se consideraban el verdadero poder del Culto: los Tejedores de Velos. Los señores sin alma. Los arcanos Lictores y Criptores de Kallah. Una reputación bien merecida, ya que la elección del Pontífice era uno de sus atribuciones. Sus largas capas y sus mitras veladas ocultaban una identidad desconocida, tal vez

LA FLOR DE JADE I
-EL ENVIADO-

inhumana. Inspiraban más temor que el propio Ossrik. Un pesado silencio se había apoderado de todos los allí reunidos. Como si todos supieran quiénes eran los visitantes y esperaran ansiosos las noticias que traían consigo.

'Rha tragó saliva.

Al llegar a la base del pedestal, las tres figuras se inclinaron ante el monarca oscuro.

—Su Voluntad...[18] La Tercera Luna, el Archiduque Velguer, —anuncia solemnemente, con la mirada clavada en el suelo en señal de sumisión. —El Reverendo 'Rha y Sorom el Buscador han regresado del Templo Sagrado con importantes noticias".

Ossrik era alto y robusto. Sin embargo, parecía perdido entre las túnicas ornamentadas, los anillos y los emblemas que le rodeaban. Cada capa de su parafernalia estaba cubierta de lujosas joyas, costosos ornamentos y runas arcanas. No era necesariamente viejo, aunque su rostro mostraba el desgaste de las artes prohibidas; la decadencia que carcome el cuerpo y la mente. Parecía poderoso. Las sienes hundidas endurecían sus ojos. El rictus de su rostro mostraba amargura. Tenía un aspecto desagradable y lleno de una arrogancia que expresaba desprecio por todo lo demás. Sorom rezó para que Ossrik aún le necesitara.

—¿Lo tienen? ¿El Cáliz de Sagrado? —Preguntó una voz en tono susurrante. Ossrik no había movido los labios. Tampoco el lacayo a su lado que Sorom había reconocido como

---

[18] Los seguidores del Culto se refieren al Sumo Pontífice como "Su Voluntad", ya que representa el cumplimiento último de la voluntad de la Diosa Kallah.

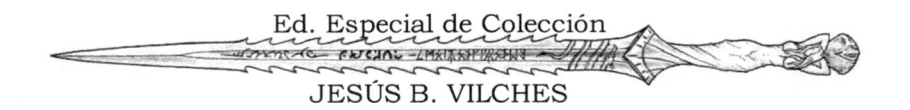

su chambelán. El félido no sabía a quién pertenecía una voz tan venenosa.

Sin levantar la cabeza, Velguer chasqueó los dedos. A su señal, un monje irrumpió en la sala, llevando el cáliz en una bandeja dorada, acolchado por un manto púrpura. Se lo llevó solemnemente al Pontífice.

Y así sucedió.

Ossrik no hizo ningún comentario mientras sostuvo el reluciente cáliz en la mano. La reliquia brillaba como si generara su propia luz. Era hermosa, de contornos suaves, pero sin muchos adornos. Una pieza fina y elegante. Daba un poco de miedo saber que el mito se había hecho carne ante sus ojos. Que si estiraban los dedos, rozarían sus milenios de existencia. Y el tiempo se fundiría en un instante, haciendo que se perdiera cualquier sentido real del presente, del pasado distante y del futuro lejano. La expresión de su rostro delataba la excitación del momento, sus ojos brillaban con insano placer.

Entonces, como buitres hambrientos, los Tejedores de Velos se acercaron por detrás. Sus túnicas rojo sangre ondeaban como un mar embravecido, desatado en una marejada caótica de voluminosos pliegues y vastos velos. Se arremolinaron alrededor del Cáliz como si fuera un cadáver del que arrancar el trozo más sabroso. Lo miraban lascivamente desde detrás de sus velos como bestias salvajes babeando sobre carne fresca. Un de ellos se volvió hacia el Sumo Pontífice y le susurró al oído. Al mismo tiempo, los demás recuperaron lentamente la compostura y formaron una hierática fila alrededor del trono.

Ossrik hizo un gesto a su sirviente.

LA FLOR DE JADE I

-EL ENVIADO-

—Agrada a Su Excelsa Voluntad que os pongáis en pie —anunció el legado. Aliviados de abandonar aquella incómoda posición, los tres obedecieron y quedaron libres para mirar directamente al Pontífice. Susurró algo de nuevo, que el criado se apresuró a llevar obedientemente a la atención de la sala.

"Su Excelsa Voluntad me informa de que está muy satisfecho con vuestro éxito. Os ruega encarecidamente que esperéis como huéspedes en el palacio de Su Voluntad hasta que podáis ser debidamente recompensados. Araäh-Kallahves, Neffarai.

—Araäh-Kallahves, Su Voluntad —Respondieron con la mayor reverencia. Una pequeña comitiva avanzó para escoltarlos fuera de la sala principal del Templo Máximo. Uno a uno, se acercaron lentamente al Pontífice y le besaron los pies antes de marcharse.

Sorom esperó hasta el final.

No le hacía ninguna gracia besar los pies de aquel hombre. Así que cuando llegó su turno, asintió respetuosamente, se puso el sombrero de plumas y se dirigió hacia las puertas de salida. Pensó que lo peor ya había pasado, pero apenas había dado unos pasos cuando oyó que el chambelán pronunciaba su nombre. Sorom se volvió sin traicionar su creciente disgusto. No era el mejor lugar para poner a prueba su obstinación. Pero se conocía bien a sí mismo. Prefería morir antes que arrastrarse ante nadie. Luego miró nervioso el trono ornamentado. Intentó no pensar en cómo quedaría su cabeza colgando sobre él.

—Su Alteza... —respondió Sorom, tan cordialmente como sus cuerdas vocales podían ofrecer. Todos los que le oían no dudaron de sus nervios de acero ni de su arrojo, puesto a prueba en mil batallas.

—Maese Sorom. Su Excelsa Voluntad desea saber por qué no le presenta sus respetos en persona. El protocolo... lo exige, señor.

—Con el debido respeto, Mi Señor... No soy pertenezco a su orden. Su rango no me concierne. Tampoco su protocolo. En vista de lo cual, no tengo nada que ofrecer a los pies de su Excelsa Voluntad.

El ambiente se cargó tanto de tensión que se podía cortar con un cuchillo. El chambelán respondió con ira, aunque el Pontífice no había exigido una reacción tan vehemente.

—¿Qué clase de arrogante insolencia es ésta? ¿Cómo te atreves? ¡En su presencia! Bestia deslenguada. ¡Arrodíllate ante la Voluntad de la Diosa!"

—Señor, no he emprendido un viaje cargado de penurias —declaró el Félido con evidente incomodidad al Sumo Pontífice, ignorando al chambelán, —ni he arriesgado mi vida, o soportado la insufrible compañía de vuestro reverendo; no os he traído la más preciada de las leyendas Jerivha para ser insultado por una cotorra castrada; por este mísero eunuco que no dudaría en vender a su propia madre a cambio de un dedal de venerada saliva de Su Abrumadora Voluntad. Sepan que soy un profesional al que se le encomendó una misión imposible y ha regresado con éxito. No esperaba trompetas ni celebraciones, ¡pero por los dioses! Tampoco semejantes improperios de su bien amaestrado loro. Si he venido a esta casa para que me insulte, al menos tenga la decencia de hacerlo usted mismo, Eminencia.

La Flor de Jade I

-El Enviado-

Incluso 'Rha, que se había detenido a medio camino de la salida, admiró la audacia del félido en aquellos tensos momentos. También era cierto que deseaba fervientemente que ésta fuera su última muestra de arrogancia.

—¡Arrodíllate, arrodíllate, o lo lamentarás! —Rugió el chambelán, enrojecido de ira.

—Mis disculpas, mi señor. —La voz del félido estaba cargada de seguridad. Después de lo que acababa de decir, Sorom supuso que poco podía hacer para empeorar su situación. —Prefiero que me despellejen vivo a arrodillarme ante un humano al que nada debo.

Sorom echó mano a su espada desproporcionadamente grande, que nunca abandonó su vaina. La intención del félido no pasó desapercibida. Los guardias del templo, incluidos los temidos Inmortales, desenvainaron sus armas. La mano del félido se congeló alrededor de la empuñadura de su espada. Sorom se dio cuenta de que estaba en desventaja. Se encontraba en la guarida de la bestia.

—Maese Sorom... —La voz era calmada, llena de tranquilidad. Una voz inquietante que obligaba a todo el público a prestar atención, ignorando cualquier otro asunto. Era la voz del propio Ossrik, el Portador de la Voluntad de la Dama. —Acércate. No te rogaré ante mi propia corte.

Sorom comprendió que aquello marcaba el punto límite de arrogancia permitida. Seguir desafiando lo llevaría a una muerte segura. Su orgullo no valía ese precio.

Obedeció.

—Tienes valor. Esa es una virtud rara entre los que me

rodean. Pero no eres muy inteligente, no. Mejor desollado vivo que sumiso... Si ordenara a mis hombres hacer lo que sugieres, no tardarías en maldecir tus propias palabras.

Lord Ossrik hizo un gesto a la multitud para que abandonara la sala. Todos lo hicieron. Monjes, consejeros, ministros, sirvientes y soldados salieron en tropel. Sólo los miembros de élite de la Legión Inmortal permanecieron en sus puestos junto al trono, con los rostros ocultos bajo sus siniestras máscaras. Detrás del Trono Pontificio, las figuras veladas de los Tejedores de Velos tampoco se movieron. La inmensa sala quedó en completo silencio, como el de una tumba. Sorom se sentía inquieto e inseguro en aquel lugar. Entonces, volvió a oír la amarga voz malévola que le había escuchado a su entrada. Pertenecía a un Lictor, uno de los rostros velados de los Tejedores de Velos. Tras sus mitras enrejadas se ocultaban secretos insondables.

Y la voz sonaba siniestra.

—Sois realmente el más adecuado para nuestros... planes, maese Sorom.

El félido apenas podía distinguir el más leve movimiento en los pliegues de la tela del Lictor.

—Sois el mejor en vuestro campo. —Una segunda voz añadió, aún más siniestra que la primera. —Por eso os elegimos.

—El mejor... después del Señor de las Runas, por supuesto —Aclaró una nueva voz, haciéndose eco de su tono claramente burlón.

—Por... supuesto. —Reconoció para sí el félido con amarga resignación.

La Flor de Jade I

-El Enviado-

Ante él estaba la cúpula del Culto. Aquellos hombres sin alma con rostros ocultos y túnicas rojo sangre. Aquellas voces llenas de malicia eran los últimos titiriteros. Incluso Ossrik, que había sido elegido por ellos, debía que responder ante la corte de los Tejedores del Velo.

—Parece que sois todo un experto. —Un nuevo criptor se dirigió a él, mostrando su carne cenicienta y arrugada mientras extendía las manos. —Algunos de nosotros... albergábamos... nuestras dudas...

—Pero hemos sido convencidos por la evidencia... —concluyó la segunda voz. El propietario de aquella voz se adelantó para tomar el cáliz del Sagrado con sus dedos huesudos de largas uñas y elevarlo ante su mirada velada. —Con... exquisita evidencia.

—Aunque... —Otra de las voces intervino. —Nuestras ambiciones van mucho más allá de la colección de antigüedades, señor Sorom.

Al félido le ponía nervioso no poder ver las caras de quienes se dirigían a él. Sus voces parecían diferentes tonos del mismo color. Como si fueran varias versiones de la misma persona. Todos eran idénticos en estatura y complexión, vestían de púrpura sangre y llevaban siniestras mitras veladas. Eran como la multiplicación de una misma sombra.

Sin identidad. Sin diferencia. Ninguna emoción.

—Si no sois el mejor —Advirtió un nuevo Lictor, —Sí, al menos el más caro. Vuestros honorarios no son lo que se puede llamar... "habituales"

—Tampoco lo son vuestras exigencias, Señorías.

JESÚS B. VILCHES

Ossrik sonrió ante la nueva muestra de insolencia del félido. Incluso delante de los Tejedores de Velos, Sorom no podía enterrar su orgullo.

—Decidnos, Sorom... —El aura de poder de los Tejedores crecía con la resonancia de sus voces susurrantes. —¿Qué es exactamente lo que nos traéis?

—Sus Señorías lo saben muy bien —respondió Sorom con la mayor cortesía. —puesto me enviaron a buscarlo.

—Vamos... Sorom...

—Deseas impresionarnos...

—Muéstranos tus... cualidades, tus conocimientos...

—Anhelas la gloria ...

—Este es el momento... Demuestra que eres el aliado que necesitamos...

-O... desaparece...

Sabían cómo penetrar en su mente, sus deseos, en su estado de ánimo. Como si sus ojos ocultos pudieran vaciarle la mente. En realidad, Sorom deseaba revelar todo lo que sabía sobre aquel antiguo y poderoso artefacto. Por la única razón de situarse por encima de ellos. Esa cohorte malévola podría tener el poder acumulado de generaciones, pero no eran más que fanáticos. Él era el verdadero erudito, el sabio. Estaba convencido de que el Culto no tenía ni idea de la verdadera naturaleza del Cáliz de Sagrado. Que para ellos no era más que una baratija reluciente. Por un lado, quería reírse de la ignorancia de aquellos seres marchitos y pomposos. Por otro, no quería caer en una trampa. El Culto era tan escurridizo como una serpiente.

LA FLOR DE JADE I

-El Enviado-

—Es una larga historia, Señorías —Explicó sin rodeos.

—¿Tiene... tiempo, Maese?

—Todo...

—El tiempo...

—del mundo...

No parecía haber salida. Sorom dudó un instante. No estaba seguro de cómo empezar la historia que le habían pedido que contara. El retraso también le dio tiempo para ordenar sus ideas. Su intención era seleccionar los hechos clave, los nombres y las fechas. Luego los ordenaría de forma lógica antes de presentarlos. Sería una narración mitológica. No les aburriría con detalles y explicaciones exhaustivas. Les contaría una historia a esas figuras siniestras. El cuento que querían oír. Incluso podría ser entretenido.

—Según las Sacramentias[19] el cáliz fue forjado por orden del propio Dios Jerivha. Se desconoce exactamente cómo o cuándo. No hay referencias a este hecho en ninguna otra parte. O al menos, aún no se han encontrado. —La voz del félido volvió con tono firme. Había recuperado su confianza habitual, borrando cualquier rastro de incertidumbre. —Tampoco se

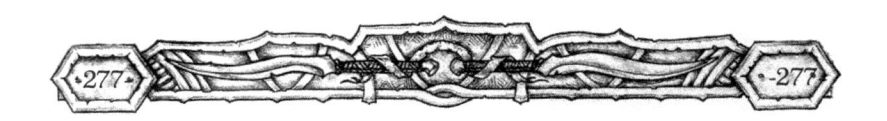

---

[19] Las Sacramentias, también conocidas como Crónicas Sacramentales, son importantes textos creados por la Orden de Jerivha. Muchos las consideran sagradas, aunque originalmente eran una recopilación de las diversas campañas de la Orden en las tierras del Arrostänn (llamadas Sacramentias, de donde toman su nombre las Crónicas). Se consideran textos internos que en algún momento se hicieron públicos. Quizá fue en ese momento cuando la Orden necesitó dotarse de una genealogía y un capítulo sobre sus orígenes, y es aquí donde aparece la leyenda de su fundación, la creación del Sagrado y el conflicto con Maldoroth.

sabe a qué maestros se confió el trabajo. Pero debió de ser hace mucho tiempo.

Sorom hizo una pausa para comprobar la expresión del único rostro de su auditorio que permanecía imperturbable, el del pontífice Ossrik. Observaba al leónida en silencio con una mueca arrugada en el rostro. No dijo una palabra, ni se le escapó un detalle. Si hubiera habido una multitud de jóvenes aprendices presentes, no habrían prestado tanta atención a la historia como aquellas lúgubres figuras.

—Como imagino que esta venerable audiencia sabe, según las cosmogonías aceptadas, Jerivha, que fue el padre de Artos, y que a su vez fue el padre de Yelm, era el Dios de la Justicia Divina en tiempos de los primeros reyes elfos. En aquellos tiempos, las líneas entre la leyenda y la realidad se difuminan para nosotros y resulta difícil delimitarlas históricamente.

Sorom empezó a sentirse tranquilo. Su discurso había conseguido derretir el enorme bloque de hielo que la suspicacia, el temor y la desconfianza que sus siniestros oyentes le habían creado. Toda la charla sobre el pasado y sus mitos pronto le hizo olvidar cualquier cosa que pudiera haberle ensombrecido. Pronto dejó de dirigirse directamente al sombrío pontífice o al solemne muro de hombres togados que formaban los Tejedores de Velos. Se paseaba lentamente de un lado a otro, mientras recordaba pasajes de las Sacramentias y los relataba a su auditorio. Sus movimientos se volvieron más fluidos y expresivos, hasta el punto de que en más de una ocasión parecía hablar consigo mismo.

—En aquellos oscuros días de la Historia —continuó. —Muchos de los siervos que habían ayudado al Príncipe Kaos

La Flor de Jade I
-El Enviado-

en las míticas Guerras Divinas, entonces ya pasadas, seguían en libertad y eran perseguidos por los seguidores de la Luz. Maldoroth, el Príncipe Desollado, que según la leyenda fue el primero en ser seducido y recibir el Don de Kaos, pareció haber sido el más importante de los sirvientes del Príncipe Kaos. Al menos, era sin duda el más peligroso o problemático. Fue él quien probablemente causó más problemas a los gobernantes de aquellas distantes épocas.

Sorom miró al espacio, como ajeno a su siniestra audiencia. Luego se volvió teatralmente hacia su público con un brillo de excitación en los ojos.

—Fue entonces cuando Jerivha, Señor de la Justicia, Avatar del Castigo Divino, decidió intervenir en el conflicto para destruir a Maldoroth de una vez por todas y borrarlo de la faz del mundo.

Sorom sabía perfectamente que en realidad no había sido así, pero eso no importaba. Era lo que esos fanáticos ignorantes querían escuchar.

—Se dice que, fue entonces, cuando hizo forjar el cáliz bendito. Lo llamó el Sagrado.

Había una imponente resonancia en sus palabras que añadía solemnidad a su discurso. Al mismo tiempo, levantó con firmeza el brazo hacia el Cáliz, reluciente y majestuoso sobre la bandeja dorada en la que había sido colocado.

—Un cáliz sagrado. Indestructible por medios humanos. La esencia misma de la pureza. Con ella pretendía anular el poder corruptor de Maldoroth y eliminar su presencia para siempre.

El félido se detuvo un momento y miró desafiante el rostro de Ossrik. En la penumbra de la sala, Sorom no se había dado cuenta de que la expresión del rostro del Sumo Pontífice se había tensado ligeramente, temeroso de que la insolencia de Sorom fuera demasiado lejos. Pero los ojos de aquel gigantesco félido no le miraban realmente. Estaban perdidos en el espacio, perdidos en sus propios pensamientos e ideas. Sorom se relajó. Adoptó una postura mucho más tranquila. Con exquisita delicadeza, se recogió el pelo en una coleta y se envolvió en su larga capa, dispuesto a continuar.

—Para asegurar la victoria, Jerivha mandó llamar a doce paladines, doce caballeros expertos en combate. Todos hombres valientes con un alto sentido del honor. Muchos respondieron a la llamada. Eran nobles importantes, aventureros experimentados y guerreros poderosos. Incluso reyes. Eligió a doce—. La postura del Buscador de Artefactos se endureció y miró con confianza al muro espectral de Tejedores de Velos. —Algunos fueron seleccionados entre los caudillos humanos, lo que habla de la importancia de esa raza incluso en aquella época lejana. El resto procedía de entre los paladines elfos, señores del mundo en aquella época, si hemos de creer las historias. Con ellos fundó la Orden de los Caballeros de Jerivha, los jueces y ejecutores de la Ley Divina. Les entregó el Cáliz de Sagrado y les encomendó la tarea de encontrar y destruir a Maldoroth.

De nuevo se hizo el silencio.

Era un silencio profundo, impregnado de cierta tensión latente. La que se produce cuando se retrasa lo inevitable.

—Sin embargo, Maldoroth no fue asesinado, ni siquiera vencido—. La voz de Sorom se había desvanecido hasta convertirse en un leve susurro, apenas audible ahora. —De hecho, los Caballeros de Jerivha, e incluso su mentor, subestimaron el poder de este demonio primigenio. Maldoroth capturó a todos y cada uno de los héroes de Jerivha, así como el cáliz del sagrado, que pervirtió y corrompió con su sangre putrefacta. Obligó a sus cautivos a beber el mismo veneno drenado de sus venas, haciéndoles perder sus almas inmortales para siempre, convirtiéndose en paladines negros de la oscuridad. Desde entonces, se les conoce como los Doce Aatanii, los Vástagos de Maldoroth. Ahora manchado de oscuridad, el Cáliz, como los malogrados héroes, cayó al servicio del Corrupto. El arma de la luz servía ahora al enemigo. Y entonces la oscuridad envolvió la tierra.

Desde las altas cúpulas, fuera de la vista y perdidas en las sombras de lo alto, aún podía oírse el poderoso eco de las palabras de Sorom, que resonaban de pared a pared a través de las ornamentadas cámaras del santuario.

Se detuvo aquí. Sentía la garganta seca.

—Cuenta la Tradición que el propio Jerivha se puso su pesada armadura y empuñó sus armas legendarias, la Lanza y el Martillo. Salió a cazar al demonio y a las criaturas que había ayudado a crear. Pero lo único que encontró fue la muerte a manos de sus enemigos. El Culto de Jerivha dejó de existir. Sin embargo, más tarde se descubrió que había continuado en la clandestinidad, formando una orden secreta que se extendió como la pólvora por continentes, razas y pueblos. Reclutaban a lo mejor de lo mejor. Tardaron mucho tiempo en convertirse en legión. Su objetivo final era destruir a Maldoroth y sus Aatanii, y restaurar la naturaleza sagrada del Cáliz de Jerivha. Con tantos ojos y oídos trabajando en las sombras, acabaron por descubrir la guarida del demonio y le dieron caza. Lo encontraron solo, sin la feroz defensa de sus paladines oscuros para protegerlo. Doriam Fittefürghs, general de los nuevos Caballeros de Jerivha, atravesó con su lanza el pecho del demonio y le arrancó el corazón. Cuenta la leyenda que cayó al suelo y se convirtió en una piedra negra.

Sorom respiró hondo. El corazón le latía con fuerza, pero no sabía si era por la excitación o por el miedo. Tras la pausa, sus palabras salieron tranquilas y serenas.

—El cáliz no podía destruirse, pues fue diseñado para no poder ser dañado. Tampoco podía devolverse a su estado sagrado, ya que con Jerivha muerto, nadie más poseía las habilidades necesarias para hacerlo. Y sobre todo, Maldoroth no había sido destruido. Sólo había sido derrotado y sumido en un profundo letargo. Sólo el poder del Cáliz podía destruirlo. Los nuevos caballeros de Jerivha realizaron un ritual de encarcelamiento. Utilizaron el malogrado Cáliz para hacer irreversible el estado de letargo del demonio. No podía ser despertado sin la reliquia. La piedra negra tomada del propio Maldoroth se utilizó como sello, se dividió en dos mitades, lo que la hizo más fácil de asegurar y más difícil de encontrar para las huestes del demonio.

Y así es como Maldoroth permanece inactivo hasta el día de hoy.

El félido sintió un cosquilleo en la espalda. Se dio cuenta de algo inquietante. Empezó a comprender las insanas intenciones del Culto. Por todos los dioses. "¡pretenden despertar a Maldoroth!" Se dijo a sí mismo. Los ojos desorbitados del Pontífice habían adquirido el aspecto de un loco. Se clavaron en Sorom como si pudieran ver en su mente

La Flor de Jade I

-El Enviado-

y leer lo que pensaba de ellos y de su fanatismo demoníaco en ese momento. La voz agravada y reverberante de uno de los Tejedores de Velos le sacó de sus angustiosas reflexiones.

—¿Qué pasó entonces... Sorom? —Por primera vez, el félido sintió verdadero miedo.

Tragó saliva, respiró hondo y respondió.

—Fueron tras los doce Vástagos de Maldoroth, que habían formado su propio ejército de sirvientes a los que llamaban Laäv-Aattani. Eran como malas copias de sí mismos. Durante generaciones, los discípulos armados de Jerivha persiguieron y exterminaron a estas viles creaciones del mal. Uno a uno, los propios Vástagos tuvieron un destino similar al de su maestro. Los Doce fueron encarcelados en una cámara secreta conocida como la Sala de los Doce Espejos. Con los Doce capturados y el último de los Laäv-Aattani exterminado, el círculo sagrado de los Caballeros de Jerivha se volvió para asegurar la custodia de las reliquias sagradas: el cáliz ahora maldito, los sellos que encerraban a los Doce y los fragmentos de la Piedra Negra. Se convirtieron en los paladines de la luz, los guardianes de la ortodoxia, los protectores contra todo lo que significara corrupción. Se dice que durante siglos fueron la columna vertebral del Imperio y de sus Emperadores, hasta que éstos decidieron prescindir de sus servicios. La Orden de los Paladines de Jerivha volvió a las sombras, al secretismo del que una vez brotaron. Muchos afirman que la Orden simplemente desapareció. Otros, sin embargo, creen que tal vez sigan existiendo como antaño, ocultos, protegiendo sus secretos.

Sorom calló, dejando que el eco de sus últimas palabras perdurara en la espesa atmósfera.

—Eso es todo —anunció con solemnidad tras una breve pausa.

—Eso... es todo... —repitió una voz hueca. Un eco oscuro y rancio que hablaba con una certeza aterradora. —Hasta ahora, Sr. Sorom... Hasta... ahora.

"Hasta ahora" Susurró para sí el félido de nuevo, con una tormenta de emociones arremolinándose en su mente. Estaba lleno de aprensión. Allí estaban empezando a jugar con fuego. Lord Ossrik se levantó de su elaborado trono. Sus guardias no se movieron. Sorom se quedó un momento mirando a aquel humano de respetable estatura y fuerte físico, al que el félido aún superaba ampliamente en tamaño.

—Muy bueno. Me ha gustado mucho la historia. Sois un narrador fantástico. Los niños os adorarían.

Sorom sonrió con fingida satisfacción e hizo una reverencia. Le irritaban aquellos comentarios, que no tenían otro propósito que ridiculizarlo. 'Rha también solía molestarlo con comentarios así. Pero Ossrik era quien pagaba sus honorarios, así que no tenía más remedio que sonreír y aceptar la broma con dignidad. Era el precio de ser mercenario.

—Aún no hemos terminado, Maese Sorom. —añadió el Sumo Pontífice, mientras bajaba los escalones que conducían al trono. Ahora nuestro experto debe aconsejarnos. Dinos qué se puede hacer exactamente con el cáliz, erudito.

El félido lo miró con preocupación, con la duda reflejada en sus ojos. No le había gustado el tono en el que Ossrik había pronunciado la palabra "erudito", ni tampoco la verdadera intención de la pregunta.

La Flor de Jade I

-El Enviado-

—Oh... no... ¡no nos malinterprete, maese! —Intervino un criptor, adivinando por dónde iban los pensamientos del félido.

—Sabemos exactamente lo que se puede hacer con el Sagrado... —aseguró otro.

—Así que intente ser elocuente, Buscador, y no omitáis ningún detalle... —advirtió un tercero.

—De lo contrario, podría hacernos... desconfiar de vos... y agriar nuestra... fructífera relación —expuso maliciosamente un nuevo Lictor.

—Debemos asegurarnos de ciertos... detalles.... Lo entendéis, ¿verdad? —concluyó el primero.

Sorom maldijo en silencio al vil clérigo y a su galería de fanáticos. Se frotó las manos y les dedicó otra sonrisa artificial antes de responder. En el fondo, estaba seguro que la reliquia era inútil, salvo como adorno para exhibir. Pero decirles eso le dejaría en una posición incómoda. Así que se puso manos a la obra para volver a complacer a su público.

—Técnicamente, es una llave.

¿Técnicamente?

—Según la leyenda, fue forjada como un arma ritual, un artefacto que podía ofrecer un medio de purificación y limpieza. Pero cuando se contaminó, perdió ese poder. Todavía puede servir a ese propósito, pero sólo en las manos adecuadas. Por desgracia, mis conocimientos no se extienden a tales asuntos. Tras la caída de Maldoroth, se dice que la Orden de Jerivha lo transformó mágicamente en un sello, dándole el poder de atar y liberar. Su poder directo sería, por tanto, el de una llave.

Utilizando el ritual requerido, los materiales necesarios y la cantidad apropiada de poder, el Cáliz Sagrado puede teóricamente aprisionar o liberar cualquier entidad mortal o divina.

—Entonces... podemos aprisionar o liberar lo que queramos... incluso... ¿Un dios?

Sorom estaba al límite de su paciencia. Su propio autocontrol y la voz de la razón le advertían de que no era buena idea enemistarse con aquellos fanáticos. Pero por lo que podía deducir de las intenciones del Culto, las cosas estaban a punto de irse de las manos.

—Con el debido respeto, Eminencias, ¿despertar a Maldoroth? ¿Con el Cáliz? Eso es mera teoría. Liberar a una entidad así, suponiendo que exista realmente, está más allá de cualquier artefacto, más allá de cualquier habilidad. Según mi experiencia, los mitos son mitos, la mayoría de las veces. Incluso cuando hay objetos que parezcan confirmar su existencia. Este cáliz..."

—¡Silencio, desgraciado! —Bramó un Lictor. Toda la jauría de mitras veladas tembló como si formaran parte de un solo cuerpo. —No toleraremos una más de vuestras insolencias.

—Nadie te dijo que queramos a despertar al Primero... todavía.

—Nadie...

—Nadie...

—Respondemos a intereses mucho más cercanos."

—Mucho más cercanos...

La Flor de Jade I

-El Enviado-

—Sin embargo, aprendiz ignorante, te sorprendería lo mucho que este Culto sabe y posee.

—Cuánto poder habita en estos mitos.

Mientras hablaban, la hierática línea que los arcanos formaban se fragmentó. Cada uno de ellos comenzó a aproximarse con sus dedos huesudos extendidos hacia el félido en actitud amenazadora. Sorom tuvo que dar un paso atrás, retrocediendo ante la marea sangrienta de túnicas rojas que descendía sobre él. Mientras tanto, aquellos señores sin alma continuaban el reguero de advertencias sobre él.

—Te sorprendería saber lo que sabemos...

—Tener lo que tenemos...

—¿Crees que tus servicios son producto de un hecho aislado?

—¿Los desvaríos febriles de un loco?

—Quieras admitirlo o no, se acaba una era y empieza otra muy distinta.

—¿Está preparado, Sr. Sorom?"

—Harías bien en saber de qué lado estar cuando llegue el momento.

—El Altar Morkkiano...

—¿Reconoces ese nombre?

—El Altar...

—Está claro que los Jerivha ya no protegen sus reliquias..."

—Deberías estar del lado de los vencedores cuando llegue el momento...

—Elige sabiamente..."

—El Altar es un mito, Excelencias... —se defendió el leónida.

—Encontramos el Altar...

—El texto está siendo traducido...

—Y tú, tú podrías sernos de gran utilidad allí...

—Sí... allí... de gran utilidad...

—¿Te interesa... Sorom?"

—¿De qué lado estarás?

¿El Altar existía? ¿Era real? Entonces...

Todo tomó una nueva luz, una luz terrible. Realmente estaban dispuestos a hacerlo. Una nueva era. No era sólo una expresión. Era verdad... aterradoramente verdad. Si el Altar de los Jerivha era una realidad... él tenía que estar allí. Tenía que verlo. Para ver hasta dónde estaban dispuestos a llegar en esta demencial escalada, y cuáles serían sus consecuencias. Tal vez todo quedara en nada. Tal vez todo quedara destruido en el intento. No tenía mucho que perder.

Sorom miró con determinación a la infernal jauría de figuras togadas que tenía delante.

—¿Cuánto me vais a pagar?

En su memoria, Sorom recordaba demasiado bien cómo la estruendosa carcajada de Ossrik acabó por arrasarlo todo...

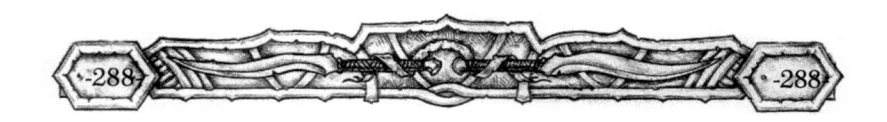

La Flor de Jade I

-El Enviado-

JESÚS B. VILCHES

> "Tu destino, como el mío,
> está escrito en el filo de mi espada."
>
> *MURÂHÄSHII*[20], ALLWËNN

[20] el que lleva (empuña) la murâhässa. La murâhässa o massäharia (según el clan) es una antigua espada de combate ritual élfica. Su diseño es de doble curvatura en forma de S. Su empuñadura tallada de más de 40 centímetros permitía a los más hábiles manejar cómodamente una hoja larga y de doble filo. La figura de los Murâhäshii está envuelta en la tradición y la fábula. Eran devotos guerreros elfos en la gloria del nacimiento de los "Jardines de las Cuatro Direcciones", los cuatro reinos míticos de los elfos. Siempre estaban en primera línea de batalla. Su destreza en el gobierno de los Murâhässa/Massäharia era épica, y se decía de ellos que siempre esperaban la muerte en cada batalla, de ahí que su fervor en el combate no tuviera rival. Espada y guerrero se convirtieron en una unidad inseparable. Por mil razones es el apodo que muchos dan a Allwënn.

LA FLOR DE JADE I

-EL ENVIADO-

La Flor de Jade

ALMA &
ESPADA

Al Alwebränn[21]

Sin el bosque como cobertura, es más probable que nos tropecemos con Tropas del Extermino.

Siempre parecían tomar un desvío y nunca nos daban una respuesta concreta sobre adónde íbamos. Cada vez que preguntábamos, nos decían simplemente que nos dirigíamos

---

[21] Punto cardinal correspondiente a nuestro norte.

"hacia el norte", sin darnos más detalles. Este deambular a ciegas se había convertido en rutina.

Al anochecer del cuarto día de viaje, nos dimos cuenta de que el paisaje empezaba a cambiar. Había desaparecido el bosque. Atrás quedaba el cobijo de sus hojas y ramas.

En aquellas jornadas el trasiego a caballo, que para los elfos no era más que "un tranquilo paseo" seguía resultando un verdadero placer para los sentidos. Aunque esperaba encontrarme con mil criaturas mágicas, sólo nos tropezábamos con la inofensiva, aunque curiosa, fauna de aquellos bosques. Allwënn y Gharin afirmaron que la zona por la que viajábamos estaba apartada de los caminos más concurridos. Resultó ser tan pacífica y segura como parecía.

Dejamos atrás el verdor del bosque y la densidad de los árboles disminuyó. El paisaje boscoso empezó a despejarse poco a poco. Las suaves pendientes se convirtieron en pequeñas colinas. El terreno empezó a abrirse en interminables praderas flanqueadas por acantilados salpicados de refugios y salientes.

Recorrimos esta zona durante dos días más, hasta que el terreno se allanó y las flores comenzaron a ser menos abundantes. Aunque estábamos fuera de las vías principales, seguíamos un camino marcado. Estaba flanqueado al oeste por una masa montañosa de picos nevados. A sus pies se extendía una sombría zona boscosa que los elfos miraban con cierto recelo. Cuando preguntábamos adónde íbamos, siempre nos daban alguna respuesta vaga, haciendo especial referencia ese "ejército". Su único propósito era evitar a toda costa ser vistos por las tropas de ese "Ejército del Exterminio". Su nombre nos resultaba tan abrumador como espeluznante. y todo ello empezó a incomodarnos. Cuando el contacto entre todos

La Flor de Jade I
-El Enviado-

nosotros se hizo un poco más relajado, recuerdo que alguien preguntó en broma a los elfos si eran ladrones.

—¿Ladrones? —Gharin nos miró con el ceño fruncido y se volvió hacia su compañero, que cabalgaba cerca de él. —Nos pregunta si somos ladrones. —Le comentó a Allwënn en tono de fingido asombro. Allwënn respondió con su habitual voz profunda y modulada.

—Por supuesto que somos ladrones, muchacho. ¿Qué otra cosa podríamos ser?

—Hoy en día, amigo mío, no se puede ser otra cosa. —añadió su compañero.

Eso nos inquietó por un momento.

Son ladrones. —nos dijo Alex más tarde. —Deberíamos estar contentos. Las cosas no pueden ir peor.

A pesar de todo, los días fueron muy rutinarios.

Cabalgábamos de sol a sol. Cada día hacíamos tres paradas cortas y una larga para comer y descansar. Por la noche acampábamos. Nos sentábamos alrededor del fuego para comer, donde compartíamos lo asado o las raciones y charlábamos sobre los acontecimientos del día. Lo que había empezado como un viaje agotador y monótono hacia lo desconocido, pronto se convirtió en una inesperada travesía para los sentidos. Admiramos la naturaleza salvaje, disfrutamos de la compañía de los demás con buen humor y nos sumíamos en una profunda contemplación. A medida que avanzábamos, me di cuenta de que había demasiadas cosas en este lugar a las que probablemente nunca me acostumbraría. Todo parecía recordarnos que éramos extraños aquí. Pensé que nunca me acostumbraría a ver aquellos dos soles sobre nuestras cabezas, creando un espectáculo mágico y asombroso. Tampoco podría acostumbrarme a las orejas puntiagudas de los elfos que sobresalían de sus largas y frondosas cabelleras. Después de pasar tanto tiempo imaginándomelos en mi vida anterior, verlos tan de cerca era una experiencia insólita para mí.

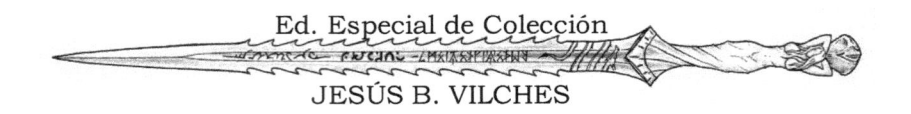

Claudia reveló por fin la verdad sobre la sangre mezclada de los medio elfos, especialmente la de Allwënn. Como todo lo que nos ocurría, la noticia fue recibida de forma diferente por mis compañeros. A muchos de nosotros aún nos costaba creer que aquellos hombres de aspecto juvenil y belleza casi artificial hubieran existido durante casi un siglo. También era difícil aceptar que sus ropas y armas eran algo más que atrezo de feria. Lo más increíble, supongo, fue reflexionar sobre nosotros mismos en esta nueva realidad. Éramos chicos de ciudad a caballo en una tierra indómita. Aún nos sentíamos como un grupo de excursionistas; turistas que habían contratado a guías locales para dar un paseo a caballo. Sólo que esta excursión se estaba alargando demasiado para nosotros. Seguíamos esperando encontrar un camino que nos llevara a casa. Aunque... ni siquiera sabíamos si había alguien que pudiera ayudarnos, o si había algún camino de vuelta en realidad. Aunque los días empezaban a contarse, seguíamos sin tener ni idea de cuál era nuestra situación.

De todos nosotros, Falo era el más escéptico. Desde el incidente con los orcos, se había autoexcluido del grupo. Nunca pudimos perdonarle esa traición. Es cierto que nunca hubo afinidad con él. Su reacción egoísta nos mostró una parte de su personalidad que no encajaba con el resto de nosotros. En aquella angustiosa situación, no dudó en utilizarnos en su propio beneficio, sin importarle el daño que pudiera habernos causado. Y ese daño podría haber incluido la muerte de alguien. Eso dolió, especialmente entre el unido grupo de músicos.

Falo se encontraba perdido y fuera de lugar. No tenía ninguna relación estrecha con ninguno de nosotros, y mucho menos con este extraño nuevo mundo. Hacía lo que estaba acostumbrado a hacer, que no era otra cosa que intentar salvar su propio pellejo. Podríamos haber tratado de empatizar con él, lo reconozco, a pesar de todo... pero se había creado una imagen de poca confianza que nunca se sacudiría de encima. Su actitud no ayudaba. Asumió el rol del exiliado. De hecho, se comportó como tal. La verdad es que nunca estaba de acuerdo con nada. Protestaba contra casi todo y siempre se mostraba reacio a aceptar las exigencias de nuestros guías. Se pasaba el día murmurando comentarios despectivos, pero al menos tenía cuidado de no llevar las cosas demasiado lejos. Había aprendido por las malas que no era buena idea enfadar a los dos elfos. Pero por otro lado, tampoco tenía el valor para abandonar el grupo y marcharse por su cuenta.

Por nuestra parte, el contacto con nuestros compañeros de viaje fue aumentando día a día. Gharin resultó ser un tipo afable en general, propenso a la broma y a tomarse las cosas con buen humor. Allwënn era más serio y mucho menos abierto que su compañero. Su humor variaba. A veces se enfadaba por cualquier cosa. Pero en otras ocasiones demostraba tener un agudo ingenio y un irónico sentido del humor. Aunque su expresión habitual era seria. Tal vez estuviera melancólico, como sugirió Claudia. Aunque ninguno de los dos volvió a preguntarnos por nuestra historia, el rubio semielfo pasaba más tiempo con nosotros. Charlaba, reía o simplemente escuchaba y parecía disfrutarlo. El intenso temperamento enano de

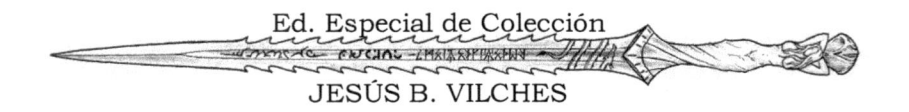

Allwënn era evidente en todo lo que hacía, y eso lo hacía parecer más distante e inaccesible a nuestros ojos.

Gharin era el vínculo.

Era cuando se olvidaban de nosotros cuando brillaba su verdadero carácter. Cuando acechaban presas con sus arcos, exploraban los alrededores, nos advertían de peligros o planeaban nuestra ruta de viaje. Todo dependía de ellos. Nosotros sólo les acompañábamos, pero no participábamos en sus decisiones, ni siquiera cuando se referían a asuntos que nos afectaban directamente.

Este día no fue diferente.

—Hemos decidido que sería oportuno que fuerais armados.

Con estas sencillas palabras Gharin nos animó a tomar una de las armas arrebatadas a los orcos. Allwënn miraba desde la roca, en la que estaba sentado a poca distancia. A pesar de nuestro asombro, poco pudimos hacer para evitarlo. A pesar de la sugerencia, no pudimos aceptar la mayoría de las armas que habían tomado de nuestros captores. Aquellas toscas espadas orcas eran demasiado pesadas y duras para nuestras suaves manos de ciudad. Las lanzas eran las únicas armas que pudimos empuñar. Los elfos nos obligaron a llevar una a pesar de que no teníamos la menor idea de cómo usarlas. No es que nos importara llevar esas armas. Lo que más nos impresionaba era pensar que en algún momento se hiciera necesario usarlas.

De hecho, personalmente me entusiasmaba la idea de llevar mi propia espada. Por eso no protesté cuando me asignaron uno de los cuchillos orcos. Lo colgué con orgullo de mi cinturón. En mis manos, parecía crecer en tamaño, y así me servía bien como espada corta. Solía verla balancearse en mi cinturón, aún en su vaina. Me pasaba horas admirando la forma brutal de su hoja. Su forma ruda y dentada me producía una sensación poderosa. Me sentía como un valiente aventurero que persigue su destino. Como un verdadero protagonista en esas fantasías de aventura con las que había soñado despierto tantas veces en el pasado. No podéis imaginar lo feliz y libre que me hacía sentir.

Y delataba claramente mi ingenuidad...

Ninguno de los músicos se tomó demasiado bien esta decisión, especialmente Claudia. Pero ella ya había visto que las protestas servían de poco.

Tengo que admitir que estaba bastante satisfecho con mi vieja espada oxidada. Era un arma espléndida. Yo estaba igual de impresionado con el arma que le habían asignado al fornido Hansi: una monstruosa hacha de batalla. Se dieron cuenta de que era el único de nosotros que podía levantar y blandir algo más pesado que una lanza o un cuchillo. Incluso él sólo podía blandirla correctamente con ambas manos.

A Falo también parecía entusiasmarle la idea de llevar su propia espada. Se las habría quedado todas para él, si hubiera podido. No paraba de agitarlas todas y acuchillar con ellas el aire, tratando de presentarse como un duro y experimentado guerrero. Estas enormes armas sólo servían para alimentar su igualmente enorme ego, que más tarde se convertiría en una fuente de molestias para el resto de nosotros. Finalmente, eligió una grotesca cimitarra curvada que apenas podía levantar con las dos manos. Le resultaba completamente inútil, pero parecía encantado con ella.

JESÚS B. VILCHES

Bueno, aquellos trastos oxidados estaban bien para los que nunca habían empuñado un arma. Pero en comparación, las armas que empuñaban nuestros compañeros elfos eran dignas de admiración.

Además de su arco y su escudo redondo de metal oscurecido, adamascado con algún tipo de decoración rojiza, Gharin también poseía una espada ancha. Aunque no estaba profusamente decorada, parecía un arma eficaz. Tenía una forma pragmática, con una hoja ancha y afilada, bien cuidada. Esto le daba una belleza austera y personal. Era lo opuesto al arma de su compañero.

Allwënn empuñaba una espada bastarda.

Era casi el doble de larga que cualquier otra arma, incluida la de Gharin. Un arma magnífica que llamaba la atención de todos. Resultaba tan llamativa que merecía estar expuesta en un atril antes que colgada del cinturón del guerrero. Nadie había visto aún la hoja libre de su vaina, pero aun así ya resultaba hipnotizantes como todo lo que rodeaba a aquel mestizo. Desprendía una poderosa atracción. En lo personal, sentía un profundo deseo de saber cómo serían sus formas mortales, ocultas por la funda de cuero. Sin embargo, este deseo no sólo estaba alimentado por la simple curiosidad. También lo impulsaba el aura que emanaba de su espléndida empuñadura.

Medía casi dos palmos de largo y estaba hecha de lo que supuse que era marfil. Gharin me confirmó más tarde que se había fabricado con auténtico hueso de dragón. Estaba tallado y pulido con una delicadeza que hacía envidiar a su dueño. Entre velos y tules flotantes, toda la empuñadura daba la forma de una figura de mujer, bella y congelada en el tiempo. Era una talla sensual y elegante, capaz de hechizar a su alrededor, incluso

LA FLOR DE JADE I
-EL ENVIADO-

cuando yacía latente en el material óseo que la formaba.

Claudia también había estado estudiando disimuladamente la empuñadura tallada de aquella espada, pero seguramente por razones muy distintas a las mías.

Las palabras de Gharin la noche de su encuentro con Allwënn la habían dejado sumamente intrigada. Si le hubiera preguntado, Claudia seguramente habría negado su nueva obsesión por descubrir la identidad, el rostro o incluso la silueta de la mujer tallada en la espada. La misma mujer con la que, según Gharin, Allwënn iba a reunirse en secreto todas las noches.

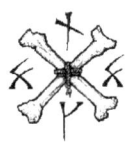

—Goblins. Unos seis. Rastreadores. Han estado aquí hace solo medio día. Las ascuas aún guardan calor. Podrían estar aún muy cerca.

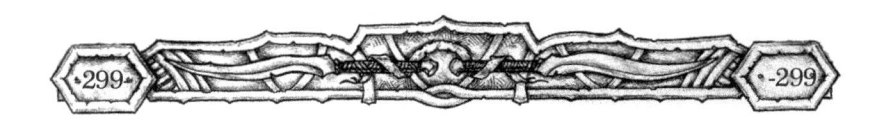

Gharin se puso de pie, con los dedos aún manchados por las brasas. Allwënn permanecía erguido a su lado, con los brazos en las caderas. Contemplaba la cordillera que flanqueaba el lejano horizonte. Una brisa repentina le alborotó el pelo. El cielo se llenaba de nubes, y un viento húmedo parecía el presagio de una tormenta cercana. Habíamos encontrado nuevas señales de paso que nos llevaban a un campamento abandonado. Los restos de la hoguera, la comida abandonada y las huellas proporcionaron más pistas sobre la identidad de los jinetes y su probable dirección de viaje.

—Han ido hacia el oeste. Es poco probable que nos encuentren a menos que vuelvan sobre sus pasos. Pero no sé si hay más de ellos en el área. Allwënn, ¿me estás escuchando? —dijo a su amigo, que no había quitado la vista de las montañas que tenía delante.

—Estoy pensando —respondió Allwënn antes de volverse a mirarlo. Luego devolvió la vista hacia los picos de piedra en la distancia. —Debe ser un grupo de rastreo. Quizá la vanguardia de un grupo mayor. Si es así, el grueso de esa fuerza podría pasar por aquí en algún momento.

Gharin asintió con la cabeza. Donde hay goblins, suele haber orcos.

—Y con los pasajeros que llevamos, esperemos que no haya nadie más.

—¿Cuál es el problema? —preguntó Alexis en voz alta desde nuestra posición. Nosotros continuábamos sobre los caballos, a cierta distancia de la pareja. Allwënn nos indicó con un gesto que no había peligro.

—Vamos a cambiar de rumbo —nos avisó. Luego se volvió hacia su rubio compañero. —Nos dirigiremos hacia el Belgarar. Dijo, extendiendo el dedo como una lanza y señalando las montañas nevadas. —Sus bosques nos darán la cobertura que necesitamos.

Allwënn creía zanjada la cuestión y estaba a punto de volver a su montura cuando la mano de Gharin le agarró del brazo y tiró de él.

—¿Así sin más?

La Flor de Jade I

-El Enviado-

—Gharin, es la mejor opción —se reafirmó e intentó alejarse por segunda vez. Su rubio compañero no lo soltó.

—Los bosques de Belgarar son...

—Sé exactamente lo que son los bosques del Belgarar. —aseguró bruscamente Allwënn. Miró fijamente a su amigo a los ojos por un momento, mientras sus cabellos dorados se mecían con el viento cada vez más violento. Había una extraña expresión en sus ojos. —Gharin... ¿No estarás insinuando... que crees en esos cuentos de viejas?

Gharin no sabía qué decir. Se limitó a echar un par de miradas hacia atrás, hacia la masa sombría de bosque que corría al pie de las montañas.

—¡Oh, venga! Supongo que hay mucha más superstición élfica en tus venas que en las mías. El lado bueno es que los goblins son tan supersticiosos como tú. Es poco probable que nos sigan hasta estos bosques. Prefiero correr el riesgo de que nos encuentren tus imaginarios fantasmas a que lo haga una sección armada del ejército, con sus espadas y lanzas reales.

Casi sin esfuerzo, Allwënn se liberó del agarre de Gharin y esta vez su amigo no pudo impedir que alcanzara y montara su magnífico caballo. Gharin se quedó un momento pensativo. Luego suspiró. Allwënn tenía razón, sin duda. Pero no le gustaba la idea.

Pronto nos encontramos ante los primeros picos del macizo de Belgarar. Estábamos tan cerca que la imponente masa de piedra y roca se cernía sobre nosotros a ambos lados del valle. Sus cimas estaban envueltas en una espesa capa de nubes que se extendía gradualmente hasta cubrir el cielo azul con un manto gris plomizo. Algunas de aquellas cumbres atravesaban el banco de nubes, ocultando a la vista sus coronas nevadas. Al pie de la inmensa cordillera se extendía un bosque no menos vasto y denso. De los altos árboles colgaban ramas ralas, cuyas esqueléticas siluetas se perfilaban en el sombrío interior, como si nos invitaran a entrar en la morada de la muerte. La imagen no podía ser más lúgubre, ni nuestro destino más inquietante.

—Ése es el Macizo Belgarar —Anunció Allwënn, señalando los picos que se alzaban ante nosotros. —La primera cordillera importante de la costa oeste.

Gharin se volvió para mirar la carretera.

—¿Estás seguro de que no nos seguirán? —Preguntó preocupado mientras se daba la vuelta. Allwënn lo miró.

—Somos un grupo pequeño, Gharin. Si encuentran nuestro rastro nada les debe hacer pensar en la carga que transportamos. Si no nos ven, deberíamos de estar a salvo. No se molestarán en venir por aquí... pero sólo hay una manera de averiguarlo.

Por desgracia, Gharin ya sabía esa respuesta.

Pronto pasamos el muro de vegetación que marcaba el límite del bosque y nos sumergimos en sus profundidades. El cielo se oscureció bajo sus ramas muertas y el mundo tras la cortina de árboles enmudeció de repente. Era como si entráramos en otro plano de existencia muy alejado de la sinuosa pradera que acabábamos de abandonar. Árboles altos. Eran lo único aparentemente vivo en este lugar desolado, como largos apéndices verdes de ramas lacias y hojas cenicientas. Sólo se oía el silbido del viento pasar entre ellos. Producía un gemido fantasmal y agitaba las hojas con crujidos y chasquidos intermitentes. No se oían pájaros. No se oía el sonido del agua de ningún arroyo. Sólo la respiración de los caballos y el paso amortiguado de sus cascos. El ambiente era frío y pesado, como de otro mundo. Ese frío intenso que hiela los huesos y te hace temblar sin control. Instintivamente, aminoramos aún más la marcha y nos agrupamos.

—¡Qué lugar tan espeluznante! —Claudia miró a su alrededor con inquietud. —Resulta siniestro.

En realidad, es cierto que impresionaba.

Falo guardó silencio por una vez, contemplando cautelosamente su entorno. Seguro que nunca había pisado un lugar así. Ninguno de nosotros lo había hecho, tampoco.

—Supongo que no habéis visto mucho mundo, si esto os asusta. Al menos no en los últimos años. ¿Me equivoco?

La frase parecía una ironía.

Si Allwënn hubiera sabido cuánta razón tenía, no tendría que haberse molestado. Cabalgamos largo rato, avanzando con cautela, pues era difícil orientarse en la penumbra del bosque. Allwënn esperaba llegar a algún terreno elevado desde donde pudiera orientarse y planear nuestra ruta, pero el terreno no sólo no se elevaba, sino que parecía hundirse a medida que nos adentrábamos en el bosque.

El sonido del acero al ser sacado de su vaina sacudió a todo el grupo de nuestra monotonía. Gharin cabalgaba a la retaguardia del grupo. Había desenvainado su espada con una expresión inusualmente seria en el rostro. Nos dio un buen susto a la mayoría. El caballo de Allwënn se encabritó sobre dos patas mientras el guerrero también se llevaba la mano derecha a la empuñadura tallada de su arma.

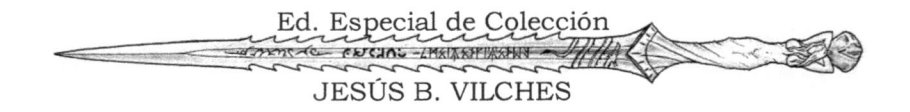

—¿Qué pasa, Gharin, has oído algo?

Por un momento, pensé que la hoja mortal de la espada de Allwënn finalmente se mostraría a la luz. Pero Gharin levantó la mano en un gesto tranquilizador. El caballo de Allwënn recobró la compostura y la mano derecha del mestizo volvió a la brida.

—Sería un milagro. Significaría que hay algo vivo en este lugar además de nosotros. —comentó Alex en un susurro.

—Este bosque está muerto. — añadió el inexpresivo Hansi con su sonora voz. —Es un gran cadáver.

Gharin se giró sobre su montura para mirar al fornido batería. Hansi se sorprendió de que el elfo le hubiera escuchado. Gharin le sonrió sombríamente con ojos desorbitados.

—Tú lo has dicho, jovencito. Tú lo has dicho, no yo.

A pesar de su aspecto húmedo, la leña que pudimos encontrar ardía con normalidad. Debía de ser más de mediodía. Los Gemelos habían llegado al punto más alto de su ascensión, pero bajo el denso dosel de ramas y hojas, parecía más bien el crepúsculo. Los pocos árboles que poblaban esta zona del bosque alcanzaban alturas vertiginosas y bloqueaban la mayor parte de los rayos del sol. Esto lo sumía todo en una sombría penumbra que nos acompañaba desde que entramos en este siniestro dominio.

LA FLOR DE JADE I

-EL ENVIADO-

—Este lugar me sigue dando escalofríos. —confesaba Claudia, mirando ansiosamente en todas direcciones. —Parece como si mil ojos nos estuvieran observando. Me pone muy nerviosa.

Alex estaba agachado a su lado, ordenando un montón de leña. Al oírla, miró a su amiga con un gesto de complicidad. Él sentía lo mismo.

Allwënn estaba ocupado sacando de las alforjas las provisiones necesarias. Los demás deambulaban por el campamento, realizando otras tareas menores aquí y allá. Gharin trajo la última de las planchas de piedra que servirían para marcar las dimensiones de la hoguera. La dejó caer pesadamente al suelo. Sus ojos abrazaron a Claudia con su mirada penetrante.

—Nos están observando —susurró. —Puedes estar segura—. Hablando en ese tono bajo, sonaba más como Allwënn que como el joven sonriente que solía ser. —Y no dejarán de hacerlo hasta que abandonemos sus dominios... o les demos una excusa para atacarnos.

Claudia tragó con fuerza.

—¿Quién nos vigila?

—Este lugar parece desierto. —añadió Alex mirando a su alrededor. —Ni pájaros, ni insectos. ¿Puede ser verdad que haya algo vivo aquí?

—Yo no he dicho que sea algo vivo.

Las palabras de Gharin fueron recibidas con un tenso silencio.

—¡Venga! Ahora historias de fantasmas. Intentan asustarnos como a niños. —se burló Falo desde su posición un poco más alejada. Era evidente que también había estado escuchando. Gharin ignoró su comentario.

—¿Qué demonios quieres decir? ¿Que no son seres vivos? Alex y Claudia intercambiaron una mirada confusa.

—El suelo que pisamos es sagrado para los elfos, pero también está maldito. Es un lugar de leyendas. Hace mucho tiempo, una gran tragedia ocurrió aquí. En este mismo bosque. En el mismo lugar donde estamos hoy. Y bajo los mismos altos árboles que ahora nos ocultan del mundo. Una tragedia que condenó este lugar para siempre.

Gharin nos miró atentamente con una mueca extraña en el rostro e hizo un gesto rápido con las manos, como los signos que hacen las gitanas para ahuyentar el mal de ojo. Allwënn se acercó al grupo con utensilios de cocina, dejándolos caer cerca del anillo de piedras que rodeaba la leña.

—No deberían asustarlos con esos cuentos de viejas —dijo, justo antes de regresar a los caballos. —No podrán dormir.

—Sabes que es verdad, Allwënn. Estos eventos sucedieron. Tienen derecho a estar advertidos.

—¿Advertidos de qué? ¿O... o... o... de quién? —Tartamudeó Alex, inquieto. Gharin guardó silencio y miró a su compañero, que seguía vaciando las alforjas.

—No soy yo quien sabe contar historias. —dijo, señalando a Allwënn. —Sólo le acompaño con el laúd. Él debería contar esta historia.

—¿Estás bromeando? —Allwënn parecía molesto por la

LA FLOR DE JADE I

-El Enviado-

aparente trampa que Gharin le acababa de tender. Se encontró con un coro de rostros asustados y expectantes.

—En absoluto, amigo mío. Son todos tuyos.

Allwënn se mostró reacio, pero pronto cedió tras algunas insistentes súplicas e insistencias. Una vez acomodados junto al fuego con nuestra comida preparada a base de carne seca y fruta recién recogida en el camino, el enigmático semielfo de sangre enana comenzó a relatar la historia con su voz profunda y sonora. Se atusó su negra melena antes de comenzar.

—Se dice que antes de que los humanos despertaran y lucharan por los restos de un paraíso en ruinas... Antes de que los enanos volvieran a ver la luz de Yelm al surgir de las profundidades del mundo... la mayor parte de la superficie era un gran jardín, y los elfos gobernaban todo lo conocido. Al principio todos pertenecían al mismo clan, que los unía bajo todos los puntos cardinales y a través de todas las tierras. Pasó mucho tiempo sin que los clanes lucharan entre sí. Pero cuando el poder se interpuso, los hermanos dejaron de verse como hermanos. Y los elfos entraron en guerra con los elfos.

Las míticas Élfidas[22] estallaron. Fuente inagotable de leyendas y controversias hasta nuestros días, estas guerras costaron más que la sangre de los soldados. Fue antes de que el héroe Kaasari, Alwvnar all Daris, partiera los reinos élficos en dos y las mismísimas tierras de Sändriel quedaran a la deriva al otro lado del mar. Un acontecimiento que los elfos llamaron La Escisión, y fue una ruptura tan grande que aún hoy aparece en los calendarios.

"Este silencioso y oscuro bosque donde nos encontramos ahora, data de esa época. Los bosques de los elfos, o jardines como ellos los llaman, son un ser vivo que los guerreros Custodia tienen el deber de proteger. El jardín proporciona a los elfos refugio, alimento y todo lo que el clan necesita. A cambio, el clan debe proteger y defender sus fronteras. El bosque pertenece al elfo y el elfo pertenece al bosque. Los Jardines desafían las leyes de la naturaleza. Los elfos afirman que sus Jardines son una entidad global que siente y percibe como cualquier ser vivo. Cada jardín tiene un corazón en lo más profundo del bosque, un lugar oculto y mágico donde reside el poder que los mantiene vivos. Un lugar al que llaman Vällah'Syl, y que es el secreto más celoso de cada clan. Sólo sus

---

[22] Las Élfidas, también conocidas como las Guerras entre Elfos, fueron un episodio de guerra civil lo suficientemente cercano en el tiempo como para ser aún recordado, pero fuertemente impregnado de mito y folclore. En realidad, marcó la caída final del modelo imperial de los elfos y el gobierno de una línea de emperadores en decadencia. Fue sustituido por una confederación de clanes y bosques independientes que se reunían de vez en cuando en consejos abiertos. La dinastía imperial fue sustituida por una asamblea de representantes aristocráticos de los distintos clanes y familias poderosas, los Patriarcas. Ésta sigue siendo la forma mayoritaria de gobierno élfico en la actualidad, con la excepción del Principado Invernal. Este episodio de guerra intestina ha dado lugar a muchas leyendas, como la mítica separación geográfica de los elfos de la isla de Sändriel, episodio que llaman La Escisión. Se cree que estos aún siguen el modelo imperial y calculan el tiempo según el antiguo calendario élfico, pero se han separado completamente de la política común del Consejo patriarcal de los elfos.

La Flor de Jade I

-El Enviado-

sacerdotes y Custodias tienen acceso".

"Se dice que los elfos descuidaron sus jardines durante las guerras. La batalla se libró en el corazón de muchos bosques. Muchos jardines cayeron cuando sus Vällah'Syl fueron profanados. Este lugar fue uno de ellos. Una de las fortalezas élficas que fue arrasada y que quedó empapada en ríos de sangre. Estas son las ruinas de un bosque, sus reliquias, su cadáver y su propia tumba. Se dice que entre sus ramas se encuentran los restos milenarios de sus civilizaciones, destruidas por la codicia de los ignorantes y la negligencia de las legiones. Pero quizá no sea esa la parte más intrigante de la historia, ni la razón por la que mi querido amigo Gharin se siente tan inquieto en este bosque. Cuentan las leyendas que cuando las almas de los Custodios caídos intentaron cruzar el portal de la Casa de Alda, fueron expulsadas antes de entrar en ÄrilVällah, el Edén de las Almas. Su terrible negligencia había roto su voto ancestral con el bosque, por lo que fueron confinadas al abismo del Velo. Sólo las almas que siguen ligadas al mundo de los vivos por una tarea inacabada, un fuerte apego a su existencia anterior o una misión divina cruzan sus fronteras. Así, las almas de las Custodias, más ligadas a sus bosques muertos que a ÄrilVällah, dicen que siguen aún vigilando sus reliquias y sus caminos para asegurarse de que nada altere el bosque que ellos mismos dejaron morir. Cada noche, cuando la influencia de Kallah es mayor, sus criaturas despiertan y los espíritus de los Guardianes recorren este bosque espectral, a la caza de intrusos. Y ahora... pisamos su suelo sagrado y maldito. Hemos entrado en sus límites y debemos acatar sus leyes..."

—Te dije que estábamos siendo vigilados...

Hasta Falo perdió el apetito.

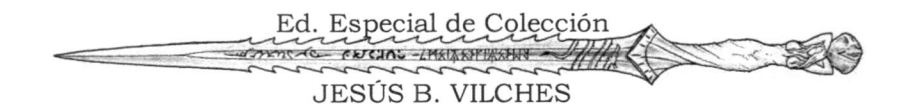

Allwënn sonrió divertido.

A pesar de la inquietante historia, el ambiente empezó a relajarse cuando terminamos de comer. Quizá sólo intentábamos mantener a raya el miedo a esas oscuras leyendas. Todo parecía normal, y la forma en que interactuábamos entre nosotros resultaba cordial y espontánea. Sin embargo, aquella tarde iba a ocurrir algo que daría un vuelco a esa situación. También revelaría poco a poco el pasado y el carácter de los dos elfos que nos acompañaban.

Allwënn se había vuelto a quedar pensativo. Esta vez no parecía estar batallando a solas con oscuros recuerdos, como solía ocurrir en esos momentos. De hecho, había un atisbo de sonrisa en sus labios. Supuse que algo divertido se le había pasado por la cabeza. Se sentó a comer, sacó su impresionante espada del cinto y la colocó a unos centímetros de su cuerpo. Por desgracia, también se encontraba muy cerca del mío. Me encontré incapaz de apartar los ojos de su empuñadura esculpida y su acero oculto. Armándome de valor, pregunté a su dueño si me permitiría desenvainar su espada y sentir su peso en mis manos.

—¿Mi espada? —Preguntó el guerrero con una sonrisa burlona en los labios mientras tomaba el codiciado objeto y lo colocaba sobre sus rodillas. —¿Quieres que te preste mi espada? Apenas puedes alzar la tuya, pequeño. ¿Cómo vas a levantar el Äriel del suelo?

—¿La... ¿Äriel? —exclamé sorprendido. —No sabía que

La Flor de Jade I

-El Enviado-

tuviera nombre—. En este punto de la conversación, Gharin levantó la vista y observó atentamente. —Resulta... un nombre precioso.

Allwënn y Gharin intercambiaron miradas. Parecían mantener una larga conversación con los ojos. Una conversación que, de haberse escrito, habría ocupado varias páginas, llena de matices y gestos que sólo ellos entendían. Ambos tenían una sonrisa de melancolía en los labios.

—Es... un nombre élfico... para una mujer. —confesó su dueño. Sonaba emocionado mientras lo decía. En ese momento, Claudia perdió el interés en bromear con sus compañeros y se volvió para unirse a la conversación que se había iniciado al margen de ella.

—A mí también me gustaría tocarla. —dijo, atrayendo la atención de todos hacia ella, mientras su grupo de amigos se reía de una broma anterior. —Sería la primera espada con nombre de mujer que sostengo.

—Sería la primera espada que sostienes, cariño —intervino Alex, divertido por el comentario. —Por cierto, se sujeta por el lado que no corta. Eso es lo primero que hay que decirle, Allwënn.

—¡Eh! ¡Claro que sé cómo agarrar una espada, listillo! —Replicó la morena, fingidamente molesta por el comentario. —De hecho, quizás debería cortarte la lengua con ella.

—Uhhhh, estoy temblando. La gran guerrera Claudia está enfadada —continuó Alex en su burla. —Probablemente sólo quiera usarla como espejo. Para admirar su bonito reflejo.

—Qué tonto eres —replicó ella, golpeando

juguetonamente en el hombro de Alex.

Los dos amigos alargaron por unos momentos más su inofensivo intercambio de puyas. Sin embargo, mientras los jóvenes bromeaban sobre la magnífica espada para evidente diversión de los demás, el rostro del mestizo comenzó a contraerse gradualmente en una expresión seria y fría, carente de color y de vivacidad... Algo en el ingenioso intercambio había disuelto su buen humor y hecho sangrar por dentro al guerrero. Algo demasiado sutil y oculto para que se notara a simple vista entre las bromas que allí se decían sin malicia. Gharin estaba disfrutando claramente de la fingida discusión entre los dos humanos, pero cuando sus ojos se cruzaron con los de su amigo, todo rastro de sonrisa se borró de sus apuestos rasgos. Tal vez previó los acontecimientos que estaban a punto de desencadenarse.

—Nadie usará mi espada hoy. —anunció secamente Allwënn con cierto imperceptible tono de voz temblorosa, pero lo suficientemente clara como para hacernos callar a todos. Las bromas cesaron y todos los ojos convergieron en su mirada penetrante y su rostro severo.

—¿Cómo? —preguntó Claudia confundida, aún sin saber el motivo de la abrupta reacción de Allwënn. Si era real o si se había sumado a la broma. —¿Es… por algo que dijimos? No escuches a ese idiota. Sólo quiere...

—He dicho que nadie usará mi espada. —recalcó enfáticamente el mestizo. Estaba claro que no había ni rastro de broma en su tono. Alex intentó calmar la situación mostrándose relajado.

—Vamos, Allwënn. Estábamos bromeando. Sólo

La Flor de Jade I

-El Enviado-

queremos verla de cerca.

—¿Estás sordo, muchacho, o tienes una piedra por cabeza? —le gritó irritado su dueño. —¡He dicho que nadie va a tocarla! ¿Me has entendido?

Alex, ligeramente ofendido por la grosera reacción del mestizo, levantó los brazos y frunció el ceño mientras hablaba.

—Eh, eh, eh, eh... Tranquilo, amigo. Es sólo un trozo de hierro, ¿vale?

Antes de que los brazos de Alex terminaran de descender, la poderosa mano de Allwënn se extendió y lo agarró por la ropa. De un poderoso tirón, atrajo a Alex hacia sí, de modo que el rostro del músico quedó a escasos centímetros del suyo. Con esos brillantes ojos verdes mirándolo con ira, Alex experimentó una vez más el veneno de las palabras de Allwënn.

—¡Escúchame, gusano! Nadie ha dicho que seamos amigos. Esta espada vale mucho más de lo que tú valdrás nunca, mucho más que las vidas de todos vosotros. ¿Lo comprendes? De hecho, espero que seas lo bastante inteligente como para darte cuenta de que ahora mismo tu vida depende del filo de su hoja y del límite de mi paciencia.

Con un enérgico empujón, Allwënn devolvió al músico al lugar que siempre había ocupado. Alex cayó de espaldas al suelo. Recogiendo su noble espada se alejó furioso hacia el bosque.

Alex estaba atónito. Nos miraba a todos y cada uno de nosotros. Movía los labios como si quisiera decir algo, pero sin poder expresar sus ideas con palabras. Su rostro se contorsionó en una máscara de confusión y frustración. Finalmente, consiguió ponerse en pie.

—¿Por qué… por qué demonios tenía que actuar así? Se desahogó frustrado. —Es un animal, es un maldito animal.... Alguien debería encerrarlo. Ese hombre es peligroso.

Todos nos quedamos paralizados.

Nos quedamos allí de pie, con las piernas temblorosas por el impacto de la escena y la reacción de Alex. Gharin miró hacia atrás. Vio que Allwënn se había ido definitivamente y le hizo un gesto al músico para que se sentara y bajase la voz.

—Lo... siento mucho, Alex, —intentó disculparse por su amigo, mientras el guitarrista volvía a sentarse a su lado. —Allwënn es un poco temperamental a veces.

—¡¿Un poco temperamental?!" exclamó Alex sorprendido mientras se incorporaba de nuevo por inercia. —¡Es una bestia! Casi me mata. Vamos, dímelo. Tengo suerte de estar vivo, ¿no? ¿A cuántos como yo se ha desayunado hoy?¡Maldita sea! ¿Qué dije para que actuara así?

—Te has pasado, Alex. —le reprochó Hansi en voz baja, pero muy seguro de sus convicciones. Alex arremetió entonces contra su amigo.

—¡¿Qué yo me he pasado?! Vamos, Hansi, ¿de verdad crees que es culpa mía?

—Es su espada, Alex". —le recordó su amigo. —La llamaste pedazo de hierro, tío. Fuiste demasiado lejos. Sé que no tenías intención, ¿vale? pero no tienes... no tenemos ni idea de lo que significan ciertas cosas por aquí.

Gharin trató de mediar en la disputa.

La Flor de Jade I

-El Enviado-

—Para muchos, esta espada es una leyenda... —Todos dirigimos nuestra atención al rubio semielfo cuando comenzó a hablar. —Pero para él... Para él es mucho más que eso. Para Allwënn hay un lazo muy íntimo entre él y su espada. Y ninguna otra espada que haya poseído en el pasado puede compararse con ésta: la Äriel.

—Bueno, de acuerdo, pero eso no le da derecho a... —Gharin levantó bruscamente el dedo en señal tácita de advertencia. Alex guardó silencio de inmediato. El semielfo se vio claramente obligado a dar más explicaciones.

—Mentiría si te dijera que es su espada favorita. No. Es mucho más que eso. No creo que haya ninguna palabra que pueda acercarse a lo que lo ata a su espada. Amor, podrías pensar. Es mucho más que amor, se lo aseguro. Fue su primera gran espada. Su primera arma de verdad, digna de un guerrero, de un verdadero guerrero. Su padre, con quien tenía un vínculo muy profundo, se la regaló cuando alcanzó la mayoría de edad. Le dijo que era una espada de reyes, pero que el rey debía estar en las entrañas del guerrero que la empuñara. Más tarde, la espada fue reforjada exclusivamente para él por uno de los herreros más renombrados del Imperio, descendiente de la legendaria estirpe de los *ForjaDorada*. Con ella, cruzó el umbral que separa al niño del hombre, la inexperiencia de la maestría. Sólo por eso es ya un arma muy especial. Pero quizá no sea ésa la razón más poderosa del profundo vínculo que siente por esta espada. El filo de su acero lleva el nombre de una criatura fantástica, invocada desde los sueños de los propios dioses. Toma su nombre de la misma mano que dobló el duro hueso de dragón que ahora le sirve de empuñadura. De la misma mujer que dormita bajo sus huesudas formas. Fue ser más complejo y bello que mis ojos hayan contemplado jamás... quien se convirtió en su esposa.

Claudia sintió como si una afilada hoja de acero al rojo vivo le hubiera atravesado el pecho. Por un momento, sintió un impulso incontrolable de odiar a aquella misteriosa mujer. Pero no tardó en sentirse culpable por ello.

—Äriel" era su tesoro más preciado en esta vida. Lo único verdaderamente sagrado y divino en su existencia. Era demasiado especial para todos nosotros. —Gharin miró al cielo y se detuvo un momento. Con voz vacilante, se esforzó por continuar. —Murió en una ardiente noche de furia cuando las tropas de la Némesis tomaron la ciudad fronteriza de Khälessar al comienzo de la guerra. Allwënn lo vio todo. Le quitaron la espada y la atravesaron con ella. El mismo Allwënn debería haber muerto esa noche a manos de su propia arma. Tal vez murió allí, en cualquier caso.

Una lágrima escapó de los ojos de Gharin como una gota de rocío que cae de una hoja al suelo. La lágrima era de un azul intenso, brillante como los ojos del arquero en la oscuridad de la noche. Un azul distinto del líquido transparente que forma nuestras lágrimas. Había visto este azul antes. Era el mismo azul del iris que rodeaba las oscuras pupilas del elfo. No pudimos evitar observar fascinados cómo aquella fantástica lágrima, del mismo color que sus ojos, rodaba por la suave piel de su mejilla y caía a la tierra.

Así lloran los elfos.

—Después de su muerte, Allwënn hizo grabar su nombre en la hoja de su espada en tres idiomas: Galeno Tuhsêk, la lengua de los enanos de Tuh'Aasâk, la de su padre.

La Flor de Jade I

-El Enviado-

Sÿr'al'Vhasitä, la lengua raíz de los elfos de Ürull, la de su madre. Y Dorë-Transcryto[23], la lengua de los sacerdotes de Hergos, la orden a la que ella pertenecía. También ordenó que se fundiera en el metal virgen de la hoja la silueta del Padre-Dragón, símbolo de su Dios Hergos, criatura que también la representaba. Esta espada es un símbolo. Es el vínculo entre Allwënn y su esposa desaparecida. La misma hoja en la que su sangre se mezcló con la de él la noche de su muerte. Es el vínculo, el lazo que atraviesa la barrera entre la vida y la muerte, y que de algún modo lo mantiene con vida. Esta espada, Alex, no es sólo una espada. Y mucho menos un trozo de hierro cualquiera. Es lo único que le queda para recordar, llorar y vengar a la única criatura que ha amado. Y la única criatura que amará en su larga, larga existencia.

Después de oír eso, no estábamos de humor para bromas.

El enorme cánido volvió a meter el hocico en la hierba, reconociendo el olor que había estado siguiendo durante horas. La criatura que lo había estado montando se volvió hacia sus compañeros. Había casi una docena de ellos esperando. Algunos se acercaron a él y sus lobos empezaron a olisquear el suelo con la misma intensidad.

Los jinetes eran pequeñas criaturas desgarbadas. Sus miembros delgados y nervudos contrastaban con un gran

---

[23] According to legend, Dorë-Transcryto is also the language of the gods.

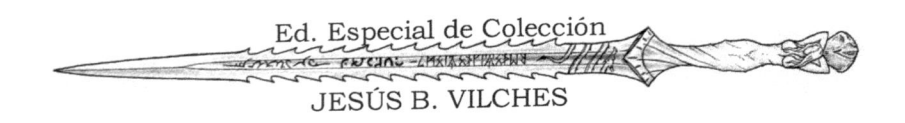

cráneo que alojaba unas orejas sobredimensionadas y una boca llena de afilados dientes amarillentos. Su piel era de un tono verdoso, llena de deformidades, tatuajes y cicatrices. A pesar de su pequeño tamaño, iban fuertemente armados. Escudos y lanzas en las manos, espadas al cinto y arcos a la espalda. Parecían ir de cacería. El que encabezaba la manada echó un vistazo al ominoso muro de árboles muertos que se extendía ante sus ojos. Todo el grupo pareció dudar un instante. Iniciaron una animada conversación, llena de voces chillonas y gestos vehementes.

Entonces, uno de los sabuesos empezó a aullar, y el resto de la manada le siguió. Estos aullidos pusieron fin a la acalorada discusión de los rastreadores. El más valiente de todos ellos, el más adornado con la salvaje ornamentación de sus ropas y armas, hizo un gesto evidente hacia el bosque. Con un rápido movimiento de la brida, la tropa de goblins inició su veloz avance, desapareciendo entre los primeros árboles en busca de su presa.

Falo miró a ambos lados. Nadie parecía haberlo visto. Aprovechó que la desaparición de Allwënn había hecho que la escala durara mucho más de lo previsto. El agotamiento había hecho mella en el grupo. Ahora yacían dispersos por el campamento, disfrutando de un merecido descanso.

Allwënn aún no había reaparecido.

Tratando de hacer el menor ruido posible, los ojos de Falo escudriñaron el campamento, seguro de que encontraría lo

La Flor de Jade I

-El Enviado-

que buscaba. Sus ojos iban de los caballos a los sacos y herramientas, y de ahí a los alrededores. Gharin también descansaba entre nosotros. Falo vio su bolsa de cuero. La que hacía un fuerte tintineo cuando Gharin se movía.

Tuvo que rebuscar entre las pertenencias del semielfo durante un rato antes de encontrar la preciada bolsa. Al sentirla en su mano, no tuvo ninguna duda de que contenía dinero. "Mucho dinero". Sonrió para sí mientras medía su peso. Se apresuró a aflojar el cordel y volcó cuidadosamente el contenido en la palma de su mano. Sus pupilas se dilataron. No podía creer lo que se le había deslizado de la bolsa a la mano. Eran monedas, tal y como esperaba. Pero eran monedas grandes, gruesas y pesadas, como nunca antes había visto. Entonces no lo sabía, pero tenía en sus manos un puñado de Ares Imperiales de Plata y un par de gruesas Damas de Oro. Aún lucían los magníficos grabados de los emblemas de Belhedor de antes de la guerra. El metal que los recubría brillaba como el sol. Varias gemas de gran tamaño habían escapado también junto a las monedas. Bellamente talladas y de colores brillantes, centelleaban en los escasos rayos de luz que brillaban a través de la copa de los árboles.

El hallazgo le puso nervioso. Rápidamente intentó volver a meterlos en la bolsa. Luego buscó en la ropa que llevaba un lugar donde esconderla.

En nuestra precaria situación, ¿cuál podría ser su motivo para robar? Tal vez fuera la codicia. Tal vez estaba tratando de conseguir dinero para comprar la ayuda de alguien que no fueran aquellos elfos. Tal vez ya había decidido abandonar nuestra compañía e intentar buscarse la vida por su cuenta. La verdad es que nunca lo sabremos. Lo que es seguro es que debió de ser en ese momento, con los ojos saltando de un lado a otro para asegurarse de que no lo habían visto, cuando vio la fabulosa espada de Allwënn apoyada en el nudoso tronco de un árbol lejano.

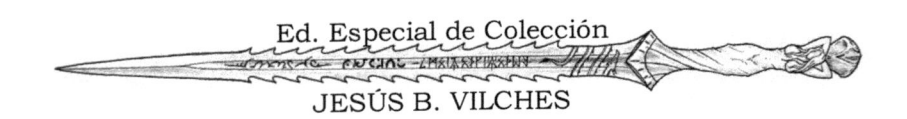

Le llamó la atención.

No había visto regresar al mestizo enano. Seguramente, si su arma estaba allí, él no podía andar lejos, a juzgar por la devoción que había mostrado por ella. Esta deducción debería haber bastado para disipar el pensamiento obsesivo que acababa de colarse en su cabeza. Pero Allwënn no parecía estar cerca. El claro seguía tan silencioso y solitario como hacía un momento.

Los ojos de Falo volvieron a la espada, apoyada sola y desprotegida contra el tronco del viejo árbol. Yacía allí como si vigilara las demás posesiones del temperamental mestizo, sin que nadie ni nada la notara. Falo estuvo tentado de tomar aquella espada para sí. Pero no fue por eso que se acercó con una sonrisa en los labios. Falo disfrutaba con la idea de violar la intimidad de Allwënn. Sabía que estaría profanando algo de indecible valor para él. Sería una venganza muy dulce tocar y acariciar cuanto quisiera las formas prohibidas de la preciosa espada en ausencia del mestizo.

Falo apenas tuvo que inclinarse para ponerse a su altura, tales eran las extraordinarias dimensiones de la espada. Aún estaba envuelta en el cuero de su vaina. Ocultaba a la vista las formas de la hoja de acero. En cualquier caso, eso no era lo que interesaba a Falo. Ni siquiera se había fijado antes en el exquisito detalle de la empuñadura. Así que lo que apareció ante su incrédula mirada le dejó atónito.

En efecto, ¡era una mujer!

La Flor de Jade I

-El Enviado-

Toda la empuñadura formaba la figura de una mujer. No cabía duda. Un cuerpo tan pulido que parecía cubierto por una fina capa de humedad. Su silueta estaba velada por una fina gasa flotante que ondeaba a su alrededor, acentuando las curvas y la sensual belleza de una mujer desnuda. Falo tragó saliva y un calor inexplicable se apoderó de su cuerpo. Era como si realmente estuviera en presencia de una mujer de carne y hueso.

Volvió a comprobar que nadie le observara.

Una extraña fuerza, como la de una seductora voz de tentación, pareció animarle a tocar el esculpido cuerpo desnudo. No pudo contenerse y, obedeciendo a ese impulso irrefrenable, colocando los pulgares sobre los pies de la dama. Un escalofrío le recorrió la espina dorsal, desde la cabeza hasta la parte baja de la espalda.

Parecía... podría haber jurado...

Era como si hubiera tocado la tierna y suave piel de un cuerpo vivo. Como si la mujer de hueso se hubiera estremecido ante el leve contacto de sus dedos. Parecía casi emanar calor.

Y eso fue lo último que Falo recordó antes de que un violento golpe le arrancara de cuajo de allí.

—¡¡¡Qué te crees que estás tocando, vástago de perra!!!"

El brutal impacto de una rodilla contra su costado le hizo doblarse de dolor. El golpe fue tan fuerte que le hizo retroceder varios metros. Aún intentaba recuperar el equilibrio cuando sintió que algo sólido volvía a golpearle, esta vez en el estómago. Un dolor punzante le atravesó las tripas. Un dolor repentino. Una intensa sensación de ardor se extendió desde su abdomen hasta su garganta. Su rostro se retorció violentamente, al ser golpeado por un puño que parecía hecho de hierro. Falo cayó al suelo. Estaba demasiado aturdido para levantarse por sí mismo. Allwënn lo agarró de la camisa y lo elevó en el aire.

—Te voy a arrancar las manos, cerdo miserable Y luego te haré comer tus propios dedos.... ¿Crees que no sé lo que intentabas hacer?

El grito de rabia de Allwënn perforó los oídos del joven cuando un puño volvió a golpearle la cara. Una brizna de sangre brotó de los labios de Falo, manchándole el rostro y parte de la camisa. Aquellos puños eran como piedras. Falo se jactaba a menudo de sus peleas callejeras y tenía más de una marca en la cara a causa de ellas. Pero nunca había recibido golpes tan demoledores. Pensó que Allwënn iba a arrancarle la cabeza. El cuerpo del joven se tambaleó como un borracho, sólo para recibir otro poderoso golpe del medio enano. Creyó que caería inconsciente en cualquier momento. Allwënn lo agarró y lo arrojó contra un árbol.

Falo estaba machacado.

Alarmado por el ruido, Gharin se despertó de repente y cogió su arma. Espada en mano, se levantó de un salto y observó la escena. Sobresaltados por la conmoción a su alrededor, los demás también nos despertamos.

—Allwënn, ¿qué está pasando?

Al oír su nombre, el mestizo giró lentamente la cabeza hacia su amigo. Estaba de pie junto al maltrecho cuerpo de Falo, con llamas de rabia ardiendo en sus pupilas. Tenía los ojos muy abiertos y los labios crispados. Sorprendido, Gharin se volvió hacia el furioso Allwënn. Éste regresó inmediatamente sobre sus pasos hacia el arma profanada, que seguía tirada en el mismo

LA FLOR DE JADE I
-EL ENVIADO-

lugar donde Falo la había dejado.

Alex y yo nos unimos a Gharin poco después. Todavía no podíamos creer lo que veíamos.

—¡Por Yelm, Allwënn! ¿Qué ha pasado aquí? Casi matas a ese chico —dijo Gharin mientras se acercaba a Allwënn, con el arma laxa en la mano.

—Debo sentirme benevolente —respondió Allwënn sarcásticamente, sin volver a mirar a su compañero.

—¿Has perdido el juicio, Allwënn?

Allwënn se volvió hacia Gharin y le apuntó violentamente con su dedo crispado.

—¡No vuelvas a cuestionar mis acciones, Gharin, o puede que no reconozca quiénes son mis amigos! Aún puedo matar a alguien esta tarde.

Gharin no pudo articular una respuesta.

En ese momento se oyó otra voz. Era Claudia. Acababa de llegar al lugar y se horrorizó al ver el cuerpo maltrecho de Falo. En verdad, era impactante ver tanta sangre en su rostro.

—Detén este asunto, Allwënn, por favor. —suplicó Gharin. Pero antes de que pudiera responder, alguien lo hizo y llenó el tenso ambiente con una larga lista de insultos. Todas las miradas se volvieron hacia él.

Falo había conseguido ponerse en pie, balanceándose de forma inestable sobre sus piernas como una marioneta colgada de hilos sueltos. Sostenía a duras penas su cimitarra con ambas manos. Era la misma que había colgado de su cinturón durante los últimos días, por orden de los propios elfos. Apenas podía sostener la enorme espada cuando estaba sano y en forma. En su estado actual, apenas podía levantarla del suelo. Pero eso no le impidió amenazar e insultar a Allwënn con un torrente de improperios. Su rostro era una máscara ensangrentada de carne magullada. Estaba tan desfigurado por los golpes del enano que resultaba difícil reconocerlo.

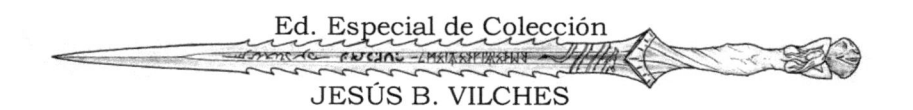

El enano miró con furia al maltrecho joven. Se volvió y extendió el brazo hacia Gharin, con la palma abierta hacia el cielo ensombrecido.

—Dame el Äriel, Gharin. —anunció con firmeza a su rubio compañero. Éste se quedó algo sorprendido por la petición.

No era un gesto casual. Allwënn interpretó las acciones de Falo como un desafío personal. Al desenvainar su cimitarra contra Allwënn, Falo le había retado formalmente a un duelo. Al pedirle a su amigo que le diera su espada, Allwënn le estaba indicando que aceptaba ese desafío. Con todo lo que eso significaba. Sería una pelea sin cuartel ni piedad. En ese caso, Falo ya estaba muerto. Aquel desgraciado ensangrentado y apaleado no era rival para el medio enano. Incluso en su mejor momento, Falo no hubiera tenido oportunidad alguna contra él. Allwënn era un guerrero feroz, tan salvaje como hábil. Pocos rivalizaban con sus destrezas de combate... y si tenía que levantar su espada contra aquel idiota en un duelo, no se privaría de nada.

Falo era hombre muerto y ni siquiera lo sabía.

—Él es sólo un crío. ¡Míralo, lo has destrozado! Ya le has dado la lección, Allwënn. No es necesario... —Su compañero trató de disuadirlo.

La Flor de Jade I

-El Enviado-

—¡Maldita sea, Gharin, dame mi espada! —Gritó.

Era mejor no discutir con él.

La ofensa de Falo concernía a Äriel. Allwënn no lo perdonaría. No lo dejaría pasar, sobre todo porque aquel estúpido humano insistía en forjar su propia desgracia. Si tan sólo hubiera mantenido la boca cerrada.... El destino del humano estaba sellado, y su verdugo no tendría piedad con él.

—¿Qué está pasando? Alex, Hansi... ¿Qué va a pasar? —preguntó Claudia con voz temblorosa, contemplando aterrorizada la escena que se desarrollaba ante sus ojos. Esperaba desesperadamente que alguien contradijera su peor temor: que Allwënn estaba a punto de descuartizar brutalmente a Falo delante de todos. Sería poco menos que una ejecución.

Sus ojos se cruzaron con los de sus amigos. Alex tenía una expresión de impotencia en el rostro, angustiado por no poder darle la tranquilidad que ella buscaba. Nadie se atrevió a decir nada. Ninguno de nosotros tuvo el valor de interponerse entre el furioso medio enano y quien le había ofendido. Falo estaba pidiendo castigo. Se lo merecía, pero obviamente no había contado con pagarlo con su vida.

Gharin tendió el arma a su dueño, ofreciéndole la empuñadura. Sentí que el corazón me latía a un ritmo acelerado, palpitando insistentemente dentro del pecho. Con deliberada ternura, los dedos de Allwënn agarraron el cuerpo desnudo y esculpido en la empuñadura de la espada. Luego, con un movimiento mesurado comenzó a separar el acero del cuero tallado que lo cubría. Pulgada a pulgada, el frío metal se reveló por primera vez. Allwënn mostró la larga y reluciente hoja a su tembloroso oponente. Falo tragó saliva al ver desnuda el arma que se había atrevido a tocar y contra la que ahora tendría que defenderse. Si la intención de Allwënn era asustar al joven, sin duda funcionó.

El formidable acero quedó por fin libre y brilló majestuosamente como una joya en la opresiva atmósfera de aquel bosque cadavérico. En aquel momento, todos comprendimos por qué aquella brillante hoja de doble filo nos había llamado desde su refugio oculto. Ni yo, ni Claudia, ni ninguno de nuestros compañeros humanos podríamos haber imaginado jamás la descarnada belleza del arma que se desplegaba ante nosotros.

"¡Dientes!"

La palabra resonó con fuerza en las mentes de todos los espectadores mientras contemplábamos asombrados la forma desnuda de Äriel. Dientes salvajes y mortales. Dientes como los de una bestia salvaje. Ambos filos de la poderosa espada estaban serrados con afilados dientes de acero a lo largo de toda la hoja. Su secreto.

Para fortuna de Falo, sólo podía distinguir una masa borrosa de metal.

Ahora que lo pienso...

Qué exquisita pieza de arte era, sin duda. Digna de la doble naturaleza de su portador. Desde su empuñadura de hueso con forma de mujer, el metal de la espada se elevaba como la amplia estela de un barco en el mar. Una vez libre del abrazo óseo de la empuñadura, el acero se estrechaba ligeramente en la base de la guarda, para volver a ensancharse

La Flor de Jade I

-El Enviado-

unos quince centímetros después. Estos centímetros formaban la parte roma de la espada. No tenía utilidad práctica en combate, pero estaba ricamente decorada con grabados de exquisito detalle. Fue aquí donde se incrustó en el metal la silueta del dragón del que nos había hablado Gharin. Era un dragón que recordaba a una serpiente oriental, con su cuerpo alargado retorciéndose en varios giros. De él surgían casi treinta pulgadas de acero dentado, que acababan estrechándose hasta una afilada punta mortal. Su aspecto era poderoso, letal, feroz y majestuoso. Tal como Gharin nos había dicho, las inscripciones cubrían la superficie plana de acero. Casi ninguna parte de la hoja estaba sin decorar.

La Äriel era una magnífica combinación de poder y belleza, de brutalidad salvaje y arte sublime. Al igual que su portador, era una extraña fusión de belleza y bestia. ¿Y si la mujer que inspiró esta espada fuera sólo mil veces menos bella?

¡Cuánta mujer para un solo hombre!

—¡Perro! ¡Tuviste tu oportunidad! ¡Terminaremos con esto ahora mismo!

Todo sucedió demasiado rápido. Una corta distancia separaba a los dos contendientes. Allwënn cargó hacia delante con la espada en la mano, el rostro contorsionado por la furia. Falo permaneció impotente mientras el musculoso elfo se abalanzaba sobre él como un toro furioso. Sus ojos se abrieron de par en par, desorbitados de terror. Quiso tirar su cimitarra al suelo en ese momento y salir corriendo.

Pero no pudo.

El Äriel atravesó el aire con una fuerza increíble hacia el cuerpo de Falo, que consiguió interponer milagrosamente el acero oxidado de su arma. La cimitarra voló hacia el bosque, arrancada violentamente de las manos de su dueño. Antes de que el joven pudiera reaccionar, Allwënn le propinó una fuerte patada en el pecho, catapultándolo contra el árbol del que se había levantado.

El mestizo dio un paso decidido hacia el maltrecho cuerpo de su oponente. Falo se apretó contra el tronco de árbol, respirando con evidente dificultad. El Äriel se balanceaba indiferente en la mano del mestizo, con la punta apuntando inofensivamente al suelo. Mientras Allwënn avanzaba, su cota de malla tintineaba a cada paso. El sonido jugaba con los nervios de su derrotado oponente, provocándole un terror difícil de explicar. El joven humano abrió sus magullados párpados y la imagen borrosa de Allwënn apareció ante él. Allwënn parecía más poderoso e invencible de lo que Falo había supuesto jamás. Recostado contra la áspera corteza del árbol, trató de llenar los pulmones tanto como pudo, jadeando y resollando a cada respiración. Allwënn se paró frente a él y le miró fríamente con sus penetrantes ojos verdes, sin mostrar ningún atisbo de emoción. Como un depredador mira a su presa vencida. Entonces su rostro se crispó en una mueca despiadada y levantó rápidamente su formidable espada por encima de los hombros. Antes de que Falo pudiera reaccionar, Allwënn blandió su espada a la velocidad del rayo hacia el cuello del joven.

A Falo casi se le salen los ojos de las órbitas de miedo y sorpresa. Sólo tuvo tiempo de levantar el brazo en un vano intento de defenderse del brutal golpe que estaba destinado a decapitarle. La hoja afilada como una cuchilla se dirigió rápida e inexorablemente hacia su carne magullada y maltrecha.

La Flor de Jade I

-El Enviado-

"¡Allwënn, Noooooooo!"

Gritó Gharin, apenas un segundo antes de que la Äriel alcanzara al muchacho. Claudia se volvió hacia Alex y enterró la cara en su pecho. Él la abrazó con decisión, apartando también la mirada. Yo quedé paralizado. Solo Hansi parecía mantener la compostura, impasible a mi lado.

Oímos un fuerte crujido.

Luego se hizo el silencio, sólo roto por el susurro del viento en los árboles cercanos.

Falo seguía temblando violentamente cuando abrió los ojos, el miedo le helaba hasta los huesos. Había un bulto evidente en la parte trasera de sus pantalones. Había visto su vida pasar ante sus ojos en una fracción de segundo. Seguía vivo, aunque le costara creerlo. El filo dentado del Äriel había cortado la nudosa corteza del árbol a la izquierda del joven. La gruesa madera del tronco había detenido la hoja justo antes de que llegara al cuello de Falo, causándole sólo un leve roce en la garganta. El joven se llevó la mano al cuello y comprobó que sangraba ligeramente. Afortunadamente, sólo era una herida superficial. Había conservado la cabeza, que era más de lo que cualquiera habría apostado. Falo se desplomó al pie del árbol, exhausto y aliviado. Gharin suspiró tan fuerte que todos no pudimos evitar mirar en su dirección.

La hoja estaba firmemente clavada en el tronco del árbol, vibrando aún por la fuerza del golpe. Con un rápido tirón, Allwënn separó el mortífero acero de la madera del árbol, dejando una profunda herida abierta en sus anillos milenarios. El mestizo se agachó junto a Falo, tan cerca de él que parecía a punto de besar al joven en los labios. Agarró a Falo por el pelo y le inmovilizó la cabeza contra la madera. El tembloroso joven no podía ver nada más que los brillantes ojos verdes de su verdugo clavados directamente en los suyos. La voz sonora y cadenciosa del mestizo vibró por todo su cuerpo destrozado.

—He matado a hombres por mucho menos —le aseguró el mestizo con lentitud. —No habrá una próxima vez. Si la hay, alguien tendrá que traer tu cabeza del bosque. ¿Me entiendes? Aléjate de mi espada. O ella te enviará a conocer a tus ancestros.

Entonces se volvió hacia nosotros.

Con gesto desafiante, avanzó unos pasos. Su rostro se endureció mientras nos miraba con intensidad. Levantó la espada y clavó su afilada punta en la tierra húmeda frente a todos nosotros. Con el brazo extendido, nos señaló con el dedo y lanzó una advertencia que ninguno de nosotros se atrevió a cuestionar.

—El próximo... —Sus ojos verdes brillaron con fría intensidad mientras hablaba. —Humano o elfo. Hombre o mujer, que se atreva a tocar mi espada sin mi permiso. lo partiré en dos y colgaré sus entrañas a secar.

Sus palabras parecieron perdurar en aquella atmósfera opresiva reverberando con intensidad por encima de nuestras cabezas sumisas. Gharin no dijo nada. Permaneció inmóvil con una expresión seria en el rostro, mientras observaba a su amigo. Después de mirarnos en silencio un momento, Allwënn se acercó a Gharin y le entregó una bolsa de cuero llena de oro y gemas. Gharin la reconoció de inmediato. Los dos intercambiaron miradas y sus ojos parecieron entablar un largo diálogo silencioso que ninguno pudo entender.

La Flor de Jade I

-El Enviado-

—Que alguien cure a este pedazo de mierda. —aconsejó Allwënn en un claro mensaje a su amigo, y se alejó. —¡Y ensillad los caballos! —Añadió, dándonos la espalda. —¡¡Nos vamos!!

Mis ojos se desviaron hacia la poderosa espada, clavada orgullosamente en la tierra como un glorioso estandarte en un antiguo campo de batalla. Contemplé sus exquisitas formas, admirando la belleza y el aura de su reluciente acero desnudo. Sentí que una oleada de tristeza invadía mi alma cuando miré a los ojos llenos de dolor de la dama que dormía dentro de su empuñadura. Vi alejarse al bravo y fiero guerrero...

No tuve ninguna duda.

¡Qué magnífico guardián para velar su sueño!

Ed. Especial de Colección
JESÚS B. VILCHES

"Nada dura para siempre
Ni siquiera los dioses
A Ellos también se olvidan"

HELIOCARIO, EL TURDO
El Oráculo Jade

LA FLOR DE JADE I
-El Enviado-

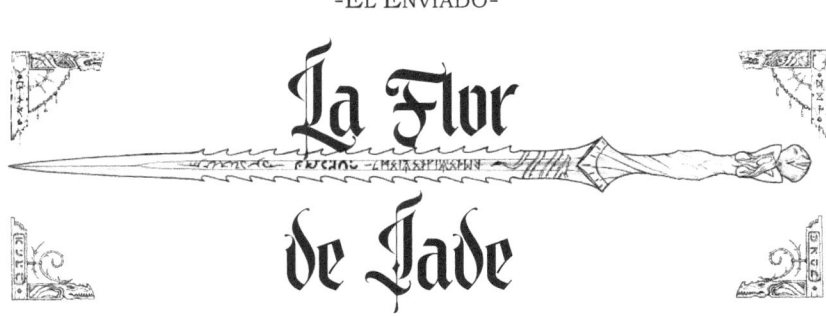

La Flor de Jade

INESPERADO

Nieve, nieve, nieve
En aquellas latitudes solo existe la nieve

Un enorme cortinaje. Un despiadado muro blanco. La ventisca golpeaba furiosamente desde todas las direcciones. Era como si un boxeador ciego arremetiera salvajemente contra su oponente, esperando asestarle un golpe afortunado. En este caso, las piernas del adversario caminaban con esfuerzo por la nieve hasta las rodillas. El frío punzante aguijoneaba su carne como castigo a cada nuevo paso. Un oponente desarmado, indefenso ante el poder titánico de su implacable enemigo.

Sea cual sea la estación, siempre es invierno en los confines más septentrionales del Ycter. Este es el reino de Valhÿnnd[24], el desierto blanco, donde los campos se cubren para siempre de nácar, sometiendo el poder de Yelm[25] ante él.

Es el corazón del invierno. Y rara vez alguien se atreve a desafiar al invierno en sus propios dominios.

Un cálido resplandor irradiaba de la pila de leños que humeaban en la chimenea. Una mano firme hundió el hierro frío del

---

[24] Valhÿnnd - El Invierno, Señor del Frío. Hoy en el Panteón Humano.

[25] Para los habitantes del Mundo Conocido, el Gran Sol es Yelm. El Sol Rojo corresponde a la deidad neutral Minos, y la Luna a la diosa de la oscuridad y la noche, Kallah. De hecho, para los humanos, la frontera entre las deidades y sus astros es insignificante y borrosa. Por ello, el término no sólo hace referencia a las escasas horas de luz y calor en las asoladas tierras de Ycter Nevada. También hace referencia a la legendaria lucha entre los dos dioses, que, según la tradición imperial, lucharon por el título de Dios de Dioses. La batalla la ganó Yelm, y así nació la famosa rivalidad y antipatía entre los dos dioses. En realidad, la explicación de este mito es más compleja y controvertida. El consenso general parece ser que se refiere a dos culturas, probablemente humanas, que lucharon por mantener y ampliar sus respectivas esferas de influencia a lo largo del tiempo. Cada una se habría adscrito al culto de uno de estos dioses. Una cultura del norte que adoraba al dios del invierno y una cultura del sur que adoraba al dios del sol Yelm. Esta rivalidad y lucha cultural desembocó en conflictos por la supremacía territorial. Los historiadores y eruditos no se ponen de acuerdo sobre la geografía, las etapas y la naturaleza del conflicto en sí. Una escuela de pensamiento sostiene que los valhÿnitas, que ocupaban el extremo norte, intentaron invadir las tierras más cálidas del sur y fueron repelidos por los yelmnitas. Otros sugieren que el intento de colonización fue a la inversa. Una tercera escuela sugiere que no hubo un único conflicto, sino que los intentos de expansión territorial se sucedieron a lo largo del tiempo, con la cultura en la cima de su poder intentando ganar territorio a costa de la otra. El resultado ha sido una hostilidad tradicional entre los dos grupos culturales, a pesar de su evolución en el tiempo, que ha llevado a inmortalizar estos conflictos en este mito y sus respectivos dioses

LA FLOR DE JADE I

-EL ENVIADO-

atizador en las brasas adormecidas, agitándolas para revigorizar las llamas que la desidia había descuidado. Pronto, el fuego estuvo tan vivo como debía, y la vara de acero se retiró.

Desde el interior de la rústica cabaña de troncos se podía ver la intensa nevada que azotaba las ventanas fuertemente fajadas con entibos. Cuando la tormenta arreciaba en días como aquel, toda la casa parecía temblar, con fuertes golpes y espeluznantes crujidos que hacían vibrar todos los rincones. Rodeado de kilómetros de yermos campos de nieve, era fácil ponerse un poco nervioso ante el aullido de la tormenta en el exterior. Pero Ishmant ya estaba acostumbrado. Como única criatura inteligente que habitaba las zonas más septentrionales de esas tierras inhóspitas, había acostumbrado su mente a no dejarse conmover por tales sonidos. De hecho, había llegado a considerarlos como las notas discordantes de la furia de la naturaleza. Como para demostrar que estaba viva, incluso en esta tierra estéril. En esas tardes, cuando el cielo oscurecido ocultaba la luz de los soles, hervía agua para preparar una taza de hierbas kyawan y dedicaba las horas siguientes a una buena lectura tranquila.

El vapor del agua hirviendo empezó a hacer silbar la tetera. El sonido distrajo por un momento su mirada de las ventanas empañadas y del lúgubre espectáculo que presentaban. Apartando el cuenco de barro del ansioso abrazo de las llamas, Ishmant vertió su contenido hirviendo en la taza que contenía la mezcla de hierbas amargas del kyawan. Había algunas costumbres que nunca abandonaría. Una de ellas era saborear este intenso brebaje. Le transportaba a sus orígenes, a los templos de su primera iniciación. Había pasado mucho tiempo desde aquellos vagos y lejanos recuerdos. Los sorbos penetrantes del caldo amargo le trajeron fugaces nostalgias del pasado. A una época en la que tenía contacto con otras personas y era un estudiante con mil cosas por aprender y descubrir. Mientras tanto, en el aquí y ahora, el tiempo pasaba lentamente.

Fuera, la tormenta arreciaba.

Una multitud de sonidos, como el correteo de mil patitas, plagaban la habitación asediada por la tormenta. De vez en cuando, un fuerte golpe o un ruido sordo bastaba para romper la más profunda concentración. Tendría que empezar el mismo párrafo por tercera vez. Ishmant suspiró. Los versos místicos de Gadio no tenían el mismo magnetismo y profundidad si iban acompañados de constantes interrupciones.

Intentó empezar el mismo párrafo por cuarta vez, pero un fuerte golpeteo volvió a distraerle. Parecía que la lectura iba a ser un placer inalcanzable aquella tarde. Ishmant plegó las gruesas y gastadas páginas de las *Meditaciones* del viejo filósofo, cerrando el libro con algo de frustración. Tendría que encontrar otra forma de pasar las horas que quedaban hasta que acabara la tormenta. El sonido volvió, obligándolo a una mueca de irritación. Pero esta vez fue consciente de algo que podría haber pasado desapercibido antes. El sonido era una serie de golpes rítmicos sordos y...

Pom, pom, pom, pom, pom, pom.

Levantó el cuello y miró con las cejas fruncidas en la dirección de la que sin duda procedían los golpes.

¡Alguien llamaba a su puerta!

Su dormido instinto guerrero, inactivo durante décadas, empezó a despertar, como los engranajes de una vieja máquina.

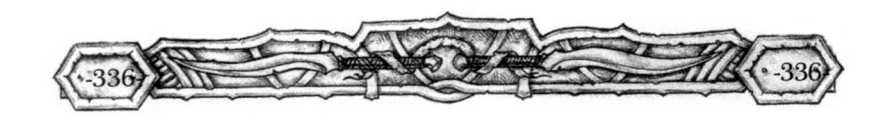

LA FLOR DE JADE I

-EL ENVIADO-

¿Quién podría estar al otro lado de la puerta? pensó. Por su mente pasaron mil hipótesis, cada una más desconcertante que la anterior. Esto era inaudito... ¿Quién podría haber venido aquí, a este helado lugar inhóspito, escondido en medio de la nada? Entonces lo supo.

"¡Ha venido!" se dijo Ishmant, dejando caer el libro que sostenía...

Un recuerdo...

"Escóndete lejos, amigo mío. Podré encontrarte, aunque huyas al mismísimo Pozo de Sogna".

Algo se agitó en el alma de Ishmant. Algo se apagó en ese momento de duda, reviviendo un viejo sentimiento que casi había sido desterrado y marchitado durante todos estos años de exilio.

Pom... Pom... Pom...

De nuevo los golpes en la puerta, pero ahora se desvanecían. La fuerza del visitante del otro lado se debilitaba.

"Me ha encontrado. Sólo él podría haberlo hecho".

Su corazón latió más rápido, pero Ishmant utilizó su fuerza interior para calmarse. Se había preparado para este momento.

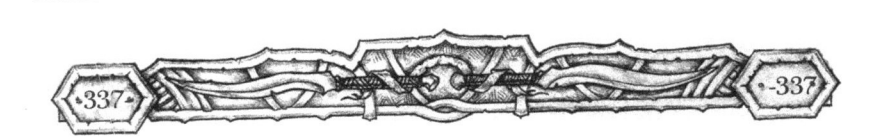

La barra de madera que sujetaba la puerta cayó al suelo con un fuerte golpe. Las bisagras emitieron un leve crujido que fue rápidamente ahogado por la furia de la tormenta, igual que el dulce sonido de una flauta en el fragor de la batalla. La puerta se abrió de par en par. Como un asaltante invisible, una poderosa avalancha de viento y nieve entró en la habitación. La ráfaga de aire helado hizo que el fuego parpadeara salvajemente. Los objetos cayeron al suelo. El poco calor que había en la vivienda se disipó rápidamente. Ishmant temblaba de frío.

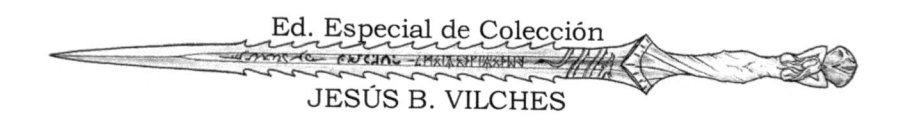

Frente a él, envuelto en el fantasmal velo de nieve y hielo levantado por la aullante tormenta, se alzaba una figura colosal en el marco de la puerta. Una larga capucha oscura ocultaba su rostro.

Ish...mant... —dijo la figura con voz rota, agotada y marchita.

"¡¡¡Lo sabía!!!"

LA FLOR DE JADE I

-EL ENVIADO-

La Flor de Jade

TÉ AMARGO Y VERSOS CRIPTICOS

Lo que me cuentas no tiene precedentes

La expresión de Ishmant, que rara vez cambiaba, delataba algo más que sorpresa. La melena anaranjada del visitante aún estaba un poco húmeda. El fuego cálido del hogar no había sido suficiente para secar por completo su corpulenta figura. Sin embargo, bajo las gruesas mantas que lo cubrían, ya no temblaba. La estimulante amargura del kyawan resultó ser más eficaz que el ardiente beso de un buen licor o de una mujer generosa.

Ishmant miró a su compañero. Estaba desplomado en un sillón con las mantas cubriéndole el cuerpo. Tenía un aspecto algo ridículo dado su enorme tamaño.

—¿Tanto tiempo ha pasado, amigo mío? —preguntó Ishmant. El visitante sonrió al ver la expresión de cansancio en el rostro de su viejo aliado.

—Tanto tiempo, en efecto. Pero, por desgracia, poco o nada ha cambiado en el mundo desde entonces. Y todo lo que cambia es siempre en perjuicio nuestro—. Suspiró antes de continuar. —Ossrik levantó el Exterminio hace unos años, al menos oficialmente. Poco importa que se siga combatiendo en el norte. Pocos quedan en la antigua tierra de los hombres para tomar nota de tales noticias. Así que, oficialmente, el Imperio es historia y la humanidad se ha extinguido. Ya nadie duda del poder del Culto.

El anfitrión escuchó las palabras en absoluto silencio.

—Los siervos de Kallah controlan la mayor parte de la tierra que una vez fue el Imperio—. El visitante continuó hablando. —Sólo los monjes del Culto y sus Legiones Negras sobrevivieron al Holocausto. Pero dudo que Ossrik quede satisfecho con eso. Los humanos fueron su punto de partida, su primer movimiento. Algo me dice que el juego no ha hecho más que empezar. Ossrik es sólo otra pieza en el tablero. No es el

LA FLOR DE JADE I

-EL ENVIADO-

Tamuh[26] de este juego. Apostaría mi cabeza a que hay una agenda detrás de esto que aún no ha salido a la luz.

Ishmant inspiró con intensidad y se detuvo un momento antes de dar un largo sorbo a su brebaje.

—Pero tú no has hecho un viaje tan largo para decirme cosas que ya sabía el día que me fui. —dedujo el anfitrión. —Si estás aquí ahora, es porque algo ha debido cambiar.

Su visitante sonrió.

Rexor miró a Ishmant con más atención, como si quisiera clavarle en su asiento con su intensa mirada. La luz del hogar parpadeó sobre su rostro, iluminando brevemente las sombras para revelar la melena anaranjada que asomaba bajo la protección de la manta.

—El avance del ejército de Kallah se ha detenido. —declaró sobriamente. —Desde el final del Exterminio, la expansión se ha ralentizado en todos los frentes. El Némesis puede ser inmortal, pero sus huestes no lo son. Y lo que es seguro, es que las necesita. Las necesitó entonces para conquistar, y las necesita ahora para mantener lo conquistado. Cada una de sus criaturas vale más que diez hombres, pero tras las implacables y sangrientas campañas del Exterminio, ellas también necesitan reposo. Quedan muchos frentes abiertos, pero se ha perdido el ímpetu de antaño. ¡Has estado tanto tiempo fuera de este mundo, mi querido amigo! Las huestes de Kallah se han vuelto poderosas y numerosas. La mera visión de las armaduras y libreas de batalla Neffarah inspira pánico y

---

[26] El Tamuh es la pieza central de un juego de estrategia en tablero muy popular entre la aristocracia imperial.

terror allá donde van. Sin embargo, ahora dependen de su victoriosa reputación y de sus historias de brutalidad para ganar las batallas o mantener a la población sometida. Las legiones oscuras parecen demoníacas, pero están agotadas. Su impresionante aspecto compensa su falta de energía. Su sola presencia basta para ahuyentar de la guerra a cualquier facción contraria. Y hoy quedan pocos enemigos que puedan oponérseles.

Rexor miró fijamente las facciones del humano, esperando ver algún signo de emoción en sus ojos. Pero el rostro de Ishmant era como una máscara de piedra.

—Sorom ha encontrado la Cámara de los Doce Espejos. —anunció Rexor, como si afirmara un hecho que debía darse por sentado. Entonces Ishmant mostró un repentino interés.

—¿La Sala de los Espejos? ¿De los Jerivha? Creía que era sólo una leyenda.

—Yo también, pero no puede haber otra explicación. Los hechos la avalan.

Ishmant depositó el cuenco de su amargo caldo sobre la mesa baja que tenía delante y miró las oscurecidas facciones de quien le había traído tan inquietantes noticias.

—Entonces debe de haber traducido el Código — predijo. Su visitante dio un largo suspiro y apoyó su desproporcionado cuerpo en el respaldo de su asiento.

—El Código de Honor del Altar de Morkkian. Una buena parte de él, al menos —confirmó. —Suficiente para despertar a los doce Vástagos.

Ishmant se quedó inmóvil, con la copa de líquido

La Flor de Jade I
-El Enviado-

humeante en los labios, sin probar más que el vapor caliente que surgía de su superficie.

—Debes tener una buena razón para tu certeza en esto, amigo mío.

—Los Levatannii han regresado. De hecho, lo hicieron hace años —anunció el gigante con voz suave pero profundamente resonante. —Y deben de haber hecho un pacto secreto con el Culto. Me aterroriza pensar lo que están planeando. Se han establecido entre la élite de la cohorte clerical del Culto. Neffando los creó, y sólo él podría haberlos traído de vuelta. Ni siquiera sabemos con certeza cuántos de los secretos celosamente guardados de los Jerivha permanecen ocultos.

Un profundo y sombrío silencio se apoderó del anfitrión y su visitante. Los golpes y el estruendo de la tormenta volvieron a ser los protagonistas. Un extraño silbido se coló entre los maderos de la casa.

—Muy malas noticias traes, Rexor —anunció el dueño de la casa, tratando de sonar lo más optimista posible dadas las circunstancias. —El Culto siempre ha mostrado públicamente su desprecio por los mitos y artefactos de otras órdenes religiosas. En este sentido, siempre se han definido como iconoclastas. Me sorprende que recurrieran a Sorom para buscar las reliquias de Jerivha. Y que, para empezar, creyeran en la existencia de tales reliquias, cuando muchos de nosotros nunca lo hicimos. Sin embargo, lo cierto es que la presencia de los Levatannii les da la razón.

Rexor apartó la vista un momento, mirando al vacío.

—Hemos caído en una trampa, Ishmant. Una trampa tendida hace siglos. Deberíamos haber aprendido, mi buen amigo, que la oscuridad siempre tiene dos caras, y ésta no es una excepción. Ahora sabemos que no sólo creen en tales artefactos míticos, sino que han hecho todo lo posible por buscar y adquirir muchos de ellos. Incluso aquellos que no tienen nada que ver con las legiones de Jerivha. No hay fuentes fiables que indiquen cuáles o cuántas reliquias son reales, o cuántas han caído en sus manos. Pero ya no hay duda. El sufrimiento del mundo ha sido causado sólo para cumplir la voluntad de una poderosa entidad de tiempos perdidos para la memoria —Hizo una pausa antes de continuar. —He traído algunas cosas.

El visitante estiró el brazo para coger la mochila que yacía a unos centímetros de su asiento. Abrió el material húmedo de la bolsa. Tras rebuscar en ella un momento, sacó un gran libro y lo colocó sobre la mesita que tenía a su lado. Ishmant permaneció en silencio mientras observaba cómo el intrépido viajero sacaba varios volúmenes más de la mochila. Le causaba perplejidad pensar qué había impulsado a Rexor a traer consigo aquellos libros hasta ese lugar olvidado de la mano de Dios. La información contenida en aquellos volúmenes debía de ser muy valiosa. Rexor los había priorizado conscientemente antes que ocupar ese espacio en alimentos o provisiones que le ayudaran a sobrevivir en este duro clima. El viajero abrió varios de los voluminosos volúmenes por las páginas que habían sido marcadas previamente. La gastada cubierta del último de ellos golpeó la madera de la mesa. Una ligera nube de polvo se levantó del interior del libro.

—¿Conoces la Esfera de Yrär'ka? —Preguntó Rexor con su voz profunda, levantando por un momento los ojos del antiguo texto. —¿El orbe que el Dios Omnipresente legó a Arkias el Belo, de la tribu de los Belii, que blandió la Flor de Jade? Puede parecer fuera de contexto, pero no lo está, como

LA FLOR DE JADE I

-EL ENVIADO-

pronto verás.

Ishmant asintió lenta pero firmemente a su visitante, que le miraba atentamente.

—Te refieres a la esfera que llaman 'de la Vida'. Sí, poderoso Rexor, he oído hablar de ella. Según la tradición, contenía el poder de los Dioses, que se sacrificaron para crear la Reliquia Sagrada, el Arma Única; la Flor de los Dioses con la que destronaron al Príncipe Kaos.

—En ese caso... —El visitante continuó, volviendo la mirada a las antiguas páginas que acababa de abrir. —No te sorprenderá saber que no existe tal orbe. Quizá nunca existió. Es una de las fábulas con las que nuestros antepasados explicaban el mundo. La leyenda, aunque larga y hermosa, es improbable. Nadie ha confirmado la existencia de éste ni de ningún otro artefacto de las letanías de antaño. Como la madre de todas ellas: la Letanía de Jade de los Merehmanthi".

Rexor no vio sonreír a Ishmant. No le hacía falta. Sabía de antemano que ésa sería la probable reacción de su oyente.

—Bueno, ahora ya no estoy seguro que esta afirmación sea cierta. —dijo con ese aire firme de seguridad que caracterizaba todos los pronunciamientos de Rexor. A Ishmant le sorprendió la afirmación. —No le culpo —prosiguió el visitante: —No te culparía si pensaras que carezco de criterio. Pero estos tiempos exigen un cambio de mentalidad. Y cualquier atisbo de luz, por ridículo o fantasioso que parezca a nuestros ojos, es digno de nuestra atención. Aunque este se encuentre en los mitos y fábulas del pasado.

Ishmant escuchó con atención, un poco escéptico ante aquellos argumentos tan inusuales. Rexor continuó, esta vez pasando la vista de una página a otra del libro.

—Sabrás que, según la leyenda, la reliquia sólo estuvo en posesión de los Belii durante un breve período de tiempo. Unos doscientos años más tarde, si hemos de creer la datación de algunas crónicas, los Gulgos del norte pusieron fin a la hegemonía de la tribu. Probablemente saquearon el orbe, que simbolizaba la identidad de los Belii y el linaje de Arkias. De haber existido, el orbe habría sido el objeto más valioso que poseían. Sin embargo, en la constante oleada de tribus migratorias que se sucedieron en el gobierno de aquellas antiguas tierras, la reliquia se perdió durante unos mil años. Cuenta la leyenda que fue redescubierta por Rhuthar Helldrik, masón de los Helldrik, que la reclamó como botín de guerra en los primeros tiempos del dominio enano. A partir de entonces, fue pasando de un masón a otro, a medida que el mundo avanzaba por la Edad Oscura de la raza enana. Mucho más tarde, durante los gloriosos siglos de dominio enano, llegó a manos de un nuevo Rhuthar, Rhuthar Garon Quebrantasuelos, de quien se dice que la envió a la mítica ciudad de Yra. Según la tradición, la Esfera permaneció tras las infranqueables murallas de la legendaria Yra durante el periodo más largo de su existencia conocida: unos dos mil trescientos años. Más tarde, la historiografía fechará la destrucción de la ciudad en las epidemias de la Rabbarnaka de los años 1600[27].

El visitante miró a su amigo, esperando algún tipo de reacción. Ishmant le devolvió la mirada con su habitual

---

[27] El Rabbarnaka. Un antiguo calendario enano, ahora fuera de uso, que no ha sido datado con precisión en relación con otros calendarios mejor conocidos. Podríamos estar hablando de 4.000 años antes de la Escisión de los Elfos.

LA FLOR DE JADE I

-EL ENVIADO-

escepticismo, con una impasible expresión de apatía grabada en el rostro. A Rexor le parecía uno de esos gruesos carámbanos que colgaban del tejado de la casa. Si Rexor no lo conociera mejor, podría haber pensado que el humano se había congelado durante la conversación. Por su parte Rexor daba la impresión de haber bebido demasiado.

—Lo que acabo de contarte es todo lo que sabemos de esta supuesta reliquia mítica. Cualquier otra cosa no es más que pura hipótesis y especulación. Cualquier rastro de la Esfera desaparece a partir de este momento. Y cualquier breve referencia o mención a su paradero a partir de entonces es siempre de naturaleza vaga o abstracta. Conoces el resto de la historia, ¿verdad? —Preguntó Rexor, confiado en recibir una respuesta afirmativa del humano. Finalmente, señaló otro de los voluminosos tomos.

—Mnamsakkles de Ferähim... —continuó Rexor. —...registra con gran detalle la entrada de las tropas elfas, comandadas por Theneriom Almahlda, que se tropezaron con las ruinas de la mítica fortaleza enana. A pesar de que las inexpugnables murallas de Yra se habían derrumbado y debilitado a lo largo de miles de años de abandono, los elfos necesitaron varios días para atravesarlas. Cuando por fin encontraron la forma de hacerlo, se dieron cuenta de que eran los primeros en entrar en la ciudad desde su caída y abandono tanto tiempo atrás. Pero lee este pasaje, mi buen amigo.

Ishmant aferró el grueso libro roído entre sus manos. El tomo pesaba mucho más de lo que parecía. La letra era pequeña e intrincada. El extracto que Rexor le había pedido que leyera relataba de forma breve pero pintoresca cómo los elfos de Almahlda habían encontrado un panel tallado que representaba un orbe limpio y resplandeciente, mientras exploraban las ruinas de Yra. Un ojo, como lo identificó el autor. Se dice que el panel tenía grabada una inscripción que parecía interesar a los elfos. Decía "Itt Neëva'ssubha", que Mnamsakkles tradujo como "El ojo divino". El autor añadió que los elfos tomaron el panel tallado como un pequeño altar de culto. Como una especie de icono consagrado a una deidad enana desconocida.

Ishmant se quedó algo perplejo cuando leyó eso. Como hombre culto, estaba familiarizado con el material de Mnamsakkles de Ferähim, especialmente el volumen IV de sus Campañas. Pero no había tenido ocasión de leerlo por sí mismo. Prefería otro material de lectura a las crónicas militares de antaño, aunque estuvieran adornadas con pomposa literatura y edulcoradas por el paso del tiempo. Ese pequeño pasaje sobre el Ojo ciertamente no era conocido por la mayoría, ni siquiera entre los más cultos. Él mismo lo ignoraba.

A Ishmant le llamó especialmente la atención unos garabatos vagos que alguien había escrito con letra incierta en los márgenes de una de las páginas.

—Son las notas de uno de mis predecesores. —aclaró Rexor, discerniendo los pensamientos del exiliado. —En cierto modo, fueron éstos los que me alertaron del significado del texto. Cuando fui a las Cámaras del Conocimiento para encontrar una forma de contrarrestar a nuestros enemigos, no sabía ni por dónde empezar. Supongo que el hecho de que el Culto se hubiera apoderado del Sagrado, y que su poder pudiera haberse utilizado para invocar al demonio Némesis, al menos me dio un punto de partida. Sabía por los trabajos de los Guardianes del Conocimiento anteriores a mí que el Culto podría estar interesado en recuperar muchos de los testamentos

LA FLOR DE JADE I

-El Enviado-

secretos de los Jerivha. Temí entonces que hubiera un propósito mayor en todo esto, una agenda que se extendiera más allá de encontrar los tesoros de la antigua Orden del Martillo y la Lanza. Quería saber si el Culto podría haber tenido interés en más de estos artefactos históricos. Y descubrí lo que estoy a punto de mostrarte.

Un profundo silencio se apoderó de los dos viejos amigos.

Incluso el rugido de la tormenta más allá de las gruesas paredes de madera había enmudecido. También el crepitar de la chimenea. El mundo había perdido todo sonido. La importancia de la conversación parecía haber silenciado todo a su alrededor.

—Me llevó un tiempo descifrar las notas de mi predecesor. Seré breve. No quiero aburrirte con los detalles y cabos sueltos que tuve que atar para que todo tuviera sentido. Sus notas se referían a una página concreta de un volumen completamente distinto y de naturaleza muy diferente. El *Sedd Infersus Nivee: Sobre los dioses malignos*.

Las manos de Rexor, ahora sin guantes, alcanzaron un pequeño y viejo libro de encuadernación tallada y cubierta de cuero rasgado, remachado con gruesas cantoneras de metal.

—Mientras que las Campañas celebraban las gloriosas campañas militares élficas en estilo épico y dramático, éste es uno de los libros más demoníacos jamás escritos. Poco sé de su autor, salvo que su vida fue turbulenta y su muerte terrible. Se devoró a sí mismo en un horripilante rito a Morkoor. ¿Qué se puede esperar de alguien capaz de algo así? —Preguntó a su interlocutor con evidente ironía. Pero se respondió a sí mismo.

—Probablemente mucho más que del viejo y aburrido Mnamsakkles.

Rexor abrió el libro por la página marcada para revelar una magnífica caligrafía escrita en tinta rojiza, cuyos símbolos parecían emanar una siniestra aura de pretenciosidad y malevolencia. Rexor tendió el volumen a Ishmant y le indicó por dónde comenzar a leer. Ishmant empezó a pasar las páginas. El párrafo hablaba de un rito, un ritual ante un orbe gigantesco... un *Neëva'ssubha*. Un *ojo divino*.

—¡El Ojo! —exclamó Rexor con un entusiasmo inusitado. —Quizá el mismo ojo falso que Mnamsakkles creyó ver en la placa de Yra. Sin embargo, no era un ojo en absoluto, sino un 'Orbe'. En la lengua en la que estaba escrita la tablilla, la antigua pregalénica, la runa *ssubh* significa 'orbe'. Aunque también podría traducirse como ojo, Esfera ocular, para ser precisos.

Ishmant dejó de leer y volvió a centrar su atención en Rexor y en la teoría que su visitante intentaba explicar.

—Cuando Mnamsakkles tradujo la inscripción de la tablilla, la palabra *orbe* debió de parecerle demasiado poética para asociarla a los enanos. Prefirió su segundo significado, el de un orbe ocular, un *ojo*. Entendía que estaba mucho más acorde con la imagen grotesca y burda que los elfos siempre habían tenido de los enanos, sobre todo en la antigüedad. La idea de una banda de bárbaros achaparrados y peludos bailando como salvajes frente a un gigantesco ojo inyectado en sangre atraía más a la refinada mentalidad élfica. Resultaba más difícil imaginar a un grupo de enanos civilizados contemplando con serenidad un prístino orbe cristalino. En realidad, fue una tergiversación del mensaje. Un mensaje que nunca dijo, ni pretendió decir *el Ojo de*

La Flor de Jade I
-El Enviado-

los Dioses. En cambio, su intención era referirse al *Orbe de los Dioses*. Mi hipótesis es que en realidad se refería a la Esfera de la Vida. Ahora bien, el primer error que cometió nuestro querido Mnamsakkles fue atribuir la tablilla a los enanos sin considerar ninguna otra posibilidad. La tablilla no fue hecha por enanos. En primer lugar, ninguna deidad enana, pasada o presente, ha sido jamás representada por una esfera, un ojo o cualquier otro elemento circular. Y lo que es más importante, Yra había estado deshabitada durante varias generaciones antes de que se hablara por primera vez la lengua pregalénica, por no hablar de su escritura.

Hacía tiempo que Ishmant había perdido el interés por la lectura. Escuchaba atentamente las palabras de quien se había arriesgado a morir para venir a contarle eso.

—Quienquiera que dejara allí el panel debió de acceder a Yra antes de que llegara la expedición élfica, pero mucho después de que cayera la ciudad. Los elfos se atribuyeron el mérito de ser los primeros en entrar, aunque, por supuesto, esta afirmación puede ser producto de la propia arrogancia élfica: las gloriosas legiones élficas fueron las primeras en atravesar los muros de la inflexible Yra, símbolo del orgullo enano y de su obstinada resistencia, que ningún ejército había traspasado antes. Poco importa que no quedaran enanos para defenderla, o que yaciera olvidada y en ruinas durante siglos. Con esta hipótesis en mente, supongamos que quienes se anticiparon a la llegada de los elfos actuaron con cautela. Que no modificaron demasiado el entorno durante su estancia. Incluso podría llevarnos a pensar que sabían lo que allí podía esconderse, o al menos lo sospechaban".

—Creo que empiezo a entender lo que intenta decirme.

—Reconoció Ishmant. Su rostro había adquirido un aspecto tenso e inquieto. Dio un largo trago a su copa. —Crees que alguien creía que el Orbe de la Vida seguiría en Yra después de que la ciudad fuera destruida y volvió a buscarlo. Déjame adivinar. Sospechas que un incipiente y primitivo Culto de Kallah pudo enviar una expedición debido a las líneas descritas en el *Sedd Infersus*. Hay conexiones, y podría tener sentido, pero... Pero, ¿cómo sabemos que este loco, muerto por autofagia, vio realmente la verdadera Esfera de la Vida durante sus degeneradas relaciones con el Culto? Y, para el caso, ¿cómo podemos estar seguros de que ésta es una representación real de la Esfera en la placa de Yra?

—La Esfera fue concebida como un vasto depósito de poder mágico. Esto está implícito en las historias y leyendas que se cuentan sobre ella. Creo que el orbe descrito en el Sedd Infersus es la Esfera de la Vida debido a la ceremonia descrita en sus páginas. Como has leído, se trata de un ritual que permite almacenar poder mágico: un "llenado de almas". Lo que me hace relacionarlo con la escena de la tablilla de Yra es que representa exactamente lo mismo: una ceremonia de almacenamiento con una esfera como recipiente.

—Una esfera. ¡La Esfera! —Exclamó Ishmant. Rexor abrió los brazos para reconocer la conclusión de su amigo.

¿Y entonces?

—Entonces es posible, sólo posible, que el Culto tenga en su poder una de las reliquias más poderosas de la antigua leyenda, sin que nadie lo hubiera sospechado nunca. —Rexor hizo una pausa, masajeándose los dedos de la mano derecha, mientras miraba fijamente a los ojos de Ishmant. —Lo que me llena de pánico, sin embargo, es mi sospecha de que hayan

La Flor de Jade I

-El Enviado-

estado llenando la esfera poco a poco. Insuflándole poder mágico, haciéndola más grande y poderosa generación tras generación. Sólo los dioses saben cuánta energía pueden haber almacenado allí. Mi querido Ishmant, si van tras las reliquias de Jerivha como yo creo, entonces temo sus motivos para acumular tanto poder mágico.

De nuevo guardó silencio durante unos segundos, y el peso de sus palabras pareció profético.

—Si fueron capaces de arrasar el Imperio sólo con la ayuda del demonio Némesis, no quiero pensar qué pasaría si lograran sus objetivos finales. Especialmente ahora que tienen a Neffando y sus Levatannii... y sólo los Dioses saben quién más para ayudarles. Si esperamos, no viviremos lo suficiente para tener otra oportunidad. No se nos dará una segunda oportunidad. Es hora de plantar cara y pasar a la acción.

Ishmant, con semblante serio, parecía haber dejado de respirar.

—No. —dijo finalmente con firmeza.

—¿No? —repitió el visitante, algo asombrado. Desde luego, no era la respuesta que esperaba, después de todo lo que se había contado.

—No. —Insistió Ishmant, esta vez con más énfasis. Sacudió la cabeza. —No, esta no es tu forma lógica ni habitual de actuar, Rexor.

El humano se levantó de su asiento, sosteniendo la taza de hierbas con ambas manos, y se acercó a una de las pequeñas ventanas. Aquellas estaban empañadas por el calor del interior y los marcos de madera seguían maltratados por la furia de la tormenta que azotaba el exterior. Desde allí se volvió hacia su amigo.

—Dejé un mundo moribundo, sometido y estancado. Casi veinte años después, ese mundo sigue siendo el mismo, salvo que la mano de la opresión es aún más fuerte y los humanos casi hemos desaparecido. Se han hecho más fuertes y más numerosos. Han invocado criaturas poderosas. Han unido clanes beligerantes bajo un mismo estandarte y han formado un ejército invencible. Vienes a estas tierras heladas y muertas después de tantos años y me dices que, si ayer eran cientos, hoy son miles. Si entonces eran poderosos, ahora lo son aún más. Incluso sugieres que pueden poseer artefactos que creíamos producto de antiguas fábulas y mitos.

Ishmant le clavó unos ojos oscuros, su rostro era una inamovible máscara de piedra.

—No puedes haber hecho un viaje tan costoso sólo para decirme que no hay salvación posible. En cambio, afirmas que éste es el momento de responder, y no se me ocurre un momento más inoportuno. No. Esta no es tu habitual forma reflexiva y racional de hacer las cosas, viejo amigo. No habrías dicho tales palabras, si no las hubieras meditado cuidadosamente de antemano.

Ishmant se acercó a su gigantesco compañero hasta quedar a poca distancia de su cara.

—No, Rexor. No puedes ocultarme nada. He percibido una fuerte perturbación en el Sudario, como si los hilos que lo mantienen unido se hubieran desgarrado para luego volver a entretejerse. Pero... dime la verdad, Señor de las Runas, Guardián del Conocimiento... no fui el único en sentirlo,

La Flor de Jade I

-El Enviado-

¿verdad? Por eso estás aquí.

A Rexor no le sorprendió saber que una disonancia así pudiera haberse sentido incluso en las profundas latitudes de Ycter Nevada. Respondió a la pregunta del humano con un lento asentimiento decidido.

—No —le confesó. —No has sido el único.

Ishmant se frotó los ojos cansados con la mano.

—Entonces creo que he hecho muy poco kyawan. La noche va a ser larga.

Ed. Especial de Colección

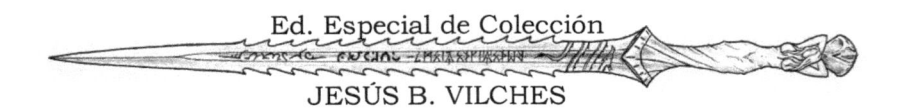

JESÚS B. VILCHES

LA FLOR DE JADE I

-El Enviado-

La Flor de Jade

EL INSECTO Y
LA FLOR

-Signos del Despertar-

¿Lo has provocado tú?

Preguntó Ishmant, volviendo a su asiento con dos nuevas tazas de infusión. Ishmant conocía la respuesta, pero dejó que Rexor se la explicara. Formaba parte de su juego. Su invitado aceptó la bebida y no pudo evitar reírse a carcajadas ante la sugerencia del viejo monje Kurawa.

—¡No, por Yelm! Me halagas, pero me sobreestimas si realmente me crees capaz de semejante hazaña. —Respondió con esa voz grave y rasposa que rugía desde su garganta.

—¿Quizá Ossrik o el Némesis?

Rexor dio un sorbo a su taza antes de responder, apartando los labios del borde de la taza. El caldo amargo aún estaba demasiado caliente para beberlo. De la taza de su compañero seguían saliendo volutas de vapor blanco que se abrazaban en una danza de hilos giratorios que se alargaban y retorcían hasta disiparse en el aire.

"No lleva el sello de la oscuridad. Apostaría mi vida a que, si procediera de ellos, ya habríamos sentido sus efectos con claridad. Y no creo que fueran positivos para nosotros. No, no creo que fuera el Culto.

Desde luego, tenía sentido.

—¿Quién entonces?

—Te dije que volvería con respuestas, Ishmant. Escucha este viejo acertijo de Kâabary". El humano terminó su taza y se apoyó en la pared, dispuesto a escuchar. "*Un insecto abandona su nido en busca de alimento. En su vuelo encuentra una hermosa flor con unas sabrosas gotas de néctar. El insecto vuela hacia la flor, pero cuando aterriza sobre el delicioso líquido, descubre que sus patas han quedado pegadas a las gotas de néctar. Los pétalos de la planta se cierran alrededor del insecto y la flor lo devora, sin dejar rastro. Dime... ¿Qué error ha cometido?*"

Ishmant meditó la pregunta un momento. Casi había olvidado cómo ser discípulo y no maestro. Consideró

LA FLOR DE JADE I

-EL ENVIADO-

detenidamente el enigma que le había planteado su visitante. Estaba seguro de que la respuesta se hallaba en las mismas líneas del acertijo.

—Se deja engañar por las apariencias. —Respondió, con cierta cautela, no muy convencido de que la respuesta fuera tan obvia. Su compañero clavó en las pupilas negras del guerrero exiliado una mirada penetrante. Luego apartó esa mirada con un suspiro. En ese momento, Ishmant supo el valor de su respuesta.

"¡Error!" —desveló el gigante en tono solemne. —Has tomado el camino fácil, amigo mío—. Se reclinó en su asiento. —Has dado la respuesta más obvia y lógica. Por eso has fracasado. Hay que buscar la solución más allá de las apariencias evidentes.

Las pupilas de Ishmant se iluminaron cuando las palabras de Rexor despertaron una idea en su mente. La respuesta era tan clara como el agua de un manantial de las tierras altas.

—Por supuesto... —reconoció. Sus ojos brillaron cuando la respuesta iluminó su rostro. —El insecto dio por sentado que una flor nunca podría hacerle daño.

Rexor bajó los ojos al suelo con apenas un atisbo de sonrisa en los labios. Casi había olvidado la altura y formación de la persona sentada frente a él.

—¡Exacto! —Exclamó, bajando su potente voz a un susurro. —¡Ese fue su gran error! Dio por sentada la naturaleza de la flor. —continuó con renovado énfasis. —No es que el insecto se dejara engañar por las apariencias. Carnívora o no, una flor sigue siendo, al fin y al cabo, una flor. Ni más diferente ni más parecida en apariencia a cualquier otra. Pensar que algo no puede suceder nunca, sólo porque parezca improbable, es el mayor error de todos. Ese pobre bichito dio por sentado que era él quien se alimentaba de las flores y no al contrario. Si le hubiéramos advertido del peligro, apuesto a que nos habría tratado con desdén. Se habría reído de nosotros. *¿Una flor que come insectos? ¿Estás seguro de que no te has emborrachado con algún vino barato de taberna?* Esta confianza, comprensible y cimentada en su experiencia, será la causa de la desgracia del insecto. El insecto estaba equivocado... igual que podríamos estarlo nosotros.

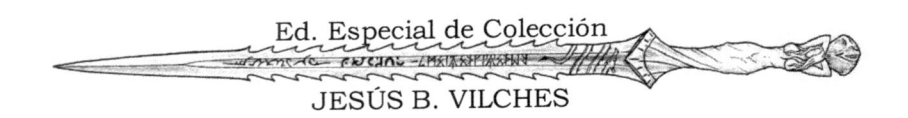

Ishmant estaba seguro de saber a qué se refería su amigo con un ejemplo tan concreto, pero quería estar seguro.

—¿Qué quieres decir?

Rexor desvió un momento la mirada hacia la densa masa de libros apilados en las estanterías de la pequeña biblioteca. No era muy extensa, ciertamente, pero era evidente que estaba bien nutrida.

—Estoy seguro de que tú mismo tienes la respuesta.

Rexor se levantó del sillón que había sostenido con estoicismo su enorme cuerpo, cuyas junturas crujieron de alivio. Se irguió en toda su estatura, con la cabeza casi rozando las tablas de madera del techo. Todo a su alrededor pareció encogerse, como subyugado por su imponente presencia física. Pasó junto a Ishmant y se acercó a las estanterías de madera, gastadas y polvorientas. Examinó detenidamente los libros, tomos y pergaminos que tenía delante, como si estuvieran esperando pacientemente que una mano abriera sus páginas y los liberara de la soledad y el olvido que les habían impuesto

-El Enviado-

durante tanto tiempo. Tras un rato de búsqueda, acabó sacando un viejo volumen de cubierta azul oscuro. Su examen pasó las páginas rápidamente, como si supiera qué encontrar y dónde encontrarlo. Con una espontánea expresión de satisfacción, el dedo del gigante se detuvo en una de aquellas páginas amarillentas. Se acercó de nuevo a Ishmant, sin apartar los ojos del texto.

—Aquí está —anunció, señalando con el dedo un fragmento de texto, enfundado en el cuero negro de su guante. *«Tiempos de guerra vendrán; sones de batalla... Largas horas, días de coraje, eterna la Noche. Momentos de encuentros, vendrán; espadas sin vainas... Una, hirviente, como la hoja del acero en la forja; un millar, sedientas de sangre... Una docena con la luz de la esperanza y una más... de los Hombres[28]»* —Ishmant escuchaba con atención el fragmento que ya conocía, en la sonora voz de su amigo. A la vez refrescaba su memoria buscando la continuación, tratando de evocar los siguientes versos; sin duda perdidos en su recuerdo—. *«Desde más allá, ha de llegar. Desde más allá del recuerdo y del olvido... desde más allá, vendrá; junto a los Dioses y de los Dioses... Alza la sangre que le da nombre y ruge al cielo, el Despertado: ¡Vhärs Ahelhà üth wêlla aloe[29]!»* —Los labios de Ishmant repitieron sin voz la última frase. Ahora recordaba a la perfección el extracto seleccionado.

La luz parpadeante del hogar hizo bailar las sombras, sus

---

[28] El vocablo original, **H'assiq**, matiza el carácter de hombre como raza, diferenciándola de otras razas dominantes como podían ser **V'assalí** (Elfos) o **H'tussas** (Enanos) por citar algunas.

[29] Al-Vasita Arcano, de la primera Época: En la mitología Elfa, palabras atribuidas a Aleha, el 7º de los Vhärs de Misal, en el momento en el que aquél le otorga la misión de combatir la Oscuridad. Significan literalmente *«El Advenimiento (El Despertar) se ha cumplido conmigo»*.

siluetas oscuras saltando y moviéndose al capricho de las llamas crepitantes.

—¿Y cuál es nuestro papel en esta historia? —Preguntó Ishmant. —Si fuera cierto. Si hemos de creer al filósofo, despertará con sangre divina. No nos necesita".

Las palabras de Ishmant fueron como la punta afilada de una lanza clavada en lo más profundo, buscando un fallo en su armadura. Otra prueba para ver si el Guardián del Conocimiento era realmente maestro de su arte. Rexor volvió tranquilamente a su silla.

—Cometemos el segundo error: el error del discípulo. Elegimos el camino más fácil y lógico. Según Heliocario, Arckannoreth dejó entender que sería el propio Alehà quien despertaría. Y que lo haría en forma humana. Todos, incluido el propio Heliocario, daban por sentado que despertaría consciente de ser y de su naturaleza y propósito. ¿Quién dice que tenga que ser así? ¿Y si el *despertar* es un proceso? ¿Y si tiene que encontrar una forma, o alguien, quizá nosotros, que le muestre su naturaleza? Esto nos lleva al tercer error: el error del insecto. Suponíamos que el Despertado nacería aquí. ¿Dónde más podría ser? Que tendría sangre humana como la tuya en sus venas. Que sería un elegido. Pero no lo es. Debemos asumir lo improbable, incluso lo imposible. No es un elegido. En realidad, es un Enviado. '*De más allá ha de venir. De más allá vendrá.*' Reza los salmos.

—¿Enviado?, preguntó Ishmant expectante.

—Traído, tal vez convocado. *Desde de los dioses y junto a los dioses* para cumplir un destino. Sé que los versos suenan extraños, pero pueden ser una señal de que estamos buscando

-El Enviado-

en el lugar equivocado. El Séptimo, si es real, procede de otro lugar. Quizá de otra realidad o plano de existencia. No me pidas que sea más específico. Estoy haciendo un esfuerzo sin precedentes para abrir mi mente a signos míticos que nunca antes había tomado en serio."

—¿Estás hablando de un hechizo mágico, Rexor?. —Ishmant dudaba seriamente de esa posibilidad.

—La magia debe estar implicada de algún modo. Según Heliocario, Arckannoreth presentó el despertar del Séptimo como un deseo de los dioses. ¿Podría interpretarse ese deseo como un hechizo? Un hechizo o acontecimiento mágico lo suficientemente poderoso como para ser sentido *Desde los Pilares del Astado al Reino Escinto/ Desde las Soledades de Hielo hasta el Mar de Arenas/ Y más allá de todas las coordenadas y más allá.*[30].

Por la expresión de su rostro, era evidente que Ishmant seguía mostrándose escéptico al respecto.

—Esa podría ser una explicación razonable para el desgarro y la discordancia en el Sudario —afirmó Ishmant enarcando una ceja. —Desde luego, me cuesta creer que pueda ser obra de simples mortales. La sugerencia de un hechizo de los dioses podría tener sentido... si los dioses realmente existieran... Soy Clerianno, Rexor. Los Clerianno creemos que los dioses son meras construcciones mentales colectivas, nada más. No existen como entidades reales. Y me cuesta admitir que entidades que en realidad no existen hayan podido influir en nuestra realidad.

—No podría estar más de acuerdo contigo en este

---

[30] Op Cit. Vyldgünd de Arckannoreth. Cuarto Cántico, Tercer Salmo.

punto. Tengo que hacer el mismo esfuerzo para creerlo. —El académico admitió con sinceridad. —Pero es la base de mi argumento. ¿Y si estuviéramos equivocados? ¿Y si mucho de lo que pensábamos que era una fábula existe realmente? Hay pruebas tangibles. Los Levatannii son reales. Están ahí fuera. Se pueden ver y tocar. Así que el resto de los mitos que los rodean podrían ser ciertos de alguna manera. Si uno de los mitos resulta ser cierto, ¿qué impide que los otros también lo sean? Ahora los hilos y cuerdas de cada capa del Sudario han vibrado, Ishmant. La energía mágica en el tejido místico que mantiene el mundo unido se ha alterado. Lo que sea que la haya alterado es de naturaleza mágica. Debe ser un hechizo, aunque no haya hechicero.

Rexor se frotó los ojos con cansancio. Había un atisbo de frustración en su lenguaje corporal.

—Soy el Guardián del Conocimiento, Venerable. —Confesó con firmeza. —Mi formación y mi rango me acercan mucho más a la visión del mundo de los Cleriannos que a la mitología panteísta. Sabes que no soy un devoto creyente. Nunca lo he sido. Pero por más que intento encontrar una explicación racional a estos textos crípticos, sólo puedo interpretarlos desde un punto de vista mitológico. Según Heliocario, Arckannoreth habla claramente de signos y presagios que precederían al Despertar. He seguido los Enigmas y podrían haber ocurrido ya. La discordancia en el Sudario sería la prueba definitiva de su exactitud profética. Nuestra incapacidad para encontrarle una lógica racional es precisamente lo que la hace aún más firme y sólida. Sé que estoy traicionando todo lo que defiendo al decir esto, pero... ¿y si los dioses realmente enviaron de algún modo al Séptimo de Misal? O lo que es más importante, ¿y si realmente existe un Enviado?

La Flor de Jade I

-El Enviado-

...independientemente de quién sea el responsable de su llegada. ¿No valdría la pena seguir esa pista, por muy descabellada que tal posibilidad pueda parecer a nuestras mentes racionales...? En nuestra situación, derrotados y sin nada que perder... si hay algo o alguien ahí fuera que pueda cambiar las tornas a nuestro favor, ¿no merece la pena intentar encontrarlo?

Ishmant pensó un momento.

—De acuerdo —El monje exiliado suspiró, claramente aún no completamente convencido. —Pongamos nuestra fe en las profecías de antaño. ¿Qué sugieres que hagamos a continuación?"

Rexor pareció recuperar parte de su entusiasmo.

—Algo me dice que tenemos que dejar atrás todo lo que hemos aprendido. No cometamos el error del insecto. Si la encarnadura del Séptimo de Misal pudiera ser real, debemos encontrarlo. Debemos mostrarle su verdadera naturaleza. Debemos animarle a hacer lo que ha venido a hacer. Para hacer frente a la amenaza de la Sombra, concretada en este dominio absoluto del Culto en nuestra sociedad. Para hacerle frente ahora que amenaza la paz y toda la existencia. Pero como tú, no sé nada. Sigamos su rastro. Busquemos la fuente de la perturbación en el Sudario, como estoy seguro que también hará Ossrik. Porque me temo que, si el Séptimo amenaza su estrategia, buscarán su destrucción. —El enorme visitante suspiró profundamente. —Los textos coinciden con asombrosa coherencia. Los clérigos de Kallah no tardarán en buscarlo. Nunca han dudado de las palabras del profeta maldito. Sean ciertas o no, le darán caza. Me temo que él es la única pieza que no encaja en sus planes... Puede que incluso ya le estuvieran esperando.

—¿Cómo crees que ese Elegido de los Dioses; ese Séptimo reencarnado, Despertado, puede ayudarnos?"

—Aún no puedo imaginarlo. Pero necesitaba un propósito, una señal que seguir, y la he encontrado. Ahora te necesito a ti y a los demás. El resto sigue siendo oscuridad y especulación para mí. Pero es mejor caminar en la oscuridad que no hacer nada y esperar mansamente la muerte.

Las bisagras crujieron casi imperceptiblemente al levantar los tablones de madera que formaban la trampilla. Debajo de ellos descubrieron una oscura escalera que descendía a las profundidades del hielo sólido. El aire viciado ascendía por los escalones, asaltando sus fosas nasales con un rancio olor a humedad. Ishmant bajó la lámpara de aceite hasta donde le alcanzaba el brazo para iluminar el descenso. El arco de luz dividió las sombras, revelando una estrecha escalera y los postes que la sostenían. El resplandor de la lámpara revelaba poco más, antes de desvanecerse en la oscuridad reinante.

—Hace años que no bajo ahí. —Ishmant admitió ante Rexor, mientras miraba hacia el ominoso agujero negro a sus pies. —Juré que no lo haría sin una razón de peso.

—Puede que esa razón haya llegado y con ella el día de tu reencuentro. —Afirmó su compañero en un tono seco y poderoso, sin apartar sus ojos dorados del agujero negro en el hielo. Ishmant hizo un gesto a su compañero para que le siguiera hacia abajo. Las botas del guerrero comenzaron a descender

LA FLOR DE JADE I
-EL ENVIADO-

hacia el oscuro interior oculto bajo tierra, el arco de luz de la lámpara iluminaba el camino. Siguiendo sus pasos, Rexor inició el descenso.

—¡Cuidado con el dintel, amigo mío! A tu izquierda encontrarás una antorcha, en la pared".

La frente de Ishmant pasó a escasos centímetros del tablón horizontal que sostenía el suelo de la vivienda y que servía de techo a la cámara subterránea. Rexor siguió cuidadosamente la viga de madera con los ojos mientras doblaba su enorme cuerpo para acceder a la cámara. Una vez dentro, se encontraron en una zona abierta, fría pero seca. Sus fosas nasales se llenaron de un fuerte olor a humedad.

La antorcha estaba donde Ishmant había indicado. El aceite tardó en encenderse, pero tras varios intentos fallidos, la llama de la lámpara pronto cubrió la superficie inflamable de la tea y se extendió por toda su longitud. El resplandor de la antorcha iluminó la penumbra de su entorno, revelando las verdaderas dimensiones de la habitación en la que se encontraban. Sin esa luz, la cámara parecía mucho más grande y alta. En realidad, era una pequeña cripta cuadrada excavada en el hielo del propio Ycter. Sin embargo, era lo bastante espaciosa como para que el corpulento cuerpo de Rexor cupiese con relativa comodidad en ella. Las paredes brillaban intensamente a la luz anaranjada de la antorcha, que hacía resplandecer las paredes de hielo y nieve en un mosaico de diminutos cristales. Las vacilantes lenguas de fuego proyectaban largas sombras de las dos figuras sobre el suelo y las paredes. También alargaban las sombras de los objetos que había en la habitación, haciéndolos parecer mucho más grandes de lo que eran en realidad.

JESÚS B. VILCHES

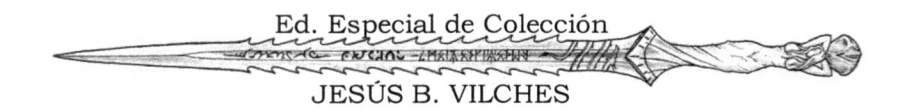

—Este es el lugar donde descansa mi pasado.

La voz de Ishmant era firme y no expresaba emoción alguna, como era su costumbre. Pero tras la inexpresiva máscara de piedra, el enigmático guerrero experimentaba una intensa oleada de nostalgia. Había que conocerle bien para darse cuenta, ya que, por lo demás, los ojos de Ishmant no mostraban ningún cambio. —He estado lejos de este lugar durante mucho tiempo. Demasiados recuerdos, Guardián—. Un espeso vapor escapó de sus labios, delatando la baja temperatura de la cámara. —Sin embargo, siempre he mantenido viva la esperanza de volver aquí para reclamar lo que es mío.

Rexor hizo una pausa para observar al humano. Ishmant estaba inmóvil, aparentemente ausente del mundo mientras hablaba. Mil pensamientos se agolparon en la mente del Guardián del Conocimiento. Quizá Ishmant sólo necesitaba que le dijeran "levántate y camina". Quizá nunca volvería a ser el mismo hombre que había huido de un mundo hostil y moribundo ante el que no podía hacer nada. Pero... sería este instante el que lo decidiría todo. Así que se limitó a contemplar el fino cabello del humano recogido en una larga trenza castaña y las gruesas ropas de abrigo que cubrían su esbelta y bien proporcionada figura.

Le resultaba tan familiar y extraño al mismo tiempo....

Las paredes de la habitación estaban recubiertas de un impresionante arsenal de armas, expuestas como si fueran ornamentos o artefactos atesorados en algún museo remoto. Cada una de ellas había sido cubierta de sangre en innumerables ocasiones, empuñadas por la misma persona que ahora se encontraba frente a ellos. Qué silencio y qué paz. Esas espadas mortales habían descansado durante mucho tiempo.

La Flor de Jade I

-El Enviado-

Demasiado tiempo.

Sus vainas de cuero... sus vástagos de madera... cada centímetro de metal que formaba sus afiladas hojas parecía aletargado en un sueño eterno. Y en su fondo, todas ellas ansiosas por volver a las hábiles manos de su dueño.

—Llevan aquí, así, desde que me instalé en este lugar. —confesó Ishmant con un tinte de pesar en la voz, al ver que Rexor se había acercado a la pared para ver más de cerca el armamento. —Si las arañas pudieran sobrevivir aquí, ya estarían todas cubiertas de sus telas e hilos.

El enorme visitante miró hacia atrás justo a tiempo para ver cómo Ishmant se volvía hacia la pared opuesta. Entonces, su mirada regresó a las armas. Se detuvo ante las espadas que brillaban a la luz de las antorchas. Parecían aparentemente inofensivas alineadas contra la pared. Se preguntó con nostalgia... ¿En cuántas batallas habían luchado? Uno sólo podía imaginar las incontables almas que habían vencido, cuánta sangre habían derramado, cuántas victorias obtenido... Sobrecogía sólo pensar en las historias que estas armas podrían contar si se les dotara de palabra.

—¿No oyes eso? —preguntó Rexor, volviéndose hacia su amigo. Ishmant se volvió lentamente hacia él y escuchó con atención, frunciendo el ceño mientras trataba de identificar cualquier sonido de movimiento en su entorno. Pero lo único que pudo distinguir fue el zumbido estático de un profundo silencio. Ishmant miraba fijamente a Rexor sin mover un músculo de la cara. Sus ojos, ligeramente rasgados y negros como el ébano, parecían decir. "¿De qué estás hablando, amigo mío?"

—No, Ishmant. No ahí fuera. A ellas. —Rexor hizo un amplio gesto con el brazo extendido hacia las armas dispuestas contra las paredes. —A ellas. Escucho el acero de tus armas. Las oigo, amigo mío. Las oigo suplicándote que las liberes de sus vainas. Que vuelvas a tomar sus empuñaduras con firmeza y sientas cómo cortan el aire a tus órdenes.

La mirada del guerrero humano recorrió el mosaico de armas que se extendía ante sus ojos. Su mente se inundó de palabras y recuerdos. Rexor pareció comprender su aprensión.

—Siempre han sido instrumentos de la Luz. Nunca lo olvides. —Dijo con voz profunda. —Te necesito a mi lado en esta batalla que se avecina, Venerable.

—Déjame pensarlo, Poderoso.

Rexor se dio cuenta de que era momento de dejarlo a solas.

—Te esperaré arriba. Tómate tu tiempo.

Ishmant reapareció ante Rexor no mucho después. Surgió de entre las sombras con su habitual teatralidad, como si fuera un fantasma de entre los muertos. Caminaba despacio, con la misma gracia y elegancia de los elfos. Sin prisas, solemne, tranquilo. Sus ropas ya no eran las gruesas prendas exteriores de invierno que había llevado hacía unos momentos. Ahora vestía su equipo de combate. Muchas de las armas que antes se exhibían en las paredes heladas, ahora colgaban de su cinturón y su espalda. Esta era la imagen del guerrero que todos

La Flor de Jade I

-El Enviado-

recordaban. Trajo a la memoria de Rexor los gloriosos días de antaño. Era a este Ishmant, y no a otro, a quien el Guardián del Conocimiento había venido a buscar. Un intenso sentimiento de excitación y emoción brotó de su pecho. Sus miradas se cruzaron. La energía era palpable. Una sonrisa cruzó los labios del visitante. Había conseguido su objetivo.

Pero lo que Rexor no sabía era que toda la conversación había sido una estudiada pantomima. Ishmant llevaba mucho tiempo esperando la llegada de Rexor. Todo lo que se había dicho no había sido más que una puesta en escena, una conversación orquestada deliberadamente para reavivar su pasión y ponerlo en movimiento. El monje guerrero escondía secretos.

Bajo el manto que ahora le cubría el rostro, sonreía, aunque Rexor no pudiera verlo. El Guardián del Conocimiento había iniciado el viaje sin saberlo, aunque el camino que tomaba estuviera sembrado de grietas y fisuras. Eso no era lo que importaba ahora. El cambio, el verdadero cambio, por fin había comenzado. Era el momento de actuar. No había tiempo para vacilaciones ni demoras.

Rexor había venido a él, no al revés. La Rueda giraba... y él no había sido directamente el responsable de ello.

Ed. Especial de Colección
JESÚS B. VILCHES

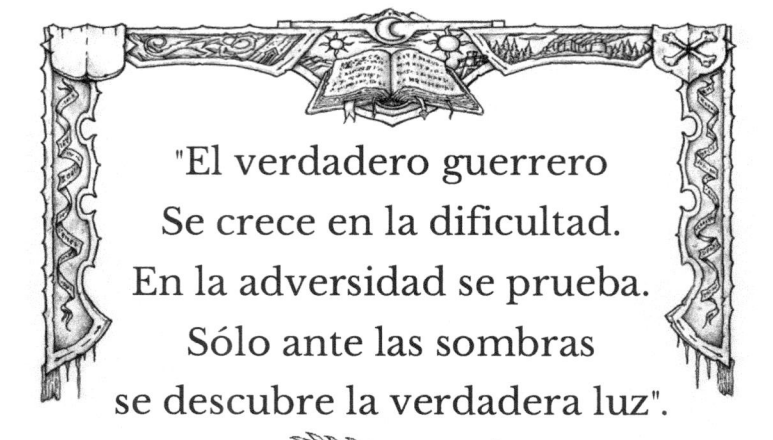

"El verdadero guerrero
Se crece en la dificultad.
En la adversidad se prueba.
Sólo ante las sombras
se descubre la verdadera luz".

IGNOS ARHANTHYR, DUQUE DE KELLAR
Martillo Jerivha

LA FLOR DE JADE I
-El Enviado-

La Flor de Jade

TIEMPOS
ADVERSOS

La lluvia azotaba sus espaldas con furia inhumana

—¡¡Agarra las bridas!!! No las sueltes..."

—¡¡Las tengo, las tengo!!!"

Hansi hizo lo que pudo. Su fuerte torso y sus poderosos brazos tiraban con todas sus fuerzas de las correas de cuero sujetas al hocico del animal. Apenas pudo evitar que se levantara sobre sus patas traseras. Sin embargo, el brioso corcel parecía tener menos dificultades para arrastrar al fornido joven por el barro que él para mantener las pezuñas del animal clavadas al suelo.

—Sujétalo, muchacho.

Un rayo partió el cielo gris con un intenso resplandor, rasgando el bosque como el chasquido de un látigo gigante. Una inmensa cortina de agua se derramó a torrentes, martilleando sin piedad la arboleda mortal. Los caballos se sobresaltaban fácilmente con el estruendo de los truenos y los intensos relámpagos. Su estado de agitación hacía difícil y peligroso viajar a pie en condiciones tan adversas. El barro se extendía ahora por todo lo que antes era tierra firme.

—¡Cuidado!

Otro relámpago atronador hizo que dos de los caballos se encabritaran aterrorizados. Los bíceps de Hansi ya no pudieron mantenerlos en su sitio. Fue sacudido violentamente hacia delante y chocó contra Alex, que cayó de bruces en un charco de barro. Gharin se apresuró en ayuda del fornido humano. Allwënn también corrió hacia él, saltando hacia delante para agarrar las riendas de uno de los caballos. Mientras tanto, Gharin y Hansi hacían lo mismo para refrenar a los demás.

Las voces de los hombres se mezclaban con los bufidos y relinchos de los animales. Tras forcejear con las bestias con las mandíbulas apretadas, los veteranos elfos acabaron por someter a los corceles, que finalmente cedieron y permanecieron quietos.

—Bien hecho, muchacho. Allwënn reconoció los

esfuerzos de Hansi, mientras dejaba que el joven recuperara el aliento. También se ganó un cumplido de Gharin, que palmeó la fornida espalda del batería en señal de aprobación.

—Seguiremos desde aquí.

La hoja dentada de la Äriel se clavó en el suelo empapado por la lluvia no muy lejos de donde Claudia ayudaba a Alex a ponerse en pie. El mestizo se apoyó en la empuñadura de su magnífica espada y observó a sus dos amigos mientras un hilo de agua le fluía por la cara y caía sobre los mechones negros de su larga cabellera. Golpeados por la extenuante caminata bajo la lluvia, apenas podían mantenerse en pie. Sus ojos parecían clamar piedad. Para empeorar las cosas, Allwënn no vio la necesidad de descansar o recuperarse. Simplemente dijo que hoy se había perdido demasiado tiempo y que debíamos continuar. Sonaba a la terrible falta de empatía y delicadeza tan típica del mestizo. Pero era particularmente hiriente en las circunstancias actuales. Sólo con el tiempo comprenderíamos que esa aparente y manifiesta insensibilidad era la máscara que Allwënn usaba para protegerse ante el mundo.

Pero no ese día...

—No sé si podré soportar esto por más tiempo. Protestaba Alex con cierta indignación, aún aferrado al frágil cuerpo de su agotada compañera.

La marcha continuó.

Allwënn condujo una vez más al grupo a través de aquel bosque cadavérico y desierto. Gharin y Hansi habían logrado atar los caballos y lo seguían, prestando más atención a los animales que al camino en sí. Para Alex y Claudia, el mundo parecía haberles abandonado. Todo parecía no tener fin. Bajo aquel cielo gris plomizo y su lluvia torrencial, ambos se sentían abandonados y solos.

Alex volvió al presente, sus recuerdos se alejaban...

La lluvia seguía azotando el bosque, pero al menos tenían un techo bajo el que cobijarse. La situación no había mejorado para ellos. De hecho, no podía haber empeorado. Era media tarde, pero la violencia desatada por la tormenta hacía que pareciera media noche. La mortecina luz del día no era suficiente para iluminar la habitación donde habían acabado tirando sus cansados cuerpos.

Alex miró desconcertado a su alrededor.

Allwënn permanecía inmóvil y en silencio, como una estatua en su pedestal. Contemplaba el exterior con la mente perdida en el vacío. Gharin se esforzaba por encender un pequeño fuego. Hansi aprovechaba para envolver los hombros de Claudia con una de las pocas mantas secas que quedaban. Ella se sentaba abrazándose las piernas. Temblaba de frío y sus labios se habían puesto morados.

Había ausencia en sus ojos.

Tristeza... dolor... pero sobre todo ausencia.

Allwënn no se movió de su posición mientras Gharin se calentaba junto a las llamas de la fogata. Tenía los ojos fijos en el inquietante lugar al que nos había llevado nuestro precipitado

La Flor de Jade I

-El Enviado-

cambio de rumbo. Su mente vagaba inquieta por los recovecos de su memoria, tratando de dar sentido a todo aquello.

Habían encontrado la ciudad élfica.

O lo que quedaba de ella.

Nos recibió una enorme estructura que se elevaba hacia el cielo hasta donde alcanzaba la vista. A pesar de la lluvia torrencial, pocos eran los que no quedaron hipnotizados ante la colosal arquitectura que se elevaba por encima de los árboles. Eran ruinas, pero tan bien conservadas que había que fijarse mucho para reconocerlo. Sólo esa silenciosa soledad sepulcral y la sensación de abandono lo delataban. La ciudadela estaba construida como una superposición de terrazas. Una gigantesca escalera conducía a la primera de ellas, que se extendía por todo el perímetro del edificio. Luego había pequeñas escaleras que cruzaban entre las terrazas, altas torres cilíndricas de perfiles suaves, arcos con múltiples líneas de simetría...

Los arcos que en su momento cobijaron las puertas, ahora perdidas, eran de tamaño colosal. Con verdadera solemnidad, guiaban a los viajeros hacia espacios coronados por cúpulas y ocupados por pórticos, corredores y salas de dimensiones variables. Todo ello estaba adornado con una variedad de columnas arbóreas, pilares tallados y otras extrañas estructuras nunca vistas. Su silencio era sobrecogedor. Encontrarlo tan desierto y quieto, ausente de la civilización que lo había construido, lo hacía parecer aún más majestuoso. También algo inquietante. A pesar de la variedad de formas en la estructura en ruinas, un elemento común abundaba en esta magnífica arquitectura. Era la piedra. La piedra con la que se había levantado este inmenso lugar. Una piedra de color verde intenso y aspecto vidrioso, con vetas grisáceas. Daba forma y uniformidad a todo el lugar, haciéndolo parecer como si hubiera sido cincelado a partir de una única pieza maciza.

Viendo cómo la vegetación se había extendido por las paredes y por todas las habitaciones, era fácil imaginar que aquel elegante coloso había sido tallado originalmente en el verde del propio bosque.

Con mechones de pelo empapados por la lluvia pegados a la frente, Gharin miró a su compañero con una expresión de aprensión en el rostro. Sus ojos azules estaban llenos de miedo. Miedo acentuado por las penurias que acababan de soportar. Por las pruebas que aún tenían por delante. Por saber que habían llegado al corazón mismo de la leyenda.

Allwënn le devolvió la mirada con expresión preocupada. En el fondo a él tampoco le gustaba la situación. Sabía dónde estaba la mente de su rubio compañero en ese momento. Luego regresó de nuevo los ojos a las impresionantes ruinas que se alzaban ante ellos. El lugar liberaba un magnetismo impresionante. Como un tesoro del pasado, desprendía un aura cautivadora; un poco nostálgica y un poco hostil...

Tal vez demasiado hostil.

—¿Qué... qué es este lugar? —Preguntó Alex, intentando elevar la voz por encima del sonido de la lluvia torrencial que aún asaltaba al grupo.

—Sospecho que son los restos del palacio. —respondió Allwënn, sin apartar la vista de la enorme estructura verdosa que tenía delante. —Hemos llegado al corazón de la vieja ciudad. El

LA FLOR DE JADE I

-EL ENVIADO-

antiguo hogar de las Custodias.

Habían encontrado la ciudad de las historias de Allwënn. Ahora sólo ruinas. La ciudadela había resistido estoicamente el paso del tiempo. Un tiempo que parecía haberse detenido entre sus muros. Era antigua, no cabía duda. Los elfos habían dejado de vivir en esta morada de piedra desde aquellos lejanos días de infortunio. Sólo los clanes de Ülstäa-Aêrimhál, el jardín sagrado de Sändriel, conservaban aún las viejas tradiciones y costumbres. Y estaban lejos, muy lejos.

La ciudad existía...

Un frío amargo recorrió al grupo y una oleada de emociones inquietantes arraigó en sus corazones. Hasta ahora, la lluvia infernal había servido para desviar su atención de su verdadero enemigo. Sus mentes habían estado demasiado ocupadas tratando de encontrar un punto de apoyo firme o un lugar donde refugiarse, en lugar de preocuparse por sus verdaderos problemas.

El comentario de Allwënn había traído de vuelta esas preocupaciones.

Los problemas empezaron aquella tarde....

Las nubes grises y oscuras que se cernían sobre ellos eran un presagio de la tormenta que se avecinaba. Pero habían encontrado algo que les preocupaba más que el aspecto cada vez más amenazador del cielo. Una estatua se alzaba ante la mirada paralizada de Claudia.

JESÚS B. VILCHES

Era la figura en piedra de un arquero imponente y hermoso, cubierta de una pátina de musgo. Contemplaba vacilante su rostro sin vida, eternamente joven y congelado en su lugar, como tocado por la mano de la muerte. Su expresión era tranquila y, sin embargo, algo distante. La joven no podía estar segura de si lo que más la intimidaba eran sus ojos ausentes o su pose arrogante y fría. El hecho era que parecía tan muerto como la piedra que le daba forma, y sin embargo tan vivo que parecía capaz de poder bajar de su pedestal y asaetear al grupo de viajeros con sus flechas de piedra en cualquier momento.

Allwënn se acercó lentamente a la escultura, con los ojos muy abiertos. Sus dedos recorrieron la superficie lisa de la figura de piedra.

—¿Sabes lo que es? —aventuró Alex, tan hechizado como los demás por el insólito descubrimiento. Allwënn, sin embargo, estaba concentrado en su examen y no contestó.

La intrincada piedra verdosa tallada representaba a un elfo del doble del tamaño de un hombre. Vestía la elaborada armadura de guerra de los Shaärikk[31] con insignias originarias de finales del período Ült'karith.[32] La pluma de su casco y su escudo, cruzado por dos hachas, también eran indicativos de esa época. Se trataba de un arquero, equipado con arco y flechas. El artesano había retratado con maestría el momento en que el

---

[31] Una tribu de elfos del periodo Ült'karith, que dominaba los altos bosques del oeste de Arminia (antigua Karmatroya). Completamente aniquilada durante las Élfidas.

[32] El último periodo del Ciclo Imperial Élfico en declive, que va aproximadamente desde 175 a.C. (Antes de la Escisión) hasta supuestamente el año de la Escisión Élfica y la consiguiente ruptura del calendario v.v.. Abarca prácticamente los años de las Guerras Élficas, 2640-2775 v.v. (Vaïll-l-Vhäldha, la Edad Gloriosa, Antiguo Calendario Élfico).

arquero observa a lo lejos a su desprevenido enemigo, justo antes de tensar la cuerda de su arco para lanzar un ataque. Allwënn siguió pasando los dedos por la superficie de la pieza.

—¿Quién es? —Preguntó Claudia.

Allwënn se volvió hacia ella. Tardó un momento en contestar, como si no estuviera seguro de hacerlo bien. Miró a un lado. Estaba claro que esta figura estuvo acompañada de un compañero en algún momento. A pocos pasos de ella, sólo quedaban el pedestal y las botas de una segunda estatua, trabajada con la misma piedra verde. La mayor estilización de sus contornos sugería, tal vez, que se trataba de la representación femenina del arquero, ahora perdida.

—Deben de ser Custodias —respondió sin vacilar, con cierto aire de reverencia en la voz. —Los viejos guerreros del bosque. Sus guardianes.

—¿Los de tu historia? —Me atreví a inferir. Gharin me miró como si hubiera nombrado al mismísimo diablo.

—Los Custodias no forman parte del ejército regular. —Explicó Allwënn. —Son una orden de arqueros dedicados a los templos de las deidades de Aera y Misal. Tal y como han sido siempre en el pasado y siguen siendo en la actualidad. Tienen sus propios rituales de iniciación y privilegios. Son los arqueros sagrados del bosque. Hacen votos que les obligan a defender el bosque y a realizar vigilias rituales. Son los guardianes invisibles del jardín. Por eso hay tantas historias y mitos sobre ellos. Esta debe ser una representación de uno de ellos. Un par, de hecho. Ella ha desaparecido.

—¿Y qué están haciendo aquí? —Intervino Alex. Allwënn desvió la mirada de las estatuas hacia lo que había inmediatamente detrás de ellas; la razón por la que nos habíamos visto obligados a detenernos.

Un ancho y elegante puente de madera con altas balaustradas interconectadas cruzaba un estrecho río que fluía bajo sus elegantes arcos. Era un torrente impetuoso que extraía su agua de los hielos eternos de los picos de Belgarar y se precipitaba rugiendo por una cascada situada a escasos metros.

El guerrero mestizo se volvió hacia nosotros.

—Marcan un límite, una frontera. Separa dos puntos del bosque. —explicó el elfo con seguridad en sí mismo. —Lo que este puente divide en realidad, o lo que encontraremos si continuamos en esta dirección, no lo sé.

El ensordecedor sonido del agua corriendo sobre las rocas perturbaba la quietud en esta parte del bosque. Tan acostumbrados estábamos al silencio fantasmal que nos había acompañado en este desolado lugar muerto, que el sonido del agua corriendo y el rugido de la poderosa cascada casi saturaban nuestros sentidos.

Cuando nos asomamos al borde del abismo, la gran masa de líquido se precipitaba con una furia terrible. Una niebla de vapor de agua se elevaba desde las profundidades, desde donde el río continuaba su viaje con un murmullo perpetuo. Allwënn se apartó de las estatuas y apoyó la mano en los viejos maderos con que estaba construido el viejo puente.

—Es demasiado arriesgado, Allwënn. —Advirtió Gharin con preocupación, al ver que su amigo no apartaba los ojos de la poderosa corriente del río. —¿De verdad crees que merecerá la pena? No me gustaría cruzar una frontera protegida por los antiguos Custodios. Además, esta madera no ha sido

La Flor de Jade I
-El Enviado-

tratada en siglos.

—Aún parece sólida. Allwënn acarició la madera del puente. —Los secretos de los viejos maestros carpinteros hacían que estas maderas pudieran resistir miles de años sin desmoronarse.

—Probablemente llevan aquí miles de años, Allwënn. —argumentó Gharin, acercándose a su compañero. —El barniz debe de haberse desgastado hace generaciones. Tal vez baste un paso sobre estos maderos para que todo el puente se derrumbe bajo nuestros pies.

Pero ése no era el verdadero temor del arquero rubio.

Sin duda, la antigua laca utilizada para tratar la madera había conseguido mantener la estructura intacta, aunque desgastada por los elementos. El peligro de derrumbe era real, pero lo que más preocupaba a Gharin era la idea de acercarse demasiado a los lugares sagrados de este bosque maldito. La presencia de esas estatuas guardianas era una clara advertencia. Aunque todo el bosque estaba bajo la protección de las Custodias, el lugar al que conducía el puente debía de merecer una atención especial. Aquellas esculturas de piedra revelaban el peligro. Más allá de este puente había terreno prohibido. Cruzarlo era romper con antiguas tradiciones.

Allwënn se volvió hacia nosotros, mirando directamente al semielfo de ojos azules.

—No dudo que cruzar este puente será una aventura por muchas razones, Gharin. Pero podríamos pasar varios días buscando otra forma de cruzar el río. Me gustaría estar en un lugar seguro cuando llegue la tormenta. —añadió mirando al cielo.

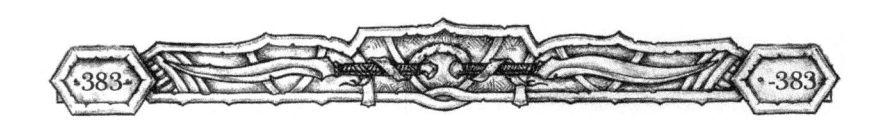

JESÚS B. VILCHES

Unas amenazadoras nubes negras se acercaban a nuestra posición. Varios truenos furiosos en la distancia resultaban una advertencia temprana de que la tormenta se acercaba con ganas de guerra. Estaba claro que Allwënn prefería cruzar el río para cuando ocurriera lo inevitable.

—¿Y si continuamos río arriba? —Sugerí. —Quizá haya una forma mejor de cruzar. Un paso más estrecho.

—La cuestión, muchacho, es si debemos cruzar el río por aquí o por cualquier otro lugar. —explicó Gharin con cierta consternación. —Este no es un bosque ordinario. Se nos advierte claramente que nos alejemos de aquí. —aseguraba señalando al arquero de piedra que vigilaba el puente. La amenaza flotaba en el aire y nos inquietaba más de lo que queríamos admitir.

—Gharin, tus Custodios han muerto. Los guardianes de este bosque dejaron de existir hace mil años. No voy a entrar a debate sobre de historias de fantasmas. —Allwënn hizo un gesto con las manos para indicar que empezaba a cansarse de los temores supersticiosos que tanto preocupaban a su rubio compañero. —Mira el cielo, amigo mío. Toda el agua de los mares va a caer sobre nosotros si no empezamos a movernos ahora mismo. Ese va a ser el verdadero problema, no tus fantasmas.

Gharin torció el rostro en una mueca de desaprobación, pero era una batalla que no podía ganar. Conocía demasiado bien a su amigo como para saber que todos acabarían cruzando esos viejos maderos. La cuestión era cuándo y a qué precio. Decidió no malgastar su aliento y su tiempo en el asunto.

—trataré de cruzar con los caballos primero, uno por

La Flor de Jade I

-El Enviado-

uno. —Allwënn expuso su plan. —Si la madera aguanta, podríamos hacer desfilar una columna entera de infantería por aquí sin problema. Si esto es así... entonces cruzaréis vosotros, de tres en tres.

Bueno, tal vez no era la mejor idea.

Probablemente ni siquiera era la más sensata. Cruzar un puente de madera de más de mil años sería impensable en nuestro mundo. Pero lo cierto es que este puente parecía en muy buen estado para su edad. Era muy confuso para nosotros. Había perdido casi toda la belleza de su época dorada. Apenas se veía la capa de pintura blanca y azul claro que una vez luciera hermosa en aquellas vigas y maderos. Aparte de eso, y de otros deterioros más evidentes, habría apostado a que esta gran estructura era más joven que cualquiera de nosotros.

Allwënn cruzó pacientemente los caballos uno por uno, sin incidentes. Cuando regresó de su primer viaje, nos alertó sobre el estado de la madera.

—Cruje mucho en algunos sitios —nos advirtió. —Mirad por donde pisáis y creo que aguantará. Alex, Hansi y Gharin, pasaréis después de que yo cruce con el último de los caballos. El resto de vosotros los seguirán después. Así que preparaos.

Los viejos tablones crujieron amenazadoramente mientras Alex se abría paso con cautela a través de ellos. Un escalofrío recorrió su espina dorsal y el paso de la saliva por su garganta se hizo un poco más difícil. Estuvo a punto de dar media vuelta y regresar. Allwënn, desde el otro lado, lo animaba a avanzar sin miedo. Había logrado cruzar con media docena de caballos sin mucha dificultad. No entendía la preocupación del muchacho.

—Vamos, chico. —le animó Gharin al pasar junto a él. —Camina por donde yo camino, si te hace sentir más tranquilo.

El joven no tuvo más remedio que armarse de valor y continuar su lento y ansioso avance tras los pasos del elfo. Hansi le acompañaba sin hacer ningún comentario. Tras caminar unos metros sobre el puente, casi sentía su cuerpo flotar sobre la masa de agua embravecida que fluía bajo él. Era como si caminara sobre el aire. El espectáculo era magnífico e impresionante.

A pesar de la longitud del puente, realizaron la travesía sin incidentes ni lamentaciones, para alivio de todos. Ahora nos tocaba a Claudia, Falo y a mí iniciar la nuestra.

Entonces empezaron los problemas...

Apenas habíamos dado unos pasos por el puente cuando nos dimos cuenta de que Falo se había quedado rezagado y se había detenido justo antes de la primera viga transversal. Me di la vuelta y le vi allí, en pie, clavado en el sitio, mirando las turbulentas aguas abajo. Sólo había una corta distancia entre nosotros y el río, que se precipitaba violentamente por el precipicio unos pasos más allá. Sin embargo, el rugido del torrente espumoso era suficiente para intimidar a la mayoría de la gente. La cascada no tenía una gran caída, pero hay que admitir que aún así resultaba impresionante.

—Falo se ha quedado atrás. —avisé a Claudia. Se giró para ver lo que pasaba detrás de ella.

—Genial —murmuró. —Ese idiota no podía dejar pasar la oportunidad e hacerse notar. Menudo gilipollas.

La Flor de Jade I

-El Enviado-

Se volvió hacia él y le gritó. Falo levantó la vista, como si su voz le hubiera sacado de un trance. Sólo entonces pareció darse cuenta de que todos le estaban esperando.

—¿Vienes o qué?

El joven dio un paso atrás para alejarse del borde del puente y negó con la cabeza.

—No voy a dar ni un paso más. Prefiero morir a cruzar por aquí.

Claudia suspiró con resignación, como si fuera la madre de un niño travieso.

—Por el amor de Dios... Estoy tan harta de él que esta vez le voy a dar yo misma unos azotes.

Oculté mi sonrisa ante su comentario. Me miró y luego a los que nos esperaban al otro lado.

—Sigue tú, ¿vale? Trataré de convencerlo, por su propio bien. Si no, Allwënn se pondrá furioso otra vez.

Quería que creyera que obedecería sus instrucciones, pero sólo avancé unos pasos. Me giré para ver cómo se las arreglaba con aquel imbécil arrogante. No es que fuera a ser de mucha ayuda si las cosas se ponían serias, pero me sentía más cómodo así.

—Vamos, hombre. No la cagues esta vez. —Le gritó mientras se aproximaba. —No sé qué vas a conseguir con esto, a menos que sólo quieras cabrear a Allwënn otra vez. Y yo que tú no lo intentaría.

Las marcas de la cara de Falo habían desaparecido tras la milagrosa intervención mágica de Gharin. El hechizo curativo había hecho desaparecer las enormes magulladuras de su anterior encuentro con el mestizo. Allwënn había dejado claro que no toleraría más desobediencia.

—No voy a ir allí. No me importa cómo se lo tome.

—Joder, tío. Realmente puedes poner las cosas difíciles.

Claudia miró hacia el otro lado. Allwënn estaba ocupado desatando a los caballos y no se había percatado de la situación. Pero los demás empezaban a sospechar que algo andaba mal y que era cuestión de tiempo, muy poco tiempo, para que la furia del mestizo se desatara de nuevo.

—Si viene a por ti, te arrastrará de las orejas hasta el otro lado, ya lo sabes. Y eso si tiene un buen día.

—¡¡¡Claudia!!! —Llegó hasta ellos la voz de Gharin desde el otro lado del río. Ella adivinó las razones del semielfo para llamarla, así que se volvió y trató de tranquilizarlo con un gesto de la mano.

—¿Qué demonios está pasando? —Preguntó Alex en voz alta. —¿Por qué no se mueven?

—Es ese imbécil otra vez —dijo Hansi. —¡Quién sabe! Esto no me gusta un pelo.

—¿Qué está pasando?

Esta vez era la voz severa de Allwënn la que se oía tras ellos.

Falo miró nervioso hacia la otra orilla, temeroso de la reacción

La Flor de Jade I

-El Enviado-

del mestizo ante el retraso. En su interior se libraba una batalla... pero nadie podía verla.

—Tengo vértigo, ¿vale? Me mareo sólo de pensar en cruzar por ahí.

Claudia no podía tomárselo en serio.

-Que tienes... ¡¿Vértigo?! Oh, ¡venga ya! —Claudia no se lo podía creer. —No tuviste problemas para escalar las pendientes aquel día desde la cueva.

—No es lo mismo. No había agua, ni puente...

—¿Crees que soy idiota?

—Bueno, es la maldita verdad, cariño... Me importa una mierda si no te la crees. —replicó, molesto por su incredulidad.

—Tu *'Vértigo'* tampoco te impidió dejarnos tirados, ¿verdad? Corriste, saltaste y escalaste... y nunca miraste atrás.

—Voy a arrancarle la cabeza a ese bastardo —amenazó Allwënn, frustrado por la absurda situación. Comenzó a dar zancadas de regreso por el puente.

—Allwënn, tal vez deberíamos darle... —pero su compañero no terminó la frase.

El rubio elfo había oído algo en el aire...

Un sonido transportado por las ráfagas de viento. Un sonido que no debería estar allí, y que presagiaba un peligro inadvertido. Allwënn se volvió hacia nosotros. Pero no por el comentario interrumpido de Gharin. Sus agudos oídos élficos también le habían alertado del inminente peligro que los demás aún desconocíamos.

—¡¡Perros!!"

—¡Deben haber seguido nuestro rastro!

Eso fue todo lo que oímos del mestizo de cabello negro asegurar antes de que echara a correr en dirección a Falo y Claudia.

"Nunca me lo vais a perdonar... ¿verdad?". —dijo Falo con resentimiento y culpa. —Tuve miedo, ¿vale? Estaba aterrorizado. Sólo quería salir de allí. ¡Ni siquiera os conocía! Corrí sin pensar, por el amor de Dios..."

—Podríamos haber muerto allí. ¿Lo entiendes? No hay excusa —Claudia se sintió molesta por tener que explicar lo obvio. —Siento todo esto, pero todas las acciones tienen consecuencias. Si no quieres más problemas, te sugiero que empieces a caminar por este maldito puente. ¡Ahora mismo!

—Nada en este mundo me hará dar un paso más —le aseguró con firmeza. Claudia se puso las manos sobre la cara de pura frustración. Esto no iba a ser fácil.

Sentí los tablones reverberando bajo mis pies....

Miré hacia atrás y comprendí qué los hacía moverse. Era la vibración de los pasos de Allwënn acercándose a nosotros.

La Flor de Jade I

-El Enviado-

Corría hacia mí, con el rostro distorsionado por una apremiante determinación. Entonces yo también lo oí. No pude evitar que se me formara un nudo en la garganta. Cuando volví la vista hacia Falo y Claudia, lo que había hecho el ruido ya estaba allí.

—¡Escucha! Suena como... ¡ladridos! —Exclamó la chica sorprendida. Falo se dio la vuelta. Y descubrió la fuente del ruido.

Desde el linde del bosque llegó la primera de las grandes bestias. Era un lobo enorme de pelaje gris. Si dijera que parecía del tamaño de un caballo, probablemente sería una exageración. Pero no era un lobo cualquiera. Sobre su lomo cabalgaba una pequeña criatura adornada con plumas y baratijas. Iba armada con una ancha espada curva. Se parecía vagamente a un orco, salvo que era mucho más pequeño y delgado. Su enorme cabeza deforme estaba dominada por una boca abierta llena de dientes afilados y puntiagudos, que rivalizaban con los del animal que montaba. También tenía unas orejas grandes y puntiagudas con adornos. Pero fueron sin duda sus ojos amarillos y brillantes y la mirada feroz que había en ellos lo que llenó de pánico a la joven.

—¡Goblins! Recordamos las palabras de Allwënn: 'Donde hay Orcos, hay Goblins.'

—¡Corre! —gritó desesperadamente Falo a Claudia. Ella respondió a su llamada y empezó a correr frenéticamente por el puente.

Mis piernas estaban clavadas al suelo.

JESÚS B. VILCHES

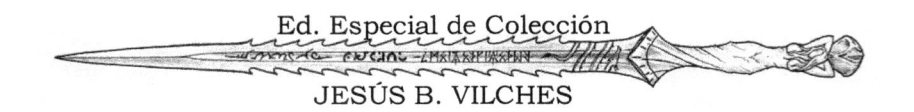

Temblaban como nunca antes lo habían hecho. Simplemente no se movían de donde estaban ancladas. Allwënn estaba muy cerca. Casi podía sentir su aliento sobre mí. Me volví hacia él.

Se oyeron gritos de alarma desde la otra orilla. Los que ya estaban al otro lado del puente estaban alertados del peligro. Agitaban frenéticamente los brazos y nos gritaban que nos pusiéramos a salvo. Sólo Allwënn corría en dirección opuesta.

Yo seguía congelado en mi lugar.

Mierda...

El primero de los lobos cargó furiosamente hacia nosotros. Falo no necesitó más estímulo para correr hacia la seguridad del puente. Su miedo había quedado muy atrás. Bastó una mirada a la espalda para ver que habían aparecido más lobos en las inmediaciones. Algunos de los goblins llevaban lanzas y arcos.

Había casi una docena de ellos.

"¡Oh, Dios mío!"

El lobo más próximo se abalanzó sobre ellos, su jinete chillaba un grito de guerra que helaba la sangre mientras agitaba su espada por encima de su cabeza. Claudia hizo una carrera a ciegas sobre la desvencijada madera del puente hacia mi dirección. Falo iba justo detrás de ella. Por un momento, las más largas zancadas de Falo le permitieron adelantarla. Pero ella era más liviana y ágil. Pronto lo alcanzó de nuevo. Pero justo cuando estaba a su altura, oyó un crujido y Falo desapareció de

La Flor de Jade I

-El Enviado-

su lado.

¡¡¡Claudia!!!

El impulso impidió que la joven se detuviera inmediatamente. Cuando lo hizo, miró hacia atrás y vio que uno de los tablones de madera se había roto bajo los pies de Falo. La parte inferior de su pierna derecha estaba atrapada en un enorme agujero. Con una mirada de desesperación en los ojos, le suplicó ayuda. Si hubiera mantenido la calma, tal vez no la habría necesitado. Con un poco de compostura, podría haber sacado la pierna de aquel agujero sin ninguna dificultad... pero...

Los ojos de Claudia lo decían todo...

Falo sintió una sofocante oleada de calor que le recorría de arriba abajo. Apartó los ojos de la joven y miró hacia su perseguidor. El lobo y su feroz jinete estaban sobre él. Apenas le dieron la oportunidad de levantar los brazos en un vano intento de protegerse. El goblin blandió su espada con furia contra el joven desarmado. Una nube de sangre brotó de su cuello. Su destino estaba sellado.

Claudia ahogó un grito de horror. Sus piernas se doblaron y cayó de rodillas sobre la dura superficie de madera del puente. El lobo no se detuvo y se lanzó de cabeza hacia ella. Los otros perseguidores siguieron su estela.

Sucedió tan rápido que apenas tuve tiempo de asimilarlo. ....

Mi mente se negaba a aceptar lo que había sucedido. El cuerpo de Falo cayó inerte como un muñeco de trapo, desplomándose sobre los maderos que lo habían atrapado. En ese momento, pensé que todos íbamos a morir allí mismo.

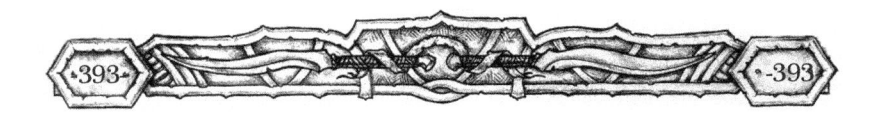

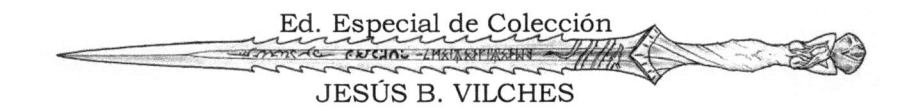

La sangre de Allwënn bombeaba furiosamente en sus venas mientras corría hacia nosotros.

Ni siquiera se había detenido a desenvainar su espada. El puente parecía interminable. Una flecha goblin pasó silbando junto a él, casi rozándole su pelo negro azabache, mientras la esquivaba con destreza.

Ni siquiera eso le detuvo.

Claudia estaba paralizada por el miedo. Oía las voces de sus amigos desde el otro lado del puente, llamándola desesperadamente. Pero no podía apartar los ojos del cuerpo de Falo. Estaba tendido boca abajo, con un oscuro charco de sangre extendiéndose sobre la superficie de madera del viejo puente. Presintiendo un peligro inminente, levantó instintivamente la vista hacia la sombra que caía sobre ella. El lobo y la horrenda criatura que lo montaba estaban a sólo unos pasos. La espada, bañada en la sangre del pobre Falo, se alzaba sobre su cabeza. Ella sería la siguiente en probar su filo mohoso....

Pero esa espada nunca encontró otra víctima...

Un silbido de muerte atravesó el aire.

La criatura que la amenazaba salió catapultada de su montura con un chillido agónico. La cara de Claudia estaba salpicada de sangre. Vio conmocionada cómo dos flechas más atravesaban el grueso cuello del lobo gigante. Casi no tuvo tiempo de comprender lo que estaba ocurriendo. Golpearon con pocos segundos de diferencia, deteniendo a su atacante en seco, cuyo cuerpo se derrumbó y pasó a su lado, inerte.

La Flor de Jade I
-El Enviado-

Gharin encajó otra flecha en su arco. Había demasiados blancos.

Si no salían de allí pronto...

"¡¡¡Claudia!!!"

La chica reconoció la voz del rubio arquero, sacándola de golpe de su estupor.

"¡¡¡Corre, corre!!!"

El resto de los jinetes lobo comenzaron a ajustar las flechas en sus arcos. Ella se puso en pie de un salto y huyó lejos de ellos. La vi acercarse a mí, su rostro era una máscara de miedo y desesperación. Entonces yo también reaccioné cuando ella pasó a mi lado. Finalmente conseguí mover las piernas y corrí tras ella. El gruñido de los lobos me hizo entrar en pánico. La adrenalina bombeaba furiosamente por mis venas, haciendo que mis piernas se movieran como si tuvieran mente propia. Allwënn casi nos había alcanzado.

La escena ante sus ojos era preocupante. La manada estaba casi encima, ansiosa por desgarrar la carne de su presa. Su mano buscó la dama tallada en hueso de su cinturón.

Otro jinete cayó de su montura, atravesado por una flecha....

Nada podía detener a Allwënn en su furiosa carrera hacia adelante. Nada... salvo la inesperada muerte de aquel trasgo. Esta vez no habían sido las flechas de Gharin las que habían abatido al enemigo.

El arquero se quedó paralizado, con los dedos agarrando

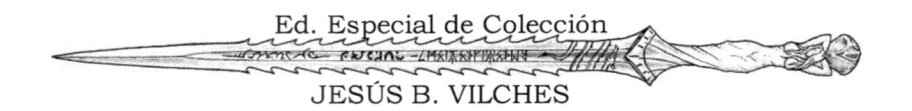

la cuerda que sujetaba su flecha. El oponente había sido asesinado por una mano invisible. ¿Quién podría haber ayudado a derribar a sus agresores? ¡No había nadie en estos bosques! Nadie excepto nuestro pequeño grupo de viajeros.

Nadie... vivo, por supuesto.

Y un calor opresivo empezó a recorrerle el cuerpo, subiendo desde las piernas hasta el pecho.

Fue la primera de muchas flechas. Dos jinetes más y sus monturas cayeron bajo una tormenta de proyectiles. Los trasgos no tardaron en darse cuenta de que estaban siendo atacados desde varias direcciones y se desorganizaron.

Allwënn no podía creerlo....

Gharin no quería hacerlo...

De entre la maleza, de entre los árboles, empezaron a surgir figuras con una teatralidad y una gracia que sólo podían asociarse a la raza élfica. Vestían antiguas armaduras élficas que ocultaban sus rasgos, suponiendo que hubiera rasgos que ocultar bajo aquellos elaborados yelmos de metal dorado. Iban armados con lanzas y arcos. No parecían tener prisa.

Aparecieron de todas direcciones.

Había al menos una docena de ellos. Sus flechas sembraban la muerte en este rincón olvidado del bosque. Sus largas lanzas se desplegaron sin piedad contra los lobos y sus jinetes. Gritos de dolor y desesperación resonaban entre los árboles.

La Flor de Jade I

-El Enviado-

Allwënn se quedó petrificado ante el espectáculo que tenía delante. Los antiguos Custodios Shaärikk parecían haber resucitado de entre los muertos. Pero algo imprevisto le hizo reaccionar.

En mi desesperación por huir, pisé en el lugar equivocado. Quizá se trataba de un tablón suelto, o quizá la antigua madera se había debilitado por el uso desacostumbrado de aquella tarde. Fuera cual fuera la razón, el suelo del puente cedió bajo mis pies.

Oí un potente crujido. La madera se desintegró y me estrellé contra varios tablones que tenía debajo. Me sentí caer como una piedra, mientras la fuerza incontenible de la gravedad tiraba de mí hacia abajo.

El miedo...

No sé cómo lo hice, pero mi mano consiguió agarrarse a un travesaño que atravesaba la parte inferior del puente. Sentí un doloroso tirón en los brazos que me impedían caer al agua. La mitad de mi cuerpo colgaba en el vacío. La otra colgaba precariamente de la áspera madera.

Allwënn recuperó la compostura y corrió hacia mí.

—No te sueltes. ¡Aguanta! —Me gritó mientras corría.

Se cruzó con Claudia. Ella no se había dado cuenta de lo que me había pasado y se sorprendió al verlo pasar a toda prisa. Se detuvo y miró hacia atrás. La escena que vio sobrecargó sus emociones y sus sentidos. Tardó un momento en despejarse.

Yo había desaparecido del puente. En mi lugar sólo había un enorme agujero que no existía momentos antes. Allwënn metió la mano por la abertura e intentó agarrarme.

JESÚS B. VILCHES

Claudia miró hacia el lado del puente desde el que había comenzado su travesía. A través de la bruma caótica de sus sentidos desorientados, presenció una escena inimaginable de matanza y muerte. Los jinetes lobo eran despedazados por figuras que no había visto llegar. Una docena de esbeltos guerreros con armaduras doradas, curtidos por los elementos, asaltaban con arco y lanza a los malogrados últimos miembros de aquella avanzadilla goblin. Se parecían sospechosamente a las estatuas del puente. Un tono blanco fantasmal les daba un aspecto espectral. Eran coordinados, hábiles y mortíferos.

—¡¡¡Atrás!!! —Gritó Allwënn, girando la cabeza hacia la joven. —¡¡¡Corre hacia el otro lado!!! ¡¡¡Alcanza a los demás!!! RÁPIDO!!!

Confundida, Claudia volvió los ojos hacia el otro extremo del puente. Sus compañeros gritaban y le hacían gestos para que siguiera corriendo hacia ellos. Miró hacia atrás desde donde había venido y vio que dos Custodios empezaban a moverse por los maderos en nuestra dirección. Uno de ellos se agachó junto al cuerpo de Falo. El joven no daba señales de vida. El otro siguió avanzando sin detenerse. Más atrás, el resto de los antiguos guerreros espectrales acababan con los últimos trasgos y sus corceles lobos.

Luego comenzaron a reagruparse.

—Estoy resbalando, Allwënn. No puedo sostenerme. No puedo aguantar. —Grité desesperado, seguro de que no podría aferrarme si no estiraba una mano. —Me voy a caer. Me voy a caer.

Allwënn intentó alcanzarme.

Había demasiada distancia entre nosotros...

La Flor de Jade I

-El Enviado-

—Aguanta, chico. Aguanta. Te sacaré de ahí.

Sus dedos casi rozaron el dorso de mi puño. Al guerrero sólo le faltaban unos centímetros para agarrarme con firmeza. Sentí como si el vacío me empujara hacia abajo. El viento soplaba ahora con más fuerza, como para recordarnos que estábamos a su merced.

—Saldrás de ésta, te lo juro. —me aseguró, su voz sonora me llenó de calma. Sentía que mi cuerpo pendía de un hilo, que no podía hacer nada para salvarme. Mi destino estaba en manos de otros. Sus manos. Sin embargo, podía percibir, casi tocar, la fuerza de este medio enano sobre mí. Por un breve instante, su mirada penetrante y la convicción de su voz me dieron la esperanza de que me salvaría.

Pero...

Mis brazos perdieron su agarre justo antes de que pudiera alcanzar la mano del mestizo. Los ojos de Allwënn se abrieron de par en par mientras su mano sólo sostenía el aire. La gravedad ganó la batalla. Un grito desesperado escapó de mi garganta mientras me despeñaba hacia el torrente espumoso bajo mi cuerpo.

El rostro de Allwënn se transformó en una máscara de ira al no poder hacer nada para detener mi caída. Las manos del guerrero intentaron en vano agarrarme. Su piel y la mía se habían tocado, pero mis manos resbalaron y él fue incapaz de sujetarme. Allwënn gritó mi nombre antes de que me perdiera en el oscuro abrazo del agua.

Sentí su tacto frío e ingrávido.

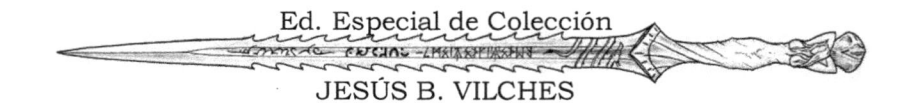

Hubo silencio durante un segundo.

Entonces sentí la terrible fuerza de la corriente que me arrastraba. Mi mundo se sumió en la oscuridad.

Allwënn se levantó desesperado al perderme de vista bajo el agua. Cuando levantó la vista, encontró a uno de las Custodias a escasos centímetros de él. Estaba de pie en el lado opuesto del boquete por el que había caído.

Era una armadura, maltrecha por los siglos. Permaneció inmóvil, mirándole fijamente desde los oscuros recovecos de sus ojos achinados. Un par de pupilas brillantes acechaban en la oscuridad. Las dos figuras estaban frente a frente, sin mover un músculo. El mestizo ni siquiera se percató de que los demás caminaban con paso firme hacia ellos. Estaban frente a frente... inmóviles, quietos, tensos...

Mil opciones pasaron por la mente de Allwënn en ese momento. Pero su único pensamiento era atravesar la desgastada máscara con su intensa mirada.

Cara a cara, en un duelo.

Había respeto en sus ojos, pero no miedo. Dos Custodias más se acercaron a ellos y se unieron al duelo silencioso. Nadie movió un músculo. Allwënn hinchó el pecho desafiante y les dio la espalda. Mientras avanzaba lenta y tranquilamente hacia el grupo que lo esperaba en la orilla, esperó a que una flecha traicionera o una lanza enemiga le mordiera la carne. Pero no fue así. Aquellas Custodias permanecieron allí, desafiantes pero impasibles. Tal vez estaban impresionados por el valor del mestizo que les daba la espalda con orgullo. Todavía

LA FLOR DE JADE I

-EL ENVIADO-

seguían allí cuando Allwënn llegó al otro extremo del puente. Entonces aquel grupo destrozado se apresuró a huir, con dos caídos entre ellos.

Sentí que una mano fuerte agarraba mi ropa mojada y me sacaba del agua. Nunca perdí totalmente el conocimiento, ni siquiera cuando sentí que caía por la cascada y me sumergía en la fría corriente. Intenté moverme, pero mis miembros no respondían a mis órdenes. El río arrastraba mi cuerpo. Mi mente estaba confusa, como si intentara en vano despertar de un mal sueño. Entonces sentí que varios brazos tiraban de mi cuerpo inerte.

Oí la voz de una mujer.

"Está vivo".

No recuerdo nada más.

Ed. Especial de Colección

JESÚS B. VILCHES

LA FLOR DE JADE I
-El Enviado-

La Flor de Jade

RABIA EN LAS VENAS
MIEDO EN LOS OJOS

Seguía lloviendo, aunque la furia de la tormenta parecía haber amainado

Era como si la propia naturaleza estuviera agotada por el esfuerzo requerido. Aunque la lluvia no era tan intensa como antes, no se sabía cuánto duraría aquella tregua. El ojo de la tormenta había pasado justo por encima de ellos, pero el retumbar de los truenos advertía de que aún quedaba mucha agua por caer.

JESÚS B. VILCHES

Era bien entrada la noche. El impenetrable reino de Kallah sólo se veía interrumpido por la palpitante luz anaranjada de la hoguera que ardía sobre las losas de extraña piedra verde. Gharin estaba cerca, calentando un caldo oscuro en una olla de metal abollada sobre el fuego. Temblaba en su puesto, mirando a los tres jóvenes amigos que se acurrucaban juntos contra el frío. Miró hacia el exterior, negro como el alma de un demonio y castigado por la lluvia. Ráfagas de viento soplaban aire frío y húmedo a través de los laterales abiertos de la veranda. Estaba cargado del espeso olor de la tierra mojada y arrastraba consigo algunas de las cuentas cristalinas que habían caído del cielo. Había sido una sabia decisión detenerse allí, a pesar de la humedad.

Gharin olfateó uno de los cuencos de madera en los que había servido el caldo caliente a los jóvenes. Un olor acre e inconfundible inundó sus vías olfativas. Sonrió con pesar, esperando no haberse excedido con el polvo de Ländhal. La madera de este peculiar árbol estepario, molida y mezclada con líquido caliente, era bien conocida por sus efectos somníferos. Igualmente famoso es el característico aroma de la savia cuando se seca. Había añadido un poco de ella a sus bebidas para ayudarles a dormir y mantener a raya las pesadillas que a menudo les visitaban. Sin su ayuda, apenas habrían podido cerrar los ojos después de lo ocurrido hoy. Podía tener efectos secundarios leves, pero era un sacrificio que merecía la pena. En el peor de los casos, se despertarían a la mañana con un poco de resaca, como si hubieran bebido demasiado. Pero el sueño profundo que se les concedía les daría un respiro de la gran carga que llevaban.

Dejó los cuencos en el suelo a su lado y volvió a mirar a los durmientes. Allwënn había desaparecido como de

La Flor de Jade I

-El Enviado-

costumbre. Poco le importaba que toda el agua del mundo pareciera caer sobre sus cabezas. Se había adentrado en el vasto laberinto de pasillos, patios y salas que llenaban ese palacio en ruinas y su legendaria ciudad. En cualquier momento, emergería de uno de los rincones oscuros como un fantasma.

Maldita comparación.

Esa noche, la ausencia de Allwënn fue especialmente dura para él. Cada susurro, cada sonido en la oscuridad le crispaba los nervios. Podía ser su compañero regresando de las sombras... o podían ser cien alternativas en las que prefería no pensar. Gharin estaba dispuesto a pasar la noche en vela. No sería la primera vez.

Las horas pasaron lentamente. Las hábiles manos de Gharin trabajaban la madera con sus pequeñas herramientas, cortando aquí y allá, para liberar la forma atrapada en su interior. Quizás era la única forma de pasar el tedio de la noche sin caer en la aplastante apatía que trae el aburrimiento... o en la locura de la paranoia. Pronto sus oídos captaron un sonido que se acercaba lentamente por uno de sus flancos. Giró rápidamente la cabeza y cogió el arco y las flechas que tenía al alcance de la mano. No le hizo falta.

Una voz familiar le tranquilizó.

—No te alarmes. Soy yo —susurró una voz tranquila y segura. La figura de su enigmático compañero surgió de entre las sombras. Gharin volvió a su posición relajada sin hacer preguntas. Sabía perfectamente lo que su amigo había estado haciendo. Sólo le sorprendía que hubiera vuelto tan tarde.

—¿Un poco de caldo? —Preguntó al recién llegado, mostrándole su cuenco medio vacío.

—Sí, gracias.

Allwënn aceptó el caldo caliente, tomando los primeros sorbos mientras seguía de pie. Los efectos calmantes de la insípida sopa no duraron mucho, y el mestizo acabó por sentarse junto al fuego, frente a su compañero. Los ojos de Allwënn no guardaban secretos para el semielfo con quien había compartido una vida en el camino. Había tal complicidad entre ellos que tratar de ocultarla sólo retrasaría y entorpecería lo inevitable.

Cuando los dos elfos se miraron, Allwënn supo que terminaría respondiendo preguntas aún no formuladas.

—¿Pasa algo, amigo? —Preguntó Gharin solo por cortesía.

—Deberías acostarte. Ha sido un día duro. —El intento de Allwënn por evadir la pregunta parecía claro. —Descansa un poco. Yo continuaré la guardia.

—¿Qué sucede, Allwënn? —insistió el arquero. Allwënn sopesó que sería más rápido confesar que ser acosado por el insistente elfo.

—No estamos solos en este lugar.

Gharin traicionó su nerviosismo moviendo instintivamente la mano hacia su arco y oteando con nostalgia todos los rincones oscuros. La mano de su amigo se posó sobre la suya, y el gesto pareció calmarlo.

—Si algo quisiera atacar, lo habría hecho cuando yo estaba solo. Pero me preocupa. Mañana entraré en el subsuelo de la ciudad. Allí seguí a una sombra.

—¿Estás loco, Allwënn? Dejemos este lugar lo antes

LA FLOR DE JADE I
-EL ENVIADO-

posible.

—Lo haremos. Pero quiero asegurarme de que todo está en orden. —El mestizo apartó la mirada del grupo de humanos. —Parece que han conseguido dormir, después de todo.

Gharin sonrió irónicamente.

—Bueno, han bebido suficiente Ländhal como para noquear a un buey.

El arquero miró a los tres humanos que dormían sobre la dura superficie que les servía de cama. Sintió vivamente la angustia que afligía sus almas. Esperó a que su compañero bebiera el siguiente sorbo de caldo antes de preguntar por su destino.

—¿Qué haremos con ellos, Allwënn? —Su amigo sorbió su caldo lentamente mirando su cuenco sin contestar. —Tenemos que pensar en algo. ¿Dónde vamos a llevarlos? ¿Cuánto tiempo vamos a mantener esta situación, amigo?

—Yo quise deshacerme de ellos a la primera oportunidad —respondió el mestizo, apartando el cuenco de su boca.

—Pero no lo hiciste —le recordó Gharin, con un tono de voz serio. —Y no creas que no sé por qué no pudiste negarte. Ahora vienen con nosotros... pero ¿dónde?".

—No lo sé.

Gharin miró un momento al grupo de durmientes antes de continuar.

—Ya hemos tenido nuestras primeras bajas. Están destrozados. ¿Esperaremos a que caigan uno a uno? Debemos tomar una decisión.

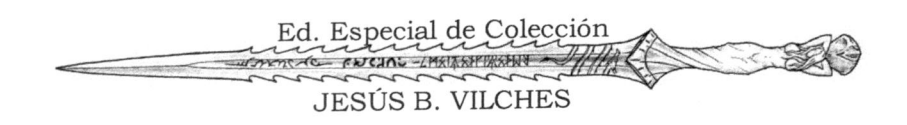

—Les di mi palabra, Gharin. Les dije que les ayudaría, pero no sé cómo. Si su supervivencia no está garantizada en nuestra compañía, imagínatelos corriendo solos. El primer escuadrón que los vea los matará o los meterá en una jaula de la que nunca saldrán. Me gustaría pensar que estamos prolongando sus vidas, al menos.

—Tarde o temprano, lo que ha pasado hoy volverá a pasar y perderemos a más. Deberíamos proponer algo concreto.

Allwënn se sentó en silencio un momento, sumido en sus pensamientos.

—Algo sucederá, Gharin... Estoy seguro de ello. Como decía mi padre, *'Si el viento trae problemas, el viento se los lleva'*.

Yelm ya se elevaba sobre las copas de los árboles cuando Claudia despertó. El pequeño y rojo Minos aún no había conseguido librarse del abrazo del horizonte. No había nadie en el campamento. Las pieles y los diversos utensilios que yacían alrededor de la hoguera humeante indicaban que no se habían ido sin ella. Pero el lugar parecía desierto. Miró al cielo azul sobre el interior de la ciudad. Los rayos de luz del sol brillaban sobre las ruinas verdosas como si fuera una mañana de verano. La luminosidad era tan intensa que la muchacha tuvo que entrecerrar los ojos. Levantó la mano para protegerse la cara de

LA FLOR DE JADE I

-El Enviado-

la luz deslumbrante que le daba directamente en la cara.

Este ruinoso interior verde, con niveles de terrazas que se alzaban hacia el cielo azul, seguía resistiendo el peso del tiempo con dignidad y desafío. Quienes caminaban por sus pasillos, salones y patios sentían la inquietante presencia del silencio y el olvido. Uno podía perderse en ese lugar. Pero también invitaba a los pensamientos y recuerdos melancólicos a aflorar y fundirse con la terrible soledad de este aquella ciudadela, despojada de su historia y su cultura.

Nada se movía en esas ruinas desoladas, inundadas ahora por los agradables rayos del sol, tan bienvenidos tras la tormenta del día anterior. Claudia decidió caminar un poco para despejar las telarañas de su mente. Había dormido bien y se sentía descansada. Todo sería perfecto si no fuera por el sordo martilleo de su cabeza.

Abandonó el refugio de los pórticos y comenzó a moverse por las calles desiertas de aquella ciudad única. Esperaba encontrar a alguien. A pesar del entumecimiento de sus sentidos, no podía apartar de su mente la última mirada desesperada de Falo. Recordó con angustia su última conversación, aquellos últimos segundos que habían pasado tan deprisa. Su mente aún luchaba por aceptar que realmente habían sucedido. Entonces, sus últimos momentos volvieron a su mente. Aquella espada despiadada asestando aquel cruel golpe mortal; y aquel cuerpo derrotado cayendo sobre los tablones del puente, para no volver a levantarse jamás.

Ella le había visto morir. Delante de sus ojos.

Aún no se lo podía creer.

El incidente del puente le había hecho comprender que

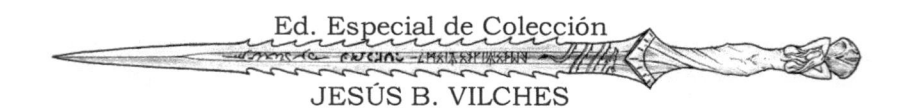

todo aquello poco o nada tenía que ver con la ficción. Esa ficción tan propia de una película en la que las balas pueden rozar al protagonista, pero nunca herirle de verdad. Esto no era una película, ni estaban protegidos por la mano de un guion. Los devolvía a una realidad dura y cruel, tan cercana como la que habían experimentado en sus propias vidas, aunque siempre se hubieran sentido lejos de las armas, del peligro y de la muerte real.

Entonces, igual que una ducha fría despierta a uno de un sueño profundo, el estado mental delirante que le hacía creer que vivían en una especie de escenario teatral se disipó y desapareció de repente. Los mismos paisajes y sus evocadores misterios que antes la habían fascinado, ahora se abatían sobre ella con una fuerza abrumadora. Aquel primer sentimiento amargo de impotencia, que se había diluido engañosamente con el reciente viaje en compañía de los elfos, volvía ahora con toda su intensidad. Sentía que este mundo no le pertenecía. Y la necesidad de marcharse cuanto antes regresó con fuerza.

Enfrentarse a la muerte tiene una virtud: hacer pragmático y realista hasta al alma más romántica e ingenua. Habían perdido a dos compañeros en un solo día. ¿Quién sería el siguiente en caer?

Este mundo sanguinario y hostil no era un sueño. Cada noche, cuando cerraba los ojos, deseaba con todas sus fuerzas que, al abrirlos de nuevo, nada de esto hubiera sucedido. Ojalá su vida volviera a la monótona rutina que tanto echaba de menos ahora.

La Flor de Jade I

-El Enviado-

Allwënn seguía pensando que había algo extraño en esas ruinas, y se negaba a abandonar su búsqueda. Pensaba que estas reliquias del pasado legendario guardaban algún secreto que no querían revelar, o que sus agudos sentidos eran incapaces de descubrir. Esto ponía nervioso al elfo de Mostal. Pero prefirió no discutir el asunto con Gharin, quien ya había dejado en claro que era demasiado supersticioso respecto de las leyendas y mitos que rodeaban al bosque.

Allwënn descendió con cautela hacia las profundidades de la ciudad. Una pequeña nube de polvo se levantó de la piedra y se disipó rápidamente. El polvo parecía ser lo único vivo aquí. Entonces comenzó el lento descenso hacia su interior. El mestizo estaba seguro de que era la primera criatura en miles de años que pisaba aquellos escalones. Sus ojos estaban a punto de contemplar una escena que había estado prohibida al mundo durante siglos. No le divertía en absoluto.

No necesitaba llevar luz. Sus pupilas podían prescindir de ella, y a Allwënn le atraía más la idea de blandir su espada con ambas manos que desperdiciar la derecha sosteniendo un farol. Tal vez no fuera tan buena idea bajar solo, pero no confiaba en que su compañero mantuviera la calma allí abajo.

Paso a paso, el guerrero se alejó de la luz exterior. Los rayos de los dos soles que brillaban a través de la abertura se hacían más tenues a cada paso, desvaneciéndose hasta convertirse en un mero recuerdo. El techo sobresalía dos metros y medio por encima de su cabeza y su anchura permitía que al menos cuatro personas permanecieran de pie, una al lado de la otra, en el túnel. Frente a él, un enorme y grueso arco de claves florales entrelazadas saludaba al mestizo, a poca distancia de donde terminaban las escaleras. El interior era húmedo. Un espeso olor a humedad delataba siglos de abandono. La piedra era idéntica a la de los edificios y muros del exterior. Parecía formar las raíces serpenteantes de la propia ciudad, extendiéndose hacia abajo en una red de múltiples ramas.

El relieve de una arcada ciega, adornada con formas arbóreas, decoraba toda la longitud de las paredes con su fina y exquisita filigrana. Descansaba impecable sobre columnas adosadas, muy similares a las que podían verse en el exterior, que presentaban elegantes representaciones de escenarios e imágenes sylvännas. Muchas de estas columnas conservaban los armazones metálicos que antaño sostenían las antorchas, que se hacían pasar por brotes de árboles, raíces u otros elementos arbóreos semejantes para lograr el mismo efecto escénico. Los altos tejados abovedados estaban cubiertos con la misma vegetación falsa tallada en la roca. Algunas de las lámparas y faroles que antaño habían iluminado estos rincones oscuros y yermos aún adornaban las paredes. Ahora sólo se oía el silencio. Sin embargo, el eco metálico de las armaduras aún parecía resonar por las cámaras subterráneas de esta ciudad fantasmal.

Maravillosa ha sido siempre la mano de los elfos, capaz de infundir color y riqueza incluso en muros subterráneos y pasadizos ocultos poco frecuentados. Qué admirable devoción por la belleza tenía esta raza. Sin embargo, el rostro del guerrero se torció en una mueca cuando sus ojos recorrieron las decoraciones de las paredes. En ese momento, mientras sus sentidos se saturaban de la refinada elegancia de los elfos, se sintió irritado por esa mitad de su sangre que lo ligaba a tan sublime arte.

Allwënn sacudió la cabeza con desdén. Era un pueblo tan obsesionado con la belleza, pensó para sí, que perdían

La Flor de Jade I

-El Enviado-

tiempo y esfuerzo decorando un muro de piedra inerte, y sin embargo desterraban y mataban de hambre a sus veteranos desfigurados por la guerra. No podía perdonar a los elfos por producir un arte tan sublime mientras despojaban despiadadamente a sus jóvenes mestizos de toda identidad y pasado.

Allwënn decidió explorar los corredores y habitaciones más cercanos al túnel principal. Con esto en mente, comenzó su avance. Ahora entraba en esta tumba olvidada. Rompía la paz y el silencio de un lugar que había permanecido intacto durante milenios. Fue suficiente para hacerle dudar un momento.

Pronto llegó a una habitación que debía de servir como almacén, aunque la decoración de las paredes seguía siendo tan rica y exquisita como siempre. Varias vasijas de refinado cristal, ahora vacías, seguían en pie en los huecos y sobre las polvorientas estanterías que bordeaban una pared. Un enorme mosaico adornaba el suelo, representando los símbolos de Voria, diosa de la bebida y la fiesta: el Káethros y la Ammbra. Era claramente una bodega.

A Allwënn le llamó la atención unas piezas de metal que yacían olvidadas en el polvoriento suelo de la habitación. Se acercó a ellas y se arrodilló para examinarlas más cómodamente. No había luz donde él estaba, pero sus ojos no la necesitaban para distinguir sus formas. Todo en su campo de visión estaba teñido de una opaca gama de grises que confundía, dilataba y oscurecía contornos y siluetas. Recogió unas cuantas placas curvadas de metal destrozado y las examinó. Tardó un rato en reconocerlas como fragmentos inservibles de armadura.

A un lado, algo oculto, yacía el yelmo.

JESÚS B. VILCHES

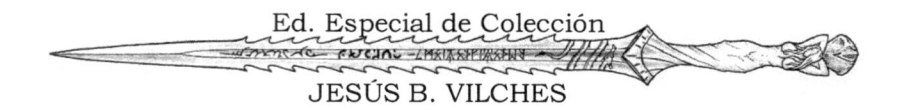

Era un simple yelmo, sin más ornamentación que el anillo de pistón donde antes había estado la espesa melena de la cresta. El acero se había doblado por un terrible golpe en el lado temporal del cráneo, causando una gran abolladura que había deformado el metal. Allwënn sostuvo el yelmo con ambas manos y miró fijamente las hendiduras huecas de los ojos, preguntándose quién sería su desafortunado dueño. Qué ojos habrían mirado a través de esas cavidades vacías y muertas hace miles de años.

Y un profundo respeto llenó su alma.

De repente, un estruendo recorrió los silenciosos túneles como el sonido de un trueno. Fue un fuerte gemido, como si en algún lugar bajo tierra una pared se hubiera desplazado y luego vuelto a su lugar con estrépito. Una sensación incómoda se apoderó de Allwënn. Sintió un cosquilleo en la espina dorsal que le advertía de movimientos en aquellos pasillos abandonados. Aquel trozo de metal antiguo se resbaló de su mano y cayó al suelo con estrépito.

Allwënn se levantó de un salto y apoyó la espalda contra la pared más cercana. Luego sacó de la vaina la espada con nombre de mujer. Permaneció tan quieto y silencioso como si formara parte de la superficie de piedra.

No, no había nadie más en la habitación.

Se lo decían sus ojos y la capacidad de sentir las vibraciones de la piedra, heredada de su sangre enana. Tampoco había nada en los pasillos contiguos.

Estaba seguro de ello.

Se dirigió lentamente hacia el arco que le conduciría de

nuevo al pasillo por el que había entrado en la habitación. Asomó la cabeza, con todos los sentidos alerta. Tal vez fuera Gharin, pensó por un momento.

El estruendo volvió a resonar por el pasillo, perturbando el silencio de aquel lugar supuestamente desierto. Esta vez sonó más distante, proveniente de más abajo. Allwënn pudo identificar la dirección. Una parte de él quería volver atrás, encontrar a sus compañeros y abandonar esta ciudad maldita. La otra parte, más poderosa, le instaba a buscar el origen del sonido.

Con paso firme y decidido, el semielfo comenzó a caminar por los sombríos corredores, con la espada desenvainada ante él. Pronto, pudo percibir que el sonido era rítmico y que se producía a intervalos regulares. Lo desconcertante era que no siempre parecía proceder del mismo lugar. Un temor se apoderó de su mente. "Alguien intenta llevarme a alguna parte". Pensó para sí mismo. "O pretende confundirme".

Allwënn hizo una pausa y hundió una rodilla en el suelo.

Puso la mano desnuda sobre las grandes losas del suelo. La piedra verde le habló de inmediato. Levantó los ojos y miró con recelo en todas direcciones. No podía ser Gharin, a menos que hubiera desarrollado la habilidad de desdoblarse y duplicarse. Su sentido de la piedra podría no ser tan preciso y eficiente como el de un enano puro, pero estaba seguro de que más de un individuo compartía los oscuros túneles con él.

Se esforzó por encontrar sentido a las vibraciones que atravesaban la roca. Se movían. Y se movían orgánicamente, como a través de la propia piedra. En cuanto les perdía la pista, reaparecían en otro lugar. Esto hacía casi imposible conocer su número exacto o su posición. Estaban dispersos, y la naturaleza esporádica de sus movimientos era desconcertante. Sin vacilar, Allwënn comenzó a avanzar hacia la red de túneles que tenía delante.

Por fin, vio una luz al final del corredor.

Era una luz tenue y monótona con un suave matiz parecido al cristal. Al llegar, el semielfo aminoró el paso y se acercó con precaución. El corredor serpenteaba como una serpiente negra a través de la tierra. Se abría a una gran sala cuadrada. La ornamentada techumbre se elevaba al menos una docena de pasos en intrincadas líneas curvas hasta casi perderse de vista. La luz procedía de la parte superior del techo abovedado, donde la piedra se elevaba varios metros por encima del suelo. Losas transparentes filtraban la luz del exterior, actuando como un tamiz. Columnas de clara luz azul verdosa caían en cascada en la sala, dispersando las sombras y evocando un ambiente relajante que parecía místico y espiritual por naturaleza. Era como el aura que emana de las vidrieras de las grandes catedrales.

Cuatro enormes columnas de formas sinuosas y profusas tallas encerraban lo que antaño había sido un pequeño estanque, ahora vacío de agua. En él, las figuras de un elfo y una elfa se entrelazaban tan estrechamente que casi se fundían en un solo cuerpo. La hembra era la más dañada de los dos. Había perdido la cabeza y ambos brazos. Allwënn no sabía lo que representaban. Estaban abrazados formando una intrincada espiral. Quizá significara algo para los Shaärikk.

El mestizo rodeó los restos de la curiosa pareja de piedra iluminada. De repente... el ruido volvió a poner los pelos de

La Flor de Jade I

-El Enviado-

punta al guerrero.

Con premura, levantó su espada. El Äriel bailó entre sus dedos antes de quedar firmemente sujeta entre sus dos manos. Los ojos de Allwënn se apartaron de la fuente seca y escudriñaron las sombras.

La cámara tenía cuatro entradas que probablemente solían estar aseguradas por enormes portones. Una en cada sección de pared. Detrás de él estaba la boca del túnel por el que había entrado. Frente a él, el pasillo continuaba hacia las entrañas de la tierra. Había dos salidas más en los laterales de la sala. Sin duda, el sonido había provenido de una de ellas. Allwënn sintió que este lugar estaba lejos de ser seguro, pero estaba decidido a descubrir la fuente de la perturbación.

El chasquido volvió.

Era un sonido desagradable. Un breve ruido metálico que se proyectaba por el silencio y resonaba por las salas huecas. No tenía nada que ver con el estruendoso rugido que le había llevado hasta allí. Sonaba como metal raspando contra metal, como el chirrido de las placas de una armadura al chocar entre sí. El sonido empezó a intensificarse, a multiplicarse. Allwënn empuñó su espada con fuerza y un sudor frío comenzó a brotarle en la frente. Tenía la inequívoca sensación de que, como había ocurrido tantas veces antes, el seguir disfrutando de la vida dependería del filo de su espada y de su destreza. Pronto el sonido se hizo claro.

Allwënn estiró el cuello hacia el túnel que se extendía ante él, seguro de que algo se acercaba desde el interior. Sus ojos se hundieron en la oscuridad que se extendía más allá de su visión.

El sonido cesó.

—¡¡¡Basta!!! ¡¡¡Salid de una vez!!! —Gritó con decisión en la oscuridad. Y la profunda y sonora voz del guerrero resonó como un trueno por los túneles vacíos. —¡Hablad o luchad! Pero hazlo a la cara.

El eco repitió las palabras del medio enano, alejándose en la distancia por los pasillos....

Luego se silenció.

Nada sucedió en los segundos que siguieron. Todo lo que Allwënn podía oír era su propia respiración. Todo estaba quieto, silencioso. Como si nadie hubiera descendido aquí, a las antiguas cenizas de la historia, nunca...

Sus oídos atentos escucharon el sonido de placas de armadura entrechocando, como una respuesta tardía a su desafío. No sólo del túnel que se abría ante él, sino también de los pasillos laterales. Eso inquietó al guerrero. Pronto pudo distinguir las primeras siluetas, que se movían entre las sombras a paso firme. Un repique metálico las acompañaba como una monótona melodía discordante, a medida que las siluetas abandonaban el velo de oscuridad para revelarse bajo los rayos de luz que inundaban la estancia.

Siluetas de armaduras doradas, de yelmos emplumados, de escudos de doble hacha.

Estaban allí...

Otra vez...

La Flor de Jade I

-El Enviado-

Una a una, las figuras salieron de las sombras y aparecieron bajo los arcos que daban acceso a la sala. Eran siluetas de guerreros. Tenían la apostura de los guerreros, avanzaban en formación de guerreros. Llevaban la armadura y las armas de los guerreros. Aun así, nada más que su número debería haber inquietado a Allwënn...

A menos que...

El metal estaba abollado y maltrecho, delatando el marchito paso del tiempo y las cicatrices de cien batallas. Entre sus placas había signos reveladores de heridas de guerra pasadas. Tajos que habían atravesado el acero y desgarrado la carne...

Llevaban la inconfundible marca de los elfos.

Aunque descompuestos y envueltos en una atmósfera sombría, estos cadáveres seguían transmitiendo un aura de grandeza y orgullo. Al igual que lo habían hecho en el pasado las antiguas armaduras de batalla y aquellos a quienes adornaban.

Nada debería haber preocupado a Allwënn salvo su número....

Seguramente no había nada que temer de aquellos guerreros ajados que lo miraban desde sus yelmos cerrados. Nada más que el conocimiento de que habían estado muertos y extintos desde antes de la historia misma.

Allí estaban de nuevo... una vez más.... Quizás ahora querían terminar lo que habían empezado en el puente.

No se movieron.

No avanzaron ni retrocedieron. No levantaron ni

bajaron la guardia de sus lanzas y espadas. Tampoco tensaron ni soltaron las flechas que portaban en sus arcos. Sólo parecían mirarle con la misma impasibilidad que sólo pueden permitirse los muertos. Con la frialdad y lentitud de aquellos para quienes el tiempo no significa nada.

Allwënn blandió la hoja de su espada, listo para luchar. Sus ojos verdes miraban amenazadores a sus oponentes. Se dice que siempre hay una batalla final para un guerrero, y este guerrero consideraba que cada una de sus batallas era "la última". Quería advertir a sus adversarios de que no tenía intención de facilitarles la tarea. No le conocían, por supuesto. Fantasmas o no, estaba decidido a luchar hasta el final.

Con determinación en el corazón, se plantó resueltamente ante ellos, con su terrible y hermosa espada apretada en el puño. Podía verse la determinación en su rostro. Allwënn no sabía si su impertinente osadía detuvo a los guerreros, pero al igual que en el puente de madera, no se acercaron más. Se quedaron quietos, intimidándolo con sus pupilas brillantes como aquella vez.

Allwënn levantó su arma. Las reliquias andantes respondieron al unísono, levantando sus armas y adoptando una postura de batalla.

La respiración se hizo pesada.

Con la espada en alto, el semielfo no se atrevía a blandirla. Con semejante desventaja numérica, el primer error podía cambiar las tornas de la batalla incluso contra el más hábil de los guerreros. Tenía demasiado tiempo para pensar, y eso jugaba en su contra. Allwënn era un guerrero ardiente que prosperaba en la temeridad de la batalla. Tenía una vena suicida

La Flor de Jade I

-El Enviado-

que podía inclinar la balanza en cualquier conflicto. Pero si le daba tiempo para pensar, acababa sopesando sus opciones, que solían ser pocas.

Empezó a retroceder, lentamente....

Justo entonces, su bota golpeó una baldosa detrás de él. Los decrépitos soldados elfos se movieron como uno solo y avanzaron hacia él sin demora. Su mente veterana intentó calcular sus posibilidades de éxito. Quizá eran demasiados.

El elfo se detuvo de nuevo para estabilizar su posición. Para su sorpresa, el fantasmal escuadrón de custodias también se detuvo.

Allwënn los estudió con una dura y penetrante máscara de concentración. Fue consciente del frenético latido de su corazón. Los cascos alados, la opulencia de las plumas y las ropas raídas exigían respeto.

Retrocedió lentamente otra vez.

Tal como había sospechado, apenas dio un paso atrás, los fantasmales guerreros Shaärikk avanzaron de nuevo hacia él; inexpresivos, impasibles, atravesándolo con sus ardientes pupilas. Allwënn siguió retrocediendo mientras sus supuestos enemigos empezaban a formar un único bloque compacto ante él. Con gran destreza y agilidad, cambió hábilmente la Äriel de una mano a la otra. Esta vez no intentaba intimidar a sus oponentes, como solía hacer, exhibiendo su velocidad y habilidad con aquella dama hecha espada. No, esta vez buscaba un hueco.

Tenía que intentarlo...

Siempre había sido insolente...

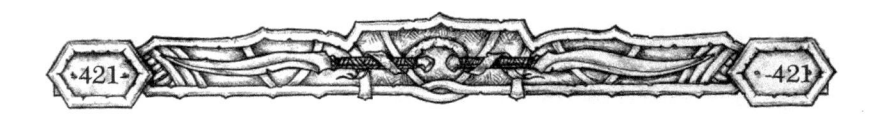

Un grito furioso salió de la garganta de Allwënn, enrojeciéndose como si un río de metal al rojo vivo pudiera fluir por ella. Al mismo tiempo, el guerrero dio una salvaje estocada, con las dentadas mandíbulas de su espada listas para desgarrar la carne. Las venas de su cuello se hincharon hasta reventar. Sus ojos se abrieron de par en par con furia y enseñó los dientes como una bestia que se abalanza sobre su presa. Los músculos de sus piernas impulsaron su cuerpo hacia el ataque. Se contrajeron y estiraron con todas sus fuerzas. Cuando su boca se abrió en aquel grito desgarrador, todo su rostro se distorsionó por el esfuerzo y la energía empleados en el asalto. Al mismo tiempo, el Äriel ya había seleccionado su primer objetivo, perdiendo toda delicadeza al convertirse en un cruel instrumento de muerte. Los ojos de Allwënn estaban fijos en aquel que sería el primero en sentir el brutal impacto de sus golpes.

¡Aaaarrrrrrgggg!

Toda la rabia enana almacenada en sus músculos se desataba con cada golpe. Como tantas otras veces, era la sangre del guerrero enano la que corría por sus venas en esos momentos de incertidumbre.

La hermosa y mortal Äriel rasgó el vacío...

El guerrero cerró los ojos durante una fracción de segundo mientras empujaba la poderosa espada de doble hoja hacia su objetivo. Esperaba hundir profundamente el acero, sentir cómo la terrible cuchilla de su espada se abría paso a través de su oponente, desgarrando y partiendo su cuerpo. También estaba preparado para sentir el frío acero del enemigo desgarrando su propia carne con un gélido dolor eléctrico, seguido del cálido tacto de la sangre manando de la herida abierta.

No hubo ni lo uno ni lo otro.

El metal de las mandíbulas de Äriel besó el suelo con estrépito, haciendo saltar chispas de la losa vidriada. Estaba tan seguro de golpear a un enemigo que la repentina sensación de vacío volvió la furia de Allwënn contra él, catapultándolo directamente al suelo. Rodó, dando tumbos como un muñeco de madera por la pulida superficie de la piedra. Con un estrépito, la Äriel se separó de las manos de su dueño. Desarmado, Allwënn sabía que lo que hiciera a continuación sería decisivo.

Algo se agitaba en su mente como un guiso en un caldero. Una extraña sensación sobre la que no tuvo tiempo de reflexionar...

Los ojos del semielfo encontraron la silueta dormida de su espada. Su brazo se extendió todo lo que pudo con la intención de agarrarla. Esperaba, incluso deseaba, que una de las antiguas espadas enemigas le atravesara la espalda. Le habrían dejado allí para que se pudriera y descompusiera, ensartado en la fría losa, convirtiéndose en uno con este lugar maldito envuelto en silencio y misterio.

Pero no fue así. Nada de eso ocurrió.

Allwënn logró agarrar su arma y ponerse de pie. Se levantó tan rápido que sintió que la cabeza le daba vueltas. Esperaba encontrar a la cohorte de Custodias lista para atacarle. Esperaba el mordisco de su acero, ver sus ojos ardientes tras los contornos de sus cascos.

Pero no encontró nada...

La habitación estaba vacía. Silenciosa. Desierta. Como si nadie hubiera ocupado nunca el lugar. No había rastro de los guerreros fantasmales, de sus armas ni de sus pupilas de fuego. Sólo silencio. Profundo, frío silencio...

El silencio de las reliquias. El silencio de los muertos. El silencio del vacío.

El corazón de Allwënn era lo único que se movía en la vieja y abandonada habitación. Sus paredes desnudas y silenciosas, el torrente de luz que provenía del techo, los amantes entrelazados... todo estaba igual. El mestizo sintió como si su mente estuviera jugando con él. Se sentía desorientado. No estaba seguro de cuánto tiempo había pasado desde que había entrado en la cámara.

Con el rostro de un fantasmal tono pálido, Allwënn ascendió de nuevo a la superficie.

Gharin se sorprendió al verlo y le preguntó qué había sucedido. Con gesto sombrío y enérgico, el mestizo le instó a regresar al refugio.

—¡Por todos los dioses del Panteón, Allwënn! ¿Dónde has estado? No pensaste en bajar sin mí, ¿verdad?

—Nos vamos, Gharin. Eso es todo.

Allwënn nunca confesó exactamente lo que pasó en esos túneles. Gharin ni siquiera quiso preguntar.

Cuando llegaron, se apresuraron a desmantelar el campamento y comenzaron a moverse. Ya habían perdido demasiado tiempo allí, dijeron los elfos. Esta prisa inusitada desconcertó a mis amigos, pero ninguno hizo ningún comentario. Las altas cumbres de Belgarar serían su próximo

La Flor de Jade I
-El Enviado-

destino. Ascenderían por sus empinadas laderas para situarse por encima del bosque antes de tomar una nueva ruta. Como siempre, sólo quedaba seguirlos.

Los soles se deslizaban por el horizonte, haciendo contacto con el borde del mundo y tiñendo el paisaje de un rojo ardiente. Claudia contempló el impresionante panorama a sus pies. A medida que ascendían por los flancos de las montañas y el bosque se adentraba en el valle, el escenario se despejaba ante los viajeros y les ofrecía un impresionante lienzo de belleza natural. El viento soplaba con fuerza, agitando sus cabellos que volaban libres. Las crines de los caballos también se movían al ritmo de la brisa.

Rodeada por la grandiosidad de la escena, la joven se detuvo unos segundos para admirar la puesta de sol... Una puesta de sol que Falo y yo ya no podíamos ver.

Al contemplar el tapiz de árboles tras ellos, no pudo evitar que sus ojos oscuros se llenaran de lágrimas. Estaba asistiendo a nuestro lugar de descanso final.

Volví a oír las mismas voces que se habían repetido una y otra vez en mis sueños. Como antes, se desvanecieron, sustituidas por otras. Sé que intenté abrir los ojos todo lo que pude, pero lo único que recuerdo de aquellos nebulosos momentos es una turbia pesadez en los párpados. Sobre mi conciencia pesaba una intensa y molesta sensación de embriaguez. Un zumbido monótono y constante se hacía ensordecedor y mareante en aquellos momentos de especial sensibilidad. No podía estar seguro de si venía del exterior o si el molesto sonido sólo estaba en mi cabeza, martilleándome desde dentro. Mi escasa visión se reducía a manchas borrosas de color. El dolor en los ojos me impedía retirar los párpados. Era como si estuvieran hechos de plomo. Escuchaba movimiento y el vago sonido de voces, pero no podía distinguir las palabras. Sólo podía captar sus ecos. Apenas era consciente de mi realidad.

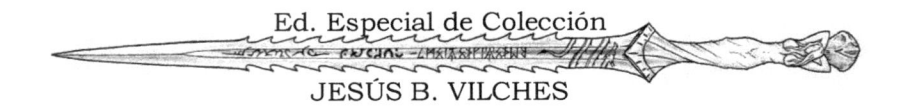

Me venían recuerdos, pero no sabía si los vivía o los imaginaba. Vagaba en la frontera entre la realidad y el delirio. El espacio y el tiempo se habían fundido en una densa niebla difícil de definir. Creo que estaba tumbado. O quizás sentado. No recuerdo ninguna sensación táctil. Mi piel no registraba ningún sentido de mi entorno. Probablemente no habría sido capaz de distinguir un mullido colchón de plumas del fuego abrasador.

Los ojos...

Era como si miles de ojos miraran directamente a mi alma. Así es como me sentía. Observando, estudiando. Creo que hablaba. Al menos me quedé con la impresión de que algo en mi cuerpo o en mi ser había escapado al control de mi voluntad y actuaba por su cuenta. Estoy seguro de que decía algo, pero no escuchaba mi voz. Ni siquiera era consciente de que mis labios se movían.

No sé exactamente cuánto duró. Todo lo que queda de ese tiempo son algunas voces, esas sensaciones que me cuesta definir, y ese pesado zumbido. Un zumbido frenético que lo nublaba y lo cubría todo. Un zumbido molesto y constante, como si millones de insectos volaran dentro de mi cabeza.

Una sensación de mareo incontrolado.

Una caída desesperada... El vacío... nada más.

La Flor de Jade I

-El Enviado-

Ed. Especial de Colección

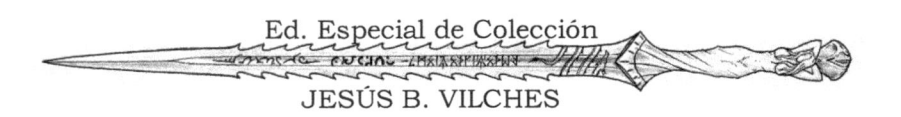

JESÚS B. VILCHES

"La verdad
tiene la capacidad de sobrevivir
al silencio, al secreto y a la muerte".

ERIM EL GRANDE

HARAM ENANO

La Flor de Jade I
-El Enviado-

La Flor de Jade

ALIADOS IMPROBABLES

Tenían los ojos muertos, si es que aquellos orbes sin vida pudieran llamarse ojos

Sin embargo, un extraño resplandor inhumano parecía anidar en su interior, como si estas esferas secas y frías fueran el último reducto de existencia real dentro de aquellos cadáveres de huesos andantes. Tal vez fueran el último vestigio de los seres vivos que una vez fueron; el único recuerdo de que estas criaturas habían vagado alguna vez por el mundo de los vivos.

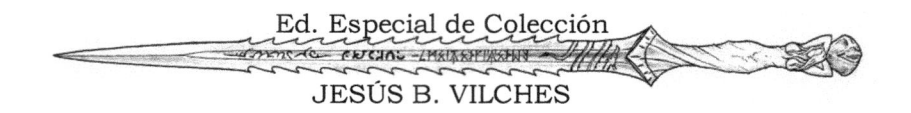

Los Gemelos estaban en su apogeo, abrasando la tierra seca con su opresivo resplandor cegador.

Era una de esas tardes en las que la temperatura sube por momentos. Una de esas tardes en las que se puede cocinar un pez sobre la roca lisa. Una de esas tardes en las que, incluso a la sombra y al abrigo, el calor abrasador hace rielar el camino por delante y hace correr ríos de sudor por la frente.

Para el grupo de saurios que custodiaban los accesos a la ciudad de Rada, no era tan angustioso. Sus escamosos cuerpos reptilianos podían soportar temperaturas tan altas. Muchos de ellos vivían en desiertos y regiones áridas, donde una tarde como ésta podría considerarse una suave mañana de primavera. Los saurios no son criaturas muy habladoras. Tampoco se asustan fácilmente. Cuando divisaron a los jinetes, aún difusos e informes en la distancia, no dudaron en empuñar sus lanzas y adoptar su postura más amenazadora.

Amigos o enemigos, tendrían que atravesar la línea de reptiles, que siempre está dispuesta a oponer una defensa tenaz y feroz. Esto lo sabían bien los comandantes de las tropas del Culto, que no dudaban en dar a estas bestias la oportunidad de desplegar su agresividad y su naturaleza violenta en cada ocasión. No sólo les daban un lugar privilegiado en las filas de ataque, sino que también los desplegaban para asegurar o bloquear entradas y salidas clave. Los saurios soportan las condiciones más adversas sin quejarse. Verdaderos prodigios de la naturaleza, nunca tienen miedo y sólo necesitan la más mínima provocación o excusa para blandir sus armas. Su imponente estatura, sus robustas espaldas y su impresionante aspecto los convierten en adversarios formidables, incluso

LA FLOR DE JADE I
-EL ENVIADO-

cuando la lucha no pasa de un simple duelo de miradas.

Eran seis. Seis magníficos especímenes de saurios K'aarg del desierto de Baagum. Se alzaban a más de dos metros del suelo, como si desafiaran la gravedad que tira de todo lo demás hacia abajo. Sus miembros desnudos, cubiertos por las escamas naturales de su piel, eran un inmenso muro de músculos duros y compactos, adornados con collares de cuentas y huesos. Pisaban la tierra ardiente con sus poderosos pies de tres dedos, armados con garras y espolones. Sus mandíbulas se abrían para revelar un aterrador conjunto de dientes afilados como cuchillas. Sus crestas se erizaban como las velas de un navío y tenían cuernos largos y puntiagudos que rivalizarían con los del toro más magnífico. Eran seis ejemplares impresionantes, capaces de acabar con el triple de adversario. Algunos se desplegaban en tierra firme frente a las murallas para vigilar la puerta. Otros asistían desde las torres al flanco, junto a una sección de arqueros del Culto y un *tocacuerno* goblin. Y todos estaban apoyados tras los muros por un escuadrón de orcos. Los guerreros reptiles blandían sus t'yaak', lanzas de punta ancha, y balanceaban sus robustas colas a la espera de la acción.

Sus crestas...

Rara vez se sienten lo suficientemente amenazados como para desplegar sus crestas. Sin embargo, ninguno de ellos movió un músculo para enfrentarse al reducido número de siniestros jinetes que se acercaban a las puertas a paso tranquilo. Los saurios observaron impasibles cómo los jinetes detenían finalmente sus monturas frente a ellos. Aquellos no mostraban signos de miedo o aprensión ante la guardia reptil. Y no llegaban a la docena.

Sus cuerpos estaban envueltos en largas capas escarlatas cubiertas de marcas negras irregulares, cuyas formas y líneas parecían representar los símbolos de algún antiguo código ancestral. El dibujo evocaba la siniestra caligrafía de una mente demente. Los pliegues de los mantos caían en ondas sobre los corceles, derramándose por el lomo del animal como el velo de una novia recién desposada. Sin escudo de armas, sin rango. Nada que los identificara, salvo los sombríos garabatos negros que adornaban sus túnicas.

Apenas se apreciaban rostros bajo los sudarios.

Los dirigía una figura alta, envuelta en una larga capa oscura. Su frente estaba coronada por un sombrero de ala ancha, decorado con gruesos penachos blancos que ocultaban sus rasgos inhumanos. Sólo un mechón de pelo anaranjado escapaba de las sombras que lo envolvían, traicionando el único leve atisbo de color bajo la ardiente mirada de Yelm. Miró solemnemente desde el ala de su sombrero a los formidables guerreros reptilianos de pie ante la puerta, y luego a la manada de orcos que se asomaban a través de los oxidados barrotes de hierro del rastrillo tras las murallas. Más guardias se les unieron, aunque los jinetes no parecían perturbados por la evidente superioridad numérica de los soldados que se alineaban ante ellos.

Ninguno de los jinetes llevaba armas. Tampoco, aparte de sus inquietantes vestimentas, llevaban armadura alguna que protegiera sus cuerpos del acero enemigo. Y para viajar así en estos tiempos de oscuridad y desolación; había que ser o muy estúpido... o muy poderoso.

Uno de los siniestros jinetes espoleó a su montura unos pasos por delante de sus compañeros y levantó el brazo.

LA FLOR DE JADE I

-EL ENVIADO-

—¡Abrid! —Graznó con un ronco gemido hueco. Una voz que sólo podía provenir de la garganta de un muerto. Los reptiles se miraron. Sus crestas cayeron sobre sus cuellos. Sus poderosas colas dejaron de oscilar de un lado a otro. Sólo los más temerarios mostraban aún sus afilados dientes en actitud desafiante.

El acero oxidado y envejecido del rastrillo se levantó con un chirrido insoportable. Los defensores se apartaron, abriendo paso a la amplia entrada de la ciudad. El enorme jinete del sombrero espoleó a su montura, un poderoso Corcel-Diablo tan oscuro y colosal como su dueño. El resto de la fantasmal compañía sacudió sus bridas, que no eran más que trozos de carne putrefacta sobre el esquelético armazón de sus corceles, y se puso en marcha con engañosa torpeza. Avanzaron hacia la ciudad pasando por delante de los impresionados guardias saurios y la compañía de orcos. Los espectadores no se dejaron engañar por la aparente fragilidad de los miembros a medio consumir de los jinetes, que parecían poder desprenderse y caer al suelo en cualquier momento.

Entonces la ciudad se desveló ante sus ojos muertos.

Una ciudad que había estado viva, pero en la que, como los propios jinetes, sólo quedaban ruinas marchitas e informes. Una apariencia de vida que hacía tiempo que había dejado de existir.

"¡Están aquí, Su Excelencia! Dicen que no se irán hasta que Vuestra Excelencia los reciba".

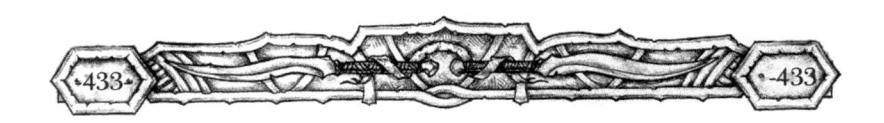

JESÚS B. VILCHES

'Rha se apresuró a cruzar el umbral de la puerta que comunicaba el salón principal de celebraciones con las capillas y cámaras interiores del templo. Allí descubrió la matanza. Varios de sus monjes habían caído bajo las hachas de los orcos. Sus cuerpos empapados en sangre ensuciaban el mármol pulido de la sala. Los autores de tan espantoso acto eran media docena de orcos, dos de los cuales eran enormes en corpulencia y estatura. Los acompañaba un líder goblin que era transportado en una litera por un séquito de esclavos. Al parecer, habían entrado por la fuerza en el templo.

Sus rostros distorsionados gruñían de rabia, amenazando abiertamente con más hostilidad. La sangre de sus víctimas goteaba de sus toscas armas dentadas. Se enfrentaban a un grupo de sacerdotes aterrorizados que se acobardaban a su paso. Sin vacilar, el Cardenal se dirigió hacia los orcos, con los ojos encendidos de furia. Le acompañaban algunos de sus sirvientes más cualificados.

—¡Llevad vuestras quejas a Takehasu, malditos bastardos! Es a él a quien deberíais molestar, ¡¡¡no a mí!!! —Les gritó el anciano con firmeza. —¡Esta es una cámara sagrada! ¿Quién ha dejado entrar aquí a estos cerdos emplumados? ¡¡¡Sacadlos de mi presencia!!!

Desde fuera, los soldados del Culto más cercanos habían empezado a llegar. Grulda, uno de aquellos líderes orco, los observó con cautela.

La primera fila alcanzó a los orcos, flanqueando al señor goblin y su pequeño séquito. Estos no eran los guerreros orcos comunes. Eran bestias formidables, las más capaces de su especie, enormes y feroces como los señores de la guerra y líderes de clanes que eran. Alardeaban de sus más temibles trofeos de batalla y se habían embadurnado de pintura de guerra para mostrar su poder y prestigio. Los guardias supieron enseguida que estos orcos sólo abandonarían el templo por voluntad propia. Haría falta algo más que acero para hacerles cambiar de opinión si insistían en quedarse.

—Silencio, Kaiity[33], —El señor de los goblins increpó al cardenal con un fuerte acento, mostrando una sonrisa muy amplia y maliciosa. —Ahora dices que los siivhani son Mhosha.[34]... y dices que el gran Whargam y el poderoso Grulda y el resto de los Kaabu[35] que te dan gloria son Mhosha'. Lástima que nos insultes, pues no obedecemos a los Kaiity, aunque luchemos con ellos, por ahora.

—Al Pozo contigo, babosa purulenta. ¿Dónde estaríais sin las revelaciones de nuestra Señora? —El sacerdote los reprendió con dureza. —Saqueando alguna pobre aldea de pastores para llevar algo de carne fresca a vuestras guaridas o masacrándoos unos a otros en estúpidas guerras tribales. Ella os dio una identidad. Os ha dado poder y fuerza. Y nosotros un lugar en nuestro nuevo orden. No sois más que sucios cerdos con piel verrugosa. Escoria sin cultura, honor ni propósito. Puercos salvajes desagradecidos.

Whargam era un orco gigantesco. Medía más de dos metros. Superaba al orco medio y al más alto de los humanos. También era un prodigio de fuerza. Un espécimen

---

[33] En Soobo'Kaaboko, el dialecto Goblin T'kkeda más hablado, significa *humano*.

[34] En Soobo'Kaaboko significa *desperdicio, basura*, incluso *bastardo*..

[35] En el mismo dialecto goblin, la palabra se utiliza para referirse a las tribus de orcos.

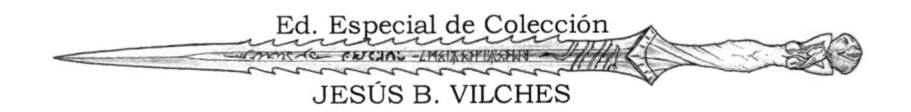

verdaderamente dotado. No era difícil imaginar cómo había llegado a ser "Señor de la Guerra de los Ghurr" en medio de tanta competencia. Tenía fama de tener un temperamento violento, lo que no hacía sino aumentar su brutal y cruel reputación. Con un movimiento imparable, el poderoso líder orco alargó el brazo y agarró con su enorme mano el cuello arrugado y venoso del monje. Levantó al anciano por encima de su cabeza como si estuviera hecho de papel. Los guardias blandieron inmediatamente sus armas. El viejo cardenal pataleaba impotente mientras su rostro empezaba a enrojecerse e hincharse por la presión ejercida por los dedos del orco. Su garganta sólo podía emitir los agónicos sonidos de la asfixia.

Los soldados del Culto no dudaron en intervenir.

Con sus espadas preparadas, intentaron acercarse al poderoso orco, sólo para encontrarse en su camino con el afilado filo de la colosal hacha de batalla de Grulda. Era una enorme arma de doble hoja, admirada entre los orcos por la muerte y la destrucción que había sembrado. El primer golpe partió en dos al más audaz de los soldados del Culto, cuya sangre se derramó como una fuente sobre el pulido suelo de piedra negra. Un segundo golpe derribó a otro, enviando sus restos destrozados varios metros por la cámara. Con un tercer golpe brutal, el acero salvaje desgarró el estómago del osado guardia que intentó cargar contra el jefe orco. Pero su valentía sólo fue recompensada con una muerte dolorosa. Pronto aulló y se retorció de agonía, mientras sus tripas se derramaban por el suelo ya manchado de sangre. El cuarto... fue sólo un amago, pues nadie más intentó acercarse. Los ojos insensibles de Grulda estaban fijos en los refuerzos que empezaban a llegar a la cámara. Ninguno era lo bastante valiente como para acercarse al jefe orco y su enorme hacha chorreante de sangre fresca.

LA FLOR DE JADE I

-EL ENVIADO-

—Ahora escucha, patética liendre —resopló Whargam, el más alto y fuerte de los orcos, mientras su enorme puño se cerraba en torno a la garganta enrojecida y magullada del sumo sacerdote. La boca del anciano se abrió mientras luchaba desesperadamente por introducir aire en sus pulmones. —Nuestras hachas escuchan la voz de Némesis que habla por boca de Morkkos. Si el Némesis dice que escuchemos a los U'glaga[36], escuchamos. Cuando nos dice que obedezcamos al U'glaga, obedecemos. Así que reza para que nunca nos diga que nos alimentemos de los U'glaga, porque ese día haremos un festín con tu carne y tus huesos. En el campo de batalla, tu pálida cabeza no sería nada sin nuestras poderosas hachas. Es nuestro hierro el que está manchado de sangre. Es nuestro hierro el que mata a tus enemigos, recuérdalo.

Los ojos de 'Rha estaban rojos e hinchados, como si estuvieran a punto de salirse de sus órbitas. Un odio visceral rezumaba de su rostro arrugado, constreñido por el apretón cada vez más fuerte del orco. Invocó un esfuerzo supremo que se originó en lo más profundo del oscuro corazón del sacerdote, eclipsando el dolor infligido por su agresor. Entonces, la maltrecha garganta murmuró algo...

—Muere...

Los ojos del orco brillaron como piedras rojas ardientes y su cabeza se echó hacia atrás como si algo hubiera explotado en su interior. El poderoso líder ni siquiera tuvo tiempo de

---

[36] En el dialecto koro, la principal lengua de los orcos, es el término con el que se designa a las razas humanas. Podría traducirse vagamente como *los flácidos, la carne blanda*. También puede entenderse como *los de piel pálida*.

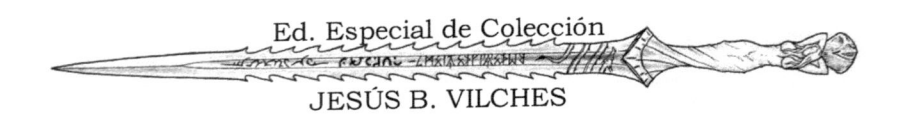

aullar de dolor. Su enorme cuerpo se desplomó formando una masa inerte de músculos y carne en el suelo.

Al caer el Gran Whargam, el sacerdote se soltó de sus garras e impactó con fuerza sobre la superficie del suelo. Por un momento, el anciano se frotó la garganta, jadeando y tosiendo convulsivamente. No tardó en alzar sus venenosas pupilas en una mirada de desprecio y desafío. Incluso en los despiadados ojos de Grulda encontró la fría sombra del miedo.

—¡Largaos, bestias! —Gritó con furia ardiente, con las venas de su cuello a punto de estallar. —¡Fuera de mi templo, escoria animal, o juro que os arrepentiréis!

Las criaturas se miraron unas a otras. Su confianza se había evaporado. Ahora comprendían por qué todos temían y evitaban al anciano. Grulda miró a su compañero muerto. El más temido de los orcos yacía inmóvil en el suelo... hilos de sangre rezumaban de sus gruesos orificios nasales y de sus orejas, manchando las baldosas decoradas sobre las que yacía. Entonces se oyó de nuevo el tintineo de las armaduras a la entrada del recinto.

Esta vez no se trataba de simples soldados de infantería.

Los que acababan de entrar eran centuriones Neffarai, la élite del ejército del Culto. Frente a ellos se alzaba la imponente figura de un coloso. El despiadado orco evaluó las posibilidades de éxito frente a las tropas de élite, y luego miró al caído caudillo. De sus marchitas cuencas oculares, garganta, nariz y orejas salían volutas de humo maloliente. Luego se volvió hacia el monje que acababa de ponerse en pie. Estuvo tentado de cortarle la cabeza de un solo hachazo, pero el nauseabundo vapor que emanaba de las entrañas del orco muerto le hizo

La Flor de Jade I

-El Enviado-

recapacitar. Con una mueca de frustración contenida, condujo a los demás orcos fuera de la cámara. El líder siivhani no tuvo más remedio que ordenar a sus esclavos que los siguieran.

—Decidle a los Ghurr' que elijan un líder más inteligente la próxima vez.

El cardenal graznaba tras ellos, pateando el enorme cuerpo sin vida. Una vez que los caudillos hubieron desaparecido tras la enorme puerta, Monseñor 'Rha, el Cardenal Oscuro del Templo de la Diosa Lunar de Thanr-Kallahba, desató su furia sobre los guardias y monjes del interior.

—¡Fuera de mi vista, escoria cobarde! —Gritó. —¡No servís para nada! ¡No merecéis el aire que respiráis! Debería destriparos a todos. Empalaros en hierros candentes hasta que el sol os seque las entrañas. ¡Fuera, perros! ¡Dejadme en paz antes de que entre en razón y os decapite a todos! ¡Fuera, ahora! —Gritó enfadado.

El grupo de monjes y soldados se alejó a toda prisa, dejando al poderoso clérigo solo en la vasta y fría sala. Le dolía la cabeza y sentía sus viejos músculos doloridos y rígidos.

La mitra que llevaba sobre la frente arrugada se le había caído en la lucha con el jefe orco. La estola bordada parecía aplastarle el pecho y los hombros bajo ella, haciendo que se le doblara la espalda. Finalmente, se desplomó sobre el trono ricamente elaborado que presidía la vasta sala. Bajó su frente marchita, cargada de ansiedad y agotamiento. Y cerró aquellos ojos cansados y secos, fríos y crueles como la misma muerte. Por un momento, se separó del oscuro mundo que había ayudado a crear.

—Parece que le cuesta mantener el orden, Monseigneur

—Una voz sibilante entró como el viento por las rendijas de la ventana.

—Algunos dicen que sois demasiado viejo para el trabajo...

Era otra voz, similar a la anterior. Un inquietante sonido de ultratumba que pondría los pelos de punta al más valiente de los guerreros. El monje levantó la cabeza y contempló la enorme sala, sostenida por numerosas columnas de una altura varias veces superior a la de un hombre. En la oscuridad que envolvía la vasta sala, sólo eran visibles los cuerpos destrozados de los caídos y las bases de las columnas, tenuemente iluminadas por los débiles rayos de luz que brillaban a través de las aberturas de las paredes.

—Nuestro informe debería desmentir ciertas opiniones sobre vos..." —añadiría otra voz. Al igual que las anteriores, resonaba con el mismo siseo lúgubre.

—¿Quién demonios está ahí?

Hubo un silencio incómodo...

—Me complace encontraros fuerte y lleno de vida... Monseñor Rha.

El siniestro monje, que había vuelto a bajar la cabeza, dejó escapar un leve atisbo de risa al apreciar la ironía de aquellas palabras.

Había reconocido aquella última voz.

—Ahora soy cardenal, Sorom. Sal de una vez, bastardo irreverente. Tú y la escoria con la que te haces acompañar.

La Flor de Jade I

-El Enviado-

Silencio de nuevo...

Entonces, de detrás de uno de los muchos enormes pilares que sostenían las afiladas bóvedas de piedra, surgió la figura amortajada de un cadáver, montado en los despojos marchitos de un caballo. Pronto surgieron de las penetrantes sombras más jinetes, ataviados con capas carmesíes que les caían por la espalda como cascadas de sangre. Delante de ellos se encontraba Sorom, con la cabeza oculta por un pintoresco sombrero que escondía su voluminosa melena anaranjada. Sonrió al acercarse, montado a lomos de su robusto Corcel-Diablo, con su guardia espectral detrás.

—Veo que los años te han tratado bien. Tienes agallas, tengo que admitirlo. Debería llamarte... ¿Cardenal, entonces? —Preguntó, con la habitual ironía en su profunda y sonora voz. —Ahora es Excelencia, ¿no?". Fingió corregirse.

—Me perdonarás si no estoy entusiasmado con nuestro reencuentro. —respondió el sacerdote con rencor resonando en sus palabras. —¿Qué haces aquí, Sorom, y quiénes son tus nuevos amigos?

—¡Oh! —Exclamó el leónida con una sonrisa maliciosa. —He hecho algunos progresos con los años.

—Ya veo —se burló el cardenal. —Algún sepulturero te debía un favor, ¿verdad?

La broma no cayó bien entre la cohorte espectral, que cerró filas detrás de Sorom. Se removieron incómodos en sus monturas.

—La misma lengua de serpiente —El jinete leónida esbozó una mordaz sonrisa —No has cambiado 'Rha, pero mis nuevos amigos no son la escoria descerebrada que emplea normalmente el Culto. Son los descendientes de Neffando, los Levatannii. Siento que hayas estado tan ausente de las altas esferas últimamente, viejo sapo; apartado en este rincón inmundo. Los Doce han formado una alianza con tu temido Ossrik. Pronto este lugar se llenará de ellos.

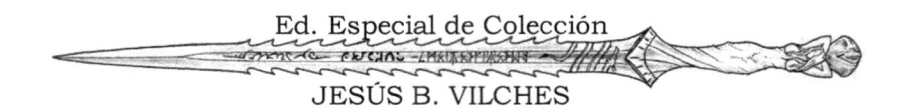

—¿Y has venido a pavonearte ante mí como una vieja furcia, Sorom? Un largo viaje para tan vana muestra de arrogancia.

—Deberías ser más amable con tu compañero, 'Rha. Ossrik quiere que trabajemos juntos de nuevo.

—Antes de eso, preferiría despellejarme vivo y untarme en sal.

—Bueno, 'Rha... —añadió Sorom. —Nunca se sabe. Así que te aconsejo que tengas cuidado con lo que deseas.

LA FLOR DE JADE I

-EL ENVIADO-

La Flor de Jade

VAGABUNDOS

Claudia levantó la vista, molesta

Tenía la piel azul de frío y el cuerpo le dolía horrores. Se sentía tan rígida y congelada como un témpano, sobre el lomo del caballo. El cielo estaba nublado. Era temprano. Probablemente Minos aún no había aparecido por el horizonte, aunque habría sido difícil verlo. Un espeso manto de nubes grises cubría el cielo sobre ella. Ni siquiera la majestuosidad de Yelm en todo su esplendor podía penetrar el denso muro de niebla. Una brisa fría soplaba desde los picos helados de las montañas que atravesaban. Hacía necesario cubrirse con las pieles que normalmente utilizaban para dormir. Gharin sólo llevaba una capa negra bordada con capucha, que sin duda había visto días mejores. Allwënn parecía menos afectado por el frío y ofreció su capa sobre las piernas de la joven. Su metabolismo enano le permitía resistir mejor el frío.

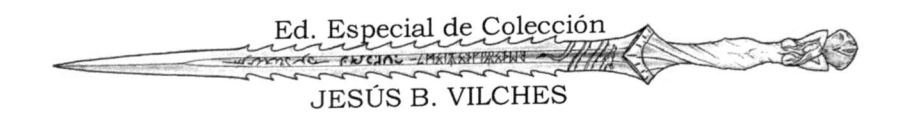

Habían pasado varios días desde que abandonaran aquel fatídico bosque para adentrarse en el escarpado desfiladero del macizo que los elfos llamaban del Belgarar. Sin embargo, parecía que hubiera pasado una década. En gran parte se debía al cambio radical del nuevo terreno. Era espectacular viajar entre esos picos de piedra coronados por perpetuos mantos de nieve. El paisaje era sin duda más frío y difícil de recorrer, pero por contraste era mucho más variado y dinámico. La mera visión de un pequeño zorro o de una manada de gamos provocaba momentos de excitación en los tres viajeros humanos que quedaban, y servía para levantarles el ánimo.

Los últimos acontecimientos habían marcado definitivamente un duro punto de inflexión en la marcha. La pérdida de Falo y la mía supuso una enorme carga para los demás, que aún luchaban por asimilar lo sucedido. Afrontar nuestra desaparición fue una experiencia dolorosa que les causaba graves secuelas en el ánimo. Tener una relación tan estrecha y directa con la muerte les hizo mucho más conscientes de la fragilidad de su propia existencia. Mucho más conscientes de lo mucho que dependían de estos dos elfos para guiarlos por el camino, y hacia la seguridad.

El temperamento fogoso de Allwënn había servido para crear una sensación de desconfianza entre los humanos supervivientes, que empezaron a sentirse menos seguros a su

LA FLOR DE JADE I

-EL ENVIADO-

lado que antes. Alex, en particular, había desconfiado abiertamente de él desde su pasada disputa y la pelea con Falo. Allwënn había hecho mucho por reforzar esa imagen, manteniendo siempre las distancias con el grupo de músicos. Últimamente, Gharin estaba cada vez más preocupado por el comportamiento errático de su compañero, sobre todo desde su regreso de la ciudad élfica. Aunque, como siempre, el arquero siempre encontraba tiempo para intercambiar algunas palabras con mis compañeros humanos, por trivial que fuera la conversación. Allwënn nunca abandonaba la posición a la cabeza del grupo y rara vez entablaba conversación con los músicos a menos que ellos la iniciaran.

Caía la noche.

Las amenazadoras nubes seguían cerniéndose sobre ellos desde sus inalcanzables alturas. No cayó ni una gota de lluvia sobre el grupo, cosa que todos agradecieron. La temperatura bajó aún más a primeras horas de la mañana. El calor de una fogata era esencial.

Allwënn se había alejado unos pasos de las crepitantes llamas.

Estaba apoyado en el saliente de un muro de piedra, afilando con esmero los terribles dientes de su magnífica espada. Gharin se acercó para traerle un tazón de caldo humeante. Allwënn no dijo nada cuando su compañero le ofreció la estimulante bebida. Se limitó a inclinar la cabeza y bajar la mirada en un característico gesto de gratitud antes de dar un reconfortante sorbo al cálido brebaje.

—La muchacha y el joven han enfermado de fiebre. —informó Gharin con preocupación. —Parece que el frío de estas cumbres les ha afectado más de lo que esperábamos. Necesitan ropa de abrigo, Allwënn. Las pieles no son suficientes.

Allwënn miró hacia la fogata.

Los tres músicos estaban acurrucados, envueltos en mantas y pieles, al cálido resplandor de las llamas. Claudia se había quedado dormida en el regazo de Alex, lo que confirmaba el afecto y la cercanía que unían a los dos amigos. Hansi miró a la pareja de elfos con una expresión de severa frialdad en el rostro.

—Sobrevivirán. —aseguró Allwënn con algo de mordacidad mientras miraba a los humanos, antes de dejar la Äriel a su lado. Sacó un colgante que había rescatado de las profundidades del laberinto subterráneo de los elfos. Sus formas sencillas brillaban a la luz titilante de la hoguera mientras lo sostenía ante sí. Lo giró entre sus dedos con movimientos lentos y deliberados, inspeccionando todos sus contornos e intrincados detalles. Era un simple fragmento dorado con una forma ligeramente curvada. No había indicios de más ornamentos o filigranas, salvo unos pocos caracteres grabados en una de sus caras. En él podía leerse una frase escrita en transcryto, la lengua arcana de los sacerdotes doré:

Dhai'Ishmanthadau'khalai.

—¿Tienes idea de cómo ha llegado eso ahí abajo?

La pregunta de Gharin flotaba en el aire. En realidad, sólo había una respuesta. Una respuesta que planteaba muchas más preguntas.

—De Ishmant al Círculo —tradujo Allwënn, con la

La Flor de Jade I

-El Enviado-

mirada perdida en las formas simples de la joya. Äriel, su esposa y Virgen Dorai de la Orden del Dragón, le había enseñado la lengua prohibida de su misteriosa orden. Como tantas otras cosas, debía la capacidad de leer un dialecto tan arcaico a su esposa perdida.

Demasiados recuerdos... Demasiados...

Un suspiro resignado escapó de los labios del guerrero.

—Si ha estado ahí abajo, algo me dice que pronto lo sabremos.

—¿Qué crees que están tramando? —susurró Alex con suspicacia. Se había dado cuenta de que Hansi había estado siguiendo la conversación de los elfos. —No dejan de mirarnos... ¿Cuánto tiempo crees que pasará antes de que decidan olvidarnos y dejarnos de lado? Solo somos una carga para ellos. Me sorprende que no lo hayan hecho ya.

Alex continuó acariciando los oscuros mechones de pelo de la joven que yacía dormida en su regazo. Por primera vez en mucho tiempo, Hansi apartó la mirada de los elfos y se volvió hacia su amigo.

—No te preocupes —aseguró Hansi con voz tranquila. —No van a hacernos daño ni a abandonarnos. De ninguna manera.

—¿Qué te hace pensar eso?

—De lo contrario, ya estaríamos muertos. Pero aún respiramos. Y eso es definitivamente una buena señal. Claudia tenía razón. No nos abandonarán.

Mis compatriotas se acostumbraron tanto a desconocer su destino que renunciaron a pedir más información a sus guías. En realidad, la respuesta de los elfos era siempre vaga o críptica en el mejor de los casos. Abrazaron plenamente la filosofía del refrán "lo que no sabes, no te puede hacer daño", dándose cuenta de que estaban más tranquilos si no sabían adónde les llevaban sus pasos. Decidieron confiar en que sus protectores acabarían conduciéndoles a algo, o a alguien, que podría poner fin a su exilio.

Al anochecer, el tiempo volvió a empeorar y el cielo regresó al estado encapotado y deprimente de los últimos días. Alex pronto dio muestras de mejoría. Sin embargo, empezaron a surgir problemas con Claudia y Hansi, que estaban menos protegidos del frío. Especialmente la joven, cuya fiebre no había mejorado y amenazaba con empeorar. Apenas podía mantenerse erguida en la silla de montar, medio enterrada en todas las pieles y mantas que le habían proporcionado. A pesar de las capas adicionales, seguía temblando. El gélido aliento del viento parecía abrirse paso a través de la protección de sus prendas, helándola hasta los huesos. A Gharin le conmovía la fragilidad de la joven y procuraba que no le faltara de nada. A menudo preguntaba por su estado y siempre estaba dispuesto a entablar conversación con ella para levantarle el ánimo.

Soplaba un frío viento del norte procedente del Alwebränn, *del Invierno de Valhÿnnd*, como lo llamaban los elfos. Fuertes ráfagas de aire helado entumecían la piel de sus rostros y manos. La nieve empezó a asentarse en el suelo. Salieron a un

LA FLOR DE JADE I

-EL ENVIADO-

pequeño valle tras pasar entre los escarpados acantilados de dos picos colosales. El terreno se allanó, sustituyendo gradualmente a las empinadas laderas de la escarpa por la que descendían. Una alfombra de nieve de varios centímetros de espesor cubría la hierba fresca y las raíces de los árboles de este verde y nuevo paisaje. Aquí los árboles crecían más exuberantes, esparcidos a lo largo de varios kilómetros en una pradera pintada de verde y blanco. Un pequeño arroyo de agua, tan limpia y cristalina como helada, serpenteaba desde los picos helados de las montañas en giros y pequeñas cascadas. Una estrecha franja de vida y vegetación florecía a lo largo de su curso como un oasis paradisíaco en la inmensidad del vacío.

El grupo marchaba hacia el arroyo cuando Gharin detuvo bruscamente su caballo. Allwënn tiró de las riendas de su montura e hizo lo mismo.

No había ocurrido ningún incidente digno de mención durante esos días de viaje. Ambos guerreros habían tenido cuidado de no aventurarse en zonas que pudieran resultar peligrosas, aunque eso ralentizara su avance. El arquero parecía desviarse del camino sin motivo aparente. Allwënn se volvió hacia él y le preguntó si todo estaba bien. Pero al contemplar el paisaje ante nosotros, la respuesta fue evidente sin que una palabra de los labios de Gharin.

El resto de los caballos también se detuvo. Ante ellos, decenas de árboles jóvenes habían sido arrancados del suelo. Otros estaban brutalmente partidos en dos, y sus muñones astillados sobresalían lastimeros al aire como astas de bandera quebradas. La mayoría de los árboles más grandes eran más afortunados, aunque mostraban signos de daños. Aunque seguían en pie, habían sufrido profundos cortes y cicatrices en sus maltrechos troncos. Un rastro de árboles talados, tocones de madera, ramas caídas y vegetación dispersa se extendía ante ellos.

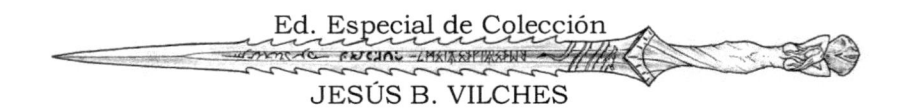

Desde que entraron en los dominios de Belgarar, los elfos habían dado un rodeo para evitar la guarida de un Oso Titán. También habían tenido que ponerse a cubierto de un Azor Cíclope que divisaron en las inmediaciones. Pero esta devastación había sido causada por una criatura mucho más peligrosa... y mucho más grande.

Gharin desmontó rápidamente y se acercó a la carnicería que cubría la zona. Allwënn se le unió de inmediato. Desde allí podían ver el arroyo a sólo unas decenas de pasos. El viento silbaba al descender por el valle, haciendo crujir las hojas y las ramas de los setos. El resto del grupo permaneció en sus monturas, tapado con sus mantas y entumecido por el intenso frío. La primera puesta de sol estaba cerca. Su luz, ya atenuada por el turbulento cielo gris, se desvanecería poco a poco. La persistencia del viento anunciaba otra tormenta que, a esas alturas, sin duda traería más nieve.

La mano de Gharin acarició suavemente un profundo tajo que había abierto la corteza de uno de los árboles. Sus dedos se mezclaron con la savia que sangraba de la herida. Por un momento, compartió el dolor de aquella criatura silenciosa y aparentemente sin sentimientos.

—Si los árboles pudieran gritar... —Dijo, casi en un susurro nostálgico. —Este lugar sería una sinfonía de tormento.

Allwënn desmontó a tiempo para escuchar sus palabras.

Las cadenas de su armadura tintinearon con gracia mientras se acercaba a su amigo. Un elfo puede negar la palabra

La Flor de Jade I

-El Enviado-

a todas las demás razas, pero conversa gustosamente con animales y plantas, del mismo modo que un enano comulga con la piedra y el metal. Una parte de su espíritu está ligada a ellos.

Gharin había crecido entre elfos y sentía como elfo.

Volvió la cabeza hacia Allwënn, que se había detenido a unos metros. Habló, anticipándose a la pregunta de su amigo.

—Vagabundos —dijo. "Han sido Vagabundos. ¿Quién, si no ellos, podría dejar rastros tan evidentes?

Pero la respuesta de Allwënn lo dejó algo perplejo.

—Lo sé... —aseguró con firmeza, hablando con una convicción absoluta que era rara incluso para él.

Gharin se sorprendió ante la certeza inequívoca de su amigo. Los ojos de Allwënn miraron el suelo bajo sus pies. La bota del guerrero encajaba fácilmente en una enorme huella dejada en la nieve. Tenía la forma de un pie deforme con tres dedos terminados en garras. También tenía la inconfundible huella de un espolón en el talón. Desgraciadamente, los dueños de estas huellas eran obvios para cualquiera que se hubiera tropezado con ellos anteriormente. Los rostros de los dos elfos adoptaron máscaras impasibles mientras intercambiaban miradas. A estas alturas, todos los músicos se habían acostumbrado a los largos diálogos sin palabras que mantenían entre ellos, como si sus mentes se fundieran en una sola entidad.

—La herida aún sangra y la savia está fresca —dijo Gharin antes de agarrar el arco de guerra tallado que llevaba a la espalda. —No pueden estar muy lejos de aquí.

—¿Por qué hablas en plural? —preguntó Allwënn, sacando a la dormida Äriel de su cálida morada de pieles y escudriñando el bosque con mirada concentrada. La visión de los elfos desenvainando sus armas provocó un escalofrío en los músicos, que se sentaron en sus monturas y se miraron nerviosos.

—No es una hembra. Debe haber al menos dos machos. —había deducido Gharin, colocando una flecha en la cuerda suelta de su ornamentado arco élfico. —Y por los espíritus del bosque, espero que no haya más.

—No puede ser. —Su compañero le contradijo. —Los habríamos olido. Estas cosas apestan a carne muerta. El viento sopla muy...

Un pensamiento inquietante se coló en sus mentes, trayendo consigo una aterradora realización.

¡El viento! ¡Habían ido a favor del viento todo el tiempo!

Un error mortal.

El miedo a la emboscada. Del peligro. De ser cogido por sorpresa. ¿Cómo explicar eso? ¿Cómo explicar la agitación en las tripas de un guerrero cuando sabe que la muerte aguarda en cualquier momento; que acecha en las sombras y ataca por la espalda?

Sus miradas se cruzaron de nuevo.

Los dos jóvenes elfos se volvieron hacia el grupo, con la máscara del miedo ensombreciendo sus pupilas. Sus gargantas gritaron al unísono una orden que sobresaltó a los demás.

—¡¡¡Al suelo!!! ¡¡¡Desmontad!!! ¡¡Bajad de los caballos!! —Los de las monturas se miraron con las cejas fruncidas, sin reaccionar a la orden.

LA FLOR DE JADE I

-EL ENVIADO-

—Por el 'Mhâhams[37] Destructor!!! —Gritó Allwënn, agitando los brazos enérgicamente. —¡¡¡Moveos o seréis guarnición para el almuerzo!!!

No entendían por qué los elfos estaban tan agitados. Aunque los músicos estaban desconcertados, seguían sin obedecer sus frenéticas exhortaciones. A un lado, en dirección al grupo, un sonido de ramas quebrándose se propagó por el bosque. Allwënn trató de localizar su origen, pero los cuerpos de los caballos estaban en medio y se lo impidieron. Entonces miró a su lado. Gharin había cerrado los ojos y murmuraba algo mientras empezaba a tensar su arco.

—¿Qué está pasando? —Preguntó finalmente uno de los músicos. Allwënn corría hacia ellos.

—¡¡¡Trolls!!!

La fría sombra del miedo se cernió sobre el grupo mientras los caballos empezaban a corcovear frenéticamente. Por un momento, reinó el caos.

—¿Qué ha dicho? —preguntó Alex a Claudia. A la joven le invadió una repentina oleada de pánico.

—¡Dios mío! Bájate del caballo, Alex. Rápido.

Ambos se apresuraron a desmontar, pero Hansi seguía fijo a su montura, como ajeno al mundo exterior.

—¡Hansi! —gritó Alex. —¡Hansi! ¡¡¡Odín!!!

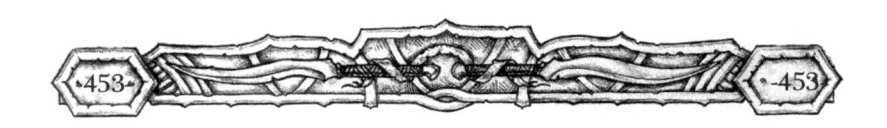

---

[37] Para los enanos Tuhsêkii, la deificación del martillo de guerra de su dios Mostal.

El fornido joven sólo podía mirar con los ojos muy abiertos hacia el bosque, sentado inmóvil sobre su inquieto caballo.

Entonces Alex vio lo que paralizaba a su amigo.

Una sombra gigantesca se acercaba a los caballos con evidente intención. Vio sus ojos muertos y sin pupila clavándose en su rostro, como si quisiera grabarlo a fuego en su memoria. Vio sus terribles mandíbulas y sus afilados dientes...

...y olió su inconfundible hedor.

Entonces él también se quedó helado.

Pareció surgir del mismo suelo sobre el que estaban los caballos, aunque Hansi sabía que no era así. Cargó furiosamente contra el primer animal a una velocidad increíble, su enorme armazón derribó a dos de los caballos y provocó un pánico histérico en el resto. El musculoso joven voló por los aires al ser catapultado violentamente de su montura. Fue arrojado contra el cuerpo de otro caballo cercano antes de aterrizar sobre la fría nieve con un ruido sordo. Alex quedó inmovilizado bajo la pesada mole de su montura, que no dio señales de vida tras la brutal colisión. Aunque Claudia estaba un poco más alejada de los caballos, también fue derribada en la refriega. Los gritos humanos y los relinchos de los caballos se mezclaron en un concierto de caos. Las monturas caídas yacían luchando en el suelo entre las provisiones y pertenencias que se habían derramado de las alforjas al suelo.

Allwënn llegó corriendo con la espada en la mano derecha.

LA FLOR DE JADE I

-El Enviado-

Se vio obligado a aminorar la marcha mientras esquivaba el vuelo de los caballos que, presas del pánico, se dispersaban en todas direcciones. Habría que atrapar a los animales que huían, pero esa no era la principal preocupación en ese momento.

Claudia había conseguido ponerse en pie, pero estaba desorientada en el caos que se arremolinaba a su alrededor. Una sombra oscura y siniestra la obligó a levantar la vista. Un caballo se alzaba sobre ella con ojos de pánico, levantando las patas delanteras por encima de su cabeza. Claudia levantó los brazos para protegerse, mientras el animal amenazaba con aplastarla con sus pezuñas descalzas.

Algo agarró el cuerpo de Claudia, impulsándola fuera del alcance del caballo. Los poderosos cascos aplastaron la nieve bajo ellos, pero afortunadamente la joven ya no estaba allí. Ambos cuerpos rodaron durante un corto trecho por el suelo mojado antes de detenerse.

Hansi se levantó lentamente...

Su mano derecha blandía el hacha a la espera de un combate real por primera vez. La había agarrado en un acto reflejo que no podía explicar. Ni siquiera estaba seguro de si se atrevería a estrellarla contra alguien... o contra algo. Todo parecía tranquilo ahora, después de esos segundos de caos y desorden. Los relinchos de los caballos se desvanecieron cuando los animales huyeron hacia el bosque. El silencio volvió a la escena. El único sonido era el del viento, que empezaba a soplar con fuerza. Llevaba consigo los gemidos y los agitados movimientos de Alex, aún atrapado bajo el vientre de su caballo.

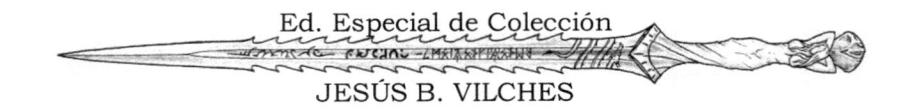

El silbido del viento se hizo más fuerte, pero no pudo ahogar el sonido de los huesos al romperse....

Allwënn se puso en acción tan pronto como su cuerpo dejó de rodar. Vio con alivio que Claudia yacía ilesa a su lado. Oteó la escena a su alrededor para evaluar la situación. Vio a Hansi, hacha en mano, enfrentándose a sus atacantes a sólo unos metros de distancia. El corpulento joven permanecía inmóvil, casi sin respirar. Enseguida se dio cuenta del peligro mortal que corría el fornido batería.

Ante él había dos magníficos especímenes de depredadores alfa, tan altos como montañas.

Sus cuerpos estaban cubiertos de una piel correosa de color verde grisáceo oscuro, llena de deformidades y protuberancias. Tenían piernas fuertes y musculosas y brazos desproporcionadamente largos. Todas sus extremidades terminaban en temibles garras. De sus rodillas, codos y hombros brotaban afiladísimos espolones de color amarillo, que resultaban imponentes y aterradores a la vista. Sus cabezas eran grandes y poderosas, terribles máscaras de horror que superaban con creces a los monstruos imaginarios de nuestras peores pesadillas infantiles. Tenían ojos pequeños, brillantes y rojos, sin iris ni pupilas, enterrados en enormes cuencas vacías.

Y sus mandíbulas...

Sus poderosas mandíbulas contenían varias filas de dientes que recordaban a los más afilados sables de guerra. Con ellas desgarraban el cuerpo palpitante de un caballo. Arrancaban sin esfuerzo músculos, tendones y huesos en proporciones alarmantes. Esas terribles mandíbulas podían partir a un hombre por la mitad de un solo mordisco. Y allí estaban, a pocos pasos. No parecía importarles nada más que el trozo de carne que se estaban comiendo. Era horrible saber que su desafortunada víctima no los distraería para siempre.

Allwënn se apresuró a cubrir la boca de Claudia con la mano y le acercó los labios a la oreja.

—Escúchame. Escúchame con mucha atención. Susurró el elfo con un tono de voz firme. —No pueden verte. Son casi ciegos. Si no te mueves, no te atacarán.

La joven logró calmarse, sin apartar los ojos llenos de terror de las feroces bestias. Allwënn miró hacia Alex, que intentaba liberarse de debajo del cadáver de su montura. El joven músico miró al elfo con miedo en los ojos. Allwënn se llevó el dedo a los labios. Alex comprendió el mensaje silencioso y asintió con la cabeza. Dejó de forcejear y se quedó quieto.

Allwënn miró entonces a Gharin, que estaba cerca. El semielfo sostenía ahora su arco tenso y preparado. La punta de la flecha escupió una llama ardiente sin que nada ni nadie la hubiera encendido. La "Flecha Ardiente" es un hechizo rápido y fácil de lanzar. Tanto Gharin como Allwënn sabían que el fuego sería un aliado útil en la batalla que se avecinaba. El arquero permaneció inmóvil, pero alerta, esperando el momento óptimo para soltar su proyectil llameante. Tendrían que actuar con rapidez. El hechizo podría desaparecer en cualquier momento.

—Escúchame con mucha atención, pequeña —Claudia oyó la voz del mestizo susurrarle al oído. —El tiempo es nuestro enemigo. Levantémonos muy despacio. —La joven asintió con la cabeza en señal de que había entendido y se levantó silenciosamente del suelo. —No pueden verte, pero pueden olerte y tienen buen oído. Mientras permanezcamos quietos, pensarán que estamos muertos o que formamos parte del paisaje. Eso nos dará una ventaja, pero no nos salvará. ¿Lo entiendes? —La joven asintió de nuevo en respuesta. —Necesito que corras hacia allí, hacia ese montón de nieve, y te entierres en él.

La cara de la joven se arrugó. No le gustaba mucho esa idea. Acababa de decirle que no se moviera. Temía que el elfo pretendiera utilizarla como cebo.

—Necesito que los distraigas con tu presencia para que la mía pase desapercibida, así podré acercarme a ellos. ¿Crees que podrás hacerlo?"

Aunque en un estado de ansiedad, Claudia prometió que lo haría. Afortunadamente, Hansi seguía sin moverse mientras se enfrentaba a los trolls.

—Pase lo que pase, oigas lo que oigas detrás de ti, sigue corriendo sin mirar atrás. Porque la muerte correrá tras de ti, y tú debes ser más rápida. Si alcanzas la nieve y te cubres con ella, amortiguarás tus sonidos y ocultarás tu presencia. Les cortaré el paso antes de que lleguen a ti. Va a ser difícil. ¿Estás preparada?"

El mestizo esperó un gesto de confirmación.

—¡¡¡Corre, Claudia!!! ¡¡¡Corre!!! ¡Vamos! Muévete, ¡¡¡ahora!!!" —Gritó Allwënn lo más fuerte que pudo, mientras levantaba la espada en posición de ataque.

Hansi se giró cuando el grito del mestizo lo sacó de su trance. Claudia empezó a correr frenéticamente por la nieve, más rápido de lo que había corrido nunca. La adrenalina fluía por sus venas mientras huía, impulsándola hacia delante.

La Flor de Jade I

-El Enviado-

Alertado por el sonido de los pasos de la joven, uno de los vagabundos dejó su comida y saltó tras ella. Allwënn corrió tras él.

Gharin estaba junto a un árbol con el arco preparado, esperando el momento oportuno para atacar. Mientras el troll gigante se movía tras Claudia, Gharin miraba atentamente por el astil de su flecha encendida, manteniendo el blanco en su punto de mira. La joven oyó movimiento detrás de ella, pero sólo sirvió para impulsarla hacia el campo de nieve que no parecía acercarse.

Allwënn era significativamente más pequeño que el troll, pero también mucho más rápido. Consiguió deslizarse delante de él, bloqueando su persecución de la joven que huía. Con un poderoso golpe, clavó la espada en el bajo vientre de la gigantesca bestia, atravesando con la punta del Äriel varios centímetros de carne entre las costillas inferiores. Una espesa sangre negra comenzó a manar por la dentada hoja de acero. El monstruo se detuvo con un gruñido de dolor y se volvió para mirar al insolente elfo.

La llama de la flecha seguía ardiendo.

Allwënn había detenido el blanco y el cuello del troll estaba claramente expuesto. El golpe era seguro.

La herida sería fatal...

No, todavía no...

El troll blandió las garras de su mano derecha hacia

Allwënn, pero el mestizo se anticipó al ataque. En lugar de intentar apartarse de la mortal extremidad, Allwënn cortó con saña la articulación que la unía al resto del enorme cuerpo del trol. Las mandíbulas de acero del Äriel desgarraron la áspera carne y rompieron el hueso que había debajo. La mano amputada del trol cayó sobre la nieve. La criatura, de casi tres metros de altura, se inclinó hacia atrás todo lo que le permitía su columna vertebral y aulló de agonía. Allwënn no perdió un segundo, y con la misma fuerza clavó el metal de su arma en el estómago del troll hasta golpear el hueso. La herida salpicó la viscosa sangre de la bestia por la cara y el pecho del elfo de Mostal. El vagabundo aulló de dolor una vez más.

Gharin, que seguía apuntando, suplicó un poco más de tiempo.

Claudia alcanzó por fin el montículo de nieve y se lanzó sobre él, echándose desesperadamente puñados de nieve sobre el cuerpo. Aunque acalorada y sudorosa por su desesperada huida, no pudo evitar el terrible mordisco helado de sobre su piel desnuda. Su primer impulso fue salir, pero no lo hizo. El miedo era más fuerte que el frío. Se quedó tiritando, enterrada en la nieve, y trató de pensar en algo positivo.

Allwënn sabía que permanecer demasiado cerca del enfurecido depredador podría costarle la vida. Sus heridas se cerrarían pronto, pero le darían el tiempo que necesitaba. Todavía quedaba otro. De un poderoso tirón, sacó la hoja dentada de su poderosa espada de la carne del troll. La bestia volvió a rugir de dolor. Allwënn se zafó ágilmente de la embestida del brazo restante y corrió hacia el caballo bajo el que estaba atrapado Alex. Hansi permanecía inmóvil mientras la

La Flor de Jade I

-El Enviado-

escena se desarrollaba ante él, indeciso sobre lo que debía hacer.

Rugiendo de furia, el troll herido persiguió al medio enano hacia los caballos...

Las heridas recién abiertas causadas por la Äriel habrían partido fácilmente en dos a un hombre del tamaño de Hansi. Todavía manaban sangre. Pero lo que debería haber sido un chorro de líquido del muñón del codo no era ahora más que un débil hilillo de sangre. La despiadada herida en las costillas infligida por la hoja dentada de la espada no era ahora más que una leve cicatriz.

El objetivo de Allwënn eran las alforjas del caballo de Alex.

En ellas guardaban las vasijas que contenían el aceite que utilizaban para cocinar. Era el líquido inflamable que buscaba en su interior. Pero inesperadamente, una raíz enterrada en la nieve atrapó su bota, haciéndole tropezar y caer. La Äriel resbaló de su mano y quedó fuera de su alcance. El trol ya estaba sobre él. El mestizo se giró en el suelo justo a tiempo para ver cómo la enorme bestia blandía las garras de la mano que le quedaba hacia él.

Gharin sudaba profusamente por la tensión....

De lanzar ahora su flecha, toda la espera habría sido en vano.

Allwënn apretó los dientes, esperando evadir de algún modo el ataque de la bestia salvaje. Pero nunca llegó. Un fuerte aullido de determinación, un grito de guerra vikingo, llenó oídos.

Hansi se había adelantado y blandió con valer

poderosa hacha de orcos contra el pecho de la bestia. El Vagabundo retrocedió con un gruñido. Su compañero, afortunadamente, seguía ocupado en darse un festín con el caballo. Allwënn no dudó en aprovechar esta inesperada oportunidad. La valentía del humano le había permitido escapar de las garras de la bestia. No la desperdiciaría. Rápidamente se acercó al caballo de Alex, donde cogió las vasijas de aceite de las alforjas.

Gharin suspiró aliviado, con la flecha aún apuntando al troll......

Hansi no podía creer lo que había hecho. Ni siquiera se dio cuenta de que había salvado la vida del elfo. Lo único que sabía era que la hoja de su hacha se había incrustado en el cuerpo de aquella cosa. Sin embargo, pareció tener poco efecto sobre ella. La bestia le miró como si el dolor del golpe no fuera más que una irritación menor. Ahora quería vengarse. Los diminutos ojos del vagabundo pasaron de la herida al humano y luego de nuevo a la herida. Su rostro se convulsionó en un rugido de furia. Con un rápido tirón de su mano intacta, sacó sin esfuerzo la hoja de acero de su vientre.

Hansi se quedó sin habla mientras la herida sangrante empezaba a cerrarse por sí sola. El joven no tuvo oportunidad de retroceder. El trol golpeó con su pie de tres dedos el musculoso cuerpo del batería. La afilada hoja de su espolón desgarró su carne, haciendo que la sangre salpicara es. Hansi fue arrojado violentamente al suelo y bajo. El troll levantó todo su maltrecho y sus mandíbulas manchadas de sangre s ánimos. En ese momento, el otro rme cabeza hacia el grupo.

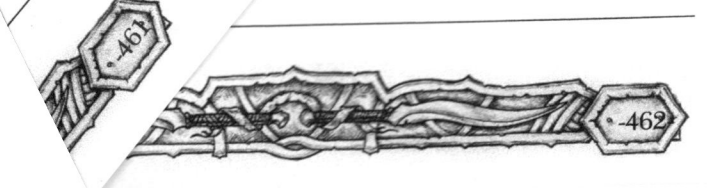

escena se desarrollaba ante él, indeciso sobre lo que debía hacer.

Rugiendo de furia, el troll herido persiguió al medio enano hacia los caballos...

Las heridas recién abiertas causadas por la Äriel habrían partido fácilmente en dos a un hombre del tamaño de Hansi. Todavía manaban sangre. Pero lo que debería haber sido un chorro de líquido del muñón del codo no era ahora más que un débil hilillo de sangre. La despiadada herida en las costillas infligida por la hoja dentada de la espada no era ahora más que una leve cicatriz.

El objetivo de Allwënn eran las alforjas del caballo de Alex.

En ellas guardaban las vasijas que contenían el aceite que utilizaban para cocinar. Era el líquido inflamable que buscaba en su interior. Pero inesperadamente, una raíz enterrada en la nieve atrapó su bota, haciéndole tropezar y caer. La Äriel resbaló de su mano y quedó fuera de su alcance. El trol ya estaba sobre él. El mestizo se giró en el suelo justo a tiempo para ver cómo la enorme bestia blandía las garras de la mano que le quedaba hacia él.

Gharin sudaba profusamente por la tensión....

De lanzar ahora su flecha, toda la espera habría sido en vano.

Allwënn apretó los dientes, esperando evadir de algún modo el ataque de la bestia salvaje. Pero nunca llegó. Un fuerte aullido de determinación, un grito de guerra vikingo, llenó sus oídos.

Hansi se había adelantado y blandió con valentía su

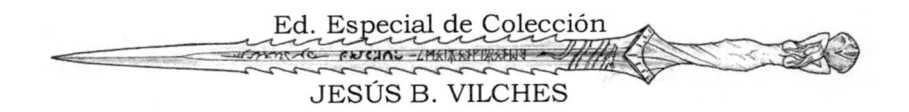

poderosa hacha de orcos contra el pecho de la bestia. El Vagabundo retrocedió con un gruñido. Su compañero, afortunadamente, seguía ocupado en darse un festín con el caballo. Allwënn no dudó en aprovechar esta inesperada oportunidad. La valentía del humano le había permitido escapar de las garras de la bestia. No la desperdiciaría. Rápidamente se acercó al caballo de Alex, donde cogió las vasijas de aceite de las alforjas.

Gharin suspiró aliviado, con la flecha aún apuntando al troll......

Hansi no podía creer lo que había hecho. Ni siquiera se dio cuenta de que había salvado la vida del elfo. Lo único que sabía era que la hoja de su hacha se había incrustado en el cuerpo de aquella cosa. Sin embargo, pareció tener poco efecto sobre ella. La bestia le miró como si el dolor del golpe no fuera más que una irritación menor. Ahora quería vengarse. Los diminutos ojos del vagabundo pasaron de la herida al humano y luego de nuevo a la herida. Su rostro se convulsionó en un rugido de furia. Con un rápido tirón de su mano intacta, sacó sin esfuerzo la hoja de acero de su vientre.

Hansi se quedó sin habla mientras la herida sangrante empezaba a cerrarse por sí sola. El joven no tuvo oportunidad de retroceder. El trol golpeó con su pie de tres dedos el musculoso cuerpo del batería. La afilada hoja de su espolón atravesó y desgarró su carne, haciendo que la sangre salpicara por todas partes. Hansi fue arrojado violentamente al suelo y quedó inmóvil boca abajo. El troll levantó todo su maltrecho y deformado cuerpo. Abrió sus mandíbulas manchadas de sangre y soltó un chillido que heló los ánimos. En ese momento, el otro troll dejó de comer y giró su enorme cabeza hacia el grupo.

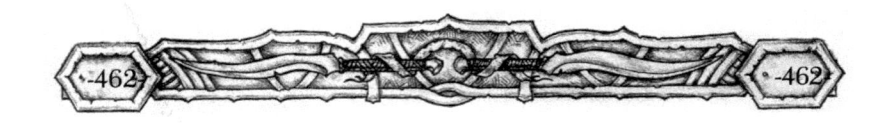

La Flor de Jade I

-El Enviado-

La teatral demostración de fuerza del troll le había dado a Allwënn el tiempo que necesitaba. agarró su espada y se aproximó a la bestia con agilidad. El troll parecía mucho más preocupado por demostrar su poderío que por seguir la pista del ágil mestizo. Con un rápido movimiento, Allwënn dejó la vasija de aceite en el suelo y agarró la empuñadura de la Äriel con ambas manos. Con un grito furioso, el mestizo se lanzó contra el troll, con su sangre enana hirviendo en las venas. La hoja dentada surcó el aire y atravesó con saña la parte más vulnerable del cuerpo de la bestia: las piernas. Con un golpe brutal y preciso, el Äriel atravesó el tendón y el hueso de la rodilla izquierda. Un chillido de agonía llenó el aire cuando la pierna del trol se desprendió de su muslo. Aquella montaña de carne se tambaleó por un momento y un manantial de sangre brotó del muñón devastado antes de estrellarse sobre la nieve manchada de sangre. La cabeza del troll estaba ahora a la altura de Allwënn. Agarró la vasija de aceite y la golpeó contra la frente de la bestia. Un líquido oscuro y viscoso se derramó sobre su horrible rostro.

Gharin sonrió maliciosamente, sus profundos ojos azules se centraron en los grotescos rasgos cubiertos de aceite del Vagabundo.

"Ahora". Se susurró a sí mismo. El cazador se convertía ahora en el cazado.

Sus dedos aflojaron el agarre que había mantenido durante tanto tiempo y la cuerda tensa saltó hacia delante. Guiada por el viento, la flecha se impulsó inexorablemente hacia su víctima. El fuego mágico aún ondulaba desde la punta de acero, trazando una llamarada ígnea a través del frío aire helado.

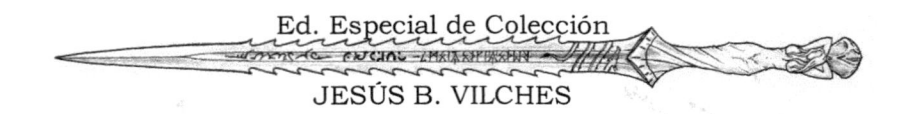

Los huesos crujieron cuando centímetros de acero al rojo vivo atravesaron el cráneo de la bestia. La flecha se clavó en el centro de la cara del troll, ahora a sólo unos centímetros del suelo. La llama de la punta de la flecha prendió el aceite, convirtiendo la enorme cabeza de la bestia en un infierno ardiente. Allwënn se apartó de un salto cuando el troll empezó a chillar de dolor, agitándose salvajemente en un vano intento de apagar las llamas que le consumían la cara. Sus gritos agónicos alertaron al otro troll, que se detuvo en seco, consciente ahora del destino de su aliado.

El olor era nauseabundo.

Allwënn se paró frente al segundo Vagabundo, que parecía verlo con sus ojos muertos. Parecía indeciso. No sabía si avanzar o retroceder. Se limitó a gruñir salvajemente, babeando copiosamente a través de sus dientes manchados de sangre.

La mano de Gharin sacó rápidamente un par de flechas de su carcaj. Disparó ambas contra el cuerpo del troll herido, mientras éste trataba de arrastrarse por el suelo, dejando un amplio reguero de sangre a su paso. Ambas flechas se clavaron en su cuello y la bestia se desplomó en el suelo, con la cabeza ennegrecida aún coronada de fuego. Luego su mirada se dirigió al cuerpo inerte y herido del corpulento humano.

Gharin se colocó el arco de guerra a la espalda y se cubrió con su capa negra antes de salir corriendo hacia la forma inerte de Hansi.

Mientras corría, ya estaba preparando otro hechizo.

La Flor de Jade I

-El Enviado-

Un dolor frío y punzante desgarró el estómago de Hansi cuando volvió a abrir los párpados. Recordaba su cuerpo cayendo inerte y pesado sobre el lienzo blanco de nieve. Por un momento, se esforzó por recordar los acontecimientos que le habían llevado a aquella situación. Pero cuando volvió en sí, se dio cuenta de que había perdido el conocimiento por un momento. No podía ver al troll. No era consciente de los recientes acontecimientos pasados. Todo estaba en calma. Pero ahora no estaba tumbado sobre la nieve, sino apoyado en el tronco de un árbol. No recordaba haber llegado hasta allí por él mismo. Era evidente que alguien le había ayudado.

Al principio, una vez aclarada su visión, no reconoció a la figura que se inclinaba sobre él. Una voz masculina ordenó a Hansi que guardara silencio, que luego identificó como Gharin. Al principio, Hansi pensó que podía estar alucinando, pero pronto se dio cuenta de que no era producto de su febril imaginación. Los rasgos del elfo eran inusuales. Su cara parecía más ancha y dura. Sus hombros eran un poco más anchos y fornidos. Sus brazos mostraban poderosos bíceps y sus piernas eran fuertes y musculosas. Sólo así podría haber levantado el pesado cuerpo del gigante y haberlo arrastrado hasta un lugar seguro... con un conjuro.

Un charco de sangre oscura ennegrecía la parte inferior de la camisa de Hansi, empapándole el estómago y los brazos. Gharin había colocado las dos manos de su paciente sobre la herida, indicándole que presionara con fuerza. A pesar de su fuerza, sus músculos temblaban en espasmos incontrolables y

Hansi era incapaz de presionar como necesitaba. Sintiendo que el pulso se le debilitaba, intentó apartar las manos para mirar la herida bajo la tela de la camisa, pero Gharin se lo impidió. El elfo volvió a colocárselas suavemente en su sitio y negó con la cabeza.

—Realmente no quieres ver lo que tienes ahí. —recomendó con una sonrisa. —Tus piernas son mucho más atractivas, créeme.

—Me voy a morir, ¿verdad? —Jadeó Hansi con aplomo. —Por eso bromeas.

Un espasmo de tos sacudió al joven, que apenas podía abrir los ojos. Aún no lo sabía, pero el troll lo había destripado. La herida era grave, pero Gharin tenía que ayudar a Allwënn a matar al segundo de los Vagabundos. La herida de Hansi no se curaría con un hechizo rápido. Para eso necesitaba más tiempo, del que no disponía por el momento.

—¿De qué estás hablando? —Respondió Gharin con una sonrisa burlona. —¡No! No justo cuando empezabas a caerme bien.

El comentario consiguió arrancar una sonrisa al moribundo humano.

—No, no morirás. —afirmó el arquero con firmeza, aunque la confianza expresada fuera sólo fingida. —No perderé a nadie más, ¿comprendes? Tu pelo crecerá mucho antes de que eso ocurra, te lo aseguro. Actuaste con decisión y valentía en el momento justo, muchacho. Tu intervención salvó a Allwënn y nos dio la oportunidad que necesitábamos. Si yo fuera tú, estaría muy orgulloso.

La Flor de Jade I

-El Enviado-

El ruido de una feroz batalla se filtró a través del bosque, aunque estaba fuera de la vista.

—Ahora... Allwënn me necesita. Estarás a salvo aquí. Aguanta un poco más.

Hansi asintió con la cabeza, comprendiendo la urgencia del asunto. Entonces Gharin volvió a empuñar su poderoso arco de combate. Realmente era un arma magnífica vista de cerca. Se ató el carcaj al muslo, donde le resultaba más rápido y cómodo sacar las flechas. Desapareció entre la maleza del bosque, dejando al malherido humano solo y perdido en medio de la nada.

Sólo entonces Hansi se dio cuenta de su precaria situación.

Su cuerpo temblaba a causa de una herida que podría ser mortal y su respiración se agitaba por momentos. Sudaba a pesar de la baja temperatura. Un calor le subía desde el estómago hasta el pecho y luego se extendía por el resto del cuerpo. La sangre fluía sin cesar, escurriéndose por sus ropas hasta enrojecer la nieve bajo él. Cada gota que se derramaba de su cuerpo agotaba sus fuerzas. Su energía... su vida. El joven empezó a darse cuenta de lo inimaginable... se estaba muriendo.

Pronto sus párpados comenzaron a pesar demasiado.

Cada vez le costaba más mantenerlos abiertos. Su cabeza era un lastre de plomo. Empezó a balancearse peligrosamente hacia un lado. Todos sus músculos se debilitaban, cedían... El poderoso Odín comenzó a rendirse al sueño de la muerte.

En uno de esos oscuros momentos, oyó un sonido cerca de él. El sonido de unos pasos que hacían crujir la nieve. Como pudo, giró la cabeza hacia el ruido y abrió los ojos temblorosos. Había una figura desconocida a su lado.

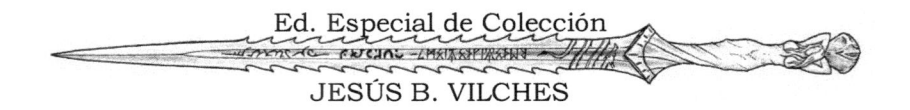

Quieta, inmóvil, silenciosa...

Lo miró directamente a los ojos.

Tenía el pelo largo y suelto... como Allwënn... pero no era Allwënn. Tenía un cuerpo elegante... como Gharin... pero no era Gharin. Llevaba un arma en su mano derecha, una afilada y brillante hoja de acero apuntando a la nieve. Su rostro estaba oculto tras una capa que ocultaba sus rasgos.

La fuerza de Hansi era casi un recuerdo.

Apenas podía respirar. Pesado y sangrante, su cuerpo se desplomó finalmente sobre la nieve a los pies de aquella figura desconocida.

LA FLOR DE JADE I
-El Enviado-

La Flor de Jade
EL TEMPLADO
ESPÍRITU

¿Cuánto tiempo ha pasado desde la última vez, Venerable, dieciséis, dieciocho años?

Estaban al pie de un escarpado risco. Había una abertura lo bastante grande en el abrigo rocoso como para resguardar un campamento improvisado del frío viento de los picos cubiertos de hielo. Más allá de la vacilante luz de la pequeña hoguera, las siluetas del bosque quedaban envueltas en la oscuridad de una noche que pronto terminaría. La primera luz del alba acariciaba ya el horizonte oculto con un suave resplandor. Pronto, el intenso resplandor de Yelm atravesaría el velo de oscuridad. Ishmant contemplaba la silueta emergente de la estrella cuando el semielfo formuló su pregunta. La misteriosa figura apartó por un momento los ojos del cielo nocturno y miró al mestizo de humanos. Poco, o nada, había cambiado desde entonces. Su sangre élfica le brindaba la misma piel tersa de la juventud durante generaciones.

—¿Qué son veinte años en la vida de un elfo?

Gharin tomó asiento a su lado, calentándose las manos junto al fuego. A menudo hacía frío a esas horas del amanecer, y no había que renunciar al calor que proporcionaban las crepitantes llamas.

—Veinte años son veinte años, Ishmant —replicó el elfo. —Puede que nuestros cuerpos no delaten el paso del tiempo igual que en otras razas, pero el tiempo avanza implacable tanto para los humanos como para los elfos. La ausencia fue la misma para ti que para mí. Esos veinte años también han pasado para nosotros. Ya no somos quienes éramos. Hay formas de saberlo. Quizá no en las arrugas de la cara o en la blancura del pelo. Pero hay formas de saber que un elfo ha envejecido.

Ishmant miró un momento a su espalda. Allwënn estaba cerca del fuego principal atendiendo a Claudia, cuya fiebre había empeorado.

—Hablas de él, ¿verdad? —aseguró Ishmant. —Me he dado cuenta. Veo algo en su mirada que antes no percibía.

Gharin volvió sus ojos brillantes hacia el guerrero humano.

La Flor de Jade I

-El Enviado-

—Te diré lo que es, amigo mío. Odio e ira. Allwënn ha renegado de sus raíces élficas. No siente más que desprecio por los suyos, a los que considera egoístas y frívolos. Sólo le queda el Faäruk Tuhsêk, que una vez fue su padre. Allwënn está lleno de ira y odio. Y es ese odio inflexible, el legado de Mostal, lo que lo hace anhelar un nuevo amanecer.

—Me enteré de sucedido con Äriel en Baal. Lo siento mucho. —reconocía Ishmant, con una mirada afligida en su rostro. —Los monjes Doré me proporcionaron una embarcación. Me permitió cruzar las aguas hasta la desembocadura del Torinm. Los frentes de batalla me atraparon kilómetros río arriba, y tuve que desviar mi rumbo hacia Ciudad Imperio. Cualquier intento de alcanzar la frontera con Armin hubiera sido insensato. Perdí todo contacto con vosotros, y otros asuntos graves requerirían mi presencia en Belhedor.

Ishmant también miró al enigmático medio enano que tenía tras él.

—Todavía no lo ha superado, ¿verdad?

—¿Superarlo? —Exclamó Gharin, bajando enseguida la voz. —¿De verdad alguien supera algo así? Sí, supongo que a su manera. Pero ha dejado atrás su humor, su alegría, su vitalidad. El joven guerrero irreverente que conociste entonces es ahora un asesino despiadado, capaz de llevar a cabo los actos más impensables. Le he visto matar sin el menor signo de compasión.

—Siempre fue así... incluso en su juventud.

—La guerra, la pérdida de Ariel... Todo eso lo ha endurecido. Lo ha herido de modo cruel y despiadado. Cada vez que mata a alguna de las alimañas que sirven a Kallah, su sed de venganza se sacia un poco y su odio se apaga por un tiempo. Si le hubieras visto hacer lo que yo le he visto hacer... —Gharin se tapó la boca con la mano y bajó la voz a un susurro. —Pasó años empapado en la sangre de sus víctimas. Se convirtió en un depredador despiadado, poco más que una bestia salvaje inhumana —Gharin suspiró al recordarlo. —Ha estado bebiendo el néctar de Hevhra[38] desde entonces. Dice que le ayuda a mantenerse despierto. Pero en realidad lo consume por dentro. Me preocupa, Ishmant. Me preocupa mucho.

—Es un Tuhsêk. Su padre era un bebedor habitual de Hevhra, como la mayoría de su linaje. La guerra nos ha bestializado a todos. Ha sacado a relucir nuestros instintos más bajos, pero también nos ha puesto a prueba. Seguimos aquí cuando otros ya no están. Veo dureza en tus palabras, una fuerza de voluntad de la que ellos carecían. Veo el paso de los años y la lucha dentro de ti también. Tú también has cambiado, Gharin, hijo de Vâla, Arco de los Sannsharii. ¿Dónde está el granuja de lengua afilada que sólo pensaba en seducir a doncellas para que acabasen entre sus sábanas?

Gharin sonrió con pesar, casi ruborizándose. Ishmant también sonrió.

—Por Alda. ¿Es verdad que fui así una vez?

—Tan cierto como que respiras, muchacho.

Habían cambiado. Era cierto. Ya no eran lo que fueron.

---

[38] Para nosotros, podría clasificarse como una droga. Es un potente estimulante destilado por los enanos a partir de la raíz del mismo nombre. Muchas culturas lo consideran un veneno. Consumida en pequeñas cantidades, no mata. Altera el sueño, estimula la producción de adrenalina y, por supuesto, es adictiva.

LA FLOR DE JADE I

-El Enviado-

Resultaba más evidente en unos que en otros, pero ninguno había escapado a los estragos del tiempo. Ishmant era humano. Un humano muy especial, sin duda, pero humano, al fin y al cabo. Él también había cambiado, a su manera. Su habitual pelo oscuro brillaba ahora con un tono cobrizo apagado. Donde antes le rodeaba los hombros, ahora se extendía por la espalda. Los enérgicos rizos de antes habían desaparecido. Ahora tenía el pelo liso y suave. Su rostro parecía ligeramente pulido, como si llevara maquillaje.

El rostro de Ishmant poseía suaves rasgos del este y un magnetismo cautivador que no necesitaba adornos añadidos. Así que sin duda un cambio de aspecto tan evidente era más una cuestión de supervivencia. Ishmant probablemente había aprovechado su cuerpo esbelto y sus rasgos armoniosos para parecer un elfo, con la ayuda de algunos retoques cosméticos. Al menos, hasta ahora había engañado a los secuaces de Kallah. A primera vista, ese parecía ser el único signo de envejecimiento en el guerrero. Y fue precisamente por eso por lo que Gharin se fijó más en él.

Veinte años atrás, Ishmant había sido un guerrero experimentado, un hombre maduro. Nunca había revelado su verdadera edad. Siempre tuvo una vitalidad asombrosa y un físico impresionante que envidiarían los más atléticos. Pero su experiencia y sus habilidades sólo podían explicarse añadiendo a su edad más años de los que aparentaba en realidad. Aunque veinte años no significaran nada para un elfo, deberían notarse en la apariencia de un humano. Y este misterioso humano no mostraba ningún rasgo que indicara envejecimiento alguno. La edad de Ishmant debía de ser cercana a la de un anciano, pero su rostro, aparte del color de sus cejas ahora teñidas, era el mismo que la última vez que se vieron. Apenas había cambiado. Gharin guardó silencio un momento, respiró hondo antes de preguntar.

—¿Qué has hecho en estos años? ¿Qué tierras has recorrido?

Ishmant levantó la mano, indicando al elfo que no deseaba responder a esa pregunta, o al menos no por el momento. El arquero volvió a mirar hacia atrás, buscando la figura de Allwënn. Lo encontró, como antes, ocupado con su tarea.

—Encontramos tu marca, el colgante —Continuó Gharin tras el silencio inicial de su compañero. —Allwënn estaba seguro de que te encontraría pronto. Pero me atrevo a decir que no lo esperara tan rápido.

El rostro del guerrero se relajó en una media sonrisa y su mirada volvió a las humeantes cenizas del gran fuego que había calentado e iluminado el frío y oscuro interior del refugio durante la noche. Esta vez, sus pupilas no buscaron al otro mestizo que aún velaba el inquieto sueño de la joven Claudia. En su lugar, escrutó el sombrío interior en busca de los otros humanos. Allí encontró al enorme Hansi recostado contra la pared lisa, con las manos agarrándose el estómago herido. Parecía dormido, o al menos no se movía. No podía estar seguro, pues sus ojos no eran tan precisos en la oscuridad como los del elfo que fingía ser. Aquella noche, Hansi pudo dar gracias por seguir respirando. Supuso que el bulto informe que yacía a su lado era el joven de pelo crema al que llamaban Alex. Cuando los ojos del guerrero regresaron a mirar a Gharin, preguntó por ellos.

La Flor de Jade I

-El Enviado-

—Son humanos, ¿verdad? Un premio raro en estos días —comentó. —¿Dónde los encontrasteis?

—No fuimos nosotros. Un grupo de orcos los capturó. Nosotros ya íbamos en la jaula.

—¿Dónde ocurrió eso? —preguntó el guerrero, mostrando interés.

—Cruzábamos los Yermos. Nunca pensé que encontraría humanos allí. Desde luego, no en estos tiempos.

—¿De dónde dicen que son? Hablan la lengua común sin acento.

Gharin se echó a reír de repente.

—Eso fue cosa mía. Pero sin duda es la mejor parte de la historia. —añadió, inclinándose más cerca del guerrero y bajando la voz a un susurro. —No te lo vas a creer.

—No sabré qué creer hasta que me digas lo que sabes.

Gharin empezó a contarle la historia desde el principio, con todo lujo de detalles, como acostumbran a hacer los elfos. Ishmant, lejos de asombrarse, parecía muy interesado en el relato.

—Le llaman Ishmant...

Hansi torció el cuello con dificultad. Alex intentó incorporarse de la incómoda posición en la que había estado tumbado. Hansi miró a Alex, preguntándose cómo había podido sondear sus pensamientos con tanta precisión.

—Te lo estabas preguntando, ¿verdad? No le has quitado los ojos de encima en toda la noche... —Alex abrió la boca en un enorme bostezo. ¿Qué hora puede ser? Mi reloj no funciona desde que llegamos aquí.

—Creo que pronto amanecerá. ¿Tú tampoco puedes dormir?

—Creo que nunca me acostumbraré a hacerlo sobre la piedra dura. Ya sabes, si hay algo que echo de menos es una cama blanda... Y tal vez una ducha —Se detuvo pensativo un momento antes de continuar, —...con agua caliente...mmm, sí... agua caliente y humeante... —Se quedó mirando al espacio como absorto en la más utópica de las fantasías — Sí, mataría por una ducha caliente y una cama blanda. —Parecía que Alex iba a cerrar ahí su lista de deseos, pero se acordó de añadir algo más. —Y quizá una cerveza, o dos.

Hansi no pudo evitar que una sonrisa cómplice se dibujara en su rostro. Luego hubo un momento de silencio.

Hansi pensó que su compañero se había vuelto a quedar dormido. Pero unos sutiles movimientos a su lado le indicaron que no era así. No perdió de vista a los dos hombres que charlaban a la entrada del refugio, justo delante de él.

—¿Fue él quien me salvó? —Preguntó el musculoso joven, sin saber a ciencia cierta si obtendría una respuesta.

—¿Quién te curó? Sí, creo que fue él. —contestó Alex medio dormido. —Volviste del claro con él. Estabas de pie, así que imagino que te hizo una curación de emergencia... lo que sea que eso implique. Tu herida parecía fea, pero ya no sangraba.

LA FLOR DE JADE I

-EL ENVIADO-

—No recuerdo nada de eso.

De nuevo se hizo el silencio.

No era la primera vez que Hansi abría los ojos aquella noche, y no era la primera vez que hablaba con sus compañeros. Pero sí era la primera vez que lo hacía sobre su herida. Estaba sujeta por apretados vendajes. Un dolor frío le desgarraba el estómago y se extendía por sus piernas. Era como si tuviera una afilada hoja de metal dentro de su cuerpo, cortándole con cada pequeño movimiento. Se sentía débil y agotado. En parte se debía a su frágil salud, pero seguramente la mezcla de caldos y brebajes también contribuyó a su estado somnoliento.

Días después, aún en estado de duda, el músico preguntaba a los elfos por su herida. A pesar de las secuelas y molestias que tuvo que soportar, no podía creer que se hubiera curado con tanta rapidez. Al final, la herida mortal quedaría reducida a una impresionante cicatriz en su abdomen. Hansi no era médico, pero no hacía falta serlo para saber que esas heridas requerirían algo más que un paño húmedo y un plato de sopa caliente para curarse.

—Te curamos con magia. ¿De qué otra forma? —Le confirmaría Gharin, algo sorprendido por la pregunta del joven. —Ishmant fue el responsable. Los hechizos de Allwënn o los míos no podrían curar una herida tan profunda. Al menos no en ese momento crítico. Podemos acelerar el proceso natural de curación. —explicó el elfo, —Pero la magia, a un nivel superficial de conocimiento, no puede hacerlo todo. Si el hechizo no es lo bastante poderoso, o la herida es demasiado grave, se necesitan cuidados adicionales. Ishmant cerró tus daños internos y selló la herida superficial lo suficiente como para que no hicieran falta puntos. Sin embargo, las vendas y el reposo también han resultado indispensables.

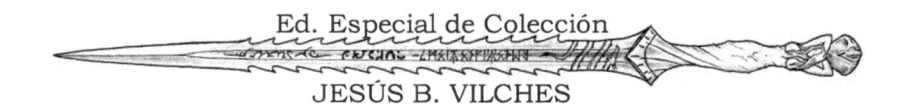

Hansi se miró el estómago.

Una pequeña mancha de humedad se dejaba ver en las bandas de tela que cubrían su herida. Alex estaba definitivamente dormido. Podía oír su respiración rítmica y algún ronquido ocasional por su postura forzada. Pronto, el sueño se apoderó también de él.

El sonido de unas botas que se acercaban obligó a Gharin a interrumpir sus últimas palabras. El dueño de las pisadas se aproximó hasta ellos. Allwënn se dejó caer junto a la pareja formada por Ishmant y Gharin. Parecía cansado.

—¿La muchacha se encuentra bien? —Le preguntó Ishmant.

El mestizo se apartó el larguísimo cabello para mirar al humano, con una expresión marchita en sus ojos verdes. Tras un momento de silencio, respondió.

—Creo que la fiebre está empezando a remitir. Tus esporas Ghardha parecen funcionar. Mañana le dolerá la cabeza como si una banda de trompeteros desfilara por ella. Pero está fuera de peligro... eso espero.

Allwënn suspiró, sin dejar de mirar al humano de rostro pétreo. Lamentaba que aquella distracción, por necesaria que fuera, hubiera pospuesto su conversación hasta tan avanzada la mañana.

LA FLOR DE JADE I

-EL ENVIADO-

—El amanecer nos saluda como antaño, Venerable. Es un buen comienzo. —Allwënn pasó el brazo por los hombros del humano disfrazado de elfo en un gesto de compañerismo. —Mi corazón late feliz, Arck-Muhd[39]. Confieso que había perdido la esperanza de volver a disfrutar de vuestra noble presencia, Maestro. Celebro vuestro regreso.

El mestizo apretó con emoción el antebrazo de aquel sublime individuo. Ishmant le devolvió el cálido gesto antes de hablarle.

—Mi alma también se llena de alegría por este reencuentro, Murâhäshii.

Con una sonrisa sincera en el rostro, Allwënn se apartó del contacto del guerrero.

---

[39] Dorë-Transcryt. Significa venerable; gran maestro. *Muhd* es la raíz de Muhâdhary. Los Muhâdhary son los sabios ancestrales; el antiguo linaje del que la secta Dorë dice descender. *Arck-Muhd* es un título privilegiado otorgado por los Hijos del Dragón a maestros de gran reputación y probada templanza.

—Veo que la mano de La Inevitable[40] ha sido benévola contigo, Ishmant... pero ¿cómo te han tratado los otros dioses a lo largo de los años? ¿Qué ha sido del Templado Espíritu en estos tiempos desesperados? ¿Has tenido noticias de nuestros viejos camaradas?

Ishmant levantó la cabeza, con los ojos aún absortos en las llamas de la pequeña hoguera que ardía a sus pies. Luego miró a Allwënn.

—No mucho, viejo amigo. Estuve en Belhedor durante la guerra.

---

[40] La Inevitable es una de las tres tejedoras de la cosmogonía élfica, que pervive en gran parte del esquema mental legado por la dominación élfica. Para los elfos, el tiempo es un tapiz de acontecimientos potenciales (futuros) hilados por Augur, y pretéritos (pasados) tejidos por Nëssia. Cuando los acontecimientos siguen en manos de estos dos tejedores, es posible transformar y alterar el tiempo para los elfos (incluso viajar a través de él, según algunas teorías). Pero cuando el tapiz cae en manos de Era, la Inevitable, se cierra un ciclo y nada puede cambiarse. Cuando se cierra un ciclo, inevitablemente se abre otro. La Inevitable es la responsable de cerrar y abrir un nuevo ciclo. El auge de la cultura humana tras el declive de los elfos trajo consigo un cambio de mentalidad. Muchos de los antiguos dioses élficos fueron sustituidos por otros del panteón humano. El concepto cíclico universal del tiempo como un complejo tapiz fue sustituido por un concepto lineal del tiempo, con la imagen de un camino eterno sin principio ni fin (el camino de la vida). Así, la compleja imagen de las tres tejedoras fue sustituida poco a poco por la deidad Eon, El Caminante: una trasposición imperializada de Soros el Nómada, también conocido como El Errante. La idea cíclica se reflejó en los dioses estacionales: Yelm, Valhÿnnd (cuya rivalidad simbólica merece mención aparte), Evos y Alda, esta última heredada del panteón élfico. Algunos estudiosos sugieren que Era, la Inevitable, destronada por Eon, se enfureció contra los dioses y se transformó en la diosa de la noche y la muerte (Kallah), lanzando su ojo vigilante al cielo para que ninguna criatura mortal escapara a su escrutinio. Aunque está documentado que la diosa Kallah existió durante el dominio élfico (originalmente era una deidad élfica), es durante el declive élfico y los Reinos en Guerra (670- 1001 d. C.) cuando Kallah adquiere el oscuro significado de diosa lunar, por lo que esta teoría suele descartarse.

LA FLOR DE JADE I
-EL ENVIADO-

—¿En el castillo?

Hubo sorpresa ante la noticia.

—Digamos que la guerra me retuvo allí. Las rebeliones en el corazón de Arminia fueron sofocadas con prontitud, y las tareas de reorganización requirieron mi ayuda. Fue duro, pero por un momento las fuerzas imperiales creyeron que la victoria estaba a su alcance. Perdí el contacto con el grupo. Estabais todos dispersos. Más tarde supe que Lem había caído en la Batalla de Tagar.

Gharin y Allwënn se miraron en una reacción instintiva y bajaron la cabeza con pesar.

—Sí. —confirmó Gharin. —Eso también lo hemos oído.

—Torghâmen regresó a Tuh'Aasâk y mis viajes no me llevaron de vuelta al reino enano. No sé qué ha sido de él. Tampoco sé nada de Robbahym ni del Crestado. Encontré a Keomara en los Puertos Verdes del río Pindharos antes de que estallara la guerra. Se marchaba a las islas. Sé poco más de ella.

—Keomara estuvo con nosotros en el Paso de Khälessar, después de la batalla —añadió Allwënn con cierta apatía. Gharin lo miró sorprendido. Allwënn hablaba de los trágicos y sangrientos sucesos de la Ciudad-Paso, donde Äriel encontró la muerte. —Robbahym y Olem también estuvieron allí. Este último se dirigía al Othâmar para avisar a su gente. No hemos sabido nada de él desde entonces. O está muerto, o los Toros Berserker han decidido mantenerse al margen de este conflicto. Prefiero creer que está muerto.

Al concluir, el silencio podía cortarse con una espada...

Gharin esperó vacilante y ansioso a que alguien hablara. Ishmant miró a los ojos verdes del mestizo de enanos. Allwënn devolvió una mirada intensa al rostro del guerrero humano. No había agresión en esa mirada, ni siquiera tensión. Pero Gharin no habría apostado ni un bocado de pan duro por lo que pudiera ocurrir a continuación.

—Lamento lo de Äriel, al igual que los Hijos del Dragón, créeme.

Más silencio. Miradas.

—Agradezco sus condolencias, Venerable, aunque lleguen con décadas de retraso. Pero permíteme escupir sobre la falsa aflicción de esa panda de hipócritas. No permitiré que la idolatren quienes la martirizaron en vida. Aquellos que la condenaron y la privaron de su esencia y rango. Que el Poderoso Hergos me perdone, pues sé que ella fue llamada por él para cabalgar su noble lomo. Pero juro que nunca me cansaré de insultar a sus perros y lacayos como si llevaran el "Säaràkhally". En mi opinión, no son mejores que el Culto.

Allwënn escupió al suelo, mostrando signos de ira en su rostro...

—Te equivocas... pero respeto tu enojo.

—¿Todo lo que traes son noticias de esa calaña? —El mestizo increpó al guerrero humano. ¡Por Berseker Vengador! ¿Qué noticias esperaba que trajeras? Me alegra saber que estás vivo. ¿Has oído hablar del Señor de las Runas? Si él también ha caído, será un final glorioso para una noche de tragedia.

—Me ayudó a escapar cuando Belhedor cayó. Luego se retiró a las Cámaras del Conocimiento para meditar y estudiar.

LA FLOR DE JADE I

-EL ENVIADO-

—¿Meditar y estudiar? Había más que una pizca de sarcasmo en la voz de Allwënn. —Una forma sutil de decir que él también se ha escondido. Veo que todos los que tuvieron una guarida corrieron a esconderse en ella.

—Una vez roto el estandarte en Belhedor, su presencia carecía de valor. Al contrario, el enemigo conocía su existencia, así como la de las Cámaras del Conocimiento y lo que guardaban. Hizo lo que tenía que hacer, Allwënn. Al desaparecer del mundo, el deseo del enemigo de encontrar las Cámaras desapareció con él. Se marchó con la intención de buscar entre los volúmenes de conocimiento una fórmula que pudiera ayudarnos a contrarrestar la plaga infligida a nuestro mundo.

—Un gesto muy noble —comentó Allwënn con tono burlón. —Pero no creo que haya ninguna receta mágica que pueda resolver esto.

Ishmant miró al medio enano con tal intensidad que consiguió borrar la sonrisa burlona de su rostro.

—Lo que ayer parecía imposible... —comenzó a decir con la serena autoridad de un maestro. —Hoy no tiene por qué ser así. La única batalla perdida de antemano es la que decidimos no librar.

El ambiente se había vuelto tenso, a pesar de la fresca brisa del amanecer que rozaba suavemente la piel. Gharin intentó entonces cambiar el rumbo de la conversación formulando una pregunta que había quedado en el aire.

—Ya sabes lo que ha sido de nosotros a lo largo de los años. Pero, ¿qué has hecho tú, Venerable?".

Ishmant se acomodó y miró a la pareja de elfos con una lenta y cuidadosa mirada.

—Busqué un lugar apartado para refugiarme en él —anunció finalmente. —Hui, si prefieres entenderlo así. Al norte. A los confines más septentrionales del Nevada y allí me escondí.

—¿Huiste? ¡¿Tú?! —Se sorprendió el medio enano.

—Así es...

—¡Huiste! —Repitió el mestizo, como si no pudiera creerlo. La confusión se apoderó de la pareja de elfos, alimentada por un sentimiento de desengaño. En esos momentos, algo hasta entonces inamovible se desmoronó en el corazón de cada uno de ellos. El silencio se apoderó del lugar... un silencio largo y frío.

—Incuantificable debe ser el peligro que nos acecha cuando el más hábil de los nuestros intenta esconderse como una rata en las alcantarillas. —sentenció Gharin, todavía con los ojos muy abiertos por la conmoción que le había causado lo que había oído hacía sólo unos instantes. —Hemos sido verdaderos héroes o los más temerarios entre los idiotas al no seguir tu ejemplo, Ishmant.

Ishmant mantuvo la calma, como si los elfos estuvieran exagerando su reacción ante la noticia.

—Vosotros no teníais tanto que temer o perder como yo. —respondió a Gharin de aquella manera tan gentil y cordial, con los labios curvados en una sonrisa amable. —No son los elfos a quienes el Culto persigue y extermina.

—¡Un momento! —Exclamó Allwënn, que se había perdido en sus pensamientos por unos instantes, —¿Y qué estás

La Flor de Jade I

-El Enviado-

haciendo aquí ahora? ¿Qué te impulsó a dejar tu refugio seguro, Ishmant Arck-Muhd, Maestro del Espíritu Templado, y viajar tan al sur? —Todos miraron al feroz guerrero medio enano mientras continuaba hablando. —No me interesa tanto qué poderosa fuerza te hizo correr y esconderte. Eso ya lo sé. He estado allí. Lo que realmente quiero saber es qué te ha impulsado a regresar.

Gharin comprendió de inmediato la verdadera dimensión de las palabras de Allwënn y pronto tuvo que admitir que su compañero había tocado un tema delicado. Una idea asaltó de pronto su mente. Sin poder controlarla, se encontró mirando fijamente a los humanos que yacían en las sombras detrás de él. Su frente se arrugó en un ceño, mientras se le ocurría un pensamiento.

—No nos buscaba a nosotros, ¡los buscaba a ellos! —Dedujo de pronto.

—¿Qué quieres decir? —preguntó Allwënn.

—¡Los humanos! Por eso estaba tan interesado en los detalles de nuestro encuentro con ellos.

—¿Qué? ¿Cómo? No sé de qué hablas.

El medio enano frunció el ceño, confuso.

Ishmant rebuscó un momento entre los pliegues de su mochila y finalmente sacó un objeto afilado y brillante que mostró a los ojos incrédulos de sus compañeros. Al instante, los dos ladrones se dieron cuenta de lo que era. Llevaba en la mano un trozo de metal de varios centímetros de largo. Se trataba sin duda de una punta de flecha, cuyo astil se había roto a la altura de la punta de metal. No era una punta de flecha corriente. Al contrario, era más delgada y larga de lo normal. Más mortífera y aerodinámica. Pronto se dieron cuenta, por sus innegables contornos, de que había salido de las hábiles manos de Allwënn y del carcaj de Gharin. El guerrero dejó caer el brillante trozo de metal a los pies de sus compañeros. Los elfos fijaron sus ojos en la ahora inútil punta de flecha.

—Seguir vuestro rastro... —aseguró Ishmant —... ha resultado mucho más fácil que extraer eso del cuello del desdichado orco donde estaba incrustada.

La mano de Gharin se extendió para recuperar lo que una vez había sido suyo.

—¿Qué ha pasado, viejo amigo? —preguntó el arquero, ahora tranquilo y sereno. El guerrero humano respiró hondo antes de responder.

—Tuve una visita —reveló después. Los elfos intentaron interrumpir, pero fueron rechazados con un gesto de la mano. —...tan inesperada como decisiva.

La mano del guerrero silenció de nuevo sus intentos de hablar.

—Rexor vino a verme.

—¡¿Rexor?! Dijiste que había ido a las Cámaras se sorprendió Gharin.

—Llevaba años esperando la llegada del Guardián del Conocimiento. Su presencia galvanizaría el movimiento. Por fin ha llegado ese momento.

—Odio cuando hablas con acertijos, Ishmant —se quejó Allwënn. —¿Te ha estado buscando Rexor? Os conozco lo suficiente como para saber que pasa algo. ¿Qué tiene eso que

LA FLOR DE JADE I

-EL ENVIADO-

ver con estos humanos?

—Tal vez nada... tal vez todo.

—¡Basta, Ishmant! Habla o cállate, pero no juegues con mi paciencia.

—No puedo decirte mucho, por tu propia seguridad. Sólo puedo revelar que Rexor busca a un humano.

—¿A quién?", preguntó Gharin, intrigado.

—No sabe quién es. No es alguien con quien se haya encontrado antes —les aseguró el monje guerrero. Allwënn pensó que todos se habían vuelto locos.

—¿Busca a alguien que ni siquiera conoce? ¿Por qué? ¿Por qué razón? —El mestizo intentó racionalizar lo que había oído, cada vez más perplejo. —¿Cómo lo encontrará? ¿Y qué tiene que ver con nosotros o con estos humanos en particular?

—No esperaba tropezar con vuestro rastro en mi viaje. Como puedes imaginar, no estaba planeado. Ni siquiera tenía intención de llegar tan al sur, pero ahora sé que se hiló en el Tapiz[41] y así sucedió. Según Rexor, hay señales que hacen reconocible a este humano... y yo las he seguido.

—¿"Señales"? ¿Qué tipo de señales? ¿Como una descripción física?

Ishmant parecía fascinado por toda la situación y tardó en responder. Pero finalmente se decidió a revelar la verdad.

---

[41] Otro guiño a la visión providencial de los acontecimientos temporales legada por los elfos. La frase "(algo) hilado" en el Tapiz viene a significar: estar escrito, estar destinado a suceder.

—Es un poco más complejo que eso, Allwënn. —reconoció el guerrero, pidiendo sutilmente un poco de paciencia. —Puede parecerte un sinsentido en este momento, pero todo parece indicar que el gran tejido mágico, el Sudario, se ha estremecido. Sus cuerdas han resonado.

—¿El Sudario? ¿El gran tejido mágico? ¿Pero qué...?

—Es un concepto abstracto, Allwënn, —volvió a interrumpirle Ishmant, —Y puede que sólo estemos siguiendo a un fantasma. Por favor, no esperéis que entre en detalles, pero creedme cuando os digo que fue una de las razones por las que salí de mi escondite y estoy aquí ahora. He seguido su eco, su resonancia, hasta su fuente. Eso explica mi aparición tan al sur. Y así fue que también encontré vuestro rastro. —añadió, levantando de nuevo aquella peculiar punta de flecha. —Encontré su señal justo en el núcleo. Teóricamente, lo que hizo temblar el tejido mágico... podría haber estado ahí.

—¿Qué tienen que ver los humanos? —preguntó el de cabellos de ébano.

El enigmático humano guardó un inquietante silencio. Casi por instinto, los tres compañeros que compartían el fuego giraron la cabeza hacia los humanos acurrucados en las sombras de las rocas. La luz comenzó a filtrarse desde el exterior del refugio. Por un momento, les invadió una sensación extraña e indefinible.

—Confiaba en que me vosotros podríais darme esas respuestas, así que os seguí. Pude haberos abordado en las ruinas de la ciudad élfica, pero preferí dejaros la evidencia de que os seguía la pista.

Gharin volvió rápidamente la cabeza hacia los humanos

dormidos, inocentes e ignorantes de la verdad. Una idea se formó en su mente.

Esos humanos...

—Gharin me ha contado lo que te dijeron y cómo respondiste —Añadió, mirando atentamente a Allwënn. —Lo que a vosotros resultan claramente historias fantásticas de mentes delirantes, para mí son posibilidades a explorar. La historia de estos humanos podría encajar con el perfil de los que Rexor desea encontrar.

—¿Rexor buscaba a estas personas? —Allwënn frunció el ceño. —Esto tiene cada vez menos sentido.

Para Gharin, sin embargo, tenía más y más sentido.

—Rexor busca a un humano. —reiteró Ishmant, haciendo hincapié en la última palabra. —Un humano con cualidades muy específicas. Si ellos son la fuente de la resonancia, la razón de la discordancia en el Sudario, entonces quizá el humano que buscamos esté entre ellos. Tal vez sean todos ellos. Es una posibilidad con la que seguro que Rexor no había contado. En cualquier caso, hicisteis bien en llevarlos con vosotros y mantenerlos fuera de alcance. Apuesto a que Rexor no es el único que les sigue la pista".

—¿Quién más los está buscando? —Preguntó el arquero.

—¡Por el Foso! ¿Qué importa? —Interrumpió Allwënn, cansado de tanto misterio. —La pregunta es simple. ¿Cuáles son las características de este humano? Vamos a comprobar, o hacerles las preguntas correctas. Si alguno de ellos es ese elegido, entonces lo confirmarán. Pero, en confianza, Ishmant, si alguna de estas desdichadas almas tiene algo que ver con Rexor, soy una princesa Estigia".

—No es tan simple, mi impulsivo amigo —Advirtió Ishmant de nuevo. —Puede que este humano ni siquiera sepa lo que es en realidad.

—¿Y qué debería ser? —quiso saber Gharin.

Ishmant los miró a ambos con expresión seria. En ese momento, supieron que no recibirían más respuestas.

—No me corresponde a mí responder a esa pregunta. Tampoco es el momento ni el lugar para ser respondida.

—Entonces, ¿quién la responderá? ¿Rexor? — aventuró Allwënn.

—¿Dónde está ahora? ¿Por qué no viajasteis juntos? — Quiso saber Gharin.

—Dividimos nuestros esfuerzos. Yo fui a buscar la fuente de la resonancia. Él fue a buscar un poderoso aliado para nuestra causa. Arreglamos un lugar para reunirnos de nuevo.

—¿Dónde? —Ishmant se volvió hacia el mestizo enano.

"Te llevaré hasta él si lo deseas. Pero por la seguridad de todos, es información que sólo yo necesito saber por ahora. Lo entiendes, ¿verdad?

Siempre fue así...

La aparición de Ishmant siempre venía acompañada de muchas preguntas. Veinte años después, no era diferente. Aparecía como un fantasma... y con él llegaban los secretos y los enigmas.

La Flor de Jade I

-El Enviado-

—Os mostraré un nuevo camino. Estos humanos son ahora mi responsabilidad. Podéis continuar por vuestro lado si lo deseáis, pero Rexor estaría encantado si vuelvo con vosotros dos. Nadie esperaba encontraros en el camino, y no nos faltarán aliados en esta nueva empresa. Si deseas marcharos, lo entenderé. Si decides continuar... debéis mantener en secreto todo lo que se ha dicho en esta conversación... especialmente sobre ellos, de los humanos".

Gharin y Allwënn se miraron. Gharin estaba dispuesto a aceptar, pero Allwënn se adelantó.

—Necesitaré unos días para pensarlo, Venerable. Mientras tanto, eres bienvenido en nuestra compañía.

Había amanecido...

El gran astro-rey se elevaba sobre el horizonte infinito. Su llameante pupila apenas se asomaba por encima de la mítica frontera entre la tierra y el cielo. Aún era temprano. Los rayos de luz no habían tenido tiempo de calentar la superficie del suelo, y aún quedaba nieve en gran parte del bosque. Pero allí estaba ella: Claudia No sabía por qué había decidido adentrarse un poco más en el bosque. Pero allí estaba, de pie al borde de un pequeño estanque helado formado por el río a su paso por un claro entre los árboles. Medio enterrada en sus mantas de piel, se asomó al gélido interior de sus humeantes aguas cristalinas. Allí, como los tallos de alguna planta exótica que hunde sus raíces en el líquido transparente, tres cuerpos masculinos emergieron de las aguas tranquilas. Un torrente de afilado cristal fluido se derramaba sobre sus espaldas, cayendo en cascada desde arriba sobre el espejo helado que formaba la superficie del estanque. De su superficie, aún silenciosa, escapaban volutas de vapor helado. Debía de hacer un frío insoportable.

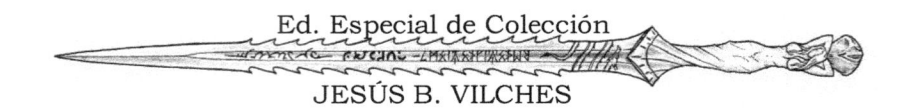

Uno de ellos... suave, de contorno felino, liso y claro. Era el cuerpo de Gharin, el elfo de los humanos...

Otro... inconfundiblemente masculino, ancho y musculoso. Era Allwënn... el elfo de sangre enemiga.

El último... de perfecta definición, de fibra vigorosa y nervuda. Era el hombre de presencia grave e intensa al que llamaban Ishmant.

Los tres portaba sus armas...

La larga y esbelta espada, de formas ligeras, que traía el recién llegado. El ancho y majestuoso acero de Gharin y la elaborada espada dentada con nombre de mujer, hacia la que Claudia se sentía tan inexorablemente atraída como hacia su portador. Surcaban el aire con suaves movimientos, en una sincronía casi perfecta, indiferentes a la gélida cascada que atravesaba sus cuerpos. Con sus largos cabellos mojados abrazando sus espaldas guerreras. Con sus esbeltos cuerpos en una danza lenta y armoniosa.

Absorta con la escena que tenía ante sí, la joven admiraba con fascinación a estos tres seres que ignoraban su presencia. Sabía desde lo más profundo de su alma que aquellos insólitos elfos y aquel humano inmutable no eran todo lo que decían ser. Y que habría muchas más historias que contar antes de que alguien pudiera mostrarnos el camino de vuelta a casa.

LA FLOR DE JADE I
-El Enviado-

La Flor de Jade

UN NUEVO HOGAR

Los rayos de sol bañaban la habitación con un suave y cálido resplandor.

La luz difusa se filtraba en la habitación e iluminaba las esteras que decoraban el suelo de madera. No podía ver lo que había más allá de la ventana. Sólo los rayos de luz que brillaban a través del cristal opaco me aseguraban que el sol seguía luciendo en el exterior.

A juzgar por su brillo, quizá fuese la alborada.

JESÚS B. VILCHES

¿Dónde estaba? ¿Cuánto tiempo llevaba inconsciente? ¿Qué había más allá de los confines de aquella pequeña habitación? Éstas eran las preguntas que me atormentaban, alejando cualquier otro pensamiento de mi mente. Ya no pensaba en cómo había logrado sobrevivir a la caída desde el puente. Ni a quién debía mi rescate. Ni quién atendía mis heridas, o dónde demonios estaba mi ropa. Ahora vestía una larga túnica de un tejido parecido al lino que me llegaba hasta los pies. No sabía si sentir miedo o alivio ante mi situación. Estaba asustado, sin duda. Pero debo admitir que también sentía cierta curiosidad. Alguien se había tomado muchas molestias por mí y yo no sabía quién podía ser, por qué me había ayudado o si querría algo a cambio. Lo que más me preocupaba era ser consciente de que ahora estaba solo. Mi imaginación se desbocó pensando en todo tipo de escenarios posibles. Incluso imaginé que hubieran sido mis propios compañeros quienes hubieran encontrado el modo de sacarme del río.

Dejé de dar los cuatro o cinco pasos que separaban una pared de la otra y me senté en el suelo. Sentí un fuerte escozor en el muslo. Mis heridas estaban cicatrizando bien, pero supuse que no sería raro sentir algunas molestias durante algún tiempo. El suelo, el techo y las paredes de la habitación eran de madera. Por desgracia, no había ningún cristal o espejo a mi disposición en el que pudiera comprobar mi aspecto. Era evidente que alguien se había tomado la molestia de curar mis cortes y magulladuras mientras estaba inconsciente. Estaba seguro de que mi cara y mi cabeza aún tenían algunas marcas de mi terrible experiencia. Varias partes de mi cuerpo seguían vendadas. Todavía había restos de dolor donde me habían herido. No sabía la naturaleza de esas heridas ni qué las había causado. Sólo podían ser el resultado de mi caída. Cortes y magulladuras por

La Flor de Jade I

-El Enviado-

golpearme contra el lecho pedregoso del río. Probablemente nada realmente importante.

Había pasado algún tiempo desde que recuperé el sentido. El suficiente para ver todos los rincones de mi austera prisión, que no era muy grande. Me encontraba en una habitación de madera sin más decoración que una cama vieja y dura y una ventana de cristal opaco desde la cual era imposible ver el exterior. La puerta estaba cerrada. Lo había comprobado. No había salida a menos que pudiera atravesar las paredes. Me habían dejado agua y trozos de lo que parecía fruta. No quise probar nada. No me atreví a beber el agua. No sabía si era para beber o si la habían utilizado para limpiar mis heridas. Y aunque la fruta parecía inofensiva, resistí la tentación de probarla. Todo el lugar se llenó de un fuerte aroma fragante. Tenía un marcado tinte exótico que abrumaba los sentidos. Supuse que debían de haber quemado algunas hierbas aromáticas, pero no vi ni rastro del incensario. De mi dolor de cabeza sólo quedaba un sordo latido en las sienes. No podía deshacerme de la extraña sensación de que había estado consciente durante mi convalecencia. A veces recordaba sensaciones vagas y destellos de imágenes inconexas, como sacadas de los delirios febriles de un moribundo.

¿Qué había ocurrido mientras dormía? ¿Cuánto tiempo había pasado? Tal vez horas, días... podrían haber sido años.

No podía saberlo con certeza. Había perdido la noción del tiempo. Todo se reducía a estas cuatro paredes y a la luz que entraba por las ventanas.

Creo que me quedé dormido otra vez...

Me despertó un ruido y abrí los ojos. Seguí tumbado en

la misma posición en la que había quedado dormido. Oí pasos que se acercaban a la habitación. Oí dos voces que mantenían una breve conversación cerca de la puerta. No pude identificarlas. Con dificultad conseguí incorporarme. Las respuestas a todas mis preguntas estaban al otro lado de aquella puerta, y debo admitir que aquello me inquietaba. En aquellos momentos, tuve miedo de todo. No sabía quién o qué entraría por la puerta. Si sería hostil o no. Admito que me parecía una contradicción sentirme tan paranoico. Después de todo, ¿por qué alguien que quisiera hacerme daño se habría molestado en curarme y alimentarme... o incluso en sacarme del río en primer lugar? Pero la verdad era que no tenía ni idea de si considerarme huésped o prisionero en este lugar. Aunque mis dudas estaban a punto de disiparse.

La puerta tardó una eternidad en abrirse.

La luz entró a raudales por el hueco abierto, llenando la habitación de color. El resplandor me cegó con su intensidad. Apenas pude distinguir la silueta de una pequeña figura en el umbral de la puerta. Levanté la mano para protegerme los ojos y ver mejor a mi visitante. Poco a poco, la imagen se hizo más nítida.

Era rubia.

Su fino cabello caía lánguida y suavemente como hilos de oro sobre sus hombros. Era un pelo extraño. Fino, brillante y largo. Llevaba una cesta. Una cesta de mimbre que habría apostado que era el doble de grande que ella. Vestía una túnica larga, parecida a la mía.

Hubo dos cosas que me llamaron la atención.

Una fueron sus ojos. Eran de un azul claro y acuoso.

La Flor de Jade I

-El Enviado-

Pude ver la sorpresa en ellos cuando me quedé de pie frente a ella. Debía de parecer muy estúpido, mirándola como si fuera la primera chica que veía en mi vida. Ni que decir tiene que me pareció lo más hermoso que había visto en mi vida. Era una mujer joven. Quizá, supuse, no mucho mayor que yo.

Me miró cálidamente. Era como si se diera cuenta de que yo no era una amenaza, de que no haría daño ni a una mosca. Dejó la cesta junto a la puerta. Entonces sus finos labios se curvaron en una sonrisa y se marchó, cerrando la puerta tras de sí.

Creo que el sonido de la puerta al cerrarse me devolvió a la realidad. La llamé en voz alta, pidiéndole que volviera, pero no lo hizo. Aquella chica... aquellos ojos azules... aquel pelo rubio brillante... había desaparecido.

Creo que me enamoré casi de inmediato.

Mi mente rellenó convenientemente los huecos que faltaban en mi historia tras aquel breve encuentro. Di por sentado que había sido ella quien había atendido mis heridas mientras yo yacía inconsciente. Y me pareció la escena más tierna que pudiera imaginar.

Sus ojos eran de color frío, pero poseían una extraña calidez que me recordaba a otros ojos brillantes que había visto antes. Pero no fueron sus ojos los que me hicieron asociar a esta misteriosa muchacha con cierta raza de gente. Fueron sus orejas. Finas, pequeñas, delicadas. Puntiagudas, como ningún mortal humano podría tenerlas.

Era una elfa.

La cesta contenía ropa.

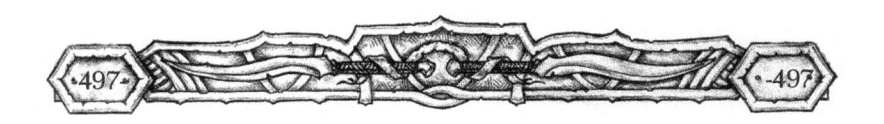

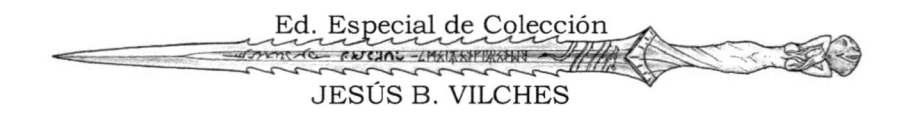

Cansado de gritar sin respuesta, decidí echar un vistazo a lo que me había dejado. Parecía que mi ropa se había estropeado tras el incidente del puente, ya que me había traído ropa nueva y seca. Unos pantalones de un grueso material parecido al cuero, y una camisa de un fino tejido natural blanco, muy similar al del camisón que llevaba puesto. También un par de botas robustas que me quedaban un poco grandes. Acababa de terminar de vestirme y estaba pensando en cómo iniciar una conversación con ella cuando la puerta volvió a abrirse.

Esta vez la saludé con confianza y una sonrisa.

Imaginen mi sorpresa cuando dos figuras con armadura y armadas con lanzas irrumpieron por la misma puerta. La sonrisa se me borró de la cara en un suspiro. Retrocedí instintivamente.

Detrás de ellos apareció un hombre de mediana estatura, de unos cuarenta años. Tenía el pelo castaño claro y aspecto desaliñado. Vestía ropas de colores vivos. Había una extraña serenidad en sus sencillos modales.

—Alabados sean los dioses que nos permiten contemplarte de nuevo entre los vivos, pequeño forastero. —Anunció entre gestos estudiados y teatrales. —Permitidme ser el heraldo de las bendiciones de la Dama. Todos nos embargamos de alegría de haberte encontrado con tan buen aspecto y vigor. Edelynnd dice que pasarán apenas dos amaneceres más antes de que puedas volver a correr y saltar como un conejo.

Aquella extraña figura se quedó observándome un momento. Vio que había renunciado a terminar de vestirme.

—¡Vamos, mi joven advenedizo! Ponte la ropa. La

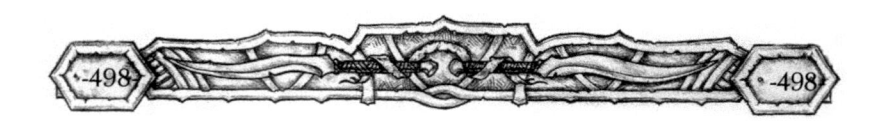

LA FLOR DE JADE I

-EL ENVIADO-

mañana se presenta agitada.

—¿Perdón? —No es que no le entendiera, sino que no podía imaginar las implicaciones de sus palabras.

—Seguro que no te vendrá mal tomar un poco de aire fresco. —Explicó entre amplias sonrisas. —Supongo que tendréis historias que contar, y vuestras desgracias habrán sido innumerables. Sois el primero que llegáis a estas costas en mucho tiempo. Y eso crea una expectación que confieso es difícil de reprimir. Hay muchos que desean verte recuperado, hijo. Acércate. Seré su intérprete y su guía. Me llamo Täarom.

Täarom tenía una extraña forma de expresarse.

Antes de la guerra, había sido maestro de ceremonias de un importante noble de Dáhnover. Su dicción poética y su vocabulario rebuscado eran la culminación de años de trabajo. Sin embargo, su forma personal de comunicarse era entrañable y una característica única en él. Por supuesto, yo ignoraba todo esto cuando tuvo lugar la conversación.

Me hizo un gesto enérgico con el brazo, invitándome a salir con él al exterior, mientras me miraba con sus ojos brillantes. Una amplia sonrisa se dibujó en su rostro. Parcialmente cegado por la luz penetrante, no pude evitar hacer una mueca mientras cruzaba el umbral de la puerta. Un tacto cálido bañó mi cuerpo y una mezcla de olores penetrantes embargó de repente mis fosas nasales. Olores a barro, animales y bosque. Aromas de guisos y leña quemada. Una amalgama que embriagaba y saturaba mis sentidos. Del mismo modo, una mezcla de sonidos llenó mis oídos, provocada por una sinfonía melódica de voces humanas, llamadas de animales y las diversas actividades típicas de la vida en un pueblo.

Pronto las voces se desvanecieron cuando abandoné el edificio de madera y salí a la vista. Abrí los ojos, ya más acostumbrado al resplandor, para descubrir el lugar donde realmente me encontraba. No puedo expresar adecuadamente el torrente de sensaciones que me abrumó en aquel momento.

Mi primera sorpresa fue encontrarme en un pueblo colgante. Sin embargo, no todos los edificios se instalaban de las ramas de los árboles. La mayoría de las casas y estructuras más grandes estaban construidas en la base de esos árboles, sobre el suelo firme del claro. Sin embargo, había varias escaleras de madera sujetas a los gruesos troncos que ascendían en espiral hacia niveles superiores, como en el que yo me encontraba. Estos niveles superiores estaban conectados por pasarelas y puentes colgantes.

Täarom seguía conmigo, con la misma sonrisa radiante en los labios que cuando llegó. Sabía que ya no le miraba a él. Estaba mirando más allá de él. Me acerqué a la barandilla de madera, a apenas dos metros de la puerta. Recuerdo que tuve que agarrarme a ella para mantenerme en pie. Apenas tengo registro de lo que hice, ni siquiera lo que dije o pensé.

A primera vista, el enclave era engañoso, parecía más grande de lo que realmente era. A mí me pareció enorme el primer día. Abajo se había congregado un gran número de lugareños curiosos. Confieso que estaba un poco abrumado. Nunca antes había infundido tanta expectación en nadie.

El murmullo volvió en cuanto me asomé por la barandilla.

"¡¡¡Está ahí!!! ¡¡¡Es verdad!!! Está vivo..."

La emoción me sacó de mi aturdimiento.

La Flor de Jade I

-El Enviado-

No entendía nada. Estaba completamente abrumado, superado por la magnitud y la importancia de los acontecimientos que se desarrollaban ante mí. Una mano fuerte me tocó el hombro, haciéndome girar por instinto. Era uno de los guardias. No pude distinguir sus rasgos. Sólo sé que me miraba con emoción. Su rostro lucía una amplia sonrisa. Mi presencia parecía aliviar su pesar. Su voz sonaba resuelta a pesar de todo.

—Bienvenido a casa, hijo. Ahora estás a salvo. —me dijo.

No supe qué responder. Estaba demasiado aturdido. Lentamente, volví los ojos hacia la multitud. Täarom me puso la mano en el hombro y me indicó que le siguiera por las escaleras que rodeaban el tronco del árbol.

Recuerdo que Täarom no dejaba de hablarme mientras bajaba. Apenas podía distinguir nada de lo que decía, pues aquel lugar y aquella situación inesperada me habían robado la capacidad de concentración. Las pasarelas, los puentes de cuerda y las escaleras que habían construido alrededor de los árboles eran espaciosos y en ellos cabían fácilmente al menos dos personas. No puedo dar mucho crédito a mis recuerdos, pues mis sentidos estaban saturados por la magnífica vista, por un lado, y por la exuberante extravagancia de mi acompañante, por otro. Vivir ese bombardeo sensorial sin descanso fue un acto de heroísmo.

A medio camino de vuelta a la realidad, me encontré en tierra firme e inmediatamente rodeado por una multitud de curiosos. Intentaban mantener las distancias y luchaban por resistir el impulso de interactuar conmigo. Aun así, el silencio se rompía con comentarios susurrados y bendiciones esporádicas. De vez en cuando alguien alargaba la mano y me tocaba, como si no pudiera creer que yo estuviera allí y fuera real.

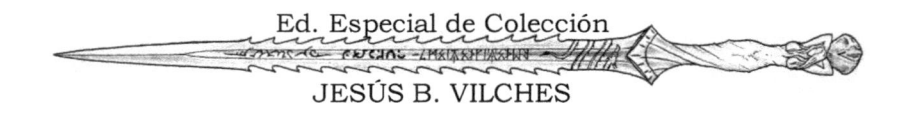

Tengo que admitir que mi recuerdo de toda la situación es vago. Recuerdo claramente la variopinta colección de caras y personas allí reunidas. Supongo que la fascinación era mutua. No eran diferentes de cualquier otra persona que pudieras encontrarte en cualquier calle de cualquier ciudad del mundo. Todos eran hombres y mujeres. Humanos, quiero decir. Tan normales y corrientes como somos todos en el fondo. Sólo que... ninguno de ellos compartía mi herencia genética, si sabes a lo que me refiero. Ninguno de ellos era heredero de mis antepasados ni de los tuyos. Todas esas personas habían nacido en un momento distinto, en un lugar distinto, por una razón distinta a la de nuestros antepasados. Y eso fue lo que me hizo estallar la cabeza.

Nunca había tenido esa sensación con Gharin u Allwënn. Eran elfos, después de todo. Y no había elfos de donde yo venía. Pero esta gente... esta gente era como yo y al mismo tiempo no lo eran en absoluto. Todo tan fuera de lugar, y sin embargo tan cercano y próximo.

Täarom habló. Hablaba y caminaba. Esto me obligaba a prestarle una atención constante, no fuera que me dejara atrás. Y hacía ambas cosas con una rapidez y profusión sólo igualadas por su vasto vocabulario. Tanta riqueza lingüística pronto me hizo perderme. Lo único que conseguía de mí eran algunos monosílabos como respuesta y una fingida mirada de interés, para no parecer descortés. Esos sencillos gestos no sólo parecían suficientes para mi particular acompañante, sino que de hecho le animaban a continuar con su incomprensible

LA FLOR DE JADE I

-EL ENVIADO-

cháchara.

Me enteré de que había muy pocas familias extensas en el pueblo y que muchos compartían casa. Para maximizar el espacio, los adultos jóvenes también estaban separados. Todos los mayores de doce años dormían en barracones en el tercer piso de la aldea, a unos diez metros del suelo. Este iba a ser el final de mi breve primera visita a la Aldea de los Árboles. La intención principal de Täarom era mostrarme dónde podría instalarme.

Los barracones no eran muy diferentes de cualquier otro tipo de edificio, diseñados para albergar camas para muchos individuos. Cada cama, perfectamente alineada con las demás, correspondía a un habitante. Su construcción era muy básica, pues no eran más que unos cuantos maderos unidos entre sí y un jergón probablemente vegetal sobre ellos; pero no se buscaba ni se exigía nada más elaborado. Era suficiente para dormir. En cualquier caso, era mucho mejor que dormir al raso en el frío y duro suelo, como había estado haciendo desde que llegáramos a este mundo.

A los pies de cada cama había un arcón de proporciones engañosas. Parecían mucho más profundos y anchos cuando se abrían. En ellos cabía un número infinito de cosas, pues ni la variedad ni la cantidad de ropa que poseía ningún individuo allí requería nada de mayor capacidad. A estas alturas de la tragedia, había olvidado que una vez poseí un armario con docenas de prendas a mi disposición.

Entré en la habitación prácticamente desierta. Había allí unos cuantos jóvenes que, a mi llegada, dejaron de hablar entre ellos y me miraron en un incómodo silencio. Antes de que el silencio se hiciera insoportable, otra figura, otro joven, se acercó a nosotros desde un ángulo. Era alto y de complexión atlética. Llevaba el pelo largo de un color apagado. Su rostro era serio, pero a medida que se acercaba, sus labios comenzaron a curvarse en una suave sonrisa relajada.

—Alann, por favor. —Mi pintoresco compañero le llamó. "¿Serías tan amable de mostrar a nuestro joven despertado su lugar entre nosotros?

—¿Quieres... ¿Quieres venir conmigo? —preguntó, guiándome con las manos. Asentí y le seguí.

—Ahora debéis disculparme, jóvenes. Y en cuanto a ti... —Añadió, sin duda refiriéndose a mí. —Volveré cuando Yelm pueda alcanzarse a punta de lanza.

Hizo una reverencia y aguardó mis palabras de gratitud que aceptó con un gesto de restar importancia. Luego se marchó, y yo seguí ciegamente los pasos de mi nuevo compañero, que prometió conducirme a mi nuevo alojamiento.

—Así que ya has conocido al bueno de Täarom. —comentó Alann sin detenerse, intentando romper el hielo y mostrarse cordial.

—Sí, es... un tipo... peculiar. —le aseguré, a falta de un adjetivo mejor. Seguía profundamente confundido por todo lo que estaba pasando.

—Siento que hayas tenido que aguantarle hasta ahora. Es un buen hombre, pero si no eres de la aristocracia, escucharle todo el tiempo puede darte un serio dolor de cabeza.

Me eché a reír. No entendí su chiste, pero no fue necesario para hacerme reír. Alan pareció contento de haberme

LA FLOR DE JADE I

-El Enviado-

divertido.

—Aquí es donde duermes. —anunció cuando llegamos al pie de una de las muchas camas. No se diferenciaba en nada de las demás. —Y puedes dejar tus cosas aquí. —continuó, señalando el baúl. No era diferente de ninguno de los otros baúles.

—¿Qué quiso decir con eso de la lanza? pregunté.

—¡Ah, la lanza! —Exclamó Alann, que tardó un momento en darse cuenta de mi vacilación. —Estará de vuelta a media tarde. Ya sabes, cuando el sol blanco esté sobre nuestras cabezas—. E hizo el gesto de atravesar la estrella con una lanza. —Pronto te acostumbrarás a su forma de expresarse —me aseguró.

Le di un lacónico "gracias" y me senté abatido en la inestable litera donde apoyaría la cabeza a partir de ahora. Entonces el mundo entero cayó a mi alrededor. Su pesada carga se derrumbó como un castillo de naipes. "A partir de ahora". Qué interminable sonaba. Desde ahora hasta el fin de tus días.

Hasta el fin de tus días...

Esa, la cama en la que dormiría, y frente a mí la ventana por la que vería pasar el tiempo. Este techo de madera, lo primero que vería al despertar. Y este joven, la gente con la que tendría que vivir. A partir de ahora... hasta...

Hundí la cara entre las manos y me desplomé en mi nueva cama. Enseguida noté que aquel muchacho me rodeaba con sus brazos en un abrazo cálido y comprensivo. Con un enérgico movimiento de cabeza que apenas pude distinguir, Alann despidió al resto de los ocupantes del recinto. Entonces pude oír su voz tratando en vano de consolarme.

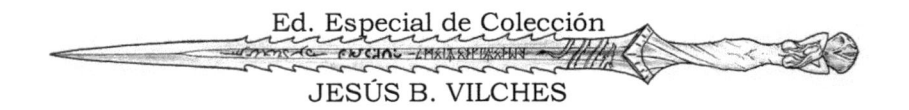

—Sé cómo te sientes. Sé exactamente cómo te sientes. Todos hemos pasado por eso, de una forma u otra. Todo el mundo a tu alrededor tiene una historia triste como la tuya. Ha sido duro. Pero mírame. Deja tus recuerdos y penas en el pasado. Las cosas mejorarán. Ahora estás a salvo. Ahora estás entre amigos. Nadie puede devolverte lo que hayas perdido. No somos dioses, para bien o para mal. Pero a partir de ahora no te pasará nada. Te doy mi palabra"

¿Una historia como la mía? Pensé. "No, como la mía, no".

LA FLOR DE JADE I

-El Enviado-

La Flor de Jade

LICORES PROHIBIDOS Y
SECRETOS INCONFESABLES

Ishmant irradiaba un aura diferente a la de los medio elfos

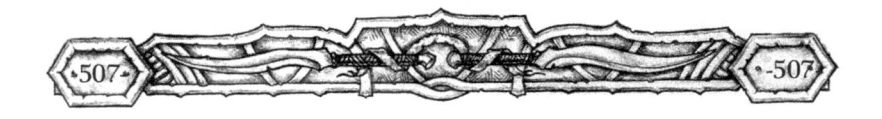

El extraño humano transmitía un aire de serenidad a todos los que se encontraban con él. No era un hombre hablador. Prefería escuchar y observar con minuciosidad. Lo hacía con tal atención que casi podría decirse que intentaba memorizar las palabras, la inflexión y los gestos de la persona a la que escuchaba. Era como si pudiera extraer información del más leve movimiento de los ojos, del sonido más leve de la voz. Tenía el raro don de saber qué palabra decir en el momento adecuado. Y normalmente era un pensamiento profundo. Pensamientos a los que otros llegan tras un largo período de reflexión.

Frente a esta impresión de tranquilidad, la fuerza incontenible de Allwënn y los modales encantadores de Gharin parecían desvanecerse casi hasta desaparecer. En ningún momento pudo inferirse que existiera jerarquía alguna entre los tres conocidos. Sin embargo, incluso aquellos dos elfos inconformistas parecían sentir un extraño respeto por aquel individuo de carácter impasible.

Durante los días siguientes, el campamento no se movió del refugio en el frío bosque de alta montaña. Las heridas de Hansi mejoraron con magia y reposo. Su abdomen estaba gravemente herido. Sin embargo, se recuperó. Su constitución, como tantas veces repitió Allwënn, era la de un Toro de Berserk.

El tiempo de descanso forzado permitió a todos en el campamento conocerse mejor. Los constantes días de viaje dejaban pocas oportunidades para tales menesteres, y no había habido tiempo para ninguna conversación significativa en la última semana. El reencuentro de los elfos con Ishmant aligeró el sombrío ambiente y animó incluso al habitualmente bronco mestizo. Por primera vez en mucho tiempo, descubrimos a un Allwënn sonriente y animoso.

Ese atardecer, el medio enano decidió sacar un pequeño obsequio de sus alforjas. Tomaba la forma de un pequeño barril de cerveza.

—Cerveza de Piedra. Creo que es un buen momento para abrir el barril. Lo estaba guardando para una ocasión especial —Les dijo solemnemente. —Cerveza enana de la mejor calidad. Se la compré a unos carreteros enanos que viajaban desde las

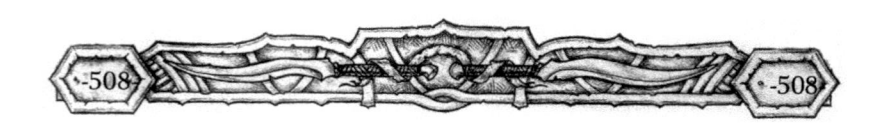

LA FLOR DE JADE I

-EL ENVIADO-

fronteras meridionales del Dhûm'Amarhna.

Hansi se sintió tentado por la espesa cerveza que manaba del viejo tonel de madera. El precioso líquido era de un profundo gris plateado. Y la capa de espuma parecía crujir y chisporrotear como el metal.

—Por supuesto que puedo servirte otra ronda —confirmó el dueño de la cerveza cuando Hansi le tendió su jarra vacía. —Hay bebida para llenar la barriga de un pelotón de soldados sedientos. Bebe de esto, amigo Hansi, y no te preocupes por tus heridas. La cerveza enana tiene un poder especial. Te curará del todo... o acabará por matarte.

Gharin lo miró con esa chispa traviesa en los ojos. Allwënn la captó de inmediato.

—¡Oh, no! —se apresuró a rechazar, atisbando su intención. —Tú eres un refinado Sannsharai de orejas de punta, ¿recuerdas? Tu delicado estómago no puede soportar los caldos enanos.

—Oh, está bien, está bien, amigo mío... —Bromeó aquél. —Este orejas de punta también tiene un regalo reservado que tu calloso paladar de Tuhsêk probablemente no querrá probar.

Era demasiado obvio.

El mestizo humano no intentó ocultar la ironía en su tono. Esto despertó la curiosidad de Allwënn. Todos observaron con expectación cómo Gharin se acercaba lentamente a las alforjas. Con gran cuidado y reverencia, sacó un recipiente de aspecto extraño. Sólo puedo decir que era extraño, ya que no tuve la fortuna de verlo yo mismo. Así pues, espero que mis palabras reflejen fielmente las descripciones que me dieron mis compañeros. Era una botella, sin duda. Tenía la panza ancha y el cuello largo. Pero no era de cristal. En su lugar, estaba fabricado con alguna planta seca retorcida. Estaba sellada por el mismo material natural en la parte superior.

Volviéndose hacia el grupo, el arquero les mostró las formas irregulares del recipiente que contenía el preciado líquido. La expresión de Allwënn cambió radicalmente al darse cuenta de lo que su amigo había sacado para amenizar la velada. Sus ojos se abrieron de par en par y exclamó con regocijo:

—¡Bribón insolente de orejas puntiagudas! ¿Es eso lo que creo que es? —Allwënn sonrió de oreja a oreja. —Porque si lo es, tendrás que dar algunas explicaciones.

—El más exquisito de los elixires de bayas Yjar'ar'ëes. Un D'aavällah' de Assÿ'eill, añejado en el corazón de los bosques de Urnna'Assûr. Los Kallihvannes[42] de la Abadía de Rudá sin duda sabían seleccionar los mejores vinos élficos para sus bodegas.

Allwënn se levantó de un salto y se acercó a su amigo. Le arrebató de las manos el insólito recipiente y lo miró de cerca. El aspecto rústico de la botella no daba la impresión de contener nada de valor.

—¡No puedo creerlo! —Exclamó Allwënn con el asombro reflejado en sus ojos. "¿Un D'aavällah auténtico? ¡Estás

---

[42] Es el término adaptado de la lengua Madre para designar a los monjes de Kallah. En la mayoría de los dialectos derivados de Al-Vhasitä, 'Vannai -que literalmente significa 'el que recibe el Vänn- suele añadirse al nombre de la deidad para designar al acólito de la misma. El vänn era una prenda ceremonial élfica que ya en desuso. De esta forma, las Alda'vännai (Aldavannis) -que reciben el Vänn de Alda- son las sacerdotisas de la Diosa Madre de los elfos, o los Elly'vänn(ai) (Elivannes) -que reciben el Vänn de Elio, los Patriarcas de este Dios élfico. Así, los Kallyh'vänn(ai) (Kallihvannes) son los sacerdotes de la diosa Kallah. El término original en elfo, se imperializa, se adapta al idioma humano.

La Flor de Jade I

-El Enviado-

bromeando! He visto a hombres matar por este licor.

Gharin sonrió, complacido por su victoria.

—Tan cierto como que hoy respiras, viejo lobo. Lo liberé de la bodega de Rudá tras nuestra brillante actuación musical. Pensé que sería una buena inversión[43]. Nunca se sabe cuándo puedes necesitar sobornar a alguien. Sin embargo, sabía que no duraría mucho si te lo contaba. Lo siento, viejo amigo.

—Entonces... ¿*Eso* es caro? —preguntó Alex, sorprendido por aquella fascinación por un trozo retorcido de hojarasca seca.

—¿Caro? —se aseguró Allwënn de haber escuchado bien. —En el mercado negro pagarías una fortuna por él. Una verdadera fortuna. Se dice que es el mejor vino jamás elaborado. Es una bebida exclusiva de príncipes... o de quienes pueden pagar un reino por él. Muchos ni siquiera creen que exista, alegando que no es más que otra de las leyendas del exótico bosque del Urnna'Assûr".

—Creo que hay cosas que deberíamos celebrar, como dicen los Sannsharai, con vinos añejos y laúdes afinados. —propuso Gharin, arrebatándole la codiciada botella. —La ocasión lo merece. No todas las noches un ladrón hambriento puede rememorar sus días de gloria con viejos y nuevos amigos.

Y con un gesto elegante, cortó con su cuchillo la tapa, hecha de hojas secas.

—Nunca he sabido de un ladrón hambriento que haya

---

[43] Un eufemismo evidente viniendo de Gharin. Nunca antes lo había mencionado en esta historia, pero la pareja de elfos nos confesó que solían ganarse un buen puñado de Ares actuando como músicos ambulantes en fiestas, monasterios y casas nobles. Y mientras estaban allí, aprovechaban para llenarse los bolsillos con ciertos objetos de valor que compensaran el esfuerzo.

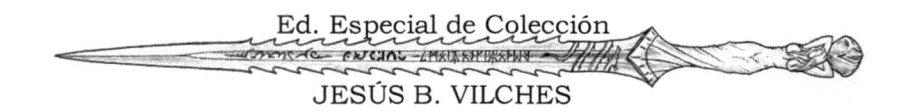

brindado con un D'aavällah. —comentó el mestizo con tono burlón.

—No te preocupes por eso. Tengo dos *flores* más.

Si hay una cosa que distingue a un excelente licor élfico es que su calidad es celebrada por el más hábil de los charlatanes y el más elocuente de los oradores. Y sé que no puedo considerarme digno de ninguno de los dos títulos. Quienes han tenido la suerte de probarlo, han degustado la joya de la corona de los licores élficos. D'aavällah significa literalmente: *La esencia misma, el alma misma*, el espíritu convertido en licor del Jardín en sí mismo en su forma más sublime y prístina. Las palabras de mis compañeros fueron las primeras en rendirse al delicioso sabor de esta exquisita bebida...

Cuando las primeras gotas del vino escaparon de la botella y se vertieron en la primera copa, lo primero que notaron fue su textura y su color. Era de un tono ámbar intenso, que recordaba a la miel, denso y pesado como el néctar. Era ámbar líquido. Esta era una expresión recurrente entre mis compañeros y quizás la que mejor lo describía.

En cuanto a su sabor...

No supieron concretarme si sabía dulce o no. Claudia insistió en que dulce quizá no era la palabra más adecuada para describir su presencia en la boca. Su dulzor no era almibarado ni persistente. Más bien era intenso y lleno de sensaciones florales difíciles de plasmar por escrito. A pesar de la densidad de su textura, su paso por la garganta era suave y delicado, dejando en la boca un sabor exquisito, envolvente y profundo... indescriptible, por mucho que se intentara.

Otra característica del famoso licor era que resultaba

LA FLOR DE JADE I

-EL ENVIADO-

altamente embriagador. Nada más beber los primeros sorbos de la botella, su potente efecto no tardó en hacer mella en todos los miembros del grupo y la velada se animó bastante. No se trataba, sin embargo, de la embriaguez que conocemos. En lugar de emborrachar el cuerpo, este néctar estimulaba el alma. Infundía una sensación de bienestar, serenidad y calma; una alegría singular a los sentidos, como si la pena y el dolor pudieran desterrarse del alma una vez que el licor hacía acto de presencia en el cuerpo.

Entonces Gharin explicó el secreto de tal fortuna.

—Se dice que su receta es el secreto más celosamente guardado por los elfos de Assûr, de quienes se asegura que son los descendientes más celosos de Alda. Divulgar el secreto de este licor se castiga con la muerte para el condenado, y con el destierro para toda su estirpe. Cuenta la leyenda que la receta fue revelada por la propia diosa Voria, Señora de los Licores, a un jardinero de bayas en su santuario como recompensa por una vida de dedicación a su noble oficio. Desde entonces, sólo un selecto número de los más virtuosos maestros bodegueros de Voria se han iniciado en los secretos de su elaboración. Se transmiten bajo un juramento inquebrantable, de maestro a aprendiz. Pero sólo si éste es considerado digno y virtuoso tras una larga y ardua dedicación al oficio.

"Nadie ha revelado nunca la receta exacta, pero algunos de los pasos implicados en su elaboración se han filtrado en ciertas crónicas. Esto ha servido para extender la fascinación y la curiosidad por este exclusivo licor élfico. A pesar de estas filtraciones y de los numerosos intentos de replicarlo, nadie ha conseguido producir este licor único fuera de los bosques de Assûr."

"Se dice que en los jardines secretos de Voria, en una tierra fértil regada por los manantiales crecientes del río Syril, crecen los arbustos de bayas yjar'ar'ëes que son el ingrediente principal de este elegante vino. Estos arbustos se riegan en sus últimas etapas de crecimiento, no sólo con las aguas del Syril, sino también con el rocío matutino de ciertos pétalos de flores, cuidados y recogidos por las suaves manos de las vírgenes de Istah. El peso y la cantidad de estos pétalos, cuyas flores se someten a un proceso de germinación y cuidado similar al de las propias bayas, es una de las etapas más importantes en la receta del licor."

"Expertos maestros jardineros controlan todo el proceso de maduración de las bayas según ciclos estacionales y lunares, de los que se seleccionan las mejores en un momento muy preciso de los ciclos celestes. Con ellas se elabora el "candrial", el licor madre. Este caldo se combina a su vez con la savia del árbol D'aavällah', que da nombre al licor y cuya existencia sólo conocen un selecto número de maestros vinateros. El proceso de recolección de esta savia tampoco es fácil. Sólo los maestros bodegueros conocedores de la receta saben exactamente dónde hacer los cortes, y de qué tamaño y profundidad. Así se extrae del árbol la cantidad y la calidad óptimas de esencia. Esta nueva mezcla, la melaza secreta, está entonces lista para ser embotellada tras un meticuloso proceso de decantación".

"Las flores de Soll deben crecer siempre bajo el árbol sagrado. Son grandes y firmes, con pétalos anaranjados y un fuerte aroma. Estas flores son polinizadas por un curioso insecto llamado Therashoi. Este insecto produce un nutriente que deposita en la planta durante el proceso de polinización. Tras la primera luna roja, durante la cual la flor es cubierta por estos involuntarios insectos, las flores de Soll son cortadas y recortadas por manos expertas antes de someterse a la primera fase de secado, bajo la constante supervisión del maestro. Cuando los gruesos pétalos empiezan a endurecerse, se vierte sobre ellos un líquido acuoso, llamado Bruna. Éste se seca como una película impermeable sobre

La Flor de Jade I

-El Enviado-

la superficie del pétalo. Entonces los pétalos reciben la mezcla secreta y se sellan".

"A continuación, los pétalos se vuelven a secar hasta que están completamente endurecidos y tienen la fuerza de la madera. Sólo entonces están listos para ser trasladados a la bodega, donde madurarán y envejecerán en condiciones estrictas, algunos dicen que durante siglos. El resultado es este néctar divino, sólo al alcance de unos pocos privilegiados. Hay muy pocos en el mundo conocido que puedan decir que han estado en presencia de este licor. Menos aún son los que lo han probado. Los elfos no comercian con él, salvo en cantidades insignificantes. Las pocas botellas que hay fuera del Assûr se encuentran probablemente en las mejores mesas de príncipes, reyes y altos nobles. No puedo ni imaginar cómo estas tres *flores* acabaron en las bodegas de Rudá. Sólo puedo suponer que llegaron allí mucho antes de que la abadía fuera ocupada por la Orden de Kallah, y que los monjes ni siquiera conocían del tesoro escondido en sus sótanos. Lo que estamos a punto de hacer es un pecado a los ojos de los elfos. Pero esa es la prerrogativa del ladrón y nuestra mayor fortuna. ¿Qué razón hay para guardar un tesoro? Así que... inhalemos su aroma, bebamos bien y entremos en la leyenda".

Todos bebieron...

Hansi y Alexis, amantes de la cerveza envejecida, saborearon también con entusiasmo el áspero sabor metálico de la gélida cerveza enana que les ofreció el mestizo. Nada, sin embargo, pudo competir con el extraordinario vino suministrado por el rubio medioelfo. Claudia, al igual que Gharin, prefirió no mezclar sus bebidas y sólo llenó su jarra con el elixir élfico. Ni siquiera Ishmant pudo resistirse a sus encantos. Fue un momento alegre de risas y anécdotas.

Fue en este ambiente distendido cuando Claudia recibió

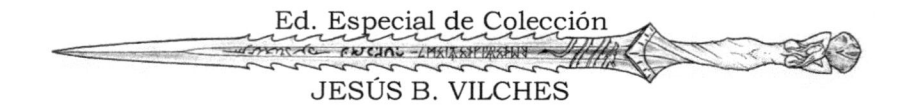

una sugerencia inesperada.

"Eh, callaos todos. Escuchad!!!" —Vociferó Allwënn a sus compañeros que se deleitaban con las risas y la alegría de la velada. Era raro que el medio enano mostrara una amplia sonrisa pícara en el rostro cuando daba una orden. Y ése era el caso esa noche, con el ánimo encumbrado, por supuesto, por las importantes cantidades de alcohol que había consumido. Aquellos ojos verdes brillaban de emoción, delatando la audaz intención del mestizo. —¡Silencio! Tengo algo que proponeros.

Uno a uno, el grupo le prestó atención con asombro. No obstante, todas las miradas acabaron volviéndose inmediatamente también hacia Gharin. Cuando Allwënn tenía un arrebato así, podía pasar cualquier cosa. Los humanos habían aprendido rápidamente a mirar a Gharin a los ojos. Si parecía preocupado, algo serio podía estar pasando. Si las pupilas azules del elfo no mostraban tensión, probablemente Allwënn solo estaba bromeando. Y en esta ocasión, Gharin servía licor en su copa como si nadie hubiera interrumpido la fiesta.

El medio enano se volvió hacia Claudia, su mirada penetrante se encontró con los ojos oscuros de la joven. Ella le devolvió la mirada un poco inquieta. No sé si era por la situación o por la intensidad en los ojos verdes del apuesto mestizo.

—Pocos pájaros se atreven a cantar en noches tan oscuras y frías como ésta. Sólo el silbido del viento endulza nuestros oídos. Y nada más puede esperar un guerrero que vague por las tierras altas. Pero... esta noche es una noche especial. Una noche donde la canción del viento no es suficiente... Quiero emborracharme, ¡una vez más! Pero no sólo con los licores de los que mi buen amigo ha afanado sin decir nada... Quiero emborracharme con el más dulce de los vinos. ¿Soy el único con sed de música una noche como ésta?

LA FLOR DE JADE I

-EL ENVIADO-

Apartó la mirada de la joven y cerró los ojos un momento. Ella sintió un calor eléctrico recorrerle la espalda y un nudo comenzó a formarse en su garganta. Empezó a temer cuál podría ser la petición.

—¡Gharin! Que ellos sean la música de esta noche.

El semielfo comprendió el matiz secreto de las palabras de Allwënn y reconoció su intención. Sin decir palabra, se levantó y marchó hacia los caballos. Cuando regresó, traía dos instrumentos: el laúd que ya conocíamos y una guitarra de aspecto extraño. Era mucho más delgada y elaborada que las guitarras clásicas que aquellos músicos conocían. Le dio el laúd a Alex y la guitarra fue a parar entre las esbeltas y pálidas piernas de la joven. Ella tomó el instrumento entre sus suaves y delicados dedos.

—Tu voz no puede faltar esta noche, Claudia, querida. El poderoso Ishmant aún no te ha escuchado. Y a pesar de todo lo que ha visto y experimentado, su vida no estará completa hasta que te oiga cantar.

A Claudia se le secó la boca...

El pecho le latía con fuerza y había perdido la esperanza de controlar el rubor de sus mejillas. Sentía que sus pupilas se clavaban en los profundos ojos verdes del medio enano y no quería soltarlos nunca. Con el tiempo, otros vítores se unieron a los primeros, y pronto todo el mundo suplicaba a Claudia que cantara una canción. Antes de que se diera cuenta, se encontró rasgueando las cuerdas vivas de la fabulosa guitarra élfica, deleitando a todos con su cálida y hermosa canción.

Allwënn miró a Gharin con satisfacción. Éste le devolvió la sonrisa a su amigo. Ishmant, como hechizado, apenas se movía. La música animó la velada, y los humanos hicieron una buena demostración de sus indudables habilidades musicales. Pero en algún momento de la velada, los instrumentos fueron devueltos a sus dueños, y fueron los elfos a quienes se les pidió que cantaran. Tras varios intentos de evasión, finalmente accedieron a entretener a su entusiasta público humano.

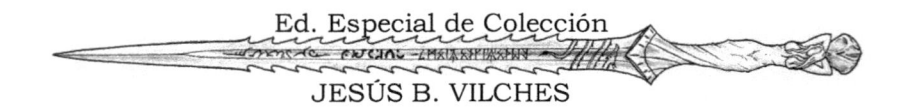

—Una vieja canción que compusimos hace mucho tiempo —presentó el elfo de profundos ojos azules y rizado cabello dorado. Sus finos dedos no tardaron en acariciar las tensas cuerdas musicales del instrumento.

Alex abrió los ojos, sorprendido y miró a sus amigos. Ambos tenían la misma cara de asombro. Aquellos primeros acordes no sólo revelaban la excepcional inspiración y talento del compositor, sino que la ejecución era técnicamente impecable. Aquellos ágiles dedos mostraban una destreza pasmosa y una habilidad innata para generar los sonidos y melodías más sublimes. Es más, el propio laúd parecía sonar de otra manera cuando era tocado por las gráciles manos del rubio semielfo. Era aún más sorprendente, si cabe, ver a Allwënn tocar la guitarra. Quedaron atónitos al ver la suavidad con que tocaba el delicado instrumento, empequeñecido por el agarre de sus poderosas manos y musculosos brazos. Ver cómo esos dedos callosos robaban las notas de las cuerdas con tanta destreza y rapidez resultaba sobrecogedor. Era una transformación increíble. Su rudo lado enano parecía desvanecerse por completo, igual que su lado élfico huía cuando empuñaba la espada y se lanzaba a la batalla. Cada uno de sus movimientos, cada gesto insignificante, adquiría otra dimensión.

La voz de Gharin era un suave susurro, dulce y ligero. Un tono cálido y casi femenino. Era difícil saber a ciencia cierta si era un hombre o una mujer quien cantaba a través de sus cuerdas vocales. Sus tonos ambiguos llenaban de asombro al público y evocaban una sensación de misterio que el oyente no quería

LA FLOR DE JADE I

-EL ENVIADO-

resolver.

La voz de Allwënn era de tono moderado. Indudablemente una voz masculina, potente y sonora, llenaba el aire a su alrededor. La modulaba con una sencillez sonrojante. Cuando alzaron la voz a coro, Gharin desató un torrente lírico agudo, mientras que Allwënn era capaz de modular su voz en un poderoso flujo roto y rasgado. Fue un dúo magnífico, que mostró los múltiples y superpuestos niveles de conexión entre esta pareja única.

Los músicos comentaron la actuación de los elfos durante días, ya que nunca antes habían oído a nadie cantar así. Resultó una gran experiencia de aprendizaje para ellos, y durante mucho tiempo se sintieron inspirados por la entonación, modulación y habilidad interpretativa de aquella singular pareja. Sin embargo, fue Allwënn quien volvería a ser el centro de atención de la joven Claudia esa misma noche.

Claudia se encontraba especialmente cautivada por el medio enano esa noche. No sólo por su indudable talento musical, sino también porque era capaz de expresar su dolor y su angustia a través de intensas melodías y potentes letras. Demostraba que había un vínculo común entre ellos. Ella era músico. Sintió una conexión indescriptible cuando descubrió que aquel extraño ser con un temperamento terrible también utilizaba el lenguaje de la guitarra para expresar su dolor y su pena más profundos.

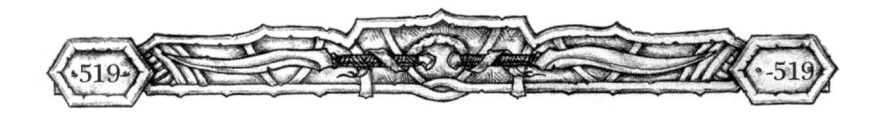

Esa noche, Allwënn estuvo inusualmente cerca de los jóvenes, especialmente de ella. Se rompió una barrera entre ellos, tal vez ayudado por la influencia del sublime licor élfico consumido esa noche. Para Claudia, fueron momentos de asombro y deleite. El mestizo pasaba la mayor parte del tiempo con ella. Bailaba con ella, la consolaba y la colmaba de cumplidos. La joven estaba tan atrapada que esperaba que el hechizo no se rompiera jamás. Un cambio de humor tan repentino sorprendió a todos. Para empezar, a la propia Claudia, que se vio envuelta en esa especie de sueño maravilloso. Y para los demás, porque era muy inusual ver al mestizo riendo y bromeando.

Y para Gharin...

Bueno... La fascinación de Claudia por su amigo no pasó desapercibida para el apuesto semielfo. Aunque descubrió algo más...

Cuando todo volvió a la calma...

Los jóvenes humanos dormían. Allwënn, siguiendo su costumbre habitual, se había internado en el bosque. Aunque al principio Ishmant se había mostrado reacio a participar en el jolgorio, también había acabado bebiendo, cantando y bailando como todos los demás. Se acercó a Gharin, que contemplaba las titilantes estrellas del cielo nocturno. El semielfo estaba sentado a unos cien pasos de la hoguera, envuelto por las sombras del bosque. El monje guerrero se acercó al elfo tan silenciosamente que ni siquiera los agudos oídos de Gharin pudieron captar el sonido de sus pasos. El semielfo sólo se dio cuenta de que tenía compañía cuando la voz de Ishmant le sacó de sus pensamientos.

—La melancolía es como una espada de dos filos. O envenena o crea bellas obras de arte—. Las palabras de Ishmant tenían un significado claro. Gharin estaba sentado solo en una piedra elevada, sosteniendo el laúd que había estado rasgando momentos antes. —¿Qué ocurre, hijo? Ese laúd sólo solía acompañarte cuando pretendías seducir a una mujer.

Gharin suspiró profundamente.

—Todo cambia, Ishmant —respondió lacónicamente, sin más intención a sus palabras. Ishmant se sentó en la piedra a su lado.

LA FLOR DE JADE I

-EL ENVIADO-

—No te esfuerces demasiado en ocultarlo. Sé lo que está pasando. Pocas cosas escapan a mis ojos. Y yo lo he visto.

—¿Visto qué?

Gharin intentó en vano refutar la verdad en las palabras del guerrero. Pero el que estaba sentado ante él no solía equivocarse.

—La batalla que se libra en tu alma. Y que tu amigo más fiel ha sido tu enemigo por unos momentos esta noche.

Gharin quedó hoscamente en silencio, admitiendo su derrota ante la infalible percepción de su compañero. Traicionados, por fin sus pensamientos, dejó el laúd y se volvió hacia el monje.

—Supongo que para él es sólo un juego —exclamó, su tono delataba una irritación que rara vez expresaba. —Estaba borracho, y dudo que mañana recuerde lo que ha pasado hoy. Pero puede que esté alimentando sentimientos en esta joven que no está preparado para afrontar. Seguro que ni siquiera se ha dado cuenta de cómo le mira.

—¿Tanto te preocupa? ¿Te preocupa que Allwënn pueda seducir a esta chica? —Ishmant añadió lentamente. —¿Que ocurra sin que él ni siquiera lo intente? ¿Que no pueda apagar la pasión que le consume? Me asombra, porque eso es lo que tú has hecho a miles de mujeres durante mucho tiempo—. Ishmant continuó con calma. —Eso es lo que muchas han visto en tus ojos. Las ponías a tus pies, sólo para olvidarlas después de una noche de placer. ¿Por qué habría de molestar que tu amigo hiciese lo mismo?

—¡¡¡Por los Altos Patriarcas de Elio y toda la Corte Divina!!!" —Estalló en un ataque de disgusto —Es cierto, he estado con miles de mujeres, de todas las razas, de todas las culturas. Sé que he sido cruel con muchas de ellas, que las he utilizado a mi antojo y sólo para satisfacer mi lujuria. Miles. Tal vez no haya números para contarlas a todas, ni memoria para recordarlas. Y él, Allwënn, hijo del poderoso 'Ullrig, el Hirr'Faäruk de los Tuhsêkii y de Sammara 'Vallëdhor, hermana del Señor del Fin del Mundo ¡sólo ha amado a una mujer! Tal vez... la única a la que yo habría amado sin reservas y nunca poseí.

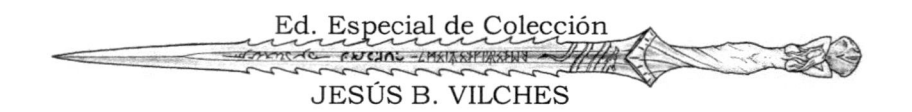

Ishmant se quedó mudo ante esta revelación. Sin poder evitarlo, miró hacia el campamento, donde la joven dormía junto al resto de sus compañeros.

—¿Sabes lo que es perder el verdadero amor por el bien de un amigo? Supe de inmediato lo que Allwënn sentía por ella, y no quise interferir. Estaba a mi alcance; estaba en mi deseo. Pero no podría haber vivido con la idea de que quizá negara a mi mejor amigo su único amor. ¡¡¡¡Pero Äriel murió!!!! Y con ella, perdí a mi amigo, también. ¡Oh, Ishmant! ¿Entiendes que cambiaría todas las mujeres que he tenido por un día de ese amor verdadero? ¿Qué he conseguido yo? Nada más que carne vacía y deseo que se desvanecía con las luces del alba. ¿Cuántas... cuántas mujeres han suplicado mi amor, y yo sólo les he dado mi cuerpo? ¡Oh, Ishmant! Él la tuvo, la perdió, y la llora. ¿A quién lloraré yo, y quién llorará por mí? Pero... lo que más me preocupa, lo que más me duele, no es que despierte sentimientos en esta joven humana. Los despierta en mí y soy hombre. —confesó el elfo. —Llevo demasiado tiempo en su compañía como para no reconocer el poder seductor de su fuerza y carisma. Lo que me resulta difícil es que, por alguna extraña e incomprensible razón, nos recuerda demasiado a nuestra compañera perdida. Demasiado, de hecho. Y no sé... No sé si se ha dado cuenta ya. Ya he pasado por esto una vez, Ishmant. No sé si podré hacerlo de nuevo.

Ishmant volvió la mirada hacia el campamento. La trágica historia del arquero había conferido sin pretenderlo a la joven un

La Flor de Jade I
-El Enviado-

significado inesperado. Un significado que provocaría una nueva y más profunda mirada sobre ella.

Ed. Especial de Colección

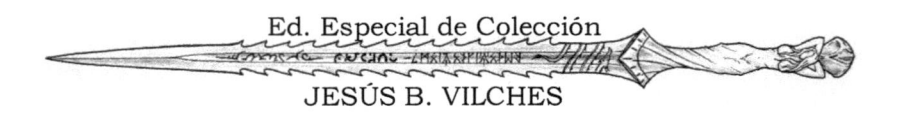

JESÚS B. VILCHES

LA FLOR DE JADE I
-El Enviado-

La Flor de Jade

COMO UN SECRETO
A VOCES

Fue durante estos días cuando se reveló una de las noticias más trascendentales.

Cambiaría considerablemente el curso de los acontecimientos. Al menos en la forma en que los entendíamos. Como si fuera un secreto a voces, desconocido sólo para nosotros. El mundo que nos rodeaba seguía un curso que ignorábamos, pero que era real y continuaría siendolo inexorablemente a pesar de nuestra ignorancia.

Ishmant reunió al fin al grupo de músicos. Cuando los tuvo listos para escuchar, los miró durante un largo momento con esos ojos oscuros que ningún elfo poseería jamás. Tanto, que de hecho, que los jóvenes comenzaron a preocuparse.

—Allwënn y Gharin me han contado vuestra historia, pero preferiría oírla de vuestros propios labios —anunció tras una larga pausa.

Los tres jóvenes humanos se miraron algo confusos ante aquel inesperado interés por ellos. Durante unos momentos se sumieron en la incertidumbre. Los elfos también se miraron, pues no esperaban la petición de Ishmant. El monje solo había afirmado tener algo importante que contar a los tres humanos. Nadie antecedió su interés por lo ocurrido. Así, como ya había hecho una primera vez, Alex se encargó de contar de nuevo la historia. Bastante más relajado que la primera vez y abundando en detalles contó al imperturbable humano cómo habían llegado a este mundo y su periplo en la cueva.

Ishmant, que parecía ciertamente interesado, escuchaba con una expresión impasible que delataba la extraordinaria atención que les prestaba. La expresión del guerrero no cambió a lo largo del discurso, que era interrumpido a menudo por Claudia o Hansi, para añadir o corregir lo que se estaba narrando. Tampoco los elfos lo interrumpieron, aunque a Allwënn esta segunda versión le pareció tan descabellada como la primera. La narración pasó al incidente del puente y a la Ciudad Esmeralda de los Elfos, culminando con los sucesos en los que Ishmant se había visto involucrado. A medida que la historia llegaba a su fin, los jóvenes humanos esperaban una reacción escéptica del guerrero similar a la que tuvieron los dos elfos. Pero en lugar de ello el monje se sumió en un silencio sepulcral. Sus ojos parecían los de un buitre: muertos y brillantes al mismo tiempo.

LA FLOR DE JADE I

-EL ENVIADO-

Con ellos parecía querer traspasarles el alma.

Al final dijo

—Poco importa si lo que he oído es verdad o si es lo que creéis que es. Poco o nada importa si es tal cual decís que fue o si es producto de vuestra imaginación. Lo que importa en este momento es que ignoráis hechos muy importantes. Hechos que afectan a vuestras vidas de manera inmediata y que no deberían seguir ocultos por más tiempo.

Hizo una pausa para inspirar fuerte antes de continuar.

—Hoy es el cuadragésimo primer día de la nueva estación de Alda en el año 1371, según el Calendario Imperial. El año 2372 después de la Escisión de los Elfos. Corresponde al año 207 de la dinastía Van' Haaldhurr[44]. El lugar en el que os encontráis es conocido en la lengua común como Las Tierras Conocidas, el Mundo Conocido. Los elfos lo llaman Shaäriilvâhlla', el Jardín Primordial, en todas sus lenguas, y los enanos lo denominan 'Urdh'Ghâssam: La Tierra Primaria.

Allwënn se llevó las manos a la cara en un gesto de incredulidad al escuchar la explicación de hechos tan obvios. Se sentía ridículo escuchando una conversación tan innecesaria como estúpida, en su opinión. Recogiendo sus armas, se puso en pie y se

---

[44] El Calendario Imperial (C. I.) marca su cronología desde el primer Emperador Lorkayrita (Antiguo Lorkayr; antepasado territorial de Arminia) Lord Ashull de Mirykaban, llamado El Primero; 1001 años después de la Escisión Élfica (D. Es.), que marcó el fin de la hegemonía élfica Imperial. Desde entonces, y hasta la fecha más reciente, las fronteras, razas y reinos de todas las Tierras Conocidas han sufrido alteraciones, pero el calendario global se ha respetado desde entonces. No obstante, la vasta cronología se ha desglosado para diferenciar y facilitar el proceso histórico, aunque normalmente se da la fecha completa. Así, cuando se da una fecha en el calendario imperial, suele ir acompañada de otra correspondiente a la dinastía de emperadores reinante. Cada cambio dinástico cierra un ciclo y abre otro. Lord Althar Allen' Van'Haaldhurr fue el séptimo y último emperador de la XII dinastía, iniciada hace 207 años por Lord Edvar Halger Van'Haaldhurr.

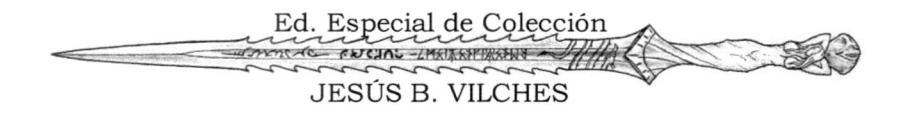

marchó a hacer algo más útil. Ishmant pronto pasó de nociones de geografía básica a acontecimientos históricos más recientes.

—En el invierno de 1348 del calendario imperial, los templos de la diosa Kallah se sublevaron. Se alzaron en armas en todas las ciudades del Imperio y masacraron a muchos a sangre fría. En muchos lugares fueron contenidos, pero tomaron posesión y control de numerosos enclaves estratégicos. Cortaron los suministros, asediaron puntos clave y reforzaron sus efectivos. Lo peor de todo es que hubo poco tiempo para reaccionar. Todas las ciudades donde el Culto de Kallah tenía presencia fueron atacadas al mismo tiempo, el mismo día, desde dentro. Para entonces ya se habían perdido demasiados hombres, cortado demasiados caminos, hundido demasiados barcos y destruido demasiadas ciudades. Los que habían logrado superar las revueltas fueron incapaces de invertir la marea. Los siervos de Kallah lograron afianzarse y contener cualquier contraofensiva.

Esta vez fueron los jóvenes humanos los que quedaron atrapados en la fabulosa red de fantasía que parecía adherirse a aquella historia y tuvieron que esforzarse para creer en la veracidad del relato del guerrero.

—Los ejércitos de Kallah, apoyados por los poderosos clanes de guerreros Neffarai, eran hábiles, pero pocos en número. El Culto de Kallah tenía prohibido reunir más de un cierto número de efectivos como tropas privadas. Ahora se sabe que planearon su revolución con antelación y entrenaron a muchos hombres en la clandestinidad. Aun así, seguían siendo demasiado pocos para llevar a cabo una conquista a tan gran escala. Fue entonces que aparecieron los orcos. Y los goblins. Los Saurios, los Hombres Bestia, los Ogros.... Individualmente, estas criaturas nunca supusieron una amenaza real más allá de incursiones aisladas y campañas de saqueo mejor o peor orquestadas. Amenazas locales

LA FLOR DE JADE I
-EL ENVIADO-

que jamás pusieron en riesgo la estructura Imperial. Siempre han sido criaturas violentas, con demasiadas diferencias internas entre los clanes como para convertirlas en una amenaza a gran escala. Pero lo que era realmente impensable era la idea de una alianza masiva entre las distintas razas y facciones que las uniera bajo un mismo estandarte, con un mismo objetivo y contra un enemigo común. En definitiva, que formasen un ejército global.

"Los caudillos orcos unieron a los clanes. Los goblins siivhani congregaron a los suyos. Los saurios Kaamakk y los jefes ogros hicieron lo mismo. Las hordas de bestias, los temibles Lanceros Oscuros de las familias de centauros Arnnamantes de las Tierras Ardientes, los Dh'uur escorpión..."

"Vinieron de todas partes, de todas direcciones, plagaron las tierras libres. Todos llegaron con una fuerza imparable, con una furia insaciable, para engrosar las filas de la Diosa Negra. Y se formó el Ejército de la Aniquilación".

"Los rumores se extendieron como fuego sobre paja seca. Los ejércitos de los grandes Duques de la Guerra de Kallah, sus monjes, sus Señores del Acero y sus Maestros, proporcionaron la estrategia y orden necesarios para la mayor horda jamás conocida. Poco se pudo hacer. El Ejército Imperial disperso y maltrecho no logró reorganizarse a tiempo con efectividad. Se llamó a filas incluso a los reservistas de Ciudad Imperio. Se convocó una reunión de emergencia del Gran Consejo y de la Cámara de Defensa Imperial. Prácticamente se había perdido el contacto con muchas de las principales ciudades que componían el núcleo Imperial. Las fuerzas más alejadas del centro de Arminia fueron rápidamente barridas por el creciente Ejército de la Aniquilación.

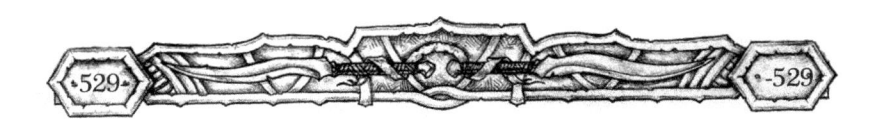

"En frenéticas reuniones, se elaboró un desesperado plan de contraofensiva, tan arriesgado y descabellado como esperanzador. Las últimas fuerzas imperiales se dividieron en cinco frentes, comandados por los Altos Mariscales de Campo de la legión y sus generales. Uno permanecería en la capital para asegurar sus murallas, y el resto se embarcaría en las llamadas Cuatro Campañas de la Gloria: la de N'wan'Dallah, en las tierras salvajes del oeste. La campaña de Tylz-Idleayann, en el sur. La gran campaña de L-Ghauram y la apuesta desesperada de Dárq' T'allumm.[45]. El sur fue el primero en caer. El sur del Cinturón había sido conquistado demasiado rápido y las fuerzas enemigas allí eran demasiado fuertes. La matanza siguió en el oeste. No regresó ni un solo soldado, pero resistieron valientemente el avance enemigo durante mucho tiempo. Las campañas más eficaces fueron las otras. En el norte, el ejército imperial avanzó y reconquistó gran parte del territorio perdido hasta la frontera con el Brazo del Armin. En el este, el enemigo fue empujado hacia la costa en un movimiento de pinza ejecutado por dos de las fuerzas imperiales. Pero este éxito limitado no sirvió de mucho. El duro invierno y el imparable avance del enemigo, sin fuerzas que lo frenaran, resultaron decisivos en la derrota de ambos frentes. Las fuerzas al servicio de la Diosa del Ojo Lunar arrasaron con todo.

"Mucho se ha discutido sobre quién pudo ejercer como estandarte de un poder tan abrumador contra la humanidad. ¿Quién fue capaz de reunir a tantas y tan diferentes razas? ¿Quién consiguió convencerlos para que lucharan hasta la muerte bajo su mando? Poco se sabe. Hay rumores de terribles criaturas vistas en los campos de batalla, de tres o cuatro veces el tamaño de un hombre, que mataban soldados con sus propias manos. De demonios y fantasmas de las profundidades del Abismo de Sogna.

---

[45] Estos son los cuatro nombres originales de los primeros y legendarios reinos élficos, conocidos como los Reinos Jardín de las Cuatro Partes del Mundo, de los que se derivaron los cuatro puntos cardinales principales: Nwandii: correspondiente a nuestro Oeste. Tzuglaiam: Sur. Alwebränn: Norte. Y Shaërdâlläh, que corresponde al este.

LA FLOR DE JADE I

-EL ENVIADO-

Que los muertos se han levantado para luchar contra sus hermanos en vida. Hay quien dice haber visto una criatura gigantesca, un guerrero demoníaco ataviado con una armadura temible, que inspira terror con sólo mencionar su nombre. Un ser que comanda las legiones y a cuyos pies se arrodillan vencedores y vencidos. Se dice que responde al título de Señor de la Destrucción y se le conoce como "El Némesis".

"El castillo de Belhedor cayó inevitablemente tras un terrible asedio. De poco sirvieron las tropas y las murallas. El Emperador y el resto de los altos funcionarios Imperiales fueron ejecutados. La oscuridad cayó entonces sobre el mundo de los hombres. Toda la población de la Capital Imperial fue masacrada. Y se decretó la aniquilación de todos los humanos que no se sometieran al Culto de Kallah.

"Las Ciudades-Montaña de los Enanos, los Grandes Jardines de los Elfos fueron respetados. Al menos así ha sido hasta ahora. Su guerra nunca fue contra ellos. El Culto parecía centrar su interés únicamente en el antiguo Imperio. Ninguna raza pudo o quiso acudir en ayuda de los humanos. Fuimos despiadadamente borrados de la faz de la tierra. Hoy se sospecha apenas quedan humanos vivos y libres, fuera de los adscritos al Orden del Culto. La Aniquilación se ha levantado, al menos oficialmente. Ya no hay persecuciones, porque oficialmente ya no hay humanos. Son historia. Nosotros somos historia. Estamos extinguidos"

"Un poder siniestro gobierna ahora desde Belhedor. Lo que una vez fue una próspera civilización es ahora las ruinas y restos de su pasado. Las fuerzas de Kallah y sus criaturas dominan las ciudades y los caminos. Una ley perversa y terrible se dicta dentro de los muros de Belhedor y se extiende a todas sus fronteras. Entre ellas hay un mandato que prohíbe cualquier contacto con los humanos. Hablar con un humano es un delito.

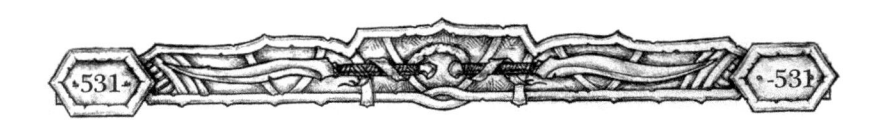

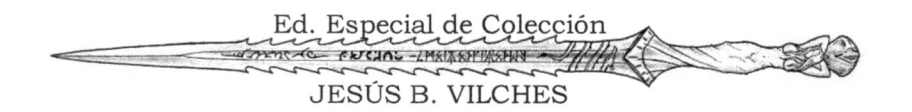

Alimentarlos, esconderlos o simplemente hacerles compañía se castiga con la Desecación o con la muerte. Eso nos convierte a vosotros y a mí en objetos de colección, nuestras cabezas valen una fortuna. Y ponemos en peligro de muerte a los elfos que nos acompañan. Ahora comprenderéis mejor las decisiones que han tomado y la ruta que han seguido por caminos escabrosos y a través de regiones despobladas. Este es el mundo en el que vivimos ahora, y así es como debéis conocerlo. Os aseguro que no tendrá piedad de ninguno de nosotros".

Se hizo el silencio tras la última palabra de Ishmant. Los jóvenes músicos se miraron unos a otros, atónitos y algo conmocionados por las revelaciones. Había sido demasiado para digerir y aceptar en tan poco tiempo. Tardarían unos días en empezar a asimilarlo, pero al menos por primera vez se sentían partícipes de lo que estaba ocurriendo. Al menos ahora habían recibido una respuesta a algunas de sus preguntas, aunque no fuera una respuesta alentadora.

Yo también supe de estos hechos. De hecho, me atrevería a decir que algún tiempo antes que ellos. Alann no tardó en contarme la historia. Un secreto así no puede mantenerse oculto durante mucho tiempo.

—La mayoría de los que estamos aquí venimos de Yronn, un pueblo a orillas del río S'uam. El capitán Waällsteigh era sólo un sargento de la milicia cuando los Templos de Kallah se sublevaron y tomaron la ciudad. Él y un grupo de sus hombres que habían sobrevivido a la batalla se unieron a la Diva de Keshell, Gwydeneth, y a los mercenarios de Akkôlom. Consiguieron dar cobijo a algunas familias de refugiados y las condujeron a estos

LA FLOR DE JADE I

-EL ENVIADO-

bosques. Su oscura leyenda mantuvo a raya a los *pielesverdes*. Yo era sólo un bebé entonces. Pero tarde o temprano aprendes sobre estas cosas.

"Durante un tiempo vigilamos las oleadas de refugiados y desplazados que bajaban del S'uam y acogimos a todos los que pudimos. Por ejemplo, Täarom y otros que habían huido del Ducado de Dáhnover. También encontramos a Thurg, Ghraam y Halverg, los enanos que habían escapado de las minas de Urtha. Sin embargo, las oleadas de refugiados se hicieron cada vez menos frecuentes hasta que finalmente dejaron de aparecer. De hecho, eres el primer humano vivo que hemos visto en casi veinte años, de ahí todo el revuelo. Las pocas noticias que recibíamos del exterior sólo hablaban de masacres despiadadas. Se decía que las tropas del Imperio habían iniciado una ofensiva; que una gran legión se acercaba desde el sur y otra bajaría desde el norte por la línea de las tierras occidentales. Sin embargo, nunca vimos una coraza imperial, ni cimeras, ni lanzas".

"La Diva y Akkôlom fundaron este lugar entre los árboles y organizaron a los habitantes. El capitán entrenó a los primeros defensores y ayudó en la construcción. Hoy somos autosuficientes y nadie puede acercarse a este lugar sin que lo sepamos. Es nuestro hogar y ha estado seguro durante veinte años".

No pude evitar preguntar cómo me habían encontrado.

—Forja y su patrulla detectaron tu presencia en las fronteras exteriores y decidieron seguirte. Tu grupo viajaba cerca del límite del bosque y decidieron no interferir entonces. No representabais ninguna amenaza real para la seguridad de nuestro enclave, bien escondido en el corazón del bosque, pero no os perdieron la pista. Cuando os adentrasteis en el bosque, empezaron a preocuparse. Fue entonces cuando supieron de los sabuesos goblin, y parecía claro que os seguían. Así que decidieron esperar y revelarse en el momento decisivo. El incidente en el puente de la ciudadela resultó ese momento. Nos disfrazamos como los antiguos guardianes elfos, con armas y armaduras que hemos ido recuperando de la ciudadela. Así atacaron a los jinetes de lobos. Esa apariencia espectral mantiene viva la leyenda fantasmal en estos bosques y disuade a posibles intrusos. Te rescataron del agua. Pero al ver que tus amigos continuaban hacia la ciudadela, decidieron volver al campamento. Nuestro enclave se encuentra en la dirección opuesta a la que iban tus compañeros. Con el miedo infundido en sus corazones, era más beneficioso dejarles marchar, para que difundieran la leyenda de las Custodias espectrales al mundo exterior. Siento lo de tu amigo. Esa espada goblin lo hirió de muerte. Se desangró antes de que pudiese hacerse nada por él".

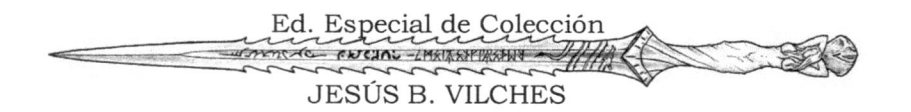

Falo había muerto en el ataque goblin. Ahora era una certeza.

Fue un golpe terrible para mí. Me había negado a creerlo. Había esperado que ese muchacho incordioso siguiera molestando a mis amigos. Que Allwënn hubiera logrado salvarlo y compensar con ello su fracaso en evitar mi caída. Pero las pruebas me decían que no era así. Alann me preguntó por mi pasado y mi historia. Pero, astutamente, evité la incómoda pregunta fingiendo una amnesia total tras el incidente. A pesar del cliché, fue sorprendentemente fácil de creer para todos, o al menos esa fue mi impresión porque no volvieron a hacer mención de ello. No quería que me señalaran tan pronto así que preferí guardar mi propio secreto hasta sentirme seguro. Y parece que funcionó.

Aquella noche miré al cielo.

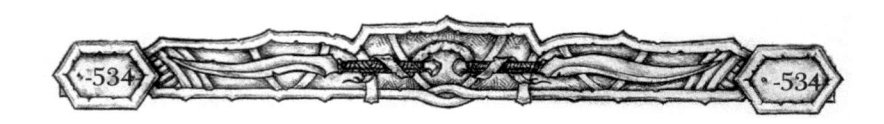

LA FLOR DE JADE I

-El Enviado-

Las estrellas brillaban diminutas y distantes más allá del dosel del bosque. Las canciones y el sonido de la alegría zumbaban en mis oídos, abajo en suelo firme. Mi *despertar* había inspirado una fiesta en la que yo era el invitado especial. Todos querían hablar conmigo y hacerme preguntas. Täarom y Alann se turnaron para guiarme. Me presentaron a los aldeanos y hablaron por mí cuando me sentía demasiado azorado para conversar con ellos. La excusa de mi amnesia resultó eficaz. Los lugareños no tardaron en darse cuenta y dejaron de atosigarme con preguntas que en teoría yo no podía responder. Recuerdo aquellos momentos como una fugaz colección de caras y nombres. Conversaciones de las que no recuerdo las palabras.

Vino, comida y música...

Caí en un estado de profunda nostalgia. Por un momento, me aparté del ajetreo. Sorprendentemente, nadie me echó de menos. Respiré hondo. Si opté por mantenerme al margen de las celebraciones en mi honor, fue sin duda por la impactante noticia que me había dado mi buen amigo Alann. Estaba aterrorizado. Por un lado, me sentía a salvo, allí en aquel bosque de siniestra leyenda y su poblado colgante, entre aquella gente sencilla y quienes velaban por su seguridad. Por el otro... extremadamente solo.

Levanté la vista y vi un punto de luz lejano entre los árboles, una ventana sin duda, de alguna vivienda situada muy alta. La luz palpitante de las velas era lo único que delataba la existencia de un edificio y de alguien en su interior. No se veía nada en el muro verde de ramas y hojas. Pero algo me decía que había ojos observándome desde aquella alta atalaya. Que me buscaban, que me habían distinguido del resto de la multitud. Unos ojos que me habían reconocido.

JESÚS B. VILCHES

Akkôlom tomó asiento en una de las grandes mesas dispuestas en círculo alrededor de la hoguera, dejando que su noble complexión élfica se hundiera en el rústico asiento.

—No pensé que vendrías a la celebración. —dijo Zhark, entregándole una jarra rebosante de cerveza. Él se humedeció los labios con el amargo brebaje y miró a su alrededor, a la bulliciosa multitud.

—Faabeld me dio la noticia y he querido verlo por mí mismo. ¿Quién de ellos es?

—Ese es —reveló una voz detrás de él. La figura de un hombre fornido y barbudo tomó asiento en su lado libre. Akkôlom siguió la dirección del grueso índice del granjero y me localizó entre la multitud.

—Es un chico extraño, pero parece amistoso. Está claramente desorientado y sobrepasado por la situación.

—¿Y si fuera un espía de la Diosa Oscura? —se atrevió Akkôlom a sugerir, aun observando mis movimientos. Fue Zhark quien le habló.

—Diva lo ha descartado por completo, a pesar de que dijo cosas muy extrañas durante su interrogatorio.

—Por cierto, ¿dónde está Gwydeneth? —preguntó.

—Nadie la ha visto por aquí aún —Aseguró uno de los campesinos. —Lleva un par de días recluida en sus aposentos.

—Es extraño... —reconoció Akkôlom, dando un largo trago a su cerveza.

LA FLOR DE JADE I

-EL ENVIADO-

—Es él —aseguraba una dulce voz femenina. —¿Crees que puede vernos?"

—Sin duda.

Desde la privacidad del grueso cristal que cubría la ventana, dos figuras miraban a la multitud que celebraba abajo; pero sólo buscaban a un individuo, un extraño joven recién llegado. Él parecía haberlos descubierto, a pesar de la oscuridad y la distancia que los separaba porque su mirada se dirigía con claridad hacia esa ventada desde la que ellos miraban.

La alta dama de cabellos dorados se volvió hacia su acompañante. Él continuaba con sus ojos entrecerrados en el joven como si ambos estuvieran enzarzados en un poderoso duelo de miradas, sin que ninguno de los dos estuviera dispuesto a admitir la derrota.

—Habló de la Vieja Letanía de Jade, Rexor. Tú le oíste. También mencionó algo sobre una *flor*. Y dice no recordar nada más. ¿Qué piensas, Poderoso?"

—Podría ser él —respondió la voz grave de la otra figura.

—¿Podría ser? —preguntó ella de forma retórica y sorprendida. — De serlo… ¿Qué haríamos con él?

—Nada. Sólo vigílalo. Aún no puedo estar seguro. Un poco más de tiempo, te lo ruego, Diva. Sólo un poco más de tiempo. En cuanto esté seguro, me lo llevaré.

Ed. Especial de Colección

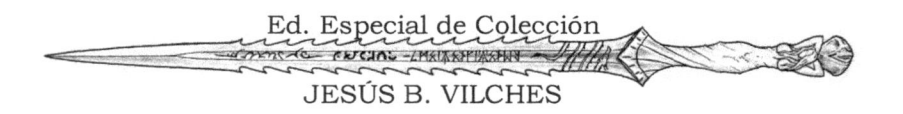

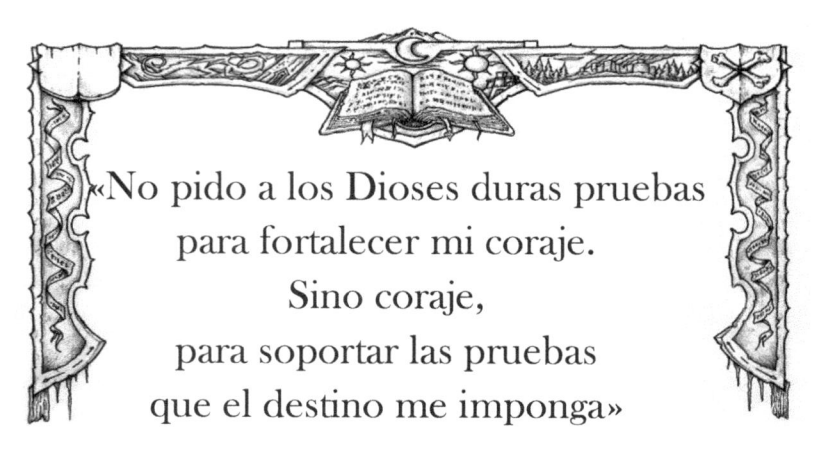

JESÚS B. VILCHES

«No pido a los Dioses duras pruebas
para fortalecer mi coraje.
Sino coraje,
para soportar las pruebas
que el destino me imponga»

ALIMAR DE ERSAYS
Martillo Jerivha

LA FLOR DE JADE I

-EL ENVIADO-

La Flor de Jade

UNA OFERTA
IRRECHAZABLE

Mynna se apresuró a cruzar por entre las casas bajas de esta parte del pueblo

—Jyaër, ¡¿Dónde has ido?! Soom espera que traigas la leña antes del anochecer. Dónde estás, maldito muchacho. ¡Jyaër! Jyaër!!

Cuando la joven Mynna llegó al aserradero, el señor Twyllbaler le aseguró que yo había estado allí hacía algún tiempo para recoger la entrega. Cuando le indicó la dirección que había tomado, Mynna adivinó inmediatamente dónde me encontraría. Sí, sólo podía haber ido a un lugar por ese camino. Así que, con un apurado gracias, se apresuró a marcharse. No se equivocaba.

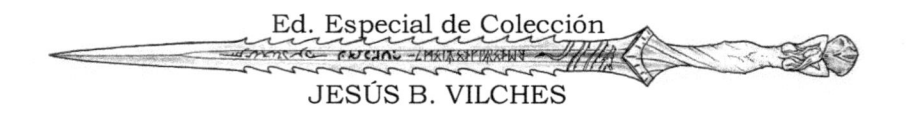

—Andábamos de vuelta. Mi grupo no encontró rastro de ellos, pero sospechamos que no estarían muy lejos, porque ninguno de los hombres de T'aarko había regresado aún. Su campamento estaba desordenado, como si lo hubieran abandonado rápidamente. Muchas de las provisiones seguían allí, pero no había señales de sangre ni de batalla. Mis hombres empezaron a refunfuñar. Eran maceros dhunmaritas, contratados por un rico mercader afincado en Thymir. Entonces, oí a uno de ellos sugerir que tal vez habían huido. ¡Que me fríen la barba! ¿Qué has dicho? le grité al perro, sin ocultar que me había hecho enfadar. ¿Estás insinuando que mi amigo ha huido como un conejo asustado? El cretino iba a responderme, pero no le dejé decir ni una palabra. ¡T'aarko es un Unego, ¡perro lampiño! le grité. ¡Y algo me dice que no sabéis lo que eso significa! Yo os lo diré, panda de Amarnnitas afeminados. Hay más coraje en ese enano que en toda vuestra estirpe. Más cicatrices de batalla que en todo este escuadrón. Así que callaos. Porque si mi amigo llega a sospechar que alguno de vosotros le ha llamado cobarde, os buscará, os encontrará y os arrancará las barbas con sus propias manos. ¡Ja, ja, ja, ja! ¡Se congelaron, Gran Mostal! El puerco de T'aarko, ese sí era una verdadera bestia. Capaz de partir en dos a un jinete Tusqko y a su montura de un solo golpe. ¡Maldito sea! ¡Que Mostal le ampare! Qué gran tipo..."

—¡Así que aquí estás! —Sonó una voz femenina a nuestra espalda. —Debería haber adivinado que te encontraría aquí, perdiendo el tiempo escuchando las historias increíbles del señor Thurg.

LA FLOR DE JADE I

-EL ENVIADO-

Entró y me agarró del brazo con la intención de arrastrarme.

—¡Espera un momento, pequeña orejuda! —la regañó Thurg. Para el viejo enano, todo el mundo era "pequeño" y "orejudo". —Mis historias son absolutamente ciertas. Tengo al menos una cicatriz por cada una de ellas.

Mynna asintió con la cabeza con evidente ironía.

—Es cierto, el señor Thurg cuenta historias muy emocionantes —aseguró el señor Vedmaguer, que también estaba allí. Había llegado hacía una hora para atar un tonel y, como yo, había quedado cautivado por las entretenidas historias del herrero.

—¿Y tú? —dijo, refiriéndose a mí. —¿Sabes cuánto tiempo llevamos esperando esa madera?

Mynna podía ser una joven encantadora, o la última persona con la que querrías encontrarte en un callejón oscuro, dependiendo de su humor. En ese momento, por suerte para todos los presentes, Mynna aún se encontraba entre ambos extremos. Me limité a mirarla y a ofrecerle la sonrisa más encantadora y tierna de inocencia fingida que pude reunir.

Fue inútil. Me sacó a rastras.

Las historias del viejo Thurg me fascinaban por muchas razones. La más importante era oírlas de boca del propio Thurg. Era una persona fascinante por derecho propio. En realidad, no sé si era realmente él y sus apasionantes historias lo que me cautivaba, o el hecho de estar por primera vez en presencia de un enano de verdad. Uno puede pasarse la vida intentando imaginar cómo sería un enano de carne y hueso. Qué sentirías si tuvieras uno delante, mirándote y hablándote. ¿Serían realmente bajitos y fornidos,

JESÚS B. VILCHES

como cuentan las historias? ¿Caminarían torpemente debido a sus miembros cortos y rechonchos? ¿Hasta qué punto se puede confiar realmente en las representaciones que las novelas o las películas hacen de ellos? Muy poco. Nada en absoluto. Los enanos que conocí aquí tenían poco en común con los enanos del folclore fantástico. En realidad, la imagen estereotipada nunca se correspondió con la verdadera complejidad y variedad de la raza enana.

Thurg era un enano nwandii.

Este es el nombre genérico que reciben los enanos de la mitad occidental del continente. Su aspecto general y sus rasgos culturales comunes son los más cercanos a los estereotipos más comunes representados en la ficción fantástica. Entre ellos, los Dhunmaritas, también conocidos como Damarnittas o Amarnittas, son la casta enana más reconocible entre los humanos. Cuando un humano piensa en un enano o en su civilización, ésta se corresponde casi al detalle con la de esta casta que habita el Dhûm' Amarhna.

Paradójicamente, para el resto de los nwandii, sus famosos camaradas suelen considerarse "descafeinados", que diríamos nosotros. Hay otras castas mucho más representativas de un enano occidental que los amarnittas, como los respetados tuhsêkii, los rocosos helegos, los temibles unegos o los tamnitas. Thurg era uno de estos últimos, un Tamnyt. Al igual que los Unegos, con los que están estrechamente emparentados, formaban parte de las llamadas castas salvajes.

Thurg trabajaba como herrero y rara vez (no había motivo para ello) vestía las armaduras y armas si dábamos crédito a sus historias alguna vez habría llevado. Así que nunca me encontré con el estereotipo de enano que se suele representar en nuestro mundo: el guerrero pequeño y fornido con una barba enorme y un casco

LA FLOR DE JADE I

-EL ENVIADO-

con cuernos que blande un hacha que le dobla el tamaño.

Los enanos tienen el tamaño de un hombre de baja estatura. En realidad, no son tan pequeños como el folclore nos hace creer. Su estatura media es sólo entre 10 y 15 centímetros más baja que la de un humano. Pocos enanos alcanzan el metro ochenta de estatura, a excepción de los enanos titanes. Esto significa que su estatura no es tan baja como siempre hemos imaginado. Sin embargo, sí parecen más pequeños. Esto se debe a su poderosa genética, que les hace fácilmente distinguibles de los humanos de estatura similar. La característica física más notable de los enanos es la robustez de sus cuerpos. Sus hombros son redondeados y anchos. Los músculos de la espalda están bien formados, lo que les da la característica forma triangular masculina. Tienen piernas fuertes y muslos gruesos. Sus hinchados bíceps de hierro les permiten cargar pesos que pocos hombres pueden levantar del suelo. Bastaba ver el martillo que Thurg utilizaba para forjar el metal. Sus brazos terminaban en unas manos fuertes y anchas de dedos gruesos, que demostraban una gran destreza en su profesión.

El enano no parece necesitar una dieta especial ni una rutina de ejercicios para desarrollar y esculpir sus formidables músculos. El envidiable físico, que probablemente le había costado a Hansi años de sacrificio, viene de serie con el enano promedio. Si un Enano entrena con regularidad, no es de extrañar que la raza tenga fama de ser guerreros impresionantes. El torso de un enano es tan fuerte como un roble centenario, con poderosos músculos pectorales. Cuando un enano se mantiene en forma, que suele ser lo habitual, tendrá un bonito conjunto de abdominales de esos que impresiona mirar. Si ha descuidado su forma física, la barriga será un poco más abultada pero poco más. Resulta muy raro encontrar a los enanos gordos y flácidos que se suelen representar en la ficción fantástica, a pesar de su afinidad por consumir ingentes cantidades de comida y cerveza. Así que olvida esa imagen recurrente. Será por su metabolismo, supongo. Los enanos parecen pequeños porque son ligeramente más pequeños que los humanos por término medio, pero sobre todo por su desarrollada corpulencia. En realidad, Thurg era prácticamente tan alto como yo, por aquel entonces.

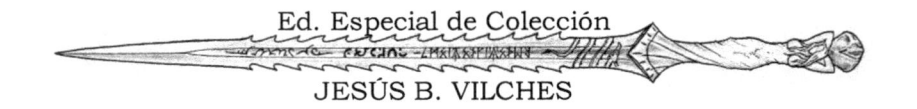

No obstante, la sensación de su pequeña estatura se ve reforzada por sus cuellos cortos y sus grandes músculos trapecios muy marcados. El desarrollo muscular general de estos guerreros de Mostal es ciertamente prodigioso. Su físico es tan compacto que, a pesar de su menor tamaño relativo, su peso suele ser muy superior al de un humano adulto bien desarrollado.

La principal característica del rostro de un enano, aparte de sus formidables barbas, son unas gruesas narices anchas y unos pómulos bien pronunciados. También tienen cráneos extremadamente gruesos, siendo sus frentes especialmente duras. No había mujeres enanas en el campamento del bosque, pero por lo que había oído, parecía haber diferencias significativas entre los sexos. Las hembras no tienen mucho en común con sus homólogos masculinos. Comparten rasgos generales, pero ni la estructura de sus rostros ni su masa corporal son comparables a las de los varones. De hecho, tienen fama de ser gráciles y delicadas, a pesar de su pronunciado tono muscular en comparación con una mujer humana.

Y lo diré ahora: No, las mujeres enanas no tienen barba. El día que sugerí esto, todo el mundo me miró como si hubiera insinuado que tenían dos cabezas o algo así.

También observé que un enano en general se mueve con gran agilidad y firmeza. No hay signos de torpeza ni de balanceo torpe en su forma de andar. Ni mucho menos. No son tan gráciles

LA FLOR DE JADE I

-EL ENVIADO-

como los elfos. Pero no caminan con menos seguridad que el humano medio. Quizá sólo parecen más pesados. El enano camina como diciendo: "¡Eh, aquí viene un enano!". De hecho, su aspecto y presencia son realmente impresionantes y feroces. Se aleja mucho del estereotipo cómico y torpe que abunda en la ficción fantástica. Si a esto se añade su afición a los tatuajes y su extendida veneración por las cicatrices, o a decorar su cuerpo con perforaciones... se puede hacer una idea aproximada de la ferocidad de su aspecto general.

Vedmaguer solía decir que cuando el gran Mostal creó a los enanos, se apiadó de las demás razas y, por ello, cortó parte de las piernas a sus creaciones. Por lo que yo experimenté, si todos los enanos midieran una media de dos metros, sólo los dioses habrían podido detenerlos.

Me despedí del viejo Thurg y del buen señor Vedmaguer.

Mi relación con la gente del pueblo no podía ser mejor. Simplemente me trataban como a uno de los suyos, con el que podían hablar e incluso regañar cuando lo mereciera. Pronto hice amistad con jóvenes de mi edad, incluida Mynna. También empecé a sentirme a gusto con los demás residentes. Conocía todas sus caras. Incluso podía describirlos hoy día. Pero no me preguntéis sus nombres, porque tengo que admitir que zumbaban caóticamente en mi cabeza como un enjambre de insectos. A menudo los confundía.

Como afirmaba no recordar mi nombre, a consecuencia de mi amnesia fingida, me pusieron un apodo. Fue el pequeño grupo de elfos el que me bautizó como Ulvid'All'Jyaëromm, aunque la mayoría me llamaba simplemente Jyaër.

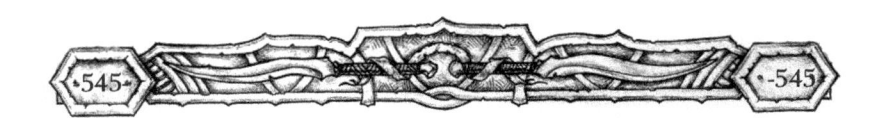

No me importaba en absoluto tener un nombre élfico, aunque al principio me costaba identificarme con él. Más tarde supe que significa "el de las mil lenguas" o, en otras palabras, "el que habla mil idiomas". Por entonces no sabía por qué pensaban que yo hablaba muchas lenguas. Yo sólo podía comunicarme en mi lengua materna. Además, parecía totalmente innecesario comunicarse en otro idioma, ya que todo el mundo parecía hablar perfectamente mi idioma.

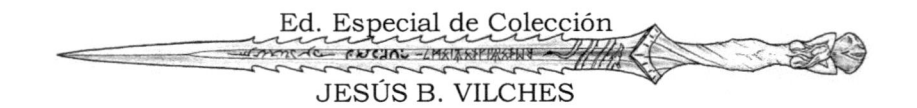

Supongo que tenía mucho que ver con el hechizo que Gharin nos lanzó en aquel vagón tras ser capturados por los orcos. Con el paso del tiempo, olvidé el hechizo y seguí con mi vida cotidiana sin pensar de nuevo en ello. No sabía cuánto tiempo seguirían actuando sobre mí los efectos de aquella magia. Intentaba no pensar en lo que pasaría si el hechizo desapareciera de repente.

Durante esas primeras semanas, apenas me daba cuenta del paso de los días. Mi sensación del tiempo había perdido sentido en aquella vida, donde su fluir parecía tener mucha menos importancia. Pero el pueblo no era grande ni su gente numerosa. Así que la euforia inicial dio paso a una pesada melancolía a medida que la novedad de mi nuevo hogar acabó disipándose y comencé a acostumbrarme a todo lo que me rodeaba. Lo que al principio era nuevo, emocionante y exótico, pronto se convirtió en rutinario y mundano.

Todos aquellos rostros de mi vida pasada, aquellos recuerdos y anhelos que habían formado parte de mi existencia anterior, empezaron a inundar mi mente, agobiándome y quebrantando mi espíritu. Esto marcó mi alma con una profunda tristeza. Así que a veces subía los interminables escalones que serpenteaban entre los nudosos troncos hasta los puntos más altos y distantes del dosel del bosque. Desde allí, donde las inalcanzables copas de los árboles se asemejaban a un inmenso campo verde de trigo, observaba la salida y la puesta de las dos fascinantes esferas

LA FLOR DE JADE I

-El Enviado-

que tenían allí nombre de dioses. Así, noche tras noche, fui testigo de la majestuosa marcha de los Gemelos mientras se hundían tras los majestuosos picos del Belgarar. Era sobrecogedor, no sólo contemplar el tránsito de estas dos esferas incandescentes, sino también admirar las praderas que se extendían más allá de los interminables límites del bosque. Sólo cuando contemplas la puesta de sol desde un lugar tan privilegiado, en soledad y silencio, te das cuenta y comprendes tu propia insignificancia y brevedad ante todo lo que te rodea.

Ahora la noche ya no me entusiasmaba con las sensaciones cautivadoras de antes. La luna, Kallah, imponía su influencia oscura y tenebrosa sobre el mundo. Aprendí a respetarla, a temerla y a admirarla. Poco a poco aprendí también a abrazarla. Hubo muchas noches en las que, subyugado por los terrores que alberga la oscuridad, subía al punto más alto y esperaba hasta la puesta de sol bajo su inquietante mirada.

El bosque sufría un silencio sepulcral.

Ni pájaros, ni animales, ni sonidos. Sólo el silencio y el susurro de las hojas muertas de los árboles. Un silencio profundo y pesado. Un silencio inquietante y perturbador que alimentaba los miedos imaginarios, permitiendo a la mente crear visiones y fantasmas cuando no había nada. Era imposible ver más allá del manto de oscuridad que envolvía las altas cumbres a sólo unos kilómetros de distancia. No había luz que iluminara el denso paisaje. Era como si el mundo se acabara en el punto donde mis pupilas ya no podían ver más allá de las siluetas informes de los árboles.

Recuerdo una noche.

Una especialmente solitaria y silenciosa. El "Säaràkhally", como llaman los elfos a la luna, brillaba malévola e intimidante sobre el vasto e inquietante tapiz del bosque. Cubría la noche con un velo de invisible hostilidad. No era la primera vez que notaba ese peso oculto en mi espalda. A veces percibía que una extraña aura hostil me rodeaba y envolvía. Como si algo que no podía ver ni oír, enfadado por mi presencia, intentara de algún modo advertirme de que no era bienvenido en aquel lugar. Una ligera presión en el pecho que provoca angustia al respirar. Un calor eléctrico que te recorre la espalda y te pone los pelos de punta. La oscura sombra de una amenaza invisible que te oprime los hombros. La persistente sensación de que algo terrible está a punto de suceder. Especialmente aquella noche, sentía esa fuerza oculta sobre mí.

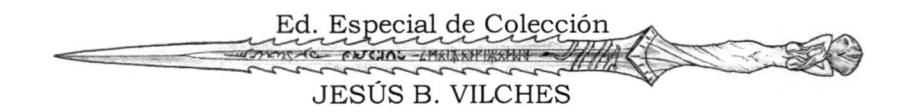

El miedo es una emoción poderosa, y no tardé en sentir el impulso desesperado de querer salir de allí. Hasta entonces, formas e imágenes oscuras surgían del bosque, conjuradas con demasiada facilidad por mi imaginación desbordada. Había un fantasma escondido en cada parpadeo de luz y un monstruo acechando en cada sombra. Esos mismos miedos ingenuos que un niño esconde al crecer, pero que nunca supera del todo.

Recordé en ese momento los cuentos fantasmales de Allwënn sobre soldados espectrales que vagaban por los bosques. Yo seguía pisando el lugar de esa leyenda. Aunque sabía que eran los refugiados quienes se disfrazaban de aquellos guerreros espectrales, eso sólo servía para aumentar mi ansiedad. Después de todo, esos fantasmales custodios podrían existir de verdad.

Me di la vuelta, decidido a regresar al pueblo de una vez por todas. Entonces le vi.

Creí que se me iba a salir el corazón del pecho. Mi garganta no pudo contener un grito ahogado de horror. No puedo asegurarlo, pero probablemente me quedé blanco como la nieve. Difuminada en la brumosa oscuridad, donde los contornos son

LA FLOR DE JADE I

-EL ENVIADO-

inciertos, apareció en la penumbra una figura alta y esbelta. Estaba parcialmente cubierta por placas de armadura desgastadas y oxidadas. Bellamente tallada, pero maltrecha por la batalla y el combate. Debajo había un cuerpo delgado y armonioso, de miembros fuertes y nervudos. Iba armado con una lanza de punta ancha de extraño diseño y ocultaba su rostro tras la oscura máscara metálica de su casco.

No me cabía duda de que aquella aparición fantasmal pertenecía a un elfo. Estaba ante mí, envuelto en las sombras y el misterio de la noche penetrante. Armado y preparado. Solemne y silencioso. Tal vez muerto. ¿Quién sabe? Tal vez había venido a llevarse el tributo de mi alma.

No sabría decir cuántos pensamientos semejantes cruzaron el vasto valle de mi mente en tan breves instantes. Cuántas visiones y recreaciones fugaces nacieron y murieron en los estrechos corredores de mi mente en esos pocos segundos.

—Siento haberte asustado —Una voz metálica resonó detrás de la máscara de hierro. —No pretendía molestarte. Parece que has descubierto mi pequeño rincón secreto.

Su mano enguantada en metal levantó la máscara, revelando unos rasgos peculiares que me resultaban familiares. A la luz del "Säaràkhally", la silueta de lo que una vez había sido un bello y hermoso varón elfo me miraba. La mitad de su rostro aún pertenecía a los elfos. Intacta quedaba aquella belleza de contornos suaves y formas cinceladas. La otra cara, en cambio, no podía mirarse sin estremecerse. Consecuencia de algún trágico suceso o de una sangrienta batalla.

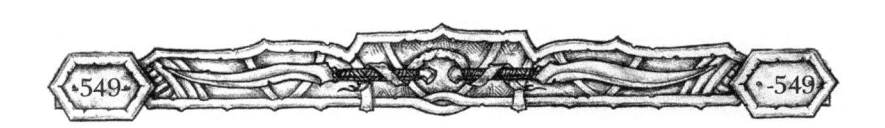

Una evidente cicatriz le partía un ojo, irremediablemente perdido y oculto tras el parche de cuero que llevaba sobre él. Profundas grietas en la cara le llegaban hasta la barbilla, partiéndole el labio en una mueca retorcida. La luz difusa de la luna acentuaba sin piedad sus deformidades en sus sombras implacables. Al mismo tiempo, le confería una majestuosidad desvaída, una grandeza nostálgica y decadente que estaba ausente cuando los soles iluminaban su rostro.

—¿A... ¿Akkôlom? —pregunté vacilante, aunque sabía que las facciones que tenía ante mí no podían pertenecer a nadie más. —¡Santo Dios! Yo... Te había confundido con... No te esperaba aquí... Ahora... Yo... No sabía que este lugar... Que tú...

—Nadie lo sabe —Me interrumpió, adivinando lo que intentaba decir con mis balbuceos. Lentamente, con paso mesurado, se acercó a mí y se apoyó con indiferencia en la barandilla de madera de aquel mirador. Contempló lo que tenía delante, lo que hasta entonces había sido mi dominio. —Al menos nadie lo sabía, hasta ahora.

—Yo... estaba a punto de irme, Akkôlom —me apresuré a añadir, como si estar allí se hubiera convertido de repente en un agravio. El elfo desfigurado me sonrió tan amablemente como se lo permitieron sus grotescas cicatrices, y me detuvo cuando intenté alejarme.

—Si pudiera ser dueño todo lo que veo, entonces sería un dios, y no habría necesidad de que huyera o me escondiera. Pero tristemente... no lo soy. —suspiró amargamente. —Puedes ir donde te plazca, jovencito. Con o sin mi permiso; incluido este lugar. Pero eres es la primera persona que encuentro aquí en muchos años. Me alegra saber que no soy el único con gustos inusuales que recurre a este lugar.

El lancero me invitó a unirme a él. Poco sabía entonces lo mucho que el futuro me uniría a ese elfo desfigurado. O quién era realmente

La Flor de Jade I

-El Enviado-

"¡Atrás, atrás, atrás! ¡Abre bien las piernas! Bien hecho, Randoh. ¡Más fuerte, Brak! ¡Más fuerte, muchachos, sois soldados, por el santo crepúsculo! ¡Cuidado con las piernas, Jyaër! Vigila la espada. Nunca apartes la vista de la espada. Es la espada la que puede matarte, no los ojos de tu rival, por muy atractivos que sean. Debes anticiparte a sus pensamientos, contrarrestar su golpe y romperás el ataque de tu oponente. ¡Eso es, Targ! Bien hecho, muchacho. Y si no puedes anticiparte a sus acciones, intenta golpear más fuerte que él.

El entrenamiento con el sargento Waällsteigh era extenuante y agotador. Su voz enérgica y penetrante hablaba por encima del choque de las espadas de madera que utilizábamos en el entrenamiento. El eco sordo de la madera contra la madera acompañaba nuestros gruñidos de esfuerzo y el golpeteo de nuestras botas. El recuerdo de aquellos sonidos aún me transporta a aquel lugar.

Había llovido lo suficiente las noches anteriores como para convertir el suelo en un lodazal. El barro se extendía como un océano viscoso por gran parte del recinto que normalmente utilizábamos para practicar la lucha con espada. No contento con eso, el capitán nos hizo luchar donde el barro era más espeso.

Mantener la compostura y el equilibrio sobre una superficie de material resbaladizo y pegajoso no era tarea fácil. Como resultado, mis piernas tendían a moverse más de lo debido, y me encontraba más a menudo en el barro que sobre él.

El capitán solía decir que la batalla no espera a que salga el sol en un día despejado de primavera. Una batalla no la gana el hombre con la mano más hábil, repetía a menudo, sino el que puede mantener mejor el equilibrio. Y así nos hacía luchar sobre el barro o la nieve. Aprender a ver a través de la niebla y en la noche. A combatir mientras la lluvia caía sobre nuestros hombros... ese tipo de cosas, ya sabes.

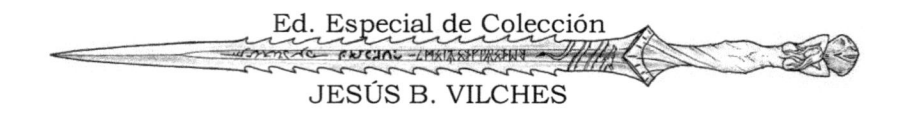

La gran mayoría de los que entrenaba apenas habían usado un arma. Su régimen de entrenamiento tenía como principal objetivo mantenernos en forma. Pero para prepararnos para futuras incursiones, nos obligaba a luchar en todas las condiciones meteorológicas. Fue entonces cuando empecé a admirar a los dos elfos con los que había compartido mis primeras experiencias en este mundo salvaje y lleno de peligros. Fue entonces cuando empecé a admirar sus rápidos reflejos y su instinto para el combate.

"¡Maldita sea!"

Por enésima vez, me tiraron al barro, aunque esta vez con exquisita elegancia, aunque esté mal que lo diga yo. Me encontré tumbado boca abajo en un charco. Una vez más, sentí la suciedad granulada y húmeda deslizándose por mi cara hasta llegar a mi boca. Había aterrizado en el barro tantas veces que el capitán bromeó diciendo que debía dejar un poco para mis camaradas.

Cuando abrí los ojos, me encontré frente a una hoja desnuda de acero desgastado. Pequeñas muescas recorrían el largo de su ancho filo, causadas por un incontable número de golpes en el pasado. No era la inofensiva arma de madera con la que luchábamos mis compañeros y yo. Era una espada de verdad. Su intimidante visión me hizo temblar. Un rápido golpe de esa espada podría fácilmente separarme la cabeza de los hombros.

—¿Lo veis? —Aleccionó tras un breve silencio que me pareció una eternidad. Levantó la hoja de mi garganta para mirar al resto de sus discípulos. —El joven Jyaëromm habría probado el

LA FLOR DE JADE I

-EL ENVIADO-

barro por última vez, por mucho que le cueste aceptarlo. —resumió con ironía. —Perder el equilibrio a menudo significa perder la cabeza. Ya lo habéis visto. Debéis mantener las botas firmemente apoyadas en el suelo.

El instructor miró a su exhausto público. Todos estábamos sin aliento y cubiertos de barro de pies a cabeza. Nuestros ojos cansados pedían clemencia. Con una sonrisa de derrota aceptó la evidencia.

—Muy bien, fuera de aquí. La lección ha terminado. Ya habéis tenido suficiente barro por hoy. Id a lavaros, antes de que alguien os confunda con un plato a medio rebozar de alguna taberna barata.

El capitán resultaba ser un tipo bastante cálido. Tal vez fuera su carácter relajado y su capacidad para ganarse a sus hombres lo que le convertía en un excelente profesor. Los otros muchachos ya habían empezado a marcharse cuando acepté de buen grado la fuerte y callosa mano que me tendía. Una vez arriba, me dijo algo que nunca olvidaría.

—Bueno, la esgrima no parece ser tu mayor habilidad, hijo. Eso seguro.

Las palabras me calaron hasta los huesos. Sin saberlo, estaba destrozando mi fantasía infantil más preciada. Levanté la vista hacia sus cansadas pupilas, con la desesperación grabada en cada pliegue de mi rostro.

—En los tiempos que corren... —Continuó, —...y con algo de suerte, espero que ambos podamos morir tranquilamente aquí. Recemos para que así sea—. Luego se acercó aún más a mí. —Pero si los dioses se han molestado en traerte hasta aquí, quizá quieran algo más de ti, después de todo. Hay nobleza en tu camino, joven, aunque no provenga de la empuñadura de una espada, créeme.

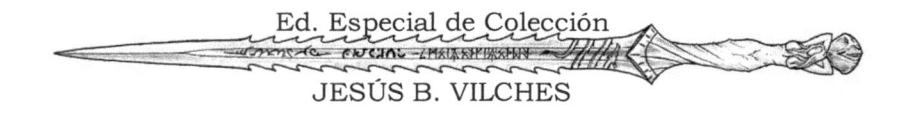

Se levantó, miró al cielo y me dio una palmada en la espalda. Luego se marchó sin decir una palabra más. Yo seguía ensimismado en sus palabras cuando oí que volvía a llamarme. Levanté los ojos y le miré.

—Por cierto... Diva Gwydeneth quiere verte. Te ha estado esperando toda la mañana. Pero me hizo prometer que no te lo diría hasta después del entrenamiento.

"¡¡¡La Diva!!!" Me dije a mí mismo.

La había visto varias veces por el pueblo, pero aún no había tenido ocasión de hablar directamente con ella. Era un personaje muy carismático. En este lugar no había jefes ni líderes, al menos no oficialmente. Pero si había individuos a los que los demás tenían por referentes y cuyas opiniones eran ciertamente tenidas en cuenta, como Akkôlom, el propio capitán y, por supuesto, la fundadora de aquella aldea: la Diva Gwydeneth. Es por eso que, la mayoría consideraría a la hermosa elfa la personalidad más influyente de la aldea.

—Pero límpiate esa mugre antes de ir a verla —me aconsejó —Créeme, si alguien está dispuesto a esperarte toda la mañana, puede esperar un poco más.

Estábamos aún muy lejos del amanecer cuando dejé atrás los barracones, acompañado por Alann. El bosque y todos sus habitantes ocultos aún dormían. El frío aliento de aquellas horas pellizcaba nuestros cuerpos aún somnolientos mientras descendíamos por las escaleras de caracol adosadas al grueso troco

LA FLOR DE JADE I

-EL ENVIADO-

del árbol. Las estrellas aún reinaban en el cielo nocturno, más allá del dosel del bosque que las ocultaba de nuestra vista. Sólo maese Halfgard se había levantado temprano para abrir la posada y nos había preparado un copioso desayuno. Comimos bien. Teníamos que hacerlo. Pan de centeno, algunos brotes de sabba, acompañados de una buena ración de pasta de maro caliente y leche. Cuando salimos, los demás nos estaban esperando. Ya estaban montados en sus caballos, equipados con las armas y provisiones. Forja nos esperaba con pintura de guerra en la cara y lanza en mano. Al menos media docena de jinetes acompañaban a la misteriosa mestiza. Alann se unió pronto a ellos.

Akkôlom también esperaba. Llevaba la cabeza cubierta por la capucha de su capa élfica, que ocultaba la mayor parte de sus rasgos marchitos. Sólo la ardiente pupila de su único ojo atravesaba el velo de niebla matutina que lo envolvía.

La Diva también había venido, aunque no quiso acompañarnos. Sólo estaba allí para desearnos un viaje fructífero y sin incidentes y para pedir a la Gran Protectora Keshell, la primera de las Damas de Alda, que velara por nosotros. No hizo mención alguna a nuestra tardanza, y tal vez fue su presencia la que evitó comentarios al respecto de los demás. Esperaron pacientemente mientras ultimábamos los preparativos del viaje. Cuando todo estuvo listo, protegidos por los deseos y oraciones de la hermosa Dama, nos pusimos en camino. Dejamos atrás el pueblo y todas sus gentes al abrigo del bosque.

Sí, esa tarde subía a verla...

Ascendí hasta al edificio de la biblioteca, en el primer nivel de los árboles. Me habían asegurado que estaría allí, hablando con el archivero. Gwydeneth había sido una Dama de Keshell[46]. Era una elfa muy atractiva. Un personaje encantador y decidido que sabía cómo y cuándo encargarse de la mayoría de las tareas de la aldea.

Entré por primera vez en el edificio del archivo.

Era un edificio modesto, de dos plantas. Servía tanto de biblioteca del pueblo como de casa del archivero. Era una visita obligada para muchos de los jóvenes, que complementaban sus estudios con los manuscritos y volúmenes que allí se guardaban. El estudio era una actividad obligatoria en este campo secreto de refugiados. A los jóvenes se nos enseñaban no sólo las artes del combate, sino también la lectura e interpretación de los clásicos, la historia, la filosofía y muchas otras disciplinas humanísticas. Eran los legados de la cultura humana y la gloria élfica.

Este pequeño lugar albergaba un archivo, atesorado por la comunidad. Fyrius de Meris, el archivero, era un hombre de gran espíritu y sabiduría. Había sido cronista de la Casa Wyllëndör de Dáhnover, la misma en la que había servido Täarom. Tenía fama de gran hombre de letras. Juntos habían conseguido rescatar algunos de los títulos más ilustres de la colección bibliográfica de la mansión. Ahora se guardaban en la biblioteca y se ponían a disposición de quien los solicitara.

La puerta principal daba a una sala de suelo irregular y estanterías vacías que llegaban hasta el techo. En una mesa cercana, un joven rubio, no mucho mayor que yo, ordenaba unos gruesos volúmenes antiguos. Cuando me vio entrar, levantó la vista y me indicó que esperara. Se levantó de la silla y atravesó la

---

[46] Nombre dado a las sacerdotisas de Keshell, La Protectora, Señora de los Elfos. Según la cosmogonía élfica, es la primera de las Damas de Alda, la Diosa Madre, Señora de los Bosques.

LA FLOR DE JADE I

-EL ENVIADO-

habitación hasta el pie de una escalera que conducía al primer piso. Desapareció escaleras arriba y me quedé solo unos instantes. Bajó poco después para asegurarme que su padre y la Diva no tardarían en bajar. Luego volvió a sus quehaceres. Kkatar era un chico reservado que no se relacionaba mucho con el resto de los aldeanos. Se decía que su padre le había inculcado un amor desmedido por la historia. Había ayudado a su padre a escribir una obra monumental para las generaciones futuras que recogía los terribles acontecimientos sufridos por la comunidad. Le observé trabajar durante un breve espacio de tiempo, hasta que aparecieron su padre y Diva Gwydeneth.

Ambos bajaron juntos por la misma escalera. Él era de porte noble, barbado y de aspecto todavía bastante juvenil. Ella... bueno, Gwydeneth era una elfa, y como todos los elfos tenía una belleza extraordinaria difícil de describir. Su cabello era largo, dorado, suave y fino. Sus ojos eran de un azul brillante. Sin embargo, a pesar de su belleza, debía de tener una edad avanzada para los estándares élficos. Sus rasgos faciales, aunque finos y suaves, mostraban leves signos de madurez, evidentes a los ojos de los elfos, aunque pasaran mucho más desapercibidos para otras razas. Sólo los elfos podían saber, mirándola, cuánto tiempo llevaba su delicada figura caminando y contemplando el mundo. Lo más probable es que aquellos ojos centelleantes hubieran visto nacer, vivir y morir a varias generaciones de hombres.

—Joven Jyaëromm. Me alegro de verte —me dijo después de un saludo superficial. —Seré breve. Se está organizando una pequeña incursión en la cercana aldea de Plasa. Akkôlom estará al mando. Es una operación que entraña cierto peligro, pero que se ha convertido en algo tan rutinario como necesario. Hemos decidido que esta podría ser una oportunidad para presentarle las tareas habituales de nuestros jóvenes aquí. Tal vez te interese acompañar al grupo de asalto. Ven a mi casa al atardecer y reúnete con el resto del grupo si quieres unirte a ellos. Lo harás solo en calidad de observador, no te preocupes.

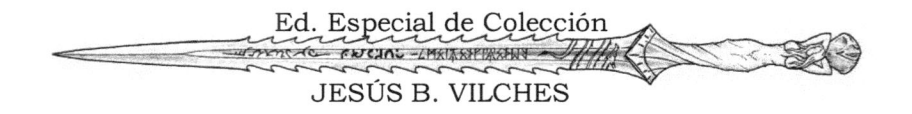

¿Qué podía decir?

No podía ni quería rechazar la tentadora invitación. Había crecido imaginando situaciones exactamente iguales a la que esa radiante elfa me proponía. No me negaría esta oportunidad. No lo dudé ni un segundo. A la hora acordada, me encontré subiendo las interminables escaleras que conducían a la casa de la enigmática elfa.

Fui el primero en llegar. Gwydeneth estaba en el porche. Se encontraba radiante. Sus cabellos dorados ondeaban con la brisa, flameando coquetamente alrededor de sus delicados hombros. Me dedicó una cálida e inocente sonrisa en cuanto se fijó en mí y me hizo señas para que me acercara. Había dispuesto unas cómodas sillas alrededor de una mesa en el porche. Sobre la superficie de la mesa había unos cuantos platos y cuencos con pastas aromáticas. Un poco azorado, tomé asiento a petición de la elfa. Se sentó a mi lado. Su proximidad a mí era casi intimidante. Llenó una gran copa de cristal de formas intrincadas con algún tipo de líquido floral y luego brindó por mí. Se reclinó con elegancia en el cómodo respaldo de la silla y me preguntó cómo me encontraba. Durante un largo rato, charlamos de cosas intrascendentes.

Pronto llegaron los primeros invitados a la reunión.

Eran hombres jóvenes. Todos eran varones. No había mujeres entre ellos. Todos eran mayores que yo. Supongo que si me esforzara lo suficiente, podría recordar haber conocido a algunos de ellos con anterioridad. No había mucha población en aquella aldea. Pero se presentaron ante mí como si fuéramos

LA FLOR DE JADE I

-El Enviado-

completos desconocidos. Eran seis, y no llegaron todos juntos.

Lamento no poder recordar sus nombres. Ni mi mente ni mi memoria han dado para tanto. Lo que me llamó la atención fue el individuo que apareció momentos después. Aún no nos habíamos instalado cuando apareció una joven alta y nervuda. Llevaba una armadura roja de cuero endurecido. Sus largas piernas estaban expuestas a la brisa fresca. Caminaba hacia nosotros con una gracia y una postura inusuales para una mujer de su estatura. Era una joven atractiva de orejas puntiagudas, que lucía claramente la sublime belleza de los elfos tan codiciada y admirada por los humanos. Sin embargo, era una belleza peculiar, quizá realzada por la forma complicada y personal en que llevaba su cabello pelirrojo. Una multitud de intrincadas trenzas y rastas rodeaban sus mechones, atrapándolos en gruesas cascadas o finos mechones que le caían hasta la cintura. Su cabello era abundante y largo, pero era difícil distinguirlo cuando estaba recogido de ese modo. Los intrincados nudos en los que estaban atrapados sus mechones rojos hacían que su pelo pareciera más voluminoso de lo que era en realidad.

Le daba un aspecto feroz. Se adornaba con plumas, colgantes y pendientes de formas llamativas. Llevaba la cara pintada en rojo y azul, a juego con sus mechones trenzados, aunque sus finos rasgos élficos suavizaban su apariencia.

—Jyaëromm. Esta es Forja, mi hija. —La Diva me la presentó unos instantes después. —Le debemos a ella y a su escuadrón, muchos de los cuales están aquí ahora, tenerte entre nosotros.

No todos los días conoces a la persona supuestamente responsable de salvarte la vida. Una sensación inexplicable se apodera de ti y un sinfín de palabras se agolpan en tu mente. Sientes la necesidad de decir muchas de ellas, pero la verdad es que tu lengua no puede trabajar lo suficientemente rápido para expresar las ideas que revolotean en tu cerebro. Empiezas a balbucear y al final la situación te supera un poco. Forja, que obviamente no estaba acostumbrada a una reacción así, me salvó del rubor dando todo el crédito a su grupo. Me aseguró que nadie había hecho nada heroico. Entonces supe que había sido Alann quien me había llevado de vuelta al pueblo, llevándome en su caballo. El bueno de Alann. Siempre tan humilde y sin hacer alardes....

Al principio pensé que la historia de la incursión no era más que una forma sutil e inteligente de que conociera a mis salvadores. La razón por la que no me había encontrado antes con la mayoría de ellos era porque a menudo estaban fuera patrullando por el bosque. Pasamos un rato relajado y agradable, bromeando y comiendo aquellas jugosas y deliciosas pastas.

—¿Por qué no me lo habías dicho? —Le susurré a Alann, mientras el resto mantenía una conversación general.

—¿Decirte qué? —preguntó frunciendo el ceño.

—¡Que fuiste tú quien me trajo aquí!

—Nunca preguntaste —aseguró con gran convicción.

—Sí, claro que lo hice —argumenté con la misma seguridad. Una sombra de duda fingida cubrió su rostro.

—¿Lo hiciste? —Pude ver por su expresión que su falta de memoria era totalmente falsa.

Akkôlom fue el último en llegar. Fue entonces que comenzó la verdadera reunión.

LA FLOR DE JADE I

-EL ENVIADO-

"Amanecerá en una hora"

El elfo desfigurado suspiró, deteniendo su montura. La mañana traía una brisa refrescante a través de los árboles, el aire fresco nos alborotaba el pelo y nos acariciaba la piel de la cara y las manos. Detuve mi montura y lo observé un momento. Iba montado en un orgulloso potro de aspecto noble, con su esbelta figura cubierta por una capucha verde pálido. Iba armado con un magnífico arco colgado a la espalda y una espada larga envainada en la cintura. El deforme elfo tenía un aspecto extrañamente magnífico, y sus cicatrices de batalla sólo servían para distinguirlo aún más de la joven tropa que cabalgaba a su lado.

—Puedo distinguir el primer T'halla'va[47] en la distancia. —aseguró.

Aunque parecía que cabalgábamos por el bosque sin rumbo fijo, en realidad seguíamos una ruta clara y marcada que mis compañeros conocían y reconocían perfectamente. De hecho, el ritmo de la marcha podía juzgarse claramente por el número de T'halla'vy que nos cruzábamos. El plan era pasar dos de ellos cada

---

[47] Palabra de raíz Vasitt que forma el plural en "y". Este es el nombre que reciben una serie de pequeños almacenes en el bosque que sirven de vigías y campamentos de tránsito estacionales. Son cabañas de madera con pequeñas ventanas rectangulares y tejados bajos a una sola agua. Se utilizan para almacenar los alimentos que se ponen a disposición de las constantes patrullas en el bosque. Al mismo tiempo, pueden servir de estación de paso y de refugio contra la lluvia y el frío. En cualquier caso, la ubicación de estos pequeños almacenes es bien conocida por quienes los utilizan, pero por lo demás pasan desapercibidos para el observador casual.

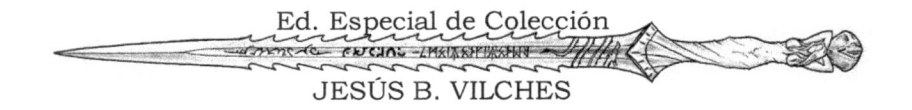

día y llegar al tercero al anochecer. El que avistamos fue el primero de nuestro viaje.

—No hará daño saludar a los dioses con la barriga llena y los caballos frescos —sugirió.

Y no hubo mucho más que decir.

Cabalgamos durante unos días a caballo, parando regularmente en los T'halla'vy que encontrábamos por el camino para comer y descansar. Estos días se hicieron monótonos y me trajeron a la memoria los tiempos en que cabalgaba con mis dos compañeros elfos, los músicos y el desaparecido Falo.

Cuando hablábamos, era para discutir lo que podríamos encontrarnos más adelante. De hecho, parecía que yo era el único que no sabía lo que estaba pasando. Los demás estaban claramente familiarizados con la ruta y la rutina de la cabalgada.

Plasa era un enclave importante. Era el asentamiento más cercano en territorio ocupado por el enemigo que abastecía a los diversos pequeños enclaves y campamentos diseminados por el valle de S'uam y el Belgarar. Como tal, era el punto más cercano y vulnerable de la frontera, contra el que se podía lanzar una incursión sin llamar demasiado la atención sobre la ubicación de nuestro hogar oculto en el bosque.

Cerca del borde del bosque hay T'halla'vy más grandes,

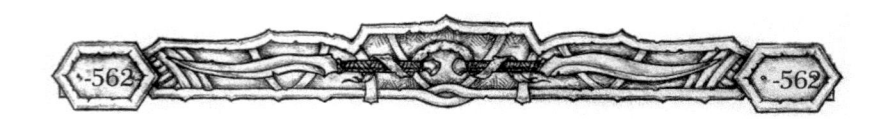

LA FLOR DE JADE I

-EL ENVIADO-

conocidos como T'hëllymai[48]. Estos T'hëllymai albergaban una guarnición permanente de hombres, normalmente un pequeño contingente de cuatro o cinco soldados. Rotaban cada pocas semanas. Mis acompañantes se esforzaron mucho por explicarme todo esto durante el viaje. Les estoy muy agradecido. A veces era un poco tedioso escucharlos, pero aprendí cosas interesantes que de otro modo habría ignorado.

Llegamos al edificio de madera con exótico nombre élfico al anochecer del último día. Un par de soldados de aspecto maduro y bien equipados nos dieron la bienvenida. Esa noche comimos, charlamos y dormimos en el espacioso T'hëllymê.

Me desperté un poco más fresco. Pero esa mañana descubrí que mi cuerpo había estado demasiado tiempo sin montar. Me quedé dormido y me desperté con un quejido de mis músculos agarrotados y adoloridos. Al abrir los ojos comprobé que era de día y que estaba solo. Todo el mundo estaba ya levantado, incluidos los soldados que patrullaban el T'hëllymê. Puede oír el eco de sus voces que venían desde fuera. Al menos eso significaba que no se habían marchado sin mí, como temí al principio.

Había cierta expectación en esas primeras horas. Quizá la impaciencia era sólo mía, aunque me parecía verla reflejada en todas partes y en todos. Todavía somnoliento y dolorido, llegué a la segunda plataforma, donde Akkôlom estaba acompañado por uno de los soldados. Oteaban el horizonte cercano mientras repasaban el plan de la incursión.

---

[48] Palabra con raíz Vasitt que forma el singular en ê. Estas estructuras son similares a las T'halla'vy, pero de mayor capacidad. Algunas tienen varios pisos. Su función principal es proporcionar excelentes miradores en las fronteras, aunque también se utilizan como almacén. Estas estructuras están muy extendidas en la red defensiva élfica, de la que fueron adoptadas.

JESÚS B. VILCHES

—Dejaremos a algunos de los chicos aquí —escuché que el elfo le decía al soldado. —Cuando regresemos, podremos partir todos juntos. Vuestro relevo está listo para abandonar la aldea. Si aún no se ha puesto en marcha, probablemente lo hará en los próximos días.

Me quedé detrás de ellos sin decir nada, sin querer interrumpir. De hecho, los párpados me pesaban tanto que me costaba mantenerlos abiertos. No recuerdo en qué momento ni de qué manera terminó su conversación. Akkôlom se quedó solo, con su único ojo oteando las llanuras que se extendían ante él.

—¿Ves ese desfiladero que discurre entre las montañas? —Me dijo, como si presintiera mi presencia o el ojo que le faltaba en el rostro lo tuviese en la nuca. Le respondí de inmediato con una brusca afirmación. —Hemos cavado pequeñas trincheras, escondidas entre las rocas. Ese será nuestro próximo objetivo. Saldremos al anochecer. Probablemente no tendrán centinelas tan lejos del pueblo, pero no quiero arriesgarme a que nos descubran cabalgando fuera del bosque a plena luz del día.

El sonido de los cascos de los caballos quedaba amortiguado por el manto de hierba que cubría la pradera, envuelta aún en la oscuridad de la noche. Una fresca brisa de madrugada bajaba de las montañas, sin que los troncos y las ramas de los árboles lo impidieran. El dosel del bosque muerto ya no podía ocultar el vasto campo de estrellas sobre nuestras cabezas. Era emocionante, casi increíble, salir del claustrofóbico abrazo del bosque. Haber escapado de sus garras, de sus fauces. Me pareció que había pasado una eternidad en sus dominios. Una eternidad que ahora parecía un recuerdo menguante bajo el cielo abierto de la noche.

La Flor de Jade I

-El Enviado-

Cabalgar en mitad de la noche sin una sola luz era difícil en el mejor de los casos. Ciertamente lo era para un jinete inexperto como yo. Kallah seguía vigilando el mundo con su mirada maliciosa desde las alturas. Los brillantes contornos de su ominosa esfera estaban deformados y parcialmente oscurecidos por el resplandor de los dos soles que aún acechaban ocultos bajo el horizonte.

Aunque mi percepción visual estaba muy disminuida, ello no me impidió disfrutar del viaje en la oscuridad. Poco a poco empezamos a notar que el terreno era más firme para cabalgar a medida que nos alejábamos del bosque. Entonces, en un momento dado, desmontamos y tomamos posición sobre la tierra firme que había bajo nuestros pies.

Me situé al pie de un alto barranco, apenas visible a mis ojos, y contemplé la silueta mutilada de Kallah sentada en su trono tachonado de estrellas. La luz de los fuegos que ardían en Plasa podía verse no muy lejos, por debajo de nosotros. Sentí la excitación de un bisoño al ver desnudarse por primera vez a una bella dama. En ese momento, me pareció surrealista estar en aquel lugar concreto en ese momento concreto.

—Estoy muy agradecido de estar aquí —recuerdo haberle dicho a Alann en algún momento del viaje. —El bosque empezaba a engullirme. Necesito saber qué más hay en este mundo aparte de estos árboles, aunque eso suponga algún peligro.

Akkôlom había regresado a primera hora de la tarde para reunirse con algunos de los jóvenes de nuestro grupo. Les sorprendió mientras preparaban los caballos para la partida nocturna. La primera puesta de sol estaba cerca. La luz se desvanecía casi por segundos y pronto nos marcharíamos. Yo no estaba con ellos en ese momento. No me enteré de la conversación posterior hasta mucho más tarde, mucho después de que hubiera tenido lugar.

El elfo mutilado saludó a los jóvenes con su habitual despreocupación, con la mirada aparentemente perdida en sus propios pensamientos. Entre los muchachos estaba Alann, apoyado contra un árbol, comiendo entre los dedos pequeños puñados de semillas tostadas de Arabuqo. Akkôlom se acercó a él. Cogió algunas de las crujientes semillas y se las metió en la boca.

—Tusala —El elfo llamó despreocupadamente a uno de los chicos. —¿Te importaría esperar en el T'hëllymê esta vez?

El joven levantó la cabeza y aflojó el agarre de las correas de su montura, algo confuso.

—Sí, por supuesto, Akkôlom. No hay ningún problema —respondió con sinceridad. El resto del grupo fue dejando de hablar. Hubo un intercambio de miradas entre los jóvenes que el arquero no percibió, pues volvía a quedar pensativo.

—Gracias —añadió el desfigurado elfo, antes de meterse otro puñado de semillas en la boca.

—¿Seremos menos esta vez? —preguntó otro de los jóvenes, incapaz de ocultar su curiosidad.

—No, nada de eso —respondió el elfo con seguridad. —Pensaba en llevar al novato con nosotros.

La noticia causó cierta consternación y otro intercambio de miradas, esta vez con ojos interrogantes.

—¿Alguna objeción, muchachos? —preguntó. Todos evitaron mirar al elfo a la cara, pero respondieron con un leve movimiento de cabeza negativo. —¿Forja? ¿Hay algo que quieras aportar? —Ella se había abstenido de mostrar una aprobación clara ante la inesperada sugerencia. Se limitó a seguir a lo suyo. —

LA FLOR DE JADE I

-EL ENVIADO-

¡Forja! —insistió el marcado en su intento.

Finalmente, Forja miró a su alrededor. Tras un momento de pausa, se acercó al elfo con la intención de hablar con él en privado. Akkôlom cogió otro puñado de granos de Arabuqo de la bolsa de Alann.

—No quiero cuestionar la jerarquía de mando —comenzó la elfa con franqueza. —Pero pensé que sólo íbamos a mostrarle las ubicaciones de los T'halla'vy, las rutas.... Para que pudiera empezar a familiarizarse con todo. No imaginaba que se uniría a nosotros en la incursión. ¿No es un poco pronto para él? El chico apenas puede sentarse derecho en un caballo. Apenas puede sostener una espada con ambas manos, y ni siquiera ha tocado una flecha. ¿Por qué debería venir cuando alguien más capaz puede hacerlo?

—Creo que podemos correr el riesgo. —le aseguró el elfo.

Ella se encogió de hombros con resignación.

—El mando es tuyo. La decisión es tuya, y parece que ya está tomada. No me pidas mi opinión si no vas a escucharla.

—Tu opinión importa, Forja. Tú eres la más veterana aquí. Son tus chicos. Los conoces desde que eran bebés.

—Conozco a sus padres desde que eran adolescentes, Akkôlom; pero eso es irrelevante. Por razones que desconozco esta incursión la diriges tú y no yo. Así que no estoy aquí para juzgarte, Akkôlom, sino para obedecer tus órdenes. Al fin y al cabo, el novato es responsabilidad tuya, no mía.

El desfigurado pareció desesperarse y retuvo a la joven pintada cuando empezaba a alejarse.

—Sólo quiero tu opinión, Forja.

Ella se soltó del agarre del elfo y se volvió hacia él.

—Ya te he dado mi opinión. Dame una razón, Akkôlom, una sola para creer que nos conviene correr este riesgo. El elfo suspiró, dudando en responder por un momento.

—Su memoria, Forja —desveló finalmente. —Tu madre cree que puede ser capaz de ver o sentir cosas fuera del bosque que le devuelvan algunos de sus recuerdos perdidos.

—¿En serio? ¿Sus recuerdos? ¿Fue idea de Gwydeneth?" Quiso saber ella con signos de enfado. —¿Y desde cuándo mi madre interfiere en los asuntos de los Vigilantes? —Forja ya no intentó ocultar su disgusto.

—Este chico ha venido de algún lugar, perdido en su memoria, donde ha sobrevivido todo este tiempo. Demuestra lo que ella ha sospechado durante tanto tiempo. Que tal vez haya más como él, como nosotros. Otros refugiados, otros campamentos, más supervivientes... y que quizá se encuentren más cerca de lo que imaginamos —añadió, mirando hacia las interminables copas de los árboles. —Quizá encontrarlos dependa de que nuestro joven amigo recupere su memoria.

—¿Y quién decidió que encontrarlos era una buena idea? De todos modos, ahora es tu grupo. Estás al mando. Deberías saber lo que haces.

Se dio la vuelta y volvió a alejarse, pero esta vez Akkôlom no intentó detenerla.

LA FLOR DE JADE I

-EL ENVIADO-

La Flor de Jade

CON MIS PROPIOS OJOS

¿Qué son esas siluetas de ahí? Pregunté

Forja, que estaba a mi lado, respondió rápidamente.

—Orcos. Orcos de Belgarar. Son la facción más numerosa por estos lares.

Sus voluminosas y gruesas siluetas, su caminar pesado y sus armaduras de pieles y metal los hacían inconfundibles.

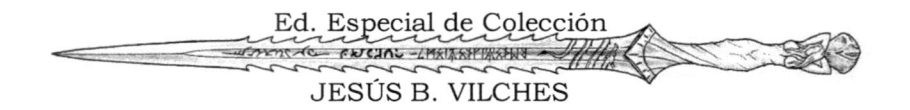

—No, no, no, no. No me refiero a ellos —le indiqué. —Me refiero a esas figuras. Las que aran los campos. Parecen... personas.

Humanos habría sido la palabra correcta. En los alrededores del pueblo había tierra fértil que arar. Allí se veían claramente figuras que trabajaban incansablemente en ella. Figuras que no podían confundirse con las corpulentas siluetas de los orcos. Forja guardó silencio un momento, incómoda, como si retuviera una respuesta que no deseaba dar. Mi pregunta atrajo a otros curiosos, entre ellos Alann. Observaba la escena por encima de mi hombro.

—No hay personas ahí dentro, amigo —escuché su voz por encima de mi cabeza. —No son humanos, confía en mí.

Pasamos la mayor parte del día preparándonos para el ataque. El lugar donde desmontamos no era tan aleatorio como había imaginado al principio. El saliente en el que nos encontrábamos proporcionaba un parapeto natural, una trinchera de piedra que ofrecía una buena vista del terreno que nos rodeaba. Era un punto de observación ideal. Además, se habían hecho algunas instalaciones artificiales para satisfacer ciertas necesidades. También se había excavado en la roca una cámara oculta para almacenar alimentos, flechas para los arcos y armas. Había varias de estas trincheras diseminadas a ambos lados del desfiladero. También se habían despejado algunos caminos para que la comunicación entre ellas fuera más fácil y fluida. Estábamos en el puesto más alto, que utilizábamos como puesto de observación. Pasamos allí la mayor parte del día, preparando nuestras armas, repasando el plan de ataque y observando los movimientos del enemigo en el pueblo.

El día transcurrió lentamente bajo un calor sofocante.

LA FLOR DE JADE I

-EL ENVIADO-

Al final volvió a anochecer. Cenamos algo ligero y organizamos la guardia. No sé si fue por suerte o por la deferencia de mis compañeros que me dieron la primera guardia. Agradecí el detalle y la confianza depositada en mí. Al estar tan cerca del enemigo, no resultaba conveniente encender fuego. Terminé mi guardia temblando en el aire nocturno, frotándome los ojos cansados.

Había hogueras en Plasa, y de vez en cuando podía distinguir las formas desproporcionadas de los orcos por las sombras que proyectaban. Pero lo que me causaba curiosidad, incluso inquietud, era saber que las extrañas figuras que descubrí por la mañana seguían trabajando los campos aún por la noche. Me sorprendía pensar que alguien pudiera trabajar de forma tan incansable de sol a sol, sin pausa, sin descanso, sin demora, como si fueran esclavos.

La guardia había terminado. La noche pasó lentamente y, cuando volvió a salir el sol, los trabajadores todavía seguían en los campos.

El día siguiente trajo una breve despedida. Nos dividimos en varios grupos más pequeños desplegados por las distintas trincheras y posiciones. Ya se estaban preparando para llevar a cabo una emboscada. Así que sólo Alann y Akkôlom esperaban conmigo en nuestro puesto avanzado. Mi misión sería informar desde mi puesto de vigía si se producía algún movimiento inesperado una vez comenzado el ataque. Alann era responsable de mi seguridad. Akkôlom nos acompañaría hasta que los carros de suministros salieran de Plasa. Entonces se uniría a los demás en el asalto.

Pero durante los tres días siguientes, ningún carro salió de la aldea. Los incansables trabajadores de los campos, sin embargo, continuaron su interminable labor sin pausa. Esto aumentó mi curiosidad hasta tal punto que pasé mucho más tiempo observándolos que concentrándome en mis tareas de vigía.

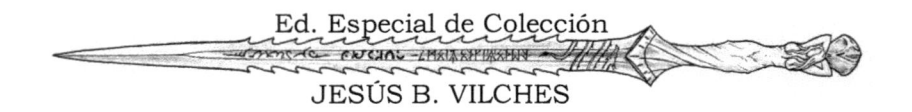

Justo cuando nuestra larga espera se hacía insoportable, salió del pueblo el primero de los carromatos de suministros. Nos devolvió parte de la energía que habíamos perdido durante el largo periodo de inactividad. Pero estos primeros vagones no eran uno de nuestros objetivos. Sabía que el primer transporte no debía ser atacado. Presentaba una oportunidad ideal para observar la organización de la caravana, el número de guardias que la escoltaban y la ruta tomada. En resumen, era un excelente punto de referencia para el ataque posterior. Tampoco hay que esperar al último, ya que nunca se puede estar seguro de cuál será. Si esperas demasiado, corres el riesgo de quedarte sin botín. Así que pusimos la mira en el segundo de los trenes de carga, que probablemente partiría al día siguiente. Tuvimos la suerte de comprobar que el número de tropas de escolta no era rival para nuestra docena de arcos. Esto alivió parte de la aprensión acumulada en el grupo. Sólo nos quedaba esperar la salida del segundo convoy en las próximas horas.

Pero eso no ocurrió...

Contra todo pronóstico, nada cruzó las fronteras de la aldea en las horas que siguieron, ni al día siguiente, ni la noche en la que terminó aquel día. Sólo ocurrió una cosa que convirtió aquel espacio de tiempo muerto en algo digno de mención. Aquellos extraños campesinos, que habían estado trabajando sin parar, se retiraron de los campos. Lo hicieron de repente y a la vez, como si obedecieran las órdenes de alguna mente colmena. Se perdieron entre los edificios del pueblo. Los campos quedaron desiertos y silenciosos. Aquellas figuras misteriosas no volvieron a aparecer.

Sólo éramos tres en la trinchera, así que las guardias duraban mucho más. Esta vez no tuve tanta suerte, y aquella noche

LA FLOR DE JADE I

-EL ENVIADO-

me asignaron el último turno de vigilancia. Se me hizo eterno. Me encontraba en una de esas situaciones en las que la mente consciente y el deseo de dormir luchan por la supremacía. Entonces, algo fuera llamó mi atención.

¡Las figuras! ¡Los campesinos! ¡Volvían!

Unas decenas de ellos regresaban a los campos. Eran como un grupo de hormigas abandonando su nido, sin orden ni pausa. Observé su caminar de autómatas, su postura rígida y su férrea disciplina ante el trabajo. Parecían programados para ello, sin hacer pausas ni hablar, sin siquiera mirarse. Cada uno ocupó su lugar y comenzó su incesante trabajo.

"Tengo que verlos más de cerca". me dije. Llevaba días obsesionado con la idea. Algo dentro de mí, mucho más poderoso que la curiosidad, me estaba impulsando. "Tengo que verlos con mis propios ojos". Un pensamiento persistente me rondaba la cabeza. La idea empezaba a consumirme, aunque tenía claro que era una mala idea.

Seguramente tenían que ser humanos. No podían ser otra cosa. Todos decían que los humanos habían sido exterminados. Afirmaban que cualquier superviviente estaría escondido, como nosotros. Pero entonces, ¿qué otra cosa podría ser aquella gente, labrando los campos en una aldea llena de orcos?

Tenía que verlos. Tenía que hacerlo.

Pero… poner en peligro la misión por un capricho adolescente, decepcionar a quienes confiaban en mí y dependían de mí, pesaba en mi conciencia. Observé a mis dos compañeros mientras dormían, y deseé que abrieran los ojos para no caer en la tentación de hacer ninguna tontería. Pero ninguno de los dos lo hizo.

JESÚS B. VILCHES

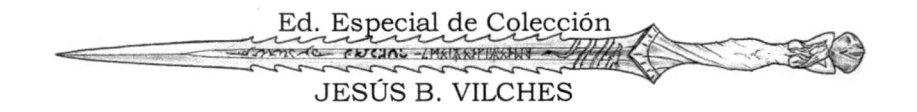

La corona de Yelm rozaba los altos picos del Belgarar. Me prometí a mí mismo que estaría de vuelta antes de que el gigantesco sol apareciera por completo en el cielo matutino.

Mientras bajaba en zigzag por la empinada y sinuosa ladera, el corazón me latía en el pecho con furia desatada. Se aceleraba un poco a cada paso que daba. No sé si era la emoción de alcanzar mi objetivo o el miedo a desobedecer una orden y sus posibles consecuencias. Llegué al pie de la ladera, que quedaba justo antes de los campos en las afueras del pueblo. Me encontraba al abrigo de una arboleda que salvaba el valle entre las colinas. En cuanto llegué a ese punto, me detuve para recuperar el aliento. Había hecho el descenso mucho más rápido de lo esperado. Desde allí, no sólo las formas y siluetas del pueblo estaban mucho más cerca, sino que la perspectiva cambiaba, pues ya no disfrutaba de la amplia vista en alto como hasta entonces. Empezaba a darme cuenta de mi precaria posición, pero ya no podía dar marcha atrás. Recuerdo haber acariciado la empuñadura de mi espada corta en un vago intento de emular al semielfo de la hoja con nombre de dama. Por desgracia, también recordé las palabras del capitán tras el entrenamiento.

"Hay nobleza en tu camino, joven, aunque no provenga de la empuñadura de una espada".

Alann abrió lentamente los ojos para descubrir que se acercaba el amanecer. Sentado, pudo ver la bola amarilla de Yelm a lo lejos, la mitad de su esfera ardiente sobresaliendo ya por encima de los altos picos que tenía delante. Respiró hondo, decidido a deshacerse de la sensación de somnolencia que le instaba a volver a cerrar los ojos. Pronto se dio cuenta de que no me había visto en las proximidades. Al principio no le dio mucha importancia. Pero cuando se puso en pie y preparó su arnés, se dio

LA FLOR DE JADE I

-EL ENVIADO-

cuenta de que mi ausencia persistía. Salió a la cornisa y comprobó que tampoco estaba allí. No había rastro de mí en las inmediaciones. Algo imprevisto había ocurrido.

¡¡¡Akkôlom, Akkôlom!!! ¡Tenemos un problema!

—¿Qué pasa? ¿Dónde está el joven Jyaëromm? —Preguntó el viejo elfo, apenas capaz de estirar su cansado cuerpo.

—¡Jyaër es el problema! No sé dónde está. Ha desaparecido.

Akkôlom ladró algo en un dialecto élfico desconocido para el joven Alann. Se apresuró a mirar por encima del borde. Lanzó su único pero agudo ojo alrededor en busca de cualquier pista que pudiera indicar mi ubicación. Mientras tanto, Alann seguía hablando...

—Eso no es todo, Akkôlom. El tren de carga parece estar a punto de partir. He visto movimiento a las afueras del pueblo.

¡Siempre tan oportuno!

El elfo se apresuró a investigar. No había duda, todo parecía confirmar las sospechas de la joven Alann. Una caravana y su escolta esperaban a las afueras del pueblo. Estaba a punto de partir. El rostro de Akkôlom mostró su disgusto, pero esta vez no perdió los estribos.

—¡Alann, baja rápido! Informa a Forja de lo que ha pasado y dile que no me siga. Voy a buscarle. Si no vuelvo a tiempo, diles que continúe con el plan y vuelvan al bosque con las provisiones. Yo regresaré en cuanto encuentre al chico.

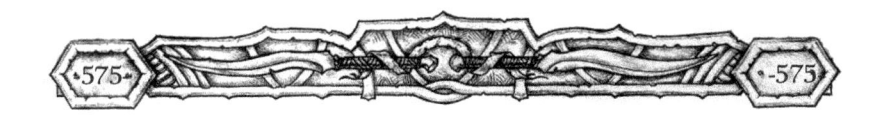

Sin decir nada más, Alann se dio la vuelta e inició un rápido descenso por el barranco. Akkôlom, por su parte, permaneció inmóvil. Con gran concentración dibujada en el rostro, siguió escudriñando la distancia en busca de la más leve señal de mi presencia.

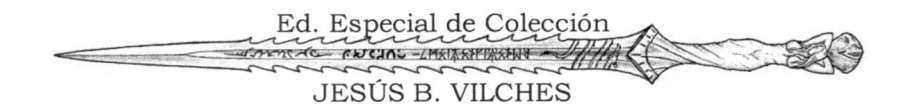

"¡¡¡Ahí estás!!!"

Me senté exhausto en un tronco al borde del bosquecillo. Se extendía mucho más de lo que había imaginado a primera vista. Más allá, los árboles se expandían poco a poco hasta desaparecer por completo, dando paso a campos y al emplazamiento del pueblo. El bosque, sin embargo, seguía rodeándolo más allá del terreno despejado.

A pesar de ello, el objeto de mi interés seguía estando a cierta distancia. En un principio no había planeado acercarme más de la protección que ofrecían los árboles. Recuperé el aliento y consideré mis opciones. El bosquecillo continuaba a mi izquierda, subiendo una pequeña colina, marcando su borde justo por encima de los campos arados. Este podría ser el lugar perfecto. Con un poco de suerte, podría llegar a tiempo.

Tardé más de lo previsto en alcanzar y superar la colina, pero conseguí acercarme a unos pasos de los misteriosos jornaleros. Me tumbé en el suelo y los observé en silencio. No podía verles la cara porque el ángulo de la pendiente sólo me permitía observarlos desde arriba. Pero fue suficiente para disipar cualquier duda. No necesitaba ver sus caras para saber que eran humanos. ¿Por qué todo el mundo insistía en que no lo eran?

Eso sí, tenían cuerpos extremadamente delgados y se movían como si el mundo a su alrededor no existiera. Sin embargo, mostraban una devoción absoluta por su trabajo. Trabajo que realizaban con movimientos lentos y continuos, como si siguieran

LA FLOR DE JADE I

-EL ENVIADO-

algún tipo de patrón.

Me quedé quieto, en posición agachada, observando a aquellos extraños individuos que se afanaban en el campo. Sin embargo, una vez satisfecha mi curiosidad inicial, empecé a sentirme inseguro en aquel lugar. De hecho, un sexto sentido me advertía que corría un grave peligro allí. Además, era probable que Alann y Akkôlom ya se hubieran percatado de mi ausencia. No podía cambiar eso, pero si quería minimizar el impacto de mi precipitado acto, tenía que pensar en regresar de inmediato. Empecé a arrastrarme hacia atrás por el suelo.

Fue entonces cuando mis ojos se encontraron con las casas y edificios del pueblo.

¡Orcos!

Había orcos. Cientos, tal vez miles de ellos, pensé. Parecían haber aparecido de repente entre las pequeñas estructuras derruidas del pueblo. En realidad, sólo eran un puñado disperso, aunque mis ojos los multiplicaron por mil. Sin duda habían estado allí todo el tiempo, ocultos entre los edificios en la aldea. Sólo que ahora yo era plenamente consciente de ellos.

Me puse nervioso, lo reconozco. Empecé a marearme y a perder el control. La arena que sujetaba mis manos a la pendiente cedió. La ley de la gravedad hizo su trabajo y mi cuerpo cayó por la pequeña pendiente. No puedo decir cuántas veces rodé antes de aterrizar en la húmeda y oscura tierra de labranza. Parecieron cientos de vueltas, como si nunca fuera a parar. Pero paré. Más humillado y confuso que dolorido, abrí los ojos.

Mi cuerpo se estremeció al verlo a escasos centímetros de mí. Era uno de ellos, uno de esos granjeros. Probablemente el mismo que había observado desde mi posición elevada hacía unos momentos, antes de mi desafortunado resbalón. Estaba justo delante de mí, y parecía cernirse como un gigante ante mis ojos.

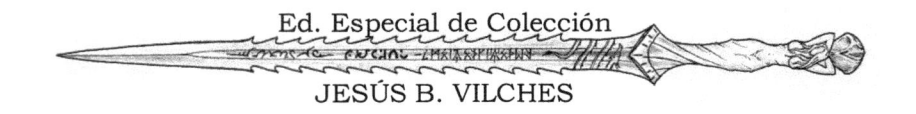

Pero no fue eso lo que me hizo jadear de miedo. Tampoco fue la visión de él levantando su azada por encima de mi cabeza desprotegida, como si fuera a partirla en dos como un melón maduro.

Algo sacó bruscamente mi cuerpo del peligro.

Abrí los ojos de par en par, aterrorizado, y me encontré frente a un rostro élfico, la mitad del cual estaba muy desfigurado. Me tapó la boca con la mano enguantada, impidiéndome gritar.

—Por la Gran Dama, muchacho, cállate. ¡Cállate de una vez! Tendremos a toda la guarnición del pueblo aquí si no lo haces.

A pesar de su agarre, mi boca seguía murmurando sonidos de alarma y mi cuerpo continuaba moviéndose compulsivamente. Mi brazo tembloroso se estiró para señalar al impasible labrador. El labrador continuaba con su tarea como si ni yo ni mi salvador estuviéramos allí. Entonces me di cuenta de que la extraña criatura nunca había pretendido atacarme. Simplemente yo me había interpuesto entre su azada y la tierra que estaba trabajando.

Su rostro era una mueca informe, inexpresiva como la de un muerto. Las cuencas de sus ojos no tenían pupilas ni iris. Un fantasmal orbe blanco llenaba las cuencas oculares de la figura, que parecía ser un anciano. El tono de la piel era azulado y oscurecido en algunas partes. Había perdido por completo el tinte rosado de antaño. No sólo estaba ciego, sino que parecía completamente sordo. No le perturbaba nuestra presencia, como si el mundo exterior no le proporcionara el menor estímulo.

—Jyaëromm, ¡por todos los patriarcas del gentil Elio, cálmate! El cazador elfo me instó con severidad, aunque mis pupilas seguían fijas en los ojos vacíos y los movimientos autómatas del trabajador. Sin embargo, pronto olvidé lo que me

LA FLOR DE JADE I

-El Enviado-

preocupaba cuando Akkôlom comenzó a reprocharme duramente mis acciones.

—¡¡¡Maldita sea!!! —Siseó enfadado, intentando no levantar la voz. ¡Tenías que hacerlo, ¿verdad?! ¡No podías confiar en nuestra advertencia, tenías que verlo tú mismo! ¿Sabes lo que acabas de hacer, muchacho? ¿Tienes idea del peligro en que te has puesto? ¡A todos nosotros, a toda la población del bosque! ¡Por los Patriarcas! Veinte años escondiéndonos para que un mocoso estúpido e imprudente revele nuestra presencia para satisfacer su estúpida curiosidad. —El lancero miró en todas direcciones. — Eres un tonto. Un tonto egoísta e imprudente. Y yo no soy menos por permitirte unirte a nosotros. Nunca te creí capaz de esto, Jyaëromm. Me has decepcionado.

—Yo... lo siento mucho, Akkôlom. Yo... No pude resistir la tentación —me excusé. —Es como si... como si me atrajeran aquí. Como si no pudiera controlarme".

—Tenías que verlo ¿verdad? Bajar aquí y verlo con tus propios ojos, ¿no? Aunque eso pusiese en riesgo la misión y las vidas de todos. No podías limitarte a creer lo que te contábamos. Los humanos sois todos iguales. ¿Cómo puedo culparos? —Suspiró con cierta expresión de resignación.

Entonces le miré.

—No son... no son del todo humanos, ¿verdad? —El elfo escarificado me sostuvo la mirada durante unos instantes, y luego él también se detuvo para mirar fijamente al espeluznante granjero.

—No, claro que no lo son. Ya te lo dijimos. Al menos ya no lo son.

—Entonces... qué...

—Estos son sus cadáveres. Sus cuerpos animados. —

Empezó a decir mientras se levantaba y me levantaba con él. —Ninguna vida, ningún aliento anida en estos cuerpos. No corre sangre por sus venas. Sus entrañas están podridas como los cadáveres que son. Son sólo eso. Cuerpos animados por magia oscura. Esclavos sin mente ni sentimientos. Sólo montones de huesos y carne que trabajan.

El elfo se movió junto al atareado granjero sin que éste pareciera darse cuenta. Lo observaba con asombro e incredulidad.

—No ven nada. No sienten nada. No tienen percepción del mundo exterior —añadió, pasando las manos por delante de los ojos en blanco del cadáver sin que el campesino se inmutara. —Tampoco sienten dolor ni frío. Podrías golpearles con fuerza... —agregó antes de estampar su puño con saña contra la cara desnuda del desafortunado. Me sobresalté, no esperaba una reacción así. El granjero cayó de espaldas al suelo, soltando de repente la azada. —Podrías darles patadas, golpearles sin piedad. —Akkôlom ilustró cada una de sus palabras con furiosas patadas, golpeando con salvaje ferocidad el cuerpo inofensivo e indefenso del campesino. —Puedes descargar sobre ellos una lluvia de golpes, aplastarlos, destrozarlos... —El cuerpo, retorcido como un muñeco de trapo, se acurrucó en una dantesca mímica de sufrimiento por los golpes que le propinaba el elfo. Pero el rostro del infortunado no mostraba dolor. De repente, el lancero detuvo sus embestidas, —...que se levantarán y continuarán su trabajo como si nada hubiera ocurrido.

En efecto, apenas cesaron los golpes, el hombre se levantó, recogió la azada perdida y reanudó su tarea. Me quedé estupefacto. Akkôlom se acercó a mí, quitándose el polvo de las manos. Yo aún miraba atónito lo que había sucedido.

—¿Qu... quién les ha hecho esto? —Pregunté, tan pronto como la claridad abrió un pequeño agujero en mi conciencia.

LA FLOR DE JADE I

-EL ENVIADO-

—La magia oscura de Kallah los convirtió en lo que son. Esto es lo que los esbirros de la Señora hicieron a tu gente. Aquellos que no fueron asesinados, ejecutados o masacrados en batalla, fueron despojados de sus almas y convertidos en sus esclavos involuntarios. La Desecación, lo llamaron. Este es el destino que te aguardaría a ti y a todos los humanos que habitan los bosques si nos descubrieran por tu maldita curiosidad.

—¿Pero por qué razón? —pregunté, aún sorprendido.

—Es obvio, hijo —respondió el elfo. —Por alguna voluntad siniestra, quisieron aniquilar a los humanos. Pero sus campos deben seguir siendo cultivados, sus vacas y rebaños ordeñados. Su ejército debe ser alimentado y abastecido. Asaltar y saquear los campos sólo condena a sus propias tropas también a la muerte. Esta es la forma más eficaz y segura de mantener la producción. También es la más cruel y humillante. No supimos que lo hacían hasta mucho después de la guerra, cuando los vimos aparecer en estos campos. Luego nos llegaron noticias del extranjero de que este trato estaba muy extendido en otras partes del continente. Algunas personas reconocen aquí a amigos, parientes, esposas, hermanos y hermanas. ..... ¿Lo entiendes?

Empecé a preguntar de nuevo, pero el veterano elfo silenció mis palabras con su mano enguantada sobre mi boca.

—Silencio, —dijo. —Oigo algo. Viene alguien.

Así que nos recostamos contra el muro de arena que marcaba el límite del terreno con la ladera. Permanecimos sentados en silencio durante un momento. De pronto, el elfo se levantó expectante, con la espada desenvainada. Una figura cayó a nuestro lado desde uno de los ángulos muertos, sobresaltándonos a ambos. Era una mujer de piernas largas y cabellos rojos. Estaba armada con una lanza. La conocíamos.

—Se suponía que nada iba a salir mal, ¿verdad? —Fueron sus primeras palabras irritadas. —Debería arrancarle las orejas a ese mocoso.

—No hay tiempo para eso, Forja. Tendrá su castigo más tarde. —aseguró Akkôlom. —Debemos movernos rápido, antes de que el tren de carga y su escolta estén en camino.

—Llegamos demasiado tarde para eso. —dijo la joven. —El cargamento ya ha salido. No tardarán en descubrirnos si permanecemos mucho tiempo más por aquí".

—No podemos volver al paso de emboscada sin delatarnos. —sostuvo el elfo, mirando la pendiente que había descendido y la extensión de bosque que había sobre nosotros.

—¿Qué vamos a hacer? —pregunté, algo nervioso.

—Corre.

Y corrimos.

Saltamos de nuestro escondite, apartamos a los campesinos muertos que se interponían en nuestro camino y esprintamos hacia los campos de trigo. La idea era llegar al otro extremo del bosque, fuera de la vista de los guardias de la caravana. Pronto nos dimos cuenta de que la zona más segura estaba peligrosamente cerca de los primeros edificios de la aldea. De repente, en medio de la frenética huida, Akkôlom me empujó al suelo. Los tres nos dejamos caer, oscurecidos por el océano amarillento del trigo.

—¿Qué vamos a hacer ahora? —preguntó la joven.

—No podemos volver atrás —aseguró el elfo. —O pondremos en peligro al resto del grupo.

—He dejado a Nyssel al mando. Espero que ocho arqueros

sean suficientes y que no falle nada más. Esta vez hemos tenido suerte con el número de escoltas. Si no, nos habríamos visto obligados a abortar la misión —añadió ella dirigiéndome una mirada glacial. Me sentí responsable y profundamente deprimido.

—Es un riesgo innecesario entrar en el pueblo, así que lo único que podemos hacer es esperar aquí.

—¿Esperar aquí? Exclamé sorprendido. —¿A qué?

—A que llegue la noche —sentenció el elfo de mala gana.

—Pero... si acaba de amanecer.

—Me temo que va a ser un día largo.

Resignado, me desplomé en el suelo y me tumbé boca arriba.

Ed. Especial de Colección

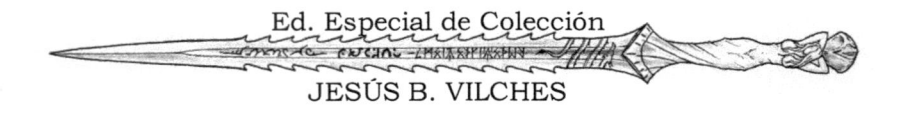

JESÚS B. VILCHES

LA FLOR DE JADE I

-El Enviado-

La Flor de Jade

FELINOS

Forja esperaba en silencio

Creo que había acabado dormida. Akkôlom permanecía alerta, vigilando constantemente nuestro entorno. Cuando Yelm y el rojo Minos se elevaron al punto más alto del cielo, el calor de los dos soles se hizo insoportable. No sé cómo conseguimos permanecer tanto tiempo en nuestro escondite. Ni cómo aguantamos las horas siguientes tumbados en el duro y pedregoso suelo. Finalmente, hasta los dioses parecieron cansarse de nuestra incómoda y monótona situación, y decidieron darnos un respiro.

—Forja, Forja. Despierta. Jyaër, levántate. Es hora de salir de aquí...

—¿Qué? ¿Cómo? ¿Qué está pasando?

La única manera de soportar el tedioso paso del tiempo era tratando de dormitar lo que se pudiese.

—Pronto podremos salir de aquí —anunció el elfo, señalando el cielo cada vez más gris y nublado—. Estas nubes traerán lluvia en abundancia. Tenemos suerte. Aprovecharemos el chaparrón para escabullirnos por el otro lado del pueblo y adentrarnos en el bosque circundante.

Sin embargo, todo el desvío me parecía un poco absurdo.

—¿Por qué no volvemos por donde hemos venido? —pregunté, sin querer parecer insolente. Ambos me dirigieron una mirada verde de ira.

—Porque desde que decidiste jugar a ser explorador, las cosas han dejado de ser fáciles, mocoso. —La elfa trenzada me regañó con un gesto agrio.

—No me arriesgaré a que nos descubran yendo en esa dirección. No pondré en peligro la ubicación de nuestros puestos avanzados en las colinas, y mucho menos nuestro asentamiento en el Belgarar —afirmó el lancero en un tono enérgico—. Iremos en dirección contraria. Tan lejos como sea necesario, hasta que podamos encontrar un camino seguro de vuelta.

Forja me miró de reojo mientras se echaba la capucha a la cabeza.

—Muchas gracias por el día de hoy, Jyaër. —Fue lo último que me dijo, antes de volverse hacia Akkôlom. Él también se retiró la capucha para ocultar sus rasgos distintivos. Yo les imité y me cubrí también la cara.

LA FLOR DE JADE I

-EL ENVIADO-

La lluvia no se hizo esperar.

Aguardamos tranquilamente a que las primeras gotas se convirtieran en la cortina de agua que Akkôlom esperaba. Al cabo de un rato, la lluvia se hizo lo bastante intensa como para despejar la zona de orcos que vigilaban la aldea. Decidimos entonces, con cautela, abandonar nuestro escondite en el campo de trigo y desplazarnos a un terreno más abierto.

Todo fue razonablemente bien hasta que nos alertó el ladrido de unos perros. Estaban demasiado cerca para que pudiéramos ignorarlos. Calados hasta los huesos bajo nuestras capas empapadas, nos quedamos inmóviles. Los ladridos procedían de más de un animal. El sonido venía de muy cerca, detrás de nosotros. Pronto nos dimos cuenta de que había algo más que perros.

Una voz grave y gutural nos dio el alto y exigió que nos identificáramos. Una voz que sólo podía pertenecer a un orco. Las casas de la aldea aún estaban demasiado cerca y a la vista. Muy lentamente, Akkôlom fue el primero en girarse.

Eran cinco. Sólo uno montaba a caballo. Otro sujetaba las correas de tres mastines de guerra salvajes que nos ladraban constantemente. Los demás iban a pie.

"¡Maldita sea! Una patrulla de regreso".

Detecté miedo en el tono de Forja. Instintivamente, deslizó la mano hasta la empuñadura de su espada. El gesto no pasó desapercibido para el lancero.

—Ni se te ocurra —le susurró Akkôlom, con una sonrisa socarrona dirigida a los guardias. —Son demasiados, y aún estamos lo bastante cerca de la aldea. Sígueme la corriente.

—Exploradores mercenarios. Buscamos un oso herido. Grande, muy grande. —explicó Akkôlom al orco, haciendo amplios gestos grandilocuentes. —Se ha estado alimentando del ganado de la zona durante los últimos días. ¿Has oído hablar de algún ataque al ganado por aquí? Últimamente se ha vuelto muy feroz.

Sin dejar de escrutarnos desde su montura, el jinete orco respondió negativamente y guardó silencio. El silencio sólo lo rompían el sonido de la lluvia y los ladridos de los perros. Con un gesto, se interesó por mí.

—Es nuestro trampero. Mediano, muy hábil.

El orco que manejaba a los perros tuvo que agarrar con fuerza la correa para sujetar a los animales. La lluvia les golpeaba el lomo como si toda el agua de los mares cayera del cielo. El jinete extendió el brazo en dirección al pueblo. Aunque no dijo nada, todos entendimos lo que nos ordenaba hacer.

—Bueno... es tentador, pero deberíamos ponernos en camino antes de que la lluvia borre las huellas.

Pero el orco repitió su instrucción con gesto amenazador, dejando claro que aquello no admitía discusión. Los perros tampoco cejaron en su empeño, y los demás orcos empezaron a dar muestras de impaciencia. El elfo desfigurado sonrió desde debajo de su capucha mojada.

—¡Que demonios! Sí, quizá sea mejor pasar el resto de la tormenta bajo techo. Supongo que el oso no irá muy lejos con la que está cayendo—. Y con eso, nos indicó que giráramos hacia los edificios de Plasa.

—Por los demonios del Pozo, la cosa se complica. —advirtió mientras se ponía en marcha.

LA FLOR DE JADE I

-EL ENVIADO-

—Maldita sea, maldita sea. —repetía la joven en voz baja. Me sentí terriblemente culpable por haber provocado todo aquello.

—Podemos intentar cruzar el pueblo y llegar a la carretera que sale de la villa en el otro extremo del valle. Si lo conseguimos, sólo será cuestión de tiempo que podamos volver al bosque del otro lado. —sugirió el elfo tuerto. —Los orcos son desconfiados por naturaleza, pero no muy listos. No deberíamos provocarlos más. Con esos sabuesos, podrían decidir rastrearnos, y eso lo haría todo más difícil. Si es que aún es posible que se siga complicando el día —añadió, dirigiéndome una mirada de reproche.

—No levantes la vista, Jyaër —susurró, obligándome a bajar los ojos con la mano. —Forja, debemos parecer confiados y orgullosos o despertaremos sospechas.

—Que los dioses nos protejan —dijo ella tras un largo suspiro, incapaz de ocultar su miedo.

Una vez adentrados en la aldea, apenas me atreví a alzar la mirada más allá de la visión de mis botas, tenuemente iluminadas por la estrecha franja de luz que atravesaba mi capa. El corazón me latía tan fuerte y rápido en el pecho que empecé a temer que alguien pudiera oírlo. Los sonidos y el olor inconfundible de los orcos que nos rodeaban fueron suficientes para impedirme alzar la mirada mucho más. Muchas de las antiguas viviendas seguían en pie, aunque estaban en ruinas. Ahora no eran más que reliquias vacías y huecas de un pasado aparentemente lejano. Lugares para ratas y suciedad, aunque la mayoría de los edificios seguían en uso. No había orcos vagando por las calles. La lluvia les había obligado a buscar refugio. Akkôlom miraba desafiante a los pocos orcos que desafiaban a la tormenta, observándonos con recelo mientras nos abríamos paso por las calles embarradas de la aldea. No había una gran guarnición en ella, pero sin duda era demasiado numerosa para que un par de espadas pudiera superarla con garantías.

Un hedor nauseabundo flotaba en el aire, y no era sólo por los desechos corporales de los orcos. Este olor desagradable, mezclado con otros vapores de descomposición acentuados por la lluvia, creaba una atmósfera densa y mareante. Era un espeso olor a podredumbre, a decadencia. Una sensación de corrupción que adquiría una forma y un olor inconfundibles.

Forja sintió que el pecho le latía a una velocidad vertiginosa, bombeando sangre a una presión que amenazaba con reventarle las venas. El sudor le resbalaba por la frente, el cuello y las piernas, incluso mientras fingía ser la guerrera más feroz de todas las tierras al este del Ducado de Dáhnover.

—Nos están siguiendo. Esos perros siguen ahí, tras nosotros —susurró Forja nerviosa, tras echar un vistazo detrás de ella y ver que la patrulla nos seguía.

—¿Qué esperabas, maldita sea? —Susurró secamente el veterano elfo. —Tendremos que perderlos de vista. Solo se me ocurre una cosa.

Uno de los edificios parecía ser una antigua posada. Por las luces y el bullicio del interior, probablemente aún se utilizaba para ese fin.

—Entraremos en la posada. Eso debería relajarlos. Fingiremos que tomamos algo y nos iremos pronto. Los orcos no nos molestarán si no les damos motivos para ello. No debería ser extraño para ellos ver guardabosques mestizos por aquí.

—¿No debería? —La joven parecía poco convencida.

—Estamos en su territorio. Puede pasar cualquier cosa. ¿Los dioses te deben algún favor, Forja? Porque este sería un buen momento para saldar cuentas con ellos.

La Flor de Jade I

-El Enviado-

—¿Adónde vamos? —pregunté. Tropecé y casi pierdo el equilibrio cuando aceleramos y cambiamos de súbito la dirección del paso.

—A la taberna —respondió el elfo. —El asunto se complica... otra vez.

—A la taberna... —escuché repetir a la joven semielfa en un susurro, tragando saliva.

Tres fornidos orcos apoyaban sus gruesas espaldas contra la pared de madera, justo a la entrada de la posada. Se resguardaban de la lluvia bajo el porche, clavándonos su mirada de desdén. Mi estrecho campo de visión, fijo en el suelo, me impedía ver sus rostros o los temibles colmillos que sobresalían de sus mandíbulas. Sin embargo, me asaltó una escena aún más espeluznante, al divisar las dentadas hojas de sus espadas y hachas apoyadas cerca de sus pies.

—No respondáis a ninguna de sus provocaciones. Sean cuales sean.

Eso fue lo último que supe del veterano arquero, justo antes de que atravesara la abertura del porche que daba acceso a la destartalada taberna. Entramos sin que los tres orcos nos dirigieran una segunda mirada. Pronto nos encontramos en la atmósfera opresiva del interior desigualmente iluminado. Un sonido de voces guturales envolvía el lugar. Un fuerte y pesado olor, mezcla de alcohol barato y olores corporales, llenaba la habitación.

Nos detuvimos tras cruzar la puerta. Los orcos del interior se fueron silenciando poco a poco. Sus voces se apagaron como un eco que se desvanece en la distancia. Pronto se hizo el silencio y casi podíamos oír el aleteo de las numerosas moscas que plagaban la estancia. La mayor parte de la sala estaba ocupada por orcos que habían venido a refugiarse de la lluvia. Estaban de pie en grupos de dos o tres con jarras de bebida en las manos. Un puñado de sillas desvencijadas se situaban alrededor de mesas perdidas en los rincones más oscuros de la lúgubre y estrecha sala. Pocas de las mesas estaban ocupadas, aunque muchas de ellas habían sido utilizadas recientemente, a juzgar por las jarras que ensuciaban sus superficies. Un poco más atrás, apenas visible, una figura se sentaba en las sombras más profundas de la sala. Desde el velo de oscuridad que cubría su misteriosa silueta, se podía sentir el peso de una mirada mucho más fuerte e intensa que la de los numerosos orcos que ocupaban el lugar.

Aquí no había soldados de la legión negra.

El lugar era un antro de bebida para orcos y goblins. Ningún devoto siervo de Kallah se dignaría a compartir espacio y vino con tan desagradable compañía. Así disimulaban los hijos de la Señora Oscura su temor y desprecio por los poderosos descendientes de Morkkos y las numerosas huestes Saa'livvaan[49]. Al menos una docena de estas criaturas y un puñado de goblins llenaban la sala, donde bebían y gritaban obscenidades a su antojo. Sus armas, a las que rara vez renunciaban, colgaban cerca o pendían de sus cinturones. La atmósfera era irrespirable. Nuestro miedo casi podía verse y sentirse.

Respirando hondo, Akkôlom se dirigió al bar. Dudamos si seguir sus pasos. Detrás de la barra, un corpulento orco servía bebidas. Por lo general, los orcos preferían llevar su licor al exterior y beberlo en ruidosas reuniones alrededor de grandes hogueras. Pero no hoy en día, en los pueblos y ciudades más grandes, estas posadas seguían sirviendo de punto de encuentro para los viajeros; los mercaderes y mercenarios que vendían sus mercancías o

---

[49] Gran Señor de la Guerra, Dios de la Guerra de los Orcos, el primero, y la grotesca Diosa de los Goblins, la segunda.

LA FLOR DE JADE I

-EL ENVIADO-

servicios a los oscuros siervos de la diosa, las utilizaban para refrescarse y alojarse. Eran, por tanto, lugares relativamente seguros. Pero entre los orcos, la seguridad nunca es una garantía.

Apenas nos habíamos acomodado frente a la barra, el ocupante de la mesa más alejada retiró su silla con un crujido. Por el rabillo del ojo, vimos levantarse de su asiento a una criatura gigantesca. Era al menos el doble de grande que un orco. Todas las miradas se apartaron de él, por miedo a llamar una atención innecesaria o provocar una reacción por su parte. Sentimos sus pasos, sordos y pesados, vibrar a través de las tablas del suelo. Se acercó lentamente por detrás. Aunque no podíamos verlo, percibíamos su enorme tamaño sobre nosotros. Contuvimos la respiración. Casi por miedo, incluso nuestros corazones dejaron de bombear la sangre por nuestras venas. Sentimos que su ominosa presencia se acercaba a nosotros. Pero luego siguió su camino hacia la puerta de salida, sin prestarnos mucha atención. Los que le vieron marchar vieron una figura colosal, cuya cabeza parecía rozar los maderos del techo. Juraría que tuvo que agacharse para atravesar la puerta. De espaldas, la silueta era ancha y fornida. Parecía ir acompañado de un animal, que caminaba a cuatro patas. También era demasiado grande para ser un perro, pero no pudimos distinguirlo con claridad. Salió de la taberna envuelto en una gruesa capa oscura que ocultaba su imponente figura.

Akkôlom no esperó más y pidió un trago al orco que se acercaba de mala gana a nosotros.

—Jaaba. —El grasiento posadero respondió secamente a la petición del elfo. El lancero asintió con la cabeza, intentando no mostrar demasiado su rostro cubierto. El orco colocó delante de nosotros tres jarras de un espeso líquido marrón que olía como si lo hubiera sifonado de los intestinos de alguien. Se quedó observando nuestra reacción.

JESÚS B. VILCHES

—No pienses en ello. Sólo bebedlo. Haces que parezca que llevas años haciéndolo —susurró el elfo en tono firme.

La advertencia fue oportuna, pero ni mucho menos suficiente. Con manos temblorosas, cogimos nuestras jarras rebosantes y bebimos un trago. Los clientes empezaron a fijarse en nosotros. La tensión crecía por momentos.

Santo cielo, ¡nunca había bebido nada más repugnante en mi vida! No sé qué fuerza oculta me dio el valor para tragarlo. Tal vez fuera el miedo, pues su influencia es tan poderosa que puede obligarnos a hacer las cosas más extrañas. Akkôlom también bebió, sin queja. Forja, sin embargo, no pudo evitar escupir su sorbo sobre la barra con una sonora arcada. Los orcos empezaron a moverse detrás de nosotros, murmurando amenazadoramente. Sentí que el miedo me recorría el cuerpo en una oleada imparable.

Una pequeña figura se subió a la barra frente a mí. Era uno de los goblins que servían al ejército del Culto. Akkôlom sintió el desagradable calor de su fétido aliento en la cara.

Nos sobresaltó un fuerte crujido a nuestro lado. Uno de los orcos había enterrado profundamente la hoja de su hacha en la madera de la barra, a escasos centímetros del cuerpo del elfo. Aunque una gota de sudor corría por su frente, Akkôlom mantuvo la calma y no mostró ningún otro signo de haberse sentido intimidado por la hoja de acero, o por su portador. Los ojos del orco permanecieron fijos en el desfigurado elfo. Mientras tanto, percibimos la presencia de más orcos que se agrupaban detrás de nosotros. El goblin, protegido por una armadura de cuero y anillos metálicos que tintineaban en sus tobillos, se plantó audazmente frente a nosotros. Blandía la afilada hoja dentada de su espada corta. Dejó escapar una estridente risita desagradable.

—Elfo... elfo... —escuché claramente la voz ronca del orco hablando directamente al oído de Akkôlom con tono amenazador.

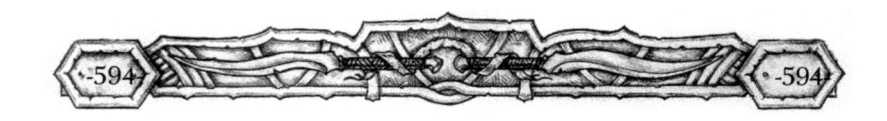

LA FLOR DE JADE I

-El Enviado-

—Suave carne blanca de elfo.

Otro goblin se acercó a la barra, su risa acompañó a la del primero. Unas manos de orco empezaron a tocar el pelo trenzado de Forja. Estaban peligrosamente cerca de mi cara. El camarero orco parecía divertido con la situación.

—A los elfos no les gusta Jaaba, ¿verdad? Akkôlom permaneció inmóvil, fingiendo no oírle. —¿Y qué beben los elfos? —Rugió, alzando la voz y soltando una asquerosa lluvia de saliva con sus palabras.

Forja estaba claramente mucho más incómoda que el arquero. Este último tomó despreocupadamente otro sorbo de aquel líquido repugnante.

—¡Eh, éste está marcado! ¡El elfo es un marcado! —anunció a gritos a la multitud al descubrir las heridas en el rostro de Akkôlom. —¡Seguro que su cara sabe lo que es luchar contra el hierro hermano!

Los demás estallaron en carcajadas.

Uno de los goblins pareció interesarse por mí, mientras que el otro parecía querer intimidar a Forja. Empezó a apuntarme con su espada corta, riéndose y olisqueándome como si yo pudiese oler peor que él. Luego intentó mirar bajo mi capucha, cosa que yo traté de impedir a toda costa. Esto pareció preocupar al arquero.

—¿Qué tal si cortamos esas orejas puntiagudas? —amenazó el orco, provocando los vítores entusiastas de la multitud. Forja se estremeció cuando otra mano le tocó el pelo. Akkôlom parecía más preocupado por mi curioso goblin que por las amenazas del orco. —Me las colgaré del cuello como trofeo. ¡Orejas de elfo! —Los demás volvieron a estallar en carcajadas.

Se me heló la sangre.

Admiré la contención de Akkôlom. En realidad, la amenaza del orco me asustó tanto que dejé de prestar atención al goblin que tenía delante. Él no desaprovechó su oportunidad. Me quitó rápidamente la capucha y reveló mis rasgos. Los ojos de Akkôlom se abrieron de par en par, alarmados, al reconocer la gravedad de la situación. La escuálida criatura me miró con gesto sobresaltado y me apuntó a la cara con su daga.

—Buu'sh'o. ¡Kaiity, Kaiity! —Dijo. ¡Humano, un humano! —Fue lo que yo oí.

Por primera vez, escuché un sonido que con el tiempo se convertiría en habitual para mis oídos. Pero en aquellos inquietantes momentos, sólo sirvió para helarme la sangre en las venas: el chirrido de varias espadas al ser desenvainadas de sus fundas de cuero. Despertando al olor de la batalla y sediento de la sangre que estaba a punto de derramarse en ella.

No tuve tiempo de reaccionar.

Antes de darme cuenta, unas fuertes manos de orco me agarraron por la ropa y me levantaron en el aire como si no fuera más que una caja de cartón vacía. Me sentí oscilar en el aire, cegado por la conmoción y el miedo. Sin pensarlo, intenté liberarme de mi captor dando puñetazos y patadas frenéticos a todo lo que me rodeaba. Una afortunada y oportuna patada golpeó al goblin que tenía delante, catapultándolo de la barra.

Uno de los orcos más grandes me había alcanzado. Akkôlom apenas tuvo tiempo de desenvainar su espada antes de hacer un rápido cálculo de sus posibilidades. Levantó la mano y mostró la palma abierta. Sólo tardó unos segundos. Un débil resplandor en su pecho pasó desapercibido en medio de la agitación. El orco no pudo evitar mirar fijamente la mano que tenía delante.

LA FLOR DE JADE I

-El Enviado-

Insisto, sólo fueron unos segundos...

Los ojos de la bestia estallaron en sus órbitas. La enorme criatura rugió de dolor y se desplomó en el suelo. Me soltó, con las manos aferradas a la cara mientras intentaba contener el flujo de sangre que ahora manaba entre sus dedos. De repente sentí que caía e impactaba contra el suelo con un ruido sordo. En mi memoria sólo quedó una fugaz visión de piernas y botas. Apenas había recuperado el equilibrio cuando el rugido de un orco fue seguido por el aullido sordo de otro. Sentí que me salpicaba un líquido viscoso y caliente. La hoja de acero de uno de mis compañeros había golpeado la carne. Una mano me levantó bruscamente del suelo.

—¡¡¡Deprisa, levántate!!! —escuché la orden urgente de una voz engravecida. Sin embargo, estaba tan aturdido y desorientado que no pude distinguir si quien había hablado era el tullido elfo o la joven guerrera. Quienquiera que fuese me apartó de la barra. Los gritos de los orcos resonaron por toda la destartalada sala. De repente, volví a quedarme solo. Mis compañeros se volvieron para enfrentarse al muro de orcos. Akkôlom estaba frente a ellos, blandiendo su espada que ahora estaba cubierta por una llama ardiente. Mantenía a raya a los orcos, al menos por ahora. Incluso los curtidos guerreros orcos desconfiaban del poderoso elfo. Mientras tanto, la joven Forja se movía con agilidad mientras esquivaba y paraba las salvajes acometidas del enemigo.

—¡La ventana, Jyaër! —Escuché decir, y eso fue suficiente. Miré hacia la ventana que estaba a un paso de mí. Agarré un grueso taburete de madera y lo estrellé contra el frágil y agrietado cristal que bloqueaba mi vía de escape. —¡¡¡Corre!!! ¡Deprisa!

Apenas puse la mano en el marco, un hacha voló hacia la pared de al lado, cortando profundamente la madera a pocos centímetros de mi cabeza. El impacto me hizo entrar en pánico y caí al suelo.

—¡¡¡Vamos!!!

Había perdido la noción del tiempo. Forja me levantó bruscamente del suelo. Tenía las manos y la cara cubiertas de sangre. No tuve tiempo de saber si era suya o de sus víctimas. Me escabullí por el marco de la ventana rota. Caí al suelo al otro lado, casi aterrizando sobre el taburete que había arrojado a través del cristal momentos antes. Mis manos resbalaron en el barro. El ruido de la pelea había alertado a algunos de los otros orcos cercanos. Más de ellos empezaban a salir de la taberna y a dar la alarma.

No pude identificar la fuerza que me impulsaba a actuar. Definitivamente, no era coraje. Ni siquiera sentido común. Pero fuera lo que fuese, me arrastré frenéticamente lejos de la taberna, a pesar de que los cristales del suelo me desgarraban las palmas de las manos y las rodillas. Luego me puse en pie y corrí tan rápido como pude.

Corrí enloquecido hacia la lluvia y la oscuridad, sin rumbo ni dirección. Yo era el premio que los orcos querrían atrapar. Su persecución sería implacable.

Así que corrí... Corrí, corrí.

No sé adónde, ni durante cuánto tiempo. Ni cuántos enemigos encontré y esquivé en mi huida. Ni cuántas calles y edificios medio derruidos dejé atrás o atravesé. Corrí como nunca antes lo había hecho. Por un breve instante, tuve la esperanza de poder escapar de esta desdichada aldea y de sus habitantes. Y esa conciencia me hizo perder el instinto animal básico que me había salvado hasta entonces. Tropecé y caí, tirándome de bruces contra el suelo cubierto de barro.

La Flor de Jade I

-El Enviado-

Akkôlom y Forja atravesaron la misma ventana sólo unos segundos después que yo. Pero para entonces yo ya había huido y no supieron claramente por qué dirección. Sin tiempo para buscarme, salieron corriendo en otra dirección.

Y así nos separamos.

Me puse en pie y me escondí en el primer lugar que encontré. Ni siquiera tuve tiempo de asegurarme de que estaba libre de enemigos potenciales. Me metí en el edificio más cercano al lugar donde había caído. Era una gran cabaña de madera, oscura y muy deteriorada. Tal vez fuera un establo, no lo sé con certeza. Sólo sabía que sus sombrías oscuridades me ocultarían de posibles perseguidores inmediatos y darían a mi cuerpo jadeante y sangrante un poco de tiempo para descansar y recuperarse. Desde fuera, sólo oía el sonido de la lluvia golpeando contra los maderos podridos de mi escondite. No sabía si tomármelo como una buena o una mala noticia. De repente, escuché un ruido cercano. Un leve crujido de madera y un golpe sordo contra el suelo blando. Mis ojos iban de un lado a otro, buscando el origen del sonido. ¿Podría haber otra forma de entrar? pensé para mis adentros. Estaba seguro de que el sonido no lo habían causado los orcos. No habrían sido tan sigilosos. Si estuvieran cerca, los oiría antes de verlos.

"Tal vez me estaba imaginando cosas". Susurré para mis adentros.

Volví a oír otro golpe por encima de mí, como el de pasos amortiguados en las maderas podridas del tejado. Pero estaba lejos de estar seguro, pues mi atención se desvió hacia el sonido de actividad procedente del exterior. Había orcos cerca. Entonces, en una esquina distante del edificio, pude distinguir un par de puntos brillantes. Mi primer pensamiento fue que eran los ojos de un gato que acechaba en la quietud de las sombras. Tal vez fuera un gato el causante de aquellos sonidos amortiguados. Pero algo en esos ojos llamó mi poderosamente atención.

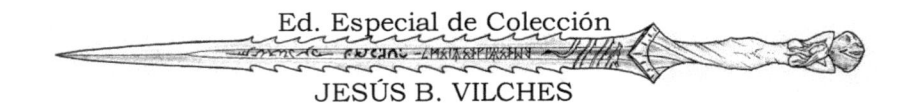

No, no eran los ojos de un elfo. Y eran del color equivocado para ser ojos de gato. Pero sin duda eran ojos de animal. No tenía ninguna duda.

Ni siquiera podía adivinar qué clase de bestia poseería los brillantes orbes azules que tenía ante mí. Al principio pensé que estaban inmóviles, pero luego me di cuenta de que sí se movían. Se movían lenta pero inexorablemente hacia un objetivo muy claro: yo.

Y crecían, aumentaban de tamaño a medida que se acercaban a mí. Eso también aumentaba el tamaño de la criatura que me miraba a través de ellos. Asustado, retrocedí cautelosamente, obligándome a aproximarme hacia la abertura por la que había entrado al edificio. Finalmente, me moví con más convicción y abandoné la protección del recinto. Y fue entonces que vi la verdadera naturaleza de la bestia que tenía ante mí.

Me temblaron las rodillas.

Cedieron y caí de espaldas al suelo, mirando fijamente aquellos penetrantes ojos grises...

Cierto, pertenecían a un gato.

Su forma y porte felinos sólo podían ser los de un gato. Pero no era el tipo de gato al que se pudiera hacer frente.

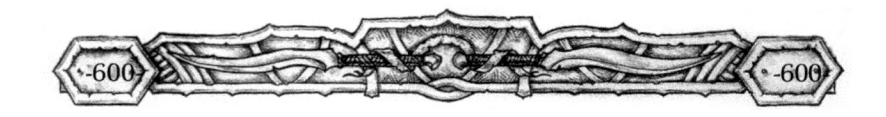

Salió de las sombras, el pelaje blanco como la nieve sólo acentuaba sus poderosos músculos. Su pesado y robusto cuerpo no restaba gracia a sus movimientos. La bestia puso una pata delante de la otra sin levantar una mota de polvo del suelo del edificio. Sus ojos parpadeantes se clavaron en mí, paralizándome en el sitio. Como los ojos de un cazador que se abalanzan sobre su presa. Ante las gélidas pupilas de aquel hermoso tigre blanco, me sentí como una pobre gacela indefensa.

Unos orcos aparecieron en un extremo del camino.

No parecieron ver al tigre, que retrocedió cautelosamente hacia las sombras. Demasiado agotado para luchar o huir, quedé arrodillado. Sin mostrar resistencia, me rendí al destino.

Los orcos se acercaron a mí. No sabía cuántos eran, pues mi mente se había cerrado en sí misma, restringiendo mis sentidos. Dijeron algo, pero no les entendí. Lo único que sentí fue la mirada penetrante del animal, que nos observaba desde su escondite. Deseé que atacara y acabara rápidamente conmigo y con mis captores. Pero no fue así. La fuerte mano de un orco me levantó del suelo como a un muñeco de trapo.

No recuerdo lo que siguió. Todo lo que sé es que en algún momento caí inconsciente. Me despertó el ruido de la batalla a mi alrededor. Abrí los ojos y me incorporé. Me encontré sentado en el barro donde me había atrapado el orco. Obligué a mis pupilas a hacer un esfuerzo para volver a concentrarse. Frente a mí, me encontraba con la criatura más grande que había visto en mi vida, aunque el uso de la palabra "grande" sería una clara concesión. Estaba de pie sobre dos piernas, sobresaliendo por encima de los orcos que lo rodeaban. No tengo ni idea de cuándo o de dónde había aparecido la criatura.

Su rostro estaba oculto por la capucha de una gruesa capa que cubría su enorme cuerpo. De su cinturón pendía la vaina de la cimitarra más grande que jamás hubiera visto. Llevaba un gran escudo metálico en forma de estrella sujeto al brazo por correas de cuero. Golpeó furiosamente con cimitarra y escudo a los tres o cuatro orcos que se le enfrentaron. Otros yacían ya muertos en el suelo. Ninguno de sus oponentes sobrevivió mucho tiempo.

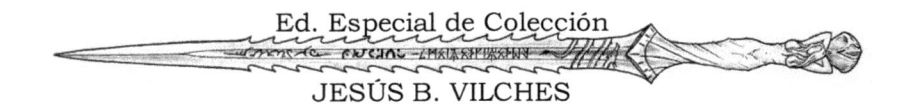

Cuando se volvió hacia mí, su capa había caído hacia atrás y dejaba ver una espesa cabellera anaranjada oscura, con vetas totalmente negras que le cubría la nuca y los hombros. El pelo era como el de la melena de un león, en textura, color y aspecto. Me puse en pie y miré asombrado a la criatura que tenía frente a mí. Su abultado pecho era más ancho que el del orco más grande que hubiera visto jamás, cuyo pelaje anaranjado formaba una gruesa corona que ocultaba el cuello.

—Pretendes escapar de aquí, ¿verdad? —Su voz sonaba profunda y solemne, como la de un dios. Pero no sólo su voz cavernosa me impedía reaccionar.

Su cabeza, su cara...

No era un rostro humano. Tenía pupilas brillantes, como las del tigre. Y un hocico con dientes afilados... y bigotes...

Y esa melena de rey...

Una melena digna de un soberano, que terminaba en una curiosa perilla bajo la barbilla. No, el rostro de esta criatura no era humano. Su cabeza era la de un león. Idéntica, sin una sola variación. Con la misma gallardía. Con la misma presencia. Con la misma majestuosidad que el rey de las bestias.

—¿Quieres salir de aquí? Tigre Blanco te ayudará. —Me aseguró. Apenas le entendí y respondí con una afirmación incoherente.

—Móntalo —me instó.

En ese momento me di cuenta de que el silencioso animal albino estaba a mi lado sobre sus cuatro patas, mirándome fijamente a los ojos. Percibí un destello de inteligencia en sus brillantes pupilas. No era una bestia muda y salvaje. No pude evitar

La Flor de Jade I

-El Enviado-

fundirme en aquella mirada y supe entonces que aquellos ojos nunca me habían mirado con hostilidad. Era yo quien los había mirado con miedo. Temblando, acaricié su lomo fuerte y ancho, suave al tacto. Hubiera jurado que el propio animal me invitaba a montarlo con la mirada.

Parecía decir: "Vamos, no tengas miedo, súbete a mi espalda y agárrate a mi cuello. Te sacaré de aquí".

Eso es exactamente lo que hice. Sólo cuando me sentí preparado y me acomodé sobre su lomo, el animal echó a correr. Mientras el poderoso felino me arrastraba, el miedo y la tensión de los últimos momentos empezaron a disiparse. Me sentía extrañamente confiado y seguro sobre aquella criatura. Pronto me venció el cansancio. Mis ojos se cerraron, todo quedó en silencio y mi mundo dejó de existir en ese momento.

Cuando desperté, ya no estaba en el pueblo...

Ed. Especial de Colección

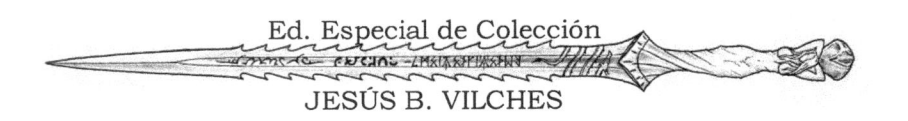

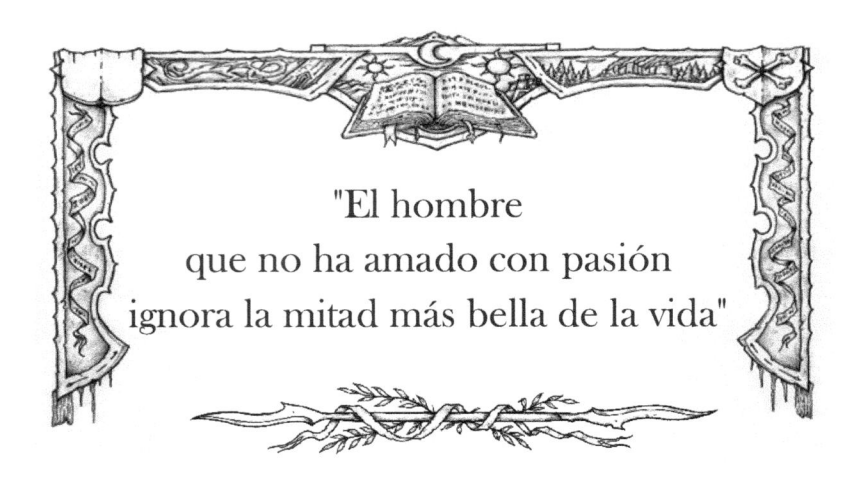

JESÚS B. VILCHES

"El hombre
que no ha amado con pasión
ignora la mitad más bella de la vida"

STENDHAL

LA FLOR DE JADE I
-EL ENVIADO-

La Flor de Jade

SUSURROS... RECUERDOS
MEMORIAS

Era una noche oscura en las montañas...

Una noche llena de bellas siluetas y el aire fresco de las cumbres, pero una noche típica como cualquier otra. Extendiéndose por encima de los que aún no habían sucumbido al sueño, el oscuro cielo nocturno rebosaba de innumerables estrellas. En esta noche la luna, brillaba con especial intensidad, iluminando la oscuridad con un mar de luz. Los ojos oscuros de Claudia miraron esas mismas estrellas. Algunas estaban dormidas. Alex no pudo evitar entregarse a su dulce abrazo. Ishmant parecía haberse quedado dormido sentado al pie de un árbol cercano. Al menos, tenía los ojos cerrados. Pero nadie podía asegurarlo. Gharin había hablado con ella largo rato durante su guardia. Se interrumpieron cuando Allwënn llegó para relevarlo. Los dos elfos discutían a pocos pasos.

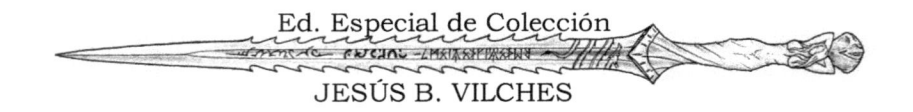

Fue en ese momento cuando Hansi se unió a ella. Él parecía tan poco dispuesto a dormir como Claudia. Ambos permanecieron sentados en silencio, cautivados por el maravilloso y sobrecogedor mar de estrellas que los cubría.

—¿En qué piensas? preguntó la joven a su amigo.

Hansi miró a la pequeña morena que se acurrucaba en las mantas para entrar en calor. Le sonrió.

—He estado pensando en... ya sabes, un poco de todo —empezó el músico. —Bueno, en realidad, estaba pensando en... las pequeñas cosas; en nuestro hogar. Lo que hemos dejado atrás, Ya sabes, Claudia, no sé... es gracioso. Mirando esas estrellas, de alguna manera puedes sentir que estamos allí de nuevo. Es como si nada hubiera cambiado.

"y sin embargo, todo tan distinto".

Claudia miró al cielo y comprendió lo que su amigo quería decir. El lienzo estrellado no era diferente de cualquier cielo nocturno visto en cualquier otro lugar. Miles de puntos brillantes esparcidos por el negro vacío. Las constelaciones podían ser diferentes, pero poco importaba. No eran más que unas luces parpadeantes en el cielo. Igual de hermosas, igual de sencillas, estuvieran donde estuvieran. Si apartaba los ojos del desierto nocturno donde acampaban y se limitaba a mirar al cielo, podía imaginarse oyendo el ruido de los coches, las sirenas y todos los demás sonidos comunes a una ciudad moderna. Casi podía imaginar que todo había vuelto a la normalidad. Aquellos puntos

LA FLOR DE JADE I

-EL ENVIADO-

brillantes de allí arriba eran lo único en este mundo extraño, cruel y a la vez fascinante que les acercaba a los suyos.

—Pensaba... Estaba pensando en las comodidades del hogar —confesó el batería nórdico. —La cantidad de cosas que la gente ya no hace. Las comodidades de la vida moderna. Dios sabe que echo de menos un asiento cómodo y una ducha caliente. Sí... sobre todo una ducha caliente. —añadió, sonriendo con nostalgia. —Poder cambiar la temperatura del agua a placer. Nunca pensé que consideraría un lujo algo tan común como un grifo de agua caliente. Agua caliente —repitió, saboreando el concepto. —Creo que he olvidado lo que es. ¿Tú no?"

Claudia sonrió. Echaba de menos un baño limpio y una cama con sábanas recién cambiadas más que la mayoría de las cosas.

—Estoy cansada de oler a humo y a caballo —le aseguró con una sutil sonrisa en los labios. —Poder cambiarme de ropa —Hansi asintió con la cabeza.

—Pero empiezo a sentirme desconectado... ya sabes a qué me refiero, Dia. He estado pensando en ello últimamente—. El joven continuó, intrigando a su amiga con sus palabras.

—¿Qué quieres decir?

—Creo que he vuelto a conectar con una parte ancestral de mí en este lugar, a pesar de todo lo que ha pasado. ¡Cielo santo! ¿Quién monta a caballo hoy en día? ¿Quién se baña desnudo en un río helado cuando puede usar su propia bañera? Aparte de los parias y los indigentes, ¿quién duerme bajo las estrellas todas las noches?".

Ella no sabía qué contestarle. Aún no sabía qué intentaba decirle.

JESÚS B. VILCHES

—Cuando veo a esos hombres... elfos o lo que sean, acariciando a sus caballos, hablándoles, tratándolos como a un compañero para toda la vida, me llena de emociones que no puedo describir. Hemos perdido ese contacto, nosotros; ese vínculo. Ellos siguen teniendo miedos, siguen teniendo supersticiones. Pero pueden sentir la mayor alegría de las cosas más sencillas. Sólo necesitan una botella de licor o una buena cerveza, buena compañía y toda la noche para disfrutar. Su reino es este manto de estrellas que nos cubre ahora. Hemos olvidado esa magia, Dia. Este mundo es mucho más puro en ese sentido, mucho más apegado a las raíces. Raíces que nosotros hemos olvidado. En cierto modo les envidio, a pesar de la dureza de sus vidas. Admiro su entereza frente a nuestro frívolo sentimentalismo. Les envidio porque tienen los medios y la sabiduría para comunicarse con el mundo vivo que les rodea. Un código que hemos abandonado en la vida moderna, viviendo en nuestras cómodas y complejas jaulas de hormigón y cristal. Para ellos, la naturaleza es un todo orgánico al que pertenecen. Para nosotros, no es más que un lugar al que algunas personas van a pasar el día. Quizá pienses que me equivoco, pero creo que hemos perdido mucho.

—Creo que te estás engañando, Hansi —le dijo ella. —Es cierto que ese vínculo del que hablas me impresiona y me fascina. Pero, ¿recuerdas lo que nos han dicho? Nos mantienen aislados. Como en una burbuja. Todos estos lugares por los que hemos deambulado no reflejan el mundo en el que estamos. Han intentado mantenernos alejados de la realidad de este lugar, donde personas como tú y yo son condenadas a muerte por el mero hecho de ser quienes somos. Hay una secta, o lo que sea, que ha convertido este supuesto paraíso en un infierno. Y, sabes, no tengo ningún deseo de salir y ver esa verdad por mí misma. No necesitábamos ver a esos dos jóvenes morir frente a nuestros ojos. Todavía no puedo creerlo, Hansi. ¡Están muertos! A pesar de los

LA FLOR DE JADE I

-EL ENVIADO-

esfuerzos de esta gente por mantenernos alejados de todo. Este mundo es terrible y no nos pertenece. Hemos llegado hasta aquí sin saber cómo ni por qué, y seguimos sin saberlo. Sólo quiero que termine. Volver a casa, a nuestra antigua vida. Al mundo que nos pertenece. A ensayar y tocar... y pedir comida rápida por teléfono; un poco de sushi, quizá. Esa era mi vida y se nos ha escapado sin que nos diéramos cuenta. Sin pedirnos permiso. Hay cosas en este mundo que me fascinan, igual que a ti. Sería difícil negarlo—. Sus ojos se desviaron hacia los elfos que hablaban cerca. —Sé que mi vida nunca volverá a ser la misma después de esta increíble experiencia. Habré aprendido mucho con ella, pero quiero que sea sólo eso, nada más que una anécdota increíble, aunque nadie la crea nunca.

Hansi la miró un momento, con los ojos fijos en la joven vulnerable. Comprendió su punto de vista.

—Quizá tengas razón, Dia. Te mentiría si dijera que no quiero que las cosas vuelvan a la normalidad. Pero eso ya ha cambiado. Hay algo en este mundo que nos cambia poco a poco, a pesar de todo. Me gustaría pensar que cuando volvamos, mi vida será igual que antes. Pero creo que eso será imposible. Este mundo no es tan diferente del nuestro. Al menos, así es como yo lo veo. Y las cosas son más puras aquí, incluso en su estado salvaje. Me atrae de una manera extraña. Es como si tocara mis raíces ancestrales, que reconozco dentro de mí.

—Me asustas un poco, Hansi —dijo.

—¿Por qué? Es la verdad.

La joven se quedó un momento en silencio, masticando lo que había dicho su amigo. Nunca había imaginado que la conversación tomaría semejante cariz. Hansi rompió el silencio de nuevo y continuó.

JESÚS B. VILCHES

—A veces me pregunto qué estará pasando en el mundo que dejamos atrás. Me pregunto si alguien habrá notado que faltamos, si nos han buscado. Sabes, Dia, no creo que nada haya cambiado. Nada se ha detenido. Para la mayoría de la gente las cosas seguirán como las dejamos. El sol saldrá cada mañana y todos seguirán adelante sin nosotros. Nosotros mismos no habríamos hecho nada diferente. No significamos absolutamente nada. Con un poco de suerte quizá conseguimos una mención en la sección de noticias de algún periódico. Quizá unos segundos robados en algún canal de noticias de televisión. "Un grupo de adolescentes desaparece misteriosamente". ¡Bah! Seremos objeto de algún documental escabroso y luego nos enterrarán en el olvido.

—¿Estás seguro? ¿Qué pasa con la gente que nos quiere? Me gustaría pensar que hemos dejado un hueco en algunos de sus corazones.

—He llegado a aceptar el hecho de que nuestra existencia es insignificante comparada con la inmensidad y eternidad del universo. Vivimos y morimos, sólo para ser olvidados. ¿Realmente importa si desaparecemos o morimos?

Hubo otra pausa. Ambos permanecieron un momento en silencio, sumidos en sus propios pensamientos.

—Sabes, Dia, he estado pensando mucho en la muerte estos días. Ha pasado tan cerca y tan a menudo que no he podido evitarlo. —Hansi continuó. —Al principio me preguntaba por qué me tenía que pasar a mí. Por qué iba a morir en un mundo extraño, rodeado de gente que no conozco. Me aterra la idea de yacer eternamente enterrado bajo un montón de piedras en medio de la nada. O simplemente ser abandonado a la putrefacción como hicimos con ese chico. Pero estoy aquí, vivo. ¿Y qué? ¿para qué? —Hansi hizo una pausa para mirar a su pequeña compañera. —Me he dado cuenta de que la vida en sí misma no tiene sentido.

LA FLOR DE JADE I

-EL ENVIADO-

Somos nosotros quienes debemos darle sentido encontrando una razón para vivirla. Debemos encontrar esa razón.

—Yo todavía quiero volver, Hansi —dijo ella. —No he perdido la esperanza. Tenía una razón para vivir allí: la música, nuestro sueño de éxito... llenar estadios, una legión de fans que corearan nuestros temas, nuestros amigos. Mi razón para seguir es la esperanza de volver a casa y continuar mi vida. Mi verdadera vida.

Hansi la miró un momento, dudando si hacerle una pregunta obvia. Una pregunta que era inquietante contemplar...

—¿Y si esa posibilidad no existe, Día? ¿Has pensado en ello? ¿Y si esto es lo que nos espera para el resto de nuestros días? —Ella le miró a los ojos con expresión severa.

—No quiero pensar en ello.

—Bueno, quizás deberías hacerlo.

Entonces se hizo el silencio...

—¿Has pensado en lo que Ishmant sugirió? —preguntó Gharin, mientras Allwënn se preparaba para asumir la guardia. Allwënn se sentó a su lado y suspiró ante la pregunta de su compañero.

—Lo he pensado, Gharin.

—Entonces...

El medio elfo rubio esperaba una respuesta.

—Escucha, amigo mío. Estoy bastante confuso. Mi vida no ha sido pacífica en los últimos años, lo sabes, pero...

JESÚS B. VILCHES

—El Guardián del Conocimiento ha vuelto a nuestras vidas. —interrumpió Gharin lo que imaginó que sería algún tipo de respuesta preparada. —De alguna manera lo ha hecho, Allwënn. De nuevo, después de veinte años. Él e Ishmant sospechan que algo sucede, y estos humanos parecen ser la clave. ¿Qué más necesitas?"

—Quizás han llegado un poco tarde, ¿no crees?

—Pero lo han hecho, al final lo han hecho, aquí están. ¿Qué importa eso? —Gharin miró a su compañero como si no lo reconociera. —¿De verdad te gusta la vida que llevas, Allwënn? Un poco de teatro por aquí, robar un par de bolsas por allá... siempre temiendo terminar tras las rejas otra vez. Todo es una señal, ¿no lo ves? Íbamos camino de un presidio en mitad de la nada, quizá nos esperaba la horca allí o la Desecación, y, en cambio, nos encontramos con estos chicos. ¡Y ahora, míranos! De nuevo en el centro de sus conspiraciones, ¿no te dice eso algo?

—¿Que nunca debimos estafar a esos nobles en Kuray?

—¡¡¡Maldita sea, Allwënn, lo digo en serio!!! —El arquero resopló. —¿No tienes curiosidad? ¿Ni siquiera un poco? ¿No quieres saber qué tienen estos humanos que han llamado la atención del Señor de las Runas y sacado al Venerable del Templado Espíritu fuera de su gruta de hielo? ¡Ishmant y Rexor son nuestros mentores, por Cleros! Hace veinte años, no lo habríamos dudado.

—Hace veinte años, Gharin, el mundo era muy diferente. El Culto era sólo uno de los muchos credos. El Emperador se sentaba en Belhedor. Äriel estaba viva, y tú y yo éramos parte del Círculo de Espadas. Eso ya es historia. Los demás están muertos o han desaparecido. Y tú y yo sólo somos dos desgraciados esperando tener la suerte suficiente para volver a ver el amanecer. ¿Crees que me gusta mi vida? Debería haber muerto hace veinte

LA FLOR DE JADE I

-El Enviado-

años, y lo sabes.

—Entonces hagamos algo para recuperar el tiempo perdido. Sigamos a Ishmant. Vamos a ver lo que está pasando en la cabeza de Rexor. Averigüemos qué tienen que ver estos humanos con todo esto. O simplemente giraremos la cabeza y seguiremos esperando a que llegue el próximo amanecer, que será el de siempre. Hasta que un día, cuando la suerte no esté de nuestro lado, nos encontremos con una soga apretándonos cuello y las piernas balanceando en el aire.

Allwënn miró fijamente a su compañero con sus pupilas brillantes. Era una mirada que duraría toda la vida.

—¿Quieres seguir a Ishmant?

—Quiero volver a ser lo que fui. Nosotros, los que fuimos. Quiero una razón para luchar. Y para morir. Sé que tú no lo necesitas, pero yo sí.

Allwënn lo miró profundamente a los ojos, paralizado por la expresión inusualmente adusta del rostro de su amigo.

—Eres el hermano que nunca tuve, y lo sabes, Gharin. —Confesó Allwënn. —Esos muchachos siguen siendo mi responsabilidad, no importa lo que diga Ishmant. Les di mi palabra, y me arrancaría la piel de los huesos antes de romper una promesa. Jamás. Aunque no sepa cómo ayudarlos. La idea de entregárselos a Ishmant así como así suena muy apetitosa, no te voy a mentir. Es una buena forma de deshacerse del problema. No voy a negar que el regreso del Venerable, y la noticia de que Rexor tiene algún dilema metafísico en la cabeza, me tiene desconcertado. Pero no sé si quiero meterme en sus asuntos. No creo que nada ni nadie pueda devolverme lo que fui. La vida ha carecido de sentido para mí durante mucho tiempo. Pero si es importante para ti, iremos con el monje. Sólo por ahora. Sólo hasta que sepamos qué maldito sentido tiene todo esto.

—Eso es suficiente para mí, Allwënn, —dijo Gharin con un gesto de gratitud. —Sé lo que significa para ti.

—Lo hago por lo que tú significas para mí, Gharin. No por mi propia voluntad. No lo olvides.

Gharin sonrió.

—No, no lo olvidaré. Gracias, viejo amigo.

Una fría niebla gris envolvía el paisaje, oscurecido ya por la oscuridad de la noche. Sólo se oían los aullidos del viento mientras arreciaba la tormenta. Aullaba como una bestia enfurecida. ¿O tal vez era el grito de un animal atrapado en la tempestad? Una tenue luz dispersa apenas lograba iluminar la tierra yerma, ahora cubierta de sombras. Los nudosos árboles extendían sus ramas sin hojas, como los dedos grotescamente retorcidos de una multitud de manos deformes. Una figura se recortaba contra una de las colinas. A lo lejos, parecía una mancha oscura e informe contra el paisaje. Un punto de pura oscuridad. Más oscuro incluso que la noche que lo envolvía. Podría ser cualquier criatura, si hubiera sido un ser vivo, en lugar de otra dantesca imitación de la forma humana.

A medida que la visión se acerca, sus formas comienzan a hacerse más claras... Sea lo que sea, no se mueve. Permanece inmóvil, clavado en el sitio como una estatua de sal.

Una gran figura deforme... quizás...

No, ¡es un jinete...!

Un jinete en una montura descarnada. Un cadáver de carne

La Flor de Jade I

-El Enviado-

putrefacta. Nada más que una horrible imitación de un caballo. Va envuelto en una larga túnica carmesí. La capa que oculta su rostro se agita con el viento tempestuoso. Se queda quieto, en silencio. Inmóvil. Bajo su capucha, donde debería aparecer su rostro, sólo hay una profunda oscuridad vacía. Un relámpago agrieta el cielo, partiendo la noche en dos con su látigo eléctrico. Un resplandor fugaz convierte la noche en día durante un breve instante. Revela su rostro seco y los rasgos arrugados de la muerte. Su cabeza es la de un cadáver viviente. Sus ojos espectrales y brillantes son como los de la propia muerte. De repente, se abren de par en par, como sorprendidos. Entonces, el cuerpo se estremece con una sensación terrible. Una sensación poderosa, inexplicable. En ese mismo instante, en otra parte, en otro lugar, esos mismos ojos nos miran con sombría satisfacción. Nos han descubierto.

Ishmant abrió los ojos, sobresaltado.

"¡Puede verlos!"

—¿Pesadillas? Tranquilízate. Todo va bien.

Gharin se arrodilló junto a Alex, que se había incorporado bruscamente tras experimentar lo que a todas luces parecía una pesadilla. El joven estaba visiblemente agitado, con los ojos parpadeando rápidamente y la respiración entrecortada.

—Sus... Sus ojos. Vi... Vi... Vi... ojos. Eran... terribles y...

—Cálmate. Sólo ha sido un mal sueño —susurró el semielfo, tratando de consolarlo. —Todos duermen y Allwënn vigilará ahora.

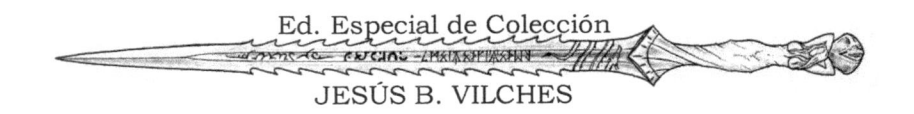

Alex vio que las palabras del elfo eran ciertas.

Claudia y Hansi dormían, al igual que Ishmant. Vislumbró una figura sombría cerca de la hoguera. Supuso que era Allwënn vigilando el campamento. Gharin se preparaba para dormir las últimas horas que faltaban para el amanecer. Se había despojado de todo su equipo y estaba tendiendo el fardo de mantas que le mantendría caliente.

—Te he dicho que no pasa nada. —repitió, poniendo su espada y su arco a su alcance, antes de tumbarse en el suelo.

Alex se sintió un poco aliviado, aunque todavía un poco inquieto. Finalmente, se recostó e intentó dormir. Pero la imagen de esos ojos lo acompañó durante mucho tiempo y el sueño se negó a llegar.

Allwënn miró mientras Gharin le hacía señas de que todo estaba bien. Pronto, tanto su amigo como el atribulado humano cerraron los ojos y callaron. Allwënn se sirvió entonces un poco de caldo del fuego. Luego recogió sus armas del suelo y se alejó del círculo de luz que rodeaba la hoguera. El cielo estaba despejado y lleno de estrellas.

Era una invitación a pensamientos y reflexiones melancólicas...

"¿Qué son las estrellas, Allwënn?"

Una voz de mujer. Una voz dulce y cálida. Claramente femenina.

Una voz.

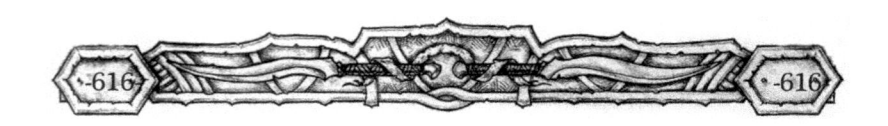

La Flor de Jade I

-El Enviado-

Esa voz.

Su voz.

Podía reconocerla entre miles. Una voz que ya no tenía cuerpo. Una voz silenciada... le había hecho esa pregunta una vez.

En ese momento, Allwënn había observado con ella el mismo espectáculo celestial que ahora se extendía sobre él. Eso lo hizo recordar. Volviéndose, Allwënn se recostó sobre la espesa alfombra de hierba y contempló a la hermosa elfa cuya cabeza descansaba sobre sus hombros.

—¿Me preguntas a mí? ¿Tú? ¿La Virgen Dorai de Hergos, una Jinete del Viento? Si no lo sabes tú, ¿crees que un bastardo sediento de sangre como yo puede darte la respuesta?

Äriel se recostó contra el brazo del mestizo. Lentamente, como si intentara hacerlo sin que nadie se diera cuenta, deslizó los dedos suavemente entre los pliegues de su camisa para acariciarle el pecho desnudo.

—Entre las Dorai, se dicen que las estrellas son los deseos incumplidos de la gente. Cuando alguien pide un deseo, aparece una luz en el cielo nocturno. Se apaga cuando el deseo se cumple en esta u otra vida. Todas estas luces son los deseos incumplidos de la gente. Ilusiones y esperanzas que brillan con la luz de su propia pasión y deseo—. La hermosa elfa se volvió para mirarlo. Allwënn siempre tenía el don de perderse en esos ojos misteriosos y exóticos. —Me gustaría saber qué te contaron a ti.

Allwënn suspiró mientras buscaba en su memoria....

—Mi padre me dijo que los Tuhsêkii creen que son almas. Grandes guerreros, enanos de honor, reyes del pasado que nos observan desde la Sala de los Héroes, que en vida demostraron ser merecedores de un lugar junto a Mostal Creador. Sólo los más valientes y aguerridos merecen tal honor. Y es por eso que todos los Tuhsêkii buscan un día iluminar el firmamento con sus almas. ¿Qué opinas, Äriel? ¿Sueños o héroes del Pasado?

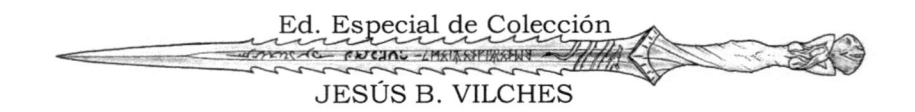

Ella se sentó y miró al apuesto elfo; los mechones negros de su pelo caían en cascada sobre la hierba y se mezclaban con la espesa cabellera azabache del mestizo. Ella lo atravesó con sus intensos ojos color violeta.

Y le dijo...

—Creo que tu alma brilla más que muchas estrellas del firmamento, Allwënn de Tuh'Aasâk y Sannsharii. Creo que tienes grandes dones que te ganarán un lugar legítimo en ese Salón de los Reyes que tu pueblo cree que nos ilumina por la noche. Tal vez tu alma sea la más brillante y luminosa de todas cuando ascienda. Sé que un día alguien mirará a las estrellas y repetirá tu nombre. Y envidiará el mío. Pero en caso de que la historia de los Tuhsêkii no sea cierta... ya he pedido mi deseo.

¡Qué dulces pueden ser los recuerdos!

Estaba dormida.

Acurrucada en los poderosos brazos del guerrero, hinchados por el peso de la espada y el esfuerzo en incontables batallas. Estaba dormida. Un sueño tranquilo y apacible. Ella parecía inocente y serena, envuelta alrededor de su marco magullado y sólido. Dormía mientras él la cuidaba...

Su pecho se mecía en un compás rítmico, arrullado por una suave melodía que sólo ella parecía escuchar en sus sueños más profundos. Era tan hermoso verla respirar...

Sus ojos, velados por sus largas pestañas, estaban cerrados, visitando otras tierras y otros lugares mágicos que sólo existían en

La Flor de Jade I

-El Enviado-

el mundo de los sueños. La mano callosa de Allwënn acarició las hebras más oscuras de su cabello. Un prístino río negro azabache, cuya perfección sólo se veía perturbada donde las puntas afiladas de sus orejas asomaban, como pequeñas islas iluminadas por la luna, desde el agua que fluía suavemente. Aquella mano fuerte y firme, brutal verdugo habitual de hombres y bestias, cuya hoja dentada había derramado tanta sangre, no podía ser más suave ni gentil, mientras la acariciaba con ternura. Era hermosa, sin duda.

Vÿr'Arym'Äriel.

Su pelo era tan largo y negro como el Gran Azur[50] en una noche sin luna. Parecía brillar como si una luz propia oculta resplandeciera a través de sus oscuras y finas hebras. Su piel tenía el tenue tinte dorado de su raza, ese bronceado extraño y apreciado de los elfos del desierto. Sus rasgos eran profundamente Nessör, quizá los más exóticos de los elfos. Sus ojos almendrados eran ligeramente más rasgados que los del resto de elfos. Sus pupilas, negras como las profundidades de la tierra, estaban bañadas por el violeta de los atardeceres púrpura de Uldma.[51] Imitaba los colores de Minos en el horizonte, que bañaba el cielo y las nubes en tonos claros de lila, rosa pálido, violeta leve y púrpura brillante. Los tonos y matices variaban en función de la intensidad de sus emociones. Muy intenso en la oscuridad, o cuando estaba apasionada. Acuosa y líquida... brillando en la noche.

Era hermosa. Nadie podía negarlo. Pero no era sólo su

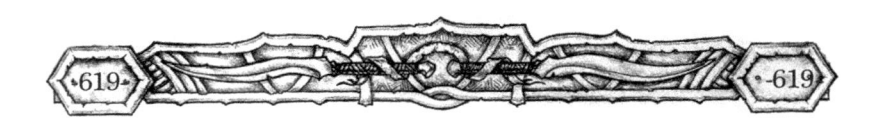

---

[50] Nombre dado al vasto océano que baña las costas del Nwandii, del que la leyenda dice que es infinito e interminable. Algunos creen que rodea el mundo, abarcando ambos lados del continente.

[51] El nombre dado en Sÿr a la segunda puesta de sol. Yahsmä, es la puesta de sol de Yelm, la primera puesta de sol.

belleza física lo que los demás encontraban tan cautivante. Allwënn tenía demasiadas razones para amarla más allá de la muerte. Las palabras por sí solas no podían revelar la profundidad de sus sentimientos, ni expresar su complejidad e intimidad de un modo que otros pudieran comprender. Lo siento, pero no puedo explicarlo mejor. Pero… si alguien ha estado alguna vez enamorado, si alguien sabe lo que significa necesitar al otro más que la sangre que corre por las venas... que sólo su voz apacigüe los demonios que atormentan el alma; y que sólo con ella los mayores abismos no parezcan más que grietas en el suelo... entenderá por qué Allwënn la amó tanto y hasta tal extremo. Sólo con ella el guerrero envainaba su espada y se despojaba de su pesada armadura. Sólo en sus brazos el niño que vivía dentro del despiadado asesino se arropaba para dormir con la misma tranquila inocencia. Sólo sus ojos y su corazón comprendían los rincones más oscuros de su alma y sus pensamientos, incluso antes de que brotaran a sus labios. Sólo con ella, las tareas estaban terminadas antes incluso de empezarlas. ¿No es eso suficiente? Allwënn la amaba porque en el oscuro y tortuoso sendero de su vida, ella era la única luz que iluminaba cada paso del camino. Un camino gris plagado de espinas.

"¡¡¡Ariel!!! ¡¡¡Ariel!!! ¡No puedo verte! ¡No puedo verte! ¡¡¡Ariel!!!"

La atmósfera está espesa de humo y niebla.

Todo arde con el fuego abrasador que consume y reduce a cenizas. Sólo vagas formas y siluetas emergen de las sombras en la noche espectral. Los gritos rompen el silencio. Se oye el sonido del acero contra el acero. Gritos de horror y pánico de gargantas desconocidas e invisibles. Aullidos de dolor. Voces ásperas y salvajes desde las sombras. Y calor, mucho calor...

LA FLOR DE JADE I

-El Enviado-

Todo era rojo, rojo, rojo.

Las lenguas de fuego, como un muro ígneo, subían como las olas de un mar embravecido.

El vapor ascendente era rojo carmesí, lleno de brasas ardientes y partículas incandescentes de ceniza, levantadas por el viento. Era como si el propio aire pudiera incendiarse y arder.

Roja era también la sangre que cubría el suelo. Sangre derramada por sus víctimas a las que cercenaba en su avance colérico y ciego. Ríos y arroyos de sangre que deja a su paso, fluyendo de su camino de carnicería y destrucción. La sangre de muchas otras víctimas, no asesinadas por su mano, se acumula en el suelo bajo sus pies. Sangre en las paredes de piedra. Sangre que recubre el acero de las armas. Sangre en el corazón y sangre en los ojos.

Dolor, ira... Mucho dolor, pero aún más ira....

"Ärieeeeeeeel!!!"

Su garganta se desgarra como si sus tripas vomitaran un caudal de piedras afiladas. El suelo retumba en la noche, como si un dragón se acercara, castigando la tierra con cada golpe de sus garras gigantes.

Esa cosa. Nunca podrá olvidarlo.

Gigantesco. Tan enorme que llena por completo el campo de visión. Parece haber surgido del Foso. De hecho, la propia Fosa parece haber derramado sus ríos de lava y sus viles criaturas sobre la tierra para sembrar el terror y el desastre entre los vivos.

Camina sobre dos piernas.

Dos piernas tan gruesas como troncos de roble centenarios. Su macizo y altísimo cuerpo es tan fuerte e imponente como una montaña. Es un ser demoníaco, pues hay pocos como él en este mundo. Su mera presencia es suficiente para provocar escalofríos y llenar los cuerpos de un miedo incontrolable. Su sola mirada te atraviesa el alma y te congela, como si te convirtiera en piedra. Nunca olvidarás a esta criatura. Es algo demasiado aterrador para que la mente lo comprenda. Deja a su paso gritos de dolor y agonía. Un ser de la Muerte que nace y luego se desvanece a su paso.

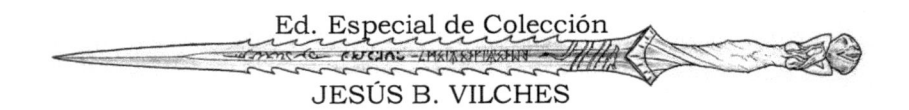

Lo llaman El Némesis....

"¡Atrás, atrás! No la toquéis, no os atreváis. ¡Juro que volveré de las entrañas de la tierra para arrancaros los ojos con mis propias manos, si lo hacéis! Por la sangre Faäruk que corre por mis venas. Os haré comer a vuestros propios hijos si la tocáis. Os despedazaré miembro a miembro. Volveré desde el rincón más lejano del Abismo para oír vuestros últimos lamentos. Os mataré a todos. Y a vuestra descendencia. Y los hijos de vuestros hijos. Beberé vuestra sangre. Me vestiré con vuestras pieles. Tocadla y no habrá palabra para describir vuestra agonía.

Fue inútil. Toda mi ira...

Toda mi fuerza.

Toda mi rabia.

Nada...

La venganza es un plato dulce...

El dolor le proporciona el motivo por el que se busca venganza...

Aaaaarrrrrrrrrrgggggggg

La Flor de Jade I

-El Enviado-

Sangre, sangre...

La Äriel regresa, con su hoja dentada manchada de sangre. Pero esta vez no es la sangre del enemigo. ¡¡¡Por los dioses que moran en el Abismo!!! ¡Su sangre! Es su sangre. El acero teñido de escarlata parece traer consigo su último aliento moribundo.

¡Aaaargh!

¿Qué has hecho? ¿Qué habéis hecho?

Mi propia espada...

La punta muerde mi carne. Nunca pensé que recibiría un beso como éste...

Las mandíbulas penetran profundamente, apuñalando con locura...

Sus dientes de acero...

Mi propia espada...

Su sangre... mi sangre... se mezclan...

Mi propia espada...

Quema...

¡¡¡Aaahhh!!!

Duele...

¡¡¡Aaaaaaaahhh!!!

El beso de Äriel es amargo...

Desgarra, destroza, quebranta...

¡¡¡¡Aaaaarrrrrgggghhh!!!!

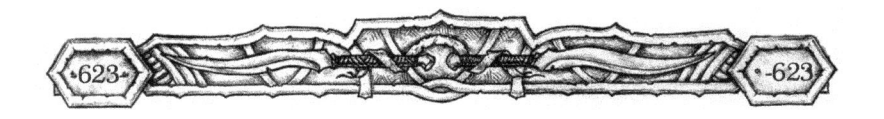

JESÚS B. VILCHES

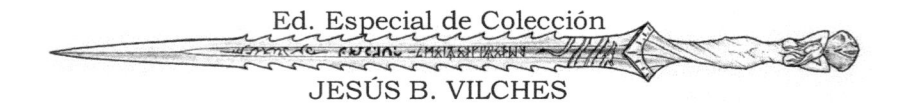

Atraviesa...

...el silencio

Qué dulces son los recuerdos cuando son agradables...

Pero cuando son desgarros, qué amargos saben y cuánto escuece recordarlos...

Respiraba entrecortadamente y sus mejillas estaban bañadas en lágrimas verdes. Eran los únicos momentos en los que el elfo roto podía dar rienda suelta a su dolor sin los límites que él mismo se había impuesto. Aquí y ahora. En la oscura y silenciosa quietud de la madrugada, no necesitaba esconder su pena en la espesa sangre enana que corría por sus venas.

El cielo aún estaba lleno de estrellas...

La odiada estrella lunar aún no había aparecido.

Bendito, entonces...

Miró su fabulosa espada que yacía desnuda en el suelo. Por un momento la contempló solemnemente. La espada que le había visto pasar de niño a hombre, y de hombre al guerrero que era ahora. La espada con la que había intentado defenderla, pero que, al final, le fue arrebatada.

Admiró su forma sinuosa, flexible como el cuerpo de una mujer, pero poderosa y fuerte. Parecía mirar hacia atrás, como solía hacerlo, con la mirada penetrante de una reina todopoderosa. Vio el grosor del acero y la fabulosa talla de su hoja.

La misma hoja con la que arrebataba vidas... le había arrebatado la suya. La de ambos.

La Flor de Jade I

-El Enviado-

Sus ojos recorrieron la superficie blasonada con su nombre y el dragón robado de su cuerpo...

...y la vio de nuevo, dormida sobre la empuñadura...

"¿Qué estás haciendo?"

"Estoy tallando la empuñadura de tu espada."

"La empuñadura de mi espada está bien como está".

Todos los artistas dejan una parte de su alma en cada obra que crean. Algo de su espíritu permanece unido al objeto que trabajan y dan forma. Algo de sus sentimientos, de su carácter. Lo que aman o desprecian. Lo que sueñan y desean. Lo que son o serán. El alma. Lo que nace dentro y es inmortal.

"Por todas las glorias del mundo. ¡Es hermoso! No me lo puedo creer. ¡Eres tú!"

"Así siempre me tendrás cerca de ti".

"Es maravilloso. Tienes manos asombrosas, Äriel".

"Ahora tu espada es realmente única. Cada vez que la empuñes me abrazarás".

"Ahora mi espada vale tanto que ni a los mismos dioses dejaré tocarla".

Ed. Especial de Colección

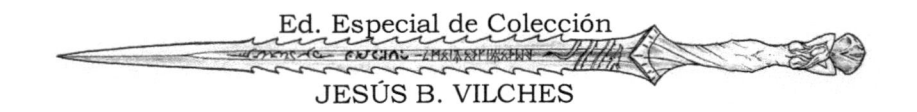

JESÚS B. VILCHES

La obra permanece cuando el artista se va...

LA FLOR DE JADE I

-EL ENVIADO-

Claudia le vio marcharse.

Le esperó, como tantas otras noches. El misterio seguía consumiéndola. Su enorme curiosidad no había disminuido desde aquella primera vez. Seguía obsesionada por saber adónde iba Allwënn durante la noche. Qué hacía cuando estaba solo y fuera de la vista. Sabía que tenía algo que ver con la mujer grabada en su espada, pero no podía imaginar por qué era tan importante para él.

Esta ocasión parecía la más oportuna.

De todos modos, no podía dormir. Sufría de un insomnio creciente, tal vez resultado de sus propias preocupaciones y ansiedad. Le había visto hablar con el reservado Ishmant, que le relevaba en la guardia. Y luego se perdió entre las muchas sombras que cubrían y oscurecían el bosque. Ishmant no se quedaba quieto durante las vigilias. Le gustaba caminar y moverse lentamente, observando la oscuridad. Caminaba de un lado a otro, sin orden ni patrón fijo, tan silenciosamente que apenas levantaba ruido ni polvo. Ella esperó pacientemente hasta que le dio la espalda. Entonces se escabulló sigilosamente entre las sombras, persiguiendo al enigmático mestizo.

Esta vez tenía que ser rápida.

Pronto vislumbró su vaga silueta en la distancia. Incluso en la oscuridad, su silueta era inconfundible. Lo siguió durante un buen trecho, pero entonces desapareció, como si la tierra que pisaba se lo hubiera tragado. La incertidumbre y la duda volvieron, al recordar la última vez que le siguió.

No podía volver a ocurrir.

Su primer impulso fue detenerse y agacharse para evitar ser vista. Pensó que tal vez el elfo la había descubierto de nuevo y quería darle otra lección. Se arrastró un rato entre la maleza. No apareció nadie. Sólo percibía los sonidos naturales e inofensivos del bosque que la rodeaba.

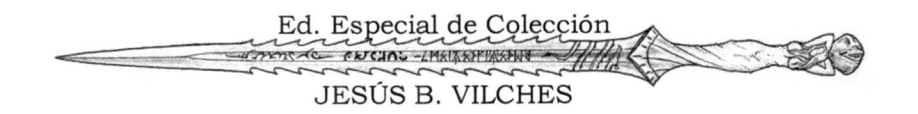

De nuevo, el oscuro follaje empezó a inspirarle un respeto y un miedo que no sentía durante el día. Era como si la verdadera naturaleza del bosque durmiera durante las horas de luz y abriera los ojos con las estrellas, mostrándose tal como es: hostil y cruel. Avanzó, intentando por todos los medios controlar su miedo y mantener la calma.

Estaba a punto de abandonar su búsqueda cuando sus ojos vislumbraron un claro entre la maleza que nunca antes había visto.

Y allí estaba él, con su larga y hermosa melena al viento, sus gestos gráciles y elegantes. Allí estaba, tan ensimismado que no se percató de la furtiva presencia oculta de la joven. Ella quedó instantáneamente encantada, pero tan aliviada por haberle encontrado al fin, que apenas tuvo tiempo de darse cuenta de lo que realmente estaba sucediendo ante sus ojos. Mientras la fascinación expulsaba la niebla de sus sentidos, Claudia notó con asombro que la espesa cabellera del guerrero ondeaba incluso sin viento. Que la elegancia de sus movimientos no era ordinaria. Se movía con una coordinación exquisita, con sutiles movimientos rítmicos.

Estaba bailando.

Allwënn estaba bailando, y bailaba con tal delicadeza que casi detenía el corazón. No eran movimientos extravagantes, no. Era como un vals sublime y elegante con una pareja invisible. Un baile que quizás, mirándolo bien, parecía incompleto porque estaba pensado para dos personas y no para bailarlo en solitario.

Claudia se quedó muda, embelesada por los fluidos movimientos de la danza lírica y su enigmático intérprete. Sus pies

LA FLOR DE JADE I

-EL ENVIADO-

parecían deslizarse de un paso a otro, sin apenas tocar el suelo. Su brillante cabello de ébano caía en cascada por su espalda como el largo y sedoso velo de una novia. ¡Cielos! En ese momento, en un solo suspiro, la joven olvidó el duro trato, las palabras hirientes y el mal genio que tanto le molestaban de él. Sólo vio su alma atormentada bailar sola en la noche, como un ángel en un sueño mágico. Ella sabía que sus ojos nunca volverían a contemplar tal belleza en su forma más pura.

"Sí, está bailando".

Una voz suave susurró detrás de ella. Sobresaltada, Claudia miró hacia atrás, rompiendo el hechizo mágico bajo el que se encontraba. Allí vio la silueta de un hombre que no tardó en reconocer. Era Ishmant. Claudia le miró a los ojos. En el extraño resplandor que encontró allí, sintió que tal vez tenía ante sí las respuestas a todas sus preguntas.

—Gharin me dijo que Allwënn venía aquí para encontrarse con .... con una mujer. La misma que está tallada en la empuñadura de su espada —Comentó la joven, conteniendo la pregunta que realmente quería hacer.

—Y así es... —Ishmant respondió.

—Pero esa mujer es su esposa, ¿no? Äriel. Y ella... Gharin me dijo...

—Ella murió. Hace años. No se puede negar.

—¿Pero cómo... ?

—Ahí está, con él. Puedes sentirlo, si tus ojos pueden ver lo invisible, o si tu corazón puede ocupar el lugar de tus ojos. No hay duda de que ella está con él, aunque ni tú, ni él, ni nadie, pueda verla.

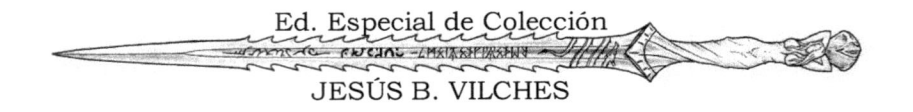

Ishmant se acercó hasta situarse junto a la joven. Disfrutaron juntos del espectáculo del baile.

—Ella está allí, y la verás cuando tus ojos dejen de engañarte. Existe la creencia élfica de que muchas almas se encuentran con los dioses en pareja. Si fuertes lazos les unieron en vida y un destino trágico los separa, tal vez un alma decida renunciar al camino que conduce a ÄrilVällah, el Jardín de los Dioses. Dicen que esperan hasta el final de sus días con su pareja, a la que acompañan en silencio y vigilan en sueños. Y así sucesivamente, hasta que el destino les reúna de nuevo en el jardín de su fe. O en otra vida. Allwënn conoce bien la leyenda. Este es su tributo a ella. Así que se reúne con ella y le hace saber que él también la está esperando; esperando el silencio de las noches para bailar con ella bajo la luz eterna de las estrellas. Allwënn, el guerrero suicida, busca a diario una muerte que le es esquiva, para poder volver al fin con ella. De lo que no se da cuenta es de que Äriel está mucho más cerca de lo que imagina. Y ni siquiera tiene que morir para reencontrarse con ella.

Claudia se quedó atónita ante este último comentario.

Tal vez fuera delirio, tal vez fuera la magia de la propia noche. No se podía explicar con palabras. Nunca supo si era producto de una mente confusa o una visión real. Pero mientras el guerrero le hablaba, ella tuvo una visión fugaz, tal vez una alucinación, que se disipó con la misma rapidez con que había aparecido. Me juró que, sólo por un momento, envuelta en velos traslúcidos y cogiéndole de la mano y de la cintura... bailaba con él... una mujer.

La Flor de Jade I

-El Enviado-

Ed. Especial de Colección

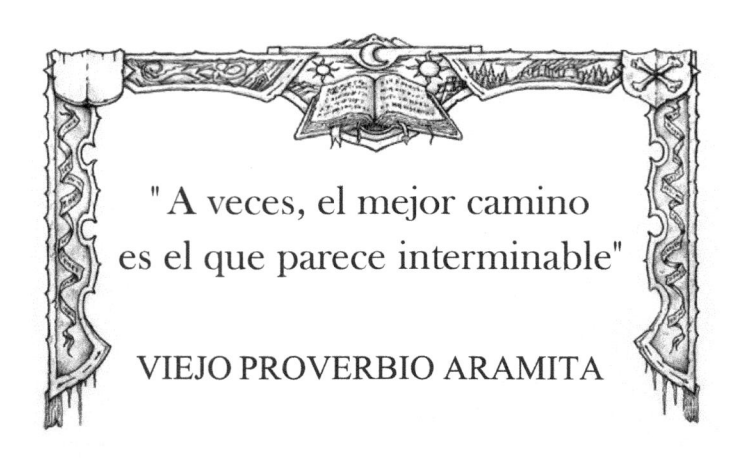

JESÚS B. VILCHES

"A veces, el mejor camino es el que parece interminable"

VIEJO PROVERBIO ARAMITA

LA FLOR DE JADE I

-El Enviado-

La Flor de Jade

NUBES DE
TORMENTA

El cielo se había encapotado, como si un grueso manto gris ceniza hubiera caído sobre el mundo.

Como si vaticinara oscuros presagios, un viento húmedo empezó a cobrar fuerza y se volvió más tempestuoso a medida que avanzaba el día. La misma brisa gélida, aunque un poco más tenue, saludó al grupo de elfos a la mañana siguiente, mientras continuaban su lento y angustioso descenso por las laderas cubiertas de niebla del gran macizo. Parecían haber pasado años desde que los cálidos rayos del sol de la tarde animaban sus espíritus durante la cabalgada a través de los profundos desfiladeros y las afiladas cumbres de Belgarar. De hecho, sólo habían transcurrido unas horas desde entonces. La habitual niebla matinal envolvía las arboledas que cubrían las estribaciones del gran macizo. Se negaba a disiparse, formando un brumoso telón de fondo que entorpecía y oscurecía el paso de la compañía por los bordes más escarpados de la cordillera.

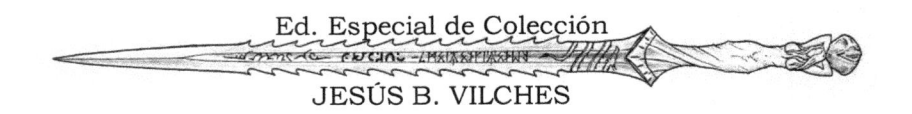

Los árboles del bosque brillaban al amanecer, tras haber acumulado mucho más rocío de lo habitual. Una llovizna imperceptible ablandó el suelo del bosque antes de volverlo blanco con una fina capa de escarcha. Mil diminutos cristales de agua se acumulaban en las puntas de las hojas antes de caer al suelo. Los cascos herrados de los caballos salpicaban el camino embarrado.

Habían pasado el Belgarar

Atrás quedaban los picos imponentes, cubiertos de un manto perpetuo de nieve blanca como el ártico. También habían desaparecido los pequeños arroyos de agua que se deslizaban aquí y allá entre las rocas, fluyendo desde las inaccesibles cimas de las montañas. Para los jóvenes humanos era fascinante encontrar estas pequeñas cascadas a lo largo del camino. Descendían de sus monturas para ahuecar el cristal de agua con las manos desnudas. A veces, el preciado líquido parecía surgir de la propia roca estéril.

También dejaron atrás los estrechos senderos que serpenteaban por los bosques cubiertos de nieve. A veces, estos senderos ofrecían inesperadas vistas de sublime belleza natural. A la vuelta de cada curva, los viajeros se encontraban con los impresionantes paisajes que se extendían por los valles interiores e incluso más allá de la gran cordillera por cuyas laderas cabalgaban. Estas cumbres eran algo más que un duro paseo por un paisaje nevado. Representaban una frontera entre lo que quedaba en el

LA FLOR DE JADE I

-EL ENVIADO-

pasado y lo que les aguardaba en el futuro.

Las bajas temperaturas y el terreno accidentado se veían compensados con creces por la majestuosidad de su entorno. En ningún momento los elfos habían conducido al grupo a los recovecos más recónditos de la cordillera. Sólo habían bordeado sus murallas con precaución, procurando mantenerse alejados de su camino más transitado. Trataban de evitar un encuentro desafortunado; bien con las tropas de Kallah, bien con los numerosos peligros que acechaban en el Belgarar.

Lo cual no ocurrió... hasta esa mañana.

El grupo detuvo a los animales en respuesta al aviso de advertencia de Gharin. Pronto, sus botas crujieron en el húmedo barro helado. Los jinetes se acercaron al apuesto semielfo, que oteaba cuidadosamente el horizonte cercano. Señaló algo a lo lejos, hacia las llanuras que se extendían lejos de las laderas del Belgarar. Afirmó haber visto varias figuras que se acercaban al imponente macizo a gran velocidad. Allwënn entrecerró las pupilas e inmediatamente confirmó la afirmación.

—Son jinetes, sin duda. Vienen galopando desde el valle. —aseguró El rubio mestizo a su amigo, dejándole ver por sí mismo. La vista de los elfos era realmente prodigiosa, pues incluso los jóvenes humanos del grupo apenas podían distinguir los borrosos puntos nebulosos en la distancia.

—Yo diría que son al menos cuatro. —predijo Allwënn con cierta vacilación, indicando su incertidumbre. —¿Qué dices, mi rubio amigo? Son tus ojos los hábiles, no los míos.

—Seis, tal vez más si algunos cabalgan en línea —confirmó Gharin poco después.

El grupo de humanos se miró asombrado. Ishmant, con

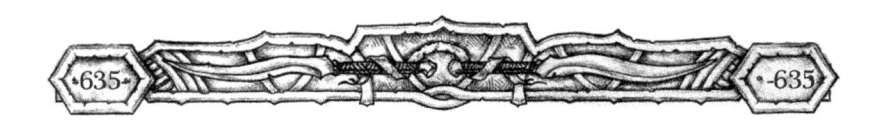

semblante serio y pensativo, se acercó lentamente a los dos elfos.

—Están demasiado lejos para distinguir marcas en sus ropas. Pero no llevan armadura. Al menos no armaduras de metal, estoy seguro —continuó Gharin—. Cabalgan con los soles por delante. Eso haría brillar el metal a la luz del sol si llevaran armadura. Creo que son capas largas lo que veo flotando detrás de ellos. —añadió el elfo.

—Capas... —repitió Ishmant. Sumido en sus pensamientos, se pasó los dedos por la barbilla mientras miraba a los jinetes a lo lejos. El vaho de su aliento se disipó rápidamente en el aire frío mientras hablaba. Alex sintió un repentino escalofrío al oír a Ishmant pronunciar la palabra. Allwënn miró a sus compañeros de viaje. No había razón para preocuparse, todavía. Pero el grupo se miraba con cierta aprensión.

—Al parecer, jinetes desarmados galopan hacia aquí como si llegaran tarde a su propio funeral —comentó con cierta ironía—. Desde el encuentro con los Vagabundos, esto es lo más inquietante con lo que nos hemos tropezado hasta ahora. ¿Alguna idea de quiénes pueden ser? No parecen exploradores del Culto.

La pregunta quedó sin respuesta.

—Si queremos saber más de ellos, debemos esperar a que estén más cerca —concluyó Gharin, levantándose del suelo. Se sacudió la arenilla que se le habían pegado a las palmas de las manos—. Lo cual, a la velocidad que van sus caballos, me temo que no tardará mucho en suceder.

El grupo esperó cerca del borde de una cresta, al abrigo del denso bosque. Ya no había nieve, al estar tan cerca de la llanura, pero el aire a su alrededor había conservado la temperatura gélida de las altas cumbres. Los que sentían el frío se frotaban las manos, zapateaban o intentaban calentarse con el aliento. La pareja de

LA FLOR DE JADE I
-EL ENVIADO-

elfos se sentó en un saliente cercano, un poco alejados de los demás.

Allwënn aprovechó el interludio para sacar de sus alforjas una larga y estrecha pipa de hueso. Encendió un poco de tabaco 'Hylbar que guardaba en una pequeña bolsa en su mochila. Se habían dado cuenta por el camino de que al robusto medio-enano le gustaba disfrutar de vez en cuando del intenso aroma y el áspero sabor amargo de aquella hierba enana.

—¿Quién crees que son, Allwënn? —preguntó Gharin, incapaz de distinguir a los desconocidos que casi habían llegado al pie de la ladera bajo ellos. Allwënn los observaba en silencio, con una pizca de curiosidad en sus ojos verdes mientras aspiraba el espeso humo aromático de su pipa. Los demás, que descansaban en el suelo cercano, esperaban una respuesta que podría tardar en llegar.

—No parecen elfos —respondió el guerrero con voz mesurada. —No visten como ningún elfo que yo haya conocido. Aunque es muy difícil estar seguro de ello. Y tampoco son orcos, de eso no hay duda.

Luego volvió a aspirar, encendiendo las brasas de la hierba en su pipa. La fría mañana se inundó del espeso y embriagador aroma del buen tabaco.

—Tal vez sean clérigos de Kallah. Aunque no veo el 'Säaràkhally' en los extraños hábitos que llevan. Aún así, es raro que viajen por estos caminos sin escolta. ¿Qué piensas, Ishmant? ¿Los reconoces?

Ishmant estaba allí.

De hecho, estaba apoyando la espalda contra el tronco rugoso de un árbol a menos de dos pasos de ellos. Pero ambos se dieron cuenta de que sus pensamientos estaban muy lejos de ese lugar. Lejos, muy lejos de las palabras de Allwënn. Lo vieron con una expresión tensa en el rostro. En su frente empezaban a formarse gotas de sudor. Sus ojos estaban ocultos por unos párpados apretados y palpitantes. El misterioso guerrero parecía absorto en sus propias reflexiones. No sabían por qué se encontraba en ese estado, pero no les sorprendía en absoluto, teniendo en cuenta quién era. Lo mejor sería dejarle en paz. Nadie le molestó después, ni le volvieron a hablar. Se miraron unos a otros y permanecieron en silencio mientras esperaban.

Los sentidos de Ishmant galopaban contra el viento en dirección a los jinetes, como un salmón nadando contra la corriente. Poco a poco, aumentó la intensidad de los sonidos que le llegaban. El golpeteo de los cascos contra el suelo y el resoplido de las monturas que se acercaban se hicieron audibles. Sin embargo, no sonaba como el enérgico resoplido de un potro joven en la flor de la vida. Era un estertor agónico que le heló la sangre. Un gemido casi fantasmal. A medida que la visión aumentaba en tamaño y detalle, los sentidos agudizados del guerrero fueron capaces de distinguir mejor las siluetas de capa escarlata de los que se acercaban al galope. Entonces vio sus manos huesudas y venosas de carne azulada agarrando las sinuosas riendas. Y sus capuchas de rancia tela raída ocultaban unos rasgos que no parecían vivos. La visión le desconcertó, pero estaba decidido a continuar. Vislumbró la decrépita naturaleza de los corceles, tal vez bestias devueltas a la vida, a medio festín de lobos y buitres. Incluso podía oler el vapor a muerte que emanaba de sus cuerpos. Fue entonces cuando vislumbró los rasgos indescriptibles de quienes los montaban. Algo le aguijoneó con un ardor doloroso en el corazón. Y aunque no dudaba de sí mismo, rogó por una vez estar equivocado en sus conclusiones.

De repente, como presa de un impulso incontrolable, Alex

LA FLOR DE JADE I

-EL ENVIADO-

empezó a gesticular.

—Oh Dios. Oh Dios, yo los he visto. Los he visto antes. —empezó a repetir sin cesar. Los demás centraron su atención en el inesperado comportamiento del joven.

—¿De qué estás hablando? —Preguntó Hansi sorprendido, como si su amigo estuviera hablando en sueños. —¿A quién has visto?

—A ellos—. El joven guitarrista continuó, consciente de que no se expresaba con claridad. Esto creó un ambiente de confusión entre sus amigos. —¿No te acuerdas de Gharin? La otra noche... Tú... tú me calmaste. Me dijiste que durmiera, que todo estaba bien. Pero esos ojos... Todo era tan real. Esos ojos... yo... Estaba seguro de que podían verme, de que me conocían. Los he atraído hasta aquí.

Gharin miró a Allwënn con el ceño fruncido. Allwënn sacudió la cabeza con evidente desdén. Los demás tampoco se explicaban el extraño comportamiento de Alex y se miraban incrédulos, como si fuera un extraño. Claudia se volvió hacia él. Sus pupilas brillaban con el fulgor acuoso de un hombre atribulado.

—¿Quiénes eran, Alex? Dime, ¿qué viste? ¿Qué eran? —le preguntó, cogiéndole por los hombros y acercándole la cara a la suya. Lo sacudió como si quisiera despertarlo. Alex estaba preocupado, con las pupilas fijas en un punto lejano que no se veía. Era incapaz de responder, como si la imagen de su memoria no pudiera expresarse con palabras. Quizás simplemente le costaba admitir que lo que su mente le decía fuera cierto.

—Están... están... ¡Muertos!

Allwënn se sacó la pipa de los labios y se puso de pie.

—¡Ya basta! —intervino el medio enano. —No tengo ni idea de quién eres, ni de qué húmedo agujero vienes, pero mis problemas se han multiplicado desde que te conocí. ¿Puede alguien decirme de qué demonios está hablando?

Una voz respondió a la pregunta retórica. Provenía de labios humanos y no era la respuesta que el fornido mestizo esperaba.

—Me temo que el joven Alex tiene razón, Allwënn.

Ishmant salió de su trance y se quedó de pie en el mismo lugar donde se había sentado antes. Nadie sabía exactamente cuánto tiempo había estado escuchando la conversación. Todos se volvieron para mirarlo. Allwënn guardó silencio por un momento.

—¿Tiene razón? ¿en qué tiene razón en concreto? —quiso saber Gharin, viendo que Allwënn había quedado un instante perplejo.

—Sobre todo —confirmó el monje guerrero con gravedad. —Él los ha visto, como nos asegura. Y probablemente ellos también le vieron a él.

—¿Cómo puedes estar tan seguro? —preguntó el mestizo de enanos. Ishmant retuvo las palabras en la boca durante un momento.

—Yo también tuve ese sueño. El mismo sueño del que él habla.

Una sombra pareció cruzar los rostros de los semielfos, que se congelaron unos instantes ante tal revelación. No sabían exactamente qué podía significar, pero cualquier cosa confirmada por Ishmant era probable que fuera cierta. Claudia contemplaba la escena con asombro mientras sujetaba las temblorosas manos de Alex. Hansi parecía ausente. Su rostro era como una máscara de

LA FLOR DE JADE I
-EL ENVIADO-

piedra. Mantenía la mirada fija en los jinetes que se acercaban a su posición. Gharin tragó saliva antes de hacer su pregunta, temiendo la respuesta que pudiera seguir.

—Tú sabes quiénes son, ¿verdad, Ishmant?

Aquel respondió con un leve movimiento de cabeza afirmativo.

—Nunca había visto a ninguno de ellos en persona, pero sé quiénes son. Estoy seguro de ello con absoluta certeza—. Hizo una pausa. Tiempo para tragar saliva y respirar hondo. Como si lo que estaba a punto de revelar requiriera una calma especial. —Esos de ahí abajo, a menos de una milla, son los Laäv-Aattani de Neffando. Él es uno de los Aatanii, Señores de las Doce Torres. Quien me visitó ya me advirtió sobre ellos. Son jinetes no muertos, caballeros de la perdición. No son de este mundo y no pertenecen a él.

—¿Lava... tannis? —Tartamudeó Alexis de repente, como saliendo de un trance.

—¿Y sirven... a los Clérigos Negros? —preguntó el semielfo de penetrantes ojos azules.

—Sirven a los Aatanii, los Vástagos de Maldoroth, el Primer Corrupto, el primero en recibir el don de la Esencia Oscura; Kaos, el Desterrado. Maldoroth es el Príncipe Desollado al que los Caballeros de Jerivha dieron caza y apresaron, según sus Sacramentias. Ha estado inactivo desde antes de Tetrarkanía élfica. Esos jinetes bajo de nosotros son los hijos de Neffando, el favorito de Maldoroth, y el primero de sus Aatanii. Son sus criaturas, sus secuaces, su cohorte. Neffando y el resto de los Aatanii se sirven a sí mismos, aunque no sería sorprendente que hayan establecido algún tipo de alianza con el Culto de Kallah.

—¿Qué persiguen?

—Me gustaría saberlo. —Ishmant respondió preocupado. —Tal vez nuestro encuentro sea sólo una coincidencia, eso espero, os lo juro. Estoy preocupado por el sueño de noches pasadas, y me temo que Alex tenga razón. Aunque no fue él quien los trajo aquí, sino yo. Los Levatannii poseen algunos de los poderes ocultos de los doce Vástagos de Maldoroth originales. Puede que fueran alertados de nuestra presencia por las mismas visiones que plagaron nuestros sueños. Pero no estoy seguro.

—Los destruiremos. —El mestizo gruñó, apretando la mandíbula. —Están desarmados y fuera de sus dominios. Quizás se muestren débiles contra nuestras armas.

—No será tan fácil, amigo mío. Son Jinetes de la Muerte, poderosos señores que ya están muertos. Hará falta valor y fe para derrotarlos. —Respondió Ishmant. —Sus poderes residen en el reino de la sangre, la muerte y la maldición. Pero pueden ser destruidos—. Allwënn llevó su mano derecha a la empuñadura en forma de mujer tallada. —Pero dañar a un jinete podría alertar a sus amos. Uno de los Doce originales. Para ellos, ningún metal, por bien forjado que esté en forma de hoja o flecha, puede dañarlos. Además, enfrentarse a uno de los Aatanii es enfrentarse a todos.

—Son los mismísimos Jinetes del Apocalipsis —gimoteó Claudia. Pero aparte de Alex, su comentario se perdió para los demás.

Una ráfaga de viento le revolvió el cabello rubio.

Una punzada de frío rozó el rostro preocupado del guitarrista, pero éste apenas hizo un gesto. Ishmant había sentido algo parecido, como un toque helado. Tampoco dijo nada.

—Maldita sea nuestra suerte. —Allwënn parecía enojado.

LA FLOR DE JADE I

-EL ENVIADO-

—Justo lo que necesitábamos. Lluvia. Otra vez. Parece que nos persiga.

A lo lejos, donde las nubes grises formaban una cúpula negruzca y amenazadora, un relámpago resplandeciente descendió en zigzag desde el cielo para golpear la corteza desnuda e indefensa de la tierra. Entonces, como los pasos lentos y pesados de una gran bestia, el sonido del trueno llegó a los oídos, haciendo que los caballos se encabritaran presas del pánico. Pronto, sus ojos fueron testigos del espectáculo de una tormenta que se acercaba, con sus columnas de relámpagos partiendo el firmamento en dos.

—No creo que la tormenta sea nuestra mayor preocupación. —La voz de Gharin sonó sombría, señalando al Alwebränn. —Más jinetes se acercan desde el norte[52].

—Se han encontrado entre ellos —confirmó Gharin en un susurro, como si temiera ser oído. —Los dos grupos acaban de encontrarse.

—¿Y qué están haciendo?

—Parece que están hablando —replicó.

Una vez reunidos todos los jinetes al pie de la ladera, permanecieron unos instantes sentados sobre sus inquietas monturas, aparentemente hablando entre ellos. Un frío temor se

---

[52] Como tantas veces, pido a mis lectores una nueva concesión. Habiendo dejado claro que el concepto de Norte, así como el resto de nuestras coordenadas geográficas, no existe para los habitantes de las Tierras Conocidas, pido que se me permita utilizar indistintamente sus términos y los nuestros para enriquecer la narración.

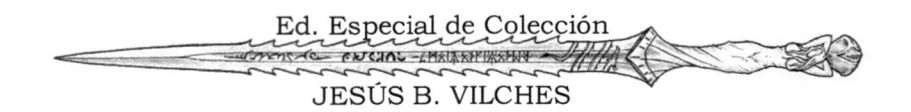

instaló en los corazones de quienes los observaban. Incluso los guerreros más aguerridos del grupo estaban inquietos. Los músicos no se atrevían a mirar la escena. Permanecieron agazapados en el suelo húmedo, con la esperanza de permanecer invisibles a las criaturas de abajo. Se sentían como presas indefensas en una caza cruel e implacable.

La presencia de las criaturas también inquietaba a los animales. Al principio, atribuyeron su temor a la proximidad de los truenos, pero los elfos conocían demasiado bien a sus caballos. Eran bestias de guerra bien entrenadas. Este miedo no lo causaban unos cuantos rayos esparcidos por el cielo. De hecho, esos jinetes irradiaban un aura enervante y poderosa que no sólo afectaba a los caballos. Alex estaba inusualmente nervioso. Temblaba como un niño al que le acaban de contar una historia de terror. La verdad es que conocer el origen de la inquietante naturaleza de aquellos seres bien podía haber afectado al subconsciente de los humanos. Era comprensible. Sobre todo, porque, hasta entonces, nunca habían visto a los elfos tan preocupados.

Varios de los jinetes no tardaron en ponerse en camino hacia el sur. Se dirigieron en la dirección por la que acababa de llegar nuestro peculiar grupo de fugitivos, cruzando el Belgarar en sentido contrario... Otros tomaron direcciones diferentes. Sólo uno de los jinetes se quedó unos minutos contemplando el impresionante espectáculo de la pared montañosa que tenía ante sí. Mientras tanto, su montura corcoveaba inquieta de un lado a otro, dando vueltas sobre el mismo punto. Esto obligaba al jinete a cambiar constantemente de posición en la silla para mantener la mirada fija en el mismo punto.

Entonces, con una orden tajante, hizo que su montura se detuviera y fijó sus ojos muertos en un punto a lo lejos. Espeluznantemente, lo hizo justo donde el grupo le espiaba en

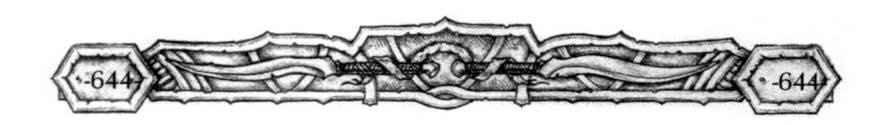

LA FLOR DE JADE I

-EL ENVIADO-

secreto ¿solo coincidencia? Durante unos segundos, las pulsaciones de los cuerpos se detuvieron y contuvieron la respiración. Pero el jinete espoleó de nuevo al caballo y desapareció en la distancia. Aparentemente, no había pasado nada y pudieron volver a respirar. Pero Alex seguía repitiendo que el fantasma le había visto.

Ishmant permaneció sombrío y serio durante largo rato.

—Maldita sea. —Claudia refunfuñó, volviéndose hacia sus amigos. —Ya estoy harta. Hablan de nosotros como si fuéramos solo basura que llevar de un lado a otro. Puede que no seamos como ellos, puede que no conozcamos este lugar; pero creo que nosotros también tenemos algo que decir, ¿no? —Hansi apoyó suavemente la mano en su hombro, tratando de contener los impulsos que empezaban a hervir en ella.

—Comprendo tu frustración, Dia, pero no debemos empeorar las cosas. Después de todo, nadie ha decidido tirar la basura todavía.

—Hansi tiene razón, Dia —añadió Alex. —Nuestros problemas sólo empeorarán si deciden irse sin nosotros. ¿Te imaginas estar en medio de todo esto, completamente solos?

La conversación entre los elfos había continuado lejos de los jóvenes humanos.

—Tenemos que arriesgarnos. Es mejor cruzar el terreno donde ya han buscado que arriesgarse a un nuevo camino.

—Pero... ¿cabalgando hacia el este, Ishmant? —había interpuesto Allwënn, algo confundido. —No eran esos "Señores de los Muertos" los que nos preocupaban hace unas horas, sino los orcos y las tropas del Ojo Sangrante. Aunque no volvamos a encontrarnos con esos sombríos jinetes, es posible que nos tropecemos con una patrulla de tropas Kallah en esa dirección. Tenemos humanos con nosotros. Eso nos pone a todos en riesgo. ¡Por los dioses! Deberían haberse quedado en el agujero del que decidieron salir.

Al escucharle, Claudia reaccionó como una bestia salvaje liberada de repente de su cautiverio. Ni siquiera la poderosa mano de Hansi pudo contenerla esta vez.

—¡Eh, esperad un momento! Ya he tenido suficiente —les gritó, ignorando las advertencias susurradas de sus amigos. —Elfos, ladrones o lo que sea que seáis. No dudo que seáis magníficos guerreros y todo eso. Pero está claro que nadie os ha enseñado modales. Si es de nosotros de quien habláis, al menos podríais mostrar un poco de respeto y hablarnos a la cara. En vez de quejaros a nuestras espaldas como una panda de viejas cotillas.

Las tres figuras no pudieron sino volverse con sorpresa hacia la pequeña humana que les gritaba con asombrosa determinación, y no sin razón. Ishmant tenía una expresión muy seria en el rostro. No apartaba los ojos de la joven.

—No hemos elegido nada. No estamos aquí por nuestra elección ¿se os ha metido ya en la cabeza? Y os juro a todos que no tengo intención de quedarme en este lugar ni un minuto más de lo necesario. Y, por supuesto, volveríamos encantados al agujero del que salimos, ¡si alguien puede decirnos cómo demonios volver allí! Os hemos contado cientos de veces lo que nos pasó. Pero no, seguís pensando que nos estamos inventando historias. Creedme, si de verdad queréis libraros de nosotros, lo mejor que

LA FLOR DE JADE I

-EL ENVIADO-

puedes hacer es encontrar a alguien que pueda devolvernos a casa.

Se hizo el silencio por un momento.

La joven parpadeó, súbitamente consciente de lo que acababa de suceder. Allwënn se acercó a ella con el ceño fruncido y la señaló de manera amenazante.

—Escúchame, niñita, porque ésta será la última vez que te lo diga. Aunque tu historia fuera cierta, nadie, absolutamente nadie, puede ayudarte. Ni siquiera hay nadie ahí fuera con intención de escucharte.

—Tal vez... —La voz suave del guerrero embozado interrumpió, dejando al mestizo sin réplica. —Tal vez conozca a alguien que sí quiera escuchar.

Ishmant, por supuesto, había encontrado su oportunidad de convertir esta situación en su propio beneficio.

—En... ¿En serio? —Tartamudeó la joven con incredulidad. Allwënn aún sostenía el dedo índice hacia ella, pero se volvió para mirar al veterano. Ishmant se acercó lentamente al grupo de humanos. Los tres músicos fijaron su atención en él. Su magnetismo natural hacía imposible que no lo hicieran.

—Entiendo que estéis desesperados por obtener respuestas en este angustioso viaje. Tenéis preguntas, lo sé. Y conozco a alguien que quizá pueda daros algunas respuestas... aunque no coincidan con lo que esperáis.

Los jóvenes se quedaron atónitos ante la enigmática sugerencia del humano.

—Sólo... sólo buscamos una forma de volver a casa.

—No sé si hay una respuesta para eso, joven Claudia. Tu historia parece increíble, es verdad. No puedo reprochar la reacción de mis buenos amigos aquí —avanzó, volviendo sus oscuros ojos de cuervo hacia la pareja de elfos. —En los tiempos que corren, habría sido mucho más sensato dejaros de lado y seguir su camino. O mucho más rentable venderos a quienes os persiguen. No lo hicieron. No sabéis la suerte que tuvisteis de cruzaros precisamente con ellos. Estoy agradecido por su coraje y nobleza. Me ha permitido llegar hasta vosotros. Para mí, y para la persona que puede estar esperándoos al otro lado del valle, vuestra historia contiene información que debe ser tenida en cuenta.

Los tres músicos se quedaron atónitos ante esta revelación e intercambiaron miradas perplejas.

—¿Quién... quién nos espera? No conocemos a nadie aquí. —expuso Alex con incertidumbre. Ishmant respondió tras una pausa.

—No he dicho que os conozca, sólo que os está buscando. Y me temo que no es el único. Hay muchos que no os conocen y puede que también os busquen. Aunque quizá... todos estemos equivocados.

Una amarga certeza golpeó el pecho de Alex al oír estas palabras. Algo más fuerte que su voluntad le obligó a verbalizar sus temores.

—¡Los jinetes! —Anunció, con la cara sonrojada. —Nos estaban buscando.

—Es posible —anunció el monje humano. —Sin duda buscan algo. Me temo que buscan lo que yo busco. Puede... solo puede que yo lo haya encontrado.

Claudia miró asombrada a sus compañeros. Ellos le devolvieron la mirada con la misma expresión.

—No. No me lo creo. No puedo creerlo. Esto... esto me

LA FLOR DE JADE I
-EL ENVIADO-

supera—. Su rostro reveló el verdadero alcance de su ansiedad. Claudia se sacudió como si quisiera expulsar el mal de su interior.
—¿Esos jinetes nos buscaban? ¿A nosotros? No podrían. Una cosa es que busquen humanos y otra muy distinta que nos busquen a nosotros. Nadie sabe que estamos aquí —se dijo mientras miraba a su alrededor. —Nosotros ni siquiera deberíamos estar aquí. ¿Qué hemos hecho para llamar tanto la atención? ¿Por qué nos buscarían? ¿Por qué a nosotros?

—Tal vez esa sea la pregunta correcta: ¿Por qué? —Ishmant anunció con aplomo. —No importa cómo, qué o cuándo. El por qué es la clave. Pero eso está más allá de lo que puedo decirte aquí y ahora. Tal vez sea sólo por casualidad que todas las señales apunten a vosotros. Y tal vez sólo tengamos esta oportunidad de averiguarlo.

Gharin y Allwënn observaron el desarrollo de la escena desde la distancia. Por primera vez, se hicieron a un lado y dejaron que los acontecimientos ocurrieran sin intervenir. Dejaron que ocurrieran.

—Si confiáis en mi juicio, deberíais acompañarme.

—¿Acompañarte a dónde? —cuestionó Hansi.

—Dónde no es relevante. Es un lugar seguro, al menos por ahora. Eso debería ser suficiente. Quién estará allí es importante. Pero viajaremos por carreteras menos seguras. Los riesgos serán mayores. Es mejor para todos que nadie conozca la ubicación exacta ni la naturaleza de la persona que os espera. Si ocurre algo y esta información cae en manos equivocadas, pondría en peligro su seguridad y todo lo que representa. Sólo os pido que confiéis en mí. Sé que sólo ofrezco nuevas preguntas a las que ya tenéis, pero éste es el momento de elegir. Podéis seguir vagando sin rumbo, o podéis uniros a mí, a pesar de los riesgos.

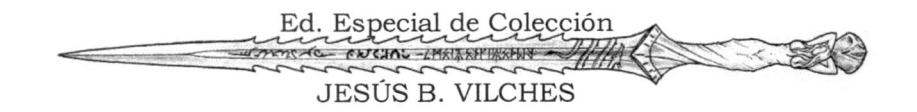

Los músicos se miraron.

No tenían mucha opción. Sus ojos delataron la decisión. Querían ver adónde les podía llevar esta nueva propuesta. Si había alguien dispuesto a escucharlos sin prejuicios, si había alguien capaz de darles un poco de luz en este océano de dudas y oscuridad, entonces valía la pena arriesgarse. Un atisbo de sonrisa apareció en los rasgos de Ishmant, cuando les oyó decir que le seguirían.

Luego se volvió hacia los elfos.

—La misma elección es vuestra también.

Por fin salieron de la enorme cadena montañosa que había sido su hogar y su entorno próximo durante los últimos días. Fue en este escenario hostil y pintoresco donde habían tenido lugar algunos de los acontecimientos más significativos, que marcaron el destino de esta inusual banda de viajeros.

Esta gente tenía ahora una nueva esperanza en sus ojos. Pero también nuevos temores. Quizá había alguien que podía ayudarles. Su nombre seguía siendo un secreto. Al igual que su ubicación. No era más que una vaga sombra de la que no sabían nada. Pero estaba allí, y tal vez podría ser quien les llevara de vuelta a donde pertenecían. Pero tener ahora también la certeza de que muchos otros podrían estar buscándoles les aterrorizaba por dentro.

—Todo esto me incomoda, chicos —admitió Hansi, con voz temblorosa. Sus amigos se giraron sobre sus monturas para mirarle. Su rostro estaba inusualmente serio.

LA FLOR DE JADE I

-EL ENVIADO-

—Al menos ahora parece que alguien podría ayudarnos. Quizá... —Hansi levantó la cabeza para mirar a Alex.

—Eso no es lo que me preocupa, Alex —añadió. —Esperemos que sea verdad y alguien pueda llevarnos a casa. Al menos que sea capaz de explicarnos esta extraña situación.

—¿Entonces...?

—No te has parado a pensarlo, ¿verdad?". preguntó, incrédulo de que los otros dos no pudieran ver lo mismo que él. —Dicen que nos buscan. A ti, a Alex, a Claudia y a mí. Dicen que nos están esperando. Si alguien nos busca, es porque de alguna manera sabe que existimos. Es porque saben que estamos aquí. Tú, ella y yo. Ni siquiera nosotros podemos explicar qué hacemos aquí, así que... ¿Cómo puede alguien saber que existimos? Y si lo saben, chicos, no todo puede ser coincidencia. Estamos aquí por una razón. Una razón que ni siquiera puedo imaginar, y mucho menos entender.

—Querías una razón para seguir, ¿verdad, Hansi? —afirmó la joven que cabalgaba detrás de él. Hansi la miró con pesar.

—Veo que sigues sin entenderlo. Sigues sin verlo, ¿verdad, Claudia? —Ella le miró con extrañeza. —Si hay una razón para que estemos aquí, no nos será tan fácil regresar a casa.

Ed. Especial de Colección

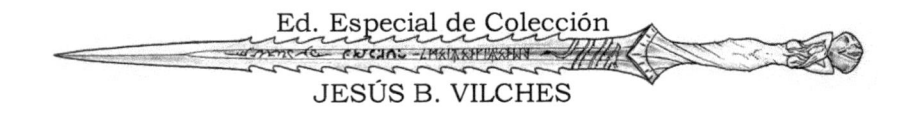

JESÚS B. VILCHES

LA FLOR DE JADE I

-El Enviado-

La Flor de Jade

EL ÁRBOL DEL
DOLOR

Se despidieron de las últimas cumbres del macizo

El grupo cabalgó hacia la tormenta, que rugía ante ellos como una bestia bramando a su enemigo. Golpeaba implacablemente las tierras que se extendían ante ellos. Hacía unos minutos que había empezado a caer la primera llovizna, advertencia de lo que estaba por venir. El terreno parecía completamente llano en comparación con el que habían atravesado días atrás. Llanuras cubiertas de hierba se extendían ante ellos hasta donde alcanzaba la vista, salpicadas aquí y allá de colinas y crestas cubiertas de vegetación baja. Más allá de las praderas, aún en la distancia, se extendían las fértiles tierras bajas del río Vrea.

El día transcurrió con rapidez, aunque nadie podía discernir ningún cambio en la luz, ya que la cortina de nubes seguía cubriendo el cielo como un paño deshilachado y dejaba poco espacio a los rayos de Yelm. El paisaje seguía bañado de un tono oscuro, y el suave y refrescante aroma de la tierra recién humedecida llenaba el aire. El Macizo era ahora poco más que una cresta dentada de montañas nevadas a lo lejos, pero seguía siendo impresionante de contemplar.

—Me preocupaba que decidieras no acompañar a Ishmant.

Allwënn enarcó una ceja mientras miraba a su amigo que cabalgaba a su lado.

—Parecía importante para ti. —admitió. —Lo que me dijiste, Gharin... eso de necesitar una razón para seguir. No puedo negarlo. Has estado conmigo en los peores momentos. ¿Qué importa si todo me parece una locura? Te lo debo. Por todos estos años. No soy el ogro que estos chicos creen que soy.

Gharin sonrió, con una pizca de emoción en sus apuestos rasgos.

—No, no lo eres. Desde luego que no —le aseguró el arquero manteniendo la sonrisa. —Pero dime, Allwënn... después de tantos años cabalgando solos, ¿no sientes la menor curiosidad? ¿No te preguntas qué ha traído a Ishmant y Rexor de nuevo a nuestras vidas?

—La curiosidad mató al elfo, solía decir mi padre. —

contestó con cierto sarcasmo. —Y supongo que debe estar entretejido en el Tapiz que moriré a causa de tu curiosidad, amigo mío.

Gharin contuvo una sonrisa. Estaba seguro de que Allwënn no decía toda la verdad. Pero no tuvo oportunidad de ahondar más en el asunto, pues algo imprevisto les impidió continuar la conversación.

—¡Mira, Alex! —advertía la joven Claudia, girando sobre su montura para dirigirse a su amigo, que se encontraba más atrás en la fila. Con el brazo estirado, señaló con el índice un punto en la distancia donde un hueco entre las nubes revelaba una isla de cielo azul. —Mira. Águilas.

Alex no fue el único que volvió los ojos al cielo encapotado. Una gran bandada de pájaros de gran tamaño estaba dando vueltas alrededor de algo en la distancia, sus espectaculares alas les permitían planear majestuosamente por el aire.

—Eso no son águilas corrigió Allwënn cuando identificó el círculo de aves.

—Son buitres. —confirmó Ishmant desde la cabeza del grupo.

Claudia se volvió hacia él, con la expresión de asombro borrada de su rostro. Allwënn miró a su rubio amigo y, como de costumbre, respondió con un gesto imperceptible. El siguiente en hablar fue Ishmant.

—Donde hay buitres, hay carroña.

El agudo olfato de los elfos lo había detectado antes de verlo. Tras pasar por una elevación del terreno, todos pudieron ver una fina columna de espeso humo negro que se elevaba hacia el cielo desde la base de un árbol solitario. Estaba seco y desprovisto de vegetación, pero su torcido armazón seguía desafiando con orgullo las leyes de la gravedad. Los buitres revoloteaban justo por encima de sus desnudos restos, muchos de ellos ocupando las ramas más altas.

—Lo que sea que esté atrayendo a los buitres está sin duda cerca de ese viejo árbol. —El veterano guerrero anunció solemnemente mientras cabalgaban hacia adelante— Extrememos las precauciones.

La escena que se desnudaba ante ellos era espantosa. Algunos de los miembros más aprensivos del grupo no quisieron creer lo que estaban viendo.

—Santo... Santo... ¡Cielo!

Las palabras se ahogaron en unas gargantas repentinamente secas. Sus ojos estaban fijos en la aterradora escena, como si estuvieran bajo algún tipo de poderosa hipnosis. Desgraciadamente, había algunos en el grupo que estaban demasiado acostumbrados a tales imágenes.

El lugar había sido escenario de una sangrienta matanza, de una crueldad salvaje. Grandes cuerpos obesos y deformes yacían en el suelo, con la carne flácida marcada por heridas sangrientas. Sus grandes barrigas eran claramente más voluminosas que las de un ser humano. Junto a sus restos yacían armas de gran tamaño. Pero estos cadáveres no eran lo más espantoso de la macabra escena. Varios elfos habían sido asesinados y mutilados de la manera más horrible. Sus cuerpos se exhibían como trofeos grotescos. Los cadáveres de dos mujeres se balanceaban con el viento del atardecer, colgando por sus propios cabellos de las gruesas ramas del árbol moribundo. Aún vestían los restos de sus armaduras metálicas, y la sangre seguía goteando de sus heridas abiertas. En la base del árbol, cinco hombres habían sido empalados en sus propias lanzas, formando un tosco círculo

La Flor de Jade I

-El Enviado-

alrededor de su tronco desgastado y podrido.

Todos ellos eran elfos. Pocos lo habrían dudado, a pesar de encontrarlos en aquel estado. Eran elfos, no podían ser otra cosa.

Había un silencio terrible en el lugar. Era como si la propia naturaleza, abrumada por el horror, hubiera ordenado al viento y a los demás animales que callaran en breve luto por las víctimas. Un silencio incómodo que abrumaba el alma, sólo roto por el desagradable graznido de cuervos y buitres que no habían esperado mucho para comenzar su suntuoso festín. El olor a muerte era denso en el aire. Era el olor de la sangre mezclada con la tierra húmeda. El olor enfermizo de la masacre sangrienta que sigue a la derrota.

—Esperad aquí. —ordenó Allwënn, liberando de su vaina las fauces de acero de su impresionante espada. Con el arma en la mano, desmontó de su magnífica montura blanca. Sus palabras flotaron en el aire. Los humanos no podían apartar los ojos de la sangrienta escena. Apenas podían creer que se hubiera producido una matanza tan despiadada. Que hubiera gente capaz de tales actos de crueldad y violencia hacia otras criaturas vivas.

Ishmant y Gharin desmontaron también, con las armas preparadas y los sentidos alerta. Sus botas aterrizaron en el suave suelo empapado por la lluvia y sus suelas se hundieron en la tierra blanda. El suelo estaba saturado de la sangre de los caídos. Allwënn fue el primero en llegar al cadáver más cercano, una flecha le había atravesado la base del cráneo. Era una montaña de carne ensangrentada.

—Ogros —identificó de inmediato el híbrido enano mientras levantaba la cabeza por el pelo, liberándola del suelo cubierto de sangre. Eran criaturas muy grandes y robustas, a pesar de sus miembros rechonchos y sus abultados vientres carnosos. Sus rostros eran horribles y flácidos, con mandíbulas abiertas.

—Hay rastros de ellos por todas partes —aclaró Ishmant, mirando a su alrededor. —Tal vez una veintena de ellos. Atacaron por sorpresa. Posiblemente durante la noche. Aun así, parece que sus víctimas dieron una buena pelea.

—No hay señales de un campamento aquí, así que este no es el lugar exacto de la emboscada —presumió Gharin. — Persiguieron a este grupo hasta aquí. Eso explica las huellas de ogro cercanas. Fueron víctimas de la puntería de los elfos. Pero la velocidad del ataque debió haberlos abrumado.

Ishmant se detuvo junto al semielfo. Se arrodilló a su lado para ver más de cerca el cuerpo del ogro.

—Es un clan salvaje del sur —apuntó Allwënn —No tienen nada que ver con el ejército. El fin de la guerra ha traído mucha rapacidad por parte de estas bestias. Son como una plaga. Destruirán todo a su paso hasta que sean aniquilados o se maten entre ellos.

Gharin caminaba lentamente entre los cuerpos desgarrados y retorcidos. Había visto muchas víctimas de la violencia en los últimos años, pero escenas como aquella seguían sobrecogiéndole. Envidiaba cómo Ishmant o Allwënn habían logrado inmunizarse contra esas cosas, al menos exteriormente. Sin embargo, su rostro estaba serio, apenas traicionaba la amargura que corría por sus venas. No sabía si era porque allí habían tratado con tanta crueldad a hermanos y hermanas de su raza. Mientras atravesaba la escena de la carnicería, agarró con fuerza la empuñadura de su espada y mantuvo su escudo preparado. Su subconsciente le obligaba a protegerse, a crear una barrera física contra todo aquel horror. Los cadáveres no llevaban mucho tiempo muertos. Aún goteaba sangre de las grandes heridas de hacha que habían penetrado

LA FLOR DE JADE I

-EL ENVIADO-

profundamente en su carne.

A todos les faltaban las orejas, incluidas las mujeres. Unas cavidades ennegrecidas y manchadas de sangre ocupaban ahora el lugar donde antes se encontraban los afilados contornos de las puntiagudas orejas. Su delicada forma y extrema elegancia las convierten en el distintivo de la raza, por lo que no es de extrañar que muchos de sus enemigos las consideren trofeos a saquear. Sin embargo, sus verdugos no se contentaron con este sanguinario acto de barbarie. A muchos de los elfos también les cortaron las manos y les sacaron los ojos. Aunque era difícil saber con certeza si sufrieron estas horripilantes heridas durante la feroz batalla con sus asaltantes, o si se las infligieron en la derrota.

Las armas y gran parte de las armaduras de los muertos yacían esparcidas a sus pies, como trastos inservibles. El mestizo rubio miró a uno de los elfos caídos.

Era un varón alto y sin duda apuesto, aunque poco quedaba de su delicado rostro entre la sangre y las heridas que le habían infligido. La ancha punta metálica de una lanza sobresalía de su pecho, como el mástil de un galeón, suspendiendo su torso sobre el suelo. Sus brazos estaban extendidos formando una cruz y su mirada se perdía en el vacío. Mientras contemplaba al elfo caído ante él, Gharin supuso que podría tratarse de un grupo de mercenarios, probablemente medio elfos. Entonces el cuerpo de la víctima se movió ligeramente bajo su propio peso y Gharin se encontró con los ojos dilatados y abiertos del cadáver mirándole directamente a los suyos. Lágrimas azuladas goteaban de los vidriosos iris azules. Gharin se estremeció. Incapaz de soportar por más tiempo la mirada vacía del elfo muerto, estiró suavemente la mano para cerrarle los párpados.

Y entonces...

El brazo del cadáver se crispó y agarró la muñeca del arquero. Su rostro se convulsionaba horriblemente, un chorro de sangre goteaba de las comisuras de sus labios, mientras intentaba en vano articular palabra. Lo que había parecido un cadáver inerte e inmóvil, era ahora una masa sanguinolenta de carne viva, agitándose en una grotesca danza de agonía y desesperación.

La voz de Gharin pareció resonar en el valle....

—¡¡¡Está vivo!!! Poderoso Elio. ¡Venid todos! ¡¡Ishmant, Allwënn!! ¡Todavía está vivo!

Ambos corrieron al oír los gritos de Gharin. Pronto se encontraron con la horrible escena del cuerpo mutilado que gemía agarrándose desesperadamente al brazo de su amigo. Gharin estaba conmocionado. Siempre tendía a emocionarse cuando la raza élfica estaba involucrada.

¡Por Yelm! —La exclamación escapó de los labios de Ishmant con incredulidad. Puede que se hubiera acostumbrado a todos los horrores del mundo, pero pocos pueden evitar estremecerse ante tales escenas. De lo contrario, uno pierde toda compasión y su corazón se convierte en una mera losa de piedra.

—¡Podemos salvarle! ¡Podemos salvarle! —Repetía frenéticamente el arquero desesperado a Ishmant, que miraba con el ceño fruncido al moribundo, tratando de organizar las ideas que se arremolinaban en su cabeza.

—Sus heridas son demasiado graves. —Entendió pronto el humano amargamente. —Un movimiento en falso y morirá seguro.

—Morirá seguro si no lo intentamos. Tenemos que sacar la lanza. —El arquero insistía. —Ayúdanos, Allwënn.

—Sus labios se mueven. Está intentando decirnos algo.

La Flor de Jade I

-El Enviado-

Confirmó el mestizo.

—Si actuamos rápido, puede decir mucho más.

—¡¡Yelm, no lo ves, está agonizando!!

—¡Cada segundo es vital, Allwënn! —Contraatacó su compañero. —¡¡¡Necesitamos tu ayuda, no tus consejos!!!

—Apenas puede respirar. —anunció Ishmant con resignación. —Se está ahogando en su propia sangre.

—Está intentando decirnos algo —les recordó por segunda vez el medioenano.

—¡¡¡Cállate, Allwënn, y ayúdanos!!! —Gritó Gharin, agotándose su paciencia.

Con apenas un suspiro apagado, la voz del moribundo interrumpió la discusión. Pero sus palabras eran incomprensibles.

—Quiere algo, Gharin, no hay duda. Está tratando de hablar —dijo Ishmant.

—Aguanta, amigo. —Susurró Gharin con firmeza, ahora apretando con más fuerza la mano temblorosa del elfo moribundo. —Éste no será tu último ocaso, te doy mi palabra.

Pero los labios del maltrecho elfo seguían murmurando débilmente, mientras intentaba hacerse entender. Ishmant apartó de pronto las manos del cuerpo torturado, como si el mero contacto le quemara, y se dio la vuelta con una expresión adusta en los labios. Había comprendido el mensaje desesperado.

—Quiere... morir, Gharin. —Dijo, su compostura fría y sin emociones, como siempre. Para un ojo entrenado, su profundo nudo en la garganta no habría pasado desapercibido. —Quiere que lo matemos.

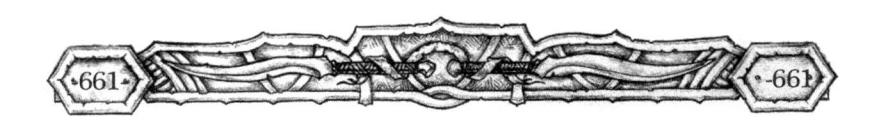

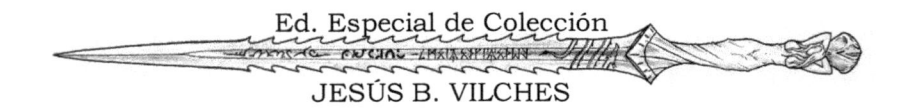

El rubio elfo miró fijamente al estoico guerrero durante un momento. Sus miradas se cruzaron en un ir y venir de probabilidades y signos de interrogación. La duda llenó el alma de Gharin sólo durante unas décimas de segundo, pero pronto recobró la determinación.

—Intentémoslo. Podemos salvarle —insistió el semielfo, hinchando el pecho al tomar su decisión.

—No sobrevivirá.

—No sobrevivirá si seguimos discutiendo. —El arquero insistía en su propuesta con desesperación. —¿Puedes hacerlo, Ishmant?

Desde las monturas, los humanos no perdían detalle de la conversación. No podían sustraerse a la agonía y el dramatismo de la escena. Los cinco sentidos se clavaron en el trágico momento. Observaban en silencio. Casi habían olvidado cómo respirar.

En una inusual muestra de indiferencia, Allwënn se mantuvo al margen del acalorado intercambio de palabras entre el monje y su amigo. Mientras la discusión continuaba, fue sólo por casualidad que descubrió al atormentado elfo rendirse a su destino. Con una expresión de resignación en sus arruinadas facciones, el moribundo elfo giró la cabeza hacia el cielo con una lágrima de dolor goteando de sus vidriosos ojos. Allwënn miró hacia donde se dirigían las torturadas pupilas del elfo. Contemplaba a una de las elfas, presumiblemente la compañera del doliente, columpiándose lastimosamente de las ramas del árbol. Se dio cuenta de que las lágrimas eran por ella. Sospechó que algo más que los lazos profesionales y el trágico destino les había unido en vida. Allwënn quiso interpretar aquel gesto: abrumado por la tristeza a medida que su vida se alejaba inexorablemente, el elfo moribundo reflexionaba ahora sobre los trágicos acontecimientos que condujeron a su muerte, humillado e indignado por no haber

LA FLOR DE JADE I

-EL ENVIADO-

podido hacer nada para evitarlo. Quizá Allwënn solo volcaba sus demonios allí. Quizá sobre interpretaba aquella tragedia... pero, de ser así, había demasiadas similitudes con su propia historia como para que el mestizo permaneciera indiferente.

Y entonces...

Fue entonces cuando Allwënn también tomó una decisión.

—¡¡¡Atrás!!! —Gritó, apartando a todo el mundo con un furioso empujón. El elfo mutilado, quizá sintiendo la conmoción a su alrededor, levantó lentamente la cabeza. Al ver al mestizo enrojecido de ira, una chispa pareció encenderse en las apagadas pupilas del moribundo elfo. Volvió a intentar hacerse entender... y pronto recibió una respuesta de Allwënn.

—¡Será como deseas! —Sentenció Allwënn con una resolución fría que podía helar la sangre. Con un movimiento repentino, levantó su colosal espada sobre la cabeza del moribundo.

—¡¡¡No, detente!!! —Gritó Gharin al comprender la intención de Allwënn.

En ese breve instante, en esa décima de segundo en que los ojos de Allwënn se encontraron con los de su víctima, sintió como si su espíritu hubiera entrado en el cuerpo del moribundo. Se encontró mirando a través de los ojos de la víctima mientras una lanza, su propia lanza, le atravesaba el pecho. Una chispa de felicidad parpadeó brevemente en las pupilas del guerrero herido de muerte. Dejó caer la cabeza hacia atrás, ofreciendo su cuello desprotegido a la Äriel. Cerró los ojos, esperando tranquilamente la muerte...

El corte fue rápido y limpio.

La cabeza del guerrero elfo pronto yacía acunada en un

mechón de hierba. Claudia sintió que algo se le revolvía en el estómago y le subía incontrolablemente a la garganta. Hansi oyó un ruido sordo a su espalda. Se dio la vuelta y vio que Alex se había caído de la silla y yacía inconsciente en el suelo.

—¡¡¡Bastardo insensible!!! —Gritó Gharin furioso, agarrando al medioenano y empujándolo contra el tronco del árbol. —¿Qué sádico placer encuentras en matar, carnicero? Enano del Infierno, ¿tienes que resolverlo todo siempre con la espada? ¡Maldito seas tú y tu rabia que te viene de estirpe! Podríamos haberlo salvado.

Allwënn le devolvió el empujón que apartó a Gharin varios metros de él. Aunque rabioso de furia, Gharin sabía que poco podía hacer contra la fuerza de su compañero. Sin vacilar, el corpulento mestizo apuntó a Gharin con la hoja dentada de su espada. La Äriel podía hacer temblar al hombre más valiente cuando te miraba a los ojos, todavía bañada en sangre fresca. Pero era aún más aterradora cuando la mano feroz y firme de Allwënn estaba detrás de ella.

—Él no quería tu maldita salvación, Gharin. Quería la muerte. ¡La muerte! ¿Comprendes? Ni tú, ni yo, ni nadie debería negársela. Porque ningún elfo, ningún enano, ningún hombre la suplica, cuando desea vivir.

—Eres cruel y egoísta, Allwënn. Te has convertido en una criatura sin corazón. ¿Quién crees que eres para tomar una decisión así? Para jugar al juez divino y acabar con una vida. ¡Todavía respiraba, por la lanza de Misal! Respiraba, incluso empalado a una estaca. Podría habernos contado lo que pasó. Quiénes eran, qué pasó, por qué lo hicieron. Como siempre, has acabado con todo... ¡de un solo golpe!

—¿Y soy yo el egoísta, Gharin? ¿Es eso lo que pretendías hacer? ¿Prolongar su agonía por maldita información? ¿Es ese el

LA FLOR DE JADE I

-EL ENVIADO-

valor de una vida para ti? ¿Condenar a alguien a una vida plagada de pesadillas, tristezas y recuerdos amargos por un simple capricho? No, gracias. Ya cometiste ese error conmigo una vez.

—¡Basta! ¡Los dos! —La voz de Ishmant retumbó con autoridad. Pero para asegurarse de que lo oyeran, deslizó la hoja de su espada larga bajo el cuello del mestizo con un rápido movimiento. —Envaina la espada, Allwënn. Ya has tomado suficientes vidas inocentes con ella hoy.

De pronto, como bañado en agua fría, Allwënn volvió en sí, avergonzado y arrepentido de haber amenazado a su amigo. Pero Gharin seguía claramente furioso por la última frase del semielfo, sin prestar atención a la espada que le apuntaba a la garganta.

—Eran mercenarios. —Ishmant continuó con severidad. Y retiró la espada de la garganta de Allwënn mientras el mestizo se limpiaba y envainaba su poderosa arma. —Una compañía de mercenarios bajo el mando de los Kallihvännes. Si no se hubieran encontrado con los ogros, podríamos haber sido nosotros sus verdugos. O ellos habrían sido los nuestros.

—¿Por qué dices eso? —Preguntó Gharin, aún agitado por la disputa con Allwënn.

—Encontré el contrato de alquiler y sus órdenes entre las piezas de armadura en el suelo. Por suerte para nosotros, a los ogros les importan poco los trozos de papel ensangrentados—. El guerrero extendió un trozo de pergamino arrugado. —Está sellado con el 'Säaràkhally.

—¿Qué... órdenes tenían? —Se interesó Allwënn, ahora mucho más calmado.

—El Culto pagaría a cada miembro cien ares de plata más

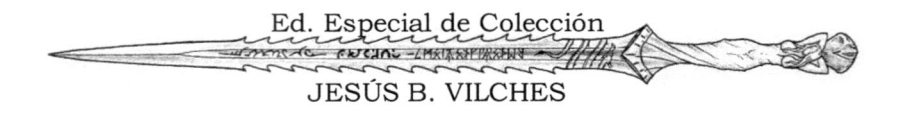

comida por explorar el curso del S'uam e informar.

—¿El curso del S'uam? ¿De dónde partieron?

—Este documento parece haber sido sellado en una ciudad llamada Artha. Pero la tinta está corrida y no puedo distinguir la fecha.

El guerrero giró el papel arrugado en todas direcciones.

—Han tomado un buen desvío para llegar hasta aquí —Dedujo el mestizo enano. —¿Qué esperaban encontrar?

Ishmant levantó el brazo con un dedo extendido y señaló a mis antiguos compañeros.

—Humanos.

LA FLOR DE JADE I
-El Enviado-

La Flor de Jade

LOS VALLES DE AGUA

Fue un día de duros contrastes

De la tensión a la calma. De la indecisión a la obstinación. Del alboroto al silencio. Todo cambiaba con una facilidad pasmosa. Mis asustados compañeros reaccionaron en silencio ante los horribles acontecimientos del día. En pocas horas habían visto más muerte y muestras de crueldad de la que muchos esperan ver en toda una vida. El amargo residuo de aquella jornada permaneció para siempre en sus ojos y mucho tiempo en sus sueños.

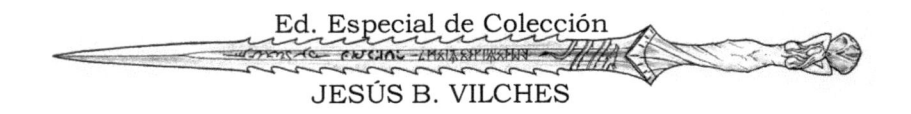

Los nubarrones volvían a acumularse, no en el cielo, sino en los corazones. Un mal presagio. Muy malo. El conocimiento de que el Culto estaba contratando espadas a sueldo para encontrar a los humanos era una muy mala noticia. ¿Quizás sólo una coincidencia? Tal vez Gharin tuviera razón, después de todo. Si estuviera vivo ahora, el mercenario podría haber dado algunas interesantes respuestas, ya que este asunto había suscitado demasiadas preguntas.

—No podemos estar seguros de que estos mercenarios en concreto estuvieran buscando a nuestros chicos —argumentaba Gharin—. Estábamos muy lejos del curso del S'uam cuando los capturaron esos orcos. Probablemente no tengan nada que ver con esto, Ishmant. El Culto suele realizar batidas aleatorias, aunque se haya decretado el fin de la Aniquilación. Mantiene ocupados a los mercenarios y envía el mensaje de que siguen al mando.

—Mejor no arriesgarse —aconsejó Ishmant decidido—. Hay demasiado movimiento. Es sospechoso, cuanto menos.

—¿Y?

—Tomaremos medidas de emergencia. Aún nos queda mucho camino por recorrer.

Lo más urgente, con todo, era ocultar en lo posible la verdadera naturaleza de mis compañeros humanos. Para ello, se acordó vestirlos con los restos de las armas y armaduras de los mercenarios muertos. La idea no fue acogida precisamente con entusiasmo. Vestirse con las ropas de los muertos resultaba desagradable para todos. Significaba abalanzarse como buitres sobre los caídos y apropiarse de sus pertenencias. Era como

-El Enviado-

profanar tumbas.

Nadie protestó seriamente, a pesar de sus recelos. En el fondo, comprendían y aceptaban la necesidad de medidas tan extremas. Sobre todo, porque no querían acabar colgados de las ramas de un árbol por sus propios cabellos.

Bajaron los cadáveres femeninos del árbol y quitaron las lanzas a los empalados en el suelo. Luego los despojaron de todos los objetos que aún eran útiles y estaban en condiciones razonables. El problema era que la mayoría del equipo estaba diseñado para proporciones élficas, no humanas. La mayoría de las piezas de armadura tuvieron que ajustarse a la medida de mis compañeros. Al final, tanto Claudia como Alex consiguieron encajar en las armaduras y ropajes más o menos *élficos* sin muchas dificultades.

Ambos completaron sus atuendos con brazaletes, joyas y los accesorios de los caídos. Al principio, les resultaba incómodo vestir y llevar pertenencias tomadas de los muertos. Con el tiempo, sin embargo, tuvo un efecto inesperado en ellos. Vestidos o "disfrazados", como se pensaban al principio, con ropas de este mundo, empezaron sentir menos distancia con el entorno. Empezaron a percibirse menos foráneos que antes. La barrera mental que les separaba de su nueva realidad empezó a mostrar sus primeras grietas.

También llevarían nuevas armas.

Esta vez no hubo protestas. Claudia obtuvo una espada larga que ató al cinto. Aunque era la más ligera disponible, le costaba mantenerla recta en posición de combate. Añadió un pequeño broquel atado al antebrazo y, al igual que Alex, se vio obligada a llevar una lanza con "hoja de espada". Los elfos insistieron en ello porque añadía credibilidad al disfraz. La lanza, y no la espada, es el arma preferida de los guerreros elfos.

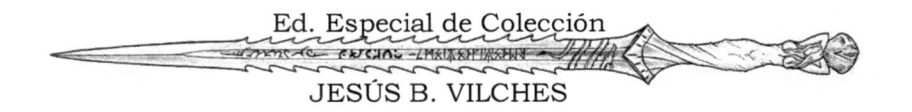

Tanto Claudia como Alex podían pasar por mestizos, siempre que se taparan las orejas. Ambos eran jóvenes y lo bastante atractivos como para engañar a la mayoría de los orcos. Es cierto que eran de pequeña estatura para ser elfos, especialmente Claudia, pero podrían pasar por mestizos. Como viajarían dentro del grupo, era poco probable que llamaran la atención de la mayoría de las patrullas y guardias con los que se cruzaran. Sin embargo, no todo el mundo podía pasar con la misma facilidad por elfo.

La estrategia con Hansi tenía que ser diferente.

Tras muchas discusiones, se tomó la decisión de disfrazarlo de mestizo de ogro u orco, utilizando algunas piezas de las armaduras de ogro. No era la opción más agradable, debido al olor rancio que emanaba de ella, pero sin duda era la más lógica. Tuvo que desnudar su musculoso pecho a la intemperie, sólo parcialmente cubierto por dos hombreras metálicas tachonadas de tamaño exagerado. Su mano derecha estaba blindada con un brazalete metálico, también tachonado de púas oxidadas de aspecto despiadado. Para protegerse del frío, le dieron una de las mantas de piel de oso a modo de capa. Por desgracia, sus rasgos humanos le delatarían, así que ocultó su rostro bajo un tosco casco de grueso metal. Sólo esperaban no tener que explicar nunca por qué un supuesto mestizo de orco viajaba con un grupo de mestizos de elfo.

Con los humanos ataviados con su nuevo atuendo, uno de los principales problemas quedaba resuelto. Pero no era el único. El viaje empezaba a parecer menos seguro en estos caminos abiertos, sobre todo después de los últimos acontecimientos y noticias. Era demasiado arriesgado continuar por una ruta en la que vagaba un numeroso grupo de merodeadores ogros. Además,

LA FLOR DE JADE I

-EL ENVIADO-

parecía doblemente insensato continuar en una dirección por la que había aparecido un grupo de jinetes mercenarios, aparentemente en busca de humanos.

Tras muchas deliberaciones, acordaron dirigirse hacia los valles hundidos del Nahûl y cruzar el vasto páramo de marismas y pantanos que confluía entre los ríos. Aunque la ruta era más larga, estaba menos frecuentada que las otras opciones.

Casi nadie durmió aquella noche. Todos estaban perturbados por los horribles sucesos del día y atormentados por la idea de los muertos, cuyos ecos parecían seguir escuchándose gritar de agonía al pie del tronco yermo. Los elfos pasaron la noche velando los cuerpos que sepultarían por la mañana. Los enterraron al amanecer entre las profundas raíces del yermo roble milenario, como es costumbre entre los elfos Sannsharii.

Que la muerte de estos hombres y mujeres sirviese al menos para que brotasen flores de sus ramas marchitas.

Como dicen los versos: *Que la carne vuelva a la tierra y la muerte alimente la vida, a las mismas raíces de las que una vez brotó. Alimentar al más noble de los seres vivos... al antepasado, al árbol...*[53].

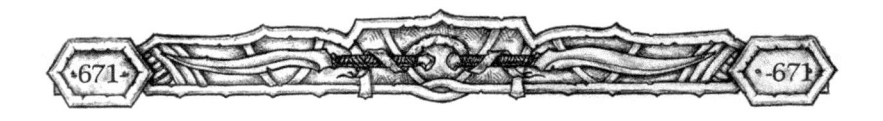

---

[53] Gharin recitaba a menudo este poema. Desconozco el autor, aunque se trata de un clásico élfico. El conocimiento y la pasión de Gharin por los Yâhnnay, los poemas trascendentes, eran profundos. En muchas ocasiones recitaba este tipo de versos, llenos de visiones y reflexiones, que mezclan elementos del pensamiento filosófico con la reverencia élfica por la naturaleza. En su lengua original, poseen una exquisita sonoridad gracias a un maravilloso uso de la rima y el ritmo poético. Como todo lo élfico, son obras de arte sublimes.

JESÚS B. VILCHES

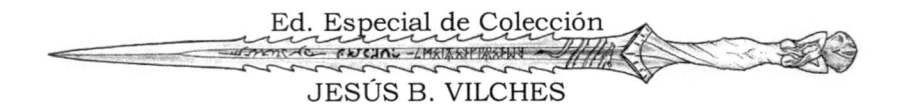

Por fin llegó la mañana y todos la recibieron con alivio. Cada uno tenía sus propias razones. Nadie quería permanecer en aquel lugar más tiempo del absolutamente necesario. Comieron poco, hablaron menos y se marcharon pronto.

Una vez que estuvieron a pocas millas de aquel lúgubre y trágico lugar, todos sintieron que se les quitaba un gran peso de encima. La majestuosa esfera de Yelm saludó a los viajeros con sus edificantes rayos de sol procedentes de las altas montañas tras el Belgarar.

Tenían ante sí un nuevo día y un futuro brillante.

Durante los primeros días, justo antes de llegar a la cuenca del río Esuna, el viaje se volvió un poco más tenso. No entre los miembros del grupo, sino en previsión de lo que pudiera deparar el propio camino. Los ojos estaban mucho más concentrados en el terreno que les rodeaba, escrutando cada hueco y cada sombra en las rocas o entre los árboles. Y prestaron especial atención a los susurros del viento, que podían alertarles de los peligros que se avecinaban.

Cuando por fin estuvieron a tiro de piedra del río, los ánimos se relajaron en el grupo y la tensión disminuyó notablemente. Era la mitad de la estación de Alda, quizá similar a lo que entenderíamos por primavera, aunque eso sólo sea una lejana aproximación. Es la época en que las flores se abren y los campos se llenan de vida con una variedad de matices y colores que cubren las montañas y los valles. La lluvia despeja y purifica la atmósfera, revigorizándolo todo para prepararse para las estaciones más duras que se avecinan.

El exuberante verdor y los radiantes colores de la estación de las flores también ayudaron a desterrar los oscuros recuerdos y

LA FLOR DE JADE I

-EL ENVIADO-

temores adquiridos en los días pasados. Infundió a los viajeros un nuevo espíritu, y con renovado optimismo comenzaron a ascender por las cordilleras que rodeaban los valles interiores más septentrionales del Nahûl.

—¿Veis el río? —alertó Allwënn desde el lomo de su magnífico corcel blanco. Señaló con el brazo extendido hacia las profundidades del valle.

—Ah, sí. Sí, lo veo. ¿Lo veis, chicos?

Todos manifestaron su entusiasmo cuando encontraron sus relucientes aguas serpenteando por el bosque. Los elfos se miraron y sonrieron. Una suave brisa se levantó de entre los árboles, haciendo que sus largos cabellos ondearan a su alrededor.

—Debe ser el Esuna. Creo que la tierra le da nacimiento en algún lugar de estas cordilleras. —aventuró Gharin, con los rayos del poderoso Yelm centelleando en sus mechones dorados y sus ojos celestes.

—Si seguimos su curso, nos conducirá a los valles hundidos del Nahûl y a sus praderas de agua —apostilló Allwënn, aunque esto ya lo sabía Gharin. Ishmant asintió en silencio y el grupo inició el descenso.

Los árboles pronto proyectaron grandes sombras sobre el camino. Aunque el paseo por el hermoso paisaje era estimulante y refrescante, el trote pesado y rítmico de los caballos resultaba duro. El agua corría sobre las piedras, formando pequeños arroyos que serpenteaban entre las ondulaciones del terreno. Algunos daban lugar a pequeños estanques, mientras que el resto fluía valle abajo hacia la naciente cuenca del río Esuna.

En cuanto encontraron la primera fuente adecuada de agua potable, el grupo se detuvo para descansar y recuperarse de la dura cabalgada reciente. Se encendió un buen fuego. Mientras Gharin e Ishmant recorrían la arboleda en busca de comida, Allwënn, con exquisita amabilidad e inusitada paciencia, dedicó tiempo a instruir a Claudia y Alex sobre las hierbas aromáticas y las maderas del lugar. Hansi, ahora más imponente que nunca, montaba guardia sobre el campamento.

Ishmant y Gharin regresaron con una pieza de carne excepcional, que proporcionaría abundante piel y alimento para varios días. Allwënn y la pareja humana regresaron con las manos llenas de especias y tallos fragantes para sazonar la carne obtenida en la cacería. La carne restante fue luego pacientemente deshuesada, condimentada y ahumada. Como ya era costumbre, serviría de reserva en tiempos más difíciles.

Cuando el río que seguían estuvo a la vista, aprovecharon un charco de agua cristalina para darse un refrescante baño. Era un pensamiento constante en la mente de todos, elfos y humanos por igual. Estaban encantados de descargarse de los hombros la pesada carga de sus armaduras, aflojarse los cinturones y zambullirse en las frescas y limpias aguas del río. Las copas de los árboles, de un verde brillante, se reflejaban en el lecho del río. El suave sonido del agua resbalando suavemente sobre las rocas parecía invitarles a entrar.

A Claudia le costó convencerles de que la dejaran nadar sola en otra piscina cercana. El dilema, por supuesto, no era que fuera mujer, sino que quería nadar sola. El lugar podía parecer tranquilo, pero tenía todos los peligros potenciales de cualquier pantano que pudieran conocer y alguno más. Para estar más segura, accedió a que Hansi la acompañara. Él la vigilaba con su poderosa hacha mientras ella disfrutó de su baño privado.

El día anterior habían cruzado los valles interiores y seguido el trazo del curso del Esuna. El río se hacía más caudaloso

LA FLOR DE JADE I

-EL ENVIADO-

a medida que recogía más y más agua de las montañas. Las cordilleras, que antes parecían interminables, empezaron a bajar en altura y a extenderse. Poco a poco, el terreno se aplanó, revelando cada vez más el valle hundido, saturado de pantanos y marismas. A medida que avanzaban, el bosque se volvía menos denso y frondoso. Los árboles quedaban más dispersos. Fueron días de abundante agua fresca y limpia, tan menudo escasa en otros tramos del viaje, que aprovecharon para lavarse y adecentar sus ropas. No tardaron en divisar las primeras llanuras y bosques del valle.

—¡Por fin! Los valles de agua —exclamó Gharin cuando llegaron a la vista de las vastas llanuras boscosas donde el agua, ya fuera en forma de niebla, estanques o arroyos caudalosos, dominaba sobre todas las demás cosas.

Aquí era donde el Esuna y otros afluentes del Dar desbordaban sus orillas, creando esta vasta región de pantanos. Aquí, bosque y pantano se abrazaban como jóvenes amantes. El terreno pantanoso se aplanaba hasta extenderse mucho más allá del horizonte. El paisaje se volvía más húmedo y el agua se acumulaba en grandes charcas, estanques y manantiales. A veces, las raíces y los troncos de los árboles se escondían unos centímetros bajo la superficie. Flores de innumerables formas y colores, juncos y arbustos bajos crecían en abundancia a lo largo de las orillas de las fuentes y marismas, formando un denso tapiz de vegetación que surgía de las cristalinas y tranquilas aguas. Cientos de insectos revoloteaban, proporcionando un suculento festín al ejército de aves que habitaban o transitaban por aquellas marismas. Había pájaros de todo tipo; grandes y pequeños, algunos familiares y otros ciertamente extraños, pero todos eran coloridos. A veces se reunían en tal número que, con sus patas zancudas y su denso plumaje, apenas se veía el agua por la que nadaban.

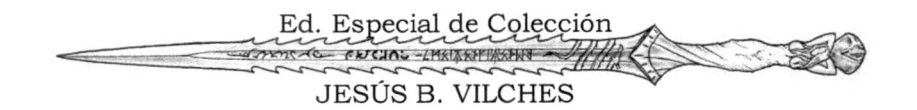

Era, en efecto, un lugar mucho más animado y bullicioso que cualquier otro por el que hubieran pasado anteriormente. A veces, el batir de las alas atronaba el valle mientras miles de pájaros se elevaban del agua al unísono, oscureciendo el cielo con su vuelo. Contemplar este espectáculo sobrecogía el alma e impresionaba a los sentidos. Ver los rayos de Yelm sometidos por un dosel viviente de plumas y... estar allí, ver y oler, tocar cuando se presentaba la oportunidad, fue una experiencia irrepetible.

También abundaban los peces en los lagos y ríos. Los había de todas las formas, tamaños y colores imaginables. El pescado se convirtió en la dieta básica durante los días transcurridos en esas húmedas tierras.

Mientras habitaron lo que llamaban los valles hundidos, el tiempo pareció transcurrir con mayor lentitud. Era como si las horas y los días se sucediesen a cámara lenta, para poder disfrutarlos y saborearlos con mucha más atención que en otros momentos y en otros lugares. Era un entorno dichoso, pero no era esa la única razón de la euforia de esos momentos. Lo cierto es que fueron días de relajación y contemplación. Un merecido tiempo de descanso y recuperación de las penurias de los meses anteriores. Y un tiempo para maravillarse y sobrecogerse ante el milagro de la vida que se desplegaba ante sus ojos.

La belleza y elegancia de los elfos parecía aumentar en estos días de paz y serenidad, si eso era posible. Les confería una presencia y un aura exquisitas difíciles de ignorar. Parecían hacerlo todo con más confianza y gracia que antes. Quizá fuera el entorno. Quizá porque la amenaza de peligro, aunque siempre presente, se había reducido considerablemente. Tal vez, porque todos tenían más tiempo que antes para observarlos e interactuar con ellos. Una cosa era evidente para los tres jóvenes humanos: tanto si se erguían como estatuas sobre peces desprevenidos en un estanque de agua

-EL ENVIADO-

prístina, como si acechaban silenciosamente a sus presas en el bosque, estas criaturas sublimes y elegantes no parecían de este mundo. Había algo de verdad en ello, pues no pertenecían realmente al mundo en el que mis compañeros habían crecido. Ante tan detallado escrutinio realmente se percibía la distancia y diferencia de todo lo que habíamos llamado real hasta la fecha.

No faltó la comida ni la música. Las veladas se prolongaban a veces hasta altas horas de la madrugada, ya que todos se turnaban para disfrutar y amenizar alrededor de la hoguera. Sin embargo, era la melodiosa voz de la joven Claudia la más solicitada, aunque sólo accediera con modestas reticencias.

Puede sonar un poco ridículo, pero los jóvenes humanos sintieron un notable acercamiento y relajación en su trato con los elfos a raíz del cambio de vestuario. Era como si las ropas y telas que llevaban antes los hubieran mantenido a distancia, creando una barrera invisible entre ellos. Una vez que sus torsos se cubrieron de metal pesado y cuero trabajado, una vez que sus cinturones contuvieron acero afilado colgando de ellos, pareció que los elfos se volvieran más familiares y cordiales hacia ellos. La extraña frontera invisible que los separaba comenzaba a desaparecer.

Aun así, los músicos no estaban del todo a gusto con su nuevo atuendo. La razón principal era que se sentían incómodos, eran prendas incómodas y pesadas de llevar. Pero también, en parte, porque no podían evitar sentirse ligeramente ridículos. Se veían a sí mismos como si estuvieran disfrazados para un cosplay o una fiesta de disfraces. Consideraban que las coloridas armaduras no eran más que un disfraz de fantasía que no les pertenecía. Y veían las mortíferas armas que portaban como meros adornos que no tenían intención de empuñar. Todo parecía una elaborada broma.

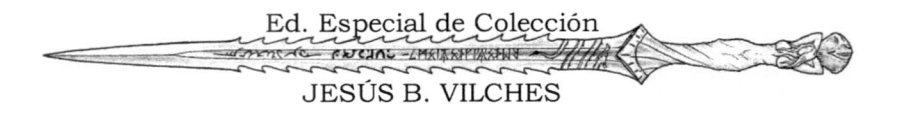

Allwënn seguía inspirando aquel inquietante respeto, e Ishmant se mostraba igualmente reservado, comedido y solemne. Pero lo cierto era que empezaban a conocerse. Empezaban a conectar.

Se mantuvieron en los límites exteriores de los valles, justo al norte de los verdaderos pantanos del interior. No había escasez de comida allí, aunque la mayoría fuera pescado, que las hábiles manos de los elfos convertían en un plato diferente cada vez. Tampoco faltaba la luz del sol. El cielo era de un prístino azul claro sobre ellos, desde donde Yelm y Minos desataban sus cálidos rayos de sol. Tampoco faltaba, por supuesto, el agua, más fresca y clara de lo que nadie hubiera podido imaginar.

Con sus penas lavadas en las cristalinas aguas del valle, hubo un momento en el que apenas podían recordar qué les había llevado hasta allí. Después de vivir varios días en la comodidad y relativa seguridad de aquellos pantanos, la idea de continuar su monótono viaje, con sus penurias y peligros, resultó poco atractiva para todos. Cuando Ishmant insistió en que había llegado el momento de partir, la noticia fue recibida con poco entusiasmo. Pero todos aceptaron la decisión del monje, a pesar de la natural reticencia.

El último día, el grupo llegó a lo que parecía un enorme lago donde una multitud de pájaros hacía su vida, ajenos a las amenazas y peligros que asolaban la existencia humana. Ishmant explicó que estas grandes masas de agua conectaban los cauces de varios ríos, entre ellos el del Esuna, cuyo curso habían seguido hasta ahora. Esto provocó un debate sobre la mejor manera de cruzar el terreno pantanoso. Los caballos habían sido un valioso medio de transporte, pero llevarlos a través de los vados podía ser

La Flor de Jade I

-El Enviado-

lento y peligroso tanto para el animal como para el jinete. Allwënn comprendía la dificultad de la elección. Sin embargo, pensó que tendrían que adentrarse en los valles o no llegarían a destino.

—Si no entramos en el valle, qué sentido tiene haber cambiado de ruta —Argumentaba. —Si seguimos vagando por la periferia del valle, corremos el riesgo de llamar la atención de viajeros y exploradores. Puede que incluso esté más frecuentado que los caminos. Nunca faltan buenos peces para una mano hábil con la barriga vacía.

Gharin reconocía la validez del argumento de su amigo. Pero estaba a favor de correr algunos riesgos, si eso significaba acortar el viaje que tenían por delante.

—Podría llevar semanas encontrar un camino seco y seguro a través de los pantanos. Por no hablar de los peligros que podrían surgir del propio Nahûl. Las posibilidades de perder una montura en un accidente son altas. No me gustaría encontrarme en medio de esos pantanos cargando las mochilas a la espalda.

Ishmant, como de costumbre, se quedó pensativo en silencio. Tenía la conciencia y el sentido común para estar de acuerdo con ambos puntos de vista. Pero la solución vino inesperadamente de los jóvenes humanos. Por primera vez se sentaron en el mismo círculo para discutir el dilema.

Hansi estaba muy pensativo.

En lugar de perder la cabeza por problemas que acabarían resolviéndose con o sin su ayuda, el joven gigante luchaba con preguntas que él y sólo él tendría que responder. Miraba su nuevo atuendo. Parecía haber sido rescatado del vestuario de Conan el Bárbaro, salvo por un hecho innegable: esto era real. Todo. Observó cómo sus manos enguantadas agarraban el mango de la poderosa hacha que portaba. Miraba la hoja con temor y respeto.

JESÚS B. VILCHES

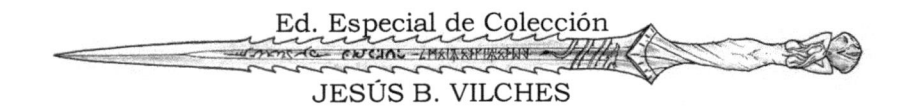

Parecía que nada podría oponerse a su afilada y pesada hoja si decidía blandirla contra algo o, para su horror, contra alguien. Realmente le asustaba esa idea. Era muy consciente de la situación en la que se encontraba. Sabía, de algún modo intuitivo, que los elfos no habían puesto en sus manos un arma tan mortífera para que se sintiera más en sintonía con la naturaleza.

No. Estaba absoluta y amargamente seguro de que quienes le habían dado aquella arma esperaban que la utilizara. Llegaría un momento en que aquellos poderosos bíceps, hasta entonces sólo victoriosos contra las pesas de un gimnasio, estrellarían aquella hoja mortal contra la carne vulnerable de un ser vivo.

Hansi temía encontrarse en esa situación. La extraña pareja de mestizos parecía esperar mucho de su impresionante estatura, sus poderosos brazos y su imponente aspecto. Esperaban que adoptara y diera rienda suelta a su alter ego músico: el Odín del trueno y el hacha. Peor aún... el enemigo también lo esperaría, atrayendo su atención hacia él. La enorme cicatriz en su vientre era el mejor recordatorio de ello. En esos momentos, deseaba haber sido pequeño e insignificante. Antes, sólo tenía que usar su fuerza para enfrentarse a borrachos y alborotadores como portero del Valhalla. No era lo mismo que enfrentarse y derrotar a las bestias salvajes que a punto estuvieron de matarlo. En este mundo salvaje, su imponente y amenazadora estatura solo era una desventaja para él.

—¿Y si hacemos una balsa? —Sugirió Alex. Los elfos le miraron con interés. —Aquí hay madera de sobra. El problema serán los caballos.

—No. Los caballos no serán un problema—. La voz de Gharin le aseguró con notable confianza. —Esa podría ser una buena solución.

Al mirar a Ishmant, Alex creyó percibir el más leve atisbo

LA FLOR DE JADE I

-EL ENVIADO-

de una sonrisa en su rostro.

—Ishmant dijo que los ríos se unían, ¿no? —continuó el joven su deducción. —Si viajamos en barca, podemos cruzar arroyos donde los caballos no pueden. Podemos ir más rápido, y podemos adentrarnos tan profundo como queramos. Bueno, tan profundo como sea posible, ya me entendéis. Lo que todavía no sé es qué podemos hacer con los caballos.

—Los caballos no son el problema, te lo aseguro —confirmó Allwënn. —No tenemos las cuerdas para unir los maderos y construir la balsa. Ese es el principal problema.

—Podemos trenzar fibra vegetal. Podemos hacer cuerda. —Le aseguró Ishmant, su voz sonora rompiendo su habitual silencio.

—Alabadas sean las maravillas de la providencia. —exclamó el rubio mestizo con una amplia sonrisa, sacudiendo sus mechones dorados. —La gracia de los dioses nos sonríe. Entonces, ya está todo dicho. Gran idea, Alex. Gran idea.

Y comenzaron el trabajo.

Alex estaba al borde de la euforia. Apenas podía creer que todo el mundo estuviera de acuerdo con su idea. Todos se apresuraron a ayudar. Los miembros más fuertes del grupo, Allwënn y Hansi, cortaron, acarrearon y transportaron la madera hasta el lugar donde se armaría la balsa. A continuación, los demás aparejaron todo en su sitio siguiendo las indicaciones. Ishmant enseñó a Claudia a trenzar las fibras para la cuerda. Juntos prepararon la suficiente para unir los maderos. Todo el grupo trabajó sin descanso durante todo el día, desde el amanecer hasta el atardecer. Los músculos cortaban y daban forma a los troncos, las espaldas se doblaban sin descanso, las frentes se bañaban en sudor. A la mañana siguiente, tras un día arduo y una noche insuficiente, la balsa esperaba al pie del lago, besada por los tímidos labios de la orilla.

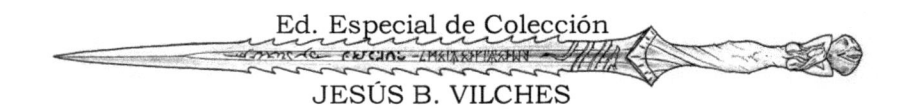

La barcaza no era un simple montón de troncos atados al azar. Medía unos seis metros de largo y tres de ancho. Se había levantado un tejado sobre la popa para protegerla de la lluvia y proporcionar algo de sombra. También se construyeron barandillas de madera a ambos lados. En el centro se colocaron piedras planas para encender un pequeño fuego. Parte de la idea era poder vivir en la balsa sin tener que volver a tierra. La construcción parecía robusta y sólida. El agua no parecía turbulenta ni susceptible de causarles problemas. Todo parecía favorable.

"En serio, todavía no sé qué van a hacer con los caballos". El músico comentaba en voz baja a Claudia una vez que todos estuvieron listos para subir a la improvisada embarcación.

Shâlïma e Iärom nunca estaban atados con el resto de los caballos. Sus dueños confiaban en ellas para que durmieran y fueran donde quisieran. Shâlïma era la yegua color turrón de Gharin, grácil y esbelta como su rubio jinete. Era tan femenina que a veces parecía emular la sensualidad de una mujer. Iärom, por su parte, era un magnífico semental albino con una larga y espesa crin. Era un caballo majestuoso de orgullosa estatura. Era inaccesible, si se me permite la expresión, para cualquiera que no fuera Gharin y su amo. A veces parecía mirar a los que caminaban a dos piernas con una mirada altiva y desdeñosa. Era un corpulento caballo de guerra y lo dejaba claro con su actitud. Sus pupilas eran heladas y azules, como si el hielo se hubiera cristalizado en sus iris.

A veces, parecían brillar con un fulgor que no podía

LA FLOR DE JADE I

-EL ENVIADO-

encontrarse en ningún otro corcel. Además, al igual que sus jinetes, parecía existir una extraña complicidad entre los dos animales. Al verlos juntos, uno podía imaginar que, dentro de esos cuerpos equinos, vivían dos seres que podrían haber sido amantes en otra vida.

Cuando llegó la hora de embarcar, los elfos trajeron al resto de las monturas y llamaron a las suyas. Los dos corceles aparecieron juntos y trotaron noblemente hacia sus dueños como obedientes cachorros. Entonces, como para reconfortar a los dos animales, los elfos les susurraron en un extraño dialecto que mis compañeros no podían entender, a pesar de los efectos residentes del hechizo de Gharin.

Alex, Claudia y Hansi ya habían visto antes a los elfos conversar con sus monturas en aquel lenguaje evocador y musical. Pero en esta ocasión, el extraño idioma parecía cobrar un significado especial, como si estuvieran presenciando una emotiva despedida.

Los elfos dejaron de hablar con sus corceles y se volvieron para acercarse al resto del grupo. Cuando llegaron a la cubierta de la balsa, se volvieron. Ninguno de los dos equinos se había movido. Seguían allí, tan inmóviles como estatuas de bronce.

—¡Vamos! —Exclamó Allwënn con cierta sorpresa al verlos en la misma posición. Gharin se volvió de todos modos, pero no dijo nada. Entonces Shâlïma avanzó lentamente hacia él, con la cabeza inclinada y los ojos entrecerrados, como una mujer enamorada que hubiera venido a despedirse de su amante antes de emprender un largo viaje. Y eso fue exactamente lo que hizo. Con inexplicable ternura, rozó con su frente el pecho de Gharin.

—Adiós, Shâlïma, adiós. Adiós, pequeña, no será mucho tiempo —le dijo Gharin en un susurro apenas audible mientras le pasaba la mano por el espeso pelaje caramelo de la cabeza.

—Adiós, Shâlïma. —Allwënn también se despidió de ella en voz baja.

Shâlïma se dio vuelta y se unió a los otros caballos que aguardaban en las proximidades. Como animales que eran, permanecían inmóviles, ajenos a lo que ocurría. La llegada de la yegua pareció despertarlos y se agitaron como soldados en presencia del general. Pero fue el semental blanco el que parecía un verdadero soldado, orgulloso e inmóvil.

Miraba fijamente a los ojos de su dueño como en un elaborado duelo de voluntades. Se quedó tan firme y erguido que parecía a punto de romperse. Luego comenzó a caminar tranquilamente hacia adelante, sin cambiar su altivo porte de galán, hasta que estuvo a un palmo de Allwënn. Apenas alcanzó a su amo, soltó un fuerte relincho y se encabritó sobre sus cuartos traseros. La prodigiosa musculatura del animal quedaba expuesta y a la vista. Los ojos del caballo se clavaron en el mestizo como clavos en la madera. Sus cascos herrados se cernían peligrosamente sobre la cabeza indefensa del curtido ladrón. Los humanos retrocedieron por reflejo. Iärom, aún en equilibrio sobre sus cuartos traseros, empezó a sacudir su hermosa cabeza, con su larga melena nívea ondeando libre en el aire. Parecía increíble que una demostración de poderío tan solemne pudiera provenir de un animal.

—Lo sé, lo sé. —confesó Allwënn con ternura, sin mover un músculo de su cara. —Te admiro, eres poderoso. Tu padre estaría tan orgulloso de ti como yo lo estoy.

Entonces Iärom bajó las patas delanteras, aunque tardó unos instantes en volver al suelo. Cuando las pezuñas volvieron a tocar la hierba, su mirada aún seguía siendo orgullosa y desafiante.

—Haz lo que te pido, te lo suplico. Estaré bien, te lo

LA FLOR DE JADE I

-El Enviado-

prometo de todo corazón—. Finalmente, en aceptación de las seguridades de su amo, el noble corcel inclinó la cabeza y permitió que Allwënn acariciara su larga crin. —Adiós, Iärom. Confío en ti.

—Adiós, Iärom. —se escuchó decir a Gharin mientras el animal giraba el cuello hacia él en señal de despedida. Luego se dio la vuelta y emprendió un trote majestuoso hacia el grupo de caballos que le esperaban allí, con Shâlïma a la cabeza.

Ella no le esperó y salió a su encuentro con los demás caballos. Pronto ambos se pusieron en cabeza. Cabalgaron en la distancia hasta que se perdieron de vista.

Los elfos no tardaron en cargar las monturas en la barcaza y ésta estuvo lista para partir. Ishmant subió a bordo con Gharin y ambos probaron la resistencia de los maderos con sus botas. Hansi y Allwënn arrastraron la pesada barcaza hacia el agua hasta que ya no tocó el fondo del estanque.

Claudia y Alex no se habían movido y seguían observando cómo las siluetas de los caballos desaparecían en el horizonte. Ambos estaban completamente absortos por lo que había sucedido. La joven continuó susurrando: "Adiós, Iärom. Adiós, Shâlïma", sin que pareciera importarles que se alejaran al galope. Alex fue el primero en volverse hacia el barco. La joven lo hizo poco después.

—¿Adónde van? ¿Qué les habéis dicho? —Preguntó enseguida el joven músico a los elfos en cuanto estuvieron a bordo.

—Se arriesgarán por nosotros en el camino. — aseguró el medio elfo de penetrantes ojos verdes rotundamente. —Tres días, —anunció. Miró a Ishmant, que ya había agarrado uno de los remos para conducir la barca. —Tres días para encontrar el curso del Gaelia y salir de los Valles Hundidos. Llevarán allí las otras monturas y mochilas. Se reunirán con nosotros entonces, si nada se interpone en su camino.

Alex seguía sin creérselo.

A lomos de la enorme balsa, la travesía fue tranquila, aunque desesperadamente monótona. Todo resultaba estrecho en el espacio limitado de la barcaza. Pero viajar así era sin duda más cómodo que a lomos de un caballo. Siempre maniobraban la balsa a una distancia segura de la orilla, donde las largas pértigas utilizadas para propulsar y dirigir la embarcación pudieran alcanzar el lecho del río. Al menos dos miembros del grupo debían turnarse para mantener la panza de madera de la barcaza deslizándose sobre el pulido espejo del agua.

Era fresca al tacto.

Un refrescante alivio del calor, pues sin una sombra adecuada tras la que cobijarse, los brillantes rayos de Yelm y Minos elevaban fácilmente la temperatura de la piel. Era un espectáculo familiar ver a los miembros del grupo tumbados plácidamente sobre los maderos, con los pies o las manos descalzos hundiéndose en el agua fría por la que se movían. Poco a poco, las vastas extensiones de marismas empezaron a disminuir, dando paso a una sinuosa red de cursos de agua, cubiertos de densa y alta vegetación. Un auténtico bosque hundido, con la base de los árboles oculta bajo las aguas cada vez más turbias y pantanosas.

—¿Qué es eso? —preguntó Alex desde su lugar en el poste, secándose las gotas de sudor que le caían de la frente a los ojos.

Más allá del lecho del río, aún en la distancia, se veía claramente un terreno gris oscuro y apagado. Era como si la niebla o la noche nunca consiguieran disiparse por completo de una zona de sombrías arboledas esqueléticas. Incluso en la distancia, la visión le sobrecogía.

—Es el Nahûl, —confirmaría Gharin en el polo opuesto.

LA FLOR DE JADE I

-El Enviado-

—¿Tendremos que atravesarlo?

¡No! —exclamó, como si el joven hubiera atraído una maldición. —¡Los dioses nos protejan! No, si podemos evitarlo.

—¿He dicho algo malo?

Ishmant, que estaba cerca, se acercó tranquilamente al joven y se puso a su lado, contemplando el lejano paisaje sombrío.

—Estas tierras que ves no son lugar para hombres de mente sana. En ellas habitan bestias y seres de las tinieblas. Es mejor no perturbar la noche a menos que tengas suficientes antorchas para iluminarla.

La noche llegó.

Miles de estrellas iluminaban el lienzo oscuro que se extendía sin fin sobre sus cabezas. La balsa se deslizaba lentamente por el agua con la suave corriente del río. No era necesario remar para mantenerla en movimiento. Se aprovechó el tiempo para cenar y relajarse. Poco después, el grupo se apiñaba alrededor del fuego, escuchando anécdotas de Gharin sobre Ishmant. Todos excepto Allwënn, que se había retirado temprano.

Claudia lo observó sentado, apartado de los demás.

Ella llevaba tiempo intentando reunir el valor necesario para hablar con él a solas.

—¿No vas a unirte a nosotros? Gharin está contando historias interesantes. Te las vas a perder. —insinuó, tratando de poner su sonrisa más atractiva. Allwënn se giró para mirarla, y sus pupilas verdes parecieron romper el silencio, como si le hablaran en algún idioma desconocido. La joven tembló, como siempre que el elfo la miraba, y aún no sabía por qué.

—Me temo que eso no es posible. —aseguró él, con tono tranquilo.

   —¿No? —Claudia pareció confusa. —¿Por qué no?

   —Yo estaba allí.

   —¿Estuviste allí? —Preguntó frunciendo el ceño, sin entender muy bien las palabras del mestizo.

   —Las anécdotas que cuenta, las historias. Yo estaba allí con él cuando sucedieron.

   —¡Ah, claro! —Exclamó, ruborizada de vergüenza.

   "Bien, Claudia, menuda estúpida". Se dijo a sí misma. "Has vuelto a hacer el ridículo". Pero se equivocaba. Aquel entrañable comentario inocente cayó muy bien en el guerrero que tenía a su lado. De nuevo, se hizo el silencio.

   —Estoy pensando en Iärom —confesó de pronto el apuesto mestizo.

   —No me extraña. Es un caballo impresionante —aludió, sentándose a su lado—. Realmente lo es. Yo también lo echaría de menos—. Allwënn sabía que la joven no había dicho esas palabras sólo para complacerlo.

   —Él y Shâlïma son caballos elfos. Cuenta la leyenda que los elfos son capaces de dar a sus caballos muchas de sus cualidades. Inteligencia, belleza, elegancia e incluso su longevidad. Pero Iärom es como yo, no es un caballo elfo puro. Es mestizo... su sangre está mezclada con sangre de unicornio —reveló, dejando boquiabierta a la joven a su lado, que no esperaba este tipo de información. —Su padre es la montura imperial del mismísimo príncipe Ysill, hermanastro de mi madre. Los mestizos pierden el cuerno, pero su cuerpo adquiere matices y tonos distintivos. Se nota en su mayor envergadura y corpulencia, y también en su pelo,

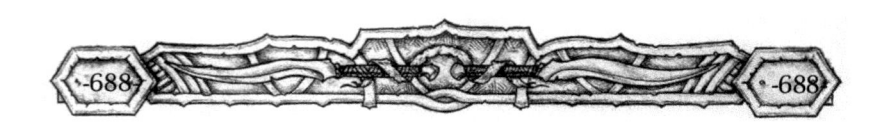

LA FLOR DE JADE I

-EL ENVIADO-

por ejemplo. Sus crines son mucho más gruesas, al igual que su cola. ¿Te has fijado en el pelo que cubre sus patas a la altura de sus pezuñas, o en la pequeña barba que les crece bajo las quijadas? —La joven asintió, fascinada por la historia. —Era un joven potro cuando yo nací. Desde ese día, nuestras vidas han seguido el mismo camino.

—¡Es increíble! —exclamó Claudia espontáneamente, claramente conmovida por sus palabras. —Te lo dieron al nacer. Por eso hizo eso en la orilla esta mañana. Estaba triste porque te ibas.

—Bueno, no exactamente —corrigió Allwënn con una cortesía poco habitual en él. —Los elfos de alta cuna de los Sannsharii entregan sus crías a los potros jóvenes a los que confían su cuidado y protección. Sí, sí, tal y como suena. Es el recién nacido quien se entrega al potro. De este modo, se sienten unidos a la cría desde su nacimiento. Y el propio animal establece un sentimiento de protección hacia su jinete, como si fuera su propia cría. Iärom estaba en la dote de mi madre. Ella hizo que se lo trajeran del confín del mundo. Pero él no está a mi cuidado, yo estoy al suyo. Él es mi protector. No me lo dieron al nacer. Fue él quien recibió el regalo. El regalo... fui yo. Y por eso estaba tan enfadado esta mañana.

Ed. Especial de Colección

JESÚS B. VILCHES

«Ave Caesar, morituri te salutant»

DE VITA CAESARUM, SUETONIO

LA FLOR DE JADE I
-El Enviado-

La Flor de Jade

ACEROS INDÓMITOS

El paisaje era como un tapiz en flor

Los campos eran una alfombra de colores radiantes, tan diferentes del tono marrón tostado que acabaría cubriéndolos en plena estación seca. Tras atravesar los últimos valles de las cadenas montañosas, las llanuras se extendían ante ellos hasta donde alcanzaba la vista. Lejos, a sus espaldas, quedaban los valles hundidos y el turbio pantano que llamaban el Nahûl. Por fin, cruzaron la última escarpa que representaba el límite entre las marismas y las regiones más templadas que se extendían ante ellos. La luz del atardecer se tiñó del tono carmesí de la puesta de sol de Minos. En el horizonte, el disco ardiente del sol empezaba a dar paso lentamente a la oscuridad de la noche.

A medida que avanzaban, las llanas praderas se dilataban ante ellos en un intrincado mosaico de tonalidades y colores. También pudieron distinguir lo que parecían caminos empedrados excavados en el terreno, que desaparecían a lo lejos. Delante de ellos, los diversos cursos de agua acababan fundiéndose en un único cauce serpenteante, que sabían que era el S'uam. Nacido del deshielo de las estribaciones de Belgarar, el río fluía como una poderosa serpiente por las llanuras.

A pocos kilómetros de su posición, distinguieron los tejados de paja de un asentamiento, casi oculto por las sombras oblicuas de la tarde. Era un pueblo grande situado al pie de un arroyo y junto a un bosquecillo de abedules.

—Ese es nuestro destino —Ishmant declaró a la vista de la pradera ante ellos, y los edificios de la aldea que se ocultaban en ella. —Diez cañadas.

—¿Es aquí? —Preguntaron los jóvenes humanos con sin disimular su excitación. Ishmant se limitó a asentir satisfecho. —¿Es aquí donde vive el hombre que puede ayudarnos?

Ishmant apartó la mirada de los elfos antes de contestar. Gharin y Allwënn también esperaban encontrarse con él, aunque por motivos diferentes.

—Fue en esta remota tierra de labranza donde me cité con él, hace algún tiempo. Espero que los Ancestros le permitan cumplir su palabra. Si aún no ha llegado, le esperaremos.

—Entonces... ¿este es el lugar? ¿Realmente hemos llegado?

La Flor de Jade I

-El Enviado-

Habían llegado.

Hasta entonces, había parecido que nunca alcanzarían ese momento. Que el tiempo se alargaría eternamente, consumiendo su existencia en un viaje interminable y sin rumbo. Pero lo habían conseguido. Contra todo pronóstico, estaban allí.

Los humanos se miraron con inquietud. La posible conclusión de su prueba, favorable o no, les infundía cierto grado de aprensión. Pero había otro asunto que considerar. Todavía podían verse manchas de sangre en gran parte de su pelo, ropa y armadura. Aunque ahora estaba seca al tacto, aún parecía tan caliente y fresca como si acabara de derramarse. La experiencia más reciente, aún fresca en sus recuerdos, pesaba en su ánimo y les hacía plenamente conscientes del tipo de mundo en el que se encontraban. Y, también, de la verdadera naturaleza de las personas que viajaban con ellos.

Después de lo que habían vivido y visto, estaban seguros de que la insólita pareja de elfos, y el solitario Ishmant que los acompañaba, eran algo más que simples ladrones.

Nadie podía seguir creyendo algo tan ingenuo.

Sólo unos días antes, la grácil silueta de Gharin se había deslizado ágilmente por el escarpado terreno, con la misma rapidez y elegancia que un gato en busca de su presa. Su melena dorada ondeaba en el aire, mientras saltaba con gracia de roca en roca. Pero Gharin no se había alejado del grupo para cazar. Había ido a explorar los alrededores, utilizando los extraordinarios poderes de visión que le conferían sus brillantes pupilas élficas. Unos minutos después, estaba de vuelta con el grupo, relajándose y estirando sus cansados y doloridos músculos.

—Nada —resumió, todavía caminando hacia ellos. —Está desierta. No hay señales de movimiento. Nadie. Ni tropas. Nada. Ni siquiera las ratas habitan ya el lugar.

Ishmant miró a lo lejos, al vasto horizonte que se extendía ante ellos. A su lado estaba Allwënn, silencioso y pensativo. A última hora de la tarde, el cielo se había despejado lo suficiente como para que pudieran ver la puesta de sol. El día estaba a punto de terminar. Las tortuosas horas de luz solar pronto darían paso al oscuro lienzo estrellado de la noche. Yelm colgaba del cielo vespertino, a punto de besar el horizonte. Minos esperaría su turno, un poco más tarde.

—Es hora de decidir.

Pronto encontraron la cuenca del Gaelia. Impulsando la barcaza a lo largo de su curso fluido, por fin habían dejado atrás las profundidades pantanosas de los valles, con sus pájaros y peces y sus secretos sombríos. Unas millas más adelante, con los pantanos ya bien atrás, se habían reunido con los caballos. La seductora Shâlïma y el poderoso Iärom habían conseguido conducir al resto de los animales a través de los círculos exteriores de los pantanos y esperaban impacientes al grupo de humanos y elfos en el punto de encuentro acordado. El reencuentro fue casi tan emotivo como la despedida. La cautivadora personalidad de los caballos acabaría por impresionar profundamente a los músicos. Pronto, los arneses volvieron a sus lomos y las bridas mordieron sus mandíbulas.

La barcaza quedó encallada en la orilla y el grupo partió a caballo.

La tarde no sólo trajo una ligera mejora del tiempo, sino

LA FLOR DE JADE I

-EL ENVIADO-

también un espectáculo que pocos habían esperado. Apareció la débil silueta de una ciudad, situada en un profundo valle al pie de un escarpado acantilado. Nuevas nubes de tormenta amenazaban el camino que tenían por delante, así que Gharin decidió echar un vistazo al pueblo para determinar si sería seguro refugiarse allí durante la noche. O si debían continuar y arriesgarse a quedar atrapados por las inclemencias del tiempo.

Muchas de las antiguas ciudades humanas fueron abandonadas poco después de ser saqueadas. De hecho, se destruyeron y abandonaron más ciudades pequeñas de las que se reconstruyeron bajo el estandarte negro de Kallah. El núcleo político y administrativo del Nuevo Orden era el Templo. Todo lo necesario para organizar la productividad de una ciudad se hacía en los templos. Son los verdaderos centros neurálgicos del poder establecido. Los monjes de Kallah son pocos, y su milicia es pequeña en comparación con el gran número de ciudades que quedaron despobladas tras la guerra. Nadie en su sano juicio, ni siquiera los fanáticos seguidores de la Señora, dejaría que una manada de orcos, ogros o saurios guarnecieran los asentamientos capturados sin la estrecha supervisión de los soldados oscuros. En el escenario más optimista, sus aliados probablemente acabarían matándose entre sí. Así que los duques y señores de Kallah tuvieron que sopesar sus opciones cuidadosamente, eligiendo las ciudades que merecía la pena ocupar y explotar en su compleja red de comunicaciones y líneas de suministro. Corrían rumores de que la Orden Lunar había estado muy ocupada construyendo nuevos templos en los últimos años, y que se estaban multiplicando y extendiendo como un cáncer. La mayoría de los prisioneros eran enviados a trabajar en la construcción de estos santuarios, y sólo parecía haber una razón posible para ello. El Culto se estaba recuperando de la devastación y el agotamiento de la guerra.

—¿Qué ciudad es ésta? —Preguntó Gharin, deteniendo a

Shâlïma para mirar las casas en ruinas que se erguían abandonadas a su alrededor.

—No consigo orientarme —admitió el guerrero humano. —No estoy seguro de si hemos cruzado las fronteras del Ducado o no. Tal vez sea Tres Puertas o Calahda. Pero podría ser el mismo Aldor.

—Creo que Aldor aún está bajo el dominio del 'Säaràkhally' —recordó Allwënn, mirando los restos desmoronados de la ciudad desierta. —Los estandartes de la Señora ondean allí. Además, creo que estaba mucho más cerca del curso del Dar".

—Muy posiblemente —asumió el humano, desmontando de su montura negra. —Probablemente tengas razón. Busquemos por ahí. Quizá encontremos algo que aclare algunas incógnitas. Si es seguro, pasaremos la noche aquí.

No había puerta y el interior estaba sumido en la oscuridad. Ishmant no tenía la capacidad innata de ver en las sombras, pero sus sentidos estaban mucho más desarrollados que los de cualquier otro humano. El interior de la vivienda era pequeño y había sido pasto de las llamas. Cenizas y vigas carbonizadas yacían en el suelo en un montón de cascotes ennegrecidos. Se movió despacio y en silencio entre los montones de escombros hasta que encontró un agujero en una pared, que se dio cuenta de que antes había sido una ventana. Miró a través de él y vio a la joven Claudia inspeccionando la vivienda adyacente, con el miedo y la inquietud reflejados en sus grandes ojos.

Los últimos rayos carmesí del Minos rojo caían

LA FLOR DE JADE I
-EL ENVIADO-

oblicuamente por las numerosas grietas y aberturas de las paredes. Como chorros de fuego, se colaban por los agujeros de las ventanas quemadas.

Alex miró hacia arriba.

Las vigas de los tejados estaban ennegrecidas, pero no parecían haber sido afectadas directamente por el fuego, sólo cubiertas por la oscura pincelada del humo. Con cada pisada, una nube de polvo, acumulado por las décadas de abandono y negligencia, se elevaba en el aire. Los desvencijados muebles, antaño lujosos y robustos, apenas se mantenían en pie y de una pieza. Al rozar con los dedos la áspera textura de la madera carbonizada de puertas y ventanas, Alex casi podía oír los gritos angustiados de las víctimas que habían perecido aquí. Estos muebles y paredes. Estas vigas y techos. Todos esos restos dispersos y heridos de muerte. No pudo evitar recordar los últimos momentos de la existencia de este lugar. No fue muy difícil. Fuego, humo, gritos, alaridos de dolor y terror. Una atmósfera densa e irrespirable llena de bestias y espadas brillantes. Almas oscuras acuchillando a ciudadanos indefensos. Ríos de sangre fluyendo por las calles como el agua después de una tormenta. Debió de ser aterrador.

Entonces oyó voces fuera.

Gharin y Allwënn habían entrado en otra de las viviendas. Ambos empuñaban sus espadas con firmeza, atentos a cualquier peligro que pudiera saltar de cualquier rincón. El propietario de esta casa debía de ser de un estatus social superior al de la mayoría. La casa era grande y antaño había estado decorada de forma refinada y exquisita. La mayoría de los objetos de valor habían desaparecido, tal vez como resultado de saqueos y pillajes. Sin embargo, aunque ruinoso y desgastado, aún conservaba las reminiscencias de la atmósfera señorial que antaño había reinado entre sus muros. El suelo estaba, como de costumbre, amontonado de basura y suciedad de años, junto con otros objetos que ahora eran difíciles de identificar. Allwënn apartó de un puntapié un amasijo de hierro retorcido que, en el pasado, probablemente habría sido el cuerpo de una elegante y, con toda probabilidad, muy cara lámpara colgante.

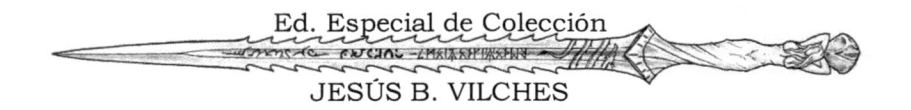

Majestuosos y anchos, los grandes y pesados peldaños de una alta escalera de madera ascendían hasta el primer piso. La barandilla era de madera gruesa y estaba tallada con intrincados diseños y dibujos, lo que aumentaba su impresionante forma y grandeza. Los peldaños de madera estaban cubiertos por una costosa alfombra bordada en oro que había perdido todo su brillo. Irremediablemente sucia, rota y desmembrada, el largo trozo de tela daba a la estancia un aspecto lúgubre y lamentable. Era casi una visión de ultratumba.

Los ojos de los elfos escudriñaban las sombras, mirando detrás de las puertas y en los rincones más oscuros llenos de polvo y telarañas, revelando los secretos ocultos que allí acechaban. La débil luz que se filtraba por las ventanas, pocas de las cuales aún estaban acristaladas, sólo servía para iluminar vagamente el suelo cubierto de suciedad, escombros y signos de violencia. De repente, el pie derecho de Gharin pisó una sustancia blanda y húmeda mientras subía para alcanzar el último peldaño de la alta escalera. Era como una espesa pasta gelatinosa que se le pegó a la suela de las botas. Allwënn ya estaba inspeccionando una de las habitaciones interiores del primer piso cuando oyó maldecir a su

LA FLOR DE JADE I

-EL ENVIADO-

compañero.

Se acercó a la puerta y lo vio frotándose la suela de la bota contra el borde del escalón.

—¿Todo bien, amigo? —Preguntó desde su posición.

Gharin levantó la vista y su rostro mostró una expresión de disgusto.

—¡Maldita sea! He pisado mierda o algo así. —Gruñó con fastidio.

¿Mierda? ¿Quieres decir, como excremento? —Quiso estar seguro el medio enano.

—Alguna alimaña no pudo esperar más.

—¿Necesitas ayuda? —Volvió la voz, pero esta vez impregnada de una evidente ironía. Gharin esbozó una sonrisa divertida. El buen humor del elfo no se había visto empañado por semejante nimiedad.

—Olvídalo. Los tengo acorralados. Te llamaré si encuentro algo más peligroso, como... digamos... un puñado de amapolas[54]."

Se oyó una sonora carcajada.

"Maldita sea". Repitió, frotando su bota en la madera. "Me tiene bien agarrado. Creo que me han tendido una emboscada".

Tras unos instantes de esfuerzo, Gharin consiguió desprender la desagradable sustancia de su bota. Pero en su afán por limpiarse, su talón resbaló en el escalón inferior y tropezó

---

[54] El incidente del ramo de amapolas tiene una explicación. Es una de esas situaciones embarazosas y no menos cómicas en las que no sabes cómo has llegado ahí ni cómo escapar. Lo cierto es que fue una anécdota divertida, que quizá cuente algún día, y que te hace desconfiar de la indefensión de las amapolas, sobre todo cuando atacan en gran número.

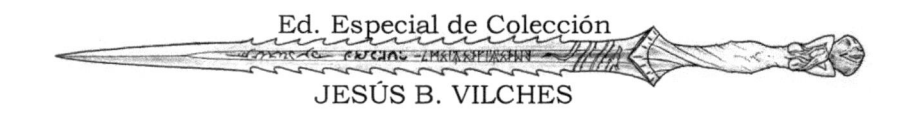

hacia atrás. Por un momento perdió el equilibrio y estuvo a punto de caer. Afortunadamente, sus rapidísimos reflejos élficos le permitieron agarrarse a uno de los balaustres para estabilizarse.

"¿Pero qué...?"

Sintió algo extraño al agarrar la madera. Era algo espinoso y áspero, como un puñado de cerdas gruesas y rígidas. De hecho, resultaron ser los restos de un grueso trozo de pelaje gris que se habían adherido a los dedos del arquero. Era un pelaje duro y puntiagudo que debía de haberse pegado a la madera de la barandilla cuando el animal trepó por ella.

—Supongo que la mierda es tuya, ¿no? —Preguntó retóricamente a las gruesas hebras de piel que seguían entre sus dedos.

Entonces vio más trozos de aquel pelaje cerca. Vacilante, se agachó para recogerlos también, encontrándolos en cantidades mucho mayores. Con cautela, las pasó por la suave y sensible piel de sus dedos, intentando determinar por su textura a qué animal pertenecían. Pronto su experiencia le diría que no era de un solo animal.

"¡¡¡Allwënn!!!"

El eco desvanecido de pasos amortiguados sobre la madera alertó a Gharin de que su compañero lo había alcanzado. Volvió la mirada hacia los ojos esmeralda de Allwënn, que empezaban a brillar como ascuas en la oscuridad creciente que llenaba la habitación. Luego extendió la mano y le mostró el trozo de piel que había encontrado. Allwënn lo tomó de los dedos de su amigo y examinó su textura.

Su expresión algo escéptica indicaba que no había encontrado nada evidentemente anormal. Entonces Gharin le hizo

LA FLOR DE JADE I

-EL ENVIADO-

un gesto para que lo oliera. Un hedor característico inundó las fosas nasales del semielfo en cuanto se colocó la piel bajo la nariz. Un olor almizclado y putrefacto. Al mismo tiempo, un hedor a tierra húmeda.

Sólo unas pocas cosas huelen así.

"¡Ratas!"

Fuera, los últimos rayos de Minos estaban a punto de desvanecerse. Una rojiza luminosidad, un poco más intensa que el brillo de nuestros rayos solares, anunciaba la llegada de la noche y sus peligros. Aun así, permitió al grupo mirar libremente a su alrededor y les dio un tiempo precioso para buscar refugio. Junto a los caballos estaba Hansi, a quien se había encomendado la vigilancia de los animales. El resto se había adentrado en las cáscaras calcinadas de las viviendas vecinas para recabar información. Los elfos aún no habían llegado al punto de encuentro cuando vieron salir a Ishmant de una casa cercana, acompañado de la joven humana. Tampoco le esperaron. Decidieron acercarse a él.

—No estamos solos, Ishmant, hemos encontrado... —El mestizo de cabello oscuro alzó la voz, pero su frase fue interrumpida por el propio Ishmant.

—Ratas. Lo sé. Hay rastros de ellas por todas partes.

Pronto habían salvado la distancia que los separaba. Todos se reunieron impacientes en el círculo formado por los caballos. Entonces Allwënn extendió la mano y le mostró al humano embozado los restos del pelaje marrón que había encontrado su amigo.

—Sí, sin duda, son ratas —Ishmant confirmó con una mirada rápida.

—Toda la ciudad podría estar infestada de ellas.

—Tal vez sólo estaban de paso —sugirió el monje embozado.

—Lo dudo —Aseguró el rubio arquero con sorprendente seguridad. Ishmant le miró, sus pupilas se preguntaban la razón de esa seguridad. —He encontrado rastros recientes de actividad.

—¿Cómo de recientes? —preguntó el guerrero. Gharin miró a su compañero y ambos intentaron reprimir una sonrisa delatora.

—Digamos que... lo bastante recientes.

Ishmant miró al cielo casi nocturno. Un aroma fresco, levantado por la creciente humedad de la brisa, advertía de la tormenta que se avecinaba. Respiró hondo y se volvió hacia el grupo.

—Si abandonamos la ciudad ahora, también dejaremos atrás el problema de las ratas. Sin embargo, no podremos evitar la tormenta. Si nos quedamos, la situación se invertirá.

—¿Tan grave es el problema de las ratas? —Preguntó el fornido Hansi.

—Podría serlo —Allwënn respondió. —No suelen salir de sus madrigueras sin una buena razón. Pero puede que nosotros seamos esa razón.

—Será cuestión de mantener los ojos abiertos. —apuntó Gharin.

LA FLOR DE JADE I

-EL ENVIADO-

—La verdad... —Alex decidió ser franco. —Si tuviera que elegir entre un puñado de ratas y quedar empapado bajo otro chaparrón, me quedaría con las ratas mil veces.

El resto de los jóvenes humanos parecían compartir esta opinión, y probablemente fue esta firme convicción la responsable de su decisión de esperar a que pasara la noche.

—Muy bien —resolvió Allwënn, volviéndose hacia un silencioso y, como siempre, pensativo Ishmant. —Entonces será mejor que busquemos un buen lugar donde quedarnos y dejemos de llamar la atención.

La ciudad no tenía murallas. Tal carencia de defensas exteriores debió de facilitar su fatídico desenlace. Aunque la devastación sufrida era evidente, muchas de sus casas y viviendas seguían en pie. Pocas de ellas estaban intactas por fuera. Faltaban puertas y ventanas, habían desaparecido partes de los tejados y había grandes agujeros en las paredes ennegrecidas. El trazado de las calles era típicamente ortogonal, aunque serpenteaban según la altura del terreno. De estas arterias principales partían otras calles que se perdían entre los edificios.

Las calles más anchas estaban antaño flanqueadas por diversos establecimientos comerciales. El grupo se detuvo a observar el estado desolador y ruinoso de los edificios a ambos lados de la amplia calle por la que viajaban. Trataron de imaginar el lugar en tiempos mucho más felices. Una ciudad próspera y bulliciosa, con sus habitantes ocupados en sus quehaceres, ataviados con ropas de diversos estilos y colores.

Todavía aferrada al gancho que la había sujetado al travesaño, una gruesa placa de madera con una elaborada inscripción se mecía chirriante al viento:

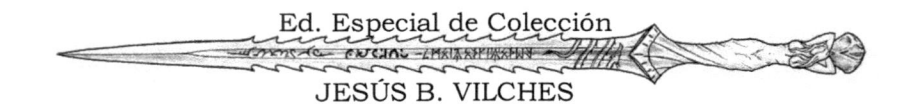

"La Taberna de las Siete Cabezas".

No era difícil imaginar el ir y venir de alborotados guerreros medio borrachos, siempre dispuestos a vender sus espadas por unas pocas monedas de oro, que gastarían en mujeres y cerveza Un poco más allá, en una fachada ornamentada de diseño inusual, otro letrero descolorido rezaba:

"Irkop, hijo de Klasku el Duro. Tatuador. Decora tu piel con los mejores trabajos traídos de Othâmar".

Los jóvenes humanos miraban con fascinación y asombro aquellas calles desiertas y olvidadas, aquel lugar lleno de ruinas y recuerdos perdidos. Pero en cierto modo lo miraban con el mismo desapego e ingenuidad con que un turista visita los yacimientos y reliquias del pasado clásico. Nada les unía al lugar. Ningún recuerdo había sobrevivido, ni antes ni después de la catástrofe. Sin embargo, una extraña nostalgia se agitaba en ellos. Tal vez fuera el aspecto cadavérico de lo que antaño había estado vivo. La intensa tristeza en el alma ante la visión de un lugar desierto que, en otro tiempo, estaría rebosante de actividad y gente. El amargo temor a la ruina. También porque, por primera vez, veían por sí mismos la carnicería y la destrucción provocadas por la Diosa Lunar y su ejército exterminador durante su implacable guerra de Aniquilación. Esta ciudad calcinada y desierta era la prueba tangible de que las historias y cuentos que habían compartido con ellos eran ciertos. Les ponía los pelos de punta.

Para los demás, sin embargo, significaba algo mucho más conmovedor. Sentían la profunda amargura y tristeza de haber perdido algo que les era querido. Era su civilización y su presente lo que había sido destruido en esta ciudad solitaria.

"¿Qué ha pasado aquí?" Los pensamientos de Hansi encontraron palabras involuntariamente. Claudia tuvo que responderle.

LA FLOR DE JADE I

-EL ENVIADO-

—Algo terrible, eso seguro.

—Ocurrió hace mucho tiempo, de eso no hay duda—. Hansi respondió al comentario de la joven, enlazándolo con sus propios pensamientos. —Pero siento que cada vez que miramos una de estas paredes carbonizadas, estamos reviviendo sus últimos momentos.

Claudia guardó silencio.

Alex se había quedado un poco rezagado respecto al grupo. Estaba tan absorto contemplando la escena que le rodeaba que inconscientemente había ralentizado el paso para apreciar los detalles. De repente, el caballo hizo un movimiento extraño y el joven, que estaba demostrando ser un jinete excepcionalmente hábil, supo que el animal había pisado algo con la pata trasera.

Seguía buscando el origen del estorbo cuando oyó un ruido procedente de una de las calles vecinas. Los dos soles habían desaparecido de la vista, y sólo quedaba el resplandor mortecino que persiste en el horizonte justo antes de que la oscuridad de la noche ejerza su dominio sobre el mundo. La calle por la que miraba ya estaba oscurecida por las sombras, y sólo un débil resplandor rojizo delineaba sus contornos. Cuando se asomó a la penumbra, divisó una silueta oscura que se movía de una casa a otra. Sintiéndose observada, se detuvo a mitad de la estrecha calle. Por desgracia, estaba demasiado oscuro para que Alex pudiera distinguirlo con claridad. Estaba demasiado lejos y era demasiado borroso para distinguir su forma o determinar su naturaleza. Fuera lo que fuese, se detuvo para mirar a Alex. Dos ardientes puntos rojos lo miraban desde la oscuridad, haciendo que el joven se paralizara de miedo.

—¡Alex! ¿Qué demonios estás haciendo? Vamos, no te quedes atrás.

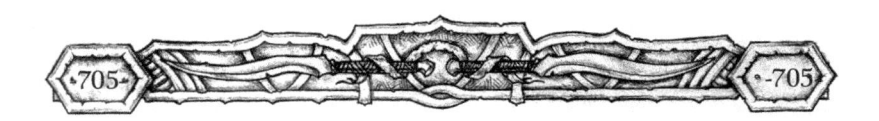

JESÚS B. VILCHES

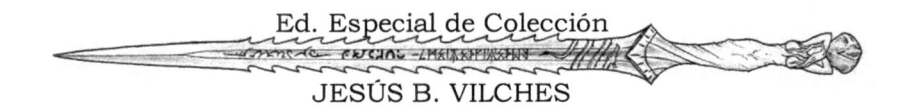

El joven apartó la mirada un momento. Pero cuando volvió la vista a la sombría calle, la criatura, o lo que fuera, había desaparecido.

—¿Pasa algo, Alex?

El joven pensó en contarles a los demás lo que había visto. Pero le preocupaba que Allwënn lo regañara otra vez por hacerles perder el tiempo. Así que espoleó al caballo y pronto estuvo de vuelta entre el resto de sus compañeros.

El joven guitarrista alcanzó a los demás jinetes, que se habían detenido en lo que debía de ser la plaza principal de la ciudad. El lugar estaba en ruinas. La magnitud de la destrucción que se extendía ante sus ojos sorprendió incluso a quienes estaban acostumbrados a ver semejantes espectáculos. La plaza había servido antaño de foro comercial y administrativo de la ciudad. Era el lugar más concurrido y activo de la ciudad. La plaza principal era el lugar donde se ubicaban la mayoría de los edificios de la administración pública. Los templos y edificios religiosos también estaban siempre presentes. Ahora todos estaban reducidos a escombros, ruinas o cenizas.

Poco quedaba de los majestuosos templos que solían dominar el horizonte. El antaño magnífico Templo de Yelm yacía derrumbado sobre sus pilares en un montón informe de polvo y piedra. Sólo quedaba en pie la esquelética silueta de sus imponentes puertas. El enorme arco grandioso, que antes había dado la bienvenida a fieles y peregrinos, no era más que un montón de escombros. Antes representaba la grandeza y la prosperidad del Imperio. Ahora no era más que un símbolo de derrota y humillación. Las antaño magníficas puertas, ahora oxidadas y rotas, se abrían como un portal al olvido. Como la entrada a otro plano de existencia, quizá físico, psicológico o incluso sobrenatural. Allí estaban, un recordatorio del orgullo y la gloria

LA FLOR DE JADE I

-EL ENVIADO-

que una vez fueron. Como los pilares de un monumento antiguo que sobreviven, mientras todo a su alrededor se ha desmoronado y desaparecido. Peor suerte corrieron otros santuarios religiosos, donde nada más que un esbozo de cimientos o el muñón ocasional de una columna se alzaban de entre los montones dispersos de ceniza y escombros. Eran los últimos vestigios de civilización en medio de un gran mar de desolación.

Sólo la inquietante silueta de un templo permanecía intacta, como la torre principal de una fortaleza. Alzaba orgullosa sus afiladas y puntiagudas agujas hacia el oscuro cielo nocturno. La devastación a su alrededor lo hacía parecer más alargado e interminable, más siniestro y oscuro de lo que realmente era.

Era un edificio construido con piedra azul apagada pero bien trabajada. Tenía amplias ventanas ojivales, torres puntiagudas y remates. Unas grandes y pesadas puertas dobles, decoradas con grandes montantes metálicos, cerraban el paso. Estaban enmarcadas por un dintel ornamentado y el impresionante parteluz tallado de columnas atlantes con rostros velados. Un enorme medallón sobre estas puertas indicaba la deidad a la que estaba dedicado el sombrío lugar.

—No es Kallah —desveló el enigma Ishmant, algo que era obvio para los elfos, pero completamente desconocido para los jóvenes humanos.

—Aros, dios del engaño —contestó rápidamente Gharin. Al parecer, al gremio de ladrones y estafadores le fue lo bastante bien por aquí como para construir un templo en el lugar más emblemático de la ciudad.

—También es el único intacto —señaló Claudia.

—Apostaría mi mano derecha a que algo tuvieron que ver con el resultado de esta batalla —apostó rotundamente Allwënn, avanzando para observar más de cerca los cimientos del edificio. Un trueno lejano anunciaba la llegada de una nueva tormenta. Volvieron los ojos al cielo, donde empezaban a brillar las primeras estrellas.

—Quizá sería buena idea entrar. —sugirió Alex.

Allwënn se detuvo de repente y se volvió lentamente, escudriñando con cuidado las ruinas de los fantasmagóricos edificios que los rodeaban, ahora envueltos en la oscuridad de la noche.

—Esta ciudad parece tener mil ojos —comentó el mestizo con evidente cautela.

Las puertas, aunque grandes, normalmente podrían haber sido movidas por una sola persona. Pero fue necesaria la fuerza combinada de Allwënn y Hansi para forzarlas a abrirse. Finalmente, tras mucho esfuerzo y coloridos improperios por parte de los dos hombres, las oxidadas bisagras cedieron con un chirrido. Los elfos avanzaron sólo un paso más allá de las puertas, lo suficiente para otear el interior que estaba ensombrecidos por la oscuridad. Los fantasmales rayos de la luz de la luna iluminaron el edificio que tenían ante ellos. El suave resplandor dividió las sombras, revelando algunos capiteles colosales y remates del tejado. Una sombría hilera de columnas bordeaba las paredes. A los ojos humanos, no parecían más que una borrosa masa oscura de piedra.

Un largo gemido metálico anunció que el Äriel estaba fuera de su vaina.

—Espera aquí —ordenó el elfo de pelo negro. Miró a Ishmant, que asintió con la cabeza. En cuestión de segundos, las dos figuras habían avanzado sigilosamente con las armas por delante, adentrándose con cautela en la impenetrable oscuridad del

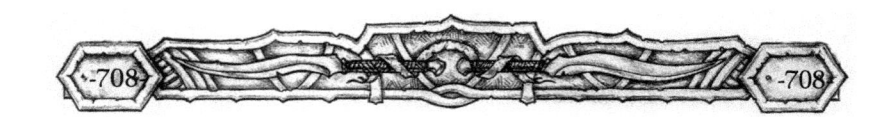

LA FLOR DE JADE I

-EL ENVIADO-

interior del templo.

—Enseguida volvemos.

Y sus cuerpos fueron tragados por las sombras y desaparecieron de la vista.

—Vacío —aseguró Allwënn al regresar, después de unos minutos de inspección en su interior. —Oscuro... pero vacío.

—¿Qué habéis visto? —preguntó Claudia con inquietud.

—Es enorme, pero parece seco.

—Todavía hay antorchas —intervino Ishmant, que llevaba unas cuantas en la mano y las fue pasando por el grupo.

Bajo sus arcos de luz pulsante, una amplia cámara comenzó a revelarse. Era imposible iluminar toda la sala con un puñado de antorchas dispersas, ya que se extendía más allá de la vista hasta bien adentrarse en las sombras. Al iluminar la zona que les rodeaba, descubrieron que las paredes estaban cubiertas de murales y relieves.

—Huesos. El suelo está cubierto de huesos —advirtió Allwënn, mientras la luz de las otras antorchas revelaba más y más sombras. El suelo polvoriento empezó a revelar contornos de restos esqueléticos bajo una gruesa capa de polvo y escombro.

De hecho, toda la superficie del suelo estaba cubierta de huesos, presumiblemente humanos, esparcidos por todas partes. Había huesos de quizá más de un centenar de víctimas esparcidos por toda la cámara, hasta donde alcanzaba su vista. —Tal vez apilaron las víctimas de la ciudad aquí. —sugirió Ishmant.

—Entonces, ¿por qué no están los esqueletos de una pieza?" se preguntó la voz queda del arquero.

—Quizá las ratas los han movido. —aventuraba Claudia,

verbalizando el primer pensamiento que le vino a la mente. El resto de las cabezas se giraron hacia ella. Luego se hizo un silencio inexplicable.

—Este lugar me da escalofríos —susurró Alex de nuevo.

Consiguieron rescatar la leña que pudieron encontrar para encender una pequeña hoguera, que ahora crepitaba con fuerza en el centro de una de las naves laterales del Templo. El calor de las llamas era suficiente para calentar un buen guiso. Varios utensilios de cocina y cuencos vacíos yacían esparcidos por el suelo. El resplandor de la pequeña hoguera y de las antorchas de las paredes iluminaba el área inmediata que les rodeaba, lo suficiente para que pudieran ver sus inmediaciones.

Como era de esperar, comenzó a llover de nuevo. El diluvio de agua golpeaba el distante tejado con un fuerte sonido repetitivo. El sonido reverberaba por toda la sala, haciendo eco entre los pilares y las paredes del sombrío santuario.

Ishmant se acercó a uno de los huecos del techo, desde donde la lluvia caía a cántaros. Los cuencos y los cucharones que habían utilizado para la comida estaban tirados en el suelo, donde los limpiaría el agua fresca que caía del cielo. La proximidad de la lluvia le resultaba estimulante, sin tener que preocuparse de empaparse la ropa.

Hacía tiempo que Allwënn se había alejado del grupo para deambular lentamente alrededor del límite exterior del resplandor emitido por el fuego. Desde allí observaba cómo Ishmant recogía los utensilios de cocina. También miró a su rubio amigo, rodeado de los jóvenes humanos, absortos con su charla y carisma natural. Allwënn sonrió desde las sombras. Admiraba la habilidad de Gharin para hacer que los demás se sintieran a gusto, siempre

LA FLOR DE JADE I

-EL ENVIADO-

provocando risas con su ingenio y su despreocupación.

Sin embargo, los pensamientos de Allwënn no sólo se centraban en su amigo. La parte de su sangre que lo unía a su padre le había estado enviando señales contradictorias desde que habían entrado en aquel oscuro recinto. El medio enano sentía una extraña turbulencia en el suelo bajo sus pies. Parecía hervir, retorcerse y temblar en las profundidades de la tierra, como si se estremeciera bajo el pisotón de mil botas. Pero era incapaz de determinar qué significaba todo aquello, y eso le inquietaba.

—Deberíamos irnos cuanto antes—. Una voz detrás de él sugería un cambio de planes. Al girarse, vio que Ishmant había vuelto con las ollas y sartenes que quedaban, ahora limpias de la lluvia. —Tal vez terminemos maldiciéndonos por preferir este lugar a la lluvia.

Allwënn sabía que las palabras de Ishmant estaban indudablemente relacionadas con su propio malestar. Siguió meditando esas impresiones mientras el guerrero se acercaba al resto del grupo. La sensación de inquietud crecía a cada momento que pasaba. Quizá, el hecho de saber que Ishmant también sentía cierto peligro aumentaba de algún modo su ansiedad. O tal vez no. Tal vez no era sólo una simple sensación.

Tal vez...

Queriendo estar seguro, posó su mano callosa sobre las losas polvorientas del templo.

No se equivocaba.

El frío tacto se extendió desde la palma de su mano hasta la punta de sus dedos. Sintió una débil vibración, perceptible sólo para quienes están íntimamente conectados con los secretos de la piedra y las profundidades cavernosas del subsuelo. Emanaba a través de las losas. Tales señales sólo podían significar una cosa para una mano experta. Sin duda, algo se movía en los sombríos pasadizos subterráneos de aquel santuario. Algo habitaba aún los restos del templo abandonado.

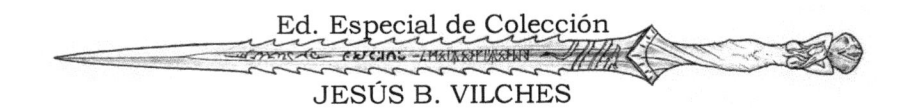

Gharin dejó de tocar.

Sus dedos dejaron de rasguear las cuerdas de su laúd, provocando un inesperado sonido discordante. Atentos a las notas que tocaban, los músicos se percataron enseguida de la interrupción. Nada parecía fuera de lugar. Pero Gharin se había distraído con algo que parecía escapar a todos los demás sentidos. Intercambiaron miradas....

Alex, Claudia, Hansi...

Todos empezaron a sentirse nerviosos. Pero antes de que pudieran abrir la boca para expresar su preocupación, el apuesto elfo rubio fijó sus ojos inquietos en Ishmant, que parecía absorto en sus propios pensamientos. El monje pareció sentir el peso de la mirada del elfo y levantó la cabeza en respuesta.

También había una sombra en la mirada del humano.

Entonces, un zumbido grave inundó las vastas salas del templo. Al principio era lejano, pero aumentó rápidamente de intensidad. Les obligó a volver los ojos hacia la oscuridad infranqueable que reinaba en el interior. No cabía duda de que procedía de las cámaras interiores del templo. Los ecos acentuaron aún más el estruendo, reverberando en las paredes y columnas que los rodeaban. Gharin dejó caer su laúd. Ishmant desenvainó sus afiladas espadas. Su mirada no dejaba lugar a dudas. El miedo empezó a anidar en el interior de los jóvenes humanos, un cosquilleo malsano que les advertía del desastre.

.... y de repente la calma.

LA FLOR DE JADE I

-EL ENVIADO-

—¡Salgamos de aquí! —Urgió Allwënn, pareciendo surgir de la nada al alcanzar el arco de luz del fuego. En su mano brillaban las formas sensuales y poderosas de su espada dentada, como si acabara de ser pulida y afilada.

—¿Qué ha sido eso?

—Levantemos el campamento, rápido. Algo anida en las entrañas de este templo.

Nadie esperó para hacer más preguntas. Al principio, hubo un momento de vacilación. Pero poco después, todos se animaron con una actividad frenética y empezaron a recoger sus pertenencias y a armarse. Se pusieron apresuradamente las armaduras, se ataron las espadas al cinto y prepararon sus lanzas. El grupo salió lo más rápido posible, apresurándose a abandonar cuanto antes aquel oscuro lugar. Un lugar que se volvía cada vez más inhóspito a medida que pasaban los segundos.

Ishmant y Gharin iban por delante, con los sentidos alerta. Mientras tanto, el decidido mestizo quedaba en retaguardia, empuñando su formidable espada con ambas manos. En medio, caminaban los jóvenes humanos, como de costumbre, llevando el grueso de los bultos.

El arquero fue el primero en salir del templo, donde les esperaba una noche lluviosa y atronadora. En cuanto cruzó el umbral, volvió directamente al interior. Pronunció una maldición. Su mirada de preocupación paró en seco a los demás.

—¿Qué ocurre? —Preguntó Ishmant, adelantándose a cualquier otra pregunta.

—Nuestra suerte acaba de cambiar —murmuró entre dientes. —Creo que he visto figuras ahí afuera.

—¿Qué? —No pudo evitar exclamar el medio enano,

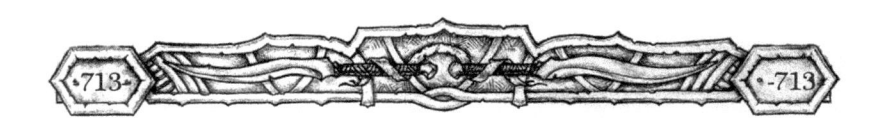

como si no pudiera creer las palabras del arquero.

Apresuradamente, Allwënn dejó la retaguardia y avanzó junto a Gharin hasta situarse con él en el umbral de la puerta abierta. Pudo verlo por sí mismo. Se escuchaban voces roncas a través del repiqueteo de la lluvia. Un brillante destello de luz iluminó la zona frente a ellos durante un breve instante, justo antes de que un rugiente trueno sacudiera la tierra. En las desoladas ruinas de la plaza se veía un grupo de figuras corpulentas y pesadas.

Allwënn regresó al interior y alejó a todos de la entrada.

—Son ogros, puede que el grupo que aniquiló a aquellos mercenarios —mencionó con rotundidad.

—¡Pero eso es imposible! —Exclamó Alex desesperado.

La sola idea de ser ensartados como trozos de carne en una pica les hacía desear morir allí mismo, preferiblemente fulminados por el próximo rayo caído del cielo. Viejos y amargos temores resurgieron en forma de sudor frío y piernas temblorosas. Las imágenes de aquellos cuerpos colgando de las ramas del árbol centenario se hicieron aterradoramente presentes.

—Deben de ser ellos —deducía Allwënn. —No imagino dos partidas de guerra de ogros merodeadores tan próximas la una de la otra. O Son ellos o una escisión de su grupo.

—Vendrán aquí —predijo Ishmant.

—¿Por qué? —Gimoteó Alex, como si se negara a creer que algo así pudiera ser posible. —¿Cómo puedes estar tan seguro? ¿Y si pasan de largo?

—No pasarán de largo por la misma razón que nosotros no lo hicimos —respondió el mestizo de la espada dentada. —Porque está lloviendo. Y este es el único refugio adecuado en la zona.

LA FLOR DE JADE I

-EL ENVIADO-

—Hay otras casas. Algunas aún tienen tejado —aventuró Claudia con la misma desesperación que el joven guitarrista. —No tienen por qué entrar aquí, ¿verdad? No tendrían que hacerlo. Hay... Hay otros lugares, ¿no? ¡Oh, Dios! Van a venir aquí, ¿verdad?

—Van a venir... así que será mejor que estemos preparados para cuando lo hagan. O al menos estar fuera de su vista.

Las antorchas se apagaron lo más rápidamente posible.

La oscuridad cayó sobre el lugar en ruinas como un sudario, y todo quedó oscurecido tras su tenebroso velo. El vasto espacio sombrío parecía aumentar de volumen con la ausencia de luz, y muchos de ellos se vieron incapaces de determinar las verdaderas dimensiones del lugar. Volvieron a introducirse en el templo. Algunos avanzaron a tientas por las paredes, pero fueron guiados por aquellos cuyos ojos podían penetrar en la oscuridad. Por fin encontraron un lugar donde esperar en silencio, acurrucados entre la suciedad y el polvo. Apenas podían distinguir el espacio que los cobijaba. Parecía un agujero en la pared, protegido por una trinchera de escombros y fragmentos de muro vencido. Esperaron en silencio, temerosos de que su respiración agitada o el castañeteo de dientes pudieran delatarlos. "¿Y ahora?"

—Ahora esperamos.

Esperar. Eso es lo único que podía hacerse.

Esperar a que la horda de bestias entrara en el templo. Confiar en que sus estómagos siempre hambrientos pronto les animarían a comer hasta saciarse, a beber abundantemente y a regodearse ruidosamente hasta caer exhaustos. Entonces, el pequeño grupo de elfos y humanos abandonaría su refugio lo más silenciosa y rápidamente posible.

A esperar. No había mucho más que hacer.

Pronto se oyeron los ecos de las primeras voces, roncas, ásperas, apenas inteligibles. Se mezclaban con la lluvia que caía del cielo. Se mezclaban con el estruendo siempre tempestuoso de la tormenta. Sus sombras empezaron a cernirse sobre el umbral de la gran puerta. Largas sombras de criaturas gordas y deformes. Siluetas grotescas de lo que parecían caricaturas monstruosas de un hombre. Habían llegado a la puerta y pronto penetrarían en los oscuros pasillos del templo. El miedo era palpable. La angustia de los jóvenes humanos, enmascarada por la oscuridad, se hizo audible y táctil. Un silbido reconocible les ordenó guardar silencio. Iba dirigido al castañeteo de dientes y al temblor de rodillas, pero poco se podía hacer para silenciarlos.

El sonido de angustiosos relinchos, mezclado con las ásperas voces y la tormentosa noche, llegó a los oídos de quienes se escondían.

"¡Los caballos!" susurró Gharin.

Los tres o tal vez cuatro ogros que habían estado merodeando las inmediaciones de la puerta dieron media vuelta. Allwënn se removió de su posición e intentó salir de su escondite. Sin embargo, Ishmant lo contuvo, apoyado por Gharin y las manos gigantes de Hansi.

—No hagas ninguna temeridad, Allwënn. Tú y tu furiosa ira no lograrán nada contra una veintena de ogros armados y listos para el combate. Espera y tendrás tu oportunidad".

—No es Iärom, Allwënn —Gharin trató de convencerlo. —No son él o Shâlïma, amigo. No están atados. Son libres de huir si deben hacerlo. No son ellos.

Allwënn se calmó, aunque de mala gana. La idea de abandonar a su noble corcel a su suerte lo enfurecía y avergonzaba.

LA FLOR DE JADE I

-EL ENVIADO-

Maldijo su estúpido error. Uno de esos errores que a menudo cuestan vidas inocentes. Pero en el fondo... en el fondo sabía que el monje tenía razón. Era mejor esperar.

El incidente les hizo perder la noción del tiempo durante unos instantes y desvió su atención de la entrada. Cuando volvieron a mirar hacia allí, vieron que algunos ogros ya habían entrado en el oscuro interior del templo.

Eran bestias enormes, del tamaño del fornido músico, pero mucho más obesas, con rollos de carne colgante que se balanceaban al caminar. Algunos parecían tener mechones de pelo ralo, aunque la mayoría tenían la cabeza calva y el cráneo deforme. Poco más podía verse de estas criaturas en las sombras. Los ogros son criaturas nocturnas y subterráneas. O al menos lo eran. Se dice que tienen buena visión en la oscuridad, aunque no mejor que la de los elfos, y definitivamente no rivalizan con los enanos.

Lo que podía verse con siniestra claridad, a pesar de las sombras, eran los contornos mortíferos y desproporcionados de sus armas. En su mayoría portaban hachas de todas las formas y diseños. De aspecto tosco y despiadado, con una o dos hojas. Algunos también llevaban mazas con dentadas púas metálicas. Gruesos escudos, remachados con hierro, y alguna que otra enorme espada oxidada completaban el arsenal.

"Ahí están". Gharin susurró. Pero ahora todas las miradas estaban puestas en las voluminosas siluetas. Algunos ojos mostraban desesperación y pánico. Otros brillaban de ira y odio, como los de Allwënn. Unos, quizá más pacientes y sabios, expresaban preocupación. Contaron veintiséis en total, entre ellos dos ejemplares especialmente grandes. Seguramente eran los jefes de la partida de guerra, sus caudillos. Muchos de ellos entraron en el recinto llevando grandes fardos, que más tarde se identificaron como partes de caballos. Los amontonaron a unos cuarenta o cincuenta pasos de la entrada, pero no acamparon allí.

—No son estúpidos. —dedujo Allwënn con una pizca de sarcasmo. —Encontraron los caballos, herrados y ensillados. Ahora buscarán a los jinetes. Saben que andamos cerca.

Los corazones de los jóvenes humanos latieron con salvaje pánico. Como había predicho el mestizo, los ogros no tardaron en dispersarse. Algunos esperaban en la puerta, bajo el dintel. El resto se dispersó como sabuesos en las vastas y oscuras profundidades del templo.

Uno empezó a aproximarse a su escondite entre los escombros con cierta determinación.

—Viene hacia aquí. ¡Nos verá! —Alex casi grita alarmado.

—¡Cállate! Le siseó Allwënn de inmediato. —No lo hará si nos mantenemos en silencio.

—Puede que no nos vea, a menos que se acerque lo suficiente... —Advirtió Gharin. —Pero podría olernos. Tienen un agudo sentido del olfato. Esperemos que los olores nauseabundos de este lugar enmascaren los nuestros.

Los experimentados guerreros ya tenían las manos en las empuñaduras de sus armas. Entonces se oyó un leve murmullo. Era un susurro armónico apenas audible que venía de detrás de ellos. Se volvieron para descubrir que Ishmant estaba entonando un cántico.

—¿Qué hace? —Susurró la joven Claudia, hecha un ovillo.

—Un hechizo de protección. Salvará nuestras vidas —aseguró Gharin.

—Pase lo que pase, no os mováis —advirtieron a los jóvenes humanos. —No gritéis. Aguantad la respiración, si es

La Flor de Jade I

-El Enviado-

necesario. Actuad como si ya estuvierais muertos.

Pero eso era muy fácil de decir, y mucho más difícil de hacer.

El ogro llegó a las inmediaciones del escondite. Los fétidos vapores de su olor corporal casi les hacen desmayar. Era un hedor agrio de sudor espeso que se había acumulado con el tiempo, junto con otros fluidos y desechos corporales. Se paseó vacilante por la zona. Miró aquí, olfateó allá. Pronto estuvo peligrosamente cerca del agujero donde se escondía el grupo. Ishmant seguía entonando en un susurro, con los ojos entrecerrados y las manos crispadas por la tensión. El miedo se masticaba. Los corazones latían con fuerza en el pecho y las frentes estaban húmedas de sudor. Mientras tanto, los dedos de los elfos agarraban con fuerza sus espadas, listos para blandirlas en caso de extrema necesidad.

La bestia llegó a la hondonada como si una fuerza misteriosa la hubiera empujado hasta allí. Recorrió con desconfianza la inmundicia circundante y luego dirigió la mirada hacia el muro de bloques de piedra y maderos apilados tras el cual se ocultaba el grupo. Allwënn comenzó a sacar lentamente el Äriel de su vaina, pero pronto se dio cuenta con frustración de que las grandes proporciones de su espada no le permitirían blandirla cómodamente en un espacio tan reducido. Así que con amarga decepción tuvo que devolverla a su letargo.

Los corazones estaban a punto de estallar. La bestia estaba apenas a unos pasos de ellos. En aquellos temerosos momentos, los susurros de Ishmant, que habían cambiado poco o nada de tono y volumen, sonaban ahora como gritos atronadores. Tenía la sensación de que podrían alertar no sólo al ogro cercano, sino a toda la banda. La criatura era gigantesca. Una montaña de carne que parecía empequeñecer incluso a Hansi. Su rostro era obeso y desproporcionado. Su hedor insoportable. Pero lo que lo convertía en la peor de las pesadillas era su colosal maza, capaz de aplastar a un hombre de un solo golpe fulminante.

El ogro apartó unos troncos y metió el hocico dentro. Las rodillas se doblaron y la respiración se volvió convulsa. Gharin estaba más cerca del exterior. La cabeza de la bestia estaba a sólo un palmo de él. Era imposible que no le viera, a menos que estuviera ciega. Seguramente no podía dejar de olerlo, si su sentido del olfato era tan agudo. O ignorar el canto monótono de Ishmant, a menos que fuera sordo.

El sudor brotaba como una fuente.

Gharin miró fijamente aquellos pequeños ojos oscuros. Parecían mirarlo a través de él, como si no estuviera allí. Allwënn había desenvainado su largo cuchillo y ya lo apuntaba al cuello gordo y fofo de la bestia que se alzaba muy por encima de él. El resto sólo podía rezar.

No ocurrió nada. Nadie se movió. Un gruñido de advertencia llamó la atención del ogro, que volvió la vista al pasillo. Momentos después, aquel ogro estaba de vuelta con sus compañeros y todos respiraron aliviados.

Más tarde, el numeroso grupo comenzó su festín. Pronto estaban devorando los cuerpos desmembrados de los caballos sin preparación ni guiso, como una manada de bestias voraces tras una cacería. No bebían nada, salvo la copiosa sangre que empapaba la carne, y eso parecía bastarles. Tras unas horas de gruñidos y risas, de insultos y golpes, lo único que se oía era una caótica sinfonía de atronadores ronquidos, que resonaban con fuerza por todo el gran salón.

Por fin. Estaban dormidos.

LA FLOR DE JADE I

-EL ENVIADO-

—Ha llegado el momento —anunció Gharin a los jóvenes humanos. A excepción de Hansi, habían preferido recostarse e intentar calmar sus ansiedades. La escena fuera del escondite les parecía tranquila, a pesar de los fuertes ronquidos que resonaban por todo el templo.

—¿Se han... se han dormido? —Preguntó Alex con ansiedad.

—Se han metido a tres de nuestros caballos en sus panzas. —afirmó amargamente el mestizo. —No despertarán ni aunque se les caiga el cielo encima.

—Que los dioses te escuchen. Aunque me conformaría con que este templo cayera sobre ellos —suspiró Gharin respondió. —Si el cielo puede ser demasiado pedir.

—Vamos —instó el monje.

Con un gesto, puso al grupo en movimiento.

Los pilares que sostenían la estructura eran tan grandes que probablemente cinco hombres no habrían podido rodearlos con los brazos. Así que les sirvieron de excelente cobertura para ocultarse. Avanzaron en una oscuridad a la que sus ojos se habían acostumbrado, y en la que nada quedaba ya completamente oculto. Sus pasos apenas rozaban el polvoriento suelo, aunque de vez en cuando pateaban o pisaban algún trozo de escombro que había por la zona. Allwënn tuvo que volverse más de una vez para amonestar a los torpes humanos con su mirada fulminante. Se aplastaron contra la superficie de piedra de uno de los pilares más cercanos a la salida y observaron desde allí a sus inoportunos visitantes.

—No puedo creer que hayan llegado tan lejos en tan poco tiempo —rumiaba Allwënn con irritación, mirando desde el pilar de piedra hacia las profundidades de la sala.

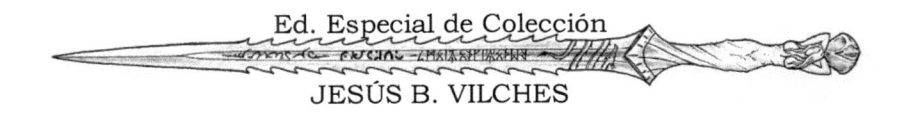

—Perdimos la noción del tiempo en los Valles de Agua —admitía el arquero.

El grupo más numeroso había ocupado la nave central del templo. Yacían esparcidos, con sus voluminosos vientres subiendo y bajando en su sopor, a unos cuarenta y cinco o cincuenta pasos de la entrada. Tres o cuatro de ellos yacían acurrucados en el mismo umbral del templo. Se habían quedado dormidos en su puesto de centinela, sobrealimentados y exhaustos. Ninguno de los ogros permanecía despierto. Es normal, un grupo tan nutrido de ogros no necesita centinelas, se sienten a salvo de cualquier amenaza. Pero eso no era consuelo para nadie.

Allwënn se volvió hacia el grupo.

—Gharin conduce a los humanos hasta la puerta —estableció el mestizo. Volvió su atención hacia el guerrero embozado. —Tú y yo nos quedaremos atrás para cubrir su huida en caso de problemas.

Su voz parecía más una orden que una sugerencia, pero esperó la aprobación del monje. Gharin no dijo nada, pues estaba acostumbrado a que Allwënn tomara la iniciativa. Fue Alex quien se opuso con inesperada firmeza, al punto que tuvo que ser silenciado.

—¿Cubrir nuestra huida? —Exclamó, ahora tratando de bajar la voz. —¡Por el amor de Dios, sois solo dos! ¿Qué vais a hacer cuando se os echen encima veinte de ellos? ¿Habéis visto bien a estas cosas? Porque todavía me pregunto cómo pueden soportar su propio peso. O nos vamos todos, o no creo que nadie pueda salir de aquí.

Gharin miró lánguidamente a su compañero medio enano y comentó que las palabras del joven tenían cierta lógica.

La Flor de Jade I

-El Enviado-

—Se agradece tu preocupación, jovencito; pero podemos prescindir de ella —fue la respuesta del medio enano. —Vosotros cuatro seguid lo indicado —añadió, señalando con el brazo extendido hacia las puertas de salida. —No tendremos problemas si todo el mundo hace lo que debe de hacer. Y si los hay, agradeceréis que estemos ahí para cubriros las espaldas.

Alex no estaba nada convencido, pero sólo había un ganador en esta batalla de voluntades. Pocos oponentes podían resistir aquellos ardientes ojos verdes cuando brillaban con su feroz determinación. Nadie añadió una palabra a lo que se había dicho. Alex agachó la cabeza, indefenso ante el guerrero. No tuvo más remedio que obedecer. Gharin se echó el arco a la espalda. Metió la mano derecha en la correa de su escudo y desenvainó la espada.

—Vamos. marchad ahora —instó la voz de Ishmant, susurrante pero firme. El semielfo rubio les hizo un gesto para que lo siguieran. Los jóvenes humanos iniciaron la marcha ansiosos tras los pasos de Gharin a través de las sombras y el silencio de la sala.

A Hansi le sudaban las manos. Apenas podía sostener el mango de su arma. El hacha parecía haber doblado su peso en cuestión de minutos.

Pronto alcanzaron el último pilar antes de la salida, la última pieza de cobertura para ocultar su huida. Con determinación, el arquero, con pies ligeros, alcanzó el muro junto a la puerta del santuario. Desde allí, animó a los humanos a seguirle sigilosamente. Ahora sus espaldas tocaban el frío mármol de la pared. Los ronquidos de las criaturas les recordaban que sólo unos pasos les separaban de un peligro mortal. Los corazones latían con fuerza y las gargantas tragaban con dificultad.

JESÚS B. VILCHES

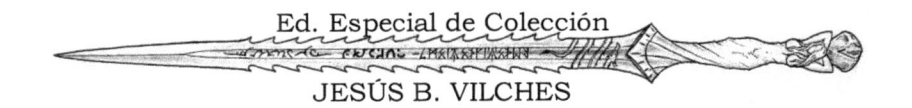

A un paso de la puerta, Gharin se había adelantado ligeramente al grupo de jóvenes humanos. En la retaguardia, Hansi sostenía la enorme arma de un solo filo en ambas manos con un agarre firme. Sus bíceps desnudos y abultados, como piedras o esferas de metal, brillaban de sudor a pesar del frío. Tal vez, actuando por puro instinto de preservación, Alex se equipó con vacilación su espada y su escudo, que parecían pesar una tonelada en sus manos. Temblando de miedo, Claudia desenvainó también su espada larga, sujetándola con inseguridad con ambas manos.

Gharin parecía flotar a un palmo del suelo polvoriento. Llegó hasta los cuerpos que roncaban y los observó un instante. Cuatro ogros estaban sentados apoyados en su sueño sobre las jambas de la puerta, como en guardia. Algunos aún sostenían sus armas. Tal vez la única señal de que se suponía que estaban de vigilancia y no durmiendo. Los ojos del semielfo los escrutaron durante un breve instante. No encontró señales de que fueran a despertarse, a pesar de las incómodas posturas en las que estaban sentados. Volvió la mirada hacia los humanos y les indicó con un gesto de la cabeza que podían acercarse.

Había llegado el momento crítico.

Hansi fue el primero en unirse a él. Cuando alcanzó al elfo, el rancio hedor de los ogros le golpeó con furia. Sintió de pronto una oleada de pavor, pero intentó ocultarlo y mantenerse firme. Gharin le susurró, diciéndole que caminara con calma y en silencio por los huecos dejados por los cuerpos dormidos en la entrada. Parecía fácil. Llenó de aire su abultado pecho, contuvo la respiración y avanzó sin demora. A cada paso, sus suelas se pegaban al suelo como imanes. Avanzar dos o tres pasos parecía llevarle una eternidad, pero finalmente alcanzó su objetivo al otro lado.

Era noche cerrada.

LA FLOR DE JADE I

-EL ENVIADO-

Si hubiera estado atento, habría visto los primeros signos del amanecer en el horizonte. Pero no había tiempo para eso. Había dejado de llover. La humedad y el viento aún permanecían en el aire. Volvió a mirar al elfo, que le sonrió en señal de reconocimiento.

Claudia sería la siguiente.

Durante la tensa espera de su turno, rezó en voz baja, suplicando a todos los santos y ángeles que se le ocurrieron para que le dieran valor y fuerza. Sostenía la espada frente a ella como una cruz bendita, sin envainarla ni siquiera cuando Gharin le advirtió del peligro.

Miró los cuerpos deformados y exageradamente obesos que tenía a sus pies y casi se marea del miedo. Sus rostros eran aún más horribles cuando se veían de cerca. No podía olvidar que eran los responsables de la brutal carnicería que tanto la había conmocionado. Esos mismos rostros horribles y grotescos podrían perfectamente haber sido lo último que las desafortunadas mercenarias elfas, cuyos despojos y ropas vestía, hubieran visto antes de ser colgadas de sus propios cabellos y dejadas desangrar. Ahora ella tendría que atravesar los cuerpos dormidos de sus brutales asesinos. Casi quería morir allí mismo, para ahorrarles la molestia.

Recibió las mismas instrucciones que su amigo e hizo casi los mismos preparativos. Sólo que ella caminaba con mucha menos confianza. Temblaba como si se estuviera congelando. No había nada que reprochar. Al vikingo solo le había salvado tener unos muslos del tamaño de un caballo. Hansi la esperaba al otro lado, intentando animarla en silencio.

—Vamos, pequeña. Eso es, eso es. Así, fantástico. Ya casi has llegado.

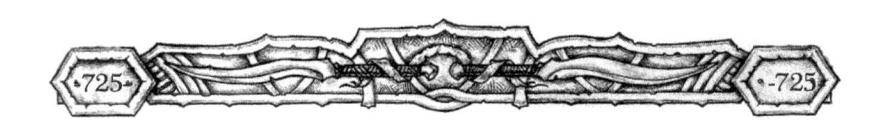

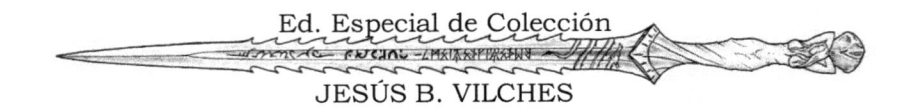

Entonces un ogro se movió.

Extendió uno de sus poderosos brazos de forma tan fortuita que golpeó a la joven en la pierna. Ésta lanzó un grito de sorpresa y dejó caer la espada al perder el equilibrio. Sin embargo, trató de agarrar el arma antes de que cayera sobre los blandos cuerpos de los ogros durmientes.

Entonces... un aullido agónico se dejó escuchar.

Un grito de muerte reverberó por toda la sala. Hansi palideció ante el espectáculo. Gharin se quedó petrificado, mientras un sudor frío le recorría la espalda. Alex no veía nada, pero sólo podía imaginar lo peor. Ishmant y Allwënn avanzaron rápidamente en cuanto oyeron el grito. Pronto estallaría el caos y se cobraría la sangre de los más lentos.

La larga hoja de la espada aún vibraba, sobresaliendo de la montaña de carne donde estaba enterrada. Como una cruz que marca una tumba, se alzaba alta y orgullosa, manchada con la sangre roja de su víctima. Claudia se encontró tendida sobre un montón de carne, sorprendida y algo desorientada. Miró al frente y vio que sus manos habían clavado sin querer la espada en el cuerpo del ogro.

Había derramado la primera sangre.

Había encendido la mecha que desencadenaría la carnicería. Los ojos del ogro quedaron muy abiertos y parecían salirse de sus órbitas ante su inesperada suerte. Un espeso chorro negro de sangre rezumaba de su mandíbula. Claudia gritó horrorizada, su voz resonó agudamente en el vasto vestíbulo.

—¡Levántate, Claudia! ¡Rápido! —Le gritó una voz que no reconoció de inmediato, pero sí la urgencia de su demanda.

Miró hacia atrás y vio que uno de los ogros se despertaba e

LA FLOR DE JADE I

-EL ENVIADO-

intentaba incorporarse. Gharin no le permitió vivir lo suficiente como para convertirse en una amenaza y le cortó la cabeza de un certero golpe de su espada. Una fuente de sangre brotó de su cuerpo decapitado. El líquido viscoso y caliente salpicó la cara de la joven. El ogro se desplomó en el suelo con un ruido sordo. Claudia estaba conmocionada. Alex sólo podía mirar con desesperación, sintiendo que le invadía una ola incontrolable de náuseas.

—¡Vamos, Claudia!

Pero cuando intentaba levantarse, un fuerte puñetazo le golpeó la cara, haciéndola caer desplomada junto a la bestia que acababa de empalar con su espada. El afilado acero del elfo partió el cráneo de un segundo ogro como si fuera un melón maduro, pero no pudo derribar al tercero, que se abalanzó sobre él con una maza. El arquero era ágil, pero la bestia a la que se enfrentaba podía romperle el cuello a un toro con sus propias manos, y Gharin no cometería ningún error.

Una enorme mano agarró a Claudia por el pelo y la levantó sin esfuerzo en el aire. La bestia aún tenía el acero de la joven empalado en su vientre. La chica gritó de dolor. Sentía como si le ardiera el cuero cabelludo. El tremendo golpe en la cara la había aturdido, y ahora sentía los miembros doloridos y pesados como si fueran de plomo.

—¡Suelta a mi amiga, montaña de mierda!

Parecía la voz de Hansi.

El ogro miró a su lado y giró su casi inexistente cuello en dirección al desafío. El vikingo se plantó ante él, intentando ocultar su miedo mientras aferraba aquella hacha con manos temblorosas. Se trataba de un oponente fuerte, sin duda. Pero el ogro confió en que aquel humano no era rival inmediato para él.

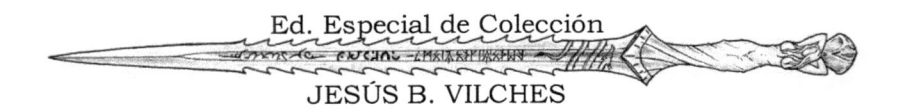

En lugar de soltar a la joven, la sacudió violentamente, provocando gritos de dolor y terror. Luego golpeó su frágil cuerpo contra los pilares de piedra. El impacto fue brutal, y el cuerpo de la chica se desplomó en el suelo. Un gemido ahogado escapó de sus labios. Afortunadamente, estaba demasiado aturdida para ver a la bestia acercarse a ella, con su maza de púas levantada para asestarle el decisivo golpe mortal.

Entonces, un fuerte alarido resonó por toda la sala. Una garganta ardió con un aullido desgarrador. Luego, vino el terrible golpe. La sangre volvió a ser la protagonista dramática de la escena. De repente, la joven abrió los ojos. El corazón le dio un vuelco. Las imágenes que siguieron, y las que estaba a punto de presenciar, la horrorizarían para siempre.

El ogro era enorme, mucho más corpulento que el gigante rubio de sangre vikinga. La espalda de la bestia era casi el doble de ancha que la del músico. Incluso con una enorme hoja de hacha incrustada en su carne y la espada larga de Claudia sobresaliendo de su torso, el ogro era capaz de mantenerse en pie. Se volvió hacia sus inesperados enemigos, con los ojos muy abiertos por una mezcla de agonía y sorpresa. Hansi estaba a escasos centímetros de la bestia, empapado en sudor y con los músculos en tensión más allá de toda medida. Se estremeció ante el vil hedor que emanaba del cuerpo de la criatura y el tufo a carne podrida de su fétido aliento. Se quedó allí, hombro con hombro, ojo con ojo, agarrando con firmeza el mango del hacha que se perdía entre los pliegues de carne grasa que cubrían el cuerpo de su grotesco oponente. Durante unos fugaces instantes pudo sentir el dolor de la criatura, mientras su corazón latía contra el afilado acero incrustado en su carne y un río de sangre manaba de la herida abierta. El ogro lo miró con una mirada de incredulidad. Sus pulmones gritaban con una agonía indescriptible.

LA FLOR DE JADE I

-EL ENVIADO-

Con un gran impulso, Hansi arrancó el hacha del cuerpo del ogro. El joven se sintió como movido por la voluntad de otro, como si hubiera perdido todo juicio. Se sintió impulsado por una oleada inextinguible de ardiente rabia y odio. Un odio que nunca había experimentado en su vida. El fornido joven no podía soportar la pérdida de su joven amiga. El mero pensamiento de la muerte de Claudia le llevaba a la locura. Ella no se lo merecía. No merecía que la trataran así, morir de una forma tan espantosa...

Estos eran los pensamientos que corrían por la mente del vikingo mientras el hacha mortal se clavaba con saña en el pecho de su enemigo una y otra vez. La sangre hervía y corría por sus venas, su corazón palpitante la dirigía a cada parte de su cuerpo insuflándole una rabia feroz e inhumana. Sintió que le invadían los efectos embriagadores de la adrenalina. Sus ojos se volvieron blancos. Sus ropas, rojas. El hacha siguió cayendo sobre el cuerpo sin vida del monstruo hasta que éste no fue más que un montón palpitante de carne a trozos. Entonces, Hansi se desplomó como un amante exhausto, incapaz de creer lo que había hecho.

Gracias a Dios, y sin duda gracias a él, Claudia seguía viva.

Ella casi se había incorporado y le miraba con ojos vacíos, como si fuera incapaz de procesar lo que acababa de ver. Estaba empapada de pies a cabeza en una espesa capa de sangre roja, pero afortunadamente no era suya. En estado de shock, sí, pero a salvo y de una pieza. Sin embargo, esa mirada vacía y muerta perduró durante un tiempo. Acababa de presenciar una transformación brutal. Hansi no le dijo nada. Ni entonces ni en ningún otro momento. Se apresuró a terminar de levantarla. Echó un rápido vistazo al exterior y la cogió de la mano. Tiró de ella y se apresuró a llevarla hacia la salida. Tenía que sacarla de aquel lugar maldito.

Pero no pudo ser...

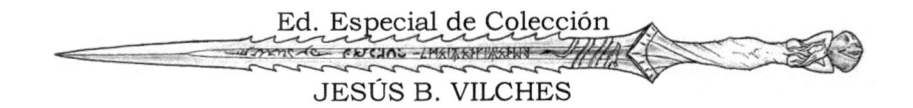

Nada más llegar a la escalinata exterior, los pies de Hansi se detuvieron en seco. Apenas podía creer lo que veían sus pupilas, incluso a la cálida luz de la mañana.

—¡¡¡Dios mío!!! —Exclamó Claudia, aún en estado de shock. Hansi retrocedió. Debía de ser algo terrible para hacerle volver sobre sus pasos y regresar al escenario de la masacre.

El nuevo escudo de Gharin demostró su valía cuando la salvaje embestida del ogro le hizo retroceder. La bestia era sin duda un enemigo formidable, pero tanto el hierro encantado del escudo como la ágil destreza del elfo le permitieron resistir el feroz ataque. Hasta que el enemigo cometió su primer error. Cansado, furioso y aún somnoliento, el ogro no vio venir la muerte hasta que fue demasiado tarde. La tremenda agilidad del semielfo lo puso fuera de su alcance con un sutil movimiento. Luego, con un salto hacia delante y un golpe rápido y bien colocado, el acero de su espada pronto se tiñó de rojo sangre. La hoja atravesó la garganta de su oponente, cortándole la yugular y rompiéndole el cuello. Incluso antes de que el cuerpo sin vida del ogro cayera al suelo, Gharin ya se apresuraba a regresar al lugar donde todo había comenzado. Para entonces, Hansi y Claudia corrían de vuelta al templo.

Le desconcertó por un momento, pero pronto comprendió por qué los humanos regresaban. Se apresuró a unirse a ellos. Desde dentro se oía el fragor de la batalla, pero no miró atrás. Levantaron a Alex, que convulsionaba tras haber vomitado de miedo e impresión. Agarrado por la poderosa mano de Hansi, el guitarrista no tuvo tiempo de preguntar por qué el cuerpo de su amigo estaba cubierto de sangre.

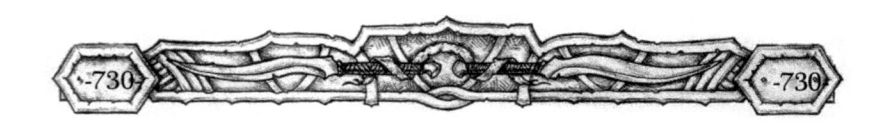

LA FLOR DE JADE I

-EL ENVIADO-

Justo antes de que el hacha de Hansi abatiera a su enemigo, Allwënn e Ishmant hicieron una carga desesperada hacia la guarida de los leones. Inmediatamente tomaron caminos separados. Sabían que tenían que alejar la atención de los ogros de sus amigos. Ese es el verdadero valor, y en eso consiste el espíritu de equipo. Algunos se sacrifican para permitir que otros escapen.

Pero el sacrificio no era lo que tenían en mente cuando tomaron esa arriesgada decisión. Trataban de aprovechar la sorpresa, y reducir el número de enemigos que más tarde les harían frente con toda su fuerza. Afortunadamente, la mayoría de las bestias estaban repartidas por el pasillo, lo que sería una ventaja para ellos. Esto les permitiría atacar y matar a algunos de los ogros individualmente antes de que reaccionaran. Pero también reduciría el número de bajas que podrían infligir antes de que sus enemigos se reagruparan.

Cuando el primer ogro levantó la cabeza, lo único que pudo ver fue una silueta borrosa que descendía velozmente hacia él desde lo alto. Ishmant aterrizó silenciosamente como un gato sobre las frías y polvorientas losas mientras la cabeza de su primera víctima rodaba entre el bosque de columnas. Mientras Gharin seguía resistiendo la furiosa embestida de su oponente, Allwënn ya había matado al menos a cuatro de los ogros dormidos antes de que se dieran cuenta de que estaban siendo atacados. El brillo de su acero recién afilado ya se ocultaba tras una gruesa vaina de sangre, antes de abatir al primer oponente que se le enfrentó cara a cara.

Una escena similar tenía lugar a pocos metros de distancia.

JESÚS B. VILCHES

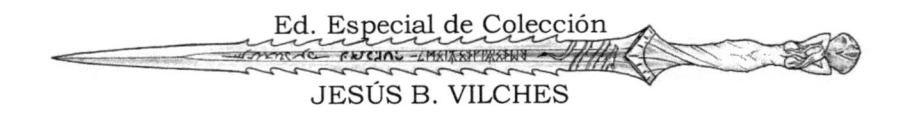

Moviéndose con sigilo y atacando con mortal precisión, Ishmant ya había despachado a varios oponentes antes de que pudieran oponer resistencia. Los gritos y el alboroto pronto se extendieron por toda la sala.

Cada vez resultaba más difícil derribar a un ogro cuando se luchaba en igualdad de condiciones. Pronto, la mayoría de ellos se habían unido a la lucha, formando una agitada masa de carne y acero que no podía penetrarse ni romperse con facilidad.

Allwënn luchaba con una ferocidad inusitada, arrancando la Äriel de las entrañas de sus víctimas. Al mismo tiempo, su garganta enrojecía con sus gritos de guerra, y sus piernas danzaban con mortal precisión entre las dentelladas de las espadas enemigas. Ishmant era más sutil. Sus rápidos movimientos mortales se ejecutaban con una precisión y eficacia casi perfectas, asegurándose de que no se desperdiciara ni un ápice de esfuerzo o energía extra. El singular humano parecía medir el momento, el ángulo y la fuerza de cada golpe. Con un ojo quizás aún más hábil que su mano, pronto vio que Allwënn estaba casi rodeado de enemigos. Sabía que el robusto medio enano estaría muy agradecido por su ayuda.

El frenético medio enano sintió que una mano le tiraba con fuerza hacia atrás y le arrastraba desde donde estaba luchando. Aprovechando el impulso de la fuerza que tiraba de él, rodó por el suelo polvoriento, ahora cubierto de sangre además de fragmentos de hueso. Se puso en pie de un salto, blandiendo su poderosa espada, dispuesto a partir en dos a su agresor. No vio a nadie. Al menos no cerca. Sus enemigos se le echaron encima, gruñendo con odio y furia. Se dio cuenta de que Ishmant debía de haberle apartado de sus enemigos con un conjuro. Aunque el semielfo no podía verlo, se fijó en que una de las espadas del monje yacía en el suelo cerca de él, como esperando a ser empuñada por una mano

La Flor de Jade I

-El Enviado-

firme. Una sonrisa sardónica se formó en los labios del semielfo mientras recogía el acero del suelo. Blandió las dos espadas y se preparó para la embestida de sus oponentes. Ambas brillaron a su alrededor en una bruma de acero y sangre mientras se enfrentaba a los ogros en una majestuosa danza de muerte.

Ishmant ya estaba en otra parte.

Pero no muy lejos, rompiendo oponentes con sus propias manos. Lanzando una lluvia de golpes con precisión mortal. Aquellas piernas y brazos eran doblemente peligrosos cuando no sujetaban acero. Un ogro que le doblaba en tamaño y corpulencia se precipitó hacia él en una furiosa carga, blandiendo una pesada bola de metal macizo tachonada de pinchos. El monje encapuchado no tuvo problemas para esquivar la esfera de hierro, como si el golpe hubiera procedido de un torpe novato. Ambas manos golpearon la coraza de metal y cuero del ogro. La bestia lanzó un grito ahogado cuando sus cuatrocientos kilos de hueso y carne se elevaron por los aires y se estrellaron contra un pilar situado a varias decenas de metros. Los que lo vieron me dijeron que fue como si el ogro hubiera chocado contra un tren en marcha. No había otra forma de explicar cómo la bestia fue lanzada hacia atrás de una forma tan contundente.

Durante una breve pausa en la acción, Claudia alcanzó a ver a los dos combatientes enfrentándose a los ogros que los rodeaban. La lucha había alcanzado su punto álgido de ferocidad. Sin embargo, era una pequeña muestra de lo que estaba por venir. Numerosos cadáveres de ogros ensuciaban el suelo cubierto de polvo, abatidos por la mano de Ishmant o el acero dentado de Allwënn. La joven observó con admiración y horror la escena surrealista que se desarrollaba ante sus ojos. Los poderosos brazos del mestizo, blandiendo con destreza tanto su propia espada dentada como la hoja de Ishmant, luchaban con tenaz ferocidad contra los ogros que osaban oponérsele. Chispas de fuego saltaban al chocar las armas. Sus músculos se abultaban por el esfuerzo, el sudor brillaba sobre su piel de bronce y su rostro se contorsionaba en una mueca decidida de rabia y concentración extrema. Desde su posición, era como un artista consumado: bailarín, acróbata y contorsionista, todo en uno. Un guerrero irreal al que le gustaba presumir de habilidad y delicadeza, incluso en la batalla más encarnizada. Después de todo, alguien le había dicho que era "la mejor espada de todos los tiempos".

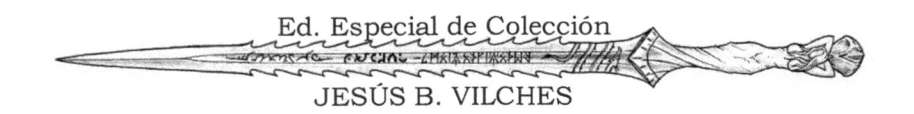

Luchando a la espalda del medio enano, el desarmado Ishmant no parecía estar en desventaja sin sus armas. Y sin embargo...

Pronto los oponentes comenzaron a cerrar el círculo...

—¡No hay tiempo para disfrutar del espectáculo! —apremió el arquero, mientras arrastraba a la joven de vuelta con los demás. Hansi no tardó en estar a su lado, animándola a seguir. Gharin volvió a sacar rápidamente su arco. Se giró y tensó la cuerda con un movimiento fluido y sin esfuerzo.

—¡Están dentro! —Alertó Alex, con el brazo señalando el gran portón de la entrada. Gharin ya los había visto. Los había oído. Soltó la cuerda del arco y la primera flecha voló certera, atravesando una cabeza, enviando a su dueño al olvido.

—¡Vienen más! ¡Por allí! —gritaba Hansi —¡¡¡Están por todas partes!!!

Gharin se precipitó hacia delante y preparó otra flecha.

—Pero, ¿Hacia dónde vamos?

LA FLOR DE JADE I

-EL ENVIADO-

Allwënn sintió la espalda de Ishmant contra la suya. Parecían acorralados. El agotamiento hacía mella y las espadas pesaban como los pilares del mundo. Apenas quedaban en pie más de media docena de ogros, incluidos los dos caudillos. Los pulmones les ardían por el esfuerzo, como si el aire que respiraban estuviera lleno de ascuas ardientes. Sus cuerpos estaban magullados y doloridos. Sangraban por heridas abiertas por las cuchillas del enemigo. Les superaban en altura, fuerza, número y brutalidad. Pero las filas de sus enemigos habían sido diezmadas. Los ogros ya no se atrevían a avanzar. Se contuvieron y formaron un estrecho círculo alrededor de sus dos oponentes. Sin embargo, incluso disminuidos en número y valor, seguían siendo formidables oponentes.

—¡Espero que hayan conseguido escapar! —Jadeó el medio enano.

—¿Oyes ese sonido? Como un murmullo.

Al principio Allwënn no entendió a qué se refería Ishmant, pero pronto la claridad volvió a su mente. Ya había oído ese murmullo antes, cuando la piedra le hablaba a través de la palma de su mano. Ahora todo el templo parecía vibrar. Sonaba como si un ejército enfurecido cargara por los pasillos. Y tal vez eso era exactamente lo que estaba sucediendo.

Los ojos de Allwënn atravesaron el muro de cuerpos que lo rodeaba. Vio lo que le parecieron cien puntos rojos. Luego supo que esos puntos eran pupilas ardientes, y que el murmullo era el eco de un griterío. Toda la habitación había sido invadida por un ejército.

—¡Las ratas! —Reconoció.

Los ogros se giraron y también las vieron.

JESÚS B. VILCHES

Ratas.

Docenas, quizá cientos. Algunas habían llegado desde el exterior, subiendo a toda prisa por la rampa hasta la entrada principal. Pero la mayoría parecían proceder de las entrañas del templo. No eran ratas ordinarias. Eran guerreros. Clanes de asaltantes, hombres rata.

Guerreros feroces y asesinos despiadados. Extremadamente peligrosos en número. Debían de haber encontrado su jardín de las delicias en aquella ciudad devastada después de su caída, y acamparon bajo los cimientos del templo. Ahora salían en masa. Tal vez era todo el clan, o tal vez sólo un pequeño grupo. Resulta muy difícil calcular cuántos de aquellos hombres rata podrían estar viviendo en las entrañas del rendido santuario.

Eran feroces guerreros de pequeña estatura, que rara vez superaban el metro y medio. Tienen el cuerpo y el pelaje de una rata, aunque caminan sobre dos patas y tienen manos con garras. Sus cabezas eran claramente de roedor, con pupilas de ojos rojos, largos hocicos y mandíbulas llenas de dientes puntiagudos. Llevaban jirones de tela y fragmentos de armadura de los que colgaban multitud de huesos que les servían de trofeo. Sus agudos chillidos perforaban el cerebro, torturándolo hasta la locura.

Los primeros en caer fueron los ogros, que empezaron a descargar golpes mortales sobre sus nuevos asaltantes. Golpes que podían partir a un hombre en dos y despedazar a sus enclenques víctimas. Pero sus números eran demasiados...

Ishmant aprovechó la confusión para rodear con un brazo la cintura de Allwënn. De pronto, la visión del mestizo se nubló y sintió como si lo transportaran a una velocidad incalculable. Cuando recobró el sentido, estaban fuera del círculo de ogros y fuera del alcance de la batalla que allí se libraba. Pero quedaron en

La Flor de Jade I

-El Enviado-

lo más profundo de las filas de la nueva amenaza. Había ratas a su alrededor, aunque pocas reaccionaron a tiempo para impedir que los dos curtidos guerreros abrieran una brecha en sus filas, dejando un camino de cuerpos sin vida a su paso.

—¿Por dónde? —preguntó Allwënn.

—Sígueme.

Una nueva flecha atravesó el cráneo de una rata que cayó fulminada con un ruido sordo. Los blancos se multiplicaban por segundos.

Cada vez era más difícil montar una flecha, dispararla, dar en el blanco y retirarse con suficiente rapidez. Prácticamente acorralado al pie de un enorme pilar, Gharin luchaba por mantenerlas a raya mientras el número de flechas de su carcaj disminuía trágicamente. Lanzaba flecha tras flecha en todas direcciones con una rapidez y eficacia sin igual, despachando una rata con cada una. Una flecha, un muerto... pero las flechas se agotarían antes que los blancos. A su lado, Hansi se mantenía preparado, golpeando ansiosamente el grueso asta de su pesada arma sobre la palma de la mano. Las flechas del elfo hacían innecesaria su intervención por el momento. Las ratas estaban concentradas en arrollar a los ogros.

Alex sostenía su espada y su escudo con manos temblorosas, temiendo el momento en que tuviera que usarlos. Rezó para que las flechas de Gharin nunca se acabaran. Pero lo harían. Antes o después lo harían.

—¡¡¡Gharin, por aquí!!! —La voz hueca de Hansi atronó

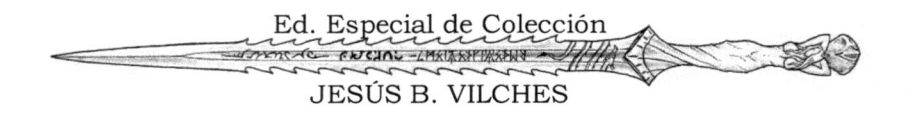

desde detrás de él. El elfo ya se estaba girando, con la cuerda del arco tensa por la tensión, a la espera de enviar su siguiente flecha en su vuelo de la muerte. Una rata con espada, si es que se podía llamarse espada a aquel corto trozo de metal mellado, corría furiosa hacia los humanos.

"¡Yelm!" Pensó el medio elfo. "Están empezando a acercarse demasiado".

Con un chasquido sordo, la flecha impactó en el velludo pecho de la criatura, que cayó hacia atrás con un alarido. Quedó moribunda en el suelo, presa de un último espasmo de convulsiones mortales. Instintivamente, la mano del elfo volvió al carcaj y sacó otra vara emplumada. No aguantaría mucho más la posición. Se estaba quedando sin flechas. La cuerda se tensó, la flecha se apoyó en la curva del arco. Se volvió hacia donde sus agudos oídos élficos captaban el sonido de pasos y disparó sin apuntar, actuando sólo por instinto. Otra rata se desplomaba con veinte centímetros de acero y madera traspasándole el cráneo.

"¡Gharin!" Oyó advertir de nuevo al gigante. El arquero se giró preparándose para disparar de nuevo, pero logró detenerse a tiempo.

"¡Ishmant, Allwënn!" reconoció aliviado, aflojando el agarre de la cuerda del arco al ver a sus amigos emerger de la oscuridad. Pero rápidamente volvió a levantar el arco y soltó la flecha que sostenía entre los dedos. El proyectil atravesó el diminuto hueco entre las cabezas de sus dos compañeros con una velocidad imparable. La flecha se clavó en el abultado pecho de un ogro, apenas visible entre las sombras.

—¡¡¡Hacia el pilar, deprisa!!! —Instó el humano embozado.

El grito iba dirigido al arquero, pues los humanos no se habían apartado del pilar de piedra en espiral desde que habían

LA FLOR DE JADE I

-EL ENVIADO-

llegado a él. Gharin y Allwënn alcanzaron al lugar, pero no el monje humano, que se volvió para encarar a los adversarios que les pisaban los talones. Pareció lanzarles una penetrante mirada de desafío antes de separar los brazos con un movimiento rápido y repentino. Una poderosa ola de energía se extendió ante él, golpeando todo a su paso, hasta perderse en la inmensidad de la sala. Ogros y hombres rata fueron arrojados al suelo cuando la onda invisible los golpeó. Entonces, sus manos volvieron a moverse, esta vez hacia arriba, y un muro de llamas surgió del suelo a unos diez pasos de distancia, rodeando al grupo de elfos y humanos que había en su interior. Un repentino resplandor inundó el interior del anillo de fuego. El calor sofocante de las llamas dificultaba la respiración e inducía ríos de sudor.

—Pequeña, ¿qué te han hecho? Se impresionó Allwënn mientras miraba el rostro magullado de Claudia. Sus dedos acariciaron suavemente la mejilla amoratada de la joven.

Un gesto de odio brilló en las pupilas de Allwënn y apartó la mirada de su rostro. Había cosas que podían enfurecerlo más allá de toda lógica. Los dedos de la muchacha se posaron en el lugar donde la mano del veterano elfo la había acariciado.

Ishmant volvió al grupo.

—La cuerda, Allwënn. —Preguntó con la brusquedad que lo caracterizaba. El mestizo acercó un grueso rollo de cuerda que había recuperado de entre las posesiones de los ogros. Todo formaba parte del arriesgado plan de huida que el monje había ideado. El ataque a los ogros había sido algo más que un ataque suicida para ganar tiempo. Ishmant cogió la cuerda y se ató un extremo a la cintura.

—¿Qué está haciendo? —preguntó Alex, pero la respuesta no llegaría en palabras. Ishmant miró hacia el techo invisible. El cielo de la mañana, cada vez más despejado, empezaba a revelar los huecos y agujeros del tejado. Los primeros rayos de luz llegaban desde arriba. Los ojos de Alex recorrieron el pilar con la mirada. —¿No querrá...?

Ishmant introdujo el dedo y los pies en los huecos de los anillos de la columna y empezó a trepar hacia el techo. Subió por el grueso fuste de la columna como si pudiera agarrarse a las paredes. Antes de que pudieran preguntarse cómo lo hacía, el humano había alcanzado la mitad del bloque de piedra, con la cuerda colgando tras de él. Pronto había completado su ascenso y, tras asegurar la cuerda, dio la orden a los demás de que le siguieran.

—Alex. Tú sigues —ordenó Allwënn, sus ojos escudriñaban el muro de fuego ante ellos. Alex palideció y creyó que iba a desmayarse.

¿Yo... Yo...? —Tartamudeó: —No puedo subir. ¿Estás loco? Me mataré.

—¡Morirás de todos modos si te quedas aquí! —aseguró el mestizo con el ceño fruncido. —Si caes, tendrás una muerte sin dolor. Créeme, es mejor que caer en manos de los ogros o las ratas. ¡Así que deja estorbar y trepa por la maldita cuerda, niñato llorón!

—Tiene razón, no lo logrará, Allwënn. —reconoció Gharin, bajando su arco un momento. —Sus brazos no son lo bastante fuertes y hay a más de quince metros de subida.

—Entonces hazlo tú —instó el medio enano.

—¿Yo? Necesitas mi arco aquí.

—Sube, rápido. Ishmant y ti izaréis a los humanos. Luego, arrojad la cuerda y yo subiré.

—Es arriesgado.

LA FLOR DE JADE I

-EL ENVIADO-

—Maldita sea! No creo que haya muchas más opciones, Gharin. —instó Allwënn. —Y será mucho más rápido que esperar a que lleguen ahí arriba por su propia cuenta.

Era cierto.

Gharin se echó el arco a la espalda y deseó suerte a su compañero. Agarró la cuerda y, tras comprobar su resistencia, comenzó la larga ascensión. Subía con facilidad, pero su escalada le llevó algo más de tiempo que a Ishmant. Apenas había trepado el primer tramo, una rata irrumpió a través de la cortina de fuego, envuelta en llamas. El susto sobresaltó a todos, y el espectáculo de su consumo horrorizó a quienes lo presenciaron. Allwënn pateó el cuerpo que aún chillaba y se retorcía de vuelta al otro lado del muro de llamas. Un hedor a piel y carne quemadas les llenó las fosas nasales. El mestizo suspiró. Sus enemigos se estaban envalentonando demasiado rápido. En una mirada rápida pudo comprobar que Gharin seguía ascendiendo con paso firme. No había hecho falta mucho para empezar a echar en falta su arco.

Momentos después, la cuerda caía de regreso. Una señal de que Gharin también había llegado a la cima.

—Vuestro turno—. No era realmente ninguna sugerencia. —Alex, Claudia. ¡Arriba! Amarraos al extremo. Seréis izados a continuación.

Los jóvenes humanos, conscientes de que esta opción era considerablemente más alentadora que su alternativa, se apresuraron a obedecer.

—Hansi, ve tú también.

—Y una mierda —respondió aquel, con tal seguridad que incluso el mestizo se sorprendió. El gigante nórdico se acercó a él empuñando con firmeza su poderosa hacha. Su imponente estatura empequeñecía al medio enano. Se puso a su lado, hinchando el pecho.

—¿Has visto mi tamaño? ¿Y mi peso? No podrán alzarnos a los tres. Además, sin Gharin, soy el único que puede ayudarte aquí.

Allwënn se volvió para mirarlo. Su osadía lo había impresionado.

—¿Quién dice que necesito tu ayuda?

—Yo lo digo —manifestó con arrogancia. —Has levantado la vista hacia Gharin seis veces en los últimos cinco minutos. Lo necesitas. Te falta el arco. Yo no tengo su arco, pero tengo esto".

Allwënn comprendió lo que el joven proponía y le sonrió con satisfacción.

—Tú y tu bonita novia sois bienvenidos, siempre que no dudes en usarla.

—¿Viste lo que le hicieron a mi amiga? No te preocupes, ya he roto el hielo con una de esas cosas. Despiezaré al próximo que intente atravesar el círculo de fuego. No me importa lo que cueste a estas alturas.

Allwënn soltó una carcajada. Le dio una palmada en el hombro al fornido humano y le hizo un sitio a su lado.

—No mires hacia abajo, Claudia. No mires hacia abajo —aconsejaba Alex mientras eran elevados con rítmicos tirones. Pero Claudia, como siempre que se pronuncia esa frase, volvió los ojos hacia sus pies y al abismo que crecía bajo ellos. El corazón le dio un vuelco, no por el vértigo de la altura, sino por la cantidad de

La Flor de Jade I

-El Enviado-

enemigos que se cernían más allá del círculo de fuego.

Para la pareja de abajo, la espera no fue ni mucho menos tediosa. Mientras los dos humanos ascendían, Allwënn y Hansi habían puesto fin a varios intentos de cruzar el muro de fuego. La mayoría de las ratas se habían condenado a muerte antes de poner un pie al otro lado del muro. Pero a medida que pasaba el tiempo, más y más de ellas lo atravesaban o tardaban cada vez menos en intentarlo de nuevo. La protección de fuego se sentía menos densa. El hechizo de Ishmant empezaba a debilitarse. Era sólo cuestión de tiempo que acabara por extinguirse.

De pronto, otro guerrero roedor atravesó el límite ardiente en una bola de llamas y se desplomó en el suelo. Como los demás, tropezó con el filo expectante del hacha de Odín o los feroces dientes de la espada de Allwënn, lo que le proporcionó una muerte más rápida y menos dolorosa.

El mestizo avanzaba hasta donde la criatura se retorcía en el suelo. Con la chirriante antorcha de pelaje y carne ardiendo a sus pies, levantó la espada para acabar con su lamentable existencia. A Allwënn le repugnaba la idea de matar a así a aquellas alimañas, aunque su impasible frialdad pareciera ocultarlo. Como cualquier guerrero enano, prefería enfrentarse a sus oponentes en el fragor de la batalla, antes que masacrar a enemigos indefensos. No sólo eso, también prefería blandir su espada contra oponentes más dignos que estos hombres rata que llegaban prácticamente muertos a sus pies. Incluso endurecido por años de brutalidad, aquel guerrero aún tenía un corazón capaz de conmoverse ante un espectáculo tan lamentable.

Pero...

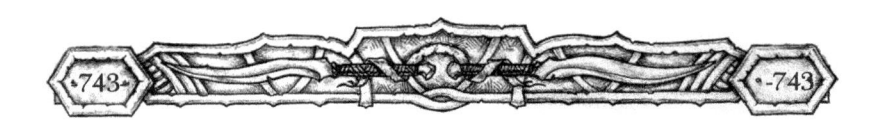

La desdichada rata nunca fue ejecutada por la mano del elfo, ni su majestuosa espada atravesó la carne tostada... De hecho, la horrible criatura había sido asesinada por algo mucho más despiadado y cruel. Por la comisura del ojo, el mestizo se percató de que el debilitado muro de fuego se encendía justo en el punto por el que había pasado la rata. Por reflejo, cambió instintivamente su atención para centrarse en la nueva amenaza percibida. De repente, tuvo la impresión de que el muro en llamas se había levantado y se desplomaba sobre su cabeza. Vio un par de brazos enormes y gruesos que surgían de él, flanqueando un torso macizo. Siguiendo el ancho y voluminoso armazón, una cabeza surgió a través del muro de fuego, con su horrible rostro tan grotesco como enorme. La bestia atravesó las llamas sin vacilar, como si supiera lo que iba a encontrar más allá. Un poderoso rugido salió de su boca. Allwënn apenas logró levantar su arma para esquivar la de su atacante. El acero chocó con el acero, y el mestizo sintió como si hubiera evitado que una montaña lo aplastara contra el suelo.

Allwënn rodó sin control por el suelo polvoriento antes de recuperar el equilibrio y levantarse con un ágil movimiento. Una masa chamuscada de piel y carne fláccida se alzaba ante él, ocupando todo su campo de visión. Uno de los colosales caudillos ogros había atravesado el muro mágico de fuego con mucha más facilidad que los guerreros rata. Una de sus manos portaba un hacha de doble hoja de proporciones extraordinarias. No se detuvo a hablar ni rugió para anunciar su llegada. No esperó ni un momento. Inmediatamente se lanzó a un brutal y sostenido asalto. Sólo la increíble agilidad y fuerza que le confería la mezcla de sangre élfica y enana salvó a Allwënn de ser despedazado allí mismo. Saltaron chispas cuando sus espadas se encontraron una y otra vez en un ardiente intercambio de golpes y paradas. Pero el medio enano estaba debilitado por la batalla anterior y le resultaba difícil penetrar las defensas de la colosal criatura a la que se enfrentaba. Los fuertes y flexibles miembros de Allwënn se limitaban ahora a esquivar y protegerse de los brutales golpes del

LA FLOR DE JADE I

-EL ENVIADO-

ogro. En cuestión de segundos, dos prodigiosas espadas de acero se enzarzaron en un combate de fuerza. Los músculos se abultaban y el sudor brotaba de las cejas fruncidas. Allwënn tenía una fuerza increíble, gracias al linaje de su padre. En otras circunstancias nunca podría haber resistido el ataque del ogro. Pero el tamaño y la fuerza muy superiores de su oponente, junto con los efectos de la fatiga, debilitaron la determinación del medio enano. Le dio al enorme ogro una ventaja que no podía contrarrestar. Pronto la tensión se volvió abrumadora. Allwënn fue lanzado hacia atrás y catapultado al suelo.

El otro brazo del ogro estaba desarmado. Al menos, no sostenía ningún arma. Su antebrazo estaba revestido de cuero, forrado de metal tachonado que coronaba su puño con una miríada de afiladas púas. No perdió tiempo en presionar el ataque. Cuando Allwënn intentó levantarse, el ogro le asestó un brutal golpe en la cabeza con su mano acorazada de picas. Ahora, en una posición vulnerable e incapaz de defenderse, la enorme hacha se estrelló sin oposición contra el torso del mestizo. El golpe atravesó su armadura y destrozó el pecho del guerrero, catapultando su cuerpo roto por los aires hasta que chocó con la dura y fría piedra del pilar.

Allí quedó inmóvil, con la vida pendiendo de un hilo.

Hansi sintió que un terrible escalofrío le recorría la espalda y el peso del hacha empezó a resbalar de sus manos temblorosas y empapadas de sudor. La batalla entre los dos había sucedido demasiado rápido como para que pudiera reaccionar o intervenir a tiempo. Ahora estaba solo. El ogro se volvió hacia él, recuperando el aliento tras la reciente lucha. Su rostro parecía más deformado de lo que jamás hubiera imaginado. El miedo lo carcomía por dentro. No quería imaginar lo que la bestia le haría, después de derribar a un guerrero tan formidable como Allwënn, ahora moribundo a los pies de la gigantesca columna. Trató de no imaginar aquella enorme hacha incrustada en su frágil cuerpo humano. Por un momento, los amargos recuerdos de su herida contra el troll volvieron a su mente.

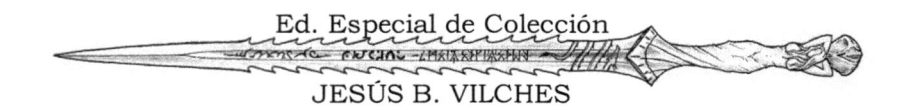

Pero el ogro no le permitió detenerse en sus recuerdos durante mucho tiempo. A grandes zancadas, blandió su enorme y pesada arma, con la intención de acabar también con el joven humano. El hacha surcó el aire a una velocidad increíble, pasando a escasos centímetros del vikingo. Hansi no pudo prever dónde caería el siguiente golpe, y levantó tímidamente su propia arma para detenerlo. Pero nada habría podido detener el brutal golpe, que habría partido en dos al fornido batería de no haber dado un paso atrás. Sin embargo, la hoja extrajo sangre, rebanando el muslo del vikingo y cortando la carne. La sangre brotó instantáneamente de la herida y Hansi se desplomó presa de un dolor eléctrico. Su garganta no pudo contener un grito desgarrado. La pierna herida cedió hasta quedar de rodillas. El brazo con púas del ogro descargó otro golpe salvaje, que afortunadamente alcanzó a Hansi en el hombro, bien protegido por el cuero endurecido que lo cubría. Pero ni siquiera esta armadura fue lo bastante gruesa para detener todo el impulso del golpe. Las púas oxidadas mordieron la carne hasta el hueso. El dolor fue insoportable. Tan intenso que un hombre más débil habría perdido el conocimiento.

Postrado e impotente, Hansi esperaba con resignación una muerte sangrienta y brutal. El ogro levantó su hacha sobre la cabeza del joven con la misma decisión de un verdugo. Pero Hansi no estaba destinado a morir aquel día. Obligado por un impulso desesperado o por los hilos ocultos del destino, la mano de Hansi consiguió ensartar el extremo afilado del hacha en el abultado pecho de su enemigo. El rostro del ogro se contorsionó en una mueca, mientras Hansi empujaba sin piedad la hoja del hacha aún más profundamente en el torso de su enemigo, hasta donde

LA FLOR DE JADE I

-EL ENVIADO-

llegara, y la retorcía dentro de la herida abierta. Luego, de un gran golpe, arrancó el hierro de la carne del ogro. Una fuente de sangre caliente brotó sobre el músico, llenándole de una sensación de náusea.

Gritando con una furia incontenible, Hansi golpeó de nuevo, clavando la enorme hoja del hacha en el pecho del monstruo. El ogro se estremeció de pies a cabeza y ahogó un grito. La enorme arma de la bestia cayó de su mano y se estrelló contra el suelo. Con una última exhalación de aliento, la bestia aferró el arma clavada en su pecho, mirando con sorpresa al joven, mientras la vida se diluía en sus ojos. Entonces, el enorme ogro retrocedió unos pasos y se despeñó contra el suelo.

Hansi quedó atónito ante el giro de los acontecimientos. Intentó organizar sus pensamientos, sentimientos y emociones... pero pronto recordó a Allwënn. Se levantó con dificultad, pues sus heridas eran graves. Le dolía el hombro, como si los pinchos que lo habían atravesado siguieran clavados en su carne. Su pierna herida apenas podía soportar su peso. Lo peor de todo era que perdía sangre a un ritmo peligroso y sentía que empezaba a desvanecerse. Tropezó con el cuerpo tendido de Allwënn. Hansi comprobó con alivio que el mestizo seguía vivo. Allwënn respiraba con extrema dificultad, pero al menos su corazón aún latía. El medio enano sangraba abundantemente, con sangre goteándole de la nariz y la boca. El pecho hundido era un charco de color rojo oscuro. Sin embargo, estaba en mejor forma de lo esperado, teniendo en cuenta el brutal golpe que había recibido.

Hansi estaba lejos de poder ayudarle. Lo único que pudo hacer fue desplomarse junto al mestizo. Los ojos de Allwënn estaban abiertos y parpadeaban. Miró al fornido batería y sus labios se curvaron en una sonrisa. Era tan inusual ver sonreír al mestizo que el joven no pudo evitar sonreír a su vez.

—Buen golpe —susurró en voz baja. —Yo estaría orgulloso. Ahora también tendrás una bonita cicatriz en el muslo... si salimos de esta.

—No hable, Allwënn —aconsejó el joven. —Ahorre fuerzas.

La esperanza se desvanecía por momentos, junto con esas mismas fuerzas. A través del muro de fuego se veían los ojos brillantes de las ratas, que esperaban su oportunidad para acabar con aquellos dos hombres heridos. Sus agudos chillidos se escuchaban a su alrededor. Allwënn giró la cabeza para mirar hacia arriba. El pilar se perdía en la distancia, y no veía nada del resto de sus compañeros.

"¡¡¡Arrojad la maldita cuerda!!!" —Gritó. A Hansi le sorprendió que aún quedaran fuerzas en el cuerpo moribundo para generar un bramido así.

Casi de inmediato, el extremo de la cuerda cayó en picado desde las alturas y golpeó en el suelo como un látigo furioso.

—Vamos, muchacho —dijo ahora. Su voz parecía más firme, menos cansada. —Es tu fuerza la que nos salvará ahora, no la mía. Ayúdame a ponerme de pie y ata el extremo de la cuerda a nuestro alrededor.

Hansi se impulsó a la acción, no por el consejo de Allwënn, sino porque se dio cuenta de que el hechizo mágico que mantenía el anillo de fuego en su lugar pronto fallaría. Sus brazos doloridos aún tenían fuerza suficiente para levantarse a sí mismo y al medio enano del suelo. El cuerpo de Allwënn era mucho más pesado de lo esperado para alguien de su tamaño. Hansi apenas consiguió enrollar la cuerda alrededor de sus despojos justo cuando el hechizo de Ishmant acabó por menguar y desvanecerse. La furia de los que esperaban no se hizo esperar.

La Flor de Jade I

-El Enviado-

—Dale un tirón a la cuerda —Instó el mestizo, que se dobló de dolor cuando los brazos invisibles de sus amigos empezaron a levantarlos del suelo. Los izaron con dificultad mientras sus enemigos se abalanzaban sobre ellos. La primera de las ratas intentó alcanzarlos con su espada, pero los dos hombres ya estaban lo bastante altos. Hansi miró a Allwënn. Había una sonrisa de victoria en los labios del mestizo. Bajo ellos, las ratas gritaban enloquecidas de frustración.

Todo parecería un mal sueño mientras contemplaban la aldea de Diez Cañadas, desde la cima de la colina en la que se encontraban. Todavía debieron superar algunos retos cuando Hansi y Allwënn alcanzaron por fin el techo roto del templo. Ninguno de los dos heridos podía moverse por sí solo. Así que, con gran dificultad, los demás consiguieron subirlos a la cubierta. Allí recibieron los primeros auxilios y tratamiento médico inmediato. Las heridas de Allwënn eran las más graves y parecían poner en peligro su vida. Extrañamente, todo el cuidado se le dio a Hansi. Cuando le preguntaron, Gharin se limitó a decir que la sangre contaminada de Allwënn haría el trabajo por sí sola.

Las ratas pronto se olvidaron de la pequeña banda de humanos y elfos, concentrándose en cambio en el enorme botín de carne y materiales que les ofrecía la horda de ogros. Ninguno sobrevivió, y pareció una venganza justa y divina para aquella partida de guerra.

Los caballos de Gharin y Allwënn habían escapado a las hachas de los ogros. Junto con algunos otros corceles supervivientes, resultaron suficientes para transportar a los heridos del grupo. A medida que la actividad de las ratas disminuía, el grupo logró salir cautelosamente de la ciudad desolada. Para entonces, Allwënn caminaba por su propio pie. Durante las muchas paradas que las heridas de Hansi les obligaron a hacer, apenas se habló de otra cosa que de su encomiable actuación durante la prueba. Los dramáticos acontecimientos se adornaban de la forma más exagerada, transformados en anécdotas de heroísmo, gloria y valentía, bien merecidas, siendo honestos. Eran fuente de muchas risas y bravuconadas, quizá como forma de hacer frente a la traumática experiencia que habían soportado.

Hansi estaba fascinado por lo que veía.

Había contemplado las heridas de Allwënn. Su pierna y el hombro apenas le permitían moverse a él; en cambio, al cabo de dos o tres horas el mestizo se comportaba con normalidad. Su recuperación fue, a todas luces, milagrosa. Gharin e Ishmant, sin embargo, parecieron darle poca importancia. Nadie quería mencionarlo por educación.

Sin duda, los desgarradores sucesos del templo pesaban mucho en el alma de los jóvenes humanos. Hubo una drástica pérdida de inocencia tras aquellos dramáticos acontecimientos. Las cicatrices abiertas en aquel corto y accidentado viaje se reflejarían en sus ojos durante mucho tiempo. Todos ellos, cada uno a su manera, estaban condicionados por los profundos cambios que experimentaron durante aquellos duros días. Estas penas sólo fueron aliviadas en parte por la esperanza de que, por fin, podrían estar en el camino de vuelta a casa. Que en la aldea que llamaban Diez Cañadas, podrían por fin llegar al final de su angustioso viaje, y que el principio del fin pudiera estar cerca.

Aunque la aldea quedaba a la vista, la noche sorprendió al grupo en el camino empedrado que conducía a su destino. A

LA FLOR DE JADE I

-EL ENVIADO-

medida que los cansados caballos se acercaban a las luces del pequeño asentamiento, crecía la expectación de los jóvenes humanos. Empezaron a verbalizas las preguntas que se habían formulado durante los últimos días, pero que nunca habían obtenido respuesta.

En las sombras de la noche, Diez Cañadas parecía una pequeña aldea de casas bajas, envuelta en la apacible quietud de la madrugada. Dispuestas caóticamente, las casas se alineaban en la calle empedrada en grupos dispersos. Guiados por la rienda de Ishmant, pronto divisaron un edificio que destacaba entre las siluetas bajas de los demás. Era una casa grande y sólida de dos plantas con establos a un lado. Ishmant hizo una señal al grupo y los caballos se detuvieron a unos pasos del edificio.

—La persona que puede ayudarnos debe de estar ahí dentro. Me acercaré. Esperad aquí un momento.

Con eso, desmontó y se acercó al porche del edificio. El grupo esperó pacientemente, observando cómo Ishmant golpeaba varias veces la puerta de madera con los nudillos. Pronto se encendió una luz en su interior. Momentos más tarde, una figura con una lámpara de mano abrió la puerta.

Era una figura pequeña. Probablemente un niño de unos ocho o diez años. Entabló una breve conversación con el guerrero, que esta vez había optado por no taparse la cara. Los jóvenes humanos notaron que Ishmant señalaba al grupo varias veces con la mano. El chico entrecerró los ojos y levantó la linterna, claramente intentando ver mejor en la oscuridad. Volvió a entrar e Ishmant hizo una señal para que el grupo avanzara.

—Estamos de suerte. —anunció el monje en cuanto llegó el grupo. Apenas habían desmontado cuando reapareció el muchacho, acompañado de una joven de más o menos la misma edad.

—Fabba os abrirá los establos para que podáis dejar los caballos —dijo. Su voz sonaba como la de un joven cuyo tono aún no había madurado del todo. Sin nada más que añadir, la chica condujo a un par de ellos hacia el anexo con un entusiasta "síganme".

—Tenemos un herido con nosotros —Informó Ishmant.
—Aún necesita cuidados y descanso. Aunque a todos nos vendría bien un baño caliente, una comida decente y una cama con sábanas limpias.

La puerta se cerró tras ellos y un sentimiento de bienvenida llenó sus corazones. La idea de una comida caliente y una buena noche de sueño se había apoderado tanto de sus mentes que, por un momento, se olvidaron de que la persona que podría devolverlos a casa podría estar esperando dentro.

La Flor de Jade I

-El Enviado-

Ed. Especial de Colección

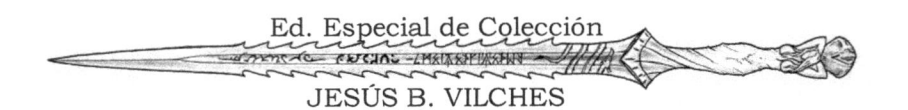

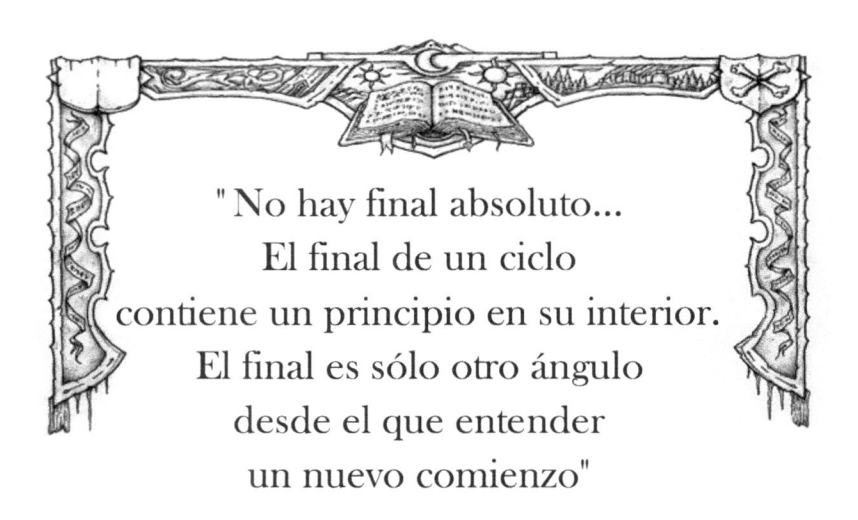

JESÚS B. VILCHES

"No hay final absoluto...
El final de un ciclo
contiene un principio en su interior.
El final es sólo otro ángulo
desde el que entender
un nuevo comienzo"

LECCIÓN CLERIANNA

LA FLOR DE JADE I

-EL ENVIADO-

La Flor de Jade

EL GUARDIÁN DEL CONOCIMIENTO

Se llamaba Rexor. Su secreto. Por fin. Rexor...

El lugar estaba cargado y húmedo. Se podía sentir la humedad en el ambiente, que lo envolvía todo en un espeso velo acuoso que se podía tocar e inhalar como la fragancia de las flores. La leña crepitaba en el fuego, desprendiendo una intensa gama de aromas. Muchos de ellos procedían del contenido de las ollas de barro que colgaban sobre las llamas. El apetitoso sonido y olor del guiso que contenían hizo que mi estómago vacío gorgoteara de impaciencia.

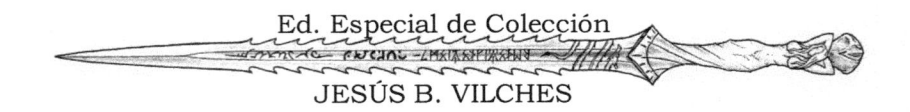

Pero no fue eso lo que me despertó.

No fueron los vapores de aquel delicioso caldo los que me arrancaron del placentero mundo de los sueños. Abrí los ojos por otra razón.

Le oí olisquear a mi lado.

Al principio no pude identificar el sonido rítmico que se movía de un lado a otro en las inmediaciones. Tampoco pude identificar la naturaleza del cosquilleo húmedo cerca de mi piel. Con los párpados abiertos, volví los ojos hacia el lugar de donde parecía proceder el sonido. Lo que estaba a punto de descubrir me sacudió de mi letargo.

Al principio sólo pude distinguir la inconfundible silueta de un enorme animal. Era un gato, un felino grande y poderoso de pelaje albino. Tan blanco que parecía brillar con luz propia. Su inmaculado pelaje blanco sólo se veía interrumpido por las marcas oscuras de su lomo y sus patas. La marca del tigre, el príncipe de los depredadores.

De hecho, le llamaban el Tigre Blanco, o simplemente Tigre, por abreviar. Un nombre único para un animal de tan extraordinaria belleza. Un nombre sencillo y directo, sin duda muy poco original. Pero tampoco encuentro ninguno más apropiado. Más tarde me dirían...

Tiene nombre propio, un nombre que no conocemos y que nos sería imposible pronunciar. ¿Por qué habríamos de llamarlo de otro modo? Un tigre blanco es lo que es, y por Tigre Blanco te responderá.

Dejó de olisquearme, quizá presumiendo mi alarma. Levantó la cabeza y me miró con su mirada albina. Por un momento, pensé que iba a saltar sobre mi cuerpo somnoliento y

LA FLOR DE JADE I

-EL ENVIADO-

hacerme pedazos. Casi me desmayo cuando la enorme bestia abrió sus fauces, mostrando las afiladas púas de marfil de su boca. Mi pecho latía como si mi vida dependiera de ello. Pero para mi alivio, lo que al principio había interpretado como una posible amenaza pronto se convirtió en un sonoro y perezoso bostezo. Luego se estiró en toda su longitud y se tumbó en el suelo con dignidad real y su corona principesca apoyada en sus impresionantes patas.

—Es tan manso como un perro grande —aseguró una voz que sonaba hueca y sonora, como si surgiera de algún abismo insondable. Me estremecí ante su robusta solidez. Me obligó a volver los ojos en su dirección.

Una figura imponente pasó por delante de mí, bloqueando con su gran constitución la luz que me iluminaba la cara. Era como si la noche hubiera caído sin previo aviso. La figura continuó sin detenerse y la luz volvió a inundarme, cegándome por un momento. El coloso se arrodilló ante el gran felino y puso una de sus enormes manos sobre el lomo blanco del animal.

—No tienes nada que temer de él. No te hará ningún daño. —confesó, aún de espaldas a mí. —Te habrá dado un buen susto, imagino.

El desconocido empezó a acariciar al inmaculado depredador con su fuerte mano revestida de cuero. Era asombroso ver cómo el gran animal de aspecto temible se tumbaba sobre su vientre y ronroneaba como un gato doméstico.

Entonces la misteriosa figura se volvió hacia mí.

Ya podía intuir lo que estaba a punto de ver. Aunque al principio sólo pude distinguir su voluminoso cuerpo, cubierto por una gran capa, y el tono anaranjado oscuro de una espesa melena que le teñía los hombros. Brillaba a media luz entre las sombras proyectadas por el sol poniente. Recordé que, a pesar de su andar erguido, su rostro estaba más cerca del animal que del humano. Su aspecto era mucho más parecido al de su dócil mascota que al de un hombre.

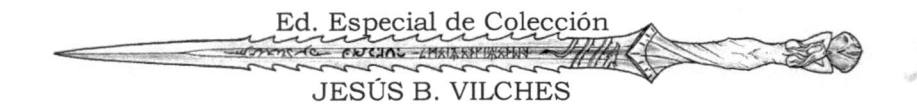

Pero era un hombre. Un hombre con cabeza de león.

—Sé quién eres.

El tono áspero de su voz me devolvió a la realidad, y con ella, a un tiempo perdido en mis recuerdos. Volví a parpadear, como en un segundo despertar. Hacía tiempo que la noche había envuelto las formas que nos rodeaban en una oscuridad impenetrable. Habían pasado varias horas desde que abrí los ojos por primera vez, pero sólo unos minutos desde que mi mente se hubiera alejado para buscar en las profundidades de mi memoria.

A mi lado yacía el cuenco que una vez había contenido una generosa ración de guiso de pescado. Ahora no contenía más que sobras.

Contemplé a la imponente criatura sentada ante mí mientras las brasas ardían con fuerza en el fuego. Iluminado por el crepitar de las llamas y la pálida luz de la luna fantasmal, me cautivó la desconcertante visión de esa cabeza del león que me devolvía la mirada. Uno se forma una vaga idea en la mente cuando imagina la fusión del hombre y la bestia. Uno tiende a imaginar algo cercano a un experimento de la naturaleza. Como si nuestras mentes juntaran a los dos seres en una monstruosidad retorcida, desafiando todo sentido y toda lógica.

Un hombre con cabeza de león. ¡Qué irónica broma de la naturaleza!

LA FLOR DE JADE I

-EL ENVIADO-

Tales pensamientos estaban lejos de la majestuosa gallardía que emanaba de aquel fascinante ser. Un hombre con cabeza de león. Qué manera tan injusta de describirlo. Porque cuando lo observabas de cerca, cara a cara, estaba claro que tal descripción o bien sobrestimaba al hombre, o bien subestimaba al león.

Me observaba sin decir palabra.

Sus pupilas, como las hojas de una espada, me atravesaban como si pudiera leer directamente en mi alma. Extraño... Habría esperado una actitud mucho más enérgica de una criatura de icono tan poderoso. Pero había tanta profundidad en esas pupilas rasgadas, tanta templanza y serenidad, que resultaba casi inquietante y desorientador al mismo tiempo. Parecía contradecir su corpulenta estatura y sus inconfundibles rasgos de depredador.

—Sé quién eres. —repitió, modulando su profunda voz. —Pero no puedo imaginar qué hacías en esa aldea perseguido por orcos.

—Estaba perdida. —suspiré cuando conseguí reunir el valor suficiente para hablar en su principesca presencia.

La frase caló mucho más hondo de lo que yo pretendía. Mi respuesta reflejaba un profundo sentimiento de melancolía. Por primera vez en mucho tiempo, la eterna pregunta volvió a mi conciencia. La que durante muchos días había desgarrado mi espíritu y el de mis desafortunados compañeros de viaje, ahora de nuevo perdidos para mí: "¿Qué hago aquí?" Y la chispa de mi alma se apagó por fin, oscureciendo mi rostro.

—El mundo mismo está perdido. Así que no tengo nada que objetar a tu respuesta, pequeño amigo humano —respondió con calma.

Y no preguntó nada más.

JESÚS B. VILCHES

Como la melena de un león macho, su pelo era de la misma textura suave y voluminosa. Le llegaba hasta los hombros, envolviéndole el cuello como una bufanda de incomparable belleza, y luego se fundía con el espeso pelaje que le cubría el pecho. Tenía mechas muy oscuras que hacían solo atisbar el color anaranjado de antaño, aunque siguiera presente. Apenas habíamos hablado durante la comida. La conversación, breve y reservada, se centró en mi estado de salud, que afortunadamente era bueno. No pude contener más mi curiosidad y deslicé la pregunta que ardía en deseos de hacer.

—Y... ¿quién eres tú? ¿Qué... qué eres? —Él guardó silencio un segundo y me observó atentamente. Por un momento temí haberle ofendido con mi impertinencia. Luego se echó a reír. Aliviado, yo también sonreí.

—Temí que nunca te atrevieras a preguntarlo, jovencito". Admitió con una gran carcajada. —Es la primera vez que alguien tarda tanto en hacerlo. Pero no hay prisa, muchacho; estoy acostumbrado a todo tipo de reacciones. Los de mi raza no somos muy habituales por estos lares. Mi pueblo es un pueblo escaso y reservado. Somos desconocidos para muchos, y lo desconocido despierta inquietud en los otros. La gente tiende a temer lo que no conoce. Soy un Lex —confirmó finalmente. —Un félido del Yabbarkka, de raza leónida, como creo que es obvio.

—¿Lex es tu nombre? —pregunté con curiosidad.

—No, no lo es —respondió con calma. —Pero puedes llamarme así. Tu nombre es un tesoro demasiado preciado hoy en día como para dárselo a la primera persona que conoces. Tú tampoco deberías confiar el tuyo a nadie. Y eso me incluye a mí.

Tal vez debió de notar el significativo cambio en mi rostro, sobresaltado por semejante respuesta. Luego añadió...

LA FLOR DE JADE I

-EL ENVIADO-

—Debes perdonar mi franqueza, joven humano. Pero mantener nuestra identidad en secreto es esencial si quieres evitar que te hagan daño. Al igual que tú, hay quienes me buscan, y no deseo que me encuentren. Para ello, es de suma importancia que tu nombre nunca sea encontrado en los labios de un extraño. ¿Lo entiendes?

—¿También te buscan? ¿Eres... un ladrón? —le pregunté con interés. Guardó silencio un momento, lanzando una lánguida mirada al bosque velado por el silencio y las sombras. Luego volvió sus ardientes pupilas hacia mí.

—Por desgracia, hoy en día no hace falta robar para que te busquen. La mitad del mundo anda detrás de la otra mitad; quizá sin motivo alguno. Pero esa es la realidad. Una realidad que tú y yo, mi joven amigo, tenemos la desgracia de sufrir.

Son palabras profundas —no pude evitar confesarle.

—Es la experiencia la que da la sabiduría. Llevo mucho tiempo en este mundo. Quizá demasiado. He visto muchas cosas. Tristes y felices. He tenido tiempo de aprender.

—¿Tan... viejo eres?

—Los félidos somos gente longeva. Uno acumula muchas experiencias en una vida tan larga. Es muy difícil aparentar al menos una pizca de sabiduría.

—¿Cómo se gana la vida? —le pregunté más tarde. De nuevo, se quedó un instante en silencio antes de responder.

—Son tiempos difíciles —me dijo con una mirada melancólica. —Es mucho más fácil perder la vida que ganarla. Soy viajero. Deambulo. Intento alejarme de la civilización. Así evito preguntas indiscretas y situaciones comprometidas. Hago trabajos esporádicos para quienes puedan permitírselos. Últimamente, sin embargo, trabajo menos para otros y más para mí mismo. Prefiero no hacer negocios con el Culto. Pagan bien, pero nunca revelan sus verdaderas intenciones. Estoy siguiendo el curso del S'uam. Me dirijo a la Comarca de la Gente-Niño. Allí, si la fortuna me sonríe quiere, me encontraré con un viejo amigo al que no veo desde hace años. Hablaremos de las muchas cosas que han cambiado en este mundo desde la última vez que nos vimos. ¿Te gustaría acompañarme?

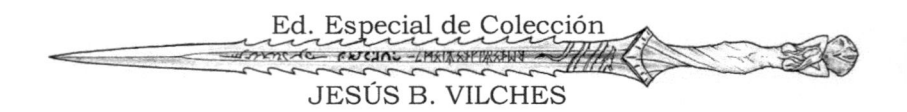

Mi rostro esbozó una espontánea sonrisa de alivio y gratitud. Acepté de inmediato, traicionado por mi desesperada situación. Sabía que no debía hablar de la aldea en los árboles de la que había salido, y así me había quedado una vez más sin hogar en este mundo. Sin la ayuda de aquel notable desconocido, o al menos de su compañía estaría condenado a convertirme en comida de buitres y lobos. La vehemencia al aceptar su sugerencia por mi parte debió parecerle cómica. Por segunda vez aquella noche, una profunda carcajada resonó en su solemne garganta.

Tardé un rato en dormirme.

Soy una persona que necesita un largo proceso de adaptación. Tiendo a tardar mucho en aceptar los cambios. Este increíble hombre-león y su espectacular mascota eran el tercer grupo de extraños compañeros que conocía y al que me vinculaba desde que llegué a este caótico mundo.

Antes de ocupar el lecho improvisado donde pasaría la noche, Lex se acercó a mí con actitud amistosa, tratando de tranquilizarme.

—No quiero parecer indiscreto, hijo —susurró. —Pero no

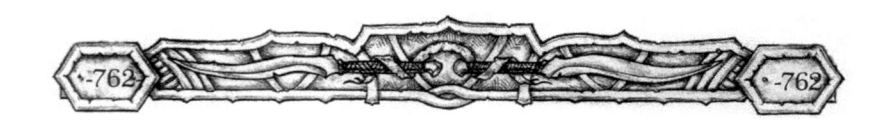

LA FLOR DE JADE I

-EL ENVIADO-

puedo imaginar cómo aprendiste a hablar A'a'rhd". Me quedé algo sorprendido. Continuó. —Es el idioma de mi especie; mi lengua vernácula. Serías el primer humano que conozco capaz de pronunciarlo.

—Nunca he aprendido el idioma del que me habla, señor —respondí con total humildad. —De hecho, aún me pregunto por qué todo el mundo en este lugar puede hablar mi idioma. Supongo que tiene algo que ver con ese hechizo que nos lanzaron dos elfos".

—¿Dos elfos? ¿Un hechizo? —arrugó la frente. —¿De qué estás hablando, jovencito?

Así que no tuve más remedio que contarle lo de Gharin y Allwënn. Escuchó todo con mucha atención.

El bosque hablaba en susurros...

La brisa nocturna acariciaba las delgadas ramas de los árboles, perturbando a su paso el silencioso letargo de las hojas. No estaba dormido. Sólo fingía estarlo para tranquilizarme. El bosque le susurraba. Revelaba suspiros lejanos y gritos silenciosos. Sus agudos sentidos podían captar canciones apenas audibles, respiraciones y voces veladas en la noche. Revelaban una gran cantidad de información valiosa. Sus pupilas felinas gozaban de la misma precisión en la oscuridad que su agudo oído en este amanecer silencioso. El bosque, tan amenazador e inquietante en la oscuridad de la noche, podía ocultarle pocos secretos. Sin embargo, no podía verlos. Sus formas aún no se habían revelado, pero podía sentir su presencia. Algo que parecía ajeno a sus sentidos, gritaba y le hacía sonar las alarmas. Los murmullos en la noche le advertían de compañía cercana.

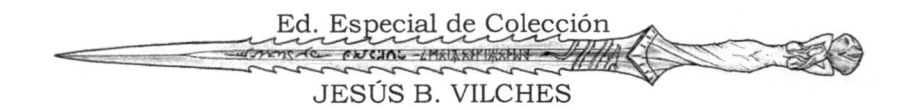

No podía estar seguro de si eran amigos o enemigos. Eso le dio un momento para reflexionar. Pero había más de uno... y buscaban al joven que dormía a su lado.

Me buscaban a mí.

Los iris verdes de Allwënn atravesaron la oscuridad fuera de la ventana. El grueso cristal no pudo ocultar un repentino resplandor, ni impedir que aquellos ojos divisaran la luz mortecina que se desvanecía en las ventanas del primer piso. Desde el interior de los establos, Allwënn parpadeó para aclarar su visión. Se volvió hacia la pequeña figura de mujer que llenaba los pesebres de cebada con resuelta habilidad.

—¿Hay más huéspedes en la casa? —preguntó amablemente, pero con cierta sequedad. Fabba se volvió, sonriendo. No debía de medir más de metro y medio. En la penumbra del pequeño establo, apenas se distinguía de los fardos de cebada que transportaba. Tenía el pelo claro y suave, recogido en una apretada coleta, de la que se escapaban algunos mechones rebeldes. Su piel blanca y suave, como la de un niño, contrastaba con la textura gruesa de sus ropas y los gastados zapatos que cubrían sus diminutos pies.

El punzante hedor de los excrementos de caballo impregnaba el oscuro interior del establo, aunque pasaba casi desapercibido a los sentidos del guerrero. Era un olor asociado a

LA FLOR DE JADE I

-EL ENVIADO-

ese lugar y que no resultaba desconocido para nadie. Fabba levantó la lámpara de aceite encendida que había dejado colgada de una de las vigas de madera cuando entró con el semielfo.

—No, señor. La posada está vacía. —respondió ella, haciéndole un gesto de que su trabajo con los caballos había terminado. Allwënn volvió lentamente la mirada al exterior. La ventana que viera antes iluminada estaba ahora oscura y sin vida. Aquel resplandor podría no haber sido más que el delirio de una mente agotada por un largo día.

Pero Allwënn sabía exactamente lo que había visto.

Hansi se tumbó boca abajo en la cama como Goliat herido de muerte. Su enorme cuerpo se balanceaba de un lado a otro como si estuviera en una cuna, todavía dolorido por el agotador viaje y las persistentes secuelas de sus heridas. Casi al instante, una reconfortante sensación de paz se apoderó de él al contacto con las suaves y frescas sábanas de la cama. Sintió una somnolencia incontrolable en los ojos, que le instaba a caer en un sueño profundo y tranquilo. Para el resto de su vida, si era necesario.

"Estas habitaciones son excelentes". La voz del esbelto Gharin se entrometió en sus sueños.

"Me alegro de que te gusten, noble viajero". Respondía otra voz mucho más aguda. Hansi no estaba seguro de si pertenecía al chico que les había acompañado a las habitaciones. Torció el cuello con fuerza hacia la puerta y entreabrió los ojos como pudo. Al hacerlo, vio al arquero y al chico hablando en el pasillo, justo al otro lado de la puerta. Hablaban de las habitaciones, del baño y de

JESÚS B. VILCHES

la comida.

"La cocina está cerrada, pero prepararemos una buena comida en un momento. No se preocupen, se la llevaremos a sus habitaciones". aseguraba el joven.

Hansi cerró los ojos y cuando volvió a abrirlos no había ni rastro de Gharin ni del muchacho. No se oía nada y no tenía ni idea de cuánto tiempo había pasado.

Ishmant desapareció casi al mismo tiempo que Allwënn. Todos sabían que Allwënn estaba en los establos, pero nadie sabía exactamente adónde había ido el humano. Ishmant había sido visto hablando con aquel niño en el vestíbulo, pero no acompañó al resto del grupo a las habitaciones de arriba. Los dos murmuraron entre sí durante largo rato, como si no quisieran ser escuchados. Eso no pasó desapercibido para los demás. Más tarde, Alex y Claudia comentarían ese mismo encuentro.

—Se comporta un poco raro para ser tan pequeño —decía Alex, refiriéndose al muchacho en la puerta. Claudia asintió con un movimiento de cabeza y una expresión de desconcierto en el rostro. —¿Cuántos años puede tener? ¿Diez? ¿Doce años como mucho?.

—¿Dónde están los adultos? Se preguntaba ella. —Ya deberían haber aparecido. Seguro que querrían saber quién se aloja en su casa.

Cuando ambos llegaron a los aposentos de Hansi, Gharin hablaba con el chico en voz baja. Hablaban de las habitaciones y de dónde se serviría la cena. Parecía que no habían llegado a un acuerdo. La posada era cómoda y estaba limpia. Mucho más acogedora y limpia que dormir en el bosque, pero aun así resultaba mucho más rústica que cualquiera de nuestros lujos convencionales de casa.

Las habitaciones eran para una sola persona, pequeñas y de techos bajos. La cama era un sólido catre firmemente construido con madera resistente. Sobre ella había un colchón de lana suave, pero quizá demasiado blando para espaldas sensibles. Un par de robustas sillas acompañaban a la cama, así como un espejo de medio cuerpo. Todo un lujo en comparación con su anterior dormitorio. Completaba el mobiliario un arcón de tamaño razonable con una robusta cerradura de metal que podía utilizarse para guardar efectos personales, dinero, armas o armaduras. También había una barra de madera maciza que podía utilizarse como perchero para quienes desearan colgar la ropa.

A través del grueso cristal de la ventana, Claudia podía ver las irregulares nubes grises del cielo nocturno, brillando bajo la inquietante luz de la luna. Pero el ojo de Kallah no apareció. Se contentaba con contemplar el mundo con su fría mirada malévola desde detrás del endeble velo de nubes que la ocultaba.

La ventana de la habitación de Hansi estaba entreabierta. Las suaves cortinas se mecían con la leve brisa que se colaba en la habitación para besar la piel del coloso dormido.

Claudia observaba cómo su fornido amigo descansaba profundamente. Ni siquiera se había quitado el tosco casco de ogro que ocultaba sus facciones. Apartándose de Alex, que seguía escuchando la conversación entre Gharin y el chico, la joven entró en la cámara donde dormía su otro compañero. Se acercó a su gigantesco corpachón que eclipsaba todo lo que había en la habitación. Apenas podía distinguir la cama bajo de él. Parecía tan tranquilo, tan inofensivo, que despertó en ella un instinto maternal.

JESÚS B. VILCHES

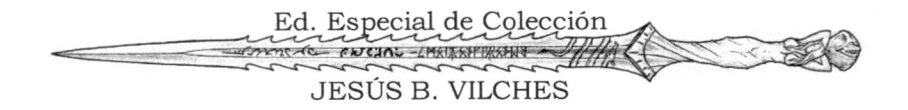

Se sintió invadida por la ternura. Con cuidado, le quitó el casco y vio que su cabeza, antes afeitada, estaba ahora cubierta de puntos delatores de su cabello rubio.

Pero no era sólo el pelo lo que había cambiado...

El rostro del gigante también había empezado a transformarse lentamente ante sus ojos. Sus llamativos bigotes vikingos siempre habían sido su seña de identidad, un rasgo que había cuidado casi con obsesión. Ahora, por primera vez, vio que la robusta mandíbula también se cubría por la sombra de una espesa barba rubicunda que alfombraba su endurecido rostro nórdico. Mirándole mientras dormía, Claudia tuvo un momento de lucidez. Un pensamiento cruzó su mente en un instante. Mientras yacía allí envuelto en su armadura abollada y manchada, parecía estar sufriendo una metamorfosis. Se dio cuenta justo en ese instante, aunque no sabía por qué, de que tal vez había una parte latente del alma de aquel enorme músico que pertenecía a este extraño mundo plagado de peligros en el que habían acabado.

Allwënn se quedó mirando las pesadas puertas dobles que daban acceso a la taberna. No había luz que se filtrara por los costados de los tablones de madera oscura. Al menos, ahora no había ningún resplandor. Pero la habitación que se oscurecía tras él parecía ocultar algo. Era sin duda desde ese lugar desde donde el semielfo había visto apagarse una luz. Los ojos del guerrero escudriñaron los maderos de la puerta como si sus agudas pupilas pudieran traspasarlos y revelar sus secretos.

El niño bajaba las escaleras que comunicaban el vestíbulo con el primer piso. Le había costado unos minutos convencer a

LA FLOR DE JADE I

-EL ENVIADO-

Gharin de que debían cenar en sus respectivas habitaciones. Los elfos preferían no comer en la habitación donde dormían. Lo consideraban antihigiénico y rústico. Sin embargo, el mestizo rubio había acabado accediendo, probablemente para evitar más inconvenientes.

El muchacho estaba ensimismado en sus propios pensamientos y sólo se percató de la presencia de Allwënn cuando casi chocó con él. Cuando el chico comprobó que los ojos del medioenano estaban fijos en la puerta de la taberna, dejó escapar un suspiro ahogado. Intuyó que quizá tendría que vérselas de nuevo con la testarudez elfa. Y algo le decía que aquel rudo mestizo sería más difícil de convencer que su rubio amigo.

Casi sin hacer ruido, le tendió la mano al y le preguntó cortésmente si podía ayudarlo en algo. Allwënn no se volvió hacia él cuando respondió. Mirando hacia la puerta de la taberna, volvió a preguntar si había alguien más alojado en la posada. Esta vez su voz fue más áspera, habitualmente áspera, siendo el medio enano. Había perdido parte de la empatía que antes había mostrado a Fabba. El muchacho se apresuró a responder negativamente, pero Allwënn ya había tomado una decisión. Sólo preguntaba por cortesía. Dirigió su verde mirada hacia el chico, que pronto se vio deslumbrado por las brillantes pupilas del semielfo. Sintió un escalofrío. No estaba acostumbrado a mirar a unos ojos tan ardientes.

El félido me despertó al amanecer con una suavidad inusual. Era casi como la de una madre que despierta a su hijo a primera hora de la mañana. Casi esperaba un beso en la mejilla y una caricia en el pelo. Fua lo único que faltó. Hasta que Tigre no dudó en pasar su húmeda y áspera lengua por mi frente.

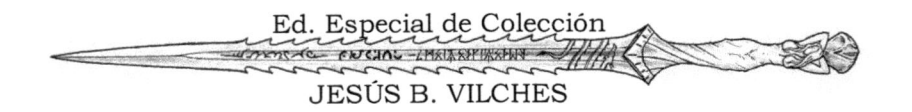

No había mucho equipaje que transportar. El enorme félido no tenía montura y, sin un corcel que llevara los bultos, el peso debía reducirse al mínimo. Aparte de sus armas y una resistente mochila, el poderoso aventurero sólo llevaba unas pocas bolsas en el cinturón, en las que guardaba oro, hierbas y otros objetos pequeños. Sus ropas parecían resistentes, pero era evidente que no eran de gran calidad. Llevaba pocas joyas, sobre todo en comparación con mis primeros guías, los medio elfos. Lo que lucía eran toscas piezas hechas a mano con materiales naturales.

El félido solía apoyarse en un bastón alto y grueso para sostener su considerable corpulencia. A pesar de afirmar ser de edad avanzada, este "Lex de los Leónidas" gozaba de una vitalidad extraordinaria. Tanta, que alguien menos crédulo que yo podría haber dudado de sus palabras. No necesitaba en absoluto la ayuda del bastón tallado para mantenerse erguido, lo que me hizo sospechar que tenía algún otro propósito oculto.

También llevaba una espada y un escudo, ambos de diseño peculiar. El acero de la espada estaba curvado en forma de enorme alfanje, y su empuñadura estaba diseñada para ser blandida con ambas manos. Parecía obvio que el arma se había forjado pensando en el enorme tamaño de su portador. En posición vertical, su acero curvado sobresalía por encima de mi cabeza.

Su escudo era quizá la pieza más notable de su escaso pero impresionante equipo. Tenía forma de estrella, con cuatro puntas que sobresalían diagonalmente de un núcleo redondo, proporcionando a su portador una amplia protección. Lo más sorprendente de todo es que los cuatro brazos de la estrella estaban afilados en mortíferas puntas de acero. Así, el escudo podía

LA FLOR DE JADE I

-EL ENVIADO-

utilizarse no sólo para rechazar ataques enemigos, sino también para asestar golpes devastadores. Recordaba bien cómo lo había utilizado con un efecto letal contra los orcos de Plasa.

El desayuno resultó frugal. Sólo algunos frutos secos y agua fresca del río. Entonces nos pusimos en marcha con la intención de detenernos más tarde en la mañana para saborear las bondades que el bosque nos ofreciera. Así, justo después del segundo amanecer, detuvimos nuestra marcha a lo largo de la orilla del río para recoger algunas bayas maduras y otros jugosos frutos.

Lex era una criatura fascinante, cargada de una poderosa aura de majestuosidad y sabiduría. Su increíble tamaño le confería una presencia de la que uno no podía ser ajeno. Su mirada felina le convertía en una criatura solemne y poderosa, pero al mismo tiempo le confería una profunda sensación de serenidad.

Incluso cuando hablaba de los asuntos más triviales, su expresión relajada y su voz tranquilizadora no sólo reflejaban su temperamento tranquilo, sino que también demostraban su vasta inteligencia y conocimiento de las cosas. Una conversación con él, incluso sobre los asuntos más triviales de la vida, era siempre una interesante experiencia de aprendizaje para mí.

Fue de estas conversaciones con él durante este viaje que aprendí la mayor parte de la información que les he dado aquí. Un ejemplo de ello sería la información sobre la órbita única de los soles gemelos. A diferencia del sol que conocemos, el dorado Yelm y el rojo Minos no salen por el este y se ponen por el oeste. Al contrario, nacen en el árido sur y se ponen hacia el gélido norte. Fue también este erudito félido quien me explicó el origen de los nombres de los cuatro puntos cardinales utilizados en este mundo. Como creo haber mencionado antes, corresponden a cuatro reinos élficos míticos de antaño.

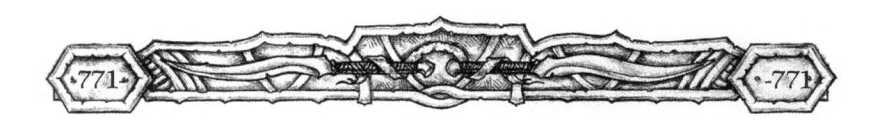

JESÚS B. VILCHES

Soy consciente de que lo que digo parece tener poca lógica astronómica en apariencia, aunque, sospecho que la inclinación del eje axial del planeta en cuestión haría posible este efecto. Sin embargo, lo que realmente se requiere es un cambio de perspectiva. Debemos cambiar nuestra concepción convencional de nuestros puntos cardinales para referirlos a los suyos. El norte en este mundo no es frío porque se acerque a las latitudes polares, sino por la presencia de una gigantesca cadena montañosa que hace que nuestro Himalaya no parezca más que un puñado de suaves colinas. Todo esto me llevó largos momentos de reflexión para comprenderlo realmente. Los diferentes puntos de orientación nos causaron literalmente mucha confusión y dolores de cabeza a mí y al resto de mis amigos humanos. Creo que nuestros cuerpos tardaron en sintonizarse con las fuerzas de este planeta, y por eso nos sentíamos desorientados e intranquilos al principio. Esto explicaría también los cambios de humor que sufrimos durante las primeras semanas aquí. Luego, poco a poco, nuestros cuerpos se aclimataron al ritmo de esta nueva tierra extraña y todo empezó a fluir de nuevo. Sus explicaciones lógicas y claras pusieron orden en mi mente confusa y cansada de intentar entender cosas que parecían no tener sentido. Fue en los pequeños detalles que me proporcionó donde encontré la primera clave para comprender, y posteriormente adaptarme, a la situación en la que me encontraba. Puedo decir con certeza que sus explicaciones se convirtieron en la guía a seguir; la preciada Piedra Rosetta con la que traducir las peculiaridades de este extraño y fascinante mundo que me mantenía cautivo.

Los pensamientos se arremolinaban caóticamente dentro y fuera de su cabeza, haciendo imposible clasificarlos y ordenarlos

LA FLOR DE JADE I

-EL ENVIADO-

de forma significativa. Su mente libraba una feroz batalla con la memoria y las emociones. Habían cambiado muchas cosas en tan sólo unas horas, y la perspectiva de que su vida volviera a la apacible rutina de antes se desvanecía por momentos. Forja levantó los ojos por encima de las llamas de la hoguera, pasando la mirada por las sombrías figuras que la acompañaban, sin reflexionar sobre sus identidades. Sus pupilas se desviaron, quizá involuntariamente, hacia la esbelta figura del arquero mutilado y se detuvieron allí, observándolo en silencio. La mirada de Akkôlom se perdía en la noche, aunque la joven adivinó que el experimentado elfo miraba hacia su interior.

Sólo aquella tarde habían decidido actuar...

Su calvario en el pueblo de Plasa había sido tan épico como mi propia huida...

Los brazos de Forja flaquearon y cedieron mientras su cuerpo caía al suelo pedregoso. Acababa de estrellarse contra el cristal hecho añicos de la ventana rota por la que había escapado. Akkôlom emergió por el marco de la ventana instantes después, con el rostro embadurnado de rojo por la sangre orca. Le escocían las manos por el encuentro con los fragmentos de cristal que cubrían el suelo, pero eso no le impidió incorporarse rápidamente. El elfo desfigurado consiguió mantenerse en pie, tambaleándose sólo un par de pasos al aterrizar. El sonido de los gritos roncos de las gargantas de los orcos llenó el aire.

La joven Forja recogió su espada, que había caído al suelo. Sus ojos no tardaron en divisar a los primeros perseguidores que se abalanzaban sobre ellos. Akkôlom agarró el taburete que yo había lanzado a través del cristal para permitir nuestra huida y lo estampó con fuerza contra el cráneo del primer orco que llegó hasta ellos. Sin mucha tregua despacharon al primer grupo de orcos que trató de salir de la posada por las ventanas, aprovechando su desventaja, pero El elfo comprendió pronto que quedarse mucho tiempo allí, atraería sin remedio al resto de la guarnición. Con sus enemigos muertos en el suelo, se volvió jadeante hacia la exótica guerrera elfa.

—¿Dónde está el chico? —Preguntó bruscamente.

—No le veo. —respondió ella nerviosa tras echar un rápido vistazo a su alrededor. Gritos de alarma se oían por todas partes, alertando a la guarnición orca de su presencia. Enemigos armados aparecían por todos los rincones, listos para atacarles.

—tenemos que salir de aquí —instó el veterano elfo.

Como dos caballos desbocados por el pánico, se precipitaron por una de las destartaladas calles laterales, sin un plan ni un destino fijo. Sólo confiaban en la adrenalina que corría por sus venas, dejando que la intuición y el instinto guiaran sus pasos. El caos y la confusión les rodeaban. Les perseguían extendiéndose como una plaga por dondequiera que fueran...

Esquivaron a los primeros orcos al alcance.

—¡¡¡Corre, no te detengas!! —Gritó el elfo de la cicatriz a la joven. —¡No te detengas a luchar o tendremos que enfrentarnos a toda la guarnición! Y si no podemos evitarlo, intenta acabar de una o dos estocadas.

Sus espadas rara vez probaban la sangre, ya que los dos elfos prefirieron evitar el combate. En un momento dado, evitando el cuerpo a cuerpo contra un grupo que apareció de súbito por una de las calles, corrieron en direcciones diferentes y se separaron el uno del otro. Con un compañero más

La Flor de Jade I

-El Enviado-

experimentado, Akkôlom habría sugerido él mismo la idea, pero su valiente compañera seguía siendo demasiado inexperta en tales situaciones. Era una buena luchadora, pero su experiencia en combate se limitaba principalmente a matar al enemigo desde lejos con su arco, antes de saquear el botín.

—¡¡¡Forja!!!" La llamó. Pero era demasiado tarde. Ninguno de los dos podía detenerse ahora. Un soldado del Culto a caballo bloqueó la huida del elfo desfigurado. El jinete detuvo el poderoso corcel que montaba, blandiendo una espada y un pesado escudo. Desde su yelmo pulido, miraba a su enemigo con desprecio, mostrando una arrogancia triunfal que probablemente le costó la vida. El elfo al que creía bloqueado tenía mucha experiencia. Todos sabían con certeza que este misterioso lancero era más de lo que decía ser. Pero pocos podían imaginar el número y el calibre de sus victorias. Con asombrosa destreza, el elfo esquivó el salvaje espadazo del soldado. Luego agarró el brazo blindado del soldado y lo arrancó de la silla de montar.

La espada de Akkôlom dio a su enemigo una muerte limpia y rápida. Luego saltó a la silla y agarró las riendas del noble corcel. Con un brusco y decidido tirón, lo hizo girar y emprendió un veloz galope a través de las callejuelas en ruinas. Regresó a la calle donde se había separado de Forja. Ella ya no se encontraba allí, pero él siguió los sonidos de persecución y rápidamente encontró el rastro de la pelirroja pintada. Pronto la divisó, perseguida de cerca por un pequeño grupo de orcos.

La montura era un caballo de guerra, entrenado para suprimir su miedo en la batalla. Demostró ser un animal muy experimentado. No dudó en obedecer cuando el jinete cargó contra el grupo de perseguidores. Sus pesados cascos de hierro golpearon como mazas de batalla a los desprevenidos enemigos por la espalda, aplastando cráneos en el proceso. Enseguida llegó hasta donde se encontraba Forja, instándola a montar a todo galope. Con una increíble demostración de fuerza y agilidad, la joven se agarró a la silla y se balanceó sobre el lomo del caballo detrás de él. Galopando a toda velocidad, abandonaron los ruinosos edificios del pueblo y se adentraron en las tierras de cultivo, esquivando a los campesinos sin alma en su furiosa huida.

Dejaron de oírlos. Ya no se escuchaban ni sus voces ni los ladridos de sus perros. El viento húmedo que precede a la lluvia había dejado de arrastrar los sonidos de sus perseguidores.

Akkôlom apretó las riendas de la montura que montaba, y el animal se detuvo lentamente. El enorme cuerpo del caballo exudaba un espeso vaho, como si sus músculos hubieran consumido carbón hirviendo. Desprendía un olor acre y su garganta gemía entrecortada, mientras luchaba por recuperar el aliento después del esfuerzo.

—Los hemos dejado atrás —anunció Forja con alivio, volviendo la cabeza hacia el frondoso bosque. —Los sabuesos deben haber seguido un rastro equivocado.

—El olor del caballo debe haberlos confundido —añadió el lancero con calma. —Se lo robé a un soldado del Culto. Su olor debe haberse mezclado con el de sus propios caballos.

Hubo un momento de silencio en el que el bosque sólo hablaba en ese lenguaje sutil de sus susurros y olores naturales.

—Debemos volver.

Akkôlom ni siquiera se giró mientras hablaba. Las palabras salieron de sus labios en un tono frío y cortante. Forja apenas

LA FLOR DE JADE I

-EL ENVIADO-

podía distinguir sus rasgos dañados, oscurecidos por la capa y el cabello negro.

—Una sugerencia espléndida, Akkôlom —resopló, sin perder la compostura ni levantar la voz—. Casi tan acertada y sensata como traer a ese chico con nosotros en primer lugar.

Akkôlom sonrió para sus adentros. En verdad, la puya era bien merecida y se había clavado en el punto más doloroso. Pero él era un elfo, y sabía exactamente qué esperar de otro de su especie en una situación similar. Esa cruel acidez despiadada, buscando el punto más vulnerable...

—Lo que pasó no se puede cambiar, Forja —dijo el arquero mutilado, sin volver su única mirada hacia ella—. Sé que no fue una decisión acertada, pero fue la que tomamos. Ahora debemos encontrar a este chico a toda costa. Sus ojos han visto demasiado. Sus oídos han escuchado suficiente como para delatarnos. Toda la aldea está en grave peligro. Los sirvientes de Kallah pueden hacerle hablar. Conocen formas inimaginables de forzarlo. Es un humano. Si se corre la voz, pronto tendremos una legión registrando el bosque.

—¿La elección que hicimos? ¿de verdad? ¿Ahora es nuestra? Me gustaría recordarte que no fue mi elección. Deberías haber considerado los riesgos cuando decidiste traerlo con nosotros al asalto, Akkôlom. Si ha sido capturado, no va a ser fácil encontrar al muchacho. Sin embargo, siempre podemos preguntar al pelotón de caballería que nos perseguía. Con un poco de suerte, aún andarán cerca.

El marcado se volvió muy lentamente hacia ella. Cuando sus rasgos desfigurados se encontraron con los de la joven, cualquier atisbo de ironía desapareció en ella. Se sintió como si se estuviera burlando de su propio padre, riéndose de la locura senil de un anciano. Aquella impasible mirada gélida y ártica la devolvió a la realidad. El elfo mutilado que tenía delante era su maestro indiscutible. Ella no era más que una aprendiz inexperta.

—Volveré a Plasa, Forja —Anunció casi con solemnidad el veterano. —Encontraré al joven Jyaëromm y lo traeré de vuelta. O lo mataré yo mismo. Mío fue el error, y mía será la corrección. Puedes quedarte aquí si quieres. O puedes venir conmigo. La elección es tuya. Nadie va a obligarte a hacer lo que no quieras.

La elfa suspiró...

No le gustaba, pero no tenía otra opción...

La mañana había pasado con rapidez.

Apenas me había dado cuenta de que corría el tiempo mientras los soles gemelos se elevaban por encima del horizonte. Hacía un día precioso. Una brisa suave refrescaba lo que de otro modo habría sido una mañana calurosa y húmeda. Era un placer respirar el aire puro y limpio del bosque. Pájaros de todas las variedades cantaban desde los árboles. La tierra desprendía un penetrante y delicioso olor a humedad. Desde estas colinas se veían las aguas cristalinas del río S'uam, aún incipiente, serpenteando por la salvaje llanura de abajo.

Incluso desde la distancia, se podía apreciar la fuerza del río, aunque sólo se viera como un hilo plateado que aparecía y desaparecía en el paisaje. Conservaba gran parte de la energía generada en su paso a través del intransitable terreno rocoso de las

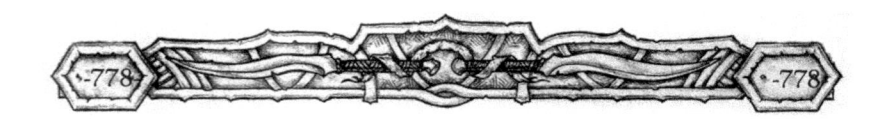

La Flor de Jade I

-El Enviado-

montañas. Lejos, en el horizonte, aún se divisaban las cumbres del poderoso macizo en el que nacía, eternamente coronadas de nieve. A sus pies se intuía la sombra de aquel bosque fantasmal, y la aldea oculta que había en su interior, que se había convertido para mí en lo más parecido a un hogar en este mundo. A cada paso, nos distanciábamos inexorablemente de la relativa seguridad de aquella comunidad que me había acogido con tanto entusiasmo y calidez. Ese lugar secreto que juré nunca traicionar.

—Lex. ¡Lex! ¿Ocurre... ocurre algo?

Si el tiempo había parecido pasar tan deprisa, escabulléndose como un instintivo suspiro de placer o desvaneciéndose como un placentero sueño al despertar, se debía a la cautivadora presencia de mi asombroso protector y compañero. La riqueza de conocimientos que revelaba aquel gigante con cabeza de león era tan cautivadora como convincente. No sólo el tema de su discurso era interesante y entretenido, sino también su forma de hablar, exquisita y única. Utilizaba un vocabulario rico y extenso que articulaba con una claridad sublime. ... Jugaba con el lenguaje de un modo a la vez inteligente y bello, sin pretensiones ni adornos superfluos. Su voz hueca y esa deliciosa modulación añadían un cierto condimento que no suele encontrarse en la mayoría de los conversadores. Así que no debería sorprender a nadie que me preocupara cuando el leónida pareció distraerse de pronto. Dejó de hablar a media frase y miró fijamente a lo lejos.

—Parece... que tenemos compañía —advirtió. Con una ligera inclinación de su majestuosa cabeza, me indicó que mirara hacia delante. —Quédate atrás. Quédate junto a Tigre.

Me dio un suave codazo con su ancha mano, de modo que quedé parcialmente oculto tras su voluminoso cuerpo y la tela de su larga capa.

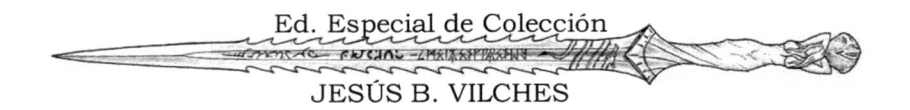

—Recuerdo los días en que era una agradable experiencia encontrar compañía en los caminos —suspiró, no sin cierta nostalgia. —Lamentablemente, en los tiempos que corren es más prudente pecar de precavido".

Sentado en el tocón de un árbol, cubierto por un manto verde de musgo, había una figura alta y esbelta. Estaba oculto entre los pliegues de una fina capa que había visto días mejores. Era imposible distinguir el tamaño o la forma de sus miembros. Una mano enguantada sobresalía de la tela de la capa sosteniendo la empuñadura de una esbelta espada larga desenvainada. Su punta de acero estaba enterrada en la tierra húmeda al pie del tocón del árbol. Aunque la postura de la misteriosa figura no parecía agresiva ni amenazadora, el arma desenvainada pretendía claramente captar nuestra atención e imponernos respeto. Era un mensaje que no podíamos ignorar.

Aparte de la espada, no parecía llevar más armas que un elaborado arco a la espalda. Era innegable su origen élfico y se alzaba orgulloso tras su encorvada silueta. No había rastro de carcaj ni flechas a la vista.

Los rayos de luz atravesaban el verde del bosque como lanzas preparadas para la batalla. Pero apenas revelaban la identidad del desconocido. Su rostro estaba envuelto por un pozo de oscuridad, oculto entre los pliegues de su capucha.

—Es un elfo —anunció mi compañero. Levanté los ojos para mirar a mi acompañante. No podía imaginar el motivo de tanta certeza.

—¿Cómo lo sabes? —pregunté con interés, imaginando que el félido había encontrado algún detalle oculto en el traje, los gestos o la apariencia de esta misteriosa figura que revelaría su identidad. Pero Lex levantó el hocico y olfateó el aire repetidamente, como cabría esperar del albino animal que nos

La Flor de Jade I

-El Enviado-

acompañaba.

—Puedo olerlo —confesó. Le creí sin el menor asomo de duda.

Incluso desde la distancia, la solitaria figura parecía ajena a nuestra presencia, lo que acrecentaba las sospechas de mi compañero y aumentaba la tensión. Había que reconocer que era difícil estar seguro de hacia dónde se dirigían los ojos del desconocido. Tal vez no nos había visto. Pero sería extraño para un elfo si no nos hubiera oído.

—Tal vez esté muerto. —sugerí, aunque eso parecía algo improbable.

—Vamos a averiguarlo —propuso el Félido. —No te alejes de Tigre —volvió a recordarme. Me acerqué al hermoso gato blanco, que parecía plenamente consciente de la situación, pues parecía tan tenso y concentrado como su dueño en la figura ante nosotros. Avanzamos despacio y en silencio. Cuando el Félido decidió que no era seguro aproximarse más, llamó al extraño sentado al borde del camino.

—Paz en el camino, viajero —saludó mi compañero, levantando la mano derecha en un inequívoco gesto de cortesía —¿Podemos ayudarle en algo?

La figura embozada dio débiles señales de vida y giró ligeramente la cabeza en nuestra dirección. Ningún rayo de luz iluminaba directamente su rostro, por lo que aún era imposible distinguir con claridad sus rasgos. Era un rostro imberbe. Tal vez, podría ser la cara de un elfo. Una pupila brillante era visible desde el interior de los pliegues oscuros de la capa. Una sola pupila brillante, azul celeste, Sylvänn casi por definición.

Empecé a ver algo familiar en este rostro secreto.

JESÚS B. VILCHES

La figura se levantó, apoyándose en la larga empuñadura de la espada que aún no había levantado del suelo. Dejaba ver una silueta esbelta, aunque nada impresionante en comparación con las proporciones de compañero leónida. El desconocido habló con una voz fría que me resultaba demasiado familiar.

—Tienes algo que me pertenece y lo quiero de vuelta, leónida. A cualquier precio —demandó la alta figura embozada con una calma inusitada. Hubo unos segundos de silencio mientras el aire se llenaba de tensión. Esa petición no podía ser buena.

—Eres muy descortés, forastero. Ni siquiera has dicho quién eres, pero me acusas de ladrón. No recuerdo haber robado a nadie. —declaró el félido impasible. Noté que empuñaba su bastón con decisión. —Sin embargo, estaría encantado de ayudarle si me dijera qué es lo que desea recuperar a mi costa".

La petición no se hizo esperar. La siniestra figura me señaló.

—Quiero... al muchacho.

Y mientras me señalaba, los pliegues de su capa se deslizaron, revelando unas facciones antaño hermosas que ahora estaban marcadas por profundas cicatrices. Un rostro mutilado que yo conocía bien. Un rasgo único e inconfundible, oculto con vergüenza tras un parche de cuero.

"¡Akkôlom!" grité, embargado por una súbita alegría. Pensé que nunca volvería a ver al enigmático lancero elfo.

—Jyaër, ven aquí. —Ordenó, sabiéndose delatado. Tigre dejó claras sus objeciones a la orden con un rugido furioso. No movería ni un músculo por todo el oro del mundo.

—No lo hagas. —dijo el félido. —Quédate donde estás. — añadió, pronunciando mi nombre... mi verdadero nombre, lo que

La Flor de Jade I

-El Enviado-

me dejó sin palabras. No recordaba habérselo dicho nunca a nadie, excepto, claro está, a Gharin, Allwënn y mis compañeros humanos. Mucho menos a él. El félido se volvió inmediatamente hacia el elfo de la cicatriz.

—No busco problemas, Sylvänn. El humano no me acompaña contra su voluntad. No es de mi propiedad y puede marcharse en cualquier momento. Pero no entiendo por qué afirmas que es tuyo.

—Tu fingida amabilidad me ofende, Leónida —dejó claro el arquero mutilado con un tinte desagradable en sus palabras. —Ambos sabemos el valor de este humano. No trates de fingir ignorancia. Vivo o muerto, el chico vendrá con nosotros. Ese es el principio y el fin de la discusión. Acéptalo o prepárate para luchar por él.

—¡¡¡No, Akkôlom!!! —intercedí desesperado, temeroso del inesperado giro de los acontecimientos. —¡Es verdad! ¡No me obligó a ir con él! ¡¡¡Me salvó la vida!!!"

Mis palabras atrajeron su atención. Sus ojos pasaron de la imponente figura del hombre león a mí. El maltrecho rostro de Akkôlom se contorsionó en una sonrisa sarcástica.

—Claro que sí. —El lancero escarificado se mofó con asombrosa certeza. —Vales mucho dinero. No te hará daño. Si te vende vivo, pedirá dos o tres veces el precio acordado, ¿no?.

—¿De qué... de qué estás hablando? —Me quedé de piedra.

Apenas podía comprender lo que el veterano elfo intentaba decirme. ¿Este amable y erudito personaje haciendo negocios a mi costa? Apenas podía creer lo que escuchaba. Si alguien más hubiera intentado convencerme de ello, probablemente no le habría dado ningún crédito. Miré al félido, cuyas majestuosas facciones mostraban ahora una sonrisa socarrona. La sonrisa de quien ha sido cazado en el discurso.

Dudé... y tuve miedo.

—¿Le has dicho a qué te dedicas, Félido? —Le preguntó el elfo de forma casi retórica, intuyendo los pensamientos que ahora se agolpaban en mi mente. —¿Qué te dijo, Jyaëromm? ¿Te dijo a qué se dedica? ¿Viajero? ¿Aventurero? ¿Cazador? ¿Te ha dicho qué caza? ¿Te ha dicho lo que vende? Seguro que es muy listo, ¿verdad? —añadió, dirigiendo su única pupila de nuevo al Leónida. — Robas al humano del Culto delante de sus narices. Cruzas algunos condados y luego se lo volverás a vender por una recompensa mucho mayor, ¿verdad? ¿Cuánto te darán por él en Dáhnover? ¿Seiscientos Ares? ¿Setecientos?

—Mil doscientos Ares de plata por un varón humano en edad de portar armas o trabajar—. La voz solemne confesó con sinceridad. —Dos mil si se trata de un púber o una mujer en edad fértil. Por el resto sólo pagan cuatrocientos".

Le miré con el corazón roto.

Busqué en sus sabias pupilas anaranjadas de ojos rasgados una señal, una razón que me ayudara a descartar la idea que se estaba formando en mi mente. Me miró fríamente y no me dio la respuesta que buscaba.

—Es mucho dinero.

—Lo es.

—Jyaër... —repitió Akkôlom. —Acércate a mí. Despacio.

La Flor de Jade I

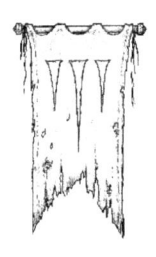

-El Enviado-

Tenía un blanco claro. A esta distancia, no podía fallar. Forja tenía un talento excepcional con el arco. Su puntería excelente. Después de todo, por sus venas corría verdadera sangre élfica. Llevaba en la sangre el sentido innato de la distancia y la precisión. La afilada punta de acero de la flecha apenas se movió, con su fatídico dedo de la muerte apuntando a la cabeza de su desafortunada víctima. Podría permanecer en esta posición durante horas si fuera necesario. Sus dedos no soltarían la tensión de la cuerda del arco, ni la flecha se desviaría de su objetivo. Hasta el momento, todo parecía estar bajo control. Ningún arma había asomado de su vaina aún. Tampoco se habían tensado los músculos ni crispado la conversación Por el momento, lo único que hacían era hablar.

Entonces recordó las palabras del elfo desfigurado...

—Si hay pelea, dispara. No lo dudes, mátalo. Hay mucho en juego.

El corazón de la joven latía con fuerza en su pecho. Sabía que las palabras de Akkôlom eran las más sensatas. Duras, pero sensatas. Rezó a los dioses para que esta situación terminara sin derramamiento de sangre. Esta vez no tenía elección. Tendría que cumplir la clara orden que se le había dado. Aunque le costara la vida al que había salvado del agua.

JESÚS B. VILCHES

—¡Ni lo intentes! —Me ordenó el leónida cuando estaba a punto de iniciar mi aproximación al elfo encapuchado. Tenía el brazo extendido y su gran mano me impedía el paso.

—No seas iluso, Leónida —Le reprendió mi aliado. —Hay un arco sylvänno apuntándote desde el bosque. ¿Crees que soy tan estúpido como para enfrentarme a una criatura que me dobla en tamaño y a su felino mascota sólo con mi espada? Estarás muerto antes de que puedas desenvainar tu espada, te lo garantizo.

Tener un arco de sylvänno apuntándote a la cabeza era una sentencia de muerte segura. Sin duda, el félido era consciente del peligro mortal que corría. En esta ocasión, su formidable tamaño y sus extraordinarias dimensiones no hacían sino facilitar la tarea al arquero oculto. Lex permaneció inmóvil, como congelado por la duda y el miedo.

O eso creíamos todos.

La punta del bastón que llevaba el leónida empezó a brillar. La luz era tenue al principio, y luego fue aumentando gradualmente de brillo. Akkôlom blasfemó en voz baja, maldiciendo su falta de previsión y los segundos de más que le había dado a su oponente. Entonces... su mano, que nunca había soltado la empuñadura de su espada, arrancó el brillante acero del suelo con un enérgico giro. Ya temía lo que estaba a punto de suceder.

El poderoso brazo del félido levantó su bastón tallado de un rápido empujón. Su punta apuntó al esbelto cuerpo del elfo como la boca de un cañón listo para disparar.

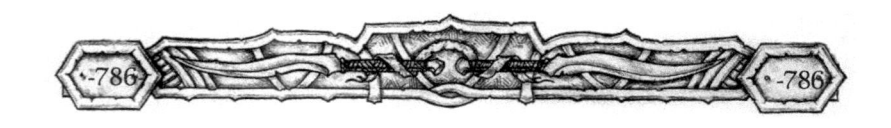

La Flor de Jade I

-El Enviado-

Nada salió de la intrincada madera tallada. Akkôlom apenas tuvo tiempo de levantar la espada. Fue arrancado del suelo con una fuerza inusitada y catapultado por los aires, como golpeado por una ola invisible. Se estrelló contra el mismo tronco del que se había levantado momentos antes. Su espalda impactó dolorosamente contra la sólida madera, antes de desplomarse en el suelo, golpeándose la cabeza en la caída. Durante unos instantes, quedó parcialmente inconsciente e inmóvil.

Lex no perdió ni un segundo. Ya estaba murmurando con su voz cavernosa, mientras me agarraba y nos envolvía a ambos en los amplios pliegues de su capa.

El dedo relajó su agarre y la cuerda del arco liberó toda su energía contenida. El afilado proyectil de madera y acero se impulsó con furia mortal hacia su objetivo condenado. La flecha cruzó la distancia entre verdugo y víctima en cuestión de segundos.

Pero...

Me encontraba en el oscuro interior de la gruesa y larga capa del félido. Se había echado encima de mí, cubriéndonos a ambos con la áspera tela de su manto. No sabía el motivo de esta acción. Sólo oía murmurar. Un cántico ininteligible que salía de sus labios. El salmo de otro encantamiento.

El leónida era un hechicero.

Incluso ahora, no lo sé con certeza, pero sospecho que la flecha que impactó en la capa nunca tuvo la intención de dañar a Lex Él no era el objetivo. Otra era la víctima prevista de esa flecha mortal. Nadie me lo confesó nunca. Quizá no fuese agradable revelarlo, pero esos gramos de afilado metal asesino tenía un nombre escrito...

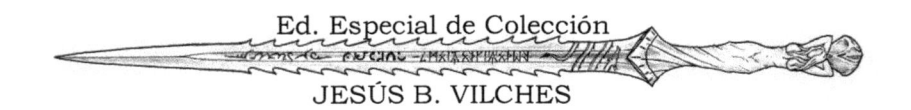

El mío.

Una vez hubo rodado sobre mí, oscureciendo el cielo con la tela de su capa, volvió a erguirse. Lo hizo con rapidez, como si supiera exactamente de dónde vendría el siguiente ataque. Se puso en pie rápidamente, levantando su corpulento cuerpo con sorprendente agilidad, y barrió el aire con el brazo que empuñaba el bastón. Entonces oí un fuerte silbido. Luego llegó el crujido de hojas y ramas. Levanté la vista a tiempo para ver cómo los árboles cercanos temblaban y se agitaban como si un vendaval los hubiera atravesado. Una furiosa ráfaga de viento azotó el arco imaginario dibujado en el aire. Durante unos instantes, los árboles se doblaron hacia atrás y parecía que iban a partirse en dos, el tiempo suficiente para que el hechizo consiguiera su propósito.

Incapaz de mantener el equilibrio sobre la rama en la que estaba sentada, Forja se precipitó sin remedio al suelo. No fue una caída grave. Sólo sufrió algunos cortes y magulladuras. Pero cuando la semielfa pintada intentó incorporarse, se enfrentó a la amenazadora figura de un tigre albino, con sus feroces colmillos desnudos como sables de guerra.

Cuando Akkôlom recobró parcialmente la conciencia, sintió como si le hubieran soldado al suelo. Y no sólo en sentido figurado. Ni mucho menos. La ligera capa de barro que las recientes lluvias habían formado en el suelo se había solidificado bajo él, pegándolo al firme. Cualquier intento de liberarse acabaría en fracaso. Lo reconoció de inmediato y por eso ni siquiera intentó levantarse del lecho de barro que lo aprisionaba. Era el resultado de un viejo truco (o hechizo, debería decir) muy sencillo. Hasta un aprendiz podía lanzarlo. Estaba muy infravalorado, pero también resultaba extremadamente útil. El veterano arquero, sabiéndose

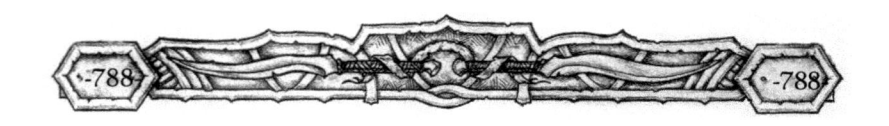

LA FLOR DE JADE I

-El Enviado-

derrotado, miró con un ojo al imponente Félido, que le observaba sereno, con ambas manos sobre su ornamentado bastón.

—Parece que no nos queda más remedio que pactar —admitió con resignación.

Lex lo miró en silencio por un momento

—Esa... —dijo finalmente. —...es una sabia elección".

La densa bruma de los recuerdos se disipó gradualmente a medida que se acercaban las horas presentes. Forja se encontró de nuevo reflexionando sobre una escena concreta en el centro de su mente. La misma escena que regresaba ahora al retornar de su viaje a través de sus recuerdos recientes: la serena y melancólica imagen de Akkôlom mirándose a sí mismo.

A un lado, la leña crepitaba, alimentando una corona de llamas jóvenes y vigorosas. Un poco más lejos, yacía el cuerpo dormido de aquel codiciado humano. A pesar de los recientes acontecimientos traumáticos, parecía descansar plácidamente. Frente al elfo marcado, se sentaba la imponente y majestuosa figura del félido, custodiada diligentemente por aquel hermoso ejemplar de tigre. Tenía una presencia tan cautivadora que ella apenas podía apartar los ojos de él. El félido estaba sentado leyendo despreocupadamente un pequeño libro a la luz del fuego, sin prestarle atención. Obviamente era ajeno, o tal vez ya estaba acostumbrado, a las miradas de asombro y fascinación que provocaba. La visión de esta criatura de aspecto noble y feroz, con gafas en su ancha nariz y un pequeño libro en sus grandes manos, resultaba desconcertante y seductora al mismo tiempo. La guerrera pintada, no obstante, tenía motivos para desconfiar de aquel individuo imprevisible, de sus artes arcanas... y de sus intenciones secretas. La gente suele temer lo que no conoce, oí decir una vez.

—¿Qué pretendes hacer con él? —La joven semielfa finalmente se armó de valor para preguntar. Durante unos segundos, el leónida levantó sus ojos de la lectura y la miró por encima del borde de sus gafas con sus pupilas amarillentas y rasgadas.

—Eso, señorita, creo que no es de tu incumbencia —advirtió el gigante, modulando la voz para sonar amistoso. Sus ojos regresaron de inmediato a su libro. Forja, sin embargo, no estaba nada satisfecha con esa respuesta y no estaba de humor para buenos modales.

—No deberías considerarme una dama. Y menos aún una señorita. En cuanto a lo que es asunto mío y lo que no, debería saber que una vez salvé la vida de este muchacho. Si vamos a entregártelo, al menos debería saber qué destino le espera.

Akkôlom desvió un ojo hacia la conversación que había comenzado frente a él. Tras un largo suspiro, el félido rompió por segunda vez su concentración para dirigirse a la elfa.

—¿No te han enseñado nunca que es de muy mala educación molestar a alguien que está intentando leer? —La reprendió, pero con un tono suave en la voz.

—¿Vas a darme una respuesta? —Insistió ella.

—Ya te he dado esa respuesta. Pero parece obvio que no quieres aceptarla.

Con eso, sus ojos regresaron de nuevo al pequeño y denso texto de su libro.

—¡Maldita sea! —protestó ella al sentirse ignorada por

LA FLOR DE JADE I

-EL ENVIADO-

segunda vez.

—¡Forja! —Su atención se dirigió ahora al sombrío lancero, molesto por la pérdida de compostura. Nunca se debe mostrar ningún fervor visceral. Tu oponente nunca debe sentir tu ira o frustración. Recordando las lecciones del Maestro, intentó contener sus emociones y recuperar las formas. Sin embargo, eso no le impidió volcar su frustración contra él.

—Estás muy serio, muy ensimismado —observó—. ¿No tienes nada que decir? Este mercenario venderá al chico delante de nuestras narices y hará una fortuna. Si alguien me hubiera escuchado entonces.

Otra vez, una vez más...

La lanza penetraba profundamente en la herida abierta. El golpe punzante en el lugar más sensible. Akkôlom se volvió hacia la joven elfa, su única pupila la atravesó como una bola azul de hielo ártico. Su mirada era tan fría y severa que la joven supo que, de nuevo, se había excedido con sus comentarios. Esperó una reprimenda que nunca llegó. El félido estaba harto de las constantes interrupciones y se decidió darle la respuesta que tanto insistía en obtener. Con un suspiro de infinita paciencia, Lex dejó de leer su libro. Cerró el volumen y se volvió hacia los elfos que mantenían su disputa de puyas indirectas y reprimendas silenciosas.

—Si me enriqueceré o no a costa de este joven humano, aún no es algo que haya siquiera mencionado. Y ninguna ley me obliga a hacerlo. Pero si lo hiciera, no se me ocurriría hacer negocios en Dáhnover. A más de uno le gustaría verme colgado de un poste allí. Elegiría un lugar más apartado, mucho más tranquilo, ideal para ese tipo de asuntos. Allí me encontraré con un viejo conocido. Para bien o para mal, el destino del chico se decidirá en ese momento. No tengo inconveniente en que me acompañéis. Entonces, una vez que yo haya obtenido lo que me corresponde, serás libre de intercambiar al chico con quien desees. Pero, por ahora, tendrás que disculparme. Ahora... deseo leer, si no te importa.

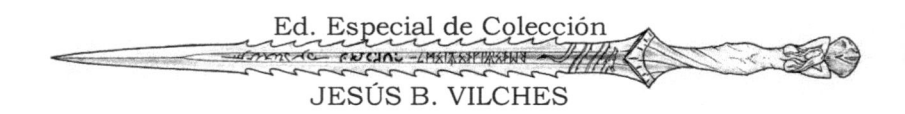

Cuando el muchacho finalmente cedió a la exigencia de Allwënn de abrir la puerta, todos se habían reunido junto a la entrada de la taberna para ver por qué tanto alboroto. Sólo Hansi e Ishmant estaban ausentes. El primero dormía, el segundo seguía desaparecido.

Tenso por la inesperada presión sobre él, el muchacho giró tembloroso la llave que abría las compactas puertas de madera que daban acceso a la sala de la taberna. Una vez abierta, la habitación estaba sumida en sombras y se llenaba de un pesado silencio. Era un silencio profundo, de sepulcro. Se trataba de una sala bastante amplia. Una sala que ocupaba casi toda la planta baja, atestada de mesas y sillas. Parecía completamente desprovista de vida, lo que era de esperar. Gharin miró atentamente a su compañero. Todos lo hacían. A estas alturas ya estaban acostumbrados a buscar en la expresión del rostro del mestizo pistas que indicaran su estado de ánimo y humor. Allwënn seguía con la mirada perdida en el interior oscuro de la habitación.

No movió un músculo, apenas pestañeó.

Nadie hizo nada. Nadie se movería hasta que él lo hiciera. Nadie hablaría hasta que se pronunciase. Todos esperaban impacientes la primera reacción del receloso medio enano. Si la tensión de su rostro disminuía, probablemente no había nada que temer. Si su alerta aumentaba, entonces era mejor estar preparado.

LA FLOR DE JADE I

-EL ENVIADO-

Aunque Allwënn podía ser irritable y susceptible a veces, su intuición pocas veces se había equivocado.

Allwënn volvió a dirigir sus feroces pupilas esmeralda hacia aquel niño. Éste sintió enseguida la frialdad cortante de la mirada ardiente del mestizo. Entonces, Allwënn desenvainó su dentada espada de acero y, antes de que nadie pudiera discutir o detenerlo, entró resueltamente en la sala de la taberna.

Se conocían demasiado bien.

Habían compartido demasiadas experiencias desagradables, demasiadas situaciones como aquella. Hacía tiempo que Gharin había dejado de cuestionar las muestras de suspicacia de Allwënn. Era el primero en admitir que la mano derecha de su amigo siempre estaba demasiado dispuesta a empuñar la espada. Sin embargo, en casi todos los casos, su filo solía regresar manchado de sangre a su vaina. Así que cuando el metal dentado de la Äriel despertó de su letargo, la mano de Gharin también se dirigió con cautela hacia su pesada espada. No dudó ni por un momento que el acero de su hoja pronto se cruzaría con el de otra. La sensación de que la batalla era inminente parecía haber contagiado a Alex tanto como a los elfos. Extendió la mano y desenvainó la suya.

Claudia le miró sorprendida.

No se esperaba una reacción así por parte de su amigo. Él estaba sin duda tan sorprendido como ella, pero no tardó en devolver la mirada de su compañera con un gesto lleno de significado. Sus pupilas revelaron el pensamiento espontáneo que había entrado en su mente. Parecía estar diciendo con los ojos... "Tengo que hacerlo, Claudia. ¿Cuánto tiempo podemos mantenernos al margen?" Ella creyó entender a medias el significado de su gesto, e incluso estuvo tentada de desenfundar su propia arma. Pero tal vez un atisbo de sentido común (como ella lo definiría) puso fin a esa pretensión de inmediato. Nada más cruzar el umbral, las puertas se cerraron de golpe tras ellos.

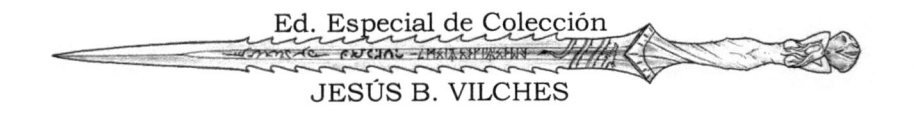

—¡Maldita sea! —murmuró Allwënn.

A partir de ese momento, los acontecimientos se precipitaron. El sonido del tintineo de las llaves en la cerradura y las voces nerviosas de los jóvenes humanos al otro lado de la habitación no dejaban lugar a dudas.

Les habían engañado.

Y entonces...

Se oyó el ruido de muebles moviéndose y botas pisando madera. Una voz desconocida emitió un gemido de esfuerzo. Alguien salió de las sombras y rasgó el velo de silencio. Alguien volcó sillas y movió una mesa.

Las señales eran inequívocas. Alguien iba a atacar.

—¡¡¡Allwënn, agáchate!!!

El bravo mestizo también había aprendido una lección, y la había aprendido bien: cuatro ojos ven más que dos. Y las pupilas de su amigo eran mucho más hábiles en la oscuridad que las suyas.

Gharin lo había visto.

Había visto claramente cómo una figura salía de su escondite y alzaba la espada por encima de la desprevenida cabeza de su compañero. La silueta apuntaba a un corte horizontal a la base del cuello. La intención era separar la cabeza de Allwënn de sus hombros. Gharin mantuvo la calma. Estaba demasiado lejos para empujar a su compañero a un lugar seguro, pero la espada del enemigo invisible ya estaba en camino hacia su objetivo. Allwënn no tendría tiempo de parar el golpe aunque hubiera oído la

LA FLOR DE JADE I

-EL ENVIADO-

advertencia.

El rubio medio elfo no tenía tiempo para pensar. Sus reflejos fueron rapidísimos. Otro apenas habría tenido tiempo de abrir la boca antes de que su cara estuviera cubierta de la sangre de su amigo.

Allwënn se dejó caer al suelo. No dudó en reaccionar al oír la advertencia de Gharin. El acero enemigo siseó furioso mientras surcaba el aire, sin encontrar víctima. Pasó por encima de su cabeza, una corriente de aire rozó la piel de su cuello. Fue la espada de Gharin la que impidió un ataque posterior. Como el rubio elfo ya aventuró desde el principio, el acero de su espada larga chocó con el de otra.

Allwënn apretó el Äriel en su puño y se preparó para descargar su hoja dentada contra su desconocido adversario. Pero sus sentidos lo alertaron de un peligro en su flanco vulnerable. Había otro asaltante. Se giró rápidamente para enfrentarse a la nueva amenaza. Sólo vislumbró una silueta fugaz que se acercaba con determinación. Un acero reluciente se dirigió hacia él. Esperó un segundo más. Entonces las fauces de su espada legendaria buscaron hambrientas carne para morder.

Allwënn era un luchador ciego.

Era completamente impredecible. La aplicación de tácticas metódicas y la teoría del combate eran inútiles contra él. No se podía adivinar cuál sería su siguiente movimiento. No tenía técnica. No tenía disciplina. Ni siquiera se podía esperar lógica en sus ataques. Todo lo que podías esperar era pasión; profunda y salvaje pasión. Pasión intensa, inconsciente, ciega. Pasión y rabia. Furia sin control, sin barreras, sin límites. Era como luchar contra un huracán. Impredecible, imparable.

Allwënn peleaba como un Tuhsêk.

JESÚS B. VILCHES

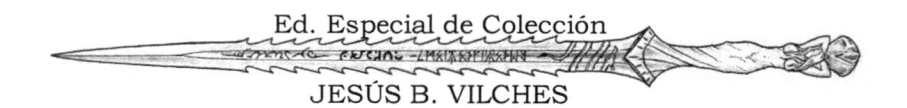

Si a alguien le debía su entrenamiento como guerrero, era al linaje de su padre. Para los Tuhsêkii, cada batalla es una guerra. Cada arena es un campo de batalla donde no hay ley, donde no hay reglas. Lo único que importa es la adrenalina que corre por las venas, alimentando los músculos con fuerza y furia.

Allwënn era un luchador ciego.

No le preocupaba el arma que blandía su oponente. Le importaba poco el daño que pudiera recibir de las estocadas del enemigo. Sólo pensaba en los golpes que aquél recibiría de su propia mano. En la sangre que derramaría y en las heridas que su hoja dentada abriría en la carne de su enemigo. Por esa razón, y sólo por esa razón, lo que había parecido empezar como una ejecución quirúrgica contra un frágil y desorientado semielfo atrapado en una emboscada, se transformó de repente en un furioso e implacable contraataque. Sin pensar en su propia seguridad, Allwënn lanzó un golpe ciego contra la figura que se le echaba encima. Su oponente, que ya se había comprometido al ataque, nunca habría esperado una respuesta tan violenta. Allwënn mostró poca preocupación por el acero lanzado contra él. No intentó parar ni esquivar el golpe. Eso seguramente sólo permitiría a su oponente mantener la iniciativa. Y el medio enano no iba a permitir que eso sucediera...

Contra toda regla, contra toda lógica, el mestizo dirigía su espada con nombre de mujer al cuerpo expuesto de su oponente. Sin pensarlo, lanzó el golpe con increíble velocidad y brutalidad. Sólo los asombrosos reflejos del atacante fantasma impidieron que fuera abierto en dos. El formidable tamaño del Äriel la convertía en un arma que podía causar la muerte instantánea en un alto porcentaje de casos. Nadie quería sentir la caricia de su acero dentado ni el beso de su afilada punta. Su larga hoja le permitía golpear a sus oponentes a distancia, donde las hojas más cortas

LA FLOR DE JADE I

-EL ENVIADO-

seguirían estando fuera de su alcance. Su ancho armazón y su afilado filo convertían la hoja dentada en un huracán de destrucción, arrasando todo a su paso.

Este atacante de las sombras...

Si se hubiera mantenido firme, si no hubiera dudado en el último momento... Si no hubiera esquivado la furiosa embestida del mestizo enano...

Probablemente habría logrado herir a Allwënn, tal vez de forma letal. Pero sin duda también habría sentido cómo el filo dentado de la Äriel le arrancaba las tripas. Incluso entonces, las relucientes fauces de la hermosa espada extrajeron sangre, provocando un instintivo gruñido de dolor por la herida infligida a la carne.

Era su certeza inquebrantable, su arrogante superioridad. Era este desprecio y absoluta indiferencia por su oponente lo que aterrorizaba a sus enemigos y les hacía dudar en el último momento, el más crítico.

Allwënn era un luchador ciego.

Sólo unos segundos antes, había parecido un oponente indefenso en clara desventaja. Ahora se mostraba como un guerrero despiadado y furioso, que lanzaba repetidos golpes con una fuerza inusitada. Su implacable embestida apenas podía ser contenida por las rápidas paradas de la espada de su oponente.

El oponente de Gharin era una mujer.

Tenía un aspecto feroz.

Sus pupilas eran claras y afiladas, eso podía verse a pesar de la falta de luz y de la intensidad del combate. Era mestiza, como él, igual que los mercenarios que habían encontrado en aquel árbol del pesar. Podía ser uno de ellos... o quizá algún otro cazarrecompensas. Ahora eran generosos en número.

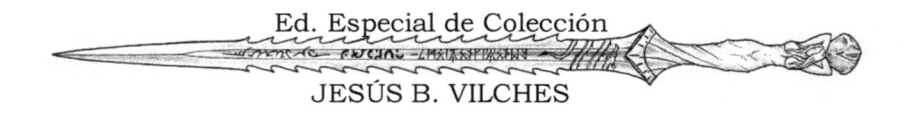

Ella era mestiza... de humanos.

Él podía decirlo por su olor, de la misma manera que un elfo de sangre pura podía decir que la suya no lo era.

Olía a mezcla.

Gharin paró la espada con relativa facilidad. Luchaba duro, con agilidad, determinación y buena técnica. Estaba claro que había aprendido a manejar la espada con un buen maestro. Pero le faltaba creatividad. El arquero podía predecir sus golpes de antemano. Le faltaba esa chispa de espontaneidad que da la experiencia. Sus empujones eran precisos y bien colocados, pero fáciles de leer.

Gharin era un bailarín.

Su elegancia y gracia al blandir la espada eran sublimes. A diferencia de Allwënn, el elfo rubio era eminentemente reservado en la batalla. Sometiéndose rigurosamente al equilibrio y la forma, nunca desperdiciaba un gramo de esfuerzo en un movimiento inútil que no le proporcionara una ventaja significativa. Se mantenía fiel a su exquisito entrenamiento y jamás improvisaba un golpe. De hecho, cualquier erudito versado en las artes y técnicas

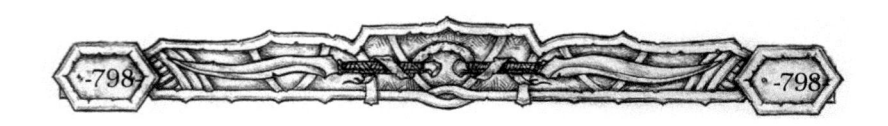

LA FLOR DE JADE I

-EL ENVIADO-

de la verdadera Gladia[55] podría nombrar todas y cada una de las acciones que realizaba el semielfo, ya fueran golpes, fintas, réplicas o paradas, del mismo modo que uno podría contar una partida de ajedrez por las jugadas ejecutadas.

Si podía contener la furia de su oponente, Gharin prefería mantenerse firme, observando pacientemente la técnica de su adversario hasta encontrar el punto débil en ella. Paraba los golpes de su oponente con movimientos estudiados y correctos, tan elegantes como eficaces. Hacía fintas con agilidad felina, bailando alrededor de su adversario hasta que éste cometía un error y le abría una brecha. Entonces aprovechaba y golpeaba su carne con frío acero. Normalmente una vez, dos como mucho.

Entonces... el enemigo dejaba de respirar.

Su adversario golpeó su espada una y otra vez contra el escudo, haciéndole retroceder poco a poco. Gharin tenía el control. Sus ojos estaban atentos a cada movimiento y sólo cedía el terreno necesario. Seguía rechazando cada golpe mientras la estudiaba.

Era muy hermosa... y había algo en ella que despertaba algo en su memoria...

Con un movimiento inesperado, saltó a una mesa cercana. Desde este punto de vista, esquivó y paró hábilmente sus enérgicos

---

[55] También llamada "Alta Gladia", se considera la más noble de todas las formas de combate. En tiempos del Alto Imperio Élfico, era un entrenamiento esencial para quienes aspiraban a convertirse en verdaderos caballeros. Aunque su carácter elitista, refinado y exquisito sigue siendo importante en la conciencia élfica, con el tiempo ha quedado relegada a una disciplina de exhibición. La principal característica de la "esgrima de combate" reside en el concepto duelista del combate, que resulta inútil contra más de un adversario. También es muy apreciada por la marcada elegancia de sus movimientos y acciones. No hay que olvidar que se trata de una disciplina inventada por los elfos, y que es muy de su agrado.

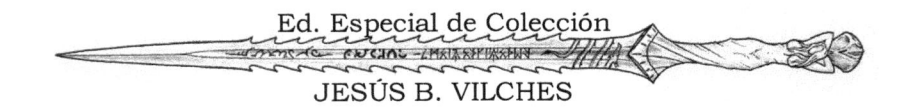

y predecibles golpes. Era un guerrero experimentado. Quizá no tenía el talento natural de su amigo, pero su habilidad era ciertamente extraordinaria. Su espada se movía de izquierda a derecha, de arriba abajo. Su cintura giraba en giros perfectamente ejecutados. Mientras tanto, sus pupilas azul-hielo buscaban la abertura.

Y finalmente la encontró...

La espada quiso buscar a su víctima. Avanzaba, decidida a asestar el golpe que desequilibraría la balanza del destino a su favor. Entonces, los recuerdos de la masacre se estrellaron en su mente como un pico en la roca. Los ojos muertos de aquellas mujeres mutiladas volvieron a él, colgando de sus cabellos en las ramas nudosas del viejo roble. Recordó a sus hermanos empalados en sus lanzas. Y esas imágenes se mezclaron con otras mil de las que sus ojos habían sido testigos en los últimos años.

Era hermosa y valiente. ¿Cómo matarla? ¿Cómo acabar con su vida?

Quizás en otro tiempo no hubiera tenido remordimientos. Pero últimamente, sobre todo después de lo ocurrido, le horrorizaba quitarle la vida a otro como única opción. Estaba cansado de derramar sangre sin motivo.

Su cabeza esquivó la estocada que la salvaje medioelfa le dirigía. Su espada se coló por el hueco de su brazo extendido y penetró en su guardia. Con un golpe seco y preciso, el acero de Gharin rompió el ataque de su agresora y lanzó su arma por los aires. ¡Desarmada!

En un movimiento, él giró tras ella y se posicionó a su espalda. No necesitó mucho esfuerzo para desequilibrarla y hacer que la guerrera se estrellara contra un grupo de sillas. El golpe fue duro, pero infinitamente menos grave que ser atravesada por una

LA FLOR DE JADE I

-El Enviado-

espada. Permaneció inmóvil durante unos instantes fugaces. Cuando sus ojos se volvieron hacia él, la joven y enérgica mano trató de alcanzar una nueva arma y volver a la lucha...

Gharin la estaba esperando...

Ella sintió el filo de una espada amenazar la piel de su garganta.

La justa había terminado.

A su alrededor se oían los sonidos de la batalla al chocar acero contra acero. Allwënn gruñía y gemía de esfuerzo mientras intentaba someter a su desconocido oponente. Entonces se oyó un aullido terrible, un grito rabioso que rara vez se escuchaba, pues pocos podían hacer rugir de dolor al elfo Mostal.

—¡¡¡Murâhäshii!!!

Entonces le llegaron voces desde el otro lado de la puerta.

Eran voces cargadas de tensión por la ansiedad. Todo sucedía a una velocidad vertiginosa. En la caótica confusión y el tumulto de la batalla, sólo se escuchó una voz familiar e inconfundible

Una voz, esa voz...

Y entonces todo se detuvo.

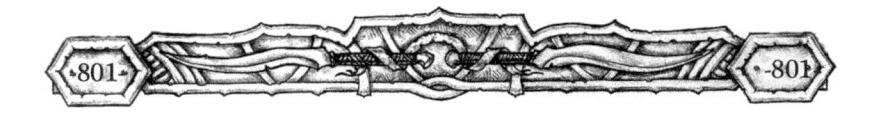

Las chispas saltaban como lenguas de fuego cada vez que las espadas se encontraban. Allwënn seguía luchando con su habitual ferocidad implacable. La intensidad de su devastador ataque

apenas había disminuido. Hizo retroceder a su enemigo hacia los oscuros confines de la sala. Las mandíbulas metálicas de la fabulosa Äriel golpearon con saña el reluciente acero de su oponente. Sus espadas cortaron el aire estancado de la sala, haciendo pedazos las mesas y sillas que se interponían entre ellos, lanzando una lluvia de afiladas astillas que volaban de sus armazones de madera.

Lo verdaderamente sorprendente era que el alto elfo embozado no hubiera caído ante la hermosa espada del mestizo. Durante gran parte de la batalla, el misterioso asaltante se vio obligado a parar y esquivar los brutales golpes que provenían de la hoja dentada. Sin embargo, era mucho más hábil con la espada de lo que cabría esperar de un simple mercenario. Se defendió con solidez en todos los frentes. No se podía esperar menos de alguien que se había enfrentado al legendario acero del Äriel durante más de cinco minutos.

Allwënn era consciente del esfuerzo y la energía que estaba imponiendo en su lucha. Era una locura. No podía mantener ese ritmo eternamente, aunque su contextura enana le convertía en un luchador formidable. Cuando dos fuerzas están muy igualadas, es probable que el primero en cansarse sea el que muera desangrado en el suelo.

Afortunadamente, Allwënn era un atleta supremo. Estaba dotado de una gran fuerza y resistencia heredadas del linaje de su padre. Y un elfo, ni siquiera el más fuerte de ellos, puede aspirar a superar a un enano en una prueba de resistencia. Incluso si su oponente es sólo "medio" enano.

El acero chocó una vez más.

Por un momento, los dos combatientes quedaron cara a cara. Allwënn ni siquiera se fijó en los rasgos de su atacante. Significaban poco para él. Ya le había reconocido como elfo. Eso

LA FLOR DE JADE I

-EL ENVIADO-

bastaba para calibrar sus posibilidades de éxito.

El sudor corría por las cejas, los pechos se hinchaban para tomar aire...

Sus espadas se cerraron durante unos instantes en un abrazo tenso y mortal. Momentos que ambos se tomaron para recuperar el aliento, exhaustos por la lucha. La fuerza de los poderosos músculos del medio enano era muy superior. De un solo empujón, lanzó a su oponente de espaldas contra una silla de madera, que crujió bajo él. Pero cuando los dentados dientes del Äriel buscaron a su agitado enemigo, éste ya no estaba allí. Las hojas de acero de las armas se encontraron de nuevo, danzando en la oscuridad de la noche.

Fue entonces cuando Allwënn resultó herido.

Su táctica temeraria y agresiva de pelear siempre resultaba en heridas menores. Heridas de las que quizá no se percataba hasta que terminaba el combate. Heridas que rara vez notaba en el fragor de la batalla. Muy de vez en cuando, un oponente hábil o difícil podía infligirle una herida más seria, rebanando su carne y haciendo que su sangre fluyera. Pocas heridas le obligaban a dejar de luchar, y menos aún podían incapacitarle. Su padre solía contarle historias de los maceros Tuhsêkii. Cómo había visto a camaradas en batalla recoger sus propios intestinos y continuar la lucha con la mano libre. Allwënn tenía esa misma sangre en sus venas. Por eso la herida que recibió, aunque profunda, sólo logró arrancarle el aullido de dolor que todos oyeron.

Fue entonces cuando Gharin puso fin a su propio duelo.

Allwënn no sabía cómo, pero la espada del enemigo le había cortado la pierna derecha, seccionándole el ligamento de la rodilla con un amplio tajo. El peso de su cuerpo cedió y se desplomó. La adrenalina corrió por sus venas y una furia tiránica de proporciones bíblicas se apoderó de sus músculos. Apenas había tocado el suelo cuando la afilada punta de su espada bastarda atravesó la coraza de cuero de su oponente y se enterró entre las costillas del elfo que se batía contra él.

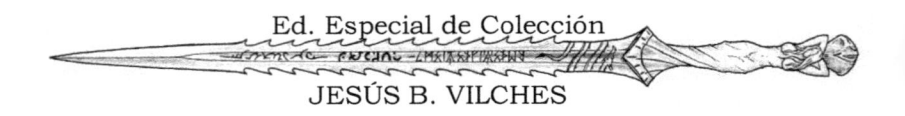

Ambos combatientes quedaron exhaustos. Ambos inclinaron la cabeza en señal de victoria y derrota. Ambos cayeron de rodillas como si rezaran a un santo. Uno, sangrando por la pierna. El otro con varios centímetros de acero incrustados en las costillas. Las generosas dimensiones del arma de Allwënn la convertían en un arma difícil de manejar en ciertas situaciones. Era demasiada espada en muy poco espacio. Desde esta incómoda posición, apenas podía mantenerla firme entre sus dedos. Y no consiguió tener la distancia suficiente como para empujarla y acabar de apuntalar al adversario en su filo.

Tal vez eso fue lo que salvó la vida de Akkôlom...

"¡¡¡Murâhäshii!!!"

La llamada de Ishmant devolvió al medio enano a la realidad.

—¡Deteneos! ¡Deténganse todos! —Una voz rugió.

Esa voz...

—Allwënn ¡Por los dioses, detente! Somos muy pocos. No podemos permitirnos matarnos entre nosotros.

Ambos combatientes gimieron de dolor por sus respectivas heridas. En el feroz fragor de la batalla, nadie se había percatado de que las puertas de roble de la taberna habían sido abiertas de nuevo, inundándolo todo con la luz de los faroles. Sólo los dos humanos habían visto entrar a los jóvenes propietarios del local, acompañados por Ishmant. Pero la orden, la llamada a la calma in extremis, no había salido de sus labios, sino de la criatura que había

La Flor de Jade I

-El Enviado-

llegado con él. Un coloso que atraía las miradas atónitas de todos los presentes. Una criatura de aspecto impresionante, vestida con ropas curtidas de viaje y acompañada por un enorme tigre de inmaculado pelaje blanco.

Los recién llegados atrajeron la atención de todos. La escena quedó congelada en silencio. Una voz profunda y majestuosa resonó en la sala, ahora llena de luz. Una voz majestuosa y enigmática.

Una voz...

Esa voz...

Su voz... tan peculiar que hacía a su dueño fácilmente reconocible para cualquiera que la hubiera escuchado antes. Y resultó que así había sido. Gharin fue el primero en responder.

"¡¡¡Rexor!!!"

Su nombre era Rexor. Su secreto. Al fin. Rexor.

Ese era el nombre que me había estado ocultando todo este tiempo. Ese era el nombre secreto. El hombre-león, el autoproclamado aventurero, el viajero anónimo, el misterioso cazarrecompensas, el mercenario... aquel que en teoría me había seducido y salvado solo para venderme y enriquecerse a mi costa...

No era otro que Rexor

Su nombre era Rexor...

Y ningún nombre podría ser más apropiado para una figura tan notable. ¿Era él? ¿El que tenía la llave para nuestro regreso a casa? ¿Era realmente él?

—Allwënn, por los dioses, ¡detente! Somos demasiado pocos para morir a manos de nuestros propios aliados. Tu oponente es Asymm'Ariom, el 'Shar'Akkôlom. —gritaba aquel majestuoso leónida, mientras irrumpía en la sala.

La voz hizo volver en sí al feroz mestizo, que sacó la afilada punta de su espada de entre las costillas de su oponente. El elfo se convulsionó de dolor cuando el Äriel abandonó su carne. Se llevó una mano a la herida para detener el flujo de sangre. Se desplomó, exhausto. Allwënn avanzó arrastrando los pies, entrecerrando los ojos ante el colosal hombre-león como si buscara reconocerlo. Ishmant se acercó al elfo herido y lo ayudó a ponerse de pie.

—Todo ha sido un error —confesó el Leónida

Allwënn había quedado mudo, claramente conmocionado. Ninguna palabra acudió a sus labios, ni a los de Gharin, que había perdido descuidadamente el interés por su derrotada oponente. Afortunadamente, ella se encontraba en el mismo estado de shock, ajena a la espada que ahora amenazaba lánguida y sin fuerza la suave piel de su expuesta garganta.

—¿Qué... eh... está... pasando...? ¿Qué... está... pasando...? Ishmant ... ¿Qué ... cómo ...?

Todos estaban abrumados por un sentimiento de conmoción y confusión. Todo había sucedido muy deprisa. Tantas caras nuevas entrando en escena. Y todo parecía estar relacionado de alguna extraña e inexplicable manera.

—Sí. Es él. Es Rexor —Ishmant confirmó. —Él es quien me sacó del exilio. Él es quien me envió a buscaros. Y con quien acordé encontrarme en este mismo lugar, en este mismo día ¿lo has olvidado?

LA FLOR DE JADE I

-EL ENVIADO-

El silencio y el asombro fueron universales. Parecía que sólo Ishmant, y por supuesto el propio Rexor, conocían todos los detalles completos de esta historia. Los demás no sabíamos nada o solo una parte del relato. Así que descubrir la verdad absoluta fue, de un modo u otro, asombroso y desconcertante.

Era cierto...

Si alguien era capaz de liberar al misterioso monje-guerrero de su gélido encierro, si alguien podía reunir a su alrededor una banda de guerreros tan legendaria, si alguien sabía cómo llevarnos a casa, era esa criatura magistral, ese coloso imponente.

Rexor, el Buscador de Runas...

El Guardián del Conocimiento.

Ed. Especial de Colección

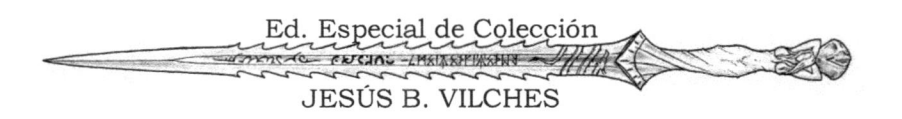

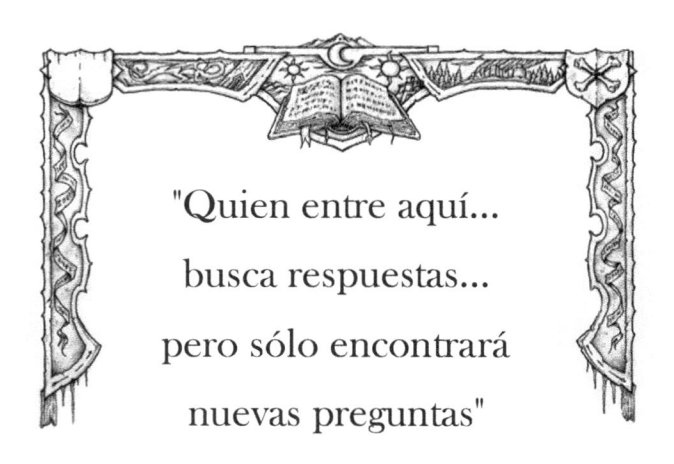

JESÚS B. VILCHES

"Quien entre aquí...

busca respuestas...

pero sólo encontrará

nuevas preguntas"

PLACA DEL ORÁCULO YRIA

LA FLOR DE JADE I
-EL ENVIADO-

CABOS POR ATAR

Os debo una explicación a todos

Rexor se echó hacia atrás, apoyó su enorme cuerpo contra una de las ásperas paredes y cruzó los brazos sobre el pecho. A su lado quedaba la imponente figura de su tigre albino, que permanecía echado a su lado como un gato doméstico.

La habitación seguía hecha un desastre.

Fabba y Breddo no tuvieron tiempo de ordenarla. La conmoción aún podía verse en sus pequeños ojos. No eran niños, a pesar de su tamaño y clara apariencia infantil. Eran Medianos y eran adultos. De hecho, estaban casados. La pareja regentaba la posada y estaba claro que no esperaban todo este alboroto nocturno. Aun así, fueron lo bastante discretos como para permanecer en un segundo plano. Sin embargo, era obvio que ellos, como todos los demás, estaban aún confundidos. Así que era hora de que el félido ofreciera la información faltante que aclarara el misterio.

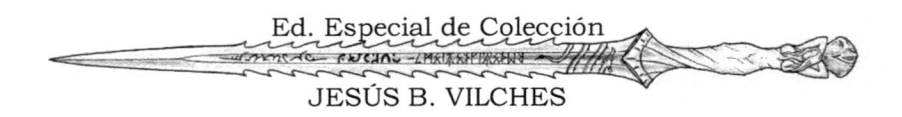

Rexor echó una mirada triste a esta inusual reunión de individuos. Parecía estar intentando recomponer los patrones y las conexiones en su mente. Akkôlom levantó un ojo, con una mueca de dolor, e intercambió miradas con el gigantesco hombre león. Se miraron fijamente durante unos breves instantes. Forja seguía vendándose las heridas.

El elfo desfigurado sabía que había tenido suerte. Unos centímetros más y el acero dentado del mestizo le habría atravesado los pulmones, causándole una muerte inevitable y dolorosa. Allwënn, por su parte, no quería estar cerca de nadie. En pocos minutos, su herida había dejado de sangrar. Y aunque aún cojeaba, al final de la noche caminaría con normalidad.

Ishmant se quedó en un rincón, observando la escena desde la distancia. Quería captar hasta la más fugaz de las reacciones, y había muchas que registrar. Quizá la más llamativa fue la de los jóvenes humanos. Observaban al hombre león con una fascinación difícil de expresar con palabras.

—Os debo una explicación —Repitió el leónida avanzando despacio hacia el centro de la sala para quedar bien a la vista de todos, aún repartidos en distintos puntos del salón. —Nunca imaginé que esta situación pudiera llegar a producirse. Ni en mis más generosas predicciones pude prever una concurrencia tan numerosa hoy aquí. Lamento las molestias. Pero tengo que confesar que mi corazón se llena de alegría al veros a todos aquí.

Rexor llamó a Breddo e inclinó su enorme cuerpo para susurrarle algo al oído. El hombrecillo asintió y salió de la habitación, llevándose a su esposa. El félido escrutó la escena una vez más con sus pupilas amarillas. La mayoría eran caras de viejos conocidos.

LA FLOR DE JADE I

-El Enviado-

Otras no.

—Soy consciente de haber actuado de un modo que podría considerarse reservado y sospechoso. Temo que esto haya sido la causa de esta terrible confusión. Ahora explicaré mis razones. Me llamo Rexor". Se presentó. "Y yo soy el Guardián del Conocimiento, Señor de las Runas. Mi deber ha sido siempre proteger las Cámaras del Conocimiento. Salvaguardar el conocimiento y las reliquias del pasado que allí se custodian. Desde que la guerra tomó su giro más oscuro, regresé a ellas y me he dedicado al estudio de los textos antiguos. Esperaba encontrar en sus antiguos volúmenes una grieta, una forma de alterar el curso de los acontecimientos en el mundo.

Los jóvenes humanos estaban fascinados al ver una criatura tan impresionante ante ellos. Hansi, alertado por el ruido de la confrontación, acabó uniéndose al grupo. También él quedaría cautivado por los rasgos felinos de la criatura, cuya presencia era tan poderosa como su voz cavernosa; así como de la inesperada concurrencia que ahora llenaba la sala.

—Ha ocurrido algo. Algo, de alguna manera, relacionado con mis investigaciones. Algo que podría ser un punto de inflexión importante. Un presagio. Algo que interpreté como el preludio de grandes cambios. Numerosos signos y auspicios que podrían indicar que tal vez las profecías de textos muy antiguos podrían ser ciertas.

—¿Qué... antiguas profecías? —preguntó Forja, confusa. —Perdonadme por no entender nada, pero todo me suena muy extraño.

Akkôlom hizo un gesto de paciencia.

—El tejido mágico que envuelve el mundo, el sudario, fue desgarrado por una mano desconocida, y luego tejido de nuevo.

JESÚS B. VILCHES

Las ondas y ondulaciones generadas por este acontecimiento resonaron como notas musicales por todo el Velo. Podría ser la última señal de la antigua profecía: la del Heraldo del Despertar, el Advenimiento.

—¿Qué Advenimiento? ¿Qué maldito Heraldo del Despertar? ¿De qué estás hablando, Rexor?

—La profecía que se cree oculta en el antiguo oráculo de la Letanía de Jade, mi querido Allwënn. El mensaje oculto que se sospecha que el sabio Arckannoreth descifró y registró en sus acertijos. La llegada de un mensajero, un enviado de los dioses, que traerá el equilibrio al conflicto, la encarnación del Séptimo de Misal.

Allwënn frunció el ceño, mostrando claramente que la explicación de Rexor le parecía inverosímil. Sonaba aún más disparatada viniendo de labios del Guardián del Conocimiento, pero no tuvo oportunidad de articular una réplica. El discurso continuaba.

—Así que busqué al Maestro del Espíritu Templado, el venerable Ishmant —añadió, señalando al monje guerrero con la mano. Todas las miradas se dirigieron a la figura velada que observaba desde atrás. Ishmant permaneció impasible. — Conseguí persuadirle para que abandonara su exilio voluntario. Le pedí que se uniera a mí en la peligrosa empresa que estoy a punto de emprender. Y aceptó. Pronto nos separamos. Tomamos caminos distintos, al servicio de propósitos diferentes. La protección de nuestras identidades y la consecución de nuestros objetivos eran nuestra primera prioridad. El Venerable viajó más al sur, siguiendo el eco del temblor, su rastro, su reminiscencia, con el objetivo de alcanzar su epicentro.

—Y creo haberlo he encontrado. —El monje anunció solemnemente, avanzando desde su posición en la parte posterior

LA FLOR DE JADE I

-EL ENVIADO-

de la taberna. —Muy al sur. En los Yermos. En una gruta oculta en sus cañones.

Los humanos se miraron. ¡No podía ser verdad!

Esta gruta... era, sin duda...

—Pronto descubrí un rastro, y este rastro reveló una nueva presencia. Señales inconfundibles que pronto reconocí. Creo que Cleros nos guiaba. Estas señales me condujeron al Arco y la Espada. Y al tesoro que habían protegido sin saberlo".

—Gharin, el Arco. Y Allwënn, la Espada —aclaró el leónida, a modo de presentación al resto de la concurrencia.

—¿Allwënn? ¿Murâhäshii Allwënn? —El lancero desfigurado pareció sorprenderse —¡Debería considerarme un elfo afortunado por haber luchado contra ti y seguir respirando!

Allwënn lo miró con severidad. No le había gustado el tono mordaz y sarcástico con que el cicatrizado había pronunciado aquellas palabras. Rexor lo dejó pasar y continuó.

—Agradezco vuestra presencia aquí —agradeció con un noble gesto. —Muchos fueron los momentos que compartimos en el pasado. Grandes fueron las victorias que celebramos, y muy duras las penas que tuvimos que soportar. Significa mucho para mí que ambos asistáis a esta reunión, pues temía haberos perdido para siempre.

Ishmant continuó.

—Gharin y Allwënn no viajaban solos. Habían recogido a un grupo de humanos. Desorientados, extraños y con una historia tras ellos difícil de creer. Todo demasiado próximo... demasiado cerca de aquel epicentro.

Rexor se acarició la perilla blanquecina que parecía alargar su barbilla felina. Se detuvo un momento en silencio pensativo.

—Esto cambia mi visión de este asunto considerablemente... —verbalizó finalmente el félido, como si hablara consigo mismo. —No había contado con esa posibilidad. Habrá que reconsiderar algunas estrategias.

Los humanos estaban perdidos.

Habían venido aquí con la esperanza de encontrar a la persona que les ayudaría; pero con cada nueva extraña información que salía a la luz, había nuevas preguntas surgían y ninguna respuesta. Estaba claro que todo aquello parecía motivado de algún modo por su inexplicable aparición en este mundo extraño. Por inverosímil que les pareciera, alguien más se había fijado en ellos. Alguien más conocía de su existencia. Cansado de mirarse y no entender nada, Alex decidió intervenir.

—Todo esto es muy extraño para nosotros también —trató de explicar. —Si alguien nos escuchara, tal vez...".

Rexor interrumpió con un gesto.

—Ya habrá tiempo para eso, muchacho —le aseguró, dejándole con la palabras en la boca. Alex se sintió frustrado y quiso continuar, a pesar del intento de silenciarle.

—¡Pero es cierto! —quiso imponerse. —Aparecimos de la nada en esa cueva, sin explicación... y si alguien escucha nuestra historia... —Rexor volvió a interrumpirle, pero esta vez sus palabras dejaron atónito al joven.

—Lo sé aseguró con firmeza. —Ya conozco vuestra historia, al detalle. Y créeme, hijo mío, nadie le dará más crédito que yo.

La profunda voz del félido envolvió la frase y se cernió sobre todos los presentes. ¿Cómo podía este enigmático ser

LA FLOR DE JADE I

-EL ENVIADO-

conocer los detalles de algo que nadie le había contado? Rexor se sintió en el deber de explicar su posición.

—He estado ausente y pasivo durante demasiado tiempo. Nadie sabía qué había sido de mí. Necesitaba tiempo para reflexionar y reunir nuevas fuerzas para la lucha que se avecinaba. Lo que deseo iniciar no puede hacerse solo. Mis viejos aliados, el Círculo de Espadas, al que pertenecían Gharin y Allwënn, está roto y dividido. Después de tantos años, sólo tenía vagas nociones de adónde podrían haberlos llevado sus destinos, suponiendo que aún conservaran la vida. Por eso la presencia de dos de ellos aquí es tan importante para mí. Sin embargo, sí sabía dónde encontrar a un viejo camarada del pasado. Hace muchos años, regresó a la seguridad del anonimato, pero sus heroicas hazañas aún se cuentan hoy en día en muchas historias. Su leyenda perdura y siempre ha sido un valioso aliado para la causa que representan Los Señores de las Runas y El Guardián del Conocimiento. No en vano él y la Hermana Äriel, Jinete del Viento de la hermandad Dorai de Hergos, estuvieron a punto de evitar el desastre.

Allwënn levantó la vista raudo con claros signos de suspicacia al oír la referencia a su difunta esposa. ¿Ella y aquel desfigurado elfo se conocían previamente? ¿y habían trabajado juntos para el Guardián del Conocimientos? Desconocía esos detalles y eso lo hizo recelar.

—Estuvimos juntos en el KäraVanssär, el los Picos que ocultan el Templo del Sagrado. Por desgracia, no pudimos evitar que el enemigo se llevara lo que allí se custodiaba: el Cáliz del Sagrado, una antigua reliquia de Jerivha que custodiaban sus muros inmortales. La misma reliquia que se utilizó para invocar al demonio Némesis que se puso al frente del ejército del Exterminio. Él aún guarda profundas cicatrices de aquel día.

Akkôlom se llevó instintivamente la mano a las graves

heridas que marcaban su rostro, y bajó la mirada, avergonzado. Rexor volvió los ojos hacia el mutilado elfo. Los demás empezaron a comprender el significado de esa mirada.

—Volví para pedirle ayuda y me la dio. ¿No es así, Ariom?

—¿Asymm 'Ariom? ¿El Shar'Akkôlom?

—Es... cierto, Poderoso. Todo fue como lo cuentas.

La sala al completo quedó prisionera observando al elfo con cicatrices, especialmente la mestiza que había sido su compañera y su pupila. La revelación de su verdadera identidad fue una sorpresa inesperada.

—¿Eres el Shar'Akkôlom? —preguntó Gharin con asombro. Allwënn también lo miró, pero en sus ojos no había signos de fascinación o asombro. De hecho, la revelación generó un sentimiento mucho más común en el mestizo: enojo. El 'Shar'Akkôlom era una figura de extraordinaria reputación entre guerreros y aventureros. Pertenecía prácticamente al folclore. Muchos lo consideraban incluso un mito, una invención. Un elfo solitario cazador de dragones. Allwënn nunca lo había visto antes de su reciente batalla, en la que casi había empalado al legendario elfo con su espada. Había oído hablar mucho de él, eso sí. Lo que no podía encajar en su cabeza es que el elfo hubiera sido compañero de su difunta esposa, aunque se tratase de un momento puntual. Las palabras de Rexor así lo sugerían. Äriel nunca le había hablado de este famoso guerrero. Y no entendía por qué podría haberle ocultado algo así. Aquella aparente traición le envenenaba la sangre. Y la mera idea de que el mutilado lancero hubiera podido tener algún tipo de relación con ella llenaba de rabia y celos al semielfo.

No pudo evitarlo. Más tarde esa noche, una vez terminada la conversación, Allwënn se acercaría desfigurado.

La Flor de Jade I

-El Enviado-

Ariom, o Akkôlom como lo conocía, aún sufría de su feroz batalla con el mestizo. La herida de su pecho no había perforado ningún órgano vital, pero era muy incómoda incluso vendada y tratada con magia. La increíble fuerza de su oponente le desconcertaba tanto como le fascinaba. Sin embargo, pronto desarrollaría una particular aversión por el robusto medioenano. Una aversión que no estaba motivada por la sangre contaminada del enemigo en él, que cualquier hijo de sangre pura del linaje Alda miraría con desprecio. Esta particular antipatía, esta velada hostilidad hacia el mestizo, tenía otras razones más profundas. Razones que yacían en el reino del pasado y de lo personal. Y ya se estaban gestando en su interior cuando Allwënn le dio al elfo desfigurado las primeras razones reales para odiarlo.

—¿Cómo conociste a mi esposa?

—¡Murâhäshii! ¡Qué honor! ¿Mis heridas? Bien, gracias, —rió desde el sarcasmo aquel lancero. —Mi nombre es Ariom, encantado de conocerte.

Allwënn fijó sus ojos, hirviendo de rabia, en el elfo herido.

Los ojos de Allwënn eran una ventana a sus sentimientos y emociones. No podía ocultarlos fácilmente. Tenían el color verde de los elfos, pero también la clara franqueza de las furiosas pupilas Mostalii.

—No bromees conmigo, elfo, o tu único ojo también correrá peligro. Respóndeme. ¿Cómo conociste a Äriel?

—Era mi compañera —aseguró con franqueza, limpiando toda ironía de su destrozado rostro. —Éramos viejos amigos. Amigos íntimos.

—¿Cómo de íntimos? Ella era mi esposa —Le replicó Allwënn sin medias palabras.

JESÚS B. VILCHES

—Äriel era virgen. No podía casarse —argumentó el lancero, dando a entender que dudaba de la veracidad de las palabras del mestizo. Sin embargo, lo cierto era que conocía bien la historia... demasiado bien.

—Nunca me habló de ti, Marcado.

Allwënn lo miró como tratando de encontrar la mentira en los ojos del elfo.

—Eso, mestizo... —Le dijo muy serio, —...no es algo de lo que debas culparme a mí.

Ariom intentó terminar su conversación con el guerrero en ese momento, pero Allwënn lo agarró del brazo y le impidió marcharse.

—He matado hombres por mucho menos.

Los dos se miraron fijamente, separados por apenas un brazo de distancia. El lancero se dio cuenta al instante de que hablar de Äriel era un tema delicado para aquel guerrero mestizo de Mostal. Le torturaba y le escocía como ningún otro asunto. Ariom sabía que si quería hacer sufrir al medioenano, lo único que tenía que hacer era prolongar esa agonía. Con un brusco tirón, se liberó del agarre de Allwënn y continuó su camino.

Aquel bastardo deforme mentía.

Mentía o no decía toda la verdad. Aguijoneaba el alma de Allwënn pensar en Äriel, el ser que más amaba en el mundo, el pedazo desgarrado de su alma, compartiendo momentos íntimos con aquel hombre lleno de cicatrices. Imaginar su piel acariciada por la mano de otro, sus oídos escuchando palabras de labios ajenos; le atravesó el alma y manchó su recuerdo de ella.

Sintió unos celos viscerales, incontrolables. Unos celos inhumanos de aquel pasado incierto, de aquel momento

LA FLOR DE JADE I

-EL ENVIADO-

imaginado, que probablemente podría haber tenido lugar incluso antes de su primer encuentro con ella. Pero, ¿qué importaba? Ariel era todo lo que le quedaba en esta vida. Nadie podría haberla amado como su torturado corazón había llegado a hacerlo. Su recuerdo era suyo y sólo suyo. No estaba dispuesto a compartirla con nadie. Y mucho menos con un arrogante elfo desfigurado.

Si de él hubiera dependido, le habría cortado las manos que pudieron haber tocado su pelo, arrancado los ojos que pudieron haber contemplado su piel desnuda y cortado la lengua que pudo haber susurrado palabras en su oído.

Pero no era el momento ni el lugar.

Todo eso ocurriría más tarde. En ese instante, fue otra mirada la que se clavó en el rostro del lancero.

Forja había quedado atónita. Miró a Ariom como si no le reconociera.

—Le conocías, ¿verdad? ¡Le conocías! —dijo estupefacta con recelo en su voz.

—Sí, Forja, le conocía —admitió el Lancero, reconociendo su pasada relación con Rexor.

—Entonces... ¿por qué? ¿Por qué todo aquel teatro? —la mestiza se sentía como una estúpida a la que habían hecho objeto de una broma pesada. ¿A qué venía todo aquello? ¿Por qué hacerles creer que era un vulgar mercenario ambicioso?

—Para protegeros. —Rexor fue quien respondió, salvando al Shar'Akkôlom de su apuro. —A ti y al muchacho.

—¿Qué muchacho? —Ahora era Claudia quien preguntaba.

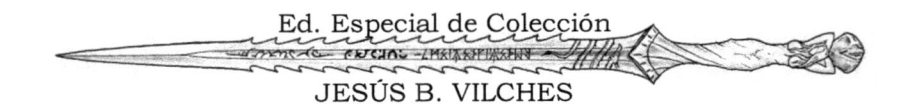

Rexor dirigió su mirada hacia ella, y la joven sintió el calor de aquellas pupilas anaranjadas contra su carne. Entonces, la mirada del félido se posó tras de ella, y con una sonrisa señaló con el dedo la puerta a sus espaldas.

Todas las cabezas se volvieron hacia mí.

—¡Dios mío, no puede ser verdad!

Sentí sus miradas de incredulidad recorrerme de arriba a abajo. Sus ojos parecían querer salirse de sus órbitas. Parpadeaban como si estuvieran mirando a un fantasma. En cierto modo, así era.

Breddo había vuelto a por mí, y entramos juntos en la sala. Yo había perdido hacía tiempo la esperanza de volver a ver a los dos medioelfos y al grupo de músicos con los que inicié esta inexplicable aventura. Se suponía que estaban lejos y se habían ido para siempre. Lo último que esperaba era que nuestros destinos se cruzaran de nuevo. En algún momento debimos alcanzarles. Probablemente durante su desvío hacia los Valles de Agua. ¿Pero qué más daba? Ellos estaban allí. Mi cara apenas podía hacer justicia a la alegría que me embargó en ese momento. Yo también veía fantasmas.

—¡Chicos... vosotros...! ¡Estáis aquí! ¡¿Cómo...?!

—¡Estás vivo! Claudia fue la primera en responder levantándose de un salto de la silla en la que se sentaba, lo que provocó que el resto de ellos reaccionase de la misma forma. —¡Eres... tú! Dios mío, ¿cómo es posible? Te vimos desaparecer en el río.

Solo segundo después estaba rodeado de todos ellos. Todos querían tocarme, abrazarme, y me asediaban a preguntas. No podían entender cómo había sobrevivido a la caída y la corriente.

LA FLOR DE JADE I

-EL ENVIADO-

—Ella me salvó. —confesé, señalando a Forja. —Había un pueblo en los árboles en lo profundo del bosque, lleno de refugiados de muchos lugares... y... —Al mirar a la elfa, me di cuenta de que estaba hablando demasiado y de que ella me censuraba claramente con la mirada. —Pero... es un secreto. No se lo podéis contar a nadie.

—¿Un pueblo en los árboles? ¿Y ella te rescató? —Mi descuidado comentario había despertado las sospechas de Allwënn. —¿De qué demonios estás hablando, muchacho?

—Ese bosque esconde un campo de refugiados —informó el Shar'Akkôlom, tras calmar a Forja con un gesto. —Exiliados de la guerra. Supervivientes de los antiguos ducados se esconden allí. Una antigua Dama de Keshell, Diva Gwydeneth, y yo fundamos ese santuario. La vida de varios cientos de personas depende de que nunca se conozca su secreto. Hay una red de vigías ocultos por todo el bosque. La patrulla de Forja os siguió en cuanto supimos de vuestra entrada en el bosque prohibido. Ellos sacaron al chico del río.

—¿Y cómo sabían que...? —Una idea se deslizó en la mente de Gharin y pronto se confirmó.

—Fuimos nosotros quienes atacamos a los cabalgalobos en el puente —reveló la elfa. —Le vimos caer.

Los mestizos se miraron.

—¿Entonces...? ¿Aquellas Custodias...? —Preguntó Gharin, sólo para confirmar sus sospechas.

—Sólo un truco —confirmó ella. —Llevamos la antigua armadura Shaärikk para mantener viva la leyenda. Mantiene el temor por los bosques e impide que nadie curiosee demasiado. Se cree que el bosque está encantado. Si una patrulla del Culto se adentra demasiado, la destruimos. A veces dejamos un único superviviente para que corra la voz. Eso nos protege.

Allwënn miró a su rubio compañero. Sus ojos parecían decir muchas cosas.

—Y nos seguisteis a la ciudad —quiso corroborar también sus sospechas el enano mestizo. La chica frunció el ceño. Realmente no sabía de qué estaba hablando.

—Tenemos prohibido ir a las ruinas de la antigua capital. Nadie te siguió hasta allí, lo juro. ¿De qué estás hablando?

Allwënn creyó palidecer.

—Nada, nada. Debo haber estado... confundido —aseguró, tratando desesperadamente de poner fin a la conversación.

Por el rabillo del ojo vio que Gharin le observaba en silencio. Un carraspeo deliberado nos hizo saber que Rexor quería nuestra atención. Todos nos volvimos hacia él.

—Disculpa las molestias, muchacho. ¿Estás bien? —Yo asentí con la cabeza. —Siéntate, por favor. Esto también es asunto tuyo.

Cada uno ocupó su sitio. Acabé sentándome junto a mis antiguos amigos, que seguían encantados de volver a verme.

Habían cambiado. Habían cambiado mucho.

Todo ese tiempo en el camino y todas las penurias que habían sufrido se reflejaban en su forma física. Sus cuerpos se habían vuelto más definidos y duros. Parecían más fuertes, más sólidos que antes. Aunque sólo fuera la impresión de alguien que no les había visto en mucho tiempo. Y por todo ello Claudia lucía aún más guapa, o eso me parecía a mí. Aunque no puedo negar

La Flor de Jade I

-El Enviado-

que esta chica se había ganado mi corazón mucho antes incluso de oírla cantar.

Sus ojos reflejaban las experiencias que había vivido. Apenas habían pasado unos meses y ya mostraban cómo la brutalidad y la maravilla de este mundo podían quedar impresas en una persona.

—Y... ¿Falo? —me preguntó Alex en un susurro en cuanto me incorporé a la reunión. —¿Dónde está? ¿Se las arregló para...?

Sacudí la cabeza. No quería darle falsas esperanzas. Las expresiones tristes de los rostros de mis compañeros resultaron inconfundibles. Así de cruel puede ser la vida. Una vida que en estas tierras está constantemente al borde del abismo. El peligro es cada vez más claro y presente aquí. Es la crueldad de la existencia. La certeza de un final.

Y Falo fue el primero en conocerlo. El bosque se lo tragó para siempre. Fue la primera víctima de esta historia.

Rexor continuó, pero yo seguía sintiendo el peso de sus ojos sobre mí, incluidos los dos semielfos que habían sido mis protectores y compañeros. Especialmente aquel enano rabioso. Aquella noche le di las gracias por intentar salvarme la vida en el puente sobre el agua. Le di las gracias por arriesgar su vida para salvar la mía. Y sé que una vez más llegué a ese lugar vulnerable de su alma. Sin embargo, era más que consciente de que ni siquiera mi regreso podría traer la paz a su alma rota. Sin duda, a pesar de todo, mi reencuentro con ellos se sentía como una resurrección.

—En este bosque, encontré algo más que al Cazador de Dragones, a quien realmente fui a buscar. —Rexor continuó relatando su viaje. —Encontré a un chico. Un humano, —añadió, señalándome a mí —El primero en más de una década. La diva

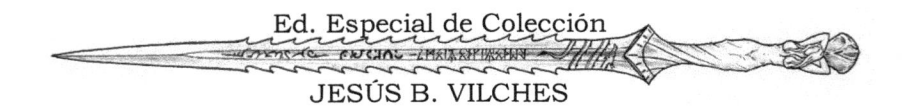

Gwydeneth quería interrogarle y me permitió estar presente. Nunca se sabe qué trucos puede utilizar el Culto, y debíamos ser precavidos. Pero lo que este extraño muchacho reveló bajo la hipnosis mágica me heló la sangre. Contó una historia que en otras circunstancias habría sonado a locura. Pero encajaba perfectamente con lo que me había propuesto encontrar. Habló de varios compañeros. Imagino que sois vosotros —dedujo mirando a los tres músicos.

Respondí asintiendo con la cabeza, sin saber que le había dado esa información conscientemente. Él sonrió.

—Con el consentimiento de Diva Gwydeneth, tracé un plan con el Shar'Akkôlom para sacarte de la aldea oculta. Así es como acabaste en Plasa. Pero tu curiosidad dio al traste con la planificación inicial y a partir de ese momento tuvimos que improvisar una nueva forma de arreglar las cosas. Fue así como tú, Forja, también llegaste a nosotros. No estaba en mis diseños iniciales, pero parece que estaba hilado en el Tapiz que sucediera de este modo. Todo nuestro engaño pretendía protegeros a ti y a nosotros si las cosas iban mal. Sólo convenciéndote de que éramos otras personas, tu mente no nos traicionaría durante un posible interrogatorio. El Shar'Akkôlom simplemente me siguió la corriente, facilitando así el engaño. Tened por seguro que el Culto dispone de métodos muy persuasivos para arrancar la verdad de vuestros labios. Debéis perdonarnos, todos, por nuestra excesiva cautela, pero solo si vuestra mente creía nuestro engaño como la verdad, estaríamos todos a salvo. Fue en este lugar donde me cité con el Venerable para nuestro reencuentro. Breddo Tomnail y su amable esposa, Fabba, también son viejos conocidos. —reveló, dirigiéndose esta vez a la pareja de medianos. —Vuestra hospitalidad nos honra a todos. Esta comarca es demasiado pequeña para que el Culto tenga interés en ella. Así que es un lugar seguro por el momento. Además, será el lugar donde todo

LA FLOR DE JADE I

-EL ENVIADO-

comience.

—¿Qué debe comenzar aquí?

—Comienza el cambio, Gharin. Tal vez, sólo tal vez, las viejas profecías son ciertas.

—¿Pero qué profecías exactamente?

—Como dije, las profecías, el oráculo implícito en la Letanía de Jade, según Arckannoreth. Las que predijeron el surgimiento de una sombra que gobernaría el mundo durante una era. Y que decían que los dioses enviarían un Heraldo. Un Enviado. Un mensajero de sangre humana que devolvería el equilibrio al mundo. Tal vez, sólo tal vez... pudiera ser uno de estos jóvenes aquí. Todas las señales apuntan a ellos. Pero me temo que nuestro enemigo también lo sabe. Debemos protegerlos, y debemos actuar con rapidez.

Claudia apenas podía creer lo que oía.

Sobresaltada, se levantó.

—¿Nosotros...? Nosotros vinimos aquí creyendo que alguien en este lugar podría ser capaz de decirnos cómo regresar a casa. Ishmant nos aseguró que tú podrías ayudarnos.

Rexor la miró con una expresión de dolor en el rostro.

—Lo siento, mi pequeña desconocida. Pero los papeles están invertidos. Somos nosotros los que esperamos que nos ayudes de alguna manera.

—Pero... ¿cómo?

—Eso, jovencita, me temo que es algo para lo que aún no tengo respuesta. Pero, sin duda, la tendré.

JESÚS B. VILCHES

Yelm hirió la tierra con sus lanzas ardientes bajo la mirada carmesí de su discípulo Minos. La tierra sedienta levantaba oleadas de polvo abrasador como las brasas de una hoguera. Los cuerpos estaban resecos. Su carne muerta, cocida por la luz abrasadora del astro monarca. Parecía cuero endurecido.

Ninguno de los jinetes desmontó.

Sorom bajó de su robusta montura, con la melena de león cubierta por un turbante polvoriento. Todo a su alrededor carecía de vida. Yermo como el desierto que atravesaba, y tan seco como la escasa vegetación que crecía entre las rocas blanqueadas por el sol.

Muerto como el vientre de una anciana.

Miró a su alrededor con impotencia, cubriéndose los ojos del áspero viento. Como un susurro melancólico del infierno. Como el aliento que faltaba en los pechos de los cadáveres que se diseminaban por el suelo.

Había sido una masacre...

Orcos. Más de una docena. Acuchillados hasta la muerte dentro de su campamento.

Apenas habían luchado. Las altas temperaturas habían acelerado su descomposición. La arena y el calor habían servido de mortaja a estas desdichadas bestias.

El Buscador de Artefactos pateó uno de los cuerpos con sus gruesas botas. Se movió de su posición rígida con un

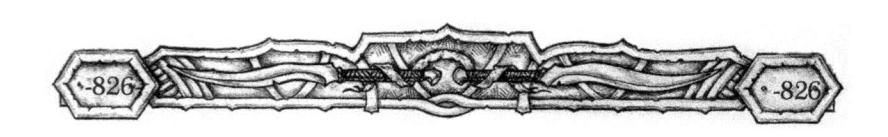

La Flor de Jade I

-El Enviado-

crujido seco y acartonado, como una vieja marioneta.

Hubo pocas vacilaciones.

El félido miró a lo lejos, a las desoladas vistas del páramo, y luego a sus peculiares y siniestros compañeros. Media docena de jinetes, Laäv-Aattani, engendros de Neffando. Su naturaleza putrefacta no los distinguía mucho de los cadáveres del suelo. Cabalgaban sobre aquellos cadáveres gastados, parodias de caballos, sombras equinas que fingían estar vivas.

Iban vestidos de púrpura....

Junto a ellos estaba 'Rha, que ya no podía soportar los rigores de la equitación como antes, y que cada vez se parecía más a sus sombríos acompañantes.

La oscuridad consume.

Todos le observaban desde sus atalayas cuadrúpedas de carne putrefacta, con ojos del abismo. Sus pupilas le atravesaban como acero al rojo vivo.

"Este es el núcleo, el epicentro. Fue aquí".

"Entonces, el Oráculo es cierto". Dedujo el Cardenal.

"No está solo".

"Entonces… debemos actuar con rapidez."

Ed. Especial de Colección

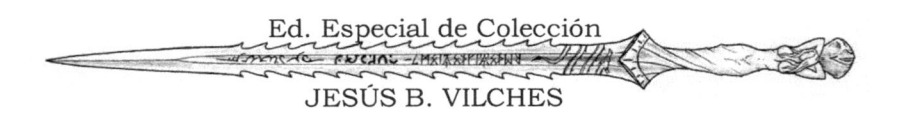

JESÚS B. VILCHES

La Flor de Jade

Libro I
El Enviado

X° Aniversario ed.
(2011-2021)

NO TE PIERDAS NADA
Visita:
www.vilchesindiebooks.com

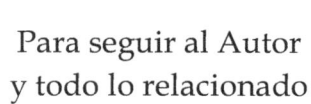

Para seguir al Autor
y todo lo relacionado
con esta saga, sus volúmenes, noticias y curiosidades